Spitze Federn

Das Buch

Mary Quinn jobbt für ihre große Liebe Mark – der ehrgeizige Karriere-journalist läßt sich von ihrem Gehalt als Kellnerin aushalten, um sich ganz »seiner Arbeit« widmen zu können. Zu Marys Entsetzen sieht Marks Karriere dann so aus, daß er nicht sie, sondern die Tochter eines Zeitungsmagnaten heiratet, auf dessen Protektion er hofft.

Mit dieser völlig neuen Situation konfrontiert, mausert Mary sich zu einer bissigen und ob ihrer treffsicheren Rezensionen nicht nur gefürch-teten, sondern auch allgemein geschätzten Journalistin. Das, was Mark trotz Beziehungen nicht erreicht – im schnellebigen Londoner Zei-tungsmilieu Erfolg zu haben –, gelingt ihr. Doch Mary erfährt auch die Kehrseite des schönen Scheins, der Glitzerwelt der halbseidenen Londo-ner Society; sie muß zwischen wahren und falschen Freunden unter-scheiden und mit dem Erfolg umgehen lernen.

Die Autorin

Amanda Craig wurde 1959 in Südafrika geboren. Den Vornamen ver-dankt sie dem Bullterrier ihres Vaters. Nach dem Besuch eines eng-lischen Internats studierte sie in Cambridge und arbeitete als Journa-listin. Craig lebt mit ihrem Ehemann und ihren Kindern in London. *Spitze Federn* ist ihr dritter Roman.

AMANDA CRAIG

Spitze Federn

ROMAN

Aus dem Englischen
von Brigitte Heinrich

List Taschenbuch Verlag

GRANDE

Für Sophia Bergqvist und Kate Saunders

List Taschenbuch Verlag 2000
Der List Taschenbuch Verlag ist ein Unternehmen der
Econ Ullstein List Verlag GmbH & Co. KG, München
Deutsche Erstausgabe
© 2000 für die deutsche Ausgabe
by Econ Ullstein List Verlag GmbH & Co. KG, München
© 1996 by Amanda Craig
Titel der englischen Originalausgabe: A Vicious Circle
(Fourth Estate, London)
Übersetzung: Brigitte Heinrich
Redaktion: Gisela Klemt
Umschlagkonzept und -gestaltung:
HildenDesign, München – Stefan Hilden
Titelabbildung: HildenDesign, München
Gesetzt aus der Bembo
Satz: Dörlemann Satz, Lemförde
Druck und Bindearbeiten: Clausen & Bosse, Leck
Printed in Germany
ISBN 3-612-65027-0

... O Love
You know what pains succeed; be vigilant; strive
To recognize the damned among your friends.

›King Log‹, *Annunciations,* GEOFFREY HILL

Erster Teil

1.

Ein Londoner Taxi

An einem winterlichen Donnerstag in der letzten Dekade des letzten Jahrhunderts holperte und stotterte ein kastenförmiges schwarzes Taxi mit einer Geschwindigkeit von vier Meilen pro Stunde von Soho nach Kensington. Die beiden Fahrgäste auf dem Rücksitz wurden kräftig durchgeschüttelt. Es war eine kalte, bewölkte Nacht, in einem Umkreis von mehreren Meilen war der Himmel bedrohlich fleckig und trüb gefärbt, als schmorte die Stadt in einem hitzelosen Feuer. In ganz London stauten sich die Autos, spuckten unsichtbare Gifte aus, während Arbeiter sich zu Fuß nach Hause durchkämpften. Unzählige Schirmspeichen griffen wie Zahnräder ineinander. Menschen husteten und schneuzten sich in Papiertaschentücher und blieben nicht einmal stehen, um sich zu entschuldigen oder einander zu beschimpfen. Jedesmal wenn das Taxi anhielt, klapperten seine Türen wie die Kiefer eines riesigen Insekts, doch die beiden Fahrgäste achteten nicht darauf.

Sie waren angespannt, waren auf dem Weg zu einer Party, einer großen Party, die später als gesellschaftliches Ereignis hochgejubelt und niedergeschrien werden würde. Einer der Fahrgäste war eingeladen, der andere nicht. Der eine wurde in gewissen Kreisen als bedeutende Persönlichkeit gehandelt, der andere nicht. Dennoch war es diese zweite Person, die aufgrund ihrer Anwesenheit in jener Nacht das Leben vieler Menschen verändern sollte, am allermeisten ihr eigenes.

Der eine Fahrgast war ein Mann mit kurzen roten Haaren namens Ivo Sponge. Er war zweiunddreißig, unverheiratet und vereinigte in sich zu ungleichen Teilen Korpulenz, Verdrießlichkeit und Charme, je nachdem, wieviel er getrunken hatte. Ivos Alkoholkonsum beschränkte sich an diesem Tag bisher auf eine Flasche

Wein zum Mittagessen – ein vergleichsweise geringes Quantum, bestimmt von der Tatsache, daß die betreffende Party veranstaltet wurde, um ein Reisebuch mit dem Titel *Wie viele Meilen?* zu lancieren, das die Tochter von Ivos Arbeitgeber Max de Monde geschrieben hatte. Ein aufmerksamer Zeitgenosse hätte vielleicht den Minzgeruch eines Atemdeos wahrgenommen, das dazu diente, den Geruch nach sauren Trauben rings um Ivo zu überdecken.

Ivo kannte Amelia de Monde von der Universität. Schmeicheleien, Flirts und gezielte Flunkerei hatten zu etwas geführt, was als Freundschaft durchgehen konnte. Teilweise lag es an Amelias Gönnerschaft, daß Ivo vom Lobby-Korrespondenten zum Kritiker und Interviewer und zu seiner momentanen Stellung als stellvertretender literarischer Redakteur des *Chronicle* avanciert war. Doch Amelia konnte nicht allen Verdienst für Ivos Beförderung für sich beanspruchen. Es war nämlich eines der Geheimnisse im Leben Sponges, daß er, obwohl notorisch erfolglos bei Frauen – in seinem Umfeld gab es kaum eine Frau, die nicht in den Genuß der berühmten »Sponge-Attacke« gekommen wäre –, ihnen trotzdem seinen Aufstieg verdankte. Es wurde häufig spekuliert, ob der Grund dafür war, daß er seine Aufmerksamkeit nicht nur Amelia und den hübscheren Redakteurinnen zukommen ließ, sondern auch den am stärksten geschminkten und sauertöpfischsten Lohnschreiberinnen. Seine Freunde verglichen ihn mit Oscar Wilde, hauptsächlich wegen der Art, wie er sich kleidete, nämlich exotisch, und wegen seiner Redeweise, die außerordentlich schnell war und voller Witz. Seine Feinde nannten ihn den gefährlichsten Mann Londons.

Momentan war er nüchtern genug, um sich damit zu begnügen, zu seiner Begleiterin zu sagen: »Was zum Teufel mischen sie bloß in diese Luftverbesserer? Es reicht, um einen zum Kotzen zu bringen.«

»Wie ist Amelia?«

»Vielleicht sollte ich kotzen. Warum müssen wir uns den verdammten Gestank von diesem Proleten gefallen lassen? Das ist ja noch schlimmer als sein Gedudel.«

»Mark sagt, sie sei unglaublich glamourös.«

»Das haben wir diesen verdammten Anti-Raucher-Fanatikern zu verdanken. Mein Gott, Londoner Taxen! Sie sind wie die schlimmste Sorte Frauen – man wartet ewig auf sie, bis man vor Langeweile steif ist, und wenn sie dann schließlich kommen, wünscht man sich fast, man wäre zu Fuß gegangen.«

Mary gähnte. »Nicht, wenn du den ganzen Tag auf den Beinen gewesen bist.«

»Ich frage mich, ob Amelia sich darüber im klaren ist, daß ich sonst so gut wie nie zu Buchpräsentationen gehe.«

»Natürlich, kein Mensch geht hin, aber irgendwie wißt ihr immer alle, was dort passiert.«

»Gräßliche Veranstaltungen«, sagte Ivo. »Der Champagner geht regelmäßig nach dem ersten Glas aus, und dann hat man nichts anderes zu tun, als das Unlesbare auf der Suche nach den Analphabeten zu ertragen. Oder anders herum? Immerhin, Max gibt gute Partys.« Wie alle Angestellten des Magnaten de Monde nannte Ivo ihn hinter dessen Rücken »Max«.

»Er hat gerade Belgravia übernommen, mußt du wissen. Ich nehme an, daß das der Grund ist, warum Amelia überhaupt gedruckt wurde. Irgend jemand hat mir erzählt, sie habe für die Blumen und das Büffet heute abend zwanzigtausend Eier ausgegeben, aber ich nehme an, daß jeder, der jemand ist, nicht behandelt werden kann wie ein, nun, ein Niemand.«

»Aber ich bin kein Jemand«, sagte Mary Quinn.

»Meine Liebe«, sagte Ivo, »du bist ein *Niemand*. Aber es werden so viele Leute da sein, daß es keinem auffallen wird.«

»Ich finde eigentlich nicht, daß ich dabeisein muß«, sagte Mary Quinn. »Ich bin nur – neugierig. Ist sie sehr schön?«

»Sie ist reich und dünn«, sagte Ivo.

»Oh«, murmelte Mary.

»Alles Geschmackssache. Du bist eine zeitlose Schönheit, und sie ist eine zeitgemäße. Das kann jeder sehen.«

»Jeder? Sogar jemand, der ein Niemand ist? Die de Mondes gehören zur Gesellschaft, oder nicht?«

»*Wir* sind die Gesellschaft«, sagte Ivo. »Deshalb arbeitet jeder, der Köpfchen hat, heute bei den Medien statt an der Börse oder als Anwalt, und deshalb konnte ein libanesischer Emporkömmling wie de Monde eine Zeitung kaufen.«

»Man munkelt, er sei ein Betrüger.«

»Das ist er wahrscheinlich auch, aber ihm gehört der *Chronicle*, wen kümmert es also? Mark wird auch dasein.«

»Allerdings«, sagte Mary. »Aber ich glaube, er mag es nicht besonders, wenn ich seine Freunde kennenlerne. Das letzte Mal, als ich mit ihm zu einer Party gegangen bin, hat dieser unglaublich dämliche Kerl, dieser Labour-Abgeordnete, du weißt schon –«

»Toby Jugg«, sagte Ivo.

»Ja, der – er hat gesagt: ›Mary, du bist eine kleine Kellnerin, du mußt uns bei der nächsten Wahl deine Stimme geben.‹ Dann sagte er zu Mark, daß kein Mensch mit Verstand die Konservativen wählt, und Mark wurde grob. Es war schrecklich.«

»Ach, nun komm schon!« sagte Ivo und strich über seine Fliege wie ein Kater über seinen Schnurrbart. »Mark ist zu jedem grob. Du solltest nicht so dünnhäutig sein.«

»Sogar Adam nennt mich einen irischen Tranigel«, sagte Mary. »Er ist wie alle Engländer, er glaubt, alle Iren leben wie die Kesselflicker, spielen Harfe und basteln in der Dämmerung Bomben, während die Wellen ans Ufer schlagen.«

»Romanschreiber sind für die Neunziger das, was Köche für die Achtziger, Friseure für die Siebziger und Popstars für die Sechziger waren«, sagte Ivo.

»Wirklich? Und was ist das?«

Ivo war für einen Moment verblüfft.

»Einfach ein Ausdruck des Zeitgeists, verstehst du? In Wirklichkeit *liest* niemand mehr Romane, aber es ist schick, Schriftsteller zu *sein* – selbstverständlich nur, solange du die Leute nicht unterhältst. Ich glaube manchmal«, sagte Ivo, und seine Augen glänzten wie Industriediamanten, »meine einzige Tugend besteht darin, daß ich in ganz London der einzige Mensch bin, der nicht die geringste

Absicht hat, jemals irgendeine Form von Roman zu schreiben. Mit Ausnahme von Mark natürlich.«

»Ich glaube manchmal, jeder Oxbridge-Absolvent hat zwei Abschlüsse«, sagte Mary. »Einen in seinem Fach und einen im Lästern.«

»Du bist selbst nicht ganz schlecht darin, meine Liebe.«

»Tja«, sagte Mary. »Ich habe Abendkurse besucht.«

Ivo kicherte und dachte bekümmert daran, wie sein bester Freund Mark Crawley sie vor fünf Jahren erfolgreich verführt hatte, nachdem sie sich in dem Club kennengelernt hatten, wo Mary arbeitete.

Das Bündnis der beiden Männer gründete hauptsächlich auf gegenseitigem Neid und Hohn, wobei der Punkt der war, daß sie dies auch anderen gegenüber empfanden, nur noch stärker. Sie hatten in Cambridge dasselbe College besucht und dieselben Fächer studiert, doch während Mark ein Stipendium erlangt hatte, hatte Ivo sich nur gerade so durchgemogelt, indem er seine Prüfer mit einer Kombination aus Coles-Zitaten und Charme bezauberte. Er war gewitzt, aber nicht intelligent. Man kam schweigend überein, daß dies durch den Umstand ausgeglichen wurde, daß sein Vater in Dorking Arzt war, während Marks Vater Zahnarzt in Slough war. Beide hatten weniger bekannte Privatschulen auf dem Lande besucht, und beide ärgerten sich furchtbar über die Geringschätzung, mit der diese Information von denjenigen aufgenommen wurde, die in Eton, Harrow oder Winchester gewesen waren.

Beiden war klargewesen, daß es in Cambridge – wie in den meisten Gesellschaften – eine Elite gab, der es aufgrund von Familienzugehörigkeit, Energie, Aussehen oder Talent bestimmt war, Erfolg zu haben, und fünfundneunzig Prozent andere Leute, mit denen zu befassen sich nicht lohnte. Jeder der beiden Männer hatte den Zugang zu diesem inneren Kreis auf anderem Weg gesucht. Ivo war als geborene Klatschbase und geborenes Lästermaul fest entschlossen gewesen, so viele Bekanntschaften wie möglich zu pflegen. Er ging zu Studentendebatten, Aufführungsproben und in die Collegebars, trat in Clubs ein, besuchte Partys, kotzte japanischen Touristen über die Füße und saß im Schaufenster von Belinda's und mästete sich mit Cream Tea. In seinem letzten Trimester hatte er für seine ausgewählten Bekannten eine Party veranstaltet und ihnen als den »Langweilern von morgen« geschmeichelt. Als Folge dessen und, so wollten es die Gerüchte, eines gewissen Entgegenkommens gegenüber einflußreichen homosexuellen Dons hatte er seine Karriere als Journalist begonnen.

Mark dagegen hatte auf ein enzyklopädisches Insiderwissen über Mode, Essen und Kunst gesetzt. Er glaubte an Karten, Führer, Tips und Zeitpläne, las jedes Szeneblatt, das er auftreiben konnte, und erklärte sich ohne zu zögern selbst zum Intellektuellen. Wo Ivo zu damastenen Westen und grünen Nelken tendierte, bestand Marks Garderobe aus gestreiften Baumwollhemden mit Button-down-Kragen und schmalen Seidenschlipsen, die er im Ausverkauf bei Ralph Lauren oder Hackett's erstanden hatte. Er sah nicht gut aus, denn seine Züge waren scharf und sein Körper war nicht besonders kräftig, doch die richtigen Kleider, Liegestütze und das wöchentliche Färben von Wimpern und Augenbrauen korrigierten die meisten dieser Schwächen. Außerdem verlieh ihm die intellektuelle Arroganz, die ihn wie eine Aura der Kälte umgab, etwas Geheimnisvolles. Voller Abscheu für den Bohemienstil des typischen Studienanfängers hatte er seine Zimmer im College in einem monochromen Minimalismus eingerichtet. Mit Hilfe der Toilette als Kühlschrank und einer Kochkiste gab er Abendessen, kaufte Stiche und führte ein Leben des gehobenen Geschmacks.

Diese Freuden überwogen anfangs die Tatsache, daß durch die Ausgaben für seine Ansprüche in seiner Kasse allmählich Ebbe eintrat, und drei Jahre lang beobachtete Mark, der ohne Zukunftschancen bei der Cambridge University Press angestellt war, Ivos unwürdige Kriecherei durch die Londoner Medienwelt mit lächelnder Geringschätzung.

»Ich könnte für jedes Blatt schreiben, das mir gefällt«, sagte er gern. »Ich habe mich nun einmal entschieden, meine Intelligenz nicht als Lohnschreiber zu prostituieren. Ein Porsche mit Handy ist nur für Hirntote attraktiv.«

Allmählich hatten jedoch sowohl der Ehrgeiz als auch die dringende Notwendigkeit, seine Finanzen aufzubessern, Mark veranlaßt, seine Chancen nüchtern zu sichten. Während Ivo von Wohnung zu Wohnung und schließlich zu einem kleinen viktorianischen Haus in Clapham aufstieg, war Mark klargeworden, daß er, selbst wenn man ihn zum Cheflektor befördert hätte, niemals den Wohlstand erreichen würde, von dem er träumte. In der akademischen Welt waren Festanstellungen oder Ruhm nicht mehr ohne weiteres zu haben, und sein Vater, dessen Stolz anfangs grenzenlos gewesen war, hatte mittlerweile die Nase voll. Überdies wurde Mark seine Stelle gekündigt, nachdem er das Register eines wichtigen Lehrbuchs zu korrigieren vergessen hatte. Die Anzahl hübscher Mädchen, die bereit waren, mit ihm ins Bett zu gehen, verringerte sich in der Folge beträchtlich, und eines Morgens erwachte er mit der erschreckenden Erkenntnis, daß er, sollte er in Cambridge bleiben, Gefahr lief, nicht etwa hoch geachtet zu werden, sondern der Lächerlichkeit anheimzufallen.

Also trafen sich Mark und Ivo im Slouch Club.

Ah, der Slouch Club! Ein weitläufiges Gebäude in Soho, das, nachdem es einst ein Bordell gewesen war, in den fünfziger Jahren zu einem Club für Künstler und Schriftsteller umgewandelt worden war. Dreißig Jahre später rettete man es vor dem Bankrott, indem man seine Türen den oberen Rängen der Medienwelt öffnete. Der olympische Reigen der Persönlichkeiten wird durch eine lange schwarze Jalousie und eine Drehtür am Eingang von der Öffentlichkeit abgeschirmt, die Unvorsichtige wieder draußen auf dem Gehsteig absetzt.

Im Inneren sind die Wände mit kunstvoll gerahmten Spiegeln jeder Größe bedeckt, so daß jeder Moment der Gegenwart wie ein bewegtes Bild erscheint – fragmentarisch, flüchtig und mit vage vertrauten Gesichtern bevölkert. Dieser Raumschmuck ist unschätzbar für all jene, die sich selbst zu betrachten oder andere auszuspionieren wünschen. Ein, zwei Klatschkolumnisten haben behauptet, die intimsten Skandale aufgeschnappt zu haben, weil sie dort das Lippenlesen gelernt hätten. Im Laufe von fünfzehn Jahren sind die heruntergekommenen Wände, die exzentrischen Köche und die hübschen Kellnerinnen des Slouch zu einer urbanen Legende geworden. Schauspieler, die im West End Erfolge feiern, Maler, die im East End Bauchlandungen machen, Journalisten ohne Story, alternde Models, ausgebuffte Autoren, ausgefuchste Agenten, ausgebremste Politiker – sie alle versammeln sich hier. Es heißt, der Name sei inspiriert von der Wiederkunft des Messias, und für jemanden, der am Ende des Jahrtausends an jenem Wirbel aus Ehrgeiz, Ablenkung, Verleumdung und Verspottung teilhaben will, der eine bestimmte Art des Londoner Lebens ausmacht, ist der Slouch Club gewiß kaum zu überbieten.

Mark Crawley war fest entschlossen, zu dieser Welt Zutritt zu erhalten, Ivo, der zufällig im Auswahlgremium saß, hatte Bedenken, sich für seine Mitgliedschaft einzusetzen. Aus naheliegenden Gründen: Er wußte, daß Mark intelligenter war als er selbst, und wollte keinen Konkurrenten. Doch nicht in den Slouch Club aufgenommen zu werden bedeutete ein unüberwindliches Handicap, denn seit der Auflösung der Fleet Street war dieser Club der schnellste Weg, Kontakte zu knüpfen und Arbeit zu finden.

Mark haßte diesen Ort. Niemand schenkte ihm die geringste Beachtung, und jeder zweite Mann in der Brasserie schien einen Designeranzug zu tragen, der identisch war mit seinem eigenen. Er fühlte sich elend und auf peinliche Weise unterlegen.

»Minitomaten, Babymais – die reinste Gemüsepädophilie«, sagte Mark laut. Ivo lächelte in sich hinein – eine der obersten Regeln, die er gelernt hatte, war die, niemals etwas zu sagen, was kopiert werden konnte. Trotzdem war es kein übler Witz, und es gelang ihm, den Kopf in den Nacken zu werfen und im Schutz des eigenen Gelächters den Raum schnell nach Berühmtheiten abzusuchen.

»Das Beste an diesem Lokal ist, daß sie nie die Endsumme auf deine Quittungen setzen«, erklärte er dann.

»Und?«

»Für einen Journalisten ist es von lebenswichtiger Bedeutung, ein gutes Restaurant zu finden, wo man Blankoquittungen bekommt. Auf diese Art erhält man nicht nur das Geld zurück, das man ausgegeben hat, sondern verdient welches dazu. Ich verdiene beinahe das gleiche an Spesen wie mit meinem Gehalt. Allerdings nicht soviel, wie ich als politischer Kolumnist einstecken würde.«

»Du bist wirklich das Letzte«, sagte Mark.

»Die Regeln des Gewerbes, mein lieber Junge. Es ist erstaunlich, wie wenige Restaurants das kapieren«, sagte Ivo. »Die, die es tun, verdienen ein Vermögen.«

Ihre Bestellungen kamen.

> »Sie war so lieblich und so häuslich auch,
> Daß sie des Edelmannes Bette schmückte,
> Und jeder Bauer freudig ihr die Hand zum
> ew'gen Bunde reichte.«

»Was?« fragte Sponge.

»Unsere Bedienung«, sagte Mark. »Die Dunkle.«

»Ah, Mary. Praktisch wie geschaffen für Sex«, sagte Ivo. »Nettes Mädchen.«

»Sie ist nicht unattraktiv.«

»Eiserne Keuschheitsgürtel bei jeder von ihnen, außer du bist ein Superstar wie Gore Tore.«

»Und wie ist es mit ›Summa cum laude‹?«

»Das würden sie für eine Biersorte halten«, sagte Ivo.

»Da bin ich mir nicht sicher«, sagte Mark, während er beobachtete, wie Mary mit einem Redakteur flirtete, den er besonders gern kennenlernen wollte.

»Vergiß es.«

»Mädchen sind genetisch darauf programmiert, Intelligenz attraktiv zu finden, weißt du das nicht?«

»Das trifft für Cambridge zu«, sagte Ivo gehässig. »In London lassen sie dich nur ran, wenn du Geld hast.«

»Ach, Quatsch! Jede, die hier arbeitet, ist zwangsläufig eine Nutte.«

»Da wäre ich mir nicht so sicher, alter Junge. Sie ist katholisch«, sagte Ivo.

»Dann treibt sie es wahrscheinlich mit jedem.«

17

Mark wußte, daß das Ivo ärgern würde, der aus der Kirche ausgetreten war, sich aber aus gesellschaftlichen Gründen gelegentlich im Brompton Oratory sehen ließ.

»Sie ist das Liebchen eines Schauspielers«, sagte Ivo. Schauspieler haßte Mark noch mehr als Feministinnen, Amerikaner und Eton-Absolventen. Aus einem Impuls schierer Boshaftigkeit fügte Ivo hinzu: »Aber ich glaube, das ist vorbei. Möchtest du ihr vorgestellt werden?«

Als Studienanfänger war Ivo dafür bekannt gewesen, daß er Münzen erhitzt und dann bei der King's Parade fallen gelassen hatte, damit nichtsahnende Passanten sich die Finger daran verbrannten.

»Nein.«

»Oh, da drüben ist ›Felix‹ Viner«, sagte Ivo, wieder fröhlicher. »Du weißt doch, der Karikaturist.«

»Ich weiß, wer Sam Viner ist«, sagte Mark.

»Er ist auf Sauftour, seit La Bamber ihm wegen Andrew Evenlode den Laufpaß gegeben hat. Hast du Tom Viner kennengelernt? Ach nein, er war in Oxford. Der bestaussehende Mann unserer Generation, sagen manche. Wie eine fleischgewordene Aftershave-Reklame.«

Mark starrte wieder zu Mary hinüber. Sie drehte sich um, sah ihn und kicherte.

»Die wäre es wert, wenn du sie kriegen könntest.«

»Könnte ich«, sagte Mark.

Ivo zuckte die Achseln. »Ich wette hundert Pfund dagegen«, sagte er.

»Meinst du das ernst?«

Ivo grinste. »Ich muß meine Turnbull-und-Asser-Rechnung bezahlen, alter Junge.«

»Dann wette ich mit dir, daß ich es könnte«, sagte Mark.

»Abgemacht!«

»Übrigens schuldest du mir immer noch eine Magnumflasche Schampus für die letzte Wahl.«

»Ich habe dich zum Mittagessen eingeladen, oder nicht?«

»Aber das setzt du auf deine Spesenrechnung, das hast du mir gerade erzählt. Hör zu: Wenn ich verliere, zahle ich. Aber wenn du verlierst, machst du mich hier zum Vollmitglied.«

»Das hätte ich sowieso getan, alter Junge.«

»Was du nicht sagst.«

Wie jeder, der Ivo kannte, und viele, die ihn nicht kannten, betrachtete Mark ihn mit unentwegtem Mißtrauen. Ivo wußte das und war deswegen gelegentlich verletzt: In seinen eigenen Augen war er ein gütiger Mensch – vielleicht pragmatisch, sicher diplomatisch, und wie die meisten seiner Generation agierte er mit stetem Blick auf den eigenen Vorteil. Doch er hatte sich nicht mehr vorzuwerfen als Käuflichkeit, und die war schließlich notwendig, um in London zu überleben. Ivo kannte den Gesang der Sirenen und war jünger als die Rockstars, mit denen er zusammensaß. Er hatte die Stimme Londons gehört, die unterhalb des brausenden Verkehrs lebt und atmet, eine Stimme wie der stete, hohe Schrei, den man vernimmt, wenn man den Kopf ins Meerwasser tunkt. Es ist das Geräusch von Millionen und aber Millionen Geschöpfen, die leben und kämpfen und sterben und geboren werden. Es befiehlt denen, die es hören, zu fressen oder gefressen zu werden. Und Ivo hatte nicht die Absicht, irgend jemandes Beute zu werden.

2.

Die Queen's-Wohnsiedlung

Es ist nur ein kurzer Blick auf die Welt der Armut, den wir uns an jenem Winterabend leisten können. Sie ist keine große Welt, doch da sie sich dem Zensus entzieht, ist es schwierig, ihre genauen Ausmaße zu nennen. Ihre Menschen sind unsichtbar, außer wenn sich die verzweifelteren oder unternehmungslustigeren von ihnen Übergriffe auf die Börsen solcher Menschen wie Ivo oder Amelia leisten. Im Verhältnis zu unserer Welt ist sie ein sehr kleiner Fleck. Es ist viel Gutes darin, und manche glauben, sie habe den ihr angemessenen Platz. Doch sie ist eine zu sehr in hoffnungslose Hoffnungen verstrickte Welt, und deshalb kann sie das Rauschen der größeren Welten nicht hören, noch kann sie sehen, wie diese um die Sonne kreisen.

In der Queen's-Wohnsiedlung löste sich irgendwo im dreizehnten Stock eines Wohnblocks die gesamte Polyäthylenverkleidung. Einige junge Männer hatten dort mit Crack gehandelt. Das Polyäthylen war vor ein seit Monaten zerbrochenes Fenster geklebt worden, als die Dealer einzogen. Davor war eine junge Frau mit ihrem Baby auf dem Arm aus dem Fenster gesprungen und wie eine verdorbene Frucht auf dem Pflaster zerplatzt.

»Mami! Mami! Geist!« sagte Billy, als Grace sich mit dem Buggy durch den Abfall zu ihrem Hochhaus mühte.

Grace sah hoch und schrie auf, als sie das große, transparente Rechteck erblickte, das über ihren Köpfen trudelte, mal auf sie zu, mal von ihnen weg. Auf seiner Oberfläche fing sich das düstere orangefarbene Licht, und es knisterte im Flug.

»Ist schon gut, ist schon gut, nur ein Stück Plastik«, sagte Grace zitternd. »Hab keine Angst, Liebling. Hab keine Angst.«

Trotzdem beschleunigte sie ihre Schritte. Sie fühlte, wie sich ihr Magen hob, als bewege sich der Beton unter ihren Füßen. Vielleicht bewegte er sich ja wirklich. Grace hatte ihr Leben lang an schrecklichen Orten gewohnt, aber Queen's war, nun, weniger eine Wohnanlage als ein Abort.

Tagsüber machte es einen geschäftigen Eindruck. Seit Monaten entfernten städtische Arbeiter, vermummt und behelmt wie Astronauten, Fenster und Gebäudeteile – alles, worin Asbest enthalten war. Überall war Asbest – in den Decken, in den Heizkörpern, in den Wänden. Aus diesem Grund demolierten die Arbeiter ganze Wohnblocks, während erschreckte Familien aus Bangladesch in dünnen Kleidern zitternd in ihren Wohnzimmern saßen und zu verstehen versuchten, warum ihr Zuhause plötzlich jedem Vorübergehenden geöffnet war.

Vielleicht sind Sie an der Gegend vorbeigekommen, in der Grace mit ihrem Sohn wohnt, wenn Sie von Hampstead oder vom West End aus unterwegs waren. Davor steht eine Reihe kleiner Backstein- und Stuckhäuser, die noch aus einer früheren Zeit stammen und heute Büros erfolgloser Branchen beherbergen. Es gibt Straßenschilder, die ländlichen Charme suggerieren – Weidenhain, Wildbach oder Eschenweg. Tatsächlich war die Queen's-Wohnsiedlung, als sie in den Anfangsjahren der jetzigen Monarchie gebaut wurde, ein willkommener Fortschritt gegenüber den verwahrlosten Behausungen gewesen, die sie ersetzte. Glänzende weiße Türme aus Glas und Beton wurden errichtet, um den Armen den Blick über London und seine Parks zu ermöglichen. Schmutzige Slums und Arbeiterhäuschen mit Außentoiletten wurden niedergerissen. Frischverheiratete Paare waren stolz darauf, in einer so modernen Siedlung zu wohnen, wo es Zentralheizung und Badezimmer gab, Gehwege und Aufzüge.

Doch vierzig Jahre später bröckelte die Wohnsiedlung und zerfiel, bis die Gebäude aussahen wie ein Mund voller verfaulter Zähne. Der Beton war grau und starrte vor Schmutz, das Glas strahlte Ruin aus. Die einzigen, die nun dort lebten, waren die Machtlosen: die Alten, die Verrückten, die Einwanderer und die Unverheirateten. Niemand kannte seine Nachbarn, außer aus Haß, wegen Streitigkeiten oder aus Mißtrauen. Die Aufzüge waren kaputt, und die Treppen stanken. Obszöne Kritzeleien und Hakenkreuze verschwammen vor Grace' Augen, während sie Billy hastig rückwärts die Treppe hinaufhievte, um den Treppenabsatz zu erreichen, bevor wie jedesmal das Licht ausging. Die Lampen selbst waren trübe, von dickem Draht eingefaßt. Ohne den Draht hätte schon längst jemand die Glühbirnen gestohlen.

Grace' Wohnung lag im zweiten Stock neben der der verrückten Maggie aus der Anstalt Friern Barnet, die eigentlich genau dorthin gehörte, weil sie ständig die Pillen vergaß, die sie bei mehr oder weniger klarem Verstand halten sollten. Die verrückte Maggie glaubte, sie sei Mrs. Thatcher. Sie war zu jeder Tages- und Nachtzeit unterwegs, schwenkte ihre Handtasche und beschimpfte ihr imaginäres Kabinett. Ansonsten war sie ziemlich harmlos und hielt ein paar Katzen, die beinahe genauso verrückt waren wie ihre Besitzerin. Während Grace mit dem Buggy kämpfte, hörte sie Maggie singen:

> »Ein krummer, krummer Mann
> mit einem krummen, krummen Lächeln
> der fand ein krummes, krummes …
> Pussy-cat, Pussy-cat, wo bist du gewesen?
> Ich war in London, um die Königin zu sehn,
> husch, husch, husch,
> Hei, ich frage mich, was du wohl bist …«

Solche Lieder sang sie Tag und Nacht, aber trotzdem dachte die verrückte Maggie irgendwie daran, ihre Katzen zu füttern, auch wenn sie sie – den Gerüchen nach zu urteilen, die unter ihrer Tür hindurchsickerten – nicht oft genug hinausließ. Billy, der Tiere liebte, mochte sie sehr gern.

Grace' Treppe war sauberer und der Gestank weniger schlimm, denn sie sammelte die Reste des Putzwassers, mit dem sie das Bad scheuerte, in einen Eimer und kippte es jeden Abend mit einer knappen, heftigen Bewegung die Treppe hinunter.

»Wie ein Hund«, sagte sie. »Meine Duftmarke.«

Wenn Billy nicht wäre, würde ich genauso den Verstand verlieren, dachte sie, aber wenn er nicht wäre, wäre ich auch nicht hier. Diese beiden Gedanken sausten wie gefangene Schmeißfliegen immer wieder in ihrem Kopf herum, bis die Eingangstür zu ihrem Haus aufschnappte. Jemand kam mit ruhigen, stetigen Schritten im Dunkeln hinter ihr her die Treppe herauf. Jeder hier trug Turnschuhe, doch das Knirschen von Glas verursachte dennoch ein Geräusch.

Ängstlich zerrte Grace noch einmal an dem Buggy. Billy war klein für sein Alter und müde wegen seines Asthmas, und sie hatte immer Angst, er könnte irgend etwas aufheben, was auf der Treppe herumlag – benutzte Kondome, Spritzen, Kaugummi. Es war ein Gefühl wie in einem Alptraum – all die Dinge, die einem an den Füßen kleben blieben, unter ihnen zersplitterten oder zerquetscht wurden. Nun, sie würde nicht aufgeben, nein, ganz bestimmt nicht. Angst und Wut ließen sie noch einmal an dem Buggy zerren, und plötzlich blieb er hängen und kippte um. Billy schrie, nur noch von den Gurten gehalten, während die Dosen und Schachteln, die Grace eingekauft hatte, davonsprangen und sprangen und sprangen, bis sie außer Sicht waren.

Grace packte Billy. »Mein Kleiner, mein Kleiner, oh, es ist nicht so schlimm«, flötete sie, raste mit Billy und dem Buggy in beiden Armen die Treppe hoch und wühlte nach ihren Schlüsseln. Es gab drei Schlösser, und sie zitterte so sehr, daß sie die Schlüssel kaum umdrehen konnte. Billy klammerte sich an sie wie ein Liebhaber. Die Stille in ihrem Rücken war schlimmer als jeder Lärm. Jemand lauschte, das wußte sie.

Grace knallte die Tür hinter sich zu, knipste das Licht an und umarmte ihren Sohn, bis sein Schluchzen allmählich nachließ. Das Hinterrad seines Buggys hatte sich gelöst. Grace hatte ihn einem Mädchen abgekauft, das mit ihr im Heim gewesen war – alle hatten sie komisch gefunden, denn kaufte nicht jede das Beste, Brandneue für ihr Kind? Nicht, daß Grace nicht das Beste gewollt hätte, sie sehnte sich geradezu danach, mit einem dumpfen, schmerzhaften Verlangen, doch sie war der Meinung, daß andere Dinge wichtiger waren.

»Raus, Mamimami, raus!«

»Noch nicht, mein Süßer.«

»Raus, *jetzt*!«

»Warte, Billy. Klettere nicht da drauf, das ist gefährlich. Nicht!«

Er verstand das natürlich: Es war eines der ersten Wörter, die sie ihm beigebracht hatte. Nimm das Telephon nicht ab, mach die Tür nicht auf, sprich nicht mit Fremden. Sie hatte ihm das Schlechte in der Welt vor dem Guten beibringen müssen. Letzte Woche im Kindergarten hatte er einen Magenvirus gehabt – während Grace versucht hatte, die tausend Dinge zu erledigen, die sie nur allein erledigen konnte –, und als jemand von den Angestellten in die Toilette gekommen war, hatte Billy gebrüllt: »Nein! Nein! Niemand darf meinen Hintern anfassen außer meiner Mami!«

Sie gurtete ihn los. Für einen Zweijährigen konnte er wirklich schon gut laufen, aber sie brauchten den Buggy. Der Wohnblock war so weit von allem entfernt – von den Geschäften, dem Postamt, dem Sozialamt, der Bibliothek, dem Markt –, und ihre dreiundsiebzig Pfund Sozialhilfe schwanden noch schneller dahin, wenn sie im Paki-Laden einkaufte. So ging sie meilenweit und schob Billy bergauf und bergab zu Sainsbury's, Kwiksave und dem Inverness-Straßenmarkt. Seit dem Sommer brauchte Billy keine Windeln mehr, aber trotzdem kostete er noch viel Geld. Grace verzichtete häufig auf etwas zu essen, damit er die Pommes frites und die Fischstäbchen bekam, die er so liebte. Einmal pro Woche kaufte sie auf dem Inverness-Markt ein Hühnchen und kochte die Innereien und Knochen aus, damit sie eine Suppe hatten.

Aber es war hart. Ohne den Babysitterjob bei Georgina Hunter, davon war Grace überzeugt, würde sie es nicht schaffen, auf der geraden Bahn zu bleiben. Die Hälfte der Mädchen in der Wohnanlage waren im Geschäft.

»Ich behaupte nicht, die Jungfrau Maria zu sein, nein«, sagte Grace zu sich selbst. »Aber ich habe es noch nie für Geld getan. Und solange Billy nicht hungern muß, werde ich es auch nie tun.«

»Buch lesen!« sang Billy. »Buch lesen!«

Bücher waren sein Spielzeug, sein Trost, sein Fenster zu einer anderen Welt. Sie zeigten Kinder, die alles mögliche hatten, was er nicht hatte – Kinder mit Gärten, Haustieren, Sofas, Kinder wie die von Georgina mit Brüdern und Schwestern und Vätern. Grace mußte alles für ihn sein und alles für ihn tun.

»Du mußt so bald wie möglich lesen und schreiben lernen, Billy«, sagte sie. »Du mußt etwas aus deinem Leben machen.«

Sie wünschte sich so sehr, daß er verstand, daß sie das Beste für ihn tat, was sie konnte! Sie führte lange, lange Gespräche mit ihm, um es ihm zu erklären, sogar jetzt.

»Es gibt nur dich und mich, Liebling.«

»Und Nana.«

»Nana ist krank, Billy. Wie Maggie.«

»Die ganze Zeit?«

»Die meiste Zeit.«

»Nana wird gesund.«

»Wenn sie ihre Medizin nimmt.«

Billy nickte weise. »Nana wird auf Billy und Mami aufpassen«, sagte er.

Grace wurde wütend. »Nana kann auf niemanden aufpassen, Billy. Es geht ihr nicht gut. Wir passen auf *sie* auf.«

Mindestens einmal alle vierzehn Tage rief Joy um drei Uhr morgens an, vor Entsetzen wirres Zeug redend. »Ich wollte, *du* wärst *meine* Mami«, sagte sie zu Grace. »Wirklich, das wünsche ich mir.«

Grace hatte Joys Geburtsdatum gesehen, als sie in die Anstalt eingewiesen wurde, und wußte, daß sie adoptiert worden war. Was schiefgelaufen war, wußte sie nicht, aber mit Sicherheit gab es keine Eltern. Joy war einundvierzig, sah aber zwanzig Jahre älter aus. Seit Friern Barnet geschlossen worden war, lebte sie mehr oder weniger auf der Straße, obwohl sie ein Zimmer in einem Heim in West Hampstead hatte. Es war voller Verrückter, die ebenfalls vergaßen, ihre Medikamente zu nehmen. Grace hatte Briefe an alle Leute geschrieben, die ihr eingefallen waren, und hatte zu erreichen versucht, daß man ihr eine andere Wohnung

25

zuwies, wo sie sich um ihre Mutter kümmern konnte, aber es hatte nichts genützt.

Joy ging es gut, solange sie ihre Tabletten nahm, aber meistens tat sie das nicht, und dann wurde sie immer verrückter. Und es war schrecklich, was Menschen einer Verrückten alles antun konnten. Grace wußte, daß ihre Mutter mindestens zweimal vergewaltigt worden war und öfter zusammengeschlagen, als sie zählen konnte. Nicht einmal ihr Schmutz und ihre Lumpen retteten sie davor.

Joy wanderte bei jedem Wetter meilenweit, mit nicht mehr als einem Leintuch bekleidet, barfuß auf den eisigen Londoner Bürgersteigen, und die Menschen lachten sie aus. Sie sah aus wie eine Betrunkene, bis man den unschuldigen Ausdruck auf ihrem roten, rauhen Gesicht erkannte. Die Leute schraken zurück, wenn sie in der Nähe war, wegen ihres Gestanks und ihrer Verrücktheit. Dabei war sie im Grunde sehr freundlich. Sie hatte ihr Bestes für Grace getan, auch wenn sie ihr nie gesagt hatte, wer ihr Vater war, und es wahrscheinlich auch nicht wußte. Sie gehört zurück in die Anstalt, dachte Grace jetzt, aber die Pflege oblag der Allgemeinheit, und die Regierung fand, daß sie und Billy die Allgemeinheit waren. Es gab sonst niemanden.

Der Buggy konnte nicht mehr repariert werden. Grace sah, daß die Achse gebrochen war. Ab jetzt würden sie zu Fuß gehen müssen. Wenn nur Billy nicht solche Atemnot hätte! Manchmal wurden seine Lippen und Fingernägel ganz blau, und er krümmte sich beim Atmen vornüber wie ein kleiner alter Mann. Am schlimmsten war es immer bei Kälte, egal, wie sehr Grace ihn einpackte, und in Queen's war es immer kalt, denn die Wasserleitungen hatten nicht genügend Druck, um die Wärme durch das ganze Gebäude zu leiten. Sogar ein Bad einlaufen zu lassen dauerte eine Stunde.

»Aber du wohnst doch in einer schönen Gegend von London«, hatte Georgina gesagt, als Grace ihr erklärte, daß das Minitaxi sie nie und nimmer bis direkt vor die Haustür ihres Wohnblocks fahren würde.

»Ja, schon«, sagte Grace. »Man geht über die Straße und ist plötzlich in Regent's Park, wo reiche Leute in Wohnungen wohnen, die Millionen kosten, wo nagelneue Autos an einem vorbeisausen und wo es Blumenbeete gibt, die aussehen wie Törtchen. Das ist, als würde das Leben, das ich führe, überhaupt nicht existieren. Aber es existiert sehr wohl.«

Grace und Billy hungerten nicht, und sie hatten eine Wohnung. In London ging es vielen Menschen schlechter als ihnen. Aber die beiden lebten ständig am Rande des Existenzminimums. Wenn man sich in Grace' Wohnung umsah, gab es nicht einen einzigen Gegenstand, der einen erfreute oder dem Auge wohltat. Sie hatte Bilder aus Zeitschriften ausgeschnitten, Tiere und ähnliches, und Georgina hatte Billy einen Wandbehang geschenkt, auf dem das Alphabet zu sehen war, doch nichts konnte die Vernachlässigung überdecken, die zugigen Fenster und die Schimmelflecken.

Grace würde abwarten müssen, bis es wieder hell war, ehe sie ihre Einkäufe einsammeln konnte. Es war unwahrscheinlich, daß jemand sie stahl. Die Menschen waren Lebensmitteln gegenüber argwöhnisch – sie konnten mit etwas versetzt sein, das die Hunde vergiftete. Doch da das meiste Konserven waren, hatte Grace vielleicht nicht soviel Glück. Sie kochte Billy ein Ei, aber er weigerte sich, es zu essen. Also gab es wieder Pommes frites und Ketchup.

Er rannte im Zimmer umher, bis er erschöpft war, und probierte sämtliche Spielsachen aus, ehe er vor einem Video aus der Bibliothek sitzen blieb. Es war ihrer beider Lieblingsvideo, *Die Schöne und das Biest.*

»In einem fernen Land«, sagte die schöne tiefe Stimme, »lebte einmal ein Prinz in einem schimmernden Schloß.« Sie sahen, wie eines Nachts eine alte Bettlerin an sein Tor trat und ihm eine einzelne Rose anbot, im Tausch gegen Obdach vor der bitteren Kälte, und sich dann in eine Zauberin verwandelte. Billy seufzte zufrieden.

Wie konnte sich Grace ein Videogerät leisten? Nun, indem sie die Versicherung betrog. Sie und ihre Freunde hatten zusammengelegt und eines gekauft und hatten es versichert. Einen Monat später meldete es ein Freund als gestohlen und verkaufte es an jemand anderen. Mit dem Geld und noch einem bißchen dazu kauften sie ein weiteres Videogerät und meldeten wieder einen Versicherungsfall, und so weiter, bis alle alleinerziehenden Eltern eines hatten – zu ungefähr einem Drittel des üblichen Preises. Das einzige Problem war, daß niemand in Queen's jetzt noch eine Versicherung bekam.

Grace war keine unehrliche Person. Wenn jemand auf der Straße einen Fünfer fallen ließ, gab sie ihn ihm zurück. Aber sie brauchte einen Videorecorder, wie sie eine Waschmaschine brauchte: Ohne ihn wäre das Leben fast unmöglich gewesen. Nur wenn das Video lief, bekam sie ein wenig Ruhe. Die meisten Fernsehsendungen, mit Ausnahme der *Sesamstraße*, waren gewalttätig und schrecklich, japanische Cartoons, die Billy Alpträume verursachten.

Manchmal kostete es solche Mühe, fröhlich zu sein! Sogar Pflanzen starben bei ihr. Grace schaute aus dem Fenster, während sie das Geschirr spülte, und sah eine Bande Skins, die mit Ketten in den Händen herumliefen.

»Raus, raus, raus!« sangen sie. Grace ging zum Telephon. Wenigstens war die Tür solide, mit verstärkten Angeln und Stahldraht gesichert. Sie hatte den Fußboden einen halben Meter in die Wohnung hinein bis auf den Beton bloßgelegt, für den Fall, daß sie Benzin ausgossen. Trotzdem konnte sie nachts vor Angst oft nicht schlafen.

»Negertussi, Negertussi«, gröhlten manche Kinder. Grace fragte sich, wie lange es dauern würde, bis Billy begriff, daß seine Haut eine andere Farbe hatte als ihre.

Sie rief auf dem Polizeirevier an und erzählte, was sie gesehen hatte. Eine gelangweilte Stimme sagte ihr, »man würde der Sache nachgehen«. Da die Polizei bekannt dafür war, die Nationale Front durch Queen's zu eskortieren, wenn die das Bedürfnis nach einem Aufmarsch hatte, weigerte sich Grace, ihren Namen anzugeben.

Einmal war sie kurz nach Billys Geburt mit einem Bekannten etwas trinken gegangen, und dieser Mann hatte sich über den

Buggy gebeugt und gesagt: »Oh, oh, ein Negerpüppchen!« Grace hatte ihm ihr Bier ins Gesicht geschüttet.

»Das hätte ich nie fertiggebracht«, sagte ihre Freundin, doch Billy machte Grace mutig. Sie fand sich selbst nicht mutig, aber sie war es.

3.

Ein Fünfjahresplan

Mark Crawley gewann seine Wette, und Ivo verzieh ihm das nie.

Man mochte es für unwahrscheinlich halten, doch Mark – der steife, boshafte, reizbare Mark – konnte extreme Gefühle der Liebe und der Verachtung wecken, häufig bei ein und derselben Frau. Tatsächlich lag es teilweise gerade an seiner Übellaunigkeit, daß sie so reagierten, denn seine boshaften Pfeile brachten sie zum Lachen, und Gelächter ist häufig der Weg, über den das tödlichste aller Gifte in die weibliche Seele eindringt. Voltaire hat behauptet, er könne jede Frau innerhalb einer fünfzehnminütigen Unterhaltung sein Aussehen vergessen lassen, und Mark war, wie er selbst es vielleicht ausgedrückt hätte, immerhin nicht unansehnlich.

Mary hatte genug von Männern, die scharf auf sie waren. Sie begegnete ihnen täglich bei ihrer Arbeit. Als Mark bemerkte: »Ivo hat eine Schwäche für dich, weißt du das?«, erwiderte sie: »Aber er gehört zu den Männern, die glauben, jeder Apfelbaum brauche zur Belebung eine Schlange.« Mark hatte das überrascht und bezaubert (so wie Mary selbst, die nicht gewußt hatte, was sie dachte, ehe sie es ausgesprochen hatte). Und so, wie sie sich nach einem scharfen Verstand sehnte, den sie bei ihm vermutete, waren es bei ihr die Fähigkeit, das Unerwartete zu sagen, und ihre Gutherzigkeit, die Mark dazu brachten, sie gerne zu haben, wie er es vor sich selbst nannte.

Selbstverständlich war sie sehr hübsch. Doch das waren viele Mädchen in London. In Cambridge waren die Standards für weibliche Anziehungskraft noch immer so niedrig, daß eine Studienanfängerin, die für das Auge nicht mehr als angenehm war, alles

Selbstvertrauen und alle Gereiztheit einer geborenen Schönheit entwickeln konnte. Draußen dann traf der verschärfte Wettbewerb sie wie ein Schock. (Es war dieses Phänomen, das laut Ivo Fiona Bamber, die »Suleika Dobson unserer Tage«, zuerst »Felix« Viner, dann Andrew Evenlode zum Liebhaber nehmen ließ, obwohl man folgende Bemerkung von ihr gehört hatte: »Jedesmal, wenn ich versuche, mich zu erinnern, was sich unter Andrews Tweedanzug verbirgt, sehe ich noch einen Tweedanzug.«)

Mary gehörte nicht in diese Liga. Man sah sie weder in Chiffon gehüllt für *Vogue* posieren noch mit dem Kopf eines Einhorns im Schoß dasitzen. Sie erinnerte eher an Rosen und an die Modelle von Renoir mit ihrer perlweißen Haut und ihren perlweißen Zähnen: die Art Mädchen, dachte Mark, bei der jeder Mann irgendwie geil wurde und anfing, in Klischees zu denken. Ivo, das war ihm von Anfang an klargewesen, war völlig von ihr gefesselt – und auch das hatte zu ihrer Anziehungskraft beigetragen. Sie war klein und bewegte sich mit schnellen, entschiedenen Schritten, doch sie hatte den Blick einer Robbe, die darauf wartet, erschlagen zu werden. Im Slouch hatte Mark beobachtet, daß sie, zumindest bei den männlichen Mitgliedern, etwas wie einen Kultstatus hatte, und in seinen eigenen Kreisen war sie als enge Freundin von Adam Sands bekannt.

Am Anfang hatte er geglaubt, daß ihr Geheimnis auf schierer Dummheit beruhte. Ihr fehlte die glitzernde, elsternhafte Schärfe, die er mit Intelligenz verband. Sie hatte einen verträumten Ausdruck, als wäre sie nicht ganz wach, obwohl sie häufig lachte, wenn sie sich liebten, und dabei kleine weiße Zähne und rosafarbenes Zahnfleisch entblößte. In Wirklichkeit war es ein Teil ihres Zaubers, daß sie unbeschwert dieses animalische Wesen annehmen und ablegen konnte, das man sexuell nennt, während dies für Mark immer eine gewaltige geistige Entfremdung bedeutete.

Sie trug die Uniform aller Kellnerinnen in allen Restaurants in Soho: Doc Martens, schwarze Leggings, ein weißes T-Shirt, eine Schürze um die Hüften und einen Bleistift, der nie benutzt wurde, hinter dem Ohr – außer, daß Mary mit ihrem einen hochgetürm-

31

ten Haaraufbau festgesteckt hatte, Haar, so weich und schwarz wie Ruß.

Ihr wichtigster Charakterzug war ihr Wunsch zu gefallen, verbunden mit einer Selbstlosigkeit so barocken Ausmaßes, daß ihre Zuhörer entweder warme Selbstzufriedenheit verspürten oder den vagen Verdacht, daß sie auf den Arm genommen wurden. Mary lobte andere ausführlich und sorgte sich offen und wortreich um ihre Taille, ihre Beine, ihre Haut und vor allem ihr Gewicht. »Der glücklichste Tag in meinem Leben«, pflegte sie zu sagen, »war, als ich entdeckte, daß Kartoffeln gut für die Linie sind. Der schlimmste war, als ich entdeckte, daß ich sie nicht ohne Butter essen mag.«

Im Slouch wurde gewettet, sie würde die nächste Managerin werden, denn sie erinnerte sich an den Namen jedes Mitglieds und kannte immer den neuesten Klatsch. In dieser Hinsicht war sie Mark besonders nützlich. Als ihr Freund stieg er umgehend im Ansehen beim glamouröseren Teil der Medienwelt. Er hatte sich ausgerechnet, daß er fünf Jahre brauchen würde, um als Journalist zu erreichen, was er erreichen wollte, und Mary, dachte er, wäre dabei gewiß nicht die schlechteste Führerin.

Nur wenige ihrer Freunde konnten Mark besser leiden als seine Studienkollegen in Cambridge, aber alle erkannten schnell seine Intelligenz. Die anderen Kellnerinnen gaben ihm den Spitznamen »Die Stimme der Mysterons« und fanden Marys Wahl befremdlich.

»Ich verstehe nicht, was an ihm so besonders sein soll«, sagte Adam.

»Er gibt mir das Gefühl, schön zu sein«, sagte Mary. »Und er bringt mir so vieles bei! Ich hatte nie eine Ahnung von Büchern oder Politik oder Kunstgeschichte oder sogar Kleidern, bis ich ihn kennengelernt habe.«

»Die Sache erinnert mich an die Geschichte von der Bauersfrau, die auf dem Feld eine arme kleine erfrorene Schlange aufliest und mit nach Hause nimmt«, sagte ihr Freund.

»Verwandelt sie sich in einen Prinzen?«

»Nein, sie beißt sie, sobald ihr warm wird.«

Marys Cousine Deirdre sagte schonungslos: »Er ist ein Scheißkerl.«

Liebe, sogar die glücklichste und segensreichste, ist kein gleichmäßiger Prozeß, sondern ein Zustand der Selbstzensur. Ihr ganzes Leben lang hatte Mary auf jemanden gewartet, der sprach wie Mark. Sie spürte Marks Kälte, und er tat ihr deswegen leid, denn sie glaubte, sie sei Folge der Einsamkeit eines reinen Intellekts, und sie glaubte auch, daß sie ihm beibringen konnte, ein normales Leben zu genießen. Er wiederum unterwies sie ständig, formte sie mit der ganzen Macht seiner Persönlichkeit zu seinem Ebenbild, und sie war eine eifrige Schülerin.

Man wird immer wieder feststellen, daß jemand, der sich beliebt machen möchte, zum Scheitern verurteilt ist. Doch jemand, der dies für einen anderen Menschen erreichen will, ist fast immer erfolgreich. Marys Charakter glich das Benehmen ihres Liebhabers aus. Sie erklärte seine schlechte Laune mit Schüchternheit und seine Ansichten mit angeborener Brillanz, und sie war so unschuldig überzeugend in ihrer Unterstützung, daß manche ihr glaubten. Ihr wäre nie eingefallen, für sich selbst irgendeinen Gefallen zu erbitten, doch wenn es um Mark ging, war sie furcht- und schamlos. Sie schmuggelte ihn Donnerstag abends ein, wenn die tonangebenden Leute den Slouch Club füllten, und zwang ihn, seine Runde zu machen.

»Warum soll ich mich mit diesem Abschaum abgeben?« wollte er wissen. »Es sollte dir eigentlich klar sein, daß ich in einer anderen Liga spiele.«

»Es geht nicht darum, was du weißt, sondern wen du kennst«, sagte Mary geduldig.

»Dummköpfe!«

»Das sind sie wirklich«, sagte Mary, »aber sie sind mächtig und du nicht. Bis jetzt.«

Sie fragte sogar Ivo, obwohl diese Bitte sie bis zu den Fußsohlen erröten ließ, ob er Mark Arbeit geben könne. Zu ihrer Überraschung tat er es und sagte dazu: »Eigentlich gibt es nur drei Wege in den Journalismus, meine Liebe. Der erste führt über entsetzliche Plackerei, die bei einem Lokalblatt anfängt und schließlich nach jahrelangen Berichten über Hundeshows nach London führt. Das überläßt man sehr dummen Leuten, die sich Reporter nennen. Der zweite führt über Patronage und Nepotismus, wie bei mir. Dafür brauchst du Glück, und uns zum Dank hat Mark Glück.«

»Und was ist mit dem dritten Weg?« fragte Mary, in der Hoffnung, es gäbe noch einen Weg, bei dem man Ivo keinen Gefallen schuldete.

»Du könntest so viel Talent haben, daß – falls du nicht an Armut, in Vergessenheit, an Enttäuschung oder anderen üblichen Hindernissen stirbst – es schließlich sogar in den härtesten Schädel dringt. Doch alle werden dich hassen und vermuten, du seiest sowieso den zweiten Weg gegangen. Wozu also die Mühe?«

»Bedeutet das nicht …«, Mary zögerte. »Ich will nicht unhöflich sein, aber heißt das nicht, daß eine Menge Leute Jobs bekommen, die es gar nicht verdient haben?«

»Natürlich. Doch unter mittelmäßigen Leuten Mittelmaß zu sein hat seine Annehmlichkeiten«, sagte Ivo. »Vor allem, wenn man mehr verdient als sie. Alle behaupten, die Leute unserer Generation seien Yuppies und Thatchers Kinder und so weiter. Keiner denkt daran, daß wir die Schlußlichter des Babybooms sind und keine Wahl haben. Es herrscht das Recht des Stärkeren. Jeder, der sich von der Meute absondert, wird entweder zurückgelassen oder in Stücke gerissen.«

Er grinste Mary an und fuhr mit der Zunge über seine fleckigen Schneidezähne. »Das solltest du ihm sagen, meine Liebe.«

Doch Mark hatte solche Moralpredigten nicht nötig. Er schien instinktiv zu wissen, was jede Zeitung wollte und was er selbst leisten konnte. (In Wirklichkeit war es die Frucht stundenlanger Lektüre alter Zeitungsausgaben in den öffentlichen Bibliotheken.)

Er lieferte seine Artikel jedesmal pünktlich und in der richtigen Länge. Er war weder zu forsch noch zu lässig, wenn er eine Idee anbot, und er lernte es, seine Ideen am Telephon innerhalb von dreißig Sekunden zu erklären – die Zeit, die zwischen dem »Hallo« eines Redakteurs und seinem »Nein« verblieb.

Außerdem, und darin bestand zu einem wesentlichen Teil sein Erfolg, rechnete er sich aus, daß der Zeitpunkt, zu dem er einen Artikel am wahrscheinlichsten unterbringen konnte, Montag morgens war. Dann kamen die Redakteure voller Verzweiflung auf der Suche nach neuen Ideen aus den Konferenzen. Oder an Freitagnachmittagen, wenn sie, erleichtert, wieder eine Woche in diesem Job überlebt zu haben, allesamt lange und gut zu Mittag gegessen hatten. Die schlimmstmögliche Zeit – und das traf vor allem auf die Themenseiten zu – waren der Mittwoch oder der Donnerstag, wenn jeder, der bei einer Zeitung arbeitet, sich in einem Wirbel aus Abgabefristen, Neurosen und Panik befindet.

Nur wenige Menschen lernen es, den Charme ihrer Konversation auf Papier zu übertragen, und wenn es ihnen gelingt, sagt man ihnen nach, sie hätten eine »Stimme«. Noch weniger Menschen lernen es, ihre wahre Persönlichkeit zu verbergen. Marks Stimme, scheinbar vernünftig, zivilisiert und menschlich, verbarg das Vorhandensein der genau entgegengesetzten Eigenschaften bei ihm vor dem Leser.

Seine größte Begabung lag jedoch in seinem Sarkasmus, der ihn anschwellen und abheben ließ wie einen mit Helium gefüllten leeren Stoffball. Es war ein gewaltiges Dahingleiten in wilder Entrüstung, das ihn so hoch über den Smog des schlichten Journalismus davontrug, daß es schien, als lebe er in reineren Lüften. Nur wenige sahen den kleinen Piloten, der darunter baumelte.

Mary begriff nicht genau, wie es kam, daß ihr Liebhaber so schnell so erfolgreich wurde, sie sah nur, daß seine Intelligenz eine Art Wunder war. Alles, was er sagte, wurde von ihr als eine neuenthüllte Wahrheit verstanden, die weiterführende Ausbildung, die sie nicht gehabt hatte. Ihre Bewunderung, ihre Anbetung, ihre Dankbarkeit waren grenzenlos, und er schwelgte in dem, was er geschaffen hatte.

»Wie ich feststelle, bekommt dir die Häuslichkeit«, sagte Ivo, als er Mark bei einem Weihnachtsessen traf. Er war verärgert, ihn dort zu sehen, das Musterbild eines Leichenbestatters zwischen den animierten roten Gesichtern der anderen.

»Sie macht das Leben sehr angenehm, weißt du«, sagte Mark. »Mary muß eine der letzten Frauen in ganz England sein, die Socken stopft, und nebenbei ist sie nicht unintelligent.«

»Du bist also verliebt«, sagte Ivo. »Gratuliere.«

Mark zuckte die Schultern.

»Du wirst auf der Hut sein müssen, alter Junge, sonst stehst du, ehe du dich versiehst, mit jemandem vor dem Traualtar, der nicht nur nicht in Oxbridge war, sondern überhaupt nicht studiert hat.«

Ivo legte keine besondere Betonung auf die letzten fünf Wörter, aber das war auch nicht notwendig. Nicht studiert zu haben war gleichbedeutend damit, kein richtiger Mensch zu sein. Mark nippte an seinem Wein. »Sie hat eine lebhafte Phantasie.«

»Phantasie ist entweder lebhaft oder tot«, sagte Ivo. »Das ist nicht der springende Punkt.«

»Sie liest.«

»Erzähl mir nichts.«

»Viktorianische Romane.«

Ivo schnaubte. »›Lieber Leser, ich habe ihn geliebt.‹ Teenagerkram.«

»Sie hat ein gutes Ohr.«

»Alle Iren haben ein gutes Ohr«, sagte Ivo. »Und ein gutes Auge. Das Problem ist nur, daß dazwischen nichts als grüne Knorpelmasse ist. Sie kriegen einen Behindertenbonus, wenn sie für einen Preis nominiert sind. Bei echten Iren zwanzig Prozent.«

Mark ließ einen seiner Maschinengewehrsalven-Lacher los. Er sagt tatsächlich: »Ha! Ha! Ha!«, als müsse er sich die angemessenen Laute beibringen, die menschliche Wesen von sich geben, wenn sie einen Witz hören, dachte Ivo.

»Ich heirate das Mädchen nicht, ich schlafe nur mit ihr.«

»Denk an Gissing«, sagte Ivo. »Die Unterschicht ist dem Untergang geweiht, und jeder, der sich mit ihr einläßt, wird mitgezogen.«

Doch hier verrechnete er sich. Denn obwohl Mark die Armen fürchtete und verachtete, weil er glaubte, sie seien dumm, gewalttätig und müßten nur insoweit zur Kenntnis genommen werden, als sie sich in bezug auf seine eigene Person als nützlich oder respektvoll erwiesen, empfand er vor den Iren unsichere Hochachtung. Er hatte keinen Zweifel, daß sie ein trunksüchtiger und abergläubischer Haufen waren, doch schließlich hatten sie zwei der vier modernen Schriftsteller hervorgebracht, für deren Werk er größte Bewunderung hegte. Er wußte wenig über ihre Kämpfe und Leiden, und es bekümmerte ihn noch weniger. Er war der Ansicht, daß es in einem Land, in dem man sich immer noch voller Bitterkeit an Cromwell erinnerte, kein Wunder war, wenn geistige Erkrankungen nachweislich siebenmal häufiger auftraten als im restlichen Großbritannien.

Gleichzeitig faszinierte ihn Marys Herkunft. Sein eigener Großvater war in Manchester Pfandleiher gewesen, und die Zugehörigkeit der Crawleys zum Mittelstand war neu und ungefestigt. Wie das nur einem Engländer möglich ist, war Mark sich der genauen gesellschaftlichen Stellung eines jeden, den er den Mund aufmachen hörte, eindringlich bewußt. Viel von seiner Gespreiztheit im Gespräch beruhte ursprünglich auf seiner Angst, bestimmte Wörter auszusprechen. Er vergaß nie, wie er wegen seines Akzents von einem ungeschlachten Idioten, einem ehemaligen Eton-Schüler, verspottet worden war, der später mit Ach und Krach seinen Studienabschluß geschafft hatte.

Daß Mary mit Leichtigkeit über all diese Hindernisse hinwegglitt, die Millionen von Briten wie Schafe im Zaum hielten, erfüllte ihn mit neidvollem Erstaunen. Sie konnte mit jedem reden, und weder Prinz noch Privatschüler hätte zu sagen vermocht, welche Schule sie besucht hatte.

»Deine Stimme ist wie dein Gesicht«, sagte er zu ihr. »Sie läßt dich intelligenter erscheinen, als du in Wirklichkeit bist.«

Mary akzeptierte, was er sagte. Mark war der Mann, der sie aus der Knechtschaft, Unsicherheit und dem Gefühl, ihr Leben vergehe in einem Stupor aus Angst und harter Arbeit, befreien würde. In seiner Gegenwart hatte sie das Gefühl, auch sie sei einen Meter achtzig groß und blitzgescheit.

Was sie am meisten fürchtete, war, ihn zu langweilen.

Mark förderte diese instinktive Reaktion ganz automatisch. Als Teenager hatte er erkannt, daß er in seinem Leben wahrscheinlich niemals natürliche Verbündete haben würde. Groll nährte seinen Ehrgeiz in Cambridge. Er wußte unendlich viel mehr als diese selbsternannten Klugscheißer, und dennoch wiesen sie ihn von Anfang an zurück, weil er schüchtern und stolz war. Gut, hatte er gedacht, er würde es ihnen zeigen. Tutorien mit Mark Crawley waren etwas, was jeder Studienanfänger und sogar viele Mitglieder der Historischen Fakultät zu fürchten lernten. Er verachtete sie dafür, daß sie aus Orten kamen, die grüner und hügeliger waren als Slough, dafür, daß sie nicht imstande waren, einen Satz grammatisch zu zergliedern, dafür, daß sie größer oder kleiner, dicker oder dünner, reicher oder ärmer und mehr oder weniger im Stile von Mrs. Thatcher waren. Sein Intellekt wurde zu einem Prokrustes-Bett, auf dem niemand liegen konnte, der nicht genau wie er geformt und gebildet war. Dennoch vermochte er kein Wissen zu verachten, das zu großen Teilen durch intellektuelle Neugier erworben worden war: Darin lag Marys unerwarteter Vorteil.

»Warum hast du nicht studiert?« fragte er. »Sogar einem Haufen verblödeter Nonnen hätte auffallen müssen, daß du dafür bestimmt warst.«

»Oh, die Nonnen waren reizend, sie hatten eine tolle Idee, wie man das Lesen nutzen konnte.«

»Wirklich?«

»Ja«, sagte Mary. »Sie haben empfohlen, daß man, falls man bei einem Mann auf dem Schoß sitzt, ein Buch zwischen sich und ihn legen soll. Aber im Ernst: Die Schwester Oberin wollte, daß ich studiere, aber ich habe es nicht getan.«

»Du hättest Englisch studieren können.«

Mary zuckte die Schultern. »Ich lese zum Vergnügen. Außerdem wollte ich so schnell wie möglich aus Irland weg. Das geht allen jungen Leuten so, vor allem den Katholiken. Es gibt dort keine Arbeit.«

Mary hatte keine andere Ausbildung als die zur Hausfrau. Sie wußte, wie man die wohlschmeckendsten Hühnchen briet, indem man sie mit der Brust nach unten für zwei Stunden auf ein Bett aus Salz und Rosmarin legte, und wie man Kohl in Milch und Soda kochte. Sie wußte, wie man Bettlaken wendete, wenn sie durchgescheuert waren, wie man einen Fisch ausnahm, wie man Blumen arrangierte, Früchte einkochte, einen Stuhl polsterte, Tapeten klebte, Tomaten zog, Warzen und Nachbarn verzauberte, einem Kind Freude machte, günstige Angebote auftat und Porzellan klebte. Sie lernte von einem anderen Kellner – ihrem ersten Freund – gutes Französisch, und sie wußte, was ein *cachepot* und was *gravadlax* war. Aber trotz alledem machte sie aus Mark keinen Mann zum Heiraten.

Am Anfang hatte das nicht viel ausgemacht. Sie war fünfundzwanzig und sicher, daß Mark ebenso in sie verliebt war wie sie in ihn. Armut war nichts Neues für sie, doch mit ihm war es ein Abenteuer. Überall um sie herum verdienten alle schon schrecklich viel Geld, aber eines Tages würden auch sie den Durchbruch schaffen.

Mrs. Quinn, die Mark nicht ausstehen konnte, aber trotzdem regelmäßig anrief, um sich über die Fortschritte im Status ihrer Tochter zu informieren, schnaubte jedesmal und sagte: »Wenn er ein anständiger Mann wäre, wäre es ihm egal, daß ihr nichts habt. Dein Dad und ich hatten am Anfang auch nichts.«

»Das ist heute anders, Mam.«

Mark stieg auf, und ihre Hoffnungen stiegen mit ihm. Man sprach von ihm, zuerst als von einem Experten, dann als von *dem* Experten, und er wurde zu einem bekannten politischen Kommentator, der als junger Aufsteiger der Neuen Rechten groß herauskam.

Mark kaufte für fünfzigtausend Pfund eine Wohnung in Brixton, in der sie lebten. Mary zahlte die Zinsen. Sie nannten das beide »Miete«, und bis Mark regelmäßige Aufträge bekam, belief sie sich auf über zwei Drittel von Marys Gehalt. Auch danach gab es irgendwie nie genug Geld. Mary wartete und klebte seine Artikel in einen großen Ordner in dem Glauben, sie eines Tages ihren Kindern zu zeigen.

»Wenn wir heiraten würden und ein Kind bekämen –«, sagte sie im dritten Jahr.

»Ich mag keine Kinder«, sagte Mark.

»Ich hätte gern eins, bevor ich dreißig werde«, sagte sie im vierten Jahr.

»Möchtest du wirklich deine Jugend damit verbringen, jeden Samstagmorgen einen rotgesichtigen Troll durch die Geschäfte zu schieben?«

»Findest du mich eigentlich noch hübsch?« fragte sie im fünften Jahr.

»Ich habe länger mit dir gelebt als mit irgend jemandem sonst, und ich habe dich so gern, wie ich jemanden gern haben kann«, sagte Mark.

Mary machte ihm kleine und große Geschenke. Sie sagte ihm jeden Tag, wie sehr sie ihn liebte. Sie weinte, und sie sagte, wenn er sie nicht liebe, wäre es sicher besser, sich als ehrliche Freunde zu trennen. Sie sagte, daß sie in seinen Armen sterben wollte. Er seufzte ungeduldig, auf eine Art, die sie zu fürchten gelernt hatte.

Täglich donnerte eine Kaskade von gepolsterten Umschlägen mit Presseausschnitten durch die Tür oder wurde von behelmten, schwarzgekleideten Boten gebracht, die ein knisterndes Kästchen um die Brust geschnallt trugen. Für Mary war die Entwicklung der Dinge unendlich mysteriös, weil in der kleinen Welt derer, denen solche Dinge auffallen, Marks Meinung tonangebend wurde. Dennoch verdiente er nicht viel. Die wirkliche Macht, die wahren Früchte heimste bei den Zeitungen ein angestellter Kolumnist ein. In dieser Beziehung machte Mark keine größeren Fortschritte als Ivo.

Mary verdiente sechzig Pfund in der Woche und dazu noch einmal vierhundert Pfund an Trinkgeldern – hundertachtzig Pfund blieben ihr, nachdem der Club und die Steuer ihre Anteile kassiert hatten. Zusammen lebten sie von ungefähr zweihundert Pfund die Woche. Es hätte bequem ausgereicht, wenn Mary allein gewesen wäre, aber es war sehr knapp mit Mark, dem in allem nur das Beste gut genug war.

In den achtziger Jahren schwoll allen vor Selbstbewußtsein und Geld der Kamm – jedem, wie es schien, mit Ausnahme von Mark und Mary. Mark ärgerte das furchtbar. Mary versuchte zu sparen, wo immer sie konnte. Sie brachte aus dem Club Lebensmittel, Blumen und Toilettenpapier mit nach Hause – Diebereien, die ihn entsetzten. Sie ging die Meile nach Soho und zurück zu Fuß, um die vierzig Pence Fahrgeld zu sparen. Nach einer Nachtschicht, wenn ihr Magen leer war und die Kälte ihr durch die Sohlen kroch, hatte sie manchmal das Gefühl, kurz vor dem Umfallen zu sein. Sie machte jede zweite Nacht Überstunden und war oft zu müde, etwas anderes zu tun als fernzusehen.

»Leute wie du sind die schlimmsten«, sagte sie zu Mark. »Das sind die, die dir mit zwanzig Pfund vor der Nase herumwedeln, damit du es in der Garderobe mit ihnen machst.«

»Hast du das je getan?«

Mary schwieg.

»Hast du?« fragte Mark interessiert nach.

»Habe ich nicht!«

»Magst du es nicht, wenn man dir schmeichelt?«

»Nicht, wenn irgendein Betrunkener versucht, meinen Hintern zu begrapschen«, sagte Mary. »Wenn du es genau wissen willst, sind mir die Schwulen am Montag am liebsten. Sie sind die einzigen Mitglieder, die mich wie ein menschliches Wesen behandeln. Und sie geben ihre Trinkgelder in bar, zusätzlich zur Servicegebühr.«

»Hast du so Adam Sands kennengelernt?«

»Nein«, sagte Mary. »Ich habe ihn kennengelernt, weil wir beide gern Romane lesen.«

Mark seufzte. In journalistischen Kreisen galt es als Axiom, daß der Roman tot war, auch wenn wie beim toten Rotkehlchen aus dem Kinderreim der genaue Grund des Dahinscheidens umstritten war, und eine ganze Reihe selbsternannter Leichenbestatter hüpften mit gewaltigem Übermut auf der Leiche herum. Einige waren der Meinung, der Roman sei schlicht von Hollywood überfahren und plattgemacht worden und Schriftsteller sollten heutzutage Drehbücher verfassen, die zwei Autoverfolgungsjagden und einen positiven Schluß beinhalteten. Andere behaupteten, daß es dem Roman wegen seiner bürgerlichen Wurzeln nicht mehr gelänge, die urbane Realität des täglichen Lebens auf den Prüfstand zu nehmen. Wiederum andere lehrten, der Roman sei eine träge Masse, die nur ein Akademiker wie Dr. Frankenstein durch einen Stromstoß zum Leben erwecken könne. Oder daß er ein Spiel sei, reserviert für die Mitglieder einer bestimmten Universität. Oder daß er besser eine Kurzgeschichte oder eine Autobiographie sein oder von Fußball handeln solle. Dennoch wurden weiter Romane geschrieben und gelesen, was nicht das geringste mit obigen Jeremiaden zu tun hatte, und viele davon waren merkwürdigerweise erfolgreich – wenn auch nur beim Publikum.

Mary fand das sehr verwirrend.

»Aber was ich aus einer Kritik erfahren will, ist, wovon ein Buch handelt, was es für eine Geschichte erzählt!«

»Geschichte!« sagte Mark. »Die ist mit der Gasbeleuchtung und mit den Korsetten ausgestorben!«

»Korsette sind aber sehr nützlich. Mum trägt ihres immer noch.«

»Ich bin sicher, deine Mutter kann auch mit den Füßen Bananen schälen.«

Mary sagte nach einer Pause: »Ich möchte trotzdem wissen, ob ein Roman es wert ist, gelesen zu werden. Oder gekauft.«

»Im Unterschied zu den Iren ist den Engländern das Lesen verhaßt, und deshalb ist uns jede vernichtende Kritik eine große Erleichterung. Was wir von einem Kritiker hören wollen, sind die Gründe, warum wir etwas *nicht* zu lesen brauchen.«

Die Machtverteilung in der Beziehung eines Paares kann daran abgelesen werden, wessen Name zuerst genannt wird. Im Lauf der Jahre war aus »Mary und Mark« »Mark und Mary« geworden und vor kurzem »Mark plus 1« oder einfach »Mark Crawley« in der linken oberen Ecke einer Einladung.

Das und anderes mehr waren die Gründe, die Mary dazu bewogen hatten, Ivo über den Gartenweg zu Max de Mondes Haus zu begleiten.

4.

Bei Max de Monde

Max de Mondes Haus im Holland Park hatte viele Fenster, und jedes einzelne war strahlend erleuchtet. Ein schmaler roter Teppich schlängelte sich von den Torpfosten über die geflesten Stufen hinauf zur Eingangstür, wo er scheinbar abtauchte, ehe er im Innern das Treppenhaus hinaufführte. Neben dem Tor standen Kübel mit gestutzten Lorbeerbäumen, und daneben hielten zwei bullige Rausschmeißer mit schwarzen Krawatten so unbeweglich Wache, daß sie aus Holz hätten sein können.

Ivo sagte: »Warte, bis du das Innere siehst. Jedes Möbelstück eine brandneue Antiquität.«

Der Lärm der Party war bis auf die Holland Park Avenue zu hören. Dieser Umstand hatte, zusätzlich zu zwei Polizisten, eine kleine Menschenmenge angezogen sowie eine Bettlerin, die auf dem nassen Bürgersteig kauerte.

»Gehen Sie bitte weiter. Bitte weitergehen«, sagte einer der Polizisten und berührte die Gestalt mit seinem Stiefel. Die Bettlerin, eine alte, in ein Laken gehüllte Frau, hustete und rührte sich nicht. Der Polizist sprach in sein Walkie-talkie.

»Guter Gott«, murmelte Mary. »Ivo, was hast du mir da eingebrockt?«

Ivo schnitt eine Grimasse. »Mary, mein Liebling, bezahl du den Fahrer, dann werde ich das mit diesen Arschkriechern klären«, sagte er und stieg aus. »Wahrscheinlich erwarten sie irgendeinen langweiligen Kabinettsminister oder so was.«

Mary tat wie geheißen. Die Bezahlung der Fahrtkosten ließ ihr weniger als drei Pfund für die Heimfahrt, und der Taxifahrer lächelte höhnisch, weil sie ihm kein Trinkgeld gab. Sie gab das Wechselgeld der Bettlerin.

»Sie sollten diese Leute nicht auch noch ermutigen, Madam«, sagte der Polizist.

»Sie ist krank«, sagte Mary. »Sie dürfte bei dieser Kälte gar nicht in diesem Aufzug hier draußen sein.«

Vor hundert Jahren, dachte sie, wäre diese Bettlerin eine ihrer Landsleute gewesen, die vor Hunger und Typhus geflohen war. Ihre Verärgerung richtete sich jedoch mehr gegen Ivo. Er war solch ein Geizhals! Mark hatte ihr erzählt, daß er sogar seine Vorhänge mit ins Ausland genommen hatte, um sie im Hotel gratis reinigen zu lassen.

Der Adrenalinschub, den sie immer am Ende einer Schicht bekam, verebbte langsam. Ich muß verrückt gewesen sein, hierherzukommen, dachte sie. Sie wußte, daß ihr Kleid zu klein und ihr Busen zu groß war, daß die Steine in ihren Ohrringen falsch und die roten Zahlen auf ihrem Konto echt waren, daß sie nichts zu schaffen hatte mit all diesen schlanken, smarten Leuten, die aussahen, als wären sie in Glanzlack getaucht.

Wenigstens bin ich jung, dachte sie, ein unschätzbarer Vorteil, wenn man mit Leuten zu tun hatte, die bereits in den Dreißigern waren. Und wenigstens sehe ich besser aus als die meisten von Marks Freunden. Mary kannte bis auf den letzten Penny den Vorteil, den gutes Aussehen den Armen verleiht.

Ivo gab ungeduldige kleine, kehlige Laute von sich.

»Bist du *sicher*, daß es in Ordnung ist?«

»O ja, ja«, sagte Ivo, obwohl er sein Herz bei dem unmißverständlichen Duft der sehr Reichen schneller schlagen fühlte, einem Duft, der sich aus Bienenwachs, Wein, frischen Blumen und den Häuten junger Tiere zusammensetzte und der durch die Türen drang.

»Sei kein Feigling. In meiner Begleitung wird dir nichts passieren.«

Die Halle war mit Marmorfliesen ausgelegt. Der Großteil einer Wand wurde von einem riesigen, überrestaurierten Gemälde ausgefüllt, das eine fleischige Blondine zeigte, die sich nackt und angenehm überrascht in einem Regen aus Golddukaten zurücklehnte. Gegenüber hing ein ebenso großer Spiegel in einem massiven Goldrahmen, der den Effekt verdoppelte. Zwischen dem gemalten und dem gespiegelten Gemälde schritten Ivo und Mary auf ein krummbeiniges vergoldetes Tischchen zu, das dastand wie ein unterwürfiges Tier und ein aufgeschlagenes ledergebundenes Buch präsentierte. Eine Philippinin in dunklem Kleid lächelte und deutete darauf.

»Unterschreiben, bitte.«

Sie bückten sich und unterschrieben. Ivo gab mit kühnen Buchstaben den *Chronicle* als seine Adresse an, Mary ließ die Rubrik nach einigem Zögern unausgefüllt. Wie es sich für einen Niemand gehörte, dachte sie.

»Warum macht er das?« fragte Mary, nachdem sie ihre Mäntel abgegeben hatten und ein Stückchen außer Hörweite waren. »Ich meine, weil wir Diebe sein könnten oder sonstwas?«

Ivo zuckte die Schultern und sagte: »Max hat einen Leibwächter und außerdem diese Gorillas dort draußen. Der Leibwächter gibt sich als Chauffeur aus, aber man sieht die Pistole unter seiner Jacke.«

Er fing an, sich über Mary zu ärgern, nicht weil er bedauerte, daß er sie mitgenommen hatte, sondern weil man ihr so deutlich ansehen konnte, daß sie für ihren Lebensunterhalt arbeitete. Außerdem trug sie zuviel Make-up, einschließlich einer Art brauner Creme auf der Haut, die sie gleichzeitig leblos und glänzend aussehen ließ. Wirklich, dachte Ivo sauer, wenn sie einfach in ihrer Kellnerinnenuniform gekommen wäre, dann wäre sie wenigstens sexy gewesen.

Sie traten durch die Tür zum Empfangsbereich, und der Lärm brach wie eine Brandung über sie herein. Mary hätte sich an Ivo gehängt, doch der wußte, daß das einzige, was man auf einer Party tun konnte, war, sich von einem Golfstrom von Klatsch dahintragen zu lassen. Er machte einen Sprung nach vorn. »Ah, Lady Paddington!« rief er einer Frau zu, die in Gesellschaft seines Chefs dastand. Wie bei königlichen Hoheiten sprach niemand Max de Monde an, bevor er einen ansprach, doch der alte Herr war offensichtlich bester Laune und erkannte Ivo tatsächlich.

»Das ist einer meiner Leute«, dröhnte er. »Was halten Sie von dem Buch meines kleinen Mädchens?«

»Guten Abend, Sir! Hervorragend, Sir!« plapperte Ivo. »*Wie viele Male*, ich meine *Meilen*, ist wunderbar, ganz wunderbar. Ein absolut brillantes Debakel, und so ein faszinierendes Land. Es wird diese Woche unsere wichtigste Buchbesprechung, wissen Sie.«

De Monde, der keine Ahnung von den Kämpfen hatte, die dieser Entscheidung vorausgegangen waren, schnaubte. Er war ein gutaussehender Mann und hatte eine große Nase, durch die sich ein Schnauben gut anhörte.

»Glauben Sie, es wird sich verkaufen?«

»Oh, ganz sicher«, sagte Ivo und verbiß sich die Bemerkung, daß Amelia das Geld wohl kaum brauchte. »Bestimmt. Amelia hat so viele Freunde und – die Menschen sind ganz wild auf, äh – Thailand und so.«

»Meinen Sie nicht Nordafrika?« sagte Lady Paddington, die vor vielen Jahren Geographie studiert hatte.

»Warum«, unterbrach Ivos Boß ihn mit seiner hallenden Stimme, »haben Sie dann an der Tür kein Exemplar gekauft?«

Ivo stierte ihn an. Im Raum herrschte Totenstille.

»Ich – äh – ich dachte, wenn ich es bei Hatchard's kaufe, zählt es für die Bestsellerliste«, sagte er.

Mehrere Zuhörer verfluchten sich insgeheim, daß ihnen keine so einfache und gleichzeitig löbliche Ausrede eingefallen war, um 14,99 Pfund zu sparen.

»Komm, mein Junge, trink ein Glas Jahrgangschampagner«, sagte der Magnat. Die Party ging weiter. Seine manikürte Hand senkte sich wie eine Guillotine auf Ivos Schulter. Ivo folgte ihm ohne einen Blick zurück.

Mary stand noch auf der Schwelle und hielt Ausschau nach Mark. Alle Männer trugen Anzüge. Sie standen in kleinen, dichten Trauben beieinander und unterbrachen kaum ihre Unterhaltung, um ein Canapé zu essen, bis sie sich, ähnlich wie ein Schwarm Fische, plötzlich auflösten und in verschiedene Richtungen davonstoben. Mary schnappte Satzfetzen auf wie:

»Mein Agent sagt –«

»– eine Tour durch Japan vom British Council –«

»– wird nur gedruckt, weil ihr *Vater* –«

»– am Drehort, und ich habe nicht verstanden, warum sie die ganze Zeit ›Banane!‹ riefen, aber das ist ihr Kodewort für ›der Autor ist am Set‹ –«

»– glaubst du, ich *wollte* je in *Snap, Crackle, Pop* auftreten!?«

Sie schwitzten vor nervöser Erregung und qualmten wie die Schlote. Mary entdeckte ein oder zwei Gesichter von Clubmitgliedern und lächelte ihnen schüchtern zu, aber außerhalb des Clubs erkannten sie sie nicht. Eine Philippinin kam mit einem Tablett voller Champagnergläser auf sie zu. Mary stürzte ein Glas hinunter und fühlte sich umgehend mutiger. Wenn sie nicht mit ihr sprechen wollten, dann würde sie eben mit ihnen sprechen.

Sie ging auf zwei Damen mittleren Alters zu, beide in schwarzen Kostümen und mit riesigen silbernen Ohrringen wie Waffen. Ihre Körper bewegten sich leicht auseinander, Zwillingshälften einer Muschelschale.

»Hallo«, sagte Mary.

»Oh, hallo«, antworteten die beiden mit der höflich erstaunten Stimme, mit der Engländer sich normalerweise auf Wiedersehen sagen.

»Sie sind …?« fragte die eine.

»Mary Quinn«, antwortete Mary.

Sie sah, wie ihre Augen mit der Geschwindigkeit von Computerterminals flackerten, als sie versuchten, Mary einzuordnen.

»Sind Sie Journalistin?«

»Oh, Sie werden von mir noch nie gehört haben«, erklärte sie errötend. »Ich bin nur mitgekommen wegen – nun, nur zum Spaß.«

»Ich hoffe, Sie genießen die Party«, sagte die eine.

Die Muschel klappte zu, und ihr wurden die beiden schwarzen Rücken zugekehrt. Das Paar begann erneut eine angeregte Unterhaltung. Mary starrte sie an. Sie kam sich vor, als hätte man ihr ins Gesicht geschlagen. Dies war anders als im Slouch, auch anders als auf irgendeiner anderen Party, an der sie als Gast oder als Kellnerin je teilgenommen hatte. Sie hielt verzweifelt Ausschau nach Mark, sah sich jedoch einem Dickicht von Oberkörpern gegenüber. Es wurde voller und voller, und sie war gezwungen, sich zu ducken und zwischen den Menschen durchzuschlängeln.

»Entschuldigung«, sagte sie immer wieder laut zum Bauch oder zur Brust irgendeines Menschen. »Entschuldigen Sie bitte.« Warum ließen all diese reichen Leute ihre Anzüge nicht öfter reinigen? Warum fiel ihnen nicht auf, daß sie ein Doppelkinn bekamen, daß ihnen Haare aus den Nasenlöchern wuchsen, daß ihr Atem nach Schnaps stank? Mary wurde zunehmend und in aller Stille wütend. Wohin sie zwischen all den Körpern und noch mehr Körpern auch schaute, sie sah rot und gelb, wie Flammen, die um sie herum aufloderten, und Menschen, die Rauch ausatmeten. Orchideen starrten sie mit grün- oder rotgetupften Hälsen an, Töpfe streckten lange, tropische Blätter aus, die kratzten wie schlechtgestutzte Klauen.

Mary fand eine Treppe. Sie führte nach unten, an einer Küche vorbei, wo noch mehr winzige Philippininnen hin und her huschten, und noch weiter hinunter zu einem unterirdischen Swimmingpool, der wie eine dampfende blaue Grotte unter de Mondes Märchenpalast lag. Überall entströmte zerbrochenen Marmorsäulen kaltes Licht, und am hinteren Ende ergoß sich schäumendes Wasser aus dem Maul eines steinernen Löwen. Hier knutschten zwei der betrunkeneren Gäste so hektisch miteinander, daß Mary sich umdrehte und flüchtete. Nach oben, dachte sie, dort mußte es noch mehr Räume geben.

Ich werde einfach hinaufgehen, dachte sie. Ja genau, das werde ich. Das werde ich. Schließlich sah sie ein vertrautes Gesicht.

»Ivo, da bist du ja«, sagte sie.

Tom Viner, der auf der Treppe saß, kam es vor, als sei mit Ausnahme von Amelia nicht eine einzige alleinstehende attraktive Frau seiner Generation anwesend, mit der er nicht geschlafen hatte. Er wollte sich betrinken und nach Hause gehen.

»Ich bin genetisch zur Untreue programmiert«, hatte er seiner derzeitigen Freundin Sarah erklärt. »Es gibt keinen Grund für dich, bei mir zu bleiben. Wenn ich heiraten würde, würde ich mich genauso verhalten, wie sich mein Vater gegenüber meiner Mutter verhalten hat. Ich kann das noch so sehr verachten, aber ich glaube nicht, daß ich besser wäre.«

»Hast du das nicht selbst in der Hand?« hatte sie gefragt.

»Nein, ich glaube nicht an die Liebe. Ich will dich nicht anlügen. Ich mag dich, und ich mag Sex, aber du darfst nicht glauben, daß sich beides kombinieren läßt.«

Er war durch Zufall in Amelias Welt hineingeraten, als er auf Partys Jazz gespielt hatte. Er war ohne gesellschaftlichen Ehrgeiz und beliebt, ohne sich anzustrengen. Daß sein Vater halbwegs berühmt war, glich die Tatsache aus, daß die Familie Viner kein Geld hatte – denn in Amelias Kreisen hatte jeder ein enormes Interesse daran zu erfahren, wie groß der Wohlstand und wie gut die Beziehungen der anderen Studenten waren.

Tom bot, wonach ihn selbst dringend verlangte – eine Art animalische Freude, gesund und lebendig zu sein. Er brauchte es. Für ein Fünftel des Geldes arbeitete er doppelt soviel wie der gestreßteste Banker. Er zog im Laufe seiner ärztlichen Ausbildung quer durch ganz London und kleidete sich in seiner Freizeit beinahe wie ein Penner. Allerdings waren die Viner-Kinder schon immer die schäbigsten in ganz Nordlondon gewesen, denn ihre Eltern waren zu beschäftigt, zu desinteressiert oder zu idealistisch gewesen, um Dinge wie ausgefranste Pullover zu bemerken.

Tom hatte nie Zeit, sich die Haare schneiden zu lassen, und war so abgerissen zu der Party erschienen, daß die de Monde'schen Leibwächter innerhalb eines Sekundenbruchteils die Entscheidung treffen mußten, ob sie ihn einlassen sollten. Er gähnte und schloß die Augen. Sechs Stunden Schlaf in drei Tagen und Nächten war wirklich nicht genug, daß man sich wie ein Mensch fühlen konnte.

»Ist das Klo besetzt?«

Es war Fiona Bamber.

»Mmm.«

49

Er vermutete, daß sie absichtlich heraufgekommen war.

»Kippe?«

»Danke.«

Sie hatte sich nicht verändert. Nun, vielleicht ein wenig. Zwei dünne Linien gruben sich in die spitze Maske ihrer Wangen, wenn sie sie zu einem Lachen verzog. Grub, Toms jüngster Bruder, nannte sie Bambi, doch seit Fiona in den Dreißigern war, sah man den Wolf durchscheinen.

»Es ist so ermutigend, einen Arzt rauchen zu sehen.«

»Der Facharzt, bei dem ich gerade bin, hört mitten in einer Operation auf, um eine zu rauchen. Alle sind anwesend, alle sauber geschrubbt, und er stoppt die ganze Show. Läßt aber keinen von uns zum Essen gehen.«

Das ging ins Leere, wie alle seine Anekdoten.

»Ist das nicht gefährlich?«

Tom zuckte die Schultern. »Wenigstens ist er ein echter Chirurg. Es gibt immer mal wieder Wahnsinnige, meistens Metzger, die in einem weißen Kittel herumlaufen und so tun als ob …«

»Iihh!«

»Da gab es mal einen, der sogar wirklich operiert hat, und niemandem ist etwas aufgefallen. Er hat seine Sache ziemlich gut gemacht.«

Fiona sagte: »Im Journalismus kennt man das als die Minibarstory – irgendwo ist da immer ein Drink. Bei dir ist es wahrscheinlich ein Tupfer.«

Tom inhalierte, zuckte wieder die Schultern und sagte dann: »Herzlichen Glückwunsch übrigens.«

»Danke.« Sie streckte ihre langfingrige linke Hand aus, wo zwei von kleineren Diamanten eingefaßte große Diamantherzen über einem schmalen goldenen Ehering glitzerten.

»Muß ganz schön was gekostet haben.«

»O nein«, sagte Fiona. »Ein Erbstück. Er bleibt im Safe, wenn ich ihn nicht trage.«

»Das nehme ich an.«

»Schade, daß du nicht zur Hochzeit kommen konntest.«

»Ich hätte es etwas unangemessen gefunden, vom Ende der Welt zurückzuhetzen, um die ehemalige Geliebte meines Vaters meinen ehemaligen besten Freund heiraten zu sehen.«

»Natürlich hatte ich mit deinem Vater viel mehr Spaß.«

Tom zuckte zusammen. »Wenn das stimmt, warum hast du dann Andrew geheiratet?«

»O Tom!« sagte Fiona und lächelte ihn unter ihren blonden Ponyfransen an. »Du bist so furchtbar gradlinig, wirklich!«

»Sex?«

Fiona erwiderte von oben herab: »Das behält man gewöhnlich am besten für sich, oder nicht? Geld, eine Professorenstelle, ein kleines, aber perfektes ... Haus in den Cotswolds. Sogar Intelligenz. Deshalb heiratet man. Wenigstens beim ersten Mal.«

Tom sah sie an, und sie grinste. Sie hatten in seinem ersten Trimester in Oxford eine Affäre miteinander gehabt. Danach hatte sie ihn in *Cherwell* als »seinen Preis wert« beschrieben. Sie hatte nie verstanden, warum ihn das so wütend gemacht hatte.

Sie ist wie ein kleines Tier, dachte er, instinktiv amoralisch, immer nach einem schwülen Parfüm duftend, das einen ebenso sehr verfolgte, wie es einem unangenehm war. Man konnte es nicht lassen, sich vorzustellen, wie es wohl wäre, wenn sie ihre Beine um einen schlänge, wie sie zappeln und kichern würde und dennoch unbewegt blieb, undurchschaubar. Manche, allen voran sein eigener Vater, behaupteten, sie sei gefährlich verrückt, andere sagten, sie sei sich der Verheerungen überhaupt nicht bewußt, die sie anrichtete. Tom erinnerte sich noch an das erste Mal, als er sie in Balliol gesehen hatte. Er hatte den Eindruck einer immensen Kraft, einer sexuellen Präsenz gehabt, die ihn veranlaßt hatte, sich umzudrehen und sie anzustarren.

»Ich hatte keine Ahnung, daß du so altmodisch bist«, sagte Tom. »Du mußt doch sicherlich niemanden heiraten?«

»Heutzutage ist die Ehe die schwierigste Sache, die eine Frau zustande bringen kann. Es ist viel, viel einfacher, Karriere zu machen. Aber es ist immer noch der einzige Weg, richtig zu Geld zu kommen.«

»Mit welcher Berechnung du die Welt siehst!«

»Du gehörst auch dazu, sonst hätte dich Amelia nicht eingeladen.« Sie fügte nachdenklich hinzu: »Wahrscheinlich hält sie es in deinem Fall für so etwas wie eine Krankenversicherung.«

»Ich kenne sie nur flüchtig.«

»Wenige von Amelias zweihundert besten Freunden sind mutig genug, das zu sagen«, sagte Fiona.

»Warum sind Frauen untereinander so gehässig?«

»Wir sehen die Wahrheit.«

»Ich bin überrascht, daß du die Wahrheit erkennst.«

»Oh, man erkennt immer, was man nicht mag«, sagte Fiona. »Herauszufinden, was man mag, das ist die Schwierigkeit.«

Ivo erblickte Ben Gorgle, den stattlichen Herausgeber von *Grunt*. Bärtig und bebrillt verfolgte Big Ben junge, modische Schriftsteller mit der Absicht, sie dazu zu bringen, lange Auszüge aus gerade entstehenden Arbeiten einzuschicken, denen er dann seinen persönlichen kreativen Anteil hinzufügen konnte. Ben verspürte einen vagen Enthusiasmus für das gedruckte Wort, möglicherweise, weil man von ihm wußte, daß er wenig las. Seine spezielle Liebe galt der Schule der »schmutzigen Achse«, einem transatlantischen Programm, das einem Autor kaum mehr abforderte als die Erfahrung, kurzzeitig einmal auf einem Wohnwagenparkplatz gelebt zu haben.

»Hi!« sagte er zu Ivo mit jener Bonhomie, die sein Markenzeichen war.

»Oh, hallo«, erwiderte Ivo und bedauerte es sofort, denn neben dem Haupt von Percy Flage, Dichter, Biograph, Reisender, Romancier, Kolumnist und verantwortlicher Lektor von Belgravia, erspähte er einen Schriftsteller, dessen zweiten Roman er selbst persönlich vernichtet hatte.

Percy schwenkte den Blick seiner blaßblauen Augen in seine Richtung. »Ivo! Ich sagte gerade, spürst du nicht, wie eine riesige, orgasmische Welle kreativer Fin-de-siècle-Energie über uns zusammenschlägt?«

Big Ben errötete. »Wie eine Flutwelle? Sie kommt herein, und sie, sie …« – er machte eine vage Geste – »geht hinaus.«

»Ja«, sagte Ivo. »Vor hundert Jahren waren wir alle Teil des großen Meeres, und jetzt lösen wir uns auf in verschiedene kleine Pfützen.«

»›Die Pfütze!‹« sagte Big Ben. »Das wäre ein guter Titel.«

»Ich fürchte, jemand anders hat ihn schon benutzt«, sagte der Romancier böse.

Percy dachte nach. »In dieser Idee steckt ein Buch, Ivo. Warum treffen wir uns nicht mal zum Mittagessen?«

Obwohl Ivo wußte, daß Percy auf die meisten Leute so reagierte, konnte sein Herz nicht anders, als ein wenig schneller zu schlagen, denn die Vorauszahlungen bei Belgravia waren häufig sechsstellig, und die Vorstellung, für die gleiche Arbeit das Doppelte bezahlt zu bekommen, war nicht unattraktiv. Er verspürte allmählich das Bedürfnis nach etwas Gravitas. Andererseits bestand natürlich die Gefahr, daß ein gebundenes Buch für viele eine unwiderstehliche Einladung wäre, über seinem Kopf die Axt zu wetzen.

Dann sah Ivo Mary. Es war an der Zeit, seinen anderen Plan in die Tat umzusetzen.

5.

Die Tochter des Midas

Wo war Amelia während dieser ganzen Zeit? Sie sollte schließlich der Mittelpunkt dieser Party sein, die in ihrem Namen gegeben wurde, die Achse, um die diese glitzernde Menge kreiste und summte. Man hätte von ihr erwarten können, daß sie im Wohnzimmer ihres Vaters hofhielt und einen bescheidenen, aber aufrichtigen Enthusiasmus für ihre eigene Arbeit an den Tag legte, Exemplare von *How Many Miles?* signierte und sich ganz allgemein so benahm, wie man das von einer frischgebackenen Autorin erwartete. Tatsächlich hatte Amelia all dies die ersten einenhalb Stunden über getan. Konfrontiert mit Mundgeruch und Neurosen rivalisierender Lektoren, hatte sie ihnen versichert, wie klug sie waren und wie sehr sie sich freute, daß sie hatten kommen können. Stets besorgt, daß sie eines Tages einen neuen Job benötigen würden, waren die Lektoren bezaubert. Zwei Frauen hatte Amelia gestanden, daß sie schreckliche Angst hatte und daß ihre Bräune von einer Lotion stammte. (In Wirklichkeit hatte sie die vorhergehende Woche auf einer Schönheitsfarm im Solarium verbracht.) Mit jungen Männern flirtete sie von oben herab, alten zeigte sie mädchenhaften Charme. Sie trug ein winziges, enganliegendes Kleid aus geknitterter goldfarbener Seide, das neuntausend Pfund gekostet hatte und in sämtlichen anwesenden Klatschkolumnisten die Vorstellung weckte, es hier buchstäblich mit der Tochter des Midas zu tun zu haben. Hätte sie nur halb soviel Kunstfertigkeit auf ihr Buch verwendet wie auf ihr Auftreten, hätte es das Lob verdient, das es erhielt.

»Es ist großartig, absolut brillant«, versicherte ihr jeder.

Amelia genoß das alles sehr und nahm es als Selbstverständlichkeit hin. Sie war in dem Wissen aufgewachsen, daß ihr Vater ein mächtiger Mann war, ohne jedoch wirklich zu begreifen, wie sehr die Tatsache, daß sie Max de Mondes einziges Kind war, ihren bisherigen Lebensweg vereinfacht hatte. Er hatte seine erste Million verdient, als sie noch ein kleines Mädchen gewesen war, und hatte eine Reihe langweilige, aber gewinnträchtige Verlagskonzerne besessen, als sie zur Universität ging. Der *Chronicle*, der ihn zu einer Persönlichkeit von nationalem Rang gemacht hatte, war nach einer Runde erbitterten Bietens und einem Auswechseln der Firmenleitung 1985 an ihn gefallen. Amelia war seit ihrer Pubertät hofiert und gefeiert worden, und in Oxford hatte sie sich zu einer verwirrenden, glanzvollen Gestalt entfaltet. Dennoch isolierte dieser Glanz sie in einer Weise, die sie nicht ganz verstehen konnte. Sie war unschuldig und raffiniert zugleich, die Art Frau, die von Homosexuellen, älteren Männern und jungen Mädchen angebetet wird, bei anderen Frauen jedoch selten tiefe Zuneigung weckt.

»Ich will nicht gesagt bekommen, wie begabt und schön ich bin«, sagte sie. »Ich will die Wahrheit hören.«

Amelia hatte sich noch nie für etwas anstrengen müssen, höchstens dafür, ihren Appetit im Zaum zu halten. Ihre Reisen in den Mittleren Osten waren durch den Zugang zu den angenehmsten und komfortabelsten Privatvillen gepolstert gewesen, und ihre Schreibversuche waren von zahlreichen Mentoren geleitet worden, einschließlich ihrer Lektorin bei Belgravia, Candida Twink. Daß Belgravia ihrem Vater mittlerweile tatsächlich gehörte, verringerte keineswegs ihre Verärgerung darüber, daß man hin und wieder von ihr verlangte, etwas zu überarbeiten. Sie hatte keinerlei Ehrgeiz, ein gutes Buch vorzulegen, sondern wollte lediglich eines veröffentlichen, das in ihren Kreisen gelobt wurde. Dennoch hielt sie sich selbst sowohl als Schriftstellerin als auch als Journalistin für außergewöhnlich begabt. Von jedermann wurde schließlich erwartet, daß er eine erfolgreiche Karriere vorweisen konnte: Müßiggang war etwas für die Arbeitslosen.

Gelegentlich schrieb sie eine Kolumne für den *Chronicle* und Artikel für andere Zeitungen, doch Abgabetermine einzuhalten war entsetzlich ermüdend. Die Reiseschriftstellerei schien im Gegensatz dazu ideal. Man konnte spät aufstehen, einkaufen, feiern, Liebesaffären haben, in der Welt herumreisen und sich nach nur zwei Stunden am Laptop wahnsinnig fleißig vorkommen.

Vom früheren Leben ihres Vaters im Libanon wußten nur noch wenige. Max de Monde behauptete, christlicher Maronit französischer Abstammung zu sein. Diejenigen Mitglieder seiner Familie, die während des Bürgerkriegs nicht umgekommen waren, waren nach Paris und London geflohen. Die Frauen mit ihren zarten Chihuahua-Gesichtern und riesigen Juwelen sprachen nur von Kinderkriegen, Kleidern und religiösen Dingen, was ihn langweilte. Die Männer machten wie er Geschäfte, wenn auch mit geringerem Erfolg. Manche von ihnen waren nun auf Amelias Party zu sehen, standen in dichten Gruppen beisammen wie die Ringe an ihren Fingern. Sie sprachen nicht mit den englischen Gästen und erwarteten auch nicht, daß diese mit ihnen sprachen.

Über die Quelle des de Mondeschen Vermögens kreisten alle Arten von Gerüchten. Es hieß, er sei ein heimlicher Waffenhändler oder Drogenbaron. Einige wollten wissen, daß er vom KGB finanziert wurde, andere, er sei der Bankier der PLO. Diese Gerüchte kursierten einzig und allein unter Journalisten, denn de Monde hatte festgestellt, daß Verleumdungsklagen für Reiche einen lukrativen Nebenerwerb darstellen. Seine Rivalen hielten sich an die stillschweigende Übereinkunft, daß kein Zeitungsverleger einen anderen angriff, weil er selbst im Glashaus saß. Über jeden Zweifel erhaben war die Macht seiner Persönlichkeit. Sogar Rechtsanwälte aus der City fühlten sich unsicher, wenn sie ihm begegneten, denn der gewöhnlichen Aura eines sehr reichen Mannes fügte er noch etwas weit Schwefelhaltigeres hinzu. Er hielt sich selbst für ein Genie und veranstaltete berühmt gewordene Konferenzen, bei denen er wie ein Schachmeister von Konferenzraum zu Konferenzraum schritt oder von Telephon zu Telephon, um zu unterstreichen, daß seine Zeit mehr wert war als die jedes anderen. Seine Energie, seine Schlaflosigkeit, seine Frauengeschichten, die Tatsache, daß er fließend sechs Sprachen sprach – all das trug zu seinem Ansehen bei.

»Wissen Sie, warum ich in dieses Land emigriert bin?« fragte er seine Interviewer. »Weil ich größer bin als das Leben, und dieses Land ist kleiner.«

All das hatte Max beim Establishment nicht beliebt gemacht. Doch auch hier schien es, als sei er unverwundbar. Er hatte ein unbedeutendes Mitglied der Familie Kenward geheiratet, das damals in den Fünfzigern an der Botschaft in Beirut arbeitete. Obwohl es sich um keine besonders gute Partie handelte, genügte sie, ihn der Loyalität der anderen Mitglieder der Familie und ihrer mächtigen Verwandten, der Ansteys, zu versichern. Schlicht, schüchtern und zutiefst romantisch, wie sie war, hatte sich die zukünftige Mrs. de Monde zuerst mit Leichtigkeit im Sturm erobern und dann unter den Teppich kehren lassen. Amelias Mutter verbrachte nun die meiste Zeit in ihren Gemächern, und diejenigen, die sie sahen, sagten, das Altern bekomme ihr nicht.

Amelia hatte so viele Eigenarten ihres Vaters wie möglich übernommen, vor allem die, ihr Vergnügen am eigenen Reichtum offen zu zeigen. Im Laufe ihrer Erziehung am französischen Lycée in London und in einem Schweizer Internat hatte sie eine übersprudelnde Art und ein oberflächliches intellektuelles Raffinement erworben. Es war allgemein bekannt, daß de Monde einen neuen Lehrstuhl hatte finanzieren müssen, um sie in Oxford einzuschleusen, und zu Amelias Ehrenrettung muß gesagt werden, daß sie dies immer fröhlich zugab.

»Die Colleges haben sich noch nie gescheut, Leute mit Geld aufzunehmen, so wurden schließlich die meisten von ihnen gegründet. Warum sollten sie irgendeinen Anorak tragenden Idioten aufnehmen, wenn sie *mich* haben können?« pflegte sie zu sagen.

Von Amelia hieß es allgemein, sie sei eine Schönheit, und ihre Ausstrahlung war so sehr von Glanz, Selbstvertrauen und schierem Reichtum geprägt, daß viele, einschließlich ihrer selbst, es glaubten. Sie war groß und hatte wohlgestaltete Beine, die sie vorteilhaft zur Schau stellte. Ihr Haar war gesträhnt, ihre Finger waren maniküert, ihre Haut war gebräunt, ihre Zähne waren überkront, und es hieß, ihre Nase sei im Laufe der Zeit kleiner geworden. Wenn sie sich bewegte, blitzte und blinkte und klapperte sie mit genau der richtigen Menge Schmuck, um aufzufallen.

Sie hatte ein warmes Herz oder zumindest ein heißblütiges Temperament und sah sich selbst gern als unprätentiös und liebevoll – und zudem als außerstande, schlechte Seiten an denen zu erkennen, die sie gern hatte. Doch Amelia war auch eine berechnende Schläue und Boshaftigkeit zu eigen, die für Unvorsichtige überraschend sein konnte. Über jeden, der in Verdacht stand, schlecht von ihr oder ihrer Familie zu sprechen, wurde voller Gift hergezogen. Enttäuschungen wurden geradezu rachsüchtig nachgetragen. Doch diese Anzeichen von Übellaunigkeit traten nur selten zum Vorschein.

Man konnte ihr tatsächlich nur schwer widerstehen, und nur die weniger gewichtigen Mitglieder der Oberschicht – die ganz Unaffektierten, die Ländlichen und die Verächter neuen Reichtums – taten es. An ihnen hatte Amelia sowieso kein Interesse, sondern an einer insgesamt kosmopolitischeren Elite. Verschiedene von deren Mitgliedern galten als ihre »besten, liebsten Freunde«, denen gegenüber Amelia Einladungen aussprach, sie in Daddys Loge in der Oper zu begleiten oder den geheizten Swimmingpool im Keller zu benutzen.

Max de Monde war in sie vernarrt und sie in ihn. Amelia war sein Liebling, sein Püppchen, sein Juwel. Wenn er nicht seine Geliebte auf Auslandsreisen mitnahm, nahm er seine Tochter mit. Als sie jenseits der Zwanzig war, kaufte er ihr ein Spielzeug nach dem anderen: einen winzigen silberfarbenen Porsche, eine diamantbesetzte Rolex, ein Perlenhalsband, das einst Kaiserin Josephine getragen hatte. Nur die Konservativen bekamen mehr, aber von Amelia erwartete de Monde ja auch nicht die Erhebung in den Adelsstand. Worauf er bei ihr wartete, war eine illustre Heirat.

Auf diesem Gebiet hatte Amelia allerdings Schwierigkeiten. Ihr Vater wollte nicht, daß sie ihr Zuhause verließ, und machte es dort so bequem für sie, daß sie gar keine Lust hatte, es zu verlassen.

»Warum willst du allein in einem elenden Apartment hausen, wenn du hier dein eigenes kleines Kutscherhaus haben kannst und einen Swimmingpool und Bedienstete, die dich von Kindheit an kennen?« fragte er.

»Aber alle ziehen von zu Hause aus, wenn sie erwachsen werden«, protestierte Amelia. »Warum sollte ich es nicht auch tun?«

»Wenn du unruhig wirst, verreise.«

Also ging Amelia auf Reisen, und wenn sie zu Hause war, wohnte sie jenseits des großen Rasens auf der Rückseite des Palastes in Holland Park im Kutscherhaus. Es war das hübscheste kleine Haus, das man sich vorstellen konnte. Vor der Tür befand sich ein gepflasterter Hof mit üppigen Blumenkästen und gelegentlich einem Oldtimer. Es hatte eine schmale Haustür, hinter der eine schmale Treppe – mit Tauen an jeder Seite wie auf einem Schiff – nach oben zu den Wohnräumen führte. Darunter war Amelias Porsche beherbergt.

Zum gegenwärtigen Zeitpunkt befand sich Amelia jedoch nicht in ihrem eigenen Haus, sondern im dritten Stock in dem ihres Vaters.

Mark Crawley fühlte sich schwindelig von Champagner, Beschwingtheit und Angst.

»Wo sind wir hier?«

»In meinem alten Schlafzimmer«, sagte Amelia.

»Es sieht aus wie aus dem Fernsehprogramm *Come Dancing.*«

»Oh, ich liebe Rüschen«, sagte Amelia mit solcher Selbstverständlichkeit, daß sogar Mark sich allmählich fragte, ob das nicht ein Kennzeichen absoluten Chics sei. In Wirklichkeit hatte er die pinkfarbenen Volants und die Vergoldungen mit einer gewissen Erleichterung registriert. Mit so viel zur Schau gestelltem Reichtum kam er nur zurecht, wenn er den Geschmack verachten konnte, mit dem dieser verschwendet wurde.

Der schiere Reichtum Londons versetzte ihn immer noch in Erstaunen. Von Brixton nach Kensington zu fahren verschaffte ihm ein Gefühl wie einem Taucher, der zu schnell an die Wasseroberfläche gekommen war. Es war nicht wie in einer amerikanischen Metropole, wo Geld einen in einer Blase einschloß, noch war es europäisch, wo man sich hinter hohen Mauern und stirnrunzelnden Concierges versteckte. In London standen Häuser wie dieses gelassen hinter einem winzigen Zaun und boten Einblick in die Grazie, die Leichtigkeit, die Kultur, die enormer Reichtum möglich macht. Wer von britischer Zurückhaltung sprach, konnte damit nur die Manieren meinen, nicht die urbane Architektur, denn diese Privilegien, die den Vorübergehenden so beiläufig vorgeführt wurden, hätten in den meisten anderen Ländern Revolutionen verursacht.

Mark wußte, daß er über mehr Raffinement verfügte als die meisten Menschen, doch die Masse war es nicht, die ihn beschäftigte. Gleichgültig, wieviel er las und kaufte und schaute und schnüffelte – Ivo beispielsweise war immer von einem städtischen Flair umgeben, das Mark daran erinnerte, daß er selbst in den Sackgassen von Slough aufgewachsen war, in einer Familie, die billigen Rheinwein trank und den *Daily Mirror* las. Das gänzliche Fehlen intellektueller Aktivität in ihrem Leben erfüllte ihn immer noch mit dumpfem, grollenden Ressentiment. Die Fröhlichkeit und Leichtigkeit von Amelias Naturell verblüfften ihn noch mehr als die Tatsache, daß er mit ihr geschlafen hatte.

Mark hatte noch nie so lange parallele Affären gehabt. Er hatte Amelia bei einem Mittagessen für Reisejournalisten kennengelernt – einer Veranstaltung, an der er nicht teilgenommen hätte, hätte Ivo ihn nicht gebeten, wegen eines Artikels hinzugehen. Mark hatte so zurückhaltend reagiert, daß Amelia sich selbst übertroffen hatte, um ihn zu bezaubern. Beide waren leicht angetrunken gewesen und hatten zuerst ein wenig, dann ernsthaft miteinander geflirtet. Nach dem Mittagessen waren sie gemeinsam den Piccadilly entlangspaziert und hatten den Nachmittag im Ritz verbracht. Amelia hatte das Zimmer mit ihrer goldenen Kreditkarte im voraus bezahlt und dem Mann am Empfang heftig und unwiderstehlich zugezwinkert.

»Ich komme mir vor, als hätte ich gerade einen Schnulzenroman betreten«, bemerkte Mark nervös.

»Nun, bei Henry James hätte ich es noch nicht einmal durch die Tür geschafft.«

Mark war erstaunt. »Du liest ihn?«

»Natürlich«, sagte Amelia und schüttelte ihr Kleid ab. »Er ist der einzige Schriftsteller, der wirklich etwas von Geld versteht.«

Als seine Tochter jenseits der Zwanzig war, hätte nichts weniger als ein Graf Max de Monde zufriedengestellt. Amelia suchte jedoch Liebe und zunehmend auch Intellekt. Es war eine Suche, die sie zweiunddreißig Jahre hatte werden lassen und zu Anfängen von Panik geführt hatte. Sie sah noch ebenso geschmeidig und fest aus wie mit zwanzig, doch sie wußte, daß manches nicht mehr so war wie früher. Mark verlangte aufregend heftig nach Sex, und was ihm an Instinkt abging, kompensierte er zweifellos durch eine Kombination aus Intelligenz und Methodik.

»Du hast doch sonst niemanden, oder?« fragte sie hinterher.

Mark überdachte die Konsequenzen dieser Frage. Er wollte von niemandem eingefangen werden, nicht einmal von dieser Nymphe, doch er spürte die Versuchung.

»Würde es dir etwas ausmachen?«

»Nicht besonders«, sagte Amelia. »Aber man möchte gern Bescheid wissen.«

»Es gibt jemanden.«

»Längerfristig?«

»Ja, ich glaube schon. Aber versteh mich richtig, nicht für immer.«

»Gut«, sagte Amelia. Dann kicherte sie. »Weißt du, zuerst dachte ich, du seist vielleicht schwul.«

»Nein«, sagte Mark.

Am nächsten Tag schickte er ihr einen riesigen Strauß Lilien. Amelia war gerührt, denn wie die meisten modernen Frauen war sie kaum jemals mit konventionellen Geschenken umworben worden. An den Geiz der sehr Reichen gewöhnt – die Gratispakkungen mit Cornflakes in der Speisekammer, die in Hotels gestohlenen Toilettenartikel, die verbilligten Flüge an exotische Orte –, war sie bezaubert, als diese floralen Tribute, von einem Regen witziger, andeutungsreicher Postkarten begleitet, andauerten. Er war ihr Geheimnis, und sie war seines – fürs erste.

Nur Ivo schöpfte Verdacht. Er kannte Amelia gut genug, um zu merken, wenn eine ernsthafte Liebesaffäre anfing, und er sah die beiden in Amelias Porsche zu einer Party in Fulham eintreffen. Bis dahin hatte er nicht einmal gewußt, daß sie sich kannten. Eines Morgens rief er in der Wohnung in Brixton an und tat so, als wolle er mit Mark sprechen.

»Er ist zur einem Interview in Edinburgh«, sagte Mary verschlafen.

»Wirklich?« sagte Ivo. »Mit wem?«

»Weißt du das nicht?«

»Oh, ich glaube doch«, sagte Ivo. Eine lange Pause entstand. »Alles in Ordnung?«

»Ja«, sagte Mary, die versuchte, einen klaren Gedanken zu fassen. Sie war sehr spät von ihrer Schicht nach Hause gekommen. »Er arbeitet nur furchtbar viel. Soll ich ihm etwas ausrichten?«

Mark hörte ihr gar nicht mehr zu. Während Amelia einkaufen war, sich massieren ließ oder einem der zahlreichen gesellschaftlichen Anlässe beiwohnte, mit denen reiche junge Frauen ihre Zeit verbrachten, war Mark allein in Holland Park und schnüffelte in ihren privaten Sachen herum. Er studierte ihre Kontoauszüge, entdeckte, daß sie die Minipille nahm, blätterte in ihrem Adreßbuch, ging ihre Garderobe durch und die Tagebücher aus ihrer Teenagerzeit. Es war wie in einem großen, luftigen Schrank, alles war weiß oder cremefarben. Er billigte diesen monochromen Geschmack. Ihre Kaschmirpullover, ihr Schmuck, ihre Fläschchen, sogar die muschelförmige Seife in ihrem schlichten Badezimmer erfreuten ihn.

Amelia war ähnlich bezaubert von seiner Art, auf etwas so Frivoles wie ihre Handtaschen zu reagieren (»Eine Metapher für die Vagina«, stellte er fest, was sie Gott danken ließ, daß sie nur Chanel kaufte). Sie war noch nie mit jemandem zusammen gewesen, dem so viel auffiel, der so viel wußte, der ihrer unruhigen Frivolität einen vernünftigen Geschmack entgegensetzen konnte. Sie war an die Gesellschaft dummer oder alberner Menschen gewöhnt, die nur das Geld miteinander verband, das ihnen die gleichen Partys und die gleichen Ferien ermöglichte und deren gesellschaftlicher Schliff das Fehlen fast aller anderen Qualitäten nur notdürftig kaschierte. Daß er immer noch mit jemand anderem zusammenlebte, bedrückte sie nicht besonders. Dennoch muß gesagt werden, daß sie nicht geplant hatte, was als nächstes passierte.

»Es gibt etwas, von dem ich möchte, daß du es weißt«, sagte sie, lächelte in dem pink- und goldfarbenen Schlafzimmer auf ihn hinunter und erzählte es ihm.

Mary stieg die Treppe hinauf. Ivo kam hinterher. Rote Laserstrahler blinkten von jedem Sims, die Fenster an der Rückseite waren hinter üppigen Vorhängen mit massiven Eisengittern verschlossen. Alles war reich und schwer und neu, sogar die Armaturen in den Badezimmern waren vergoldet, und das Wasser floß lautlos in handbemaltes Porzellan. Es gab Karikaturen von de Monde in jeder möglichen Verkleidung – Max als Teufel, als Rambo, als Einbrecher, Max, wie er hämisch lachte, als er in Schottland Drucker entließ und Lektoren in London, Max als Dämonenkönig der Zeitungsverleger. Mary war verwundert, daß jemand mit solchen Porträts leben konnte. Es war, als suhle sich de Monde in der Tatsache, daß er ohne das menschliche Bedürfnis, gemocht zu werden, leben konnte, dachte sie.

»Hier rein?«

Ivo schüttelte den Kopf. »Da habe ich bereits nachgesehen. Keine Sorge, wir werden ihn schon finden.«

Mary hob angstvoll den Blick zur nächsten Treppe und fing kurz den Blick eines Mannes auf. Er sprach mit einer Journalistin, die sie aus dem Club als Fiona Bamber erkannte. Auch der Mann erschien ihr vage bekannt – vielleicht ein Schauspieler.

»Hi, Ivo«, sagte Fiona.

»Hallo«, sagte Ivo. »Was treibt ihr beiden denn hier oben?«

»Oh, wir unterhalten uns ein bißchen. Lassen Sie sich nicht seine Briefmarkensammlung zeigen«, sagte Fiona kokett zu Mary.

»Wer war das?« fragte sie auf dem nächsten Treppenabsatz.

»Wer?«

»Dieser Mann auf der Treppe.«

»Nicht ganz deine Liga, meine Liebe.«

»Ich fand, er sah ziemlich eingebildet aus«, sagte Mary verletzt.

»Nicht unbedingt eingebildet«, sagte Ivo. »Sagen wir lieber, hier im Haus ist es verdammt ungemütlich. Das war Tom Viner.«

»Adam kennt ihn. Wo steckt Mark denn nun?«

Sie kamen zum dritten Stockwerk. Ivo machte eine Geste.

»Ich glaube, da drin.«

Mary öffnete die Tür.

6.

Adam Sands

Mary hatte geglaubt, den Weg zur Wahrheit mittlerweile fröhlich und anmutig beschreiten zu können. Seit Wochen fühlte sie sich nun schon schwindelig, geradezu in Hochstimmung angesichts all des Elends, das ihren Horizont ausfüllte. Einen Augenblick lang war es tatsächlich fast eine Erleichterung, ihn mit Amelia zu sehen: Sie, Mary, war nicht verrückt, Marks Verhalten hatte vielmehr einen realen Grund. Doch dann schien etwas ihr die Beine nach oben zwischen die Rippen zu pressen und jedes innere Organ von seinem Platz zu verdrängen. Sie war weniger zerschmettert als zusammengepreßt, durch einen einzigen Schlag zur Zwergin gemacht. Sie sah zu, wie Mark die Hosen, die sie gekauft hatte, über die Boxershorts zog, die sie gekauft hatte, und stellte überrascht fest, daß sie atmete.

»Ich wollte es dir sagen«, sagte Mark.

»Du hast immer gesagt, es sei besser, etwas zu zeigen, als es zu sagen«, sagte Mary, und Mark fühlte einen überraschenden Stich. Sie sahen einander an.

Amelia sagte: »Was fällt Ihnen ein, im Haus meines Vaters herumzuspazieren? Wie können Sie es wagen, mein Schlafzimmer zu betreten? Wer sind Sie überhaupt? Ich weiß, daß ich Sie nicht eingeladen habe.«

»Möchten Sie, daß wir einander vorgestellt werden?« sagte Mary.

»Das ist Mary Quinn, meine –« Mark machte mit einer Hand eine Geste, als blättere er eine Rolodex-Kartei durch.

»Oh. Wie peinlich«, sagte Amelia, ohne eine Spur dieser Empfindung zu zeigen. »Nun – was geschehen ist, ist geschehen.«

Sie sprach völlig unverfroren, mit jener Unverfrorenheit, die so alt war und so weiblich, daß Mary und Mark von einer Art Ehrfurcht ergriffen wurden, als beanspruche sie etwas, das fraglos ihr gehörte.

Mark fällte eine Entscheidung. Wäre er nicht auf diese Art entdeckt worden, hätte er es wahrscheinlich nicht getan, doch so schien es der beste Weg aus seiner Bredouille zu sein.

»Amelia und ich werden heiraten.«

Amelia lächelte zustimmend.

»Warum?« fragte Mary.

»Ich bin schwanger.«

All diese Nächte, dachte Mary, all diese Wochen und Monate und Jahre, wo sie sich in dem Glauben, Mark würde aus freien Stücken zu ihr kommen, gezwungen hatte, den Adventskalender mit den Verhütungspillen zu öffnen und sie zu schlucken. All die Zeit, in der sie sich mehr und mehr nach einem Kind gesehnt hatte und danach, daß Mark sie heiratete. Und er ließ sich vom ältesten biologischen Trick einfangen.

Sie sagte: »Meinen Glückwunsch. Es ist von Mark, nehme ich an?«

»Natürlich«, sagte Amelia eisig.

Mary wandte sich an Mark. »Du hattest nie die Absicht, mich zu heiraten, oder?«

»Nein.«

»Hattest du je die Absicht, überhaupt jemanden zu heiraten?«

Sie erkannte die Antwort in seinen Augen. Amelia hatte einen doppelten Sieg eingefahren. Über alle Maßen gedemütigt sagte Mary: »Dann alles Gute. Ich bin sicher, ihr werdet das perfekte Paar.«

Als sie sich umdrehte, registrierte Ivo, der draußen auf dem Treppenabsatz gewartet hatte und voller Schadenfreude auf und ab gehüpft war, ihr schmerzverzerrtes Gesicht. Plötzlich bereute er, was er angerichtet hatte.

»Ich danke dir«, sagte sie ausdrücklich zu ihm und rannte dann die Treppe hinunter.

»Mary, warte!« rief Ivo, aber sie wartete nicht. Die Meute unten schien sich mühelos vor ihr zu teilen. Sie beobachtete mit einer gewissen Überraschung, wie der lange rote Teppich sie an den Polizisten vorbeitrug.

»Gut amüsiert?« fragte einer von ihnen halb neidisch, halb sarkastisch, und sie machte eine entsprechende Handbewegung, als hätte sie ebendies getan.

Adam Sands war Marys ältester Freund in London, und zu ihm ging sie jetzt, während die Tränen ihr über die Wangen strömten. Ihre Cousine Deirdre wohnte näher, in Shepherd's Bush, doch Mary konnte den Gedanken nicht ertragen, daß genau die Leute sich über ihr Unglück den Mund zerreißen würden, die sie so mühsam hinter sich zu lassen versucht hatte. Sie stolperte die Campden Hill Road hinunter, dann fiel ihr in der U-Bahn-Station Notting Hill Gate ein, daß sie kein Geld hatte und daß sie sowieso auf keinen Fall nach Brixton zurückgehen konnte. An keuchenden Bussen vorbei, an Kinos mit ihren Postern von großer Liebe und großem Haß, um die öffentlichen Parks herum, an Marble Arch vorbei. Es war ein langer Spaziergang, und als Mary am Berkeley Square ankam, waren ihre Gedanken wie tiefgefroren.

Adams Wohnung lag über einer Galerie in der Nähe der Bond Street. Sie drückte auf den Klingelknopf neben der schmalen schäbigen Tür, und er betätigte den Summer und ließ sie herein.

Die Treppe war steil und schmutzig, und es roch nach alten Sokken. Die Wohnung im ersten Stock stand leer. Die Tür war mit einer Metallplatte verschlossen, nachdem die Pensionskasse, der die Wohnung gehörte, sie wieder in Besitz genommen hatte. Versuche, die Bewohner aus den anderen Stockwerken zu vertreiben, blieben erfolglos, denn unter Adam wohnte Mabel, eine ältere Frau, die äußerst hartnäckig an ihren Rechten als Mieterin festhielt. Adam war sehr groß, ziemlich häßlich und sprach mit einer tiefen, klangvollen Stimme, die sehr wirkungsvoll war, wenn es darum ging, die verschiedenen Vertreter der Pensionskasse zu verprellen, die versuchten, ihn hinauszubekommen. Er hatte gelacht, als Mary ihm erzählt hatte, sie habe ihn lange Zeit für das Produkt »zumindest von Hausmädchen und Marmorhallen« gehalten.

»Ja«, sagte er. »Ich habe Glück, daß ein armer Mann, der reich erscheinen will, in England genauso aussehen kann wie ein reicher Mann, der so tut, als wäre er arm.«

Mary wußte, wie arme Männer sich kleideten – die zerrissenen, abgetragenen Schuhe aus Lederimitat, die die Füße verkrüppelten, die billigen bügelfreien Hemden mit den riesigen Kragen – sie mußte nur an ihren eigenen Vater denken oder an die Jungen, mit denen sie in Belfast aufgewachsen war. Sie hielt Adam nicht für arm, denn er hatte ein Bankkonto und eine Wohnung mit moderater Miete in Mayfair. Doch sie vermutete einigermaßen zutreffend, daß ein Teil ihrer Zuneigung für ihn darin lag, daß er sich seiner Privilegien bewußt war. Er hatte ein enzyklopädisches Gedächtnis für gesellschaftliche Verbindungen, ohne daß er selbst versucht hätte, an irgendeiner Form gesellschaftlichen Lebens teilzunehmen – auch nicht in der Homosexuellenszene, die er besonders verabscheute.

Die Leute hielten ihn für beträchtlich reicher und vornehmer, als er war, weil er in Paris aufgewachsen war und eine gewisse Eleganz in Manieren und Kleidung kultivierte. Adam trug, was er selbst »Gärtneranzüge« nannte – altmodische Tweedanzüge aus Wohlfahrtsläden, die seiner seltsamen Figur bestens standen. Diese Veredelung seiner Person war verhältnismäßig neu.

In Cambridge war er aufsehenerregend gewesen: die Art von Mensch, so hatte Mark beobachtet, wie man sie eigentlich in Oxford erwartete. Bei seinem Aufnahmegespräch war er in einem langen schwarzen Mantel und einem Borsalino auf- und abgeschritten. Später trug er affige cremefarbene Leinenanzüge mit einem Miniteddybär in der Brusttasche. Er war ein hervorragender Schauspieler, schrieb saftige kleine Theaterstücke, von denen eines beim Edinburgh Festival einen Preis gewonnen hatte, wurde sogar vom langweiligsten Naturwissenschaftler erkannt und bekam eine Eins in Geschichte. Als er verkündete, er werde nun Romane schreiben, handelte man ihn als jemanden, der ein moderner Proust zu werden versprach.

Dennoch war Adam verschwunden. Während seine Zeitgenossen nach London ausschwärmten, Partys feierten, Kontakte knüpften und einander unbehaglich beäugten, um zu sehen, wer als erstes berühmt werden würde, weigerte er sich, das Spiel mitzuspielen. Bald fingen die Leute an, sich über seine Affektiertheit und seine Bonmots lustig zu machen. Es kursierten Geschichten über Lederfetischismus und öffentliche Toiletten und Büsche in Hampstead Heath, über Adam, der angeblich im Heaven tanzte und für Pornomagazine Modell stand. Niemand wußte, ob diese Geschichten wahr waren, und niemand kümmerte sich darum.

Als Adam wieder auftauchte, war dies in gewisser Weise eine Enttäuschung. Er war ruhiger und konventioneller geworden und schrieb offensichtlich immer noch, während er in einem modernen Antiquariat in der Charing Cross Road arbeitete und zu einem Einsiedler geworden war. Der Laden, Pocock's, war klein, altmodisch und ein wenig kulthaft, was diese Wahl des Jobs beinahe respektabel machte – doch es war nicht das, was man erwartet hatte. Adam traf sich mit wenigen Freunden, machte nie den Versuch, Gäste zu sich nach Hause einzuladen, und an Abendessen nahm er nur teil, wenn er wußte, daß das Essen gut sein würde. Während des letzten Jahres war sein Freundeskreis auf vier Leute zusammengeschrumpft: Tom Viner, Andrew Evenlode, Georgina Hunter und Mary Quinn.

Mary hatte die anderen Freunde nie kennengelernt, obwohl sie von ihnen gehört hatte. Sie waren Mitglieder einer Oxbridge-Clique, in der anscheinend alle die Häuser und Betten miteinander geteilt hatten. Tom war Arzt, Andrew Hochschullehrer, Georgina war Journalistin und schrieb Schnulzenromane. Keiner von ihnen schien besonders nett zu sein, doch Mary hätte diese exotischen Wesen gern kennengelernt, wenn auch nur aufgrund der Tatsache, daß dies Mark beeindruckt hätte.

Jetzt fing sie an, Adam mit einer Stimme, die vor Trauer brach, zu erzählen, was passiert war, während er auf seinem wackeligen Gaskocher Kakao und *welsh rarebits* zubereitete. Die Fenster hatten Doppelverglasung, um den Straßenlärm abzuhalten, doch das Mobiliar stammte sämtlich aus den fünfziger Jahren, einschließlich des Kühlschranks mit abgerundeten Ecken.

»Ich kann einfach nicht glauben, daß Mark mir so etwas antut«, sagte sie.

»Warum nicht?«

»Warum nicht? Weil – weil es allem widerspricht, was ich von ihm dachte. Kann man fünf Jahre mit jemandem zusammenleben und ihn gar nicht kennen?«

»Ist es sehr wichtig für dich? Untreue, meine ich?«

»Ja, natürlich«, sagte Mary, beinahe kreischend. »Natürlich – natürlich – es ist das Ende von allem! Er wird sie *heiraten*!«

»Vielleicht war er nur betrunken.«

»Nein, nein, du verstehst nicht. Das geht schon seit Wochen so! Wie kannst du nur so begriffsstutzig sein? Es bedeutet, daß alles, was er je zu mir gesagt hat, eine Lüge war. Oh, wie soll ich das nur ertragen?«

»Ich mochte ihn nie«, sagte Adam.

Mary hörte auf, die Hände zu ringen, und sagte wütend: »Nein, ich weiß das, und er mochte dich nicht, aber ich *liebe ihn*! Ich liebe ihn und hasse ihn, ich glaube, ich werde verrückt! Ich habe ihm vertraut. Ich habe ihm … es geht nicht nur um Sex … meine Fehler, meine Schwächen, die kleinen Lügen … ich habe ihm alle gezeigt. Wie muß er mich verachten! Ich dachte, das könnte man bei jemanden tun, den man liebt!«

»Wenn man jemanden liebt, liebt man sogar seine Fehler.«

»Aber man liebt jemanden nicht, weil er furzt oder ein albernes Lächeln hat oder faul ist.«

»Das meine ich nicht. Menschen sind wie Planeten, sie umkreisen dich, zeigen dir aber nur die Hälfte. Den ganzen Menschen zu lieben heißt, seine dunklen Seiten zu kennen.«

»Ist das so? Ist man nicht viel eher nur ein Stäubchen im All?« fragte Mary, und die Tränen strömten ihr über das Gesicht. »Ich habe geglaubt, wenn ich ihm alles gäbe, würde er mich lieben. Wie muß er mich verachten! Sie muß vollkommen sein, daß er sie mehr lieben kann als mich.«

»Sie ist reich und mächtig in jener Welt, zu der er gehören möchte.«

»Sie spricht, als würde sie mit Doppelrahm gurgeln«, sagte Mary.

»Zeig endlich deine Krallen, mein Liebling, und wehr dich.«

»Ich kann es nicht glauben, daß Geld für ihn eine Rolle spielt. Er hat einmal gesagt, Glamour bedeute ›böser Zauber‹. Er haßt Ehrgeiz.«

»Die Leute verurteilen ihre eigenen Fehler am strengsten«, sagte Adam. »Sie spüren sie und verabscheuen sie weit mehr als jeden Makel, der nichts mit ihnen selbst zu tun hat.«

»Glaubst du, Mark ist ehrgeizig?«

»Mögen Wespen Marmelade?«

»Diese schreckliche Party! Ich habe mich gezwungen hinzugehen, weil er immer gefragt hat, warum ich nicht öfter ausgehe. Niemand hat mit mir gesprochen. Außer Ivo, und das –«

Sie zerrte an ihren Haaren, als wolle sie die Gedanken mit den Wurzeln ausreißen.

»Weißt du, ich glaube fast, er hat es geplant. Er hat mir gesagt, wo ich Mark finde, er hat selbst einmal versucht, etwas mit mir anzufangen –«

»Der Sponge-Sprung«, sagte Adam. »Ich würde es nicht persönlich nehmen, das ist eine Art Reflex, wie bei einer fleischfressenden Pflanze.«

»Nein – nein – natürlich nicht«, sagte Mary, die im Moment sogar bei dem Gedanken, von Ivo attraktiv gefunden zu werden, eine gewisse Erleichterung verspürt hätte.

»Ich weiß nicht, was ich tun soll. Es müßte so etwas wie Vorschriften für solche Situationen geben. Ich muß natürlich ausziehen. Oh – glaubst du wirklich, er könnte einfach nur betrunken gewesen sein? Oder unter einem bösen Zauber gestanden haben?«

»Du hast die letzte U-Bahn verpaßt. Schlaf hier.«

Ein solches Angebot von Adam rührte Mary. Sie wußte, wieviel ihm sein Privatleben bedeutete. Er hatte es einmal als bleibende Wunde aus Internatszeiten bezeichnet, daß er die leibliche Anwesenheit anderer Menschen nicht länger als zwei Stunden ertragen konnte. Sie machte sich auf dem Sofa ein Bett zurecht.

»Wie ruhig es hier nachts ist«, sagte sie. »Das hätte ich nie gedacht.«

»Mayfair ist ein Leichenhaus«, sagte Adam. »Sämtliche Gebäude, die früher bewohnt waren, sind in Büros umgewandelt worden. Deshalb ist es mir ganz egal, daß ich eine Art Hausbesetzer bin.«

»Du hast Glück«, sagte Mary. »Eine eigene Wohnung für vierzig Pfund in der Woche – was für eine Freiheit!«

Für eine alleinstehende Person war es tatsächlich ideal. Es gab ein Wohnzimmer, von dem man eine enge Küche derart abgetrennt hatte, daß auf der einen Seite ein Viereck für einen Tisch und auf der anderen eines für ein Sofa übriggeblieben war. In einem weißen Marmorkamin glühte ein offenes Feuer, so unpassend wie Aschenputtels weißer Fuß unter den Lumpen. Es gab keine Zentralheizung, und um Brennstoff zu sparen, verbrannte Adam ziemlich illegal alle Arten von Müll, die brennbar aussahen. Das Ergebnis war, daß es in seiner Wohnung immer etwas seltsam roch. Die Wände waren zur Farbe schmelzenden Schnees nachgedunkelt. An einer Wand hing das kleine, ungerahmte Bildnis eines jungen Mannes.

»Wer hat das gemalt?« fragte Mary. »Es ist neu, oder?«

»Eine Malerin namens Emma Kenward«, sagte Adam. »Andrew Evenlode kennt sie. Irgendeine Cousine von Amelia.«

»Es ist gräßlich«, sagte Mary sofort.

»Nein, das ist es nicht.«

Die Fußböden sowohl im Wohnzimmer als auch im Schlafzimmer waren schmutzig. Auf jeder Oberfläche glänzten Kuchenkrümel, wenn sie nicht matt war vor Staub – nicht von normalem Staub, sondern von Staub auf Staub, eine Unendlichkeit aus Staub, der sich von der Stadtluft ablagerte. Am Kocher trafen sich Fett-Stalaktiten mit Fett-Stalagmiten. Das Badezimmer war mit Rasierschaum verkrustet, der sich in leprösen Flecken und Auswüchsen festgesetzt hatte. Mary verspürte bei dem Anblick jedesmal den Wunsch nach einer Flasche Reinigungsmittel und einem Putzschwamm.

Normalerweise lag überall Papier herum. Zu Bällen zerknüllt, zu Streifen gefaltet, zu losen, sich türmenden Stapeln zusammengeschoben, die allmählich in eine Richtung schwankten und schließlich raschelnd zu weiteren Stapeln auseinanderfielen. Papier mit Kaffeeringen und mit Tintenflecken, Papier, auf dem gelbe Merkzettel klebten, und Papier mit schwarzen Eselsohren. Papier hing an Nägeln, von Regalen, von der Wand. Man öffnete eine Schranktür, und heraus fiel eine weiße Lawine. Man zog eine Schublade auf, und das papierne Innere bäumte sich auf wie eine träge Kobra. Alles war mit Adams schräger Handschrift bedeckt, die sich in nervöser Hast über die Seite ergossen hatte und völlig unleserlich war.

Jetzt allerdings stellte Mary plötzlich fest, daß das Wohnzimmer beinahe aufgeräumt war und die Papierstapel stark abgenommen hatten.

»Was ist passiert? Hast du beschlossen, Frühjahrsputz zu machen?«

Adam strahlte. Sie sah, daß er vor Aufregung wie elektrisiert war. »Ich wollte es dir gerade sagen.«

»Was?«

»Ich habe einen Verleger gefunden.«

»O Adam! Heißt das, du bist fertig? Ich kann es kaum erwarten, es zu lesen!«

»Plötzlich war es richtig. Ich habe neun Jahre lang daran geschrieben und es immer wieder überarbeitet, und dann hat es sich plötzlich in drei Monaten wie von selbst geschrieben. Das ist, als würde man einen Radiosender suchen, weißt du, nur Wortfetzen und Geräusche und dann – klar! Ich habe es getippt und an eine Agentin geschickt, Francesca Styles, und sie bekam ein Angebot. Alles innerhalb von vierzehn Tagen«, erzählte Adam. »Ich kann es selbst noch nicht fassen.«

»Bei welchem Verlag?«

»Belgravia.«

»Oh«, sagte Mary. »Wie Amelia.«

»Du nimmst im Slouch auch de Mondes Geld. Er hat überall seine Finger drin.«

»Dieser schreckliche, schreckliche Mann!«

»Das weißt du nicht«, sagte Adam. »Man kann die Sünden der Eltern nicht den Kindern anlasten und umgekehrt.«

Adams Vater lebte mit seiner zweiten Frau in Monte Carlo. »Die entsetzlichste Person«, hatte Adam einmal gesagt. »Sie trägt eine Sonnenbrille mit Initialen. Sie interessiert sich nur für Geld und paßt auf, daß ich keines kriege. Wir haben, seit ich zwölf war, nicht mehr miteinander gesprochen.«

Insgeheim dachte Mary, daß, wenn Adams Vater und seine Stiefmutter schon schlimm waren, Mrs. Sands einfach gräßlich war. Adam zufolge radelte sie meilenweit durch die Weiten Norfolks, bis sie eine Tankstelle entdeckte, wo das Benzin einen Penny billiger verkauft wurde, und fand das ganz großartig und erzählte ständig davon. Adams Neigungen gegenüber war sie blind und glaubte an das bequeme Märchen, Mary sei sein »kleiner irischer Schatz«, wie sie es nannte. Sie bestand außerdem darauf, Mary Molly zu nennen. Um Adams willen ertrug Mary solche Herablassung. Er kritisierte seine Mutter nie, wenn man davon absah, daß er gelegentlich erwähnte, sie sei schlecht gelaunt gewesen. Er fuhr an den meisten Wochenenden nach Hause und kam mit Taschen voller Kuchen und gekochtem Fleisch zurück. Mary dachte an die Art, wie ihre eigene Mutter sich widerwillig für das Geld bedankte, das sie ihr schickte, und ihre Besuche mit einem Seufzer registrierte, denn sie bedeuteten, daß ein Mund mehr zu stopfen war. Doch sie wußte, daß Betty Quinn sie aufrichtiger liebte als Mrs. Sands ihren einzigen Sohn.

Mary fürchtete sich vor dem, was geschehen würde, wenn ihre Mutter die Sache mit Mark erfuhr. Betty hatte nie ein Hehl daraus gemacht, daß sie ihn verachtete, nicht nach den entsetzlichen Ferien, die er mit ihnen in Cork verbracht hatte. Und Mary wußte mit absoluter Sicherheit, daß sie eher triumphieren als Mitleid zeigen würde. Ihre Meinung, daß Mary etwas Besseres verdiente, wäre schmeichelhaft gewesen, wenn sie nicht auf der unumstößlichen Überzeugung von der Überlegenheit ihrer eigenen Gene gegründet hätte.

Mary legte den Kopf auf die Arme und schluchzte erneut, obwohl sie vor Erschöpfung allmählich gefühllos wurde. Sie hatte gehofft, sie würde allmählich die Kontrolle über ihre Gefühle wiedergewinnen. Schließlich putzte sie sich die Nase und sagte: »Es muß möglich sein, Leiden zu vermeiden, anders geht es einfach nicht.«

»Na ja«, sagte Adam, »das ist wie mit dem Mann mit den Bananen auf dem Doppeldeckerbus.«

»Was ist mit ihm?«

»Das kennst du doch. Da sitzt ein Mann oben im Bus und wirft dauernd Bananenschalen aus dem Fenster. Jemand fragt ihn, warum er das tut, und er sagt: ›Damit die Londoner Elefanten darauf ausrutschen.‹ – ›Aber in London gibt es keine Elefanten‹, sagte der andere. ›Sehen Sie?‹ sagt der Mann.«

Mary lachte ein kleines, brüchiges Lachen. Dann fragte sie: »Warst du noch nie im Zoo?«

7.

Trennung

Marks Abneigung gegen Gefühlsäußerungen jeder Art war extrem, so extrem, daß Mary sich in der Vergangenheit gefragt hatte, ob es die Gefühle an sich waren oder eher deren Äußerung, die er verabscheute.

»Sage nie: Ich fühle. Sage: Ich glaube. Sage nie: rührend, sage: packend«, hatte er sie von Anfang an angewiesen.

Sie trafen sich im Slouch Club in einem kleinen Raum, der normalerweise für private Feiern genutzt wurde. Mary war zu ihrer Cousine Deirdre gezogen, die in Shepherd's Bush mit ihrem Freund Niall zusammenwohnte. Sie meinten es gut, und sie waren freundlich, doch Mary wußte, daß es für sie eine Unannehmlichkeit bedeutete, da sie beide gesellig waren und gern ständig Freunde zu Besuch hatten. Sie brauchten den Kontakt, und zwischen all ihren Freunden von der BBC und denen aus Dublin und Belfast fand Mary keine Ruhe. Sie verabscheute diesen Lebensstil.

Es gibt in England wahrscheinlich keine ausgefeiltere Folter als die der sozialen Mobilität. Zwölf Jahre lang hatte Mary sich beigebracht, die Vornehmheit einer anderen Schicht zu genießen. Sie war daran gewöhnt, das Kulturprogramm im Radio zu hören und Salate zu essen, mit Bildern an der Wand zu leben und frische Blumen zu haben. Niall und Deirdre hatten ebenfalls Ambitionen, doch die waren anderer, bescheidenerer Natur. Sie kauften bei Habitat, nicht bei Heal's, und tranken Bier statt Wein. Sie gingen sich gegenseitig mit tausend Kleinigkeiten auf die Nerven.

»Sieh den Tatsachen ins Gesicht, Mary, er war immer eine Nummer zu groß für dich«, sagte Deirdre. »Protestanten sind unter der Oberfläche alle gleich, so verklemmt, daß sie Briketts scheißen.«

Wer wird mich mit einer solchen Familie heiraten? dachte Mary und weinte in dem avocadogrünen Badezimmer.

Mark war in Amelias Haus gezogen. Das Kutscherhäuschen reichte nur mit knapper Not für zwei, denn das Gästezimmer beherbergte Amelias Garderobe. Doch es war immer noch angenehm, wenn auch viel zu heiß.

»Es ist beinahe tropisch hier«, beschwerte Mark sich bei Amelia. »Stimmt. Daddy und ich finden die meisten englischen Häuser viel zu dunkel und zu kalt«, sagte sie lachend. Sie hatte ein hübsches Lachen: voll und leicht, im stillen wieder und wieder geübt. Wenn er es am Telephon hörte, verspürte Mark immer den Wunsch, ihr die Kleider vom Leib zu reißen und sein Gesicht in ihrem duftenden Fleisch zu vergraben.

Vierundzwanzig Stunden nach der Party war ihre inoffizielle Verlobung allgemein bekannt. Im Büro fiel ihm die Veränderung auf, denn es schlich sich so etwas wie eine argwöhnische Ergebenheit in Augen und Stimmen der Leute in seiner Umgebung und quoll als Welle von Klatsch und Spekulation aus Ivos kleiner Bücherwelt. Mark hatte in der Welt der selbständigen Journalisten bereits seit einiger Zeit einen Namen gehabt, doch anderen Redakteuren, vor allem im Nachrichten- oder Wirtschaftsressort, war er relativ unbekannt gewesen. Nun klingelte plötzlich sein Telephon, und er wurde zum Mittagessen eingeladen, bekam Komplimente zu hören, wurde gebeten, eine wöchentliche politische Kolumne zu übernehmen.

Mark faßte diese positive Entwicklung als etwas ihm Zustehendes auf. Er hatte früher nie verstanden, warum sein Erfolg im Vergleich beispielsweise zu Ivo so langsam voranschritt. Nun begriff er, daß er nicht richtig eingeschätzt hatte, wie sehr sich Mary zum Nachteil für ihn ausgewirkt hatte. Mit Amelia wurde er überall eingeladen. Ihr Glamour entschädigte für seine Schweigsamkeit, sein Intellekt glich ihre Frivolität aus. Gemeinsam waren sie ein goldenes Paar, besonders nach dem Erfolg ihres Buches.

Die Besprechungen von *Wie viele Meilen?* waren so zahlreich, ausführlich und schmeichelhaft, daß er Angst bekam, sie wieder zu verlieren. Amelia wurde in *Snap, Crackle, Pop!* von Merlin Swagg interviewt, bekam ein Porträt im *Telegraph*, im *Standard* und in der *Mail*, und in *Harpers & Queen* wurde sie als Mitglied einer neuen Generation von Reiseschriftstellerinnen gehandelt. Jeder wollte sie zum Abendessen einladen und sie hofieren. Niemand außer ihren Freunden und Verwandten kaufte das Buch, doch auf der unglaublichen Reklamewelle wurde es trotzdem nach Amerika und Deutschland getragen und auf sämtlichen Couchtischen der Society ausgelegt.

Amelias morgendliche Übelkeit verhinderte, daß sie jeden Abend ausgingen, doch Mark hatte dennoch in einem Monat mehr Kontakt mit der glitzernden Umlaufbahn, in der sie lebte, als in den drei Jahren vorher. Menschen, deren Gesichter er in Hochglanzmagazinen gesehen hatte, unterhielten sich jetzt mit ihm, mit Mark Crawley aus Slough.

Mark war wütend auf sich selbst, wenn er an all die Dinge dachte, die er in der Vergangenheit verpaßt hatte, weil er Mary treu geblieben war, und gab ihr die Schuld an jeder Kränkung und Zurückweisung. Wenn sie nicht gewesen wäre, hätte er innerhalb von drei, nein, zwei Jahren nachdem er Cambridge verlassen hatte, fünfzigtausend Pfund verdienen können, dachte er.

Nur Ivo sagte: »Ich glaube, du machst einen Fehler.«

»Du warst ausgesprochen einfühlsam, als es um das Thema ging, daß die Unterschicht einen hinunterzieht.«

»Ganz recht«, sagte Ivo und streichelte seine Fliege. »Aber ich sagte auch, sie sei es wert.«

»Und? Ich habe sie gehabt.«

»Ich frage mich, ob du wirklich verstehst, was Mary sein könnte.«

»Ich weiß, was sie ist: kurz davor, einen Backstein über den Kopf gezogen zu bekommen. Die Persönlichkeit eines Menschen ändert sich nicht.«

»Wirklich? Ich glaube, da könntest du dich irren, alter Junge.«

»Wenn schon«, sagte Mark achselzuckend und zitierte Amelia:

»Was geschehen ist, ist geschehen.« Er fühlte sich männlich wie ein Steak.

»Es geht ihr schlecht. Du solltest wenigstens mit ihr reden. Und sie braucht ihre Sachen aus deiner Wohnung.«

»Ja, das denke ich mir«, sagte Mark.

Er dachte nicht gerne daran, wieder in den Slouch Club zu gehen. Doch es gab noch etwas, was er mehr fürchtete, und das war, bei Max de Monde offiziell um Amelias Hand anzuhalten. Mary mußte neutralisiert werden, bevor sie Unruhe stiften konnte.

»Daddy wird zuerst wütend sein«, sagte Amelia. »Du wirst ihn überreden müssen. Er wird nichts allzu Schlimmes anstellen – vorausgesetzt, du heiratest mich. Laß uns die Sache hinter uns bringen. Mein Frauenarzt sagt, ich sei jetzt in der neunten Woche, und ab der vierzehnten sieht man es.«

»Ja – ja, natürlich«, erwiderte Mark mit seiner düstersten Stimme. »Aber zuerst muß ich die Sache mit Mary regeln.«

»Ich verstehe nicht, warum«, sagte Amelia. »Es gibt schließlich keinen Grund, daß unsere Welt und ihre sich berühren, seit du nicht mehr mit ihr befreundet bist.«

»Sie hat ihre Sachen noch in meiner alten Wohnung. Solange sie dort sind, bin ich immer noch gebunden.«

»O Liebling«, sagte Amelia mit ihrem leichten, kehligen Lachen, »du bist so witzig, wenn du dich wie ein kleiner Esel benimmst.«

Während er durch Soho ging, um sich mit Mary zu treffen, brannten seine Erinnerungen wie Nesseln. Er dachte nicht gern von sich, daß er sich in irgendeiner Weise schlecht benahm. Dennoch wollte und konnte er sich nicht bei ihr entschuldigen. Die Mädchen am Empfang flatterten umher, lächelten, wiesen ihn nach oben. Als er die schmale geschwungene Treppe hinaufging, versanken seine Füße in einem pinkfarbenen und blauen Teppich, der mit zerquetschten Erdnüssen gemustert war. Das paßt nicht mehr in die Neunziger, dachte er. Erstaunlich zu denken, daß es ihm einmal soviel bedeutet hatte, Mitglied zu sein.

Das Wiedersehen war für beide ein Schock, denn für Mary war Mark zu einem riesenhaften Schemen angewachsen, während Mary für Mark zu einer Puppe geschrumpft war. Die Vertrautheit, die Normalität waren gerade surreal.

Sie ist hübsch, dachte er.

Er ist häßlich, dachte sie, und einen Augenblick lang waren beide entwaffnet.

»Du trägst ein neues Kleid. Woher hast du es?« fragte er.

»Von Fenwick's.«

»Ah«, sagte er und starrte sie mit seinen lichtlosen Augen an. Und Mary wünschte, sie hätte gelogen und gesagt, es sei von Harrod's. Er fragte die Leute, vor allem Frauen, immer nach ihren Kleidern und gab ihnen dann das Gefühl, unelegant oder unwissend zu sein. Diesen Trick hatte sie vergessen.

Eine lange Pause.

»Ich möchte ein paar Dinge wissen«, sagte sie.

»Ich glaube nicht, daß das sinnvoll ist«, sagte Mark freundlich. Er war sentimental, wie das oft bei Leuten der Fall ist, die sich keine echten Gefühle erlauben.

»Wirklich? Du hast mit Sicherheit kein Recht, mir das zu sagen.«

»Was willst du denn wissen?«

»Zum Beispiel, wie lange du schon mit ihr geschlafen hast.«

»Zehn Wochen. Und zwei Tage«, sagte Mark bedächtig.

»Es hat also eine Zeit gegeben, in der du mit uns beiden geschlafen hast?«

Er zuckte die Schultern. »Ja.«

»Glaubst du nicht, daß das falsch war?«

»Im Grunde war es sehr … erotisch.«

Einen wilden Moment lang überlegte Mary, ob sie es ertragen könnte, ihn weiterhin zu teilen, ob sie raffiniert genug wäre, eine *ménage à trois* zu überleben. Sie wußte sofort, daß das unmöglich war.

»Was, wenn ich mich durch sie mit etwas angesteckt habe? Du hast wohl kaum ein Kondom benutzt, wenn sie schwanger geworden ist.«

80

Mark sah sie voller Verachtung an. »Sie hat einen Frauenarzt«, sagte er, als hätte das jede Frau, die ein ganzer Mensch war.

»Hast du es in unserem Bett mit ihr getrieben?«

»Das willst du doch nicht wirklich wissen!«

»O Gott. Wann?«

Mark erwiderte mit gelangweilter Ungeduld: »Als du an Weihnachten nach Hause gefahren bist. Nach einer Party bei der Zeitung.«

»Wußte sie nichts von meiner Existenz?«

»O doch. Aber es spielte keine Rolle.«

»Es spielte keine Rolle? Jemand zerstört einfach –«

»Sie ist sich deiner Existenz kaum bewußt.«

»Und du bist in sie verliebt? In so jemanden? Eine absolute Idiotin, die keine Ahnung von der Welt hat?«

Mary merkte, daß ihre Stimme lauter wurde.

»Im Gegenteil, es ist Teil ihrer Anziehungskraft, daß sie sehr viel darüber weiß.«

»Sie weiß nichts, nichts. Was kannst du von der Welt erfahren, wenn überall, wo du mit deiner Familie hingehst, Luxus herrscht oder jeder Schritt von Geld gepolstert ist?«

Marys Gesicht lief scharlachrot an, und sie begann zu keuchen.

»Was weiß sie von dem, was ich weiß, über die Menschen, über den Schmerz, über – darüber, was es heißt, nur auf sich selbst gestellt zu sein? Wie kannst du jemanden lieben, der durchs Leben geht wie ein verdammter Tourist?«

Sie sah Marks Beherrschung schwinden. Er haßte Touristen.

»Einiges von dem, was du sagst, stimmt.«

»O mein Liebling, mein Liebling, was hat sie dir angetan? Du bist nicht mehr du selbst, wie kannst du so ein angemaltes Bündel Knochen lieben? Wie nur? Komm zu mir zurück, ich verspreche dir, es wird für uns keine Rolle spielen. Ich verspreche es. Ich kann mich ändern – ich kann alles werden, was du willst.«

»Du bist dreißig. Glaubst du, daß du dich noch ändern kannst?«

»*Du* hast dich verändert«, sagte Mary. »Erinnerst du dich?«

Einen Augenblick lang sah sie sein innerstes Gesicht aus der Vergangenheit auftauchen, das Gesicht, das Liebenden wie durch ein Wunder sichtbar wird. Sie hielt den Atem an. Wenn nur – wenn nur –

Es ist wie ein Versuch, seine Seele wiederzugewinnen, dachte sie, sie ihm wiederzugeben, während die Zeit unerbittlich ablief. Wenn sie schwieg, würde sie ihn verlieren, und wenn sie zuviel sagte oder das Falsche, würde sie ihn ebenfalls verlieren.

Von unten hörte man das Geräusch der anderen Menschen und Gekicher. Die Uhr auf dem Kaminsims zählte mit klarer, schwarzer Stimme die Augenblicke.

Mary sagte: »Mark?«

»Aber warum sollte sie die Armut kennen?« fragte die häßliche, höhnische Maske. »Glaubst du, das macht einen zu einem besseren Menschen? Glaubst du, ich hätte es genossen, so zu leben, wie wir es getan haben?«

»Man kann mir nicht vorwerfen, daß ich nicht reich oder vornehm bin«, sagte sie. »Ich habe dir auch nie vorgeworfen, daß du es nicht bist.«

»Aber ich verdiene Besseres. Ich bin mehr wert. Die Gesellschaft hat mehr in mich investiert. Kannst du mir einen Vorwurf daraus machen, daß ich mir nehmen will, was sich bietet? Wenn du die Wahl hättest zwischen einem Erste-Klasse-Ticket und einem für die dritte, würdest du das für die dritte nehmen?«

»Ja, wenn es bedeuten würde, daß ich für das erste eine Sünde begehen muß.«

»Eine Sünde! Du bist deinen Aberglauben, das Universum sei ein moralisches Gebilde, in Wahrheit nie losgeworden, stimmt's?«

»Selbst wenn es keinen Gott gibt«, sagte Mary mit einer Stimme, die erstarb wie ein versiegender Strom, »selbst dann kann man sich anständig benehmen. Selbst wenn es niemand merkt – begreifst du nicht, daß das viel mutiger ist? Was du mir antust, was du getan hast – du weißt, daß es stimmt, was ich sage – und außerdem«, sagte sie heftig, »gibt es auch noch andere Menschen. Was halten andere von dem, was du getan hast?«

»Was geht das andere an? Sie haben ihr eigenes Leben. Ständig trennen sich Leute.«

»Trennen sich«, sagte Mary. »Ja, genau so fühlt es sich an.«

Sie war erschrocken über den Haß, den er sichtlich für sie empfand.

»Sogar für jemanden, der so einfach gestrickt ist, an moralische Absolutheit zu glauben, verhältst du dich außerordentlich naiv. Deine Angriffe auf Amelia gereichen dir nicht zur Ehre«, sagte er. »Ich bin erstaunt über deine Selbstüberschätzung, daß du es überhaupt versuchst. Wie kannst du es wagen, jemanden zu verurteilen, den du kaum fünf Minuten gesehen hast?«

»Du hast es oft gewagt«, sagte Mary.

Die Unterhaltung begann Mark zu langweilen, die Art, wie sie versuchte, einen Streit vom Zaun zu brechen. Er ging im Zimmer umher, seufzte ungeduldig und warf sich aufs Sofa. »Du mußt deine Sachen aus meiner Wohnung holen«, sagte er. »Heute noch.«

»Heute schaffe ich es nicht. Meine Schicht dauert bis Mitternacht«, sagte sie. »Ich habe fünf Schichten hintereinander gearbeitet.«

Sie setzte sich neben ihn und rieb sich mit den Fingerknöcheln die Augen wie ein Kind, und plötzlich, unerwartet, war er gerührt. »Na, na«, sagte er und klopfte ihr auf den Rücken. Sie ist einfach ein kleines Tier, dachte er.

Mary dachte: Ich muß damit aufhören, ich muß, aber sie fand sich mit dem Kopf auf seinem Schoß wieder, und ihre heißen Tränen tropften von seinem Designerregenmantel ab. Einen Moment lang waren sie wie Kameraden, die nach einem langen, schrecklichen Aufstieg ein Plateau erreicht haben.

Mark sagte: »Es ist ein Jammer, daß noch soviel von uns im anderen ist, nicht wahr?«

»O Mark, Mark«, sagte Mary und ließ sich völlig fallen. »Ich liebe dich so sehr. Tu mir das nicht an.« Mit einer verzweifelten Bewegung öffnete sie den Reißverschluß seiner Hose und berührte das kalte, verschrumpelte Fleisch.

»Nein. Nein!« Er packte sie voller Wut und schlug ihre Hand weg. »Du wirst nie verstehen, wie sich zivilisierte Menschen benehmen.«

Von Scham und Elend überwältigt, sank sie zu Boden. »Es tut mir leid. Es tut mir so leid.«

Triumphierend stand er auf. »Du kannst deine Sachen nach deiner Schicht abholen. Ich stelle sie raus«, sagte er und ging.

Verzweiflung ließ ihre Augen trocknen. Sie spritzte sich Wasser darüber, schminkte sich neu, zog ihre Kellnerinnenuniform an und machte weiter mit ihrer Arbeit. Es ist eben vorbei, sagte sie sich immer wieder. Das war es dann wohl. Ich mochte ihn sowieso nie. Wir mochten nicht einmal dieselben Bücher, nicht wirklich. Er sieht weder gut aus, noch ist er nett oder reich, er ist es wirklich nicht wert, daß er mir das Herz bricht. Hätte ich nur das gerade nicht getan. Hätte ich nur nicht. Ich mochte ihn nie. In Wirklichkeit ist das Ganze eigentlich eine Erleichterung.

»Was hat er gesagt?« fragten die anderen Kellnerinnen flüsternd.

Mary warf den Kopf zurück. »Er braucht keine Freundin, er braucht eine Maschine, die ihr eigenes Gewicht ansagt«, sagte sie, und die anderen lachten.

Den ganzen langen, langen Nachmittag über gab sie vor, fröhlich zu sein. Sie hatte sich daran gewöhnt, zum Himmel hinaufzuschauen, um zu verhindern, daß die Tränen überliefen. Es war eine Erleichterung, als es regnete, denn so konnte sie unter ihrem Schirm weinen und mußte nicht mehr so tun, als hätte sie eine schlimme Erkältung. Der Schmerz fühlte sich an wie ein Draht, der sich in ihr Herz bohrte, sich mehrmals darum herumwickelte und das Atmen immer schwerer machte.

Dennoch glaubte sie, über das Schlimmste hinweg zu sein. Sie fing an, sich daran zu erinnern, wie er dieses oder jenes gesagt hatte – ihr gesagt hatte, ihr Gesicht lasse sie intelligenter erscheinen, als sie sei, oder daß Brünette, Dunkelhaarige, als erste grau würden. Wie er sie verhöhnt hatte, weil sie ein Wohnzimmer einen Salon nannte, und sie gleichzeitig des Snobismus bezichtigt hatte. Es war eine Erleichterung, diese Dinge zu erkennen, aber trotzdem konnte sie ihn nicht hassen.

Mary haßte ihn nicht einmal, als sie im Nachtbus von der Tottenham Court Road nach Brixton saß und die vertrauten Orientierungspunkte vorbeiziehen sah – den Pub mit seinem rotblinkenden Schild, TAKE COURAGE, TAKE COURAGE, die U-Bahn-Stationen mit ihrem trüben, metallischen Licht, das an Soldatenhelme erinnerte, das glitzernde Gekräusel der Themse. Als sie ausstieg, fühlte sie nur eine enorme Müdigkeit, als würden ihre Beine mit dem Bürgersteig verschmelzen. Sie ging von einem düsteren orangefarbenen Lichtschein zum nächsten und betrachtete die georgianischen Oberlichter, die geformt waren wie die Sprossen eines Regenschirms, wie Fledermausflügel. Es war die Zeit im Jahr, in der es unmöglich wird, an den Frühling zu glauben, wenn die Kälte wie dumpfer Nebel vom Bürgersteig aufsteigt und sich über alles legt: Valentinstag.

Mary kannte jeden Baum und jeden Strauch, an dem sie vorbeikam, denn von vielen hatte sie Blätter abgepflückt, um die Sträuße üppiger zu machen, die sie mit nach Hause brachte. Sie liebte Blumen und Pflanzen, besprühte zärtlich die Blätter ihrer Palme und ihres Zitronenbäumchens (aus einem Kern gezogen), besprühte ihren Jasmin, ihre Frauenhaarfarne und wischte sie mit einem Schwamm ab. All ihre verhinderte Mutterliebe war in die Fürsorge für ihre Topfpflanzen geflossen, und dennoch hatte sie sie drei Wochen lang vergessen.

Sie ging jetzt schneller. Sie hatte angenommen, daß Mark sich während ihrer Abwesenheit um die Pflanzen kümmern würde – doch jetzt fiel ihr ein, daß das kaum wahrscheinlich war, da er die meiste Zeit bei Amelia verbrachte.

»Haltet durch, haltet durch, ich komme«, murmelte sie und rannte die Treppe hinauf. Viele Müllsäcke standen herum, von denen einige aufgeplatzt waren. Mary watete durch den Inhalt, tastete nach ihren Schlüsseln und fand den Yale-Schlüssel. Er paßte nicht.

Mary versuchte es noch einmal, rüttelte am Türknauf. Nichts

geschah. Sie zog den Schlüssel heraus und untersuchte ihn. Ja, es war der richtige.

Bei ihrem dritten Versuch bemerkte sie plötzlich, daß ein Teil der Abfälle, auf denen sie stand, ein Büstenhalter war. Und dazu noch einer ihrer eigenen Büstenhalter. Tatsächlich gehörte alles, was aus den Müllsäcken quoll, ihr – ihre Kleider, ihre Bücher. Ihre Pflanzen, verwelkt.

Ihre Besitztümer waren hinausgeworfen worden, durchwühlt, und die Schlösser ausgewechselt. Hatte Mark gefürchtet, daß sie sich in der Wohnung festsetzen würde? Oder daß sie zu einem der üblichen Racheakte schreiten würde, die von Frauenzeitschriften angepriesen wurden, wie, die Vorhangschienen mit Krabben zu verstopfen oder riesige Telephonrechnungen zu produzieren? Mary hatte zu großen Respekt vor den Dingen, um Rache zu nehmen an etwas, das ihr Zuhause gewesen war. Sie hatte das Bett gekauft und auch das Sofa, das sie sorgfältig aufgepolstert hatte. Von ihrem Lohn waren Stück um Stück das Besteck von Heal's, der Dualit-Toaster und der Alessi-Kessel angeschafft worden. Selbst wenn diese Teile in den Säcken gewesen wären, die er für sie hinterlassen hatte – was Mary sehr bezweifelte –, wären sie jetzt mit Sicherheit gestohlen, denn es war klar, daß alles, was einen gewissen Wert gehabt hatte, verschwunden war.

»Du verdammter, verdammter Bastard! Du Scheißkerl! Du Scheißkerl«, sagte sie und wippte auf den Fersen hin und her.

Sie hätte gern alles liegen gelassen, die Bruchstücke ihres Ruins, aber sogar Unterwäsche war teuer, wenn man sie neu anschaffen mußte. Also zog sie ihre eigenen Müllsäcke aus der Tasche und packte Kleider, Bücher, die Pflanzen, alles, was sie tragen konnte, in ein Taxi, um es mit zu Deirdre zu nehmen. Dann lief sie noch einmal zur Tür zurück, zog eine Haarnadel aus ihrem Knoten, schob sie in das neue Yale-Schloß und brach sie ab.

8.

Tom Viner

Tom Viner, der seine Mutter mehr liebte als alles andere auf der Welt, stand unter fünf riesigen Lampen, die einen schattenlosen Lichtkreis warfen. Er assistierte bei einer Abtreibung. Neben ihm stand ein Monitor, der mit geisterhaften grünen, blauen und roten Wellen Blutdruck, Sauerstoff- und Kohlendioxidgehalt registrierte. Vor ihm lag der nackte Körper einer bewußtlosen Frau, die Beine in Steigbügeln. Er dachte daran, wie Konfuzius um jedes Individuum eine Reihe von Kreisen gezogen hatte, die zeigten, daß man seinen Vater am meisten lieben sollte, dann die Familie, dann, in einem geringeren Maß, andere Menschen, als entferne sich Liebe wie das Licht weiter und weiter vom Ursprung bis zur Dunkelheit vollständiger Gleichgültigkeit.

Die grünen Overalls der beiden anderen Ärzte und der beiden Operationsschwestern waren blutbespritzt, ebenso wie das lange Stück Krankenhauspapier, das sich von den Hinterbacken der Frau zu einem Metalleimer auf dem Boden zog. Ein großer Metallretraktor hielt ihre Vagina offen.

Der Geburtshelfer, der am Morgen ein lebendes Baby aus dem Bauch von dessen Mutter zur Welt gebracht hatte, rumorte am Nachmittag mit einer Zange und einem Wattetupfer und zerrte ein fünftes Stück von den Gliedern. In regelmäßigen Abständen führte er ein Absauggerät ein. Ein Geräusch wie ein enormes Schlürfen mit einem Strohhalm an einem Eiswürfel erfüllte den Operationssaal. Mehr Blut floß und tropfte mit einem leisen, scharlachroten Klatschen auf den weißgefliesten Fußboden. Tom blickte in die Nierenschale und sah, wie eine winzige, vollkommene Hand von der Größe eines Daumennagels, die Nägel so groß wie Sandkörner, hochgeschwemmt wurde, ehe sie sich sachte drehte und verschwand. Er widmete sich wieder seinen Aufzeichnungen.

»Das wär's, mit Ausnahme des Schreiens«, sagte Mr. Jackson keuchend. »Hast du schon eine neue Wohnung gefunden, Tom?«

»Noch nicht«, sagte Tom. »Ich nehme an, ich sollte eine kaufen, weil die Immobilienpreise fallen, aber mit Maklern zu tun zu haben ist so lästig.«

Außerdem, dachte er bei sich, was kann ich bei einem Jahresgehalt von 21 600 Pfund schon kaufen? Kein Mensch mit klarem Verstand wollte nach einer Achtstundenschicht noch eine lange Heimfahrt in Kauf nehmen. Aber kein Mensch mit klarem Verstand würde ja auch heute noch Arzt werden.

»Wir wollen auch umziehen«, sagte der Gynäkologe, während er die Schenkel vor ihm behutsam mit schäumender Reinigungsflüssigkeit abwischte. Mr. Jackson, der in St. John's Wood wohnte und die Hälfte seiner Zeit privat praktizierte, würde sich ohne Zweifel nach etwas ganz anderem umsehen als der Zweizimmerwohnung, die Tom suchte.

»Aber der Konjunkturrückgang macht allen zu schaffen. Die Menschheit hat einen freien Markt, liegt aber überall in Ketten, was?«

Er summte mit den Rolling Stones, die *Bye, Bye Baby* sangen. Sein Musikgeschmack war noch schlechter als der Durchschnitt. Toms Liebling war bislang Snell, der zu *Every Beat of My Heart* am Herzen operierte. Als Jacksons Zeit ablief, wurde ihnen allen beinahe schwindelig vor Erleichterung.

Die Haut der Frau sah aus, als absorbiere sie das Licht, schlucke es wie ein schwarzer Stern. Sie hätte zugedeckt sein müssen, ein unpersönlicher Hügel, doch in Krankenhäusern wurden solche Feinheiten häufig vernachlässigt. Es war so einfach zu vergessen, daß jeder Patient ein menschliches Wesen war, wenn der erschreckte Blick erst einmal losgelöst war von dieser Leblosigkeit, die tiefer war als jeder normale Schlaf. Von den anwesenden Ärzten war es Tom, der sich daran erinnerte: Denn während einer Operation ist es der Anästhesist, der die Verantwortung trägt und sicherstellen muß, daß der Patient überlebt. Für Außenstehende, die Chirurgen verehren, Gynäkologen, sogar Allgemeinärzte, ist die Anästhesie kein glanzvoller Zweig der Medizin. Tom war sogar schon gefragt worden, ob er ein echter Arzt sei. Dennoch war der Augenblick, wenn ein Patient das Bewußtsein aufgab, dem Start eines Flugzeugs nicht unähnlich: Einmal in der Luft, befand man sich weitgehend in Sicherheit, doch auf dem Weg dorthin passierten die Pannen. Ein Messer konnte ausrutschen, eine Ader bluten, doch der einzige, der gefährlichste Moment für den Patienten war die Spanne zwischen Bewußtsein und Bewußtlosigkeit, wo er kämpfen konnte, würgen, einen Herzstillstand oder eine Embolie erleiden. Unter Narkose konnte ein Mensch dem Tod am nahesten kommen – und ihm wieder entkommen.

Tom war es, der den Patienten Mut zusprach, wenn sie verletzlich, nackt, krank auf der Bahre lagen, und ihnen versicherte, daß sie lebend wieder auftauchen würden. Es waren Toms Hände, die ihnen Schläuche in den Hals und ins Herz und in die Adern einführten, es war Tom, der sie von den quälenden Schmerzen sowohl während als auch nach der Operation erlöste. Manche Anästhesisten zeigten offen ihre Distanz, indem sie dasaßen und zwischen ihren Aufzeichnungen die *Sun* oder den *Evening Standard* lasen. Doch Tom erinnerte sich stets daran, daß diese mit orangefarbenen Jodflecken oder mit grünem Tuch bedeckte Wachspuppe ein Mensch war, mit einem Herzen und einem Gehirn. Ein Anästhesist ist der einzige Arzt, der in einer Klinik alle Arten von Operationen ausgeführt sieht, denn jeder Patient leidet unter jenem schrecklichsten und furchterregendsten menschlichen Zustand, der Schmerz genannt wird.

»Wenn ich immer noch sehe, wie Sie sich über mich beugen, wenn ich aufwache, dann weiß ich, daß ich gestorben und in den Himmel gekommen bin«, sagte jede Woche mindestens eine Frau zu ihm, wenn das Narkosemittel anfing zu wirken.

»Nein«, pflegte Tom dann bissig zu sagen, »Sie werden wissen, daß es *nicht* so ist.«

Er seufzte und reckte sich. Idealerweise hätte er sich im Halbstundentakt mit dem Facharzt abwechseln sollen, doch die Hälfte der Fachärzte machte sich gar nicht erst die Mühe aufzutauchen. Er war nun seit acht Stunden im Operationssaal und hatte nur eine Tasse Kaffee getrunken, um sich fit zu halten, und vom vielen Stehen waren seine Chirurgenclogs inzwischen unbequem eng geworden.

Tom überprüfte, ob die Patientin immer noch ohne Bewußtsein war. Ihr Bauch war gewölbt, nicht von dieser Schwangerschaft, die in der achtzehnten Woche gewesen war, sondern von früheren Geburten. Tom fragte sich kurz, was wohl ihre Geschichte war, ob jene anderen Kinder am Leben geblieben und gediehen waren, ob dieser Fötus auch lebensfähig gewesen wäre. Diese Information stand in ihrer Akte, die er vor sich liegen hatte, aber er fühlte keine Neigung, es zu überprüfen. Etwas, was einen die Arbeit im Krankenhaus immer wieder lehrte, war, daß es schlimmere Schicksale gab als den Tod, und ein unerwünschtes Kind konnte ein solches Schicksal haben. Dennoch war es eine furchtbare Sache, ein Leben zu beenden. Der Absaugschlauch gab wieder diesen harschen, gierigen Ton von sich. Er fragte sich häufig, ob die Frauen, die sich für eine Abtreibung entschieden, das immer noch wollen würden, wenn sie sähen, wie perfekt ausgeformt ein Fötus mit acht Wochen bereits war. Doch ebensowenig konnte eine Frau gezwungen werden, ein Kind auszutragen, wenn sie wußte, daß sie es niemals wollte.

Diese Frau zum Beispiel. Ihre Hände und Füße waren rauh und verformt, ein Anblick, der ihm sehr vertraut war. Sie war siebenundzwanzig und sah aus wie fünfzig. Wenige von Toms Freunden bekamen solche Menschen zu sehen.

»Sogar Taxifahrer schicken ihre Kinder inzwischen auf Privatschulen«, versicherte ihm Georgina Hunter. »Jeder gehört heute mindestens zur Mittelschicht.«

»Quatsch«, sagte Tom. »Wenn es sie überhaupt noch gibt, schrumpft sie zusammen, wenigstens als kulturelles Konzept.«

Georgina konnte nichts dafür. In London gab es eine stete, zentrifugale Kraft, die die Klassen voneinander trennte. Sie stieß reiche Leute aus dem Zentrum, schob die Mittelschicht in Arbeitergegenden, während die Arbeiter weiter und weiter in die Vororte gedrängt wurden oder sich in innerstädtischen Wohnsiedlungen ballten. Diese letzteren zerfielen und sandten Wellen der Auflösung aus, vor denen die Menschen flohen, wenn sie es sich irgendwie leisten konnten.

Nicht viele wagten es, wie ein Zeitgenosse von Tom zu sagen: »Es gibt einen Klassenkampf, und wir sind Klassenkämpfer«, doch viele empfanden so. Weniger und weniger Menschen hatten Bedienstete. Während Toms Teenagerjahren in Knotshead, der progressiven Privatschule, war es Mode gewesen, sich einen leichten Cockney-Akzent zuzulegen – mit dem Ergebnis, daß viele Absolventen einen merkwürdigen Ton kultivierten, den sie den Taxifahrern abgelauscht hatten, die sie zum Schulzug und zurück fuhren. Doch während der achtziger Jahre schwächte sich das zunehmend ab. Die meisten Leute, mit denen Tom gesellschaftlich zu tun hatte, lebten heute in einer ebenso hermetisch abgeriegelten Welt wie jene, die er beruflich behandelte. Manchmal dachte er, ohne die doppelte Fremdheit seiner Mutter als Jüdin und Amerikanerin hätte auch er versucht sein können zu glauben, der berufstätigen Mittelschicht wohne eine naturgegebene Überlegenheit inne.

Nicht, daß seine Freunde besonders versnobt oder unangenehm gewesen wären. Tatsächlich war es das häufigste Gesprächsthema bei ihren Einladungen zum Abendessen, ob es möglich sei, erfolgreich zu sein und trotzdem ein netter Mensch zu bleiben. Sie spendeten Geld und Blut, machten sich ausführlich Gedanken, bevor sie Kinder bekamen, Gedanken über das Fehlen guter staatlicher Schulen und über das staatliche Gesundheitswesen, auch nachdem sie eine private Krankenversicherung abgeschlossen hatten. Sie fuhren mit bleifreiem Benzin und verwendeten ökologische Waschmittel, sie recycelten bewußt und gründlich Flaschen, Zeitungen und Ideen. Obwohl ihre politischen Vorstellungen quer durch das ganze Spektrum verliefen, von altmodischem Toryismus bis zu militantem Sozialismus, kamen sie Tom in vielerlei Hinsicht untereinander so ähnlich vor wie Äpfel in einem Supermarkt.

Es waren die Armen, die voneinander verschieden waren, auch wenn sie einander ähnelten – mit ihrem chaotischen Leben, ihrem inoperablen Krebs, ihren Lungenemphysemen, ihrem blinden Glauben an die Medizin, die die Krankheiten heilen sollte, die durch schlechtes Essen, schlechte Unterkunft, Zigaretten, Alkohol, Analphabetismus und Hoffnungslosigkeit entstanden waren. Ihre Gesichter trugen einen Ausdruck, der gleichzeitig hart und gezeichnet war, wie Münzen, die man aus dem Verkehr gezogen hatte. Nichts in ihrem Leben war geplant, und dennoch folgten sie so häufig einem vorhersagbaren Weg in den Untergang, daß man kaum glauben mochte, daß sie über einen freien Willen verfügten. Sie überlebten nur, indem sie von Woche zu Woche, ja von Stunde zu Stunde lebten. Sie waren mißtrauisch und gutgläubig zugleich, voller Groll gegen die Obrigkeit und hoffnungslos von ihr versklavt. Wer verzweifelte nicht, wenn er sie sah?

Gelegentlich haßte auch Tom sie, wie jeder Arzt seine Patienten hassen kann. Manchmal ertappte er sich bei dem Gedanken: »Stirb doch einfach«, wenn er wieder einmal um drei Uhr morgens von seinem Piepser aus dem Schlaf gerissen wurde. »Bitte, bitte, sei einfach tot, wenn ich zu dir komme, dann kann ich wieder zurück ins Bett.«

Trotzdem ging er immer wieder hin, mit federnden Schritten durch die schäbigen Gänge, wie ein Windhund, der ein Kaninchen verfolgt. Sämtliche Ärzte, die er kannte, behaupteten, sie wollten sich »Kein Resus nach 60« auf den Hals tätowieren lassen, aber trotzdem versuchten sie immer wieder, irgendeine alte Hexe von achtzig dem Tod von der Schippe zu holen. Man lernte, man vergaß, man witzelte, und man vögelte. Manche sahen die Patienten unter rein physiologischen Gesichtspunkten, als Probleme, die es zu lösen galt. Doch Tom kannte auch solche, die mit ihrer Arbeit kämpften wie mit einem Dämon und sie eher nach ihrem eigenen Bild schufen als umgekehrt, und dies waren die besten Ärzte. Sein eigener Lehrer, Professor Stern, gehörte dazu. Einmal, als Tom einem Alkoholiker brüsk mitgeteilt hatte, daß sein Bein amputiert werden müsse, hatte Stern zu ihm gesagt: »Jeder von uns könnte an seiner Stelle sein«, und aus seinem Mund hatte dieser banale Satz die Gewalt einer Offenbarung.

»Wunderbar. Hervorragend«, sagte Mr. Jackson nun enthusiastisch. »Danach geht's nach Hause?«

»Nein. Dies ist wirklich eine ›nicht befriedigende Geburtserfahrung‹«, sagte Tom. »Sie fragen einen: ›Doktor, was ist das Schlimmste, was mir passieren kann?‹, und ich sage: ›Sie können sterben.‹«

»Weißt du, ich vermisse die alten Zeiten«, sagte Mr. Jackson. »Ich hatte in Leeds einmal eine Patientin, die immer wieder über Bauchschmerzen klagte. Ihr fehlte absolut nichts, also gab ich ihr ein Anästhetikum, machte einen Einschnitt, operierte aber nicht. Bingo, der Schmerz war weg. Unethisch, aber es hat funktioniert. Heute würde so etwas einen Aufstand verursachen. Das war's, gut gemacht, ihr alle!«

»Ein, zwei, drei, vier Tupfer. Ein, zwei Skalpelle«, sagte die Operationsschwester. Der Helfer notierte es auf der Tafel und wischte dann die ganze Tafel ab. Papier, Blut, Stücke des toten Fötus wurden zur Verbrennung in gelbe Müllsäcke gepackt.

Sie rollten die Patientin in den Aufwachraum. Die Krankenschwestern lächelten Tom zu und erröteten. Sarah Meager teilte Krankenschwestern in alte Schlachtschiffe und kleine Flittchen ein, möglicherweise, weil sie als Ärztin und Toms Freundin mit Unwillen behandelt wurde.

Als er siebenundzwanzig wurde, waren Toms ehemalige Geliebte – auch wenn sie, was Temperament, Typ, Gestalt und Herkunft anging, noch so verschieden waren –, sich darin einig, daß es einem Mysterium glich, daß er Single geblieben war. Jetzt war er zweiunddreißig, und sie waren zu dem Schluß gekommen, daß er niemals heiraten würde. Er arbeitete zuviel, war süchtig nach seiner Junggesellenschlamperei. Er war egozentrisch, er mochte Frauen zu gern, und man konnte ihn sich unmöglich monogam vorstellen. Auch materiell gesehen war er auf Jahre hinaus kein guter Fang, falls er es überhaupt je zu einem höheren Einkommen bringen sollte. Er fuhr das zerbeulteste Auto, das man sich vorstellen konnte, und hatte keine eigene Wohnung, sondern wohnte je nach wechselndem Job bei Freunden oder Freunden von Freunden. Tom sei wunderbar für eine Affäre, sagten sie zueinander, aber fürs Leben eher nicht der Richtige.

Tom hatte keine Ahnung davon, daß man so über ihn sprach. Die Schufterei, von den Praktika über das Studium und die Assistenzarztzeit bis zum – wie er hoffte – Facharzt, nahm ihn voll in Anspruch. Alles, was er in den letzten sechs Jahren getan zu haben schien, war zu arbeiten, zu lernen und zu schlafen.

Auch jetzt schienen die Anforderungen kaum weniger geworden zu sein. Er hatte seine Fellowship-Examen zu zwei Dritteln bestanden, wechselte aber noch immer alle sechs Monate den Job, denn er rotierte zwischen vier der großen Lehrkrankenhäuser. Sogar Fachärzte wie Jackson arbeiteten sechzig Stunden pro Woche und wurden nur für vierzig bezahlt. Warum zum Teufel sollte er nicht 120 000 Pfund verdienen? In anderen Berufen erwarteten Spitzenkräfte heutzutage doppelt soviel.

Nach dem Ende seiner Schicht hielt Tom auf dem Weg zu einer Einladung zum Essen beim Haus seiner Familie in Belsize Park, um zu baden und sich umzuziehen. Er ging gern nach Hause. Während der nächtlichen Bereitschaftsdienste, die er in verwahrlosten, fensterlosen Kämmerchen mit dreckiger Bettwäsche zubrachte, dachte er oft, daß er den Krankenhausalltag nur aushielt, weil es diese Basis gab, zu der er zurückkehren konnte.

Der Luxus hatte die Viner-Brüder faul werden lassen. Jahrelang hatten sie sich nicht die Mühe gemacht, ihre Freunde zu besuchen. Jahrelang hatten sich junge Männer und Frauen in die ganze Familie verliebt, ohne daß den Viners daran mehr aufgefallen wäre als eine größere Zahl Kaffeebecher in der Spülmaschine. Als Sam Ruth wegen Fiona Bamber verlassen hatte, war halb Nordlondon schockiert gewesen. Die Patienten in Ruths psychotherapeutischer Praxis schmiegten sich an den cremefarbenen Herd und weinten zischende Tränen des Mitleids auf die heißen Herdplatten.

»Noch immer auf Wohnungssuche?« fragte Ruth Tom nun und küßte ihn.

94

»Ja, ich muß in Highbury raus. James ist gekündigt worden, und er braucht das Zimmer als Büro.«

»Bist du sicher, daß du nicht wieder hier einziehen willst?« fragte Ruth ihn, während sie seine schmutzigen Kleidungsstücke in den Wäschekorb stopfte. Tom erwartete, daß dieser stinkende Haufen innerhalb von vierundzwanzig Stunden in tadellosem Zustand an ihn zurückgegeben wurde. Ruth beobachtete, wie er seinen Pullover auszog, indem er ihn am Halsausschnitt packte und daran zog. Es war eine Angewohnheit, die sie immer zum Lächeln brachte.

»Du hast Grub und Alice, reicht das nicht?«

»Du kennst mich – ich bin nicht glücklich, wenn nicht Tag und Nacht die Waschmaschine läuft.«

»O Mum! Wenn ich zurückkäme, hätte ich das Gefühl, nie erwachsen geworden zu sein.«

»Ich weiß, ich weiß«, sagte Ruth traurig. »Ich wollte, du wärst glücklicher.«

»Mir geht's gut. Ich hätte nur gern ein paar Gewißheiten in meinem Leben. Meinen Facharzt beispielsweise.«

»Es gibt nur eine Gewißheit, nämlich die, daß wir keiner Sache gewiß sein können, und deshalb ist es ungewiß, ob wir wirklich keiner Sache gewiß sein können«, sagte Toms Mutter.

»Von dir?«

»Von Butler.«

Ruth liebte Aphorismen und Witze. Sie hatte Tom einmal erzählt, daß sie sich in seinen Vater verliebt hatte, als sie gesehen hatte, daß er um jeden eingeschlagenen Nagel in seiner Wohnung ein kleines Gesicht gemalt hatte. Als Tom drei war, war sein leidenschaftlichster Wunsch gewesen, sie zu heiraten. Sie lachte immer noch, wenn sie sich an seinen schockierten Gesichtsausdruck erinnerte, als ihm gesagt wurde, daß ein anderer vor ihm dagewesen war.

Ruths Arbeit als klinische Psychotherapeutin hatte Sam Viner zu seinem ersten erfolgreichen Cartoon *Felix, der schwarze Hund* inspiriert, und die Verschlechterung ihrer Beziehung hatte *Pama und*

Mapa hervorgebracht, das von Zeitungen auf der ganzen Welt abgedruckt worden war. Mit anzusehen, wie sich die elterliche Ehe in täglichen Raten öffentlich auflöste, war nicht die beste Einführung ins Erwachsenenleben, darin waren sich die Geschwister einig.

»Es gibt immer noch Phoebes Keller«, sagte sie.

Phoebe Viner war Toms Großtante. Sie wohnte in Chelsea und war einmal Künstlermodell gewesen.

»Womöglich kommt es noch so weit. Alle, die ich kenne, haben Kinder. Freie Zimmer werden Mangelware«, sagte Tom düster.

»Aber nicht die freien Frauen.«

»Nein.«

Tom fühlte sich weder in England noch in Amerika heimisch. Er empfand sich selbst als Hybridform, war weder das eine noch das andere, sowohl Insider als auch Außenseiter. Die Viner-Jungen hatten alle vom dreizehnten Lebensjahr an Internate besucht, hatten also nicht einmal dort, wo sie lebten, Wurzeln geschlagen.

Das Haus war das Herz der Familie. Groß und schäbig bis zur Vernachlässigung, verfügte es über einen dreißig Meter tiefen Garten und drei Bibliotheken, jede mit einem eigenen Klavier. Sogar jetzt verging kaum eine Woche, ohne daß Immobilienmakler Briefe durch den Briefkastenschlitz steckten, in denen sie Ruth baten, ihnen ihren Preis zu nennen, und da sie keine anderen Rücklagen hatte, lag darin eine gewisse Versuchung. Doch die geringste Bemerkung, das Haus verkaufen zu wollen, weckte den unerbittlichen Widerstand all ihrer Kinder, die sich sogar weigerten, sie ihre vergilbten Kinderzeichnungen von den Küchenwänden entfernen zu lassen.

»Dann beeilt euch und schenkt mir ein paar Enkelkinder«, pflegte Ruth zu antworten, allerdings nicht Josh gegenüber, der vor kurzem geheiratet hatte.

Sie umarmte ihren ältesten Sohn. Er war der Schwierigste gewesen: hyperaktiv und so intelligent, daß er nicht verstanden wurde, ehe er neun war. Alle anderen hatten ihn für zurückgeblieben gehalten, bis er lernte, sein Stottern in den Griff zu bekommen. Sie fragte sich, wie sehr das sein Selbstwergefühl wohl beschädigt hatte. Jetzt sprach er fehlerlos, auch wenn er seine Worte stets sorgfältig wählte.

»Hazak!« sagte sie. »Es wird sich etwas ergeben.«

Sogar noch nach fünf Jahren überprüfte Tom bei einem gesellschaftlichen Zusammentreffen zunächst alle Gäste, um sicherzugehen, daß weder Andrew noch Fiona anwesend waren. Als er bei den Hunters in Stockwell ankam, war er erleichtert, in der Küche keine Evenlodes vorzufinden. Amelias Party war unangenehm genug gewesen.

Andrew Evenlode hatte in Oxford dieselbe Etage bewohnt wie Tom. Seine Familie war groß, reich, adelig und katholisch. Tom hatte erwartet, ihn auf den ersten Blick nicht leiden zu können. Statt dessen hatten sie sich miteinander angefreundet, und das so sehr, daß sie im dritten Jahr ein Haus miteinander teilten, in dem Toms Leidenschaft für die Musik und die Andrews für die Kunst einander ebenbürtig waren. Später, als Evenlode Universitätsdozent wurde, wie jeder erwartet hatte, und Tom von den Mühlen der Medizin zermalmt wurde, inspirierte noch immer einer den anderen. Es war Tom zu verdanken, daß Andrew nicht allzu affektiert und versnobt geworden war. Es war Andrew zu verdanken, daß Tom der Unempfindlichkeit und dem kulturellen Analphabetismus der meisten Medizinstudenten entkommen war. Tom hatte Andrew als einzigem Menschen sein Unglück anvertraut, als sein Vater in seiner Midlife-Krise eine Affäre mit Fiona Bamber anfing. Als Fiona Toms Vater wegen Andrew verließ, war das für beide beinahe gleichermaßen peinlich gewesen, obwohl es Tom war, der den Verlust am stärksten empfand.

Er hätte jeden Abend ausgehen können, doch er war einsam. Immer mehr seiner Freunde hatten geheiratet, während er mehr oder weniger noch immer so lebte wie als Student. Damals brachte man zu Partys Wein mit und aß Fischpastete und Schokoladenkuchen. Heute brachte man belgische Schokolade mit und trank Jahrgangs-Bordeaux zu *boeuf en daube*. Früher hatte er sich bei solchen Anlässen darauf verlassen können, daß er sich zum Schluß wahrscheinlich mit einem neuen und außerordentlich hübschen Mädchen im Bett wiederfinden würde. Jetzt gab es Aids – und Sarah, die ihn heiraten wollte.

Er mochte sie natürlich. Sie war gescheit, attraktiv und hatte den gleichen Beruf. Ehen zwischen Anästhesisten und Allgemeinärzten entsprachen beinahe einem medizinischen Klischee, weil erstere als Soziopathen und letztere als einfühlsam galten. Wenn sie ihn nur nicht so sehr an ein Pferd erinnert hätte! Wenn sie nur nicht so unverrückbar englisch gewesen wäre! Er konnte genau sagen, wie ihr gemeinsames Leben aussehen würde: ein Haus in Hammersmith, Arbeitszimmer im Souterrain, Cartoons auf dem Klo, ein Volvo und zwei Kinder.

Aber wen gab es sonst? Alle Frauen außer einer hier bei den Hunters hatten bereits Kinder. Das Aufblühen des Besitzes war allgegenwärtig: Er fand, daß Sarahs Hübschheit der einer Rose in einem öffentlichen Park glich, für poetische Gedanken also nicht außergewöhnlich genug war. Die Männer diskutierten über Politik, die Frauen lachten über eine Geschichte von Georgina, wie ein kaputtes Videogerät über Weihnachten von einer Reihe männlicher Verwandter auseinandergenommen worden war, und keiner hatte gemerkt, daß der kleine Cosmo ein Stück rohen Rosenkohl hineingeschoben hatte. Tom bereitete sich auf einen langweiligen Abend vor, der durch Klatsch genießbar wurde. Er kannte oberflächlich alle Anwesenden und entdeckte Professor Sterns Tochter Celine, die als einzige Frau in der Runde nicht verheiratet war.

»Mein Kindermädchen versteht nicht, warum die Engländer so unfreundlich sind«, sagte Georgina. »Ich versuche immer wieder, ihr zu erklären, daß das nicht persönlich gemeint ist, sondern nur deshalb so ist, weil wir alle nur zwei Zentimeter voneinander entfernt leben, physisch und soziologisch.«

»Es sollte nach Art des *Who's Who* ein ›Wer kann wen nicht leiden‹ geben oder ein ›Wer hat bei wem Schulden‹«, sagte Dick, ihr Ehemann.

Georgina verbarg ihre Verärgerung bewundernswert. Obwohl sie wie viele Frauen einen Mann geheiratet hatte, der ihr intellektuell unterlegen war, war sie pragmatisch genug, ihm das nicht allzuoft unter die Nase zu reiben. Es war nicht unpraktisch, einen Mann zu haben, den die meisten fast nicht ertragen konnten: Beispielsweise verhinderte es, daß jemand neidisch wurde. Georgina war sehr begabt, sowohl als Journalistin als auch als Verfasserin romantischer Schnulzenromane. Sie wäre intelligent genug gewesen, anspruchsvolle Romane zu schreiben, und hatte auch einen verfaßt, der sehr gelobt worden war und von dem zweihundert Exemplare verkauft wurden. Danach hatte sie beschlossen, für Geld zu schreiben. Leider verdiente sie nicht genug. Dick war Architekt und hatte seit Jahren keinen wirklichen Auftrag mehr gehabt. Dennoch stand Georgina nachts auf, wenn die Kinder krank waren, und Georgina kümmerte sich weitgehend um den Haushalt. Das Ergebnis war, daß sie jedermann äußerst leid tat.

»Habt ihr schon das Neuste von Amelia de Monde gehört? Sie hat sich mit jemandem vom *Chronicle* verlobt!«

»Mit wem?«

»Mark Sonundso. Offensichtlich Ivo Sponges bester Freund.«

»Ich wußte gar nicht, daß der so was hat.«

»Uh, Ivo! Ich bin einmal mit ihm zusammen im Taxi gefahren, und plötzlich hatte ich seine Zunge im Hals.«

»Ich hätte ihn nicht gern als Schwiegervater – de Monde, meine ich. Er ist ein Betrüger, oder?«

»Das weiß man nicht. Jedenfalls war es Zeit, daß sie sich einen angelacht hat. Man kann nicht ewig auf seinen Glamour bauen.«

»Und Kinder sind *das* Modeaccessoire der Neunziger.«

»Nur, weil wir alle so pleite sind.«

»Gott, es ist harte Arbeit. Meine Eltern müssen Heilige gewesen sein.«

»Sie haben nicht soviel gearbeitet wie wir. Früher verlief das Leben der Mittelschicht zivilisiert. Heute ist es das Anstrengendste, was man sich vorstellen kann. Beide arbeiten, jeder plagt sich ab, nur um die Hypothek für irgendein Haus meilenweit draußen mit einem Minigarten abzuzahlen. Es ist erstaunlich, daß es nicht mehr Scheidungen gibt.«

»Oh, die wird es geben. Wir sind nur noch ein bißchen zu jung.«

»Ich finde es interessant«, sagte Tom, »daß alle, deren Eltern nicht geschieden sind, heiraten und eine eigene glückliche Familie haben. Kinder aus gescheitertem Elternhaus haben immer seltener Kinder. Es ist beinahe wie bei einem natürlichen Auswahlprozeß: Wenn die Ehe der Eltern überlebt hat, wie schwierig auch immer, bekommt man selbst Kinder. Wenn nicht, steckt man in einer biologischen Sackgasse.«

»Ich glaube nicht, daß es Biologie ist, sondern Schicksal«, sagte Dick. »Als ich Georgie kennenlernte, wußte ich einfach, daß sie mich heiraten würde.«

Alle lachten. Seine Frau war als sehr entschiedene Person bekannt.

»Tom glaubt nicht an Liebe auf den ersten Blick«, sagte Georgina.

»Tatsächlich wäre das das einzige, was mich veranlassen könnte zu heiraten. Unser Problem ist, daß wir es tun, wenn der Dampf raus ist, falls ihr versteht, was ich meine.«

»Was ich wissen möchte«, sagte Celine, »ist, wie ihr zwei Kinder haben könnt und so ein *ordentliches* Haus voller hübscher Spielsachen.«

»Oh, Georgie hat zweierlei Spielzeug«, sagte ihr Mann. »Ein Teil ist aus Plastik, mit dem spielen die Kinder, und der andere ist aus Holz zum Vorzeigen.«

»Wirklich?«

»Nein, natürlich nicht«, sagte Georgina errötend.

»Ohhhh«, machten alle. Georgina war in der Cheltenham-Mädchenschule Schulsprecherin gewesen, und es machte immer Spaß, sie zu frotzeln.

»Habt ihr gehört, daß die Evenlodes unbedingt ein Kind wollen?« sagte Celine.

»Nein, nur er, sie nicht«, sagte Alex.

»Haben sie das nicht vorher besprochen?«

»Offenbar nicht.«

»Ich habe gehört, wenn Männer sterben, kriegen sie einen großen Ständer, und die Krankenschwestern raffen die Röcke und reiten ein bißchen«, sagte Dick.

»Du bist schrecklich!« riefen die Frauen.

»Stimmt es nicht, daß es die Ärzte unglaublich geil macht, Leute sterben zu sehen?« fragte Alex.

»Nun«, sagte Tom, »das ist ein bißchen wie der Witz von dem Mann, der zu seiner Frau sagt: ›Der Arzt hat mir gesagt, ich werde den morgigen Tag nicht überleben. Laß uns Champagner trinken und uns ein letztes Mal lieben.‹ Seine Frau sagt: ›Du kannst dir das vielleicht erlauben – du mußt morgen schließlich nicht aufstehen.‹«

Er bemerkte, daß Celine ihn anlächelte. Sie war dunkel und adrett, und ihre Brüste waren wahrscheinlich wie Damaszenerpflaumen. Sie ist Sterns Tochter, dachte er alarmiert. Sarahs Bild tauchte vor seinem inneren Auge auf und verschwand wieder.

»Ich dachte immer, der nationale Durchschnitt von zweimal pro Woche sei wahnsinnig niedrig – bis wir Kinder hatten«, sagte Alex gerade. »Inzwischen halte ich solche Leute für sexuelle Athleten.«

Es hatte eine Zeit gegeben, da hatten sie über Immobilienmakler und ihren Urlaub diskutiert. Jetzt ging es um Kindermädchen und Schulen. Kaum jemand trank etwas, denn man konnte keinen Kater riskieren, wenn man um sechs Uhr morgens aus den Federn mußte. Niemand außer Tom und Celine traute sich, einen Brandy oder einen Kaffee zu trinken. Sie lächelten einander erneut zu, und die gegenseitige Anziehung sprang zwischen ihren Blicken hin und her, ein geheimes Einverständnis gegen die neutralisierten Eltern. Georgina, die Sarah nicht mochte, sah es und freute sich. Sie war weniger erfreut, als die beiden nach Mitternacht immer noch sitzen blieben. Sie überlegte gerade, wie sie sie loswerden konnte, als Dick, der zuletzt sämtliche übriggebliebenen Bendicks gegessen hatte, sagte: »Lohnt sich fast nicht, jetzt noch ins Bett zu gehen, oder? Flora wird in zwei Stunden wach sein.«

»Ich werde ein Minitaxi rufen«, sagte Celine, den Wink verstehend.

Georgina gähnte und sagte ermunternd: »Tom, wohnst du immer noch in Highbury?«

»Ja, ich bin mit dem Auto gekommen.«

»Könntest du mich mitnehmen?« fragte Celine, und Tom erwiderte nach einem kurzen Kampf mit dem Unausweichlichen: »Ja.«

9.

In Camden Town

In Queen's regnete und regnete es. Das schlechte Wetter schien dort derart schlecht zu sein, daß man den Eindruck hatte, es herrsche ein anderes Klima als in den übrigen Teilen Londons. Tropf, tropf, tropf, Tag und Nacht fiel der Regen, Pfützen verbanden sich mit Pfützen, breiteten sich aus und liefen ineinander, so daß die Menschen in den Wohntürmen doppelt von der Außenwelt abgeschnitten waren, denn jeder Turm war von einem mehrere Zentimeter tiefen See umgeben. Tropf, tropf, tropf, bis jedes Fenster wie ein weinendes Auge aussah. Das Wasser konnte nicht ablaufen, außer durch ein paar Löcher in den Glasbausteinen über dem Heizungsraum in der Nähe von Grace' Wohnung, und das Getröpfel in den Keller bedeutete bald, daß es kein heißes Wasser und keine Heizung mehr gab.

Grace und Billy fiel es jeden Morgen schwerer aufzustehen. Sie schmiegten sich im Bett aneinander, in die kleinen Inseln aus Wärme, die sich unter den Deckenbergen bildeten, da jede Decke ein riesiges Loch hatte, das von einer anderen Decke verdeckt werden mußte, die ihrerseits wieder an einer anderen Stelle durchgescheuert und zerschlissen war.

»Billy schwimmt, Mum schwimmt. In der Arche«, sagte Billy. Er wollte Grace in der Wohnung helfen, obwohl seine Bemühungen ihre Arbeit meist verdoppelten. Sie konnte sein Keuchen hören, als setze jeder Atemzug in seiner Brust kleine Ventilatoren in Gang. Er beklagte sich nie, aber manchmal, wenn er zu schnell die Treppe hinaufstieg, liefen seine Lippen blau an.

An den Wänden hatte sich Schimmel gebildet. Ursprünglich waren sie cremefarben gewesen, jetzt waren sie mit dunklen Flecken übersät, die beinahe über Nacht lange, spinnenartige Tentakel gebildet hatten, als suchten sie etwas. Grace hatte seit Monaten jede Woche die Verwaltung angerufen, aber es schien niemand zuständig zu sein, deshalb geschah nichts. Draußen war der Himmel so düster, daß sie geglaubt hätte, es sei Abend, wäre da nicht die Uhr der Kirche gewesen, die sie jeden Sonntag besuchten. Die Kirche unterhielt einen subventionierten Kindergarten für Kinder unter fünf Jahren, sonst wäre Grace nicht hingegangen.

Tropf, tropf, tropf. Die kahle Kastanie in der Mitte der Siedlung sah aus wie ein Riese, dem die Tränen von den Knochen tropften. Vater Zeit hätte kaum grauer oder narbiger sein können. Der Baum war so groß, daß er lange vor dem Bau der Siedlung gepflanzt worden sein mußte. Vielleicht hatte er auf einem grünen Feld vor sich hingeträumt, wo Schafe und Kühe sich an ihm rieben, oder hatte zum Garten eines reichen Mannes gehört. Sein narbiger Stamm war mit geschnitzten Initialen und Hakenkreuzen bedeckt. Doch der Weg zu ihm kam sogar für die Hunde der Siedlung einer Heldentat gleich, der sie sich ungern stellten. Flaschen, Spritzen, Windeln, Plastikdosen, Exkremente und Draht hatten diese Festung auf beschämende Weise erobert, die von der Natur um ihrer selbst willen geschaffen worden war, diese kleine Welt, dieses kostbare Grün in einem Meer aus Beton.

»Komm, Liebling, Frühstück«, sagte Grace. »Deine Windel ist voll, puh!«

»Meinen Topf!«

»Wie heißt das Zauberwort?«

»BITTE! Mummy-halten, Mummy-halten«, schnatterte Billy. »Park, Park, Park.«

»In Ordnung, nach dem Frühstück«, sagte sie, doch der Gedanke, ihn fast den ganzen Weg tragen zu müssen, ermüdete sie jetzt schon. »Unterwegs halten wir bei der Bibliothek, ja?«

»Ja!« sagte Billy. »Buch lesen. Buch lesen. BITTE!«

Er forderte mindestens ein Buch bei jeder Mahlzeit. Das Angebot, vorgelesen zu bekommen, besänftigte jeden Schmerz und jeden Kummer. Grace hatte das Gefühl, ihr halbes Leben mit Vorlesen zu verbringen, während sich seine leichten, warmen Glieder an sie schmiegten und sein Lockenkopf unter ihr Kinn gedrückt war. Sie dachte, wie seltsam es war, daß Angestellte des Gesundheitswesens, die zur Kontrolle vorbeikamen, junge Mütter zum Stillen anhielten, nicht aber zum Lesen. Worte flossen aus ihr heraus wie Milch, dünn und süß. Sie erzählte ihm von Geburt und Tod, von Bosheit und Tapferkeit. Sie versuchte verzweifelt, ihr Kind fürs Leben zu rüsten, wie sie selbst nicht gerüstet worden war. Arme Joy, dachte sie, wenigstens hat sie mich nicht zu Pflegeeltern gegeben.

»Mummy ist *lieb*«, sagte Billy zufrieden. »Und Billy ist *lieb*.«

»Aber manche Menschen sind *schlecht*«, sagte Grace. »Was machst du, wenn du siehst, daß jemand schlecht ist?«

»Weglaufen.«

»Guter Junge!«

»Mein Schutzengel hilft.«

»Ja«, sagte Grace fest. »Denk daran: Du kannst deinen Schutzengel nicht immer sehen, aber er ist da. Wie Gott. Und er paßt auf dich auf.«

»Spielt Verstecken.«

Billy interessierte sich sehr für die Unsichtbarkeit Gottes, und er behauptete oft, ihn gesehen zu haben. Unterwegs zur Bibliothek erzählte er seiner Mutter, er könne ein Stück von Gottes Hand sehen. Grace konnte sich nicht auf diese Unterhaltung einlassen, sie befürchtete zu sehr, es könne wieder anfangen zu regnen. Ohne den Buggy mit der Haube würde Billy naß werden, und davor fürchtete sie sich, weil sich dann möglicherweise sein Asthma verschlimmerte. Grace hatte einen kleinen faltbaren Schirm in der Tasche, aber er reichte nicht aus, um sie beide zu bedecken.

In der Bibliothek gab es montags etwas ähnliches wie eine örtliche Spielgruppe. Es gab noch andere, doch die waren für diejenigen, die sie am nötigsten brauchten, zu weit von der Siedlung entfernt. Und die schönsten Einrichtungen, mit einer ordentlichen Heizung, sauberen Fußböden und vielen Büchern, befanden sich in reichen Vierteln wie Hampstead. Sämtliche Bibliotheken in Camden waren mittwochs geschlossen und häufig auch montags und freitags, denn der Verwaltung war das Geld ausgegangen – oder es war für Wohnungsrenovierungen ausgegeben worden, je nachdem, wem man Glauben schenkte. Jedes Jahr gab es weniger und weniger Bücher, weil die vorhandenen verkauft wurden. Die Spielsachen waren großenteils zerbrochen und schmutzig, obwohl es volle Kisten mit neuen gab, die jedoch weggeschlossen wurden, und Regale voller CDs, obwohl die meisten Leute keine CD-Abspielgeräte besaßen. Dennoch war die Spielgruppe bemüht, einen willkommen zu heißen – zum Beispiel an Weihnachten, wenn sich ein Bibliothekar als Weihnachtsmann verkleidete und Geschenke und Smarties verteilte. Das war sehr beliebt, vor allem bei den Kindern ohne Väter, denen Männer grundsätzlich fremd oder sogar gefährlich vorkamen.

Zur Zeit herrschte an den Wänden Frühling, grüne und pinkfarbene Wattebäusche, die Blüten oder Lämmer darstellten. Einige ältere Kinder bemalten Eierschachteln und Toilettenrollen, um Kaninchen und Küken daraus zu machen.

Billy hatte noch nie ein Lamm, eine Kuh, ein Kaninchen oder ein Küken gesehen, obwohl er natürlich schon eine Menge Hunde, Enten, Tauben und Krähen gesehen hatte – sogar ein paar Katzen, wenn die der verrückten Maggie ausrissen. In der Stadt, in Kentish Town, gab es einen Bauernhof, und Grace hatte versprochen, mit ihm dorthin zu gehen, wenn er älter war, denn dort gab es echte Pferde, und Billy war verrückt nach Pferden. Das war nützlich, denn im Gegensatz zu manchen anderen Kindern bettelte er deshalb darum, daß sie ihm einen Laufgurt anlegte. Manchmal fragte Grace ihn: »Was willst du werden, wenn du groß bist?«

Und er antwortete jedesmal: »Ein Pferd!«

Seine anderen Lieblingstiere waren die Elefanten im Zoo. Grace und Billy waren noch nie im Zoo gewesen, es war viel zu teuer, doch vom Zaun in Regent's Park aus konnten sie eine ganze Menge sehen, vor allem, wenn Billy auf den Schultern seiner Mutter saß.

Jetzt wollte er am Zoo vorbeigehen. Mit anderen Kindern zu spielen interessierte ihn nicht. Keines hatte die gleiche Konzentrationsfähigkeit wie er (die besondere Fähigkeit eines kranken Kindes, was Grace nicht wußte), und alle Nasen außer seiner waren bis zum Mund mit dickem grünem Schleim verschmiert, der in regelmäßigen Abständen über das ganze Gesicht verteilt wurde. Grace fand das widerlich. Alle fünf Minuten packte sie ihren Sohn und wischte ihm zweimal über die Nase. Sie gab ihm Malz und Multivitaminpräparate, und sie war sich sicher, daß es ihm half. Sie war der Meinung, daß die meisten Frauen, denen sie begegnete – Mütter oder Aufsichtspersonal –, nicht imstande waren, einen Hund zu halten, geschweige denn ein Kind. Sie benutzten die Bibliothek als einen Ort, wo sie ihre Kinder abgeben und sich gegenseitig etwas vorjammern konnten. Nur am Ende jeder Zusammenkunft, wenn ein entschlossener Bibliothekar sie alle anwies, sich in einen Kreis zu setzen und zu singen, machten sie einen zaghaften Versuch, die Kleinen zu beaufsichtigen.

Grace überredete manchmal den Bibliothekar, ihr den Schlüssel zur Toilette zu geben. Es gab noch vier weitere Bibliothekare, die nichts anderes taten, als zu tratschen und gelegentlich einen Wagen mit zurückgegebenen Büchern durch die Gegend zu rollen, doch die Toilette war schmutzig und stank, denn das Fenster wurde nie geöffnet und der letzte Benutzer hatte nicht gespült. Grace legte immer Papier zwischen die Klobrille und Billys Hintern.

An ihre eigene Kindheit mit Joy konnte sie sich nicht gut erinnern, außer daß sie eines Tages verstanden hatte, daß sie auf ihre Mutter aufpassen mußte und nicht umgekehrt. Mit sieben konnte sie für sie beide Bratkartoffeln machen, wusch all ihre Kleider und fegte den Fußboden. Mit zwölf war sie so reif wie jemand, der doppelt so alt war wie sie. Sie paßte auf, daß ihre Mutter ihre Pillen nahm, und sie kochte. Sie konnten sich kein Fleisch leisten, deshalb kaufte sie Gemüse am Ende des Tages, wenn es billiger wurde, und lernte Suppe kochen und eine Art Omelette zubereiten – eigentlich Kindermahlzeiten, aber später war das von Nutzen gewesen. Als sie feststellte, daß ihre Mutter sich wegen der großen Lücke zwischen ihren Vorderzähnen schämte, aus dem Haus zu gehen, fing sie an, jeden Abend Kinder zu hüten, um den Zahnersatz bezahlen zu können. Danach war es Joy wesentlich besser gegangen.

An guten Tagen hatte sie ihr wundervolle Geschichten darüber erzählt, wie es war, mit Delphinen und Wasserjungfrauen im Meer zu schwimmen, und davon, daß sie in einem weißen Palast mit blauen Blumen an den Wänden gelebt hatte, die jeden Nachmittag die Farbe wechselten. »Ich war eine Prinzessin in einem fernen Land, bis ich gestohlen wurde«, sagte sie.

»Und wo ist dein Schatz?« fragte Grace.

»Du bist mein Schatz«, sagte Joy, »der einzige, den ich habe. Aber eines Tages werde ich dafür sorgen, daß du bekommst, was dir zusteht. Ich weiß, wo die Prinzessin wohnt, weißt du, sie lassen mich nur nicht hinein.«

Jetzt hob Grace Billy hoch, so daß er über den doppelten Zaun hinweg die Tiere sehen konnte. Ein Löwe brüllte – ein melancholisches Husten, als würge auch er an der naßkalten, dunklen Luft. Alle Geschöpfe dort drinnen sahen gelangweilt und elend aus. Sie wandten den Besuchern den Rücken zu und schleppten sich wie Gefangene immer wieder über dieselbe Betonfläche. Grace konnte die Elefanten sehen, lauter Kühe, die von einem Fuß auf den anderen traten, während ihre Ställe ausgemistet wurden.

»Löwe sagt hallo«, zwitscherte Billy glücklich. Sein Keuchen verschlimmerte sich in der Kälte.

»Er kriegt sein Abendessen«, sagte Grace.

»Fritten und Eier.«

»Fleisch«, sagte Grace sehnsüchtig.

»Mummy Löwe und Baby Löwe gehen jetzt nach Hause«, sagte Billy.

»Zuerst gehen wir zu Sainsbury's«, sagte Grace. »Du kannst im Einkaufswagen fahren.«

»Und Sachen essen.«

»Ja, aber ganz schnell, damit die Leute es nicht sehen.«

Auf diese Art kamen sie an richtiges Essen und an einige der Süßigkeiten, nach denen Billy lechzte. Sie gingen hin, wenn viele Kunden da waren, wenn niemand zu genau aufpaßte, rollten den

Einkaufswagen langsam durch die Gänge und stopften sich voll. Schweinepastete, Wurstbrötchen, Schokolade, Bananen, alle Arten von Genüssen fanden den Weg in ihre Münder, während die Verpackungen wieder im Regal landeten. Viele Mütter aus Queen's machten das so. Ihre Freundin Angie hatte ihr gezeigt, wie es ging. »Sie nehmen dich nicht fest, und sonst tun sie dir auch nichts«, sagte Angie. »Nicht, wenn du ein Kind hast.«

Das ist ja auch nicht wirklich geklaut, räsonnierte Grace, aber sie war jedesmal nervös, wenn sie es taten. Wenn sie nur eine ganze Packung Würstchen mitnehmen könnte oder ein ganzes Stück Rindfleisch! Wenn sie nur Kartons mit Apfelsaft und Tüten mit Orangen mitnehmen könnte! Aber sie waren zu groß, und sie hatte Angst, vom Wachpersonal gefilzt zu werden. Also blieben sie eine Stunde oder länger, und wenn irgendwelchen anderen Kunden etwas auffiel, seufzte Grace und verdrehte die Augen zum Himmel, als wäre alles Billys Schuld. Sie seufzten dann ebenfalls – Mitglieder eines großen Elternverbands.

Über die Fußgängerampel und durch die automatischen Türen, in die schöne warme Luft, vorbei an den Topfpflanzen und den exotischen Früchten und Gemüsen. Wer waren diese Menschen, die es sich leisten konnten, ein Pfund zwanzig für eine winzige Plastiktüte mit vorbereitetem gemischten Salat zu bezahlen? Das verwunderte Grace. Sie kaufte mit dem Geld, das Georgina ihr gegeben hatte, eine Tüte Kartoffeln und etwas Bold, und sie gingen wieder, gewärmt und belebt von dem Zucker und den schwerverdaulichen Sachen im Magen. Im Himmel muß es ein wenig so sein wie bei Sainsbury's, dachte Grace träumerisch, außer daß man dort nicht zu Fuß zu gehen braucht, sondern mit Flügeln dahinschwebt und nascht.

Zurück durch den Camden-Lock-Markt. Das Wasser war an den Rändern der Tore zu Eis gefroren, und in der Luft lag der Geruch von Patschuli. Auf dem Markt gab es immer etwas zu lachen, überall billige Mobiles und lächelnde Sonnen, an den Ständen ein Klimpern und Klappern, die Jungs und die Mädchen mit fingerlosen Handschuhen und lustigen Hüten. Grace hätte nicht sagen können, daß sie ihnen einen Vorwurf machte, weil sie so tun wollten, als ob – denn wer war schon gern erwachsen, wenn er es vermeiden konnte? Grace hielt die Hand ihres Sohnes sehr fest, während sie am Kanal entlanggingen. Es jagte ihr immer Angst ein, dort entlangzugehen, weil das Wasser so flach und sumpfig war. Die Brücken glichen hallenden Tunnels, von denen große, traurige Wassertropfen und Schmierfett von den Schienen darüber herabfielen. Irgend jemand konnte hinter einem herkommen und einen hineinstoßen.

»Enten!« sagte Billy.

»Sind es Mummy-Enten oder Daddy-Enten?«

»Mummy-Enten!«

»Nein«, sagte Grace. »Da ist nur eine Mummy-Ente, die braune. Alle anderen, die mit dem weißen Kragen wie Vater Pat, sind Daddy-Enten.«

Billy sah sich interessiert um. »Dwache!« sagte er.

»Nein, Liebling, das sind Enten.«

»Dwache, da.« Er zeigte hin, und zu Graces Freude und Erstaunen war da tatsächlich ein Drache aus Blechdosen und Draht, mit einem Stück Wellblech als Flügel, beinahe unsichtbar vor der Backsteinwand. Ohne Billy hätte sie ihn nie gesehen.

»Du hast recht. Kluger Junge!«

»Ein guter Dwache«, sagte Billy, und sie gingen weiter, während Grace die unbekannte Person segnete, die dieses Ding gemacht und dort aufgestellt hatte.

Sie gingen bis zu dem Schiff, einem chinesischen Restaurant, und dann hinauf zu dem Spielplatz im Park. Er lag verlassen in dem trüben Geniesel. Billy kletterte auf das blaue Seepferdchen, das sein Liebling war, und sagte: »Schaukel-Lippe-Pferdchen! Schaukel-schaukel-schaukel! An Wölfen vorbei, am Biest, am Wald, schaukel-schaukel-schaukel-schaukel!«

Er war jetzt Belle aus *Die Schöne und das Biest*. Das hatte Grace anfangs wirklich verwirrt, denn der Held war eindeutig Belles Pferd Philippe. Grace verstand inzwischen, warum. Das Biest war selbstsüchtig, dominant und ganz und gar nicht nett. Das Pferd war viel vernünftiger, hilfsbereit und liebevoll, ganz zu schweigen davon, daß es besser aussah. Belle und Philippe galoppierten endlos dahin, in glückseliger Einigkeit.

»Vorsicht, Liebling!« rief Grace.

»Und wenn wir nicht gestorben sind, dann leben wir noch heute!« sang er. »Noch heute!«, und Grace sah, daß der Frühling vor der Tür stand, und lächelte.

10.

Ein Feuilletonredakteur

Das Büro der Feuilletonredakteurin Marian Kenward und ihres Stellvertreters war das kleinste beim *Chronicle*. Es beherbergte etwa siebenhundert Bücher, von denen das *Who's Who* und der *Oxford Companion to English Literature* am häufigsten benutzt wurden, zwei Schreibtische, zwei Telephone, einen Anrufbeantworter, zwei Computerterminals und ein junges Mädchen, dessen wichtigster Job – außer eintreffende Bücher durchzublättern und einen sehr kurzen Rock zu tragen – es war, jedem Anrufer zu sagen, Ivo und Marian seien in einer ›Besprechung‹. Lulu Anstey war entfernt mit Marian verwandt und hatte vor kurzem in Bristol ihr Examen gemacht. Davon abgesehen war sie nur insofern ungewöhnlich, als sie ihren Job sehr ernst nahm. »Wir in der Welt der Bücher«, sagte sie gern oder: »Das ganze literarische London ist der Ansicht ...«

Ivo fand das nervtötend, nicht zuletzt, weil er dem literarischen London unbedingt entkommen und in die Politik zurückwollte.

»›Das literarische London!‹ Was meinst du denn damit?« sagte er. »Es gibt nicht *eine* Welt der Bücher, sondern zwanzig – einundzwanzig, wenn du Oxford mitzählst.«

»Aber die sind alle miteinander verbunden«, sagte Lulu. »Du weißt schon – sie sind alle Nachbarn oder miteinander verheiratet oder haben Affären miteinander ...«

»Jeder Beruf ist eine Insel, deren Bewohner ihren fragwürdigen Lebensunterhalt damit verdienen, daß eine Hand die andere wäscht«, sagte Ivo. »Wenn du und ich miteinander ins Bett gingen – das meine ich lediglich metaphorisch –, würde das etwa bedeuten, daß wir mit einer Zunge sprechen? Nein, wir würden einander wahrscheinlich an die Kehle gehen, auch wenn wir uns kurz zuvor noch einen Gefallen getan haben.«

»O Ivo«, sagte Lulu und kicherte nervös. Sie war bei der Weihnachtsparty Adressatin des Sponge-Sprungs gewesen und unterhielt privat oft ihre Freunde damit. Wie jeder Assistent hatte sie Ziele, die sie weit unverbrämter diskutierte, als klug war. Sie durfte die *Chronicle*-Seite mit den Taschenbuchbesprechungen schreiben und in Satz geben und lebte in glückseliger Ignoranz ihrer Ohnmacht, denn zu dem Zeitpunkt, wo ein Buch zum Preis von 5.99 Pfund an die Öffentlichkeit kam, war es für jeden, der zählte, längst gestorben. Lulu plapperte daher, als könnten fünfzig kleingedruckte Wörter fünfhundert fettgedruckte ausstechen.

»Hallo?« sagte Lulu ins Telephon. Sie verdrehte die Augen. »Sie haben Ihr Manuskript mit dem Taxi losgeschickt? Ja, ich werde nachfragen, aber hier sehe ich es noch nicht.« Sie formte die Worte K. P. Gritts, und Ivo stöhnte. Gritts war einer der wenigen erstklassigen Kritiker, die sie hatten, aber seine Manuskripte kamen immer zu spät, und statt seine Unpünktlichkeit zuzugeben, erzählte er kunstvolle Lügen à la ›Der Hund hat meine Hausaufgaben gefressen‹.

»Könnten Sie es uns nicht einfach herfaxen? Das Gerät ist kaputt? So ein Pech.« Lulu verdrehte wieder die Augen. »Dann schicke ich einen Fahrradboten vorbei. Wir brauchen es um zwei. Tschüs. Manchmal frage ich mich wirklich, ob wir es mit Erwachsenen zu tun haben«, sagte sie zu Ivo, nachdem sie aufgelegt hatte.

»Sieh besser mal in der Zentrale nach, für alle Fälle. Hin und wieder erzählt er wirklich die Wahrheit«, sagte Ivo.

Das Leben eines stellvertretenden Feuilletonredakteurs ist nicht gerade beneidenswert. Der Job war Ivo als Beschwichtigung angeboten worden. Angus hatte ihm versprochen, ihn zum politischen Kolumnisten zu machen, doch der gegenwärtige Amtsinhaber war schwer loszuwerden. Nur wenige Menschen schienen zu verstehen, daß in der Praxis eigentlich Ivo die Macht ausübte. Es war Ivo, der – außer, wenn Marian ihn bremste – entschied, wer was zu kritisieren bekam, Ivo, der das Glücksrad manipulierte oder eine Speiche dazwischenschob, Ivo, der mit gezinkten Karten spielte und das Layout bestimmte. Dennoch wollten fast alle, die ihre

Arbeitskraft oder einen Artikel anboten, mit seiner Chefin sprechen, und heutzutage wollte tatsächlich beinahe jeder Kritiken schreiben. Jeder, der etwas zu verkaufen oder zu verstecken hatte, jeder, ob alt oder frisch von der Universität, rief Marian an.

Marian unterhielt sich jedoch nur mit denen, von denen sie meinte, sie seien ihr gesellschaftlich ebenbürtig – was, da sie in den Augen der Mittelschicht zur Oberschicht und in den Augen der Oberschicht zur Mittelschicht gehörte, allgemein beträchtlichen Unmut auslöste.

Inzwischen hatte Ivo sein eigenes System ausgearbeitet. Die langweiligen Bankette, die Preiskomitees und der Geruch moralischer Redlichkeit waren nichts für ihn. Nein: Ivo war der Entertainer, der angeheuerte Rausschmeißer, der Pat zu Marians Patachon. Seine Aufgabe war es, grob zu sein, Verachtung auszugießen, die Presseleute in den Verlagen den Hörer hinwerfen und vor Wut kreischen zu lassen. Man konnte sich darauf verlassen, daß Ivo von ganz oben bis ganz unten jeden fertigmachte, da der *Chronicle* den Ruf hatte, sowohl antielitär zu sein als auch für den Lifestyle zu schreiben, was hieß, daß niemand vorhersagen konnte, in welche Richtung es gehen würde. Auf einer bescheideneren Ebene war Ivo dazu da, den Eindruck aufrechtzuerhalten, daß die Bücherseite des *Chronicle* nicht nur von zwei inkompetenten Frauen und einem Boulevardschreiber mit zweitklassigem Abschluß verfaßt wurde, sondern eine olympische Festung war, deren Meinung etwas galt und von der ein Donnerschlag heftigsten Vorurteils immer noch besser war als gar kein Urteil.

Diese Festung wurde gerade aus einer äußerst alarmierenden Richtung belagert. Ivo wartete – er wartete tatsächlich! –, daß Mark erschien, so daß sie beide zum Mittagessen gehen und Marks Treffen mit Max de Monde am selben Vormittag diskutieren konnten.

Ivo wußte nicht, ob Mark ihn verdächtigte, daß er die Hand im Spiel gehabt hatte, als er von Mary entdeckt wurde, doch er ging auf Nummer sicher. Die Verkündigung der Verlobung seines Freundes mit Amelia war eingeschlagen wie eine Bombe. Es gab natürlich immer noch einen Hoffnungsschimmer, daß Max de Monde zutiefst beleidigt darüber war, wie überstürzt diese Geschichte vonstatten gegangen war, aber das war nur eine kleine Hoffnung. Amelia mußte irgendwann heiraten, und sie hatte sich für Mark entschieden. Unendlich alarmierender war die Möglichkeit, daß Mark jetzt einen Job bekommen würde, vielleicht *den* Job auf den ersten Seiten, nach dem Ivo schon von Anfang an im stillen lechzte. Zu denken, daß er selbst – aus seinem Kummer heraus, ausschließlich von Frauen umgeben zu sein – Mark befördert hatte! Angus McNabb wollte Marian unbedingt loswerden, aber sie hatte allen Versuchen, sie zu einer Kündigung zu bewegen, widerstanden, und sie hatte zu gute Beziehungen, als daß man sie hätte hinauswerfen können. Sie würde für immer dasein, und wenn Mark Kolumnist wurde, dann würde jemand anderer entlassen werden. Wo, ja wo wäre dann noch ein Platz für Ivo? Sogar stellvertretender Redakteur war besser als zum Beispiel Lulus Job, oder, o Schreck, gar keine feste Anstellung, was sich hinter dem Titel »Korrespondent« verbarg! Jemand mußte gehen. Lulu konnte es eindeutig nicht sein, denn dann wäre eine Stelle frei, die ihm zufallen würde. Also mußte es Marian sein.

»Komm schon, Mark«, brummte Ivo und raufte sich die Haare.

»Ich verstehe nicht, was Amelia an ihm findet«, sagte Lulu.

»Hirn«, sagte Marian heiser. »Er hat den besten Verstand, den ich je erlebt habe.«

Sie war ausnahmsweise einmal im Büro und rauchte wie ein Schlot. Der Dschungelinstinkt, den jeder Journalist über Dreißig zum Überleben braucht, hatte ihr gesagt, daß Veränderungen in der Luft lagen, was bedeutete, daß sie mehr als zwei Tage pro Woche im Büro zu erscheinen hatte, statt zu Hause Romane zu schreiben. Marian war Autorin zweier literarischer Werke. Es war nachgerade axiomatisch, daß diese mit ebensolcher Verzückung aufgenommen wurden, wie sie schlecht waren: Ivo war jedesmal begeistert, wenn ein Feuilletonredakteur einen Roman veröffentlichte, denn für gewöhnlich konnte man sich darauf verlassen, daß er oder sie ihren Job aufgaben und im Zwielicht verschwanden. Im

Falle seiner Chefin hatten die Leser den Braten so sehr gerochen, daß nicht einmal die siebenhundert Exemplare, die für literarische Werke die Norm waren, verkauft worden waren. Marinas Reaktion darauf bestand darin, sich permanent beleidigt zu geben. Sie schob ihrem Verlag die Schuld zu, den Buchhandlungen, den öffentlichen Bibliotheken, ihrem Agenten. Sie gab dem Umschlag die Schuld. Sie gab sogar den handverlesenen Kritikern die Schuld, die das Buch rezensiert hatten. Gleichzeitig wußte sie sehr genau, daß ihre Vorauszahlung um ein Zehnfaches höher gewesen war, als jeder andere hätte erwarten können, einfach aufgrund ihrer Position.

»Wir in der Welt der Bücher verstehen uns sehr gut auf Verstand«, sagte Lulu beleidigt.

Marian hatte gerade den anregendsten Text beendet, den ein Journalist jede Woche zu verfassen hat, nämlich ihre Spesenabrechnung. Jetzt klapperte sie auf ihrer Tastatur herum und fabrizierte auf dem Bildschirm frenetisch Kopien der Briefe.

»Verdammt! Diese verdammte Technik! Ein Königreich für eine Schreibmaschine! Oh, die verlorene Unschuld von Papier und Druck! Der Geruch von Tipp-Ex, der sanfte Widerstand jedes Buchstabens, das freundliche Pling am Ende jeder Zeile ... Heute müssen wir Korrektoren, Techniker und Layouter sein, zusätzlich zu dem, worin wir sowieso gut sein sollen.«

Ivo strahlte sie an und nahm einen blauen Kugelschreiber von seinem Schreibtisch. »Langsam, Darling!« sagte er in seinem mitfühlendsten Ton. »Wir sind heutzutage alle Handlanger! Aus Lohnschreibern werden Autoren, aus Autoren Agenten, aus Agenten Verleger und aus Verlegern Lohnschreiber. Wie dieses Arschloch Percy Flage. Er hat in diesem Geschäft in ungefähr jedem Job versagt, aber ist er ins Schleudern gekommen? Nein, er kriegt mindestens fünfzigtausend im Jahr.«

»Er hat dein Buch abgelehnt, oder?« fragte Marian.

»Habe ich nicht gesungen? Habe ich nicht getanzt? Beinahe hätte ich die Rechnung im Ivy selbst bezahlt! Er sagte immerzu ›ja‹ und schaute sich um, wer sonst noch da war. Am Ende gab ich jeden Anschein von Subtilität auf und fragte: ›Nun, was hältst du davon?‹, und er sagte: ›Ich finde, du solltest deine Ideen noch ein bißchen überarbeiten.‹ Ja! Hallo«, sagte Ivo ins Telephon. »Es liegt bei mir im Regal. Nein, ich hatte noch keine Zeit, hineinzuschauen. Wiedersehen. – Findet ihr nicht, daß es an der Zeit ist, einen Artikel über die Nutzlosigkeit von Leuten wie Percy zu schreiben? Ich meine, ich war – Hallo? Hallo. Ja, ich habe es durchgeblättert. Ja, meine Liebe, nur für dich. Nein, ich habe es nicht vergessen. Laß sehen. Umschlag Scheiße, Klappentext Scheiße, erste Seite Scheiße, Autorenphoto. Hmm. Nicht schlecht. Ist das ganze Haar echt? Ja-a. Ja, das ist möglich, aber es sieht so aus, als müßte es ein bißchen überarbeitet werden. Ich kann nichts versprechen, aber ich werde sehen, wie Marian es findet. – Gott, Verleger«, sagte er und legte den Hörer auf. »Sie werden Zuhältern jeden Tag ähnlicher.«

»Eindeutig«, murmelte Marian. »Sie wissen, mit wem sie es zu tun haben. Bring mir ein Schinkenhörnchen mit Apfelsaft und ein Joghurt mit, ja?«

»Ich gehe zum Mittagessen aus, Liebste«, sagte Ivo. »Tut mir leid.«

»Ich hole es«, sagte Lulu, die gerade unter einem Stapel Bücher taumelte, die sie ins Regal einzuordnen versuchte. »Wenn du einen Moment wartest. Hoppla, Entschuldigung.«

Ein frischer Stapel gebundener Bücher, noch mit gelben Aufklebern auf dem Umschlag, krachte zu Boden.

»Ich dachte, ich hätte dir gesagt, daß du sie verkaufen sollst«, sagte die Feuilletonredakteurin.

Einmal im Monat verkaufte das Büro alle übriggebliebenen Bücher für zwei Pfund pro Stück an die Kollegen vom *Chronicle*. Die Gewinne daraus wanderten in ein Porzellanschwein namens »Mittagessen«, und Marian und Ivo waren so sehr darauf erpicht, es zu füttern, daß etliche Autoren nie rezensiert wurden, sofern ihre Verlage nicht die weise Voraussicht besaßen, mehrere Exemplare zu schicken.

»Es tut mir leid, Marian, es tut mir leid. Es werden nur immer mehr. Ich sage ihnen immer wieder, sie sollen keine Leseexemplare schicken, aber sie sind fürchterlich dickschädelig. Weißt du«, fuhr Lulu fort und rieb sich das Knie, »manchmal habe ich fast den Eindruck, daß ich Bücher *hasse*.«

Die letzten Worte kreischte sie, denn gerade landete Max de Mondes Helikopter. Zweimal täglich mußte sich jeder, vom Herausgeber bis zum Kantinenpersonal, in einer Art wahnsinniger Zeichensprache verständigen, so ohrenbetäubend war der Propellerlärm, den das Ego ihres Besitzers veranstaltete.

»Endlich«, sagte Marian und verdrehte ihre kajalumschwärzten Augen. »Der Groschen ist gefallen. Der Hahn kräht.« Der Lärm ließ nach, aber Marian brüllte immer noch. »Eine einzige Zelle in deinem nutzlosen Gehirn rührt sich zum Leben.«

Lulu fing an zu schniefen und rannte hinaus.

»Mädchen«, stöhnte Marian, und ihre Stimme hallte durch die offenen Büros. »Warum müssen die immer alles so persönlich nehmen?«

Sie stapfte davon zur Kantine. Genau wie Ivo gehofft hatte, ließ sie ihre Spesenabrechnung im Ausgangskorb liegen. Ivo beugte sich beiläufig darüber und malte mit blauer Tinte eine Null hinter eine Restaurantrechnung und auf ihre Abrechnung, die beide in Schwarz geschrieben waren. Das war etwas, was sogar der unterbelichtetste von de Mondes Buchhaltern als Kündigungsgrund erkennen würde.

»Der Stift ist mächtiger als das Wort«, murmelte er und entschwand mit den Papieren in Richtung Buchhaltung. Marian war so chaotisch, daß sie sich nie und nimmer daran erinnern würde, ob sie die Abrechnung selbst eingereicht hatte oder nicht.

Als er zurückkam, wartete Mark auf ihn. Sie gingen durch das leere Labyrinth der mit fluoreszierenden Bildschirmen bestückten Schreibtische zum Aufzug. Ivo stellte fest, daß er ungewöhnlich nervös war.

»Erinnerst du dich, wie idealistisch wir in Cambridge alle über den Kapitalismus dachten?« fragte er schließlich, denn er hatte das Gefühl, ein wenig gemeinsame Nostalgie wäre das beste. »All diese Diskussionen über Macaulay und das Geheimnis der Monarchie? Wer hätte gedacht, daß wir je so tief sinken würden?«

»Ich kann mich nicht daran erinnern, daß du in irgendeiner Weise idealistisch gewesen wärst«, erwiderte Mark. »Außer vielleicht in bezug auf dein überzogenes Konto.«

»Aber wir glaubten trotzdem an eine akademische Elite. Vor ein paar Tagen stolperte ich beinahe über diesen Nick Posely, erinnerst du dich? Dieser Punk, der sich die Haare abrasierte und von Speed und Night Nurse lebte. Er hat angefangen, Popvideos herzustellen, und jetzt ist er verdammt noch mal Millionär und hat ein Haus am Clapham Common, so groß wie ein Palast. Ich wäre beinahe in Ohnmacht gefallen. Was ich sagen will, ist, daß wir vielleicht doch Clash hätten zuhören sollen oder wem auch immer, statt uns in der Unibibliothek zu versklaven. Paßt dir das Orso's? Wie lief es?«

»Tja«, sagte sein Freund. »Ich glaube, ganz gut.«

Mark hatte Holland Park dreimal umkreist und war mit jeder Runde nervöser geworden, ehe er sich dem de Monde'schen Haus genähert hatte. Die kreischenden Pfauen, die ihr verdrecktes Winterkleid über den matschigen Rasen schleiften, erfüllten ihn mit Vorahnungen, und als er auf ein kleines Mädchen in Begleitung seines uniformierten Kindermädchens traf, das gerade niederkniete, um bei einer lebensgroßen Puppe die Windel zu wechseln, hatte er das Gefühl, dies alles nicht durchstehen zu können. Er hatte Amelias Vater geschrieben, einen kurzen, geschäftsmäßigen Brief ohne jede Ironie, in dem er sagte, daß er in Anbetracht von Amelias Lage gerne ein Treffen vereinbaren würde. Amelia war zuvor in das große Haus hinübergegangen, um ihre Eltern von ihrer Schwangerschaft zu unterrichten.

»Wie hat er reagiert?«

»Man weiß nie genau, was Daddy denkt«, sagte sie. »Wir müssen einfach abwarten.«

»Und deine Mutter?«

»Oh, sie hat nur geseufzt und irgend etwas von Vererbung gesagt. Mir ist ziemlich egal, was sie denkt, Daddy ist der einzige, der zählt.«

Dann hatte de Mondes Sekretärin angerufen, um mitzuteilen, daß Mark am Dienstag der folgenden Woche um 11.55 Uhr einen Termin haben könne. Mr. de Monde hätte für diesen Zeitpunkt noch ein »Fenster« in seinem Terminkalender. Mark hatte sich gefragt, ob der Terminkalender ebenso freudlos war wie das Gebäude, in dem der *Chronicle* produziert wurde. Dort gab es ebenfalls keine Fenster, von Oberlichtern einmal abgesehen – die nur eingebaut worden waren, so munkelte man, damit MDMs Angestellte die Ankunft ihres Herrn per Helikopter beobachten konnten.

Dieses Mal gab es vor de Mondes Villa weder einen Rausschmeißer noch einen roten Teppich, lediglich eine Sicherheitskamera surrte, während sie Marks Weg zur Haustür verfolgte. Die philippinische Haushälterin öffnete. Sie war beinahe identisch mit dem Hausmädchen, das Amelias Kutscherhaus putzte, und schien alles über ihn zu wissen.

»Jaa? Ah-ha. Herrr Mahrk. Kommen herein, bitte.«

Unter ihrem spöttischen, affenartigen Blick zog Mark seinen Mantel aus. Das Haus war sogar noch geschmackloser eingerichtet, als er in Erinnerung hatte. Die Sofas waren zu dick gepolstert, die Kronleuchter zu modern, die Vorhänge mit Girlanden verziert. Die Lichtschalter und Griffe waren aus Messing. Alles Talmi, dachte er und verzog den Mund. Dann wurde er nicht ins Wohnzimmer oder ins Arbeitszimmer geführt, wie er erwartet hatte, sondern in den Keller hinunter, wo sein Arbeitgeber im ewigen Blau seines unterirdischen Pools herumschwamm.

Wellen klatschten in den Ablauf und verschwanden mit einem Geräusch in den Filtern, das gleichzeitig lasziv und traurig klang. In der Luft kräuselte sich Dampf, der langsam von den Palmen und Orchideen und Farnen tropfte, die alle so unnatürlich grün waren, daß sie aus Plastik hätten sein können, wären da nicht die blauen Lampen gewesen, die das Sonnenlicht ersetzten. Die Wände waren mit *trompe-l'œil*-Säulen und Zypressen bemalt. Auf dem Mahagonitisch neben den Liegestühlen lagen Zeitungen aus der ganzen Welt, eine Anzahl Hochglanzmagazine, es gab einen großen Kühlschrank, Zigarettendosen aus Malachit, eine Kommode mit der Aufschrift »Badeanzüge«. In einer Ecke lagen ein paar nicht aufgeblasene Wasserspielzeuge.

Mark hatte reichlich Zeit, diese Dinge zu betrachten, denn de Monde schwamm auf und ab und ignorierte ihn. Er trug keinen Faden am Leib, nicht einmal eine Schwimmbrille. Zuerst war Mark darüber amüsiert. Einen so mächtigen Mann in einem solchen Zustand zu sehen, etwas, wofür seine Zeitungen eine große Summe bezahlt hätten, schien eine gewisse Vertraulichkeit zu versprechen. Es fiel schwer zu glauben, daß er Amelias schlanke Gestalt erzeugt hatte. De Monde hatte nicht nur Übergewicht, sondern war auf dem Rücken und den Schultern auch mit einem Pelz dicker, drahtiger ergrauender Haare bedeckt, die sich jeder andere hätte kosmetisch entfernen lassen. Doch als der Magnat weiterhin auf- und abschwamm, auf und ab, erschlaffte allmählich Marks bester Gabardineanzug. Er setzte sich auf einen der Mahagoni-Liegestühle, grub seine Absätze in das weiße Frotteepolster und fing an zu lesen.

De Monde hatte bislang nicht auf Marks Anwesenheit reagiert, doch solche Unbekümmertheit zeitigte rasche Ergebnisse. Im Handumdrehen stand er angezogen vor ihm.

»Max de Monde.«

Mark stand auf. »Schön, Sie zu sehen«, sagte er. »Ich bin Mark Crawley. Ich möchte Ihre Tochter heiraten.«

»Nun, natürlich«, sagte de Monde. »Zigarre?«

Es ist frappierend, dachte Mark, in welchem Maß sehr reiche Leute, besonders Männer, immer genauso sprechen, wie man es von ihnen erwartet. Das hieß, daß sie entweder alle gleich waren oder daß sie sich dem angepaßt hatten, was sie auf Flughäfen gelesen hatten.

»Ich rauche nicht.«

»Kommen Sie«, sagte de Monde.

Er sagte kein weiteres Wort, sondern geleitete Mark aus dem

Haus zu dem wartenden Rolls-Royce. Die eine Hälfte von Marks Gedanken konzentrierte sich auf die Disharmonie zwischen der gelben Rose in dem silbernen Halter an der Tür und dem rosafarbenen Wilton-Teppich, die andere Hälfte auf die Frage, ob er nach Gangstermanier vom Chauffeur exekutiert werden würde. Es war das erste Mal in seinem Leben, daß Mark in einem Rolls-Royce fuhr, und er war absolut nicht beeindruckt. Die grauen Ledersitze zum Beispiel waren so klebrig und steif, daß sie genausogut hätten aus Plastik sein können. De Monde andererseits brachte einen vor Schreck zum Erstarren.

Mark war nicht unvertraut mit dem Phänomen, daß es Männer gab, die in einem so machtvollen Kraftfeld existierten, daß die Wahrnehmung derer um sie herum verändert wurde. Jeder, der beispielsweise »Felix« Viner zu nahe kam, fing an zu glauben, die Welt sei ein schlechter Scherz, den sich eine weibliche Gottheit ausgedacht hatte, und enorme Mengen Alkohol wären die einzig mögliche Antwort. Doch Max de Monde war anders. Er schien Macht weniger auszustrahlen, als sie wie ein Schwamm aufgesogen zu haben, so daß das, was sich nach außen zeigte, überschüssig war. Seine schiere körperliche Präsenz, die Präsenz eines Mannes, der sowohl groß war als auch fett, weckte Kindheitsängste vor Ungeheuern der weniger einfallsreichen Art. Sogar die komischen Elemente, wie seine gelegentlichen Versuche, sich als »Mann aus dem Volk« zu präsentieren, mit falschherum aufgesetzter Baseballmütze, dienten dazu, die monströse Verspieltheit zu unterstreichen, die jeden Moment zu etwas Fürchterlichem explodieren konnte. Als Mark neben de Monde saß, wurde er sich bewußt, daß er jemandem begegnet war, dessen Selbstbezogenheit so vollkommen war, so absolut, daß sie ihn unverwundbar machte.

Der Magnat ignorierte ihn und sprach laut in sein mobiles Telephon. Nur eine dieser Unterhaltungen war auf englisch und drehte sich um die Kosten des Zeitungsdrucks.

»Dann müssen wir mehr Seiten drucken als unsere Konkurrenz, nicht weniger«, knurrte er Angus McNabb an. »Auf dem Markt geht es nur um das Erscheinungsbild. Es ist mir egal, daß Sie nicht genügend Nachrichten haben, um sie zu füllen. Die Leute wollen keine Nachrichten mehr, sie wollen Features, sie wollen Lifestyle. Und das wollen auch die Werbekunden.«

Das legendär ruhige, gedämpfte Dahingleiten des Autos in Verbindung mit dem Zigarrenrauch verursachte Mark zunehmend Übelkeit. Der Rolls glitt über die Battersea-Brücke und an der Themse entlang auf ein Stahltor zu und dann auf die Betonfläche des Hubschrauberlandeplatzes. Wie riesige Libellen standen drei Hubschrauber bereit.

Mark holte tief Luft. Er war noch nie in einem Hubschrauber geflogen, und er wußte schon im voraus, daß es ihm nicht gefallen würde.

»Fliegen Sie gern?«

»Ja.«

»Ich fliege heute morgen selbst. Glyde wird den Rolls zum Büro fahren.«

Amelia hatte ihm das Versprechen abgenommen, daß er, egal was passierte, unter keinen Umständen zeigen würde, daß er sich von ihrem Vater einschüchtern ließ.

»Er verachtet jeden, den er tyrannisieren kann«, hatte sie gesagt. »Ich will damit sagen, daß er zwar einen Detektiv auf dich ansetzen wird, Liebling, und ich nehme an, daß er das auch schon getan hat, um sich zu vergewissern, daß du kein Mitgiftjäger oder Bigamist bist, aber Feiglinge toleriert er unter keinen Umständen.«

Mark hatte an seinen eigenen Vater gedacht und war zusammengezuckt.

»Sag mir die Wahrheit, willst du mich wegen meines Geldes heiraten?«

»Nun, natürlich freue ich mich, daß du reich bist. Ich wäre dumm, wenn ich mich nicht darüber freuen würde. Aber du weißt selbst, daß ich mich immer für die feineren Dinge des Lebens interessiert habe.«

Amelia seufzte zufrieden. Es war so gut, endlich von jemandem von echtem Kaliber gewürdigt zu werden! »Das wird sein erstes Enkelkind, und das ist dein Trumpf. Er kann uns nicht aufhalten.

Er kann unser Leben nur um etliches komfortabler machen. Ich habe wegen der Rezession nicht viel aus meinem Treuhandvermögen ausbezahlt bekommen«, hatte sie gesagt.

Mark kletterte in den Hubschrauber und gurtete sich an, und die Rotorblätter über ihren Köpfen begannen zu dröhnen. Er dachte, daß dies wahrscheinlich das Mutigste war, was er je in seinem Leben getan hatte, denn sie saßen in einer Art Plexiglasblase, wodurch sich seine Höhenangst beim Start noch verschlimmern würde. Regen spritzte von den Propellern in Pfützen, in denen sich jetzt ein blauer Himmel spiegelte. De Monde betätigte noch mehr Schalter, und plötzlich glitzerte das Steuerpult vor farbigen Lichtern. Der Lärm schwoll an, explodierte, und Amelias Vater gestikulierte in Richtung eines Kopfhörers. Mark setzte ihn auf. Der Schaumgummi preßte sich unangenehm auf seine Ohren, dämpfte jedoch das verschwommene Sausen der gepeitschten Luft über ihnen. Durch das Seitenfenster sah er den Rolls entschwinden.

Plötzlich brach der Boden zusammen, und Mark blickte auf die Themse und auf London hinunter, das sich schnell in alle Richtungen auszubreiten schien, ein riesiger Organismus aus Backsteinen und Beton, jede Straße eine Ader, durch die in zähflüssigen Wellen Autos flossen. Da waren das Elektrizitätswerk in Battersea, zu einem umgedrehten Schemel geschrumpft, und die prachtvollen Londoner Brücken, die den Fluß überspannten. Riesig und immer riesiger öffnete London seine aneinandergeschmiegten Organe unter dem Cockpit. Hin und wieder gab eine Glas- oder Metallscheibe in der hellen Sonne ein kurzes, verschwörerisches Blinken von sich, doch meist hob und senkte sich die Stadt in häßlicher Gleichgültigkeit. Nur in den Parks erfuhr das Auge eine Ablenkung vom Unorganischen – ihre grünen Rasenflächen und großen Bäume atmeten Frieden.

Um das Herz der Hauptstadt bildeten die Straßen Muster, Plätze und Halbkreise, die sich öffneten und schlossen, doch weiter entfernt glich alles einer zufälligen Mutation, Schichten, die sich weiter und weiter erstreckten und kaum vom Gürtel der gigantischen Ringstraße zusammengehalten wurden. Der Hubschrauber vibrierte und folgte der Themse schneller als irgendeiner der bunten Körper dort unten. Das einzige, was mit ihnen Schritt hielt, war ein dunkler Fleck von der Form einer Fliege. Während Mark ihn beobachtete, schwoll er plötzlich an und zerbrach an den Wänden eines Bürogebäudes in zwei Teile, ehe er, wieder in seiner vollständigen Form, zusammenschrumpfte.

Es war ihr Schatten.

»Erzählen Sie mir, was Sie sehen«, sagte de Monde plötzlich.

Mark fragte sich, ob das eine Fangfrage war.

»Die City«, antwortete er, denn sie breitete sich gerade vor ihnen aus.

»Es ist tatsächlich die City«, sagte de Monde. »Wenn Sie sie lieben, macht sie einen erfolgreichen Mann aus Ihnen. Sonst zerbricht sie Sie.«

Ein Schauder, der nichts mit den stetigen Vibrationen des Cockpits zu tun hatte, durchlief Mark.

»Möchten Sie versuchen, selbst zu fliegen?« fragte de Monde. Seine spöttische Stimme war zum Summen eines Insekts geschrumpft.

»Ich habe keine Erfahrung damit.«

»Es ist ganz einfach. Sie halten einfach den Steuerknüppel fest. Hier.«

Ehe er protestieren konnte, hatte de Monde ihm die Kontrolle übertragen, und plötzlich sackte der Hubschrauber ab, war keine Blase mehr, sondern ein Felsblock, ein Ball aus Metall und Fleisch. Du Idiot, du wirst uns beide umbringen, hätte Mark am liebsten gebrüllt, doch er war zu entsetzt, um ein Wort zu sagen. Seine Zunge war genauso wie sein Magen flatternd ein paar hundert Meter weiter oben geblieben. Gebäude schwollen an und breiteten sich aus, Straßen verwandelten sich in Schluchten, Dächer taumelten und und türmten sich auf – und dann, ebenso plötzlich, stieg der Hubschrauber wieder. De Monde kicherte in sich hinein.

»All diese Dummköpfe machen ein solches Getue um ihr langweiliges Leben, und plötzlich – peng!«

Mark sagte nichts. Er hatte Angst, sich zu erbrechen, wenn er den Mund aufmachte.

»Sie wollen also meine Tochter heiraten.«

»Ja.«

»Warum sollte ich das zulassen?«

Mark war kein Mann der sentimentalen Erklärungen, noch war de Monde einer, der solche Erklärungen zu schätzen wußte. »Sie ist schwanger.«

»Und? Heutzutage spielt es kaum eine Rolle, wenn eine Frau ihr Kind allein erzieht. Was haben Sie anzubieten? Sie haben kein Geld, keine erwähnenswerte Familie, Sie verdienen im Moment nicht einmal genug, um für Amelias Lebensunterhalt aufzukommen. Man sagt, Sie seien intelligent, aber das sind tausend andere auch. Warum sollte ich meine Tochter, mein einziges Kind, jemanden wie Sie heiraten lassen?«

Mark schluckte seinen Haß und die Demütigung hinunter. In seinem Gehirn jagten sich hundert Antworten. »Weil sie es will.«

»Ah«, sagte de Monde. »Ja, vielleicht ist das die einzige Antwort, auf die es ankommt. Als ich Amelias Mutter heiraten wollte, war das auch meine Antwort, und damals wurde ein libanesischer Kaufmann sogar noch mehr verachtet als ein Cambridge-Absolvent mit nichts als einem Examen. Heute kommen all ihre Verwandten natürlich zu mir, mit ihren Aktienangeboten und ihren nichtsnutzigen Kindern, die ich anstellen soll.«

De Monde schwieg für eine Weile. »Interessieren Sie sich für Geld?«

»Ich bin daran nicht uninteressiert«, sagte Mark mit, wie er fand, überzeugender Ehrlichkeit.

»Dann ist es wichtig für Sie zu wissen, daß Amelia nur sehr wenig eigenes Geld hat, bis ihr Treuhandvermögen fällig wird, und daß ich der einzige Treuhänder bin. Ich bin ein großzügiger Mann, aber ich finde nicht, daß man Kindern vor einem bestimmten Alter zuviel Unabhängigkeit geben sollte, und im Falle meiner Tochter ist das fünfunddreißig. Dann erbt sie, was ich für sie zur Seite gelegt habe. Es wird jedoch nicht viel sein. Sie sieht vielleicht wie eine reiche junge Frau aus, aber ihr effektives Einkommen beträgt wenig mehr als dreißigtausend im Jahr. Für weitere Kosten bin ich aufgekommen, doch sobald sie heiratet, wird diese Aufgabe ihrem Ehemann zufallen.«

Mark zuckte die Schultern. Diese Neuigkeit war eine Überraschung, doch er dachte, daß sie ja immer noch das Kutscherhaus hatte. De Monde schien seine Gedanken zu lesen.

»Das Haus, in dem sie wohnt, gehört mir. Sie werden verstehen, daß ich nur zulassen werde, daß Amelias Treuhandvermögen für die *Hälfte* eines Hauses aufkommt, das Sie sich zu kaufen entschließen werden, bis zu einer Summe von zweihunderttausend Pfund. Sie werden außerdem einen Vor-Ehevertrag unterzeichnen müssen, der festlegt, daß Sie im Falle einer Scheidung nichts aus ihrem Treuhandvermögen bekommen.«

»Gut«, sagte Mark. Er wußte zufällig, daß solche Verträge juristisch nicht durchsetzbar waren.

»Es schickt sich nicht, daß der Ehemann meiner Tochter Journalist ist«, sagte de Monde. »Wollen Sie weiter freiberuflich arbeiten? Dort sind die Möglichkeiten für eine Beförderung sehr begrenzt.«

»Eine politische Kolumne wäre vielleicht ... angemessener«, sagte Mark. Er erinnerte sich an die Unterhaltung, die er gerade mit angehört hatte. »Mir fällt zu den ersten Seiten verschiedenes ein, das verbessert werden könnte, wenn ich zu den Festangestellten gehören würde. Man müßte dort verstärkt Features drucken, Lifestyle, um mehr Werbeaufträge zu bekommen. Es ist eine großartige Zeitung, und sie sollte profitabler sein.«

»Ja«, sagte de Monde, und später, als der Hubschrauber leicht wie eine Feder auf dem Dach des *Chronicle*-Gebäudes aufsetzte, dachte Mark, daß dies der Moment war, in dem er Amelia tatsächlich heiratete.

11.

Niedergang

Für Mary waren jetzt alle Tage und Nächte gleich. Sie konnte erst schlafen, wenn es dämmerte. Wenn sie schlief, hatte sie immer den gleichen Alptraum.

Sie stapfte in der U-Bahn eine Rolltreppe hinauf. Auf jeder Seite erstreckten sich unendlich viele weitere Rolltreppen. Manche führten nach oben auf einen Lichtkreis zu, und manche senkten sich in einen Kreis aus Dunkelheit. Es war eine ständige Bewegung. Die Menschen ringsum waren still und traurig, mit abgespannten Gesichtern wie am Ende eines langen Arbeitstages.

Dann, direkt vor sich auf einer parallelen Rolltreppe, sah sie Mark. Er drehte sich um und sah sie kummervoll an. Mary reckte und streckte sich ihm entgegen, und in dem Moment, wo ihre Finger seine berührten, stieß er sie so brutal zurück, daß die Rolltreppe dadurch die Richtung wechselte und mit übelkeiterregender Geschwindigkeit nach unten sauste, während die Leute über ihr und unter ihr rückwärts fielen und eine laute automatische Stimme dröhnte: »DER WEG NACH UNTEN IST IDENTISCH MIT DEM WEG NACH OBEN!«

Im großen und ganzen waren Mary jene Nächte lieber, in denen sie nicht schlafen konnte.

Alles, was sie an Mark erinnerte, war sehr schmerzhaft für sie, als würde sie ausgepeitscht, und alles erinnerte sie an ihn. Sie wußte nicht, wie sie all die Stunden ausfüllen sollte, die sie zusammen in Museen und Kunstgalerien, im Kino, im Theater und in Restaurants verbracht hatten – im Paradies, wie ihr heute schien. Sie konnte es nicht ertragen, durch manche Straßen zu gehen, die sie zu stark an ihn erinnerten: Hierher hatte er sie bei ihrem ersten Rendezvous ausgeführt, und das war die Konditorei, wo sie sich in ihren Arbeitspausen getroffen hatten. In Soho gab es einen Friseur mit dem Namen Mark's, um den sie einen großen Umweg machte. Sie versuchte mit aller Kraft, keine Zeitungen zu lesen, in denen möglicherweise Artikel von ihm erschienen, doch sie konnte nicht alles ausblenden, vor allem nicht, als seine Verlobung mit Amelia erst einmal die Klatschspalten füllte.

Der Schock, seinen Namen zu lesen, schien niemals nachzulassen. Jedesmal dachte sie, sie müßte sich übergeben, auch wenn sie wußte, daß garantiert wieder irgendwo ein Artikel mit seinem Namen erscheinen würde. Sie wußte nicht, was schlimmer war – wenn Wut oder wenn Verzweiflung die Oberhand gewann –, sie wußte nur, daß sie zwischen diesen Zwillingspolen in der Falle saß, gefangen in einem Wechselstrom, der zwischen Mordphantasien und Gedanken an den eigenen Tod hin- und herwütete.

Bei der Arbeit wurde sie immer schweigsamer und abwesender, vergaß Bestellungen oder brachte sie durcheinander. Sehr glückliche oder sehr unglückliche Menschen werden unsichtbar, und deshalb vergaßen häufig sogar die anderen Kellnerinnen, daß sie da war. Marys Arme schmerzten vom Tellerschleppen, und wenn sie das Menü aufsagte, klang es so düster, daß die Leute nur einen Gang orderten statt drei. Sie war dauernd erkältet, und die schönste Erleichterung ihres Lebens war, sich die Nase zu putzen, bis sie blutete. Sie konnte nicht am Empfang sitzen, da sie in ständiger Angst lebte, Mark könnte auftauchen. Jeder, der ihm entfernt ähnelte, gab ihr das Gefühl, in einen Kanalschacht gefallen zu sein. Dennoch verlangte es sie gleichzeitig unbezähmbar danach, ihn zu sehen, und sie lief auf der Straße jedem nach, der ihm auch nur ein bißchen ähnlich sah.

Vor hundert Jahren hatten die Menschen sehr wohl gewußt, daß man an gebrochenem Herzen sterben kann, heute dachten sie, man stelle sich an wegen nichts. Als sie Ivo erzählte, wie Mark die Schlösser an ihrer Wohnung ausgewechselt und ihre Habseligkeiten vor die Tür gestellt hatte, so daß jeder sie durchwühlen konnte, hatte er gelacht, und jetzt erzählte er die Geschichte weiter wie einen Witz. Mary dachte oft, wenn irgend jemand, nur ein einziger

Mensch, Verständnis gezeigt hätte, wäre es weniger schlimm gewesen.

Doch indem sie begreifen lernte, was Verlust bedeutet, begriff sie auch zum erstenmal, wie es sein mußte zu gewinnen. Sie hatte nie zuvor ans Gewinnen gedacht – wie es wäre, berühmt oder reich zu sein oder, wie sie früher bescheiden gehofft hatte, einen Ehemann zu haben. Gewisse Arten von Leid sind wie Strahlung: Sie verursachen ein wucherndes Wachstum und eine Mutation des Selbst. Mary war sich immer des Unterschieds zwischen sich und dem Rest ihrer Familie bewußt gewesen, doch obwohl sie mit einem gewissen Grad intellektueller Neugier ausgestattet war, hatte dies auch ihr Selbstbewußtsein ausgehöhlt. Jetzt wuchs sich dieser Unterschied zu einer monströsen Sprache aus, die sie anlangte und sie umklammerte, so daß Mary zugleich frei war und ohne Sonne, wie Jack im Märchen, der beim Aufwachen feststellt, daß die Bohnenpflanze bis oben ins Land der Riesen gewachsen ist.

»Ich habe so viel und so intensiv über ihn und Amelia nachgedacht, daß ich das Gefühl habe, alles, was er je getan hat oder je tun wird, sei mir klar«, sagte sie zu Ivo. »Er glaubt, sie wird ihn zum Leben bringen, aber er wird sie einfrieren, denn er haßt nicht nur mich, er haßt alle Frauen. Er hat versucht, mich umzubringen, und es gibt Dinge, die kommen niemals zurück. Ich habe das Gefühl, als würde Mark mich für etwas bestrafen, das ich gar nicht getan habe – es sei denn, ihn zu lieben war ein Verbrechen, aber wenn das so wäre, was verdient sie dann?«

Amelia, der gegenüber Ivo das erwähnte, sagte: »Nun, ein Sadist ist eine Art Masochist«, und blätterte mit eklektischer Gelassenheit weiter in *Interiors*. Mark bewunderte ihre Gleichgültigkeit. Sie war gelassen, mit der Aura einer Künstlichkeit, die er an einer Frau außerordentlich attraktiv fand – keine Unordnung, keine Tränen, keine Haare, kein Blut. Sie hatte die Charakterstärke ihres Vaters und trotzdem die Sanftmut ihrer Mutter. Was für ein Leben wir zusammen haben werden, dachte er. Das einzige Problem war wie üblich das Geld.

Sie hatten angefangen, sich nach einem Haus umzusehen, doch es wurde deprimierend deutlich, daß sie sich entweder mit einer Wohnung würden abfinden müssen oder mit einer beträchtlich schäbigeren Londoner Gegend als Holland Park. Wenigstens würde es einen Neuanfang bedeuten. Das Gejammer, das er wegen Mary zu hören bekam, war ermüdend. Er fragte sich, ob sie einen Nervenzusammenbruch erlitten hatte. Der Gedanke schmeichelte ihm gewaltig.

»Möchtest du sie zu einem Drink einladen?« fragte Amelia. »Man ist schließlich gerne zivilisiert.«

»Großer Gott, nein.«

»Gut«, sagte Amelia lachend. »Jedesmal wenn ich eine kleine Frau sehe, bin ich versucht, mein Glas auf ihrem Kopf abzustellen.«

Mary schrieb Brief um Brief. Sie schickte keinen ab, denn sie fürchtete zu sehr, sich dadurch noch größerer Verachtung auszusetzen. Anzurufen stand außer Frage. Außerdem verabscheute Mark das Telephon als »Instantunterhaltung für Idioten«. Sein Schweigen war undurchdringlich, und sie ertappte sich dabei, daß sie kritzelte: »Wenn du diesen Brief nicht bekommst, muß er verlorengegangen sein. Bitte schreib und gib mir Bescheid.«

Sie lag in der Wohnung ihrer Cousine in Shepherd's Bush auf dem schmalen Sofa und sah zu, wie das Licht der Scheinwerfer wie weiße Staubwedel über die Decke strich, bis der Drang zu schreiben übermächtig wurde. Jeder Brief, hingekritzelt zwischen zwei Schichten oder um drei Uhr morgens, begann mit erzwungener Demut, gefolgt von der Erkenntnis, daß es für Mark keinen Impuls der Reue gab. Dieses Verständnis reifte langsam in ihr, und zuerst wollte sie es nicht glauben. Dennoch konnte sie nicht aufhören zu schreiben. Es war wie in einer Tretmühle: Wut, Verzweiflung, Haß, Trostlosigkeit, Wut, Verzweiflung, Haß, Trostlosigkeit. Jeder Briefkasten war eine Versuchung, ein Wiederkehren des Glücksrads. Morgen würde er diesen Brief bekommen, dachte sie, morgen oder übermorgen, und dann würde er vielleicht zurückschreiben. Und dann wartete sie drei Tage in einem Zustand suspendierten Lebens auf die Antwort auf einen Brief, den sie gar nicht abgeschickt hatte.

»Ich habe es schon immer gesagt: Er ist ein Scheißkerl«, sagte Deirdre. »Vergiß ihn.«

Mary wußte, daß ihr Unglück das Leben ihrer Cousine belastete, doch sie war zu erschöpft, um sich nach einer anderen Wohnung umzusehen, die sie mit jemandem teilen konnte. Außerdem wußte sie, daß man sie wegen ihrer Trauer so wenig willkommen heißen würde wie einen verstopften Abfluß.

Er schrieb – einmal, um ihr das Datum der Hochzeit mitzuteilen, zu der sie nicht eingeladen war, einmal eine Postkarte zu ihrem dreißigsten Geburtstag und schließlich, um zu sagen, daß sie zum Skifahren in der Schweiz und glücklich waren. Dies kam von einem Mann, der Skifahren als »Torremolinos auf dem Eis« bespöttelt hatte, was Mary veranlaßte, sich die Frage zu stellen, ob Amelia ihn hypnotisiert oder unter Drogen gesetzt hatte.

Den größten Teil ihrer Energie verbrauchte sie mit dem Versuch, das Weinen aufzuschieben, bis sie unbeobachtet war. Es gab keine Privatsphäre, außer wenn sie zufällig in einem der Clubräume allein war. Das geschah aufgrund der Ereignisse, die mittlerweile in der Außenwelt passierten, allerdings häufiger als früher.

Seit über einem Jahr hob und senkte sich das Geld, das London in Bewegung gehalten hatte, nicht mehr unablässig wie der Griff eines Kreisels. Manche sagten, der Griff sei zu heiß geworden und könne sich deshalb nicht mehr glatt und effizient bewegen, manche mutmaßten Metallermüdung, andere, daß die falschen Hände ihn an der Börse zur falschen Zeit auf- und abbewegten. Köpfe rollten, Gesichter wechselten, Fäuste wurden aufgerieben und Reputationen zerstört – der Unterschied war gering. Der große Kreisel, der sich über ein Jahrzehnt lang friedlich um die eigene Achse gedreht hatte, fing in immer größeren Schwüngen an zu wackeln und krachte dann in Leben hinein, die nie zuvor Armut oder Unbehagen kennengelernt hatten. Die Rezession hatte London erreicht.

In Soho dauerte es länger, bis sie einschlug. Man war noch immer nach der letzten Mode gekleidet. Aus den Fassaden der Restaurants sprossen riesige Torsi, bimmelnde Uhren, flammende Markenbezeichnungen und stetig wechselnde Namen. Sekretärinnen taten so, als wären sie Ballerinen, Ballerinen, als wären sie Touristen, Touristen, als wären sie Londoner, und Londoner, als wären sie Filmstatisten. Männer in Röcken ließen sich die Haare wachsen, Frauen in Hosen trugen es im Nacken und an den Seiten kurz, Ost traf West und tauschte mit ihm die Plätze. Taxen und Fahrradkuriere fochten in den engen Straßen immer noch regelrechte Kämpfe um ein paar Zentimeter Platz, doch von einer Woche auf die andere schwankte etwas und starb. Mehr und mehr Bettler füllten die Büroeingänge, einsame Gestalten unbestimmbaren Geschlechts und Alters, auf Karton gebettet. Jedermann fühlte sich ärmer, sogar jene, deren Hypotheken sich nicht plötzlich verdoppelt hatten.

Im Slouch Club waren die beiden Restauranträume nur halb voll, und die Partyräume standen nachts häufiger leer, als daß sie benutzt wurden.

»Sie widern mich an«, sagte Mary eines Abends zu Adam. »Sie widern mich so unendlich an, du kannst es dir nicht vorstellen.«

»Du verlangst von den Leuten, daß sie sich benehmen, als würden sie immer noch an Gott glauben«, sagte er.

»Genau wie du, sonst würdest du nicht Henry James mögen«, sagte Mary. »Egoismus ist häßlich. Man kann Moral und Ästhetik nicht trennen.«

»Meinst du? Ich glaube, daß man das sehr wohl kann. Es ist mir scheißegal, ob jemand denkt, er müsse kleine Kinder essen, solange er wirklich schreiben kann. Das Schlimmste, was ein Künstler tun kann, ist zu versuchen, nett zu sein.«

»Nettigkeit ist nicht dasselbe wie Güte«, sagte Mary, und Adam gab sich ausnahmsweise geschlagen.

»Mary, die meisten Menschen glauben nicht mehr an moralische Absolutheiten.«

»Dann sind sie noch dümmer, als ich dachte.«

»Nein. Du bist noch dümmer, wenn du von ihnen erwartest, an ein aus den Fugen geratenes System zu glauben. Du würdest auch nicht von jemandem erwarten, daß er in einem Flugzeug fliegt und glaubt, die Sonne drehe sich um die Erde, oder?«

»Es wäre mir scheißegal, wenn er wirklich fliegen könnte«, sagte Mary mit einem schwachen Lächeln.

Adam zuckte die Schultern. Ihre Depression schmälerte seine Hochstimmung. Sein Roman wurde von Belgravia als Spitzentitel des Sommers angepriesen, und seine Agentin hatte ihm ziemlich aufgeregt erklärt, daß die Presseabteilung »einiges dafür tue«. Nach einem Jahrzehnt des In-sich-Zurückgezogenseins hatte Adam auf seine Art ein Coming-out. Er hatte neun Jahre ohne Liebhaber, ohne Ferien, ohne neue Kleider oder Restaurantbesuche in London gelebt, und jetzt wollte er genießen.

»Alle anderen waren durch Hypotheken an ein Haus gekettet, ich an ein Buch«, sagte er zu Mary. »Jetzt ist Zahltag.«

Sein Arbeitgeber bei Pocock's ließ ärgerlicherweise jeglichen Enthusiasmus vermissen. »Ich hoffe, du denkst nicht etwa daran, deinen Job hinzuschmeißen«, sagte er.

»Ich habe daran gedacht«, sagte Adam etwas verlegen.

»Du bist nicht der Typ, der sich prostituiert«, sagte Malcolm. »Schraube deine Hoffnungen also nicht zu hoch, mein Lieber.«

»Talent hat doch wohl auch etwas damit zu tun?«

»Talent ist nur ein anderes Wort für Versprechen«, sagte Malcolm.

Was Adam mehr als alles andere den Kopf verdrehte, war sein Photo auf dem Umschlag. Er war daran gewöhnt, häßlich zu sein, sein mausfarbenes Haar selbst zu schneiden, so daß es ihm überall in Büscheln vom Kopf abstand. Doch mit verschlankter Nase, glattrasiertem Kinn, nachgedunkelten Pupillen und sorgfältig ausgeleuchtetem Gesicht sah er beinahe gut aus. Er begann zu glauben, so sehe er wirklich aus, genau wie er sich für einen außergewöhnlich begabten Schriftsteller zu halten begann. Alles, was mit der Veröffentlichung zusammenhing, erschien ihm erfreulich – eine große Dosis durch Begabung verdiente Streicheleinheiten für sein Ego.

»O Gott, ich will Sonne! Ich will Sex! Ich will Essen, ich will Wein, ich will Jungs mit Hintern wie Aprikosen«, sagte er. Er fuhr nach Sizilien in die Ferien. »Dort ist es jetzt wie im englischen Sommer. Jacarandabäume und Glyzinien und Nachtigallen, sagte Malcolm. Weißt du, was ein Jacaranda ist? Ich auch nicht, aber es klingt wundervoll. Hör zu, ich habe eine Idee …«

Einen Augenblick lang dachte Mary, er werde sie fragen, ob sie mit ihm fahren wolle. Am Tag von Marks Hochzeit im Ausland zu sein, würde es erträglich machen, befand sie insgeheim.

»Warum bleibst du nicht in meiner Wohnung? Ich werde drei Wochen lang weg sein, und es wäre idiotisch, die Wohnung leer stehen zu lassen, solange die Pensionskasse versucht, mich hinauszuwerfen, und du eine Wohnung brauchst.«

»Danke«, sagte Mary nach einer Pause. »Ich bin sicher, daß ich bis zu deiner Rückkehr eine Wohnung gefunden haben werde. Ich zahle natürlich Miete.«

Adam protestierte nicht, als sie der Pensionskasse einen Scheck über die monatliche Miete ausstellte, doch hätte er gewußt, mit welcher Bitterkeit im Herzen sie die Summe von hundertzwanzig Pfund ausschrieb, hätte er es klugerweise abgelehnt. Er hegte den vagen Verdacht, daß sie beinahe ebenso arm war wie er selbst, doch obwohl er schnell bereit war, andere wegen ihrer Kleinlichkeit zu verurteilen, sah er nicht den Balken im eigenen Auge, wenn es um Geld ging.

»Danke«, sagte er beiläufig.

Mary zog in der darauffolgenden Woche in die Wohnung ein. Sie hatte noch nie zuvor allein gelebt. Die Einsamkeit und die Nähe der Bond Street legten sich wie Schleier über ihre Gedanken. Sie nahm lange heiße Bäder, weinte, trank jeden Abend eine halbe Flasche Jameson's, putzte Adams Wohnung und schlief einen bleiernen Schlaf. Nach einer Weile fing sie schon morgens an zu trinken. Das Blut summte in ihren Adern und der Alkohol in ihrem Magen. Sie wußte gar nicht, warum sie zuvor nie daran gedacht hatte zu trinken. Jedesmal, wenn alles unerträglich wurde, nahm sie einen kleinen Schluck und fühlte sich danach nicht gerade glücklich, aber doch betäubt, imstande, von Stunde zu Stunde weiterzumachen. Sie glaubte, wenn Mark endlich wirklich verheiratet wäre, könne sie anfangen, den Rest ihres Lebens in Ordnung zu bringen. Nur noch fünf, nur noch drei, nur noch zwei Tage, dann wäre sie frei.

Am Morgen von Marks Hochzeit ging sie in Soho zu dem Friseur, um den sie bisher einen großen Bogen gemacht hatte, und bat ihn, ihr die Haare abzuschneiden.

»Sind Sie sicher? Sie sind so schön! Eine solche Länge bekomme ich nicht oft zu sehen.«

»Ja«, sagte Mary. »Aber ich will es alles weg haben. Schneiden Sie es kurz, wie bei einem Jungen.«

»Möchten Sie nicht lieber einen langen Bob? Das ist sehr schick.«

»Nein. Ich muß meine Persönlichkeit verändern. Schneiden Sie es kurz.«

Überall um sie herum saßen Frauen, die Köpfe unter großen Plastikeiern, und kamen mit dem gebleichten Flaum von Vogeljungen als neugeborene Blondinen darunter hervor. Die Schere knisterte an Marys Ohren, im Radio lief ein alter Song von Dusty Springfield. Mark hatte ihn um Weihnachten herum immer wieder gespielt. Er hieß *You Don't Have to Say You Love Me* und handelte davon, wie man den Menschen, den man liebt, auf sich stolz machen kann, wenn er die Liebe erwidert. Mary war verunsichert gewesen und hatte geglaubt, er wolle ihr damit vorwerfen, daß sie nicht genügend zeige, wie sehr sie sich über seinen Erfolg freute. Inzwischen wußte sie, daß es sich um ein ganz privates Mantra gehandelt hatte, das seine Absichten in bezug auf Amelia betraf.

Das Haar fiel in stumpfen schwarzen Strähnen von ihrem Kopf: so viele Jahre einfach abgehackt. Als der Friseur fertig war, fühlte Mary sich leicht, und ihr war kalt. Ihr Gesicht war grau. Ich sehe aus wie Mum, dachte sie. Es ist mir noch nie aufgefallen, aber ich sehe aus wie sie.

»Gefällt es Ihnen?«

»O ja, ja.«

»Machen Sie sich nichts draus«, sagte der Friseur. »In ein paar Jahren ist es wieder lang.«

»In ein paar Jahren!« sagte Mary und versuchte zu lächeln. »Vielleicht bin ich dann schon tot.«

Sie kam wieder zu spät in den Club. Auf dem Tisch am Empfang lag ein *Evening Star*, mit einem Bild von Mark und Amelia, wie sie zusammen aus der Kirche kamen, und der Überschrift »GOLD-MÄDCHEN HEIRATET GOLDJUNGEN« auf der ersten Seite. Mary ging auf die Toilette, übergab sich, nahm noch einen Schluck Jameson's und hetzte dann in ihre Schicht. Mitten am Nachmittag rief Gavin, der Manager, sie in sein Büro.

Mary stieg die Treppe zum zweiten Stock hinauf. Ihre Beine zitterten, und als sie den Treppenabsatz erreicht hatte, mußte sie stehenbleiben und sich setzen. Alles war verkehrt wie ein Negativ, der graue Himmel draußen wurde schwarz, der Teppich weiß. Sie saß still da wie ein krankes Tier, bis ihr Kopf wieder klar war, dann klopfte sie an die Tür.

Gavin saß hinter seinem Schreibtisch. »Du hast lange gebraucht«, sagte er.

Mary machte eine verschreckte Bewegung.

»Es tut mir leid, das zu sagen, aber man hat sich über dich beschwert, Mary«, sagte er.

»Wegen meiner Haare?« fragte sie benommen.

»Was? Nein.« Eine lange Pause entstand. Er legte die Füße auf den Schreibtisch und drehte seinen Stuhl so, daß er aus dem Fenster schauen konnte. »Dein allgemeines Benehmen. Die Leute haben den Eindruck, du bringst nicht – nun – du bringst nicht das in den Job ein, was du solltest, benimmst dich wie ein schüchternes Veilchen, und so weiter. Dies ist ein ganz besonderer Ort, wie du weißt – sehr speziell –, und du bist schon lange hier, aber trotzdem …«

Mary wurde an die Luft gesetzt.

»Aber …«, sagte sie. »Aber … warum … ich …« Die Worte blieben ihr im Hals stecken. Sie erinnerte sich, daß dieser Mann mehr als einmal versucht hatte, ihre Brüste zu betatschen, immer so, daß man nicht genau sagen konnte, ob es Absicht war oder Zufall, wie bei allen Kriechern.

»Ich glaube, es wäre am besten, wenn du nicht mehr zur Arbeit kämst«, sagte er. »Ich habe hier dein restliches Gehalt für diese Woche.«

»Und was ist mit meinen Trinkgeldern? Ich habe diese Woche vierhundert Pfund Trinkgeld eingenommen, ich habe das Recht auf die Hälfte davon!«

»Ich weiß diese Summe nur von dir.«

»Frag doch irgendeine von den anderen Kellerinnen! Nein, nein, hier ist das Trinkgeldbuch. Du kannst es selber nachsehen«, sagte Mary zitternd. »Ich war keinen einzigen Tag krank, ich habe für diesen Laden Tausende und Abertausende an Trinkgeld verdient ... und ... und gute Werbung gemacht. Ich habe wenigstens ein Recht auf Fairneß.«

»Ich werde deshalb keinen Ärger machen«, sagte Gavin, dessen Gesichtsausdruck sich bei dem Wort Werbung leicht verändert hatte. Er lächelte, drehte erneut seinen Stuhl, als zermahle er ein Insekt. »Wir teilen die Differenz, und du bekommst, sagen wir, einen Hunderter. Es liegt bei mir, ob du überhaupt etwas bekommst, wie du weißt.«

Er nahm fünf Zwanzigpfundnoten von seinem Schreibtisch und hielt sie ihr zusammen mit ihrer Lohnsteuerkarte hin.

»Das ist nicht persönlich gemeint. Übrigens, schade um die Haare«, sagte er. »Es steht dir nicht besonders.«

Es war nicht persönlich gemeint. In ganz London schlossen wegen der Rezession Restaurants oder entließen Personal. Mary wußte ohnehin, daß sie zu alt wurde, denn wie jeder Job ohne Ausbildung verschlingt das Kellnern die Jungen. Sie war dreißig Jahre alt und hatte ihre eine wirkliche Schönheit verstümmelt. Mark liebte sie nicht. Ihre Mutter hatte seit Jahren kein einziges nettes Wort zu ihr gesagt, und die Menschen, von denen sie geglaubt hatte, sie seien ihre Freunde, waren alle verschwunden. Sie hatte nichts.

Wenn Adam zurückkam, war sie wieder heimatlos, und jetzt, ohne Arbeit, konnte sie nicht darauf hoffen, eine Wohnung zu finden. Ohne Wohnung fand sie jedoch keinen Job und konnte nicht einmal Arbeitslosengeld beanspruchen.

Was sollte sie tun? Was *sollte* sie bloß tun? Auf Londons Straßen war es so kalt, daß es ein Wunder war, daß die Leute nicht zwischen einem Schritt und dem nächsten zu Statuen gefroren. Sie sahen weniger lebendig aus als die Schaufensterpuppen in den Geschäften, die alle für den Frühling eingekleidet waren, der noch in unendlicher Ferne schien. Marys Kopf fühlte sich riesig an. Sie brauchte einen Drink. Sie brauchte ihn dringend. Die Schaufenster in der Bond Street waren voller wunderbarer Sachen, aber alle nutzlos. Sie erinnerte sich an das, was William Morris gesagt hatte: »Hab nichts im Haus, von dem du nicht weißt, daß es nützlich ist, oder von dem du das Gefühl hast, es sei schön.«

»Ich bin weder nützlich noch schön«, sagte sie traurig.

Mary kaufte eine Flasche Whiskey und ein Fläschchen Paracetamol. Dann legte sie sich in Adams Wohnung aufs Bett und leerte beides.

12.

Naturgeschichte

Eine große, dämmrige Halle, die in die Höhe strebte und in vergoldete Knoten mündete. Bogen, mit Frühlingsblumen gefüllt, die die Luft mit ihrem Duft erfüllten. Dicke weiße Wachskerzen, die entlang der breiten Marmortreppe im hinteren Teil der Halle nach oben verliefen und sich hinter dem Ehrentisch der Familien Crawley und de Monde verbanden. In der Mitte stand starr das fünfzehn Meter lange, vom bösen kleinen Kopf bis zum breiten, geschwungenen Schwanz perfekt geformte, gigantische Skelett eines Dinosauriers. Runde Tische, mit Besteck, Geschirr und kleinen Kärtchen beladen, waren darum herumgruppiert. Über den Köpfen reflektierte die Glasdecke, durch den gewittrigen Nachmittag zu einer Spiegelfläche geworden, Hüte und Köpfe, die sich drehten und wendeten, und das cremefarbene Kleid Amelias, das in ihrer Mitte prangte.

»Die englische Hochzeit repräsentiert die Kapitulation der Erfahrung vor der Hoffnung«, sagte Ivo. »Sie heiraten im Sommer und wissen, daß es in Strömen regnen wird. Sie heiraten im Winter und glauben, es werde schneien, und es gießt wieder. Sie zerren ihre Gäste aufs Land oder sogar ganz aus England hinaus und werben für das Abenteuer eines aufregenden Wochenendes statt der ermüdenden, teuren Tortur, die es dann immer ist. Sie erwarten, daß du hundert Pfund für einen Cutaway ausgibst, hundert für ein Hochzeitsgeschenk von der General Trading Company und mindestens fünfzig für die Fahrt. Sie versuchen, Familie und Freunde zu mischen, und mißachten die Spießigkeit der einen und die Intoleranz der anderen. Sie servieren zuviel Chardonnay und zuwenig Champagner, zu viele Canapés und zuwenig zu essen. Ja, für einen Zyniker ist eine Hochzeit ein Ereignis, das es nicht zu verpassen gilt, vor allem, wenn es sich um die eigene handelt.«

»Ich kenne einen Mann mit sechs Töchtern, der ihnen eine Leiter und ein paar Koffer von Asprey's zur Verfügung stellen will, wenn sie durchbrennen«, sagte Andrew Evenlode. »Bis jetzt hat ihn aber noch keine beim Wort genommen.«

»Natürlich katholisch«, sagte Fiona.

»Mir mißfällt der Ausdruck ›natürlich‹«, sagte Evenlode. »Er ist das Kennzeichen eines faulen Geistes.«

»Was für ein Unglück, daß mein fauler Geist soviel besser bezahlt wird als dein aktiver«, sagte seine Frau. »Ich hätte nie in Lloyd's investiert.«

»Oje, seid ihr Mitglied in einem dieser Syndikate?« fragte Sarah Meager.

»Ich fürchte, ja.«

»Wahrscheinlich werden wir alles verlieren«, sagte Fiona. »Einschließlich Lode.«

»Das wissen wir noch nicht. Ich finde, du solltest abwarten, ehe du unser Unglück hinausposaunst.«

»Hier sitzen wir nun, in unseren unbequemsten Kleidern, frierend, hungrig und darauf gefaßt, uns zu langweilen«, sagte Ivo. »Ich mußte mir bei dem Versuch, ein Geschenk von der Hochzeitsliste zu kaufen, bereits in mehreren Kaufhäusern spöttische Blicke gefallen lassen – Gott sei Dank waren Mark und Amelia konventionell genug, eine Hochzeitsliste zu erstellen –, nur weil ich erstaunt registrierte, daß nichts darauf unter hundert Pfund kostete.«

»Ivo, du bist betrunken«, sagte Georgina.

»Natürlich bin ich das. Ich könnte zum Beispiel schwören, daß hier im Raum ein Megalosaurus ist.« Alle lachten.

»Ein furchtbar origineller Ort für eine Hochzeit«, bemerkte Sarah, und ihr Ton war wie ihr Lippenstift ein wenig zu grell. »Ich wußte nicht, daß man das Naturgeschichtliche Museum für solche Anlässe mieten kann.«

»Passend, findest du nicht?« fragte Tom Viner und sah zu den mächtigen Rippen hinauf, die sich über ihren Köpfen wölbten.

»Großartige Blumen«, sagte Sarah. »Ich frage mich, was sie gekostet haben.«

»Dreißigtausend Pfund«, antwortete ein libanesischer Verwandter ihres Gastgebers. Schweigen senkte sich über den Tisch.

»Es ist so schwer, Geschenke für Leute zu finden, die bereits alles haben. Was hast du geschenkt, Ivo?«

»Eine Cafetière.«

»Ja? Wir auch.«

»Das ist das moderne Äquivalent eines Fischmessers«, sagte Georgina. »Es gab nur noch das oder Kopfkissenbezüge, und solch ein Geschenk ist immer ein bißchen anstößig.«

»Nicht in diesem Fall«, sagte Ivo. »Sie kriegt ein Kind.«

»Ivo!«

»Es stimmt, meine Liebe. Du kannst unmöglich behaupten, es nicht zu wissen. Deshalb mußte Max nachgeben. Er hat ihnen in Anbetracht dieser Tatsache auch nur eine kleine Mitgift gegeben.«

»Oh?« sagten alle.

»Ja. Nur hunderttausend. Ich meine, was bekommt man heutzutage schon dafür?«

»Wie schockierend«, sagte Georgina. »Ich hatte erwartet, sie bekämen allermindestens ein hübsches Haus in Ladbroke Grove.«

»Das ist das Problem mit Neureichen«, sagte Andrew. »Sie sind furchtbar geizig.«

»Wir sind ja wohl alle plötzlich ein bißchen knapp bei Kasse«, sagte Ivo. »Sogar die von uns, die nicht Mitglied bei Lloyd's waren.«

Ivos Plan, es hinzukriegen, daß Marian hinausgeworfen wurde, hatte sich trefflich verwirklicht. Sie war tatsächlich vom Gelände eskortiert worden, und es war unwahrscheinlich, daß sie je wieder einen Job als Feuilletonredakteurin bekommen würde. Doch ihre Position war nicht neu besetzt worden. Ivo war nur geschäftsführender Stellvertreter, verdiente dasselbe Gehalt wie zuvor und wurde bei Konferenzen ignoriert, während man vor Mark zu Kreuze kroch. Weder Ivos tiefe Enttäuschung noch sein Bedürfnis nach Rache wurden dadurch verringert.

»Hat Mark nicht eine Wohnung oder so etwas?« fragte Fiona.

»Ja, aber die ist meilenweit über der Themse, und zur Zeit kauft niemand.«

»Oje, kein warmes Nest, wohin sie sich zurückziehen können«, sagte Georgina. »Wie erbärmlich für Amelia. Aber ich bin sicher, Max wird ihr verzeihen, sobald sie erst einmal ihr süßes kleines Baby hat.«

»Furchtbar gewöhnlich, diese überstürzten Heiraten heutzutage«, sagte Andrew Evenlode. »Ich frage mich, warum?«

»Sie kommen zustande, wenn die eine Hälfte Geld hat und die andere nicht«, sagte Sarah. »Das ist ein gängiges Mißverständnis.«

Andrew lachte durch die Nase wie ein Pferd.

»Haben Sie Kinder?« fragte der libanesische Verwandte.

»Nein«, sagte Fiona.

»Ah, aber das sollten Sie, das sollten Sie! Sie machen einem so viel Freude. Aber sicher haben Sie einen bedeutenden Beruf, wie so viele junge Frauen heutzutage.«

»Richtig«, sagte Fiona, und der Blick, den sie hinter ihren blonden Ponyfransen auf ihn abschoß, glich dem eines Basilisken.

Tom dachte, daß es ein dummer Fehler gewesen war, zu dieser Hochzeit zu kommen. Warum treffe ich mich weiter mit diesen Leuten, von denen mich die meisten mehr ärgern und sogar noch mehr deprimieren als meine Patienten? Ist das das Beste, was das Leben emotional und gesellschaftlich für mich bereithält? Er sah zu Celine, die sich irgendwo anders mit jemandem unterhielt. Sie warf immer wieder Blicke zu seinem Tisch herüber. Sie wollte wieder mit ihm ins Bett gehen, das verriet die Anzahl der Nachrichten, die sie auf seinem Anrufbeantworter hinterlassen hatte, doch obwohl es nett gewesen war, wollte Tom wirklich keine weiteren Komplikationen. Er fühlte sich so schon schuldig genug.

»Es macht Spaß, nicht wahr?« fragte Sarah. Er merkte plötzlich, daß es ihr gleichgültig war, daß sie nicht herpaßte: Allein die Tatsache, in Gesellschaft von Menschen mit viel Geld zu sein, genügte ihr.

Tom sagte: »Ich dachte gerade, ob ich es jemals aushalten würde, diese Prozedur über mich ergehen zu lassen.«

So, so ist es also, dachte Amelia, während sie lächelte und lächelte, bis ihre Kiefer schmerzten. Das geschieht, wenn sie später alle nicht gestorben sind und glücklich weiterleben. Kein Wort darüber, daß man die Nähte des Kleides dreimal hatte herauslassen müssen, weil der Busen der Braut von 32B auf 38D angewachsen war. Kein Wort darüber, daß die Schneiderin eine falsche Taille eingenäht hatte, um die Tatsache zu verbergen, daß ihre eigene jeden Tag ein bißchen mehr verschwand. Kein Wort darüber, daß sie Schuhe tragen mußte, die eine Nummer größer waren als normal, ohne Absätze, riesige Unterhosen und nachts einen enormen Büstenhalter.

Am schlimmsten war die Übelkeit, wie eine Kombination aus Grippe und einem wirklich schlimmen Kater, wo die Ringe der Übelkeit sich immer enger zusammenzogen und schließlich zu einer zitternden Mattigkeit entspannten, und das wieder und wieder. Der Geruch von Fleisch, Bratfett, Abgasen, Zigaretten, Kaffee, der veränderte Geruch ihres eigenen Urins – beinahe alles bewirkte diese Übelkeit. Zum erstenmal begriff Amelia, was es bedeutete, eine Frau zu sein.

Amelia war nicht dümmer als andere. Den wenigsten hübschen und privilegierten jungen Frauen ist diese tiefgehende biologische Ungerechtigkeit wirklich klar. Sie hatte ihre Fruchtbarkeit kontrolliert, ihre Menstruation verborgen, ihre Muskeln trainiert und ihr eigenes Scheckbuch besessen, seit sie dreizehn Jahre alt war. Die längste Zeit ihres Lebens als Frau waren die Regeln relativ klar umrissen gewesen: Andere Frauen waren Feindinnen, und Liebe war immer Krieg. Sie hatte den Feminismus ganz offen abgelehnt als eine Krücke für Neider und Häßliche und war der Meinung, verheiratete Frauen hätten die Oberhand, vorausgesetzt, sie verfügten – im Gegensatz zu ihrer eigenen Mutter – über eine gewisse Charakterstärke. Die Schwächen und Abhängigkeiten, die aus der Fruchtbarkeit entstanden, hatten in ihre Kalkulationen nie Eingang gefunden.

»Es ist offensichtlich«, sagte sie bitter zu Mark, »Gott ist ein Mann. Eine Frau hätte sich nie eine so alberne Fortpflanzungsart ausgedacht. Warum kann ich nicht ein hübsches kleines Ei legen und es abwechselnd mit dir ausbrüten?«

»Wie kommst du auf die Idee, ich würde es ausbrüten?« fragte er.

Sex war unmöglich. Ihr war ständig schwindelig, sogar wenn sie vollkommen ruhig auf dem Bett lag. Sie fühlte sich auf eine geheimnisvolle Weise blockiert, abgeriegelt und war voller Groll, wenn jemand versuchte, die Sperrung zu durchbrechen. Jedesmal wenn Mark versuchte, sie zu berühren, zuckte sie entweder zusammen oder sagte nein. Ziemlich häufig schenkte er dem keine Beachtung. In Amelias Kreisen war es nichts Ungewöhnliches, über Sex zu diskutieren, doch über das Kinderkriegen war man ebenso entnervend verschwiegen wie die Bücher. Niemand erklärte einem, daß man während einer Schwangerschaft austrocknete, dachte Amelia wütend. Niemand sagte einem, daß die Brüste zuerst hart wurden wie bei einer Barbiepuppe und dann schmerzhafte, schlappe Säcke, die durch die Dehnung weh taten. O nein, man tat so, als sei alles ein gesegnetes Reifen und liebreizende Fruchtbarkeit.

»Wir hatten vor unserer Heirat Sex«, sagte sie.

Sie versicherte ihm immer wieder, ihre Libido werde im zweiten Drittel zurückkommen, wenn schwangere Frauen angeblich blühend und strahlend fruchtbar aussahen, statt elend aufgeschwemmt – obwohl Georgina Hunter ihr riet, nicht zuviel Hoffnung darauf zu setzen.

»Es geht dir nicht so gut, wie wenn du nicht schwanger wärst, dir ist nur nicht mehr so übel. Ein bißchen so, als würdest du aufhören, mit dem Kopf gegen eine Mauer zu schlagen.«

Mark fand ihren Widerstand erregend. Er hatte sich die Gewohnheit zugelegt, sich an ihrem Oberschenkel zu reiben. Sie schämte sich ihrer fehlenden Lust zu sehr, um dagegen zu protestieren. Genau wie ihr Gaumen zu seinem vorpubertären Geschmack zurückgekehrt war und sich nach Süßigkeiten sehnte und von Kaffee angewidert war, so war Lust etwas zugleich Groteskes und Unverständliches geworden.

»Wenn ich nur jemanden anstellen könnte, der das Baby für mich bekommt«, sagte sie nur halb im Scherz zu Mark. »Diese Person müßte mit der morgendlichen Übelkeit und der Geburt fertig werden, und mir blieben die angenehmen Seiten. Stillen soll erregend sein.«

»Ich werde mit Sicherheit eifersüchtig sein«, sagte er höflich, doch sie sah, daß der Gedanke ihn abstieß.

Die Trauungszeremonie war nicht so übel gewesen. Natürlich war alles sehr vertraut: die Hymnen, die von denen in mittleren Jahren lustvoll gesungen wurden und in einer Art meanderndem Blöken von den andern, die Blumen, die Kleider, der Eheschwur, das Weinen der kleinen Kinder. Jedes Jahr war Amelia bei fast identischen Trauungen dabeigewesen, aufgelockert von Sonett 116 und Kahlil Gibran und besucht von beinahe identischen Hochzeitsgästen an identischen Orten. Es gab die Hochzeitslisten bei Peter Jones und bei der General Trading Company, das cremefarbene – niemals weiße – Seidenkleid, die Zeremonienmeister, die aussahen, als gingen sie wieder zur Schule, die King-James-Bibel und den Priester, der sich in etwa so an Gott wandte wie ein Clubmitglied an ein anderes. Es gab die ersten Takte aus Mendelssohns *Hochzeitsmarsch* und beim Verlassen der Kirche Widors *Toccata*.

Aber bei der eigenen Hochzeit war alles ganz anders. Nirgendwo stand, wie man versuchen sollte, sich vor dem Altar nicht zu übergeben. Amelia hatte gerade noch rechtzeitig die Sakristei erreicht, wo ihre Mutter einen Eimer hervorgezaubert hatte, in den sie sich übergeben konnte.

Sie sah immer wieder zu Mark hin, um zu sehen, wie er es aufnahm, aber er hatte sich in sich selbst zurückgezogen. Sein Gesicht war das eines Fremden. Sie kannte seine Meinung zu Degas, Bagehot, Marx, Kaviar und über die Wirksamkeit der Lancôme-Gesichtscreme, doch sie wußte nicht, ob er sie liebte. Vielleicht war er über so banale Gefühlsregungen erhaben.

146

Wenn ihr nur nicht mehr übel wäre! Zumindest verhinderte der strömende Regen eine überlange Sitzung vor den Photographen, sowohl den bestellten als auch denen der englischen Zeitungen.

»Ich bin so froh, daß Sie kommen konnten«, wiederholte Amelia charmant ein ums andere Mal. »Wie schön, Sie zu sehen. Wie nett. Ich bin so froh, daß Sie kommen konnten.«

Mark neben ihr schäumte vor Wut. Seine Eltern benahmen sich ungefähr so, wie man es von ihnen erwarten konnte, doch ihr gesellschaftlicher Status wurde trotzdem schmerzhaft deutlich. Sie hatten die zukünftigen Schwiegereltern ihres Sohnes einmal in einem Restaurant getroffen. De Monde war ihnen gegenüber höflich gewesen, ungefähr wie ein mit Marsmenschen konfrontierter Luzifer, Mrs. de Monde war von zurückhaltender Munterkeit gewesen, und Amelia hatte sich von ihrer strahlendsten Seite gezeigt.

»Sie ist sehr glamourös«, hatte ihm seine Mutter später zugeflüstert. »Ich hoffe, sie weiß, daß wir nicht an große Gesellschaften gewöhnt sind.«

Mr. Crawley andererseits hätte nicht gesprächiger sein können. »Sie verlieren nicht etwa eine Tochter, sondern gewinnen für den Rest Ihres Lebens kostenlose Zahnbehandlungen«, bemerkte er jovial. »Au! Wer hat mich unter dem Tisch getreten?«

Marks Cousinen tranken Champagner, als seien sie entschlossen, jedes Vorurteil über die Bewohner von Vororten zu bestätigen. Wer hatte ihnen gesagt, daß sie blauen Lidstrich und fleischfarbene Strumpfhosen tragen sollten? Woher hatten sie ihre kreischend provinziellen Kostüme in Schwarz und Weiß? Etwa aus einem – *Katalog*? Die scharfgeschnittenen Backenknochen und blonden Haare, die bei ihm selbst leicht slawisch aussahen, wirkten in einem weiblichen Gesicht schlicht bäuerlich.

Es gibt wohl keinen freudloseren Tisch bei einer Hochzeit als den des Brautpaares. Sämtliche Möglichkeiten höflicher Konversation sind durch die Anspannung seit langem erschöpft, und jeder Kommentar über den Anlaß ist strengstens verpönt.

Max de Monde saß in dröhnendem Schweigen da und sah auf seine Sklaven hinab. Als Amelia den Versuch machte, sich ihm zu nähern, starrte er sie finster an. Sie hatte darin versagt, ihm den Gehorsam zu zollen, den er forderte. Für Mark, dachte sie, hat er nur äußerste Verachtung übrig, seit er ihn gekauft oder vielmehr sie verkauft hatte, und das auch noch zu einem solchen Hungerlohn. Sie wußte, daß er seine ganze Wärme und seinen Charme nach Belieben anknipsen und jedem, der den Mut hatte, ihm die Stirn zu bieten, versichern konnte, daß er zur Familie gehörte. Solche Rebellen überhäufte er mit Geld und Schmeicheleien, und später brüllte er vor Lachen über die Leichtigkeit, mit der er andere manipulieren und korrumpieren konnte. Amelia hatte jedoch nicht erwartet, daß er diese Taktik auch auf sie selbst und ihren Mann anwenden würde. Mark war jetzt eines seiner Geschöpfe, das war deutlich.

»Dein Vater ist ein Genie«, hatte Mark nach seinem Treffen mit de Monde zu ihr gesagt, und sie war nicht überrascht gewesen, als sie von seiner Beförderung hörte.

All dieses Geprotze ist nur Show, dachte sie traurig. Ihr Vater liebte sie nicht mehr. Er sah eindrucksvoll aus, in seinem perlgrauen Cutaway mit Knöpfen und Manschettenknöpfen aus Saphiren. Sogar mit Mitte Sechzig war er das, was man gewöhnlich einen stattlichen Mann nennt, ein wenig gedrungen unter der Maßschneiderei, mit einer etwas großen Nase und kleinen Augen, doch groß und beeindruckend mit seinem drahtigen Silberhaar, den borstigen Brauen, den weißen Zähnen. Trotz der Anwesenheit zweier Viscounts, eines Earls, des Erzbischofs, vierer Barone und des halben Kabinetts wirkte er wie der aristokratischste Engländer im Raum: Max de Monde, der aufgestiegen war in dem Jahrzehnt, als äußere Erscheinung alles war. Wer bewunderte nicht die Energie und den Einfallsreichtum, die ihm in diesem trägen Land ein Vermögen eingebracht hatten? Wer bewunderte nicht die Skrupellosigkeit, mit der er Gewerkschaften eingeschüchtert und Konkurrenten unterboten hatte, die Druckerpressen des *Chronicle* ins zwanzigste Jahrhundert gezwungen, Vorurteile und Feindschaft sowohl der City als auch der Fleet Street überlebt hatte, um dieses mächtige Etwas zu werden, ein Zeitungsbaron? Als er aufstand, um vor den versammelten Gästen eine kurze, anmutige Rede zu halten, gab es nicht wenige, die dachten, daß er in Hermelin gut aussehen würde.

»Ausländischer Parvenü«, sagte Andrew Evenlodes Onkel, Lord Windrush, als schließlich alle Toasts ausgebracht waren und die Torte angeschnitten war. »Wer ist er überhaupt? Woher kommt sein Geld?«

Doch diese Fragen, wenn sie auch sehr berechtigt waren, galten als ebenso veraltet wie das Geschöpf, um dessen Überreste sie alle herumsaßen und aßen und tranken, bis die glänzenden, langen schwarzen Wagen kamen, um sie davonzutragen.

13.

Das Blatt wendet sich

Adam Sands hatte das Gefühl, vom Rest der Menschheit abgeschnitten zu sein, ein Zuschauer, ein unerkannter Gesetzgeber und all der übliche Blödsinn, von dem Schriftsteller sich für gewöhnlich wünschen, er möge für das Schreiben gelten.

»Wenn ich jemanden mag, ist das mein größtes Kompliment an seine guten Eigenschaften«, hatte er einmal zu Mary gesagt. »Es bedeutet, daß etwas Außergewöhnliches das Schlechte überwiegt.«

»Dann siehst du immer das Schlechte?« hatte sie gefragt.

»Ich sehe das Schlechte und die Schlechtigkeit des Schlechten bis zur Neige. Die meisten Leute benehmen sich und reden, als würde niemand sie beobachten, als könnte niemand das, was sie sagen, gegen sie verwenden. Es ist schier unglaublich, wie wenig sie versuchen sich zu ändern.«

»Aber was ist mit deinen eigenen Fehlern, Adam?« sagte Mary.

»Es gibt ein paar Dinge, mit denen muß man einfach zu leben lernen«, sagte Adam.

Er hatte einen unruhigen, finsteren Glauben an sich selbst, der ständig in Eitelkeit umzuschlagen drohte, besonders jetzt. Denn im Leben eines Schriftstellers gibt es keine glücklichere Zeit, als wenn sein erster Roman angenommen wird. Es ist ein wenig, als würde man endlich den Job bekommen, den man sich lange gewünscht hat, oder als wäre man in jemanden verliebt, bei dem man plötzlich entdeckt, daß er die Zuneigung erwidert.

Als Adam den Vertrag für *Eine Welt anderswo* unterzeichnete, glaubte er, keine Probleme mehr zu haben. Dafür hatte er gehungert und gedurstet, dafür hatte er sich in Armut geschunden. Ihm war beinahe schwindelig vor Optimismus. Sechs Monate lang fühlte er sich wie ein aus der Flasche befreiter Geist.

Er hatte sich beigebracht, zu lesen, zu schreiben und wieder neu zu schreiben, er hatte die Romane anderer analysiert, er hatte gelernt, die Sprache so weit zu bringen, daß sie sich bewegte, sich drehte und wand. Er hatte nachts oft schlaflos dagelegen und über dieses oder jenes Detail nachgedacht, hatte sich unablässig um seinen Roman gesorgt und daran gefeilt, bis seine Bettlaken durchnäßt gewesen waren.

»Candida versteht Hugo wirklich«, versicherte ihm seine Agentin. Sie war eine elegante Frau mittleren Alters, die mit einem traurigen Gurren sprach, das Adam gleichzeitig tröstete und auf die Nerven ging. »Bei vielen Lektoren war das nicht der Fall.«

»Wirklich?«

»Sie haßten ihn«, sagte Francesca. »Findest du, dieses Erika könnte ein bißchen Dünger brauchen?«

»Er *soll* hassenswert sein«, sagte Adam überrascht. »Das ist der Punkt.«

»Ja, gut. Das ist in Ordnung, solange du über einen Rowdy oder einen Pädophilen schreibst, aber jemand wie Hugo – nun, sie dachten, du müßtest irgendwie faschistisch sein. O mein Liebling, dieser Staub macht deine armen Blätter ganz glanzlos, aber ja, ja doch, ich sehe eine Knospe! Adam, siehst du sie auch?«

»Nein.«

»Sie streckt hier in der Mitte gerade das Köpfchen heraus. O mein Liebling. Ja, gut, Pat gefiel es, aber sie findet, es müßte noch stark lektoriert werden. Ich glaube, du wirst sie mögen, sie ist sehr mütterlich, vor allem jungen Männern gegenüber, aber sie hat nur fünftausend geboten. Ich glaube, wir brauchen Kalk.«

»Kalk? Mit Sicherheit nicht.«

»Kalk, vielleicht Muschelkalk. Diese Erde läßt kein Wasser mehr durch. Und Candida findet es einfach wunderbar. Sie findet Hugo wahnsinnig sexy, und sie hat zweieinhalbtausend mehr geboten.«

»Er soll nicht sexy sein«, sagte Adam. »Er soll grotesk sein.«

»Natürlich hat Belgravia keinen so guten Ruf wie beispielsweise Slather & Rudge, aber vom Geld einmal abgesehen, würden sie großes Theater um dich machen«, sagte Francesca. »Um ehrlich zu sein, du mußt nächstes Jahr vielleicht verpflanzt werden. Wenn wir keine Rezession hätten, hätte ich doppelt soviel bekommen, aber das wichtigste ist, daß der erste Roman im richtigen Umfeld erscheint.«

»Ich glaube, den meisten Buchkäufern fällt gar nicht auf, bei wem jemand verlegt wird«, sagte Adam, und vor seinem inneren Auge erschienen all die Dinge, die er für siebentausendfünfhundert Pfund kaufen konnte: einen Computer zum Beispiel und einen Drucker. »Wenn du glaubst, ich sollte das höhere Angebot annehmen, bin ich einverstanden.«

Er mochte Candida – schließlich hatte sie sein Buch gekauft. Sie lud ihn in den Slouch Club zum Essen ein und entschuldigte sich für den banalen Ort, doch Adam stellte fest, daß er es genoß. Alles, von dem schweren, zerkratzten Silberbesteck bis zu den handgemachten Zuckerklumpen, verkörperte für ihn eine Art zurückhaltender Extravaganz, die seit den Universitätsjahren in seinem Leben gefehlt hatte. Er mochte den Klatsch, der über die Tische schwappte, das Gefühl, im Mittelpunkt einer besonderen Lebensart zu stehen, und er verspürte die Versuchung, an Bord dieser schwebenden Welt zu bleiben, deren Farbigkeit so glitschig war wie ein Ölfleck auf dem Wasser.

»Sie schreiben wie eine Kreuzung aus Evelyn Waugh und Nancy Mitford«, sagte Candida schmeichelnd.

»Nun – danke«, sagte Adam. »Meine Absicht war eher eine Kreuzung aus Fournier und Huxley.«

»So viele junge Männer schreiben nur für Männer«, sagte Candida. »Ich glaube, wir könnten sie wirklich als einen literarischen Autor für Frauen vermarkten.«

»Aber ich schreibe nicht für Frauen«, sagte Adam. »Ich will damit sagen, auch nicht für Männer.«

»Das spielt keine Rolle«, sagte Candida schnell. »Frauen kaufen über fünfundsiebzig Prozent aller Romane. Wenn sie Sie mögen, dann sind Sie im Geschäft. Sie sind jung, alleinstehend, gutaussehend, Sie schreiben über Sex und Klassenzugehörigkeit – sie werden über Sie herfallen. Sie wollen verkaufen, oder nicht? Na also.«

Allmählich dämmerte es Adam, daß er als reale Version seines Protagonisten Hugo vermarktet werden sollte. Anfangs amüsierte es ihn. Er wußte genau, welche zwei Personen für Hugo Pate gestanden hatten, und keine davon war er selbst. Dennoch verstärkte alles, was er über sein eigenes Leben sagte, diese falsche Auffassung. In gewisser Weise fand er es faszinierend zu beobachten, wie altmodisch Verleger waren. Wenn man im Ausland gelebt hatte, auf einer Privatschule gewesen war und mit einem bestimmten Akzent sprach, mußte man zur Oberschicht gehören. In Wirklichkeit hatten seine Eltern, die nur mit Mühe der Mittelschicht angehörten, wie Tausende von Berufstätigen im Ausland gelebt, weil es die Arbeitssituation erfordert hatte. Seine Schulgebühren waren von der Firma bezahlt worden, die Möglichkeit, eine Schule am Ort zu besuchen, hatte für ihn nicht bestanden. Sein Vater war steuerflüchtig, weil er geizig war, seine Mutter lebte in Norfolk, weil sie pleite war. Er trug Tweedanzüge, weil er sie in Sue-Ryder-Läden billig kaufen konnte. Seine Wohnung in Mayfair hatte eine festgeschriebene Miete, und daß er sie bekommen hatte, war pures Glück gewesen. Dennoch wurden diese oberflächlichen Details seines Lebens als Indizien von Vornehmheit gedeutet. Das Bild, das sie von Adam ausgewählt hatten, auf dem er im seidenen Morgenmantel (geliehen von Mabel, die unter ihm wohnte) zu sehen war, betonte dies.

»Es sieht dir überhaupt nicht ähnlich«, bermerkte Tom Viner, als Adam ihm das Ergebnis der Zauberkunst des Photographen mit Spritzpistole und Linse zeigte.

»Ich weiß. Wäre aber schön, wenn es so wäre.«

»Du solltest ihnen sagen, daß du schwul bist«, sagte Mary.

»Hör mal, selbst meine Mutter weiß es nicht. Warum sollten es dann Fremde erfahren?« fragte Adam bissig. »Außerdem, wenn ich jetzt mein Coming-out habe, versinke ich im Ghetto. Es wäre das gleiche, als würde ich erklären, ich sei Feminist, katholisch oder was auch immer, denn dadurch wird alles, was man schreibt, unter diesem Aspekt gesehen. Im Moment wird über ein Comingout lauter Unsinn verbreitet, aber in Wirklichkeit stecken sie dich in die kleinste Abstellkammer, mit lauter Kerlen mit Klobürsten auf der Oberlippe. Warum sollte sich jemand eher für den Schriftsteller interessieren als für das, was er geschrieben hat?«

»Vielleicht, weil es weniger Mühe kostet.«

»Weniger Mühe!« sagte Adam. »Glauben die Leute wirklich, sie könnten einen lebendigen anderen Menschen verstehen, wenn sie es nicht einmal fertigbringen, einen fiktiven zu verstehen? Glaubst du, du würdest, selbst wenn du alles gelesen hättest, was ich je geschrieben habe, dem nahekommen, was ich *bin*?«

Bei Belgravia schien man insbesondere von seinen Kontakten angetan zu sein. Es wurden Listen von allen Journalisten, die er kannte, erstellt, an die man möglicherweise Exemplare seines Buches schicken konnte, um einen vorteilhaften Artikel oder eine vorteilhafte Besprechung zu bewirken.

»Esss issst eine sssolche Erleichterung, wenn wir esss mit einem Autor zu tun haben, der zur Oxbridge-Mafia gehört«, sagte Caroline, Belgravias Pressesprecherin. »Dasss sssspart ssso viel Zeit.«

»Falls eine solche Mafia existiert – was ich persönlich bezweifle –, dann verbringt sie ihre Zeit damit, ihre Mitglieder umzubringen, genau wie die echte«, sagte Adam. Er verspürte plötzlich den boshaften Drang, so zu sprechen wie Hugo. »Daraus schließe ich, daß Sie selbst nicht dort waren?«

Carolines Lächeln gefror. »Äh, nein.«

»Das dachte ich mir. Der Gedanke, daß Oxbridge-Absolventen ihre Zeit damit verbringen, einander zu helfen, ist ein kompletter Mythos. Man kommt nicht hinein, wenn man nicht sehr konkurrenzbewußt ist, und die Leute, deren Konkurrenz man ist, sind genauso. Die Nicht-Oxbridge-Leute sind die wirkliche Mafia. Sie sind diejenigen, die es brauchen. Auffallend hübsche Blondinen natürlich ausgenommen.« (Das war ebenfalls Hugo – Caroline war ganz und gar nicht sein Typ.)

Caroline errötete. Sie hatte sich gefragt ... ihr waren Gerüchte zu Ohren gekommen ... aber jetzt war sie ganz, ganz sicher, daß sie nicht stimmten.

»Ich denke immer noch, wir sssollten Leseexemplare an alle verschicken, die auf Ihrer Lissste ssstehen.«

Als nächstes kam die Lobhudelei. Jeder Autor von einem gewissen Ruf, der möglicherweise dem Verleger oder dem Verfasser einen Gefallen schuldete, bekam ein Exemplar zugeschickt, in der Hoffnung auf einen Antwortbrief, aus dem man auf dem Umschlag oder für die Pressekampagne ein Zitat verwenden konnte.

»Dasss issst gängige Praxisss«, sagte Caroline.

»Aber es ist verlogen.«

Doch sowohl Candida als auch Caroline blieben fest.

»Sssehen Sssie«, sagte Caroline. »Sssie haben Ihre Arbeit gemacht, und wir machen unsssere. Dasss Bessste, wasss Sssie tun könnten, wäre, rechtzeitig einen Artikel zu besorgen.«

Also machte Adam den Versuch. Und das war sein zweiter Fehler. Er hatte keine Ahnung, wie literarische Moden kreiert wurden, und wurde lästig, indem er Journalisten, die er in Cambridge nur flüchtig gekannt hatte, unausgegorene Ideen für Artikel vorschlug. Aus keinem dieser Vorschläge wurde etwas, denn er hatte keine Ahnung vom journalistischen Schreiben, und die beiden Aufträge, die er an Land ziehen konnte, wurden zerrissen – verschafften ihm allerdings eine gewisse Berühmtheit.

»Die Leute sssind wegen Ihresss Romansss wirklich aufgeregt«, sagte Caroline am Telephon zu ihm. »Sssämtliche Feuilletonredakteure, mit denen ich gesprochen habe, sssagen, er sssei ausss ihren Regalen verschwunden.«

Damit ging Adam in die Ferien.

Er war glücklich. Doch eines Nachts in Sizilien, vierzehn Tage nachdem er in Taormina angekommen war, lag er im Bett und lauschte der Nachtigall vor seiner *pensione*, als ihn plötzlich eine so intensive Vorahnung überwältigte, daß er zum Waschbecken stolperte und sich heftig übergab. Das können sie nicht denken, dachte er. Ich bin nicht Hugo, niemand kann so wahnsinnig dumm sein. Doch der Alptraum blieb hartnäckig. Adam schwitzte und

zitterte und konnte nicht mehr aufhören. Der Anblick seines Er-
brochenen, die schleimigen Klumpen im Abfluß, erfüllte ihn mit
Furcht.

Der Junge, der zusammengerollt neben ihm gelegen hatte,
fragte: »*Sei malato?*«

»Nein«, sagte Adam. »Schlechter Fisch.«

Allmählich hörten das Schwitzen und das Würgen auf. Das
Schlimmste, was passieren konnte, wäre, daß sein Buch nirgends
besprochen wurde, doch Caroline hatte ihm versichert, es gebe
großes Interesse. Trotzdem, dachte er, wäre es besser, er flog zurück nach London.

Mary würgte. Irgend etwas preßte hart und unnachgiebig gegen
ihre Kehle, ihre Zunge. Sie kämpfte und strampelte. Unbarmher-
ziges, nadelscharfes Licht ließ ihre Augen tränen. Sie würgte und
würgte, scheinbar sehr lange, und dann versank sie in dickem,
schwarzen Leim.

Als sie zum zweitenmal aufwachte, hatte sie das Gefühl, am ganzen Körper geschlagen worden zu sein, besonders auf Hals und
Bauch. Sie war von einem sich kräuselnden, klirrenden Nebel
umgeben. In ihrem Mund war ein übler Geschmack. In ihrer
Hand steckte unter klebrigem Pflaster eine Nadel, ein juckender
Schmerz. Nach einer Weile bemerkte sie einen Schlauch, der von
ihrer Hand zu einem transparenten halbvollen Beutel mit Flüssig-
keit führte, der an einem Galgen hing. Ihr Mund war von einer
Maske bedeckt, und sie atmete eine Art Gas ein. Von einem seltsamen, hartnäckigen Zischen abgesehen war es sehr still. Sie haben
mich eine Schlange schlucken lassen, dachte sie.

Stimmen drangen in ihren Kopf und verloren sich wieder.

»... munter, he!«

»... Betten. Wir sind die meiste Zeit belegt.«

»... nicht genügend Intensivschwestern, die machen sich alle davon, denn ...«

»... Vorschlag, dein Gehirn ist ein bißchen geschwollen.«

»Mary, bist du wach?«

»Gerinnungsproblem einer Prä-Eklampsie. Einfach ausgedrückt, hatten Sie einen Anfall, aber ich glaube, es war kein Schlaganfall. Können Sie sehen?«

»Prima.«

»Es ist ein hübscher kleiner Junge.«

»Sieht aus wie der Urologe.«

»Mary?«

Ihre Kehle fühlte sich an, als wäre sie durch eine Mangel gedreht worden. Sie hatte gekämpft und gekämpft, aber es waren zu viele gewesen. Schritte. Eine laute, präzise Stimme.

Seufzen. Atmen. Schritte. Ein fürchterlicher Durst. Sie schrumpfte zusammen, jede einzelne Zelle, und gerade außerhalb ihrer Reichweite stand ein Entsafter mit schönen, runden Orangen. Das war Teil ihrer Grausamkeit. Sie hatten sie gezwungen, diese lange, weiße Schlange zu schlucken, Meilen und Meilen davon, egal, wie sehr sie gekämpft und darum gebeten hatte, in Ruhe gelassen zu werden.

»... weiß ich nicht. Paracetamol in einer solchen Konzentration, wie wir sie in ihrem Blut gefunden haben, birgt ein hohes Mortalitätsrisiko. Einfach gesprochen, löst es die Leber auf, aber wir wissen noch nicht, wie schlimm es ist. Manchen Patienten scheint es recht gut zu gehen, und später kollabieren sie. Ich glaube, du hast sie noch rechtzeitig gefunden. Wir haben das Gegenmittel verabreicht. Außerdem hatte sie Glück und hat offensichtlich nichts von ihrem Mageninhalt eingeatmet.«

»Sie hat sich auf meinem Bett erbrochen.«

»Der Punkt ist der, sie hat kein Erbrochenes eingeatmet, sonst hätten wir es auch noch mit einer Lungenläsion zu tun. Sie wird jetzt nicht mehr beatmet, wie du siehst.«

»Es gibt kein Abschiedsschreiben. Vielleicht war es keine Absicht.«

Das war Adams Stimme.

»Ich hoffe nicht. Sie hatte verdammtes Glück, daß sie überhaupt ein Bett bekommen hat. Sämtliche Intensivstationen sind voll. Wir mußten am Wochenende Leute abweisen.«

»Sie war sehr unglücklich. Ich hätte es wissen müssen.«

»Sie sollte mal sehen, wie es ist, Krebs zu haben und durch einen Kolostomiebeutel zu scheißen! Mir tut auch jeder leid, der so deprimiert ist, daß er sich umbringen will, aber sie ist jung und gesund. Ihretwegen mußte eine Operation abgesagt werden.«

»Was für ein Ort! Die Hälfte der Patienten sieht sowieso schon tot aus.«

»Diese hier ist es. Sie ist schon seit Jahren so, aber ihr Vater weigert sich, es zu akzeptieren. Er kommt jeden Tag und liest ihr vor. Jeder Experte im Land hat ihm gesagt, sie sei eine Leiche, aber er will es nicht hören. Wenn es nach mir ginge, würde ich das Atemgerät abschalten. Wir brauchen das Bett.«

»Was hast du doch für einen fürchterlichen Job.«

»Oh, ich liebe ihn.«

»Hast du genug geschlafen?«

»Nicht seit Freitag. Die Putzfrau hat mich heute morgen um halb acht geweckt, als ich gerade am Einschlafen war. Gleich kommt eine Schwester und nimmt noch weitere Blutproben. Den Arzt auf der Intensivstation hast du ja bereits kennengelernt. Ich werde noch den Psychiater vorbeischicken.«

»Es war schrecklich zu sehen, wie du ihr den dicken Schlauch in den Hals gesteckt hast, und das ganze Wasser … Ich wußte nicht, daß einen Magen auspumpen heißt, Liter um Liter hineinzuschütten, und dann das schwarze Zeug …«

»Kohle.«

Adam bewegte sich, und Mary sah das Gesicht des Arztes. Sie erkannte ihn sofort. Er war der Mann, den sie bei Amelias Party gesehen hatte, den Ivo kannte. Tom Viner. Sie hatte eine vage Erinnerung, daß er geschrien, ihr weh getan hatte.

»Sag es nicht Mum«, versuchte sie zu sagen.

»Sie ist wach. Mary?«

»Waa.«

Adam reichte ihr ein Glas Wasser und nahm ihr die Maske ab.

»Was ist passiert?«

»Mehr«, krächzte Mary. Sie fühlte sich völlig leer, wie ein verschrumpelter Ballon, an diesem klaren, sauberen, weißen Ort.

»Du hast eine Überdosis genommen.«

»Ja ...«

»Es tut mir leid. Ich hatte nicht gewußt, daß es so schlimm ist.« Tom ging diskret zur Seite und trat an den Monitor.

»Du darfst nicht zulassen, daß es die Oberhand über dich gewinnt, Mary«, sagte Adam. »Männer sind gestorben und von Würmern gefressen worden, aber nicht aus Liebe, erinnerst du dich?«

»Ja, Männer. Frauen sind anders. Wenn man jemandem sein ganzes Herz gibt ... und er will es nicht ... du kannst es nicht zurücknehmen. Es ist für immer weg.«

»Nichts ist für immer, außer der Tod.«

»Du hast keine Ahnung«, sagte Mary.

»Jeder hat eine Ahnung«, sagte Tom streng. Das war der Feind, die Sache, die er haßte. »Jeder sehnt sich nach dem Tod. Diese Sehnsucht ist immer da, wartet, bis man von irgend etwas geschwächt ist, einer Krankheit, Enttäuschung oder sogar von schlechtem Wetter. Es ist der Kontrapunkt.«

»Ich sehe nicht, daß darin ein Punkt liegen könnte«, sagte Mary.

Adam sagte: »Nichts ist beständig, weder Glück noch Trauer. Das solltest du von Menschen auch nicht erwarten.«

»Ich habe es versucht. Kleider, Arbeit, Alkohol ...«

»Nein. Wenn du trinkst, ertrinkst du«, sagte Adam.

»Alkohol macht depressiv«, sagte Tom Viner.

»Woher zum Teufel wissen Sie das?« fragte sie ärgerlich.

Er sah auf sie hinunter, und sie dachte, o ja, erzähl mir was über irgendwelche Chemikalien.

Dann sagte er: »Mein Vater ist A-Alkoholiker.«

Mary sagte ohne nachzudenken: »Meiner auch.«

Einen Moment lang mochte sie ihn fast. Sie sagte drängend: »Meine Familie darf nichts erfahren. Bitte, bitte, sagen Sie ihnen nichts. Sie würden damit nicht zurechtkommen ...«

»Sie haben ein Recht auf Ihre Privatsphäre«, sagte Tom Viner. »Aber Sie müssen mit dem Psychiater sprechen.«

Die beiden Freunde gingen außer Hörweite.

»Hat sie das schon einmal getan?«

»Nicht daß ich wüßte.«

»Nun, der Psychiater wird sie sich genauer ansehen. Falls dir etwas einfällt, was helfen könnte, sag ihm Bescheid.«

»Ich nehme an, den Geliebten und das Zuhause zu verlieren würde die meisten Leute an Selbstmord denken lassen. Sie ist normalerweise weder neurotisch noch depressiv, meiner Meinung nach.«

»*Cherchez l'homme.* Das ist es meistens bei Frauen, nicht wahr?«

»Nun, du solltest es wissen.«

Tom schüttelte den Kopf. »Ich habe noch nie jemanden so unglücklich gemacht. Vielleicht habe ich nie ein solches Ausmaß an L- Zuneigung geweckt. Kann sie irgendwo unterkommen, wenn wir sie entlassen?«

»Nur bei mir, und das ist schwierig. Ich habe nur ein Schlafzimmer, wie du weißt.«

»Ich verstehe«, sagte Tom. Sein Piepser meldete sich.

»Nein, das tust du nicht«, sagte Adam plötzlich voller Leidenschaft. »Sie ist nicht wie wir – sie hat sich unter einem großen Felsblock aus Armut und Katastrophen hervorgearbeitet, und jetzt scheint alles erneut über ihr zusammenzustürzen. Ich möchte ihr helfen, weiß aber nicht, wie.«

Tom dachte an die Zeit, als sein Vater seine Mutter verlassen hatte und er selbst aus Andrew Evenlodes Haus ausgezogen und durch sein Examen gefallen war. Er dachte an all die hoffnungslosen Menschen, die er im Krankenhaus jeden Tag sah, und an die Notwendigkeit, Distanz zu halten. »Meine Großtante Phoebe hat eine Wohnung«, sagte Tom. »Aber sie bellt.«

»Wo?«

»Im Souterrain ihres Hauses in Chelsea. Ein Loch, glaube ich, aber besser als nichts. Ich werde sie anrufen und in Erfahrung bringen, ob es noch zu haben ist. Sag nichts zu … wie heißt sie?«

»Mary Quinn«, sagte Adam. »Nur jemand wie du hat eine Großtante in Chelsea.«

»Das ist also Mary. Hübsches Haar«, sagte Tom.

Eine Schwester, die das gehört hatte, sagte: »Ich habe mich schon immer gefragt, was es mit kleingewachsenen Mädchen auf sich hat.«

»Sie hüpfen so nett auf einem auf und ab«, sagte Tom.

»Das tun auch große, wenn man sie höflich darum bittet.«

Zu Marys Überraschung war der nächste Mensch, der sie besuchte, nicht der Psychiater, sondern Ivo Sponge. Noch ein Dummkopf, dachte sie, doch sie gewann eine gewisse Lebhaftigkeit zurück, obwohl er ihr nur einen Strauß verwelkter Narzissen brachte. »Woher weißt du, wo ich bin?«

»Meine Spione sind überall.« Ein verlegenes Schweigen folgte. »Weiß *er* es?«

»Mark?« In Ivos schwarzen Augen flackerte etwas.

»Jemand hat es ihm bestimmt gesagt. Und er hat nichts geschickt, nicht einmal eine Karte. Gott, ich wußte schon immer, daß er ein Schuft ist, aber ich hatte keine Vorstellung, daß er solch ein Schuft ist.«

»Was hast du mit deinen Haaren gemacht?«

»Es ist eine Katastrophe, nicht wahr?«

»Du siehst – anders aus. Intelligenter, irgendwie. Na ja, wenn du deinen eigenen Selbstmord verpfuschst, ist die Zeit gekommen …«

»Es war kein …«

»… dich wieder auf die Reihe zu bringen.«

»Weshalb?«

Ivo wurde rot. »Nun ja, weißt du – ich mag dich. Außerdem, unter uns: Wir haben einen gemeinsamen Feind.«

»Amelia?«

»Sei nicht albern.«

»Ich dachte, er sei dein Freund.«

»Nicht mehr.«

Mary betrachtete die Landkarte ihrer Schmerzen und verstand. »Hat Mark deinen Job bekommen?«

»Dreihundert pro Woche Spesen, wirkliche Macht und Westminster. Ich bin nur geschäftsführender Feuilletonredakteur. Er hat uns beide benutzt.«

»Wir sind dumm«, sagte Mary mit einem schwachen Lächeln. Das Atmungsgerät auf dem Nachbarbett zischte gleichmäßig.

»Nein, du bist dümmer«, sagte Ivo. »Mary, dein Problem ist, daß du nie kapiert hast, wie London wirklich funktioniert.«

»Ivo, ich kann einfach keine Belehrungen mehr vertragen.«

»Hör mir zu. *Hör zu!* Du bist in deinem Leben an einem Wendepunkt angelangt. Entweder du akzeptierst, was andere dir aufgezwungen haben, oder du rebellierst. Willst du keine Rache? Na bitte, jetzt hörst du zu. Ich bin froh, daß du noch genug keltisches Blut in dir hast, um dich zu widersetzen. Es gibt einen Markt, verstehst du. Am unteren Ende davon, dort, wo sich die meisten Leute befinden, handelt man mit etwas Gewöhnlichem – mit Zeit zum Beispiel oder mit Muskeln. Das ist mehr oder weniger das, was du als Kellnerin getan hast. Aber am oberen Ende gibt es nur zwei Artikel – Angst und Gunst.«

»Ich verstehe dich nicht«, sagte Mary.

»Doch, du mußt nur versuchen, ernsthaft darüber nachzudenken. Mark handelt mit Angst. Ich handle mit Gunst. Die Leute tun, was Mark will, weil sie Angst vor ihm haben. Je schlimmer er sich aufführt, desto mehr kommen die Leute angerannt und lecken ihm den Hintern. Er ist nicht nur einer der übelsten Lohnschreiber, er gehört außerdem auch noch zu den wichtigen Leuten. Wenn du ihn verärgerst, wirst du möglicherweise zur Zielscheibe des Spotts, und du kannst mir glauben, niemand, auch wenn er noch soviel Humor hat, möchte in seiner Kolumne zur Zielscheibe des Spotts werden. Und jetzt hat er natürlich Max hinter sich.«

»Und die Gunst?«

»Dabei, meine Liebe, handelt es sich um eine ähnlich gute Ware, außer daß du ein sehr gutes Gespür für den Markt haben und das Konzept kapieren mußt, daß die eine Hand die andere wäscht.«

»Man unterstützt sich gegenseitig.«

»Nein, die Sache ist komplexer. Es ist eine andere Art von Macht. Ich arbeite auf dem Gunst-Markt. Das ist zunächst weniger effektiv, zahlt sich aber mit der Zeit aus.«

»Ivo, ich glaube nicht, daß du für eine arbeitslose Kellnerin viel tun kannst.«

»Ich dachte«, sagte Ivo, »du könntest anfangen, Kritiken zu schreiben.«

Mary starrte ihn an. »Ich?«

»Warum nicht?«

»Ich habe noch nie journalistisch gearbeitet.«

»Na und? Du hast mehr gelesen als fast alle, die ich kenne. Sogar Mark war der Meinung, du könntest vielleicht schreiben. Du könntest es lernen. Ich werde es dir beibringen.«

»Was du nicht sagst«, bemerkte Mary trocken. Sie überdachte den Vorschlag. »Und was ist mit Mark?«

»Er ist auf Hochzeitsreise.« Mary schluckte. »Wenn du dich anstrengst, könntest du bereits drei Kritiken veröffentlicht haben, bis er zurückkommt. Wenn du gut genug bist, werden auch andere dir Aufträge geben. Mark wird nicht noch gemeiner dastehen wollen, indem er dich auflaufen läßt.«

»Mark hat sich früher nie Gedanken darüber gemacht, ob er gemein ist.«

»Du vergißt«, sagte Ivo, »daß das, was ihn jetzt mächtig macht, ihn auch verwundbar macht. Er ist Max de Mondes Schwiegersohn – und wie das eben so ist, schreibe ich für *Eye*.«

Zweiter Teil

14.

Amelia in ärmlichen Verhältnissen

In manchen Teilen Londons kommt der Frühling früher als in anderen. Auf den ruhigen Plätzen in Kensington und Chelsea blühten, gewärmt von reichlichen Ausstößen der Zentralheizungen, bereits seit Weihnachten Kamelien und Magnolien. Anderswo verharrte die Stadt fest im Griff des Winters. Alles schien unter schmutzigen Wolken festgefroren. Seit Wochen liefen die Leute durch schmutzige Pfützen und schmutzigen Regen, verschwanden unter der Erde und tauchten Meilen weiter wieder auf, ohne wirklich eine Veränderung zu empfinden, was das Licht betraf. Wenn die blasse Sonne unterging, war jeder große Eingang im Zentrum der Stadt von belebten Lumpen besetzt. Und wenn die Sonne aufging, sah man in mehr und mehr Eingängen nur noch Lumpen.

Doch eines Tages blühten auf jeder Verkehrsinsel Krokusse, und Narzissen wiesen mit ihren langen Blüten auf Orientierungspunkte in der ganzen Stadt. Am Himmel blitzten blaue Flecken. Preßlufthämmer erschütterten mit ihrem Krach die Luft, es roch nach Teer, und das gelbweiße Fleisch der Stadt wurde bloßgelegt für die jährlich wiederkehrende Suche nach – ja, nach was? Wie erbärmlich und unnatürlich diese Londoner Erde aussah, verkümmert ohne Licht und Luft! Dennoch gab es immer noch große Bäume, die kämpften und sich gen Himmel reckten, ihre Wurzeln von Salz versengt und von Drähten stranguliert. Sie wuchsen trotzdem, schwollen – und Amelia tat das auch.

Sie hatte keine Freude an der Schwangerschaft.

»Meine Lieben, ich kann wirklich verstehen, warum so viele Frauen abtreiben lassen«, sagte sie zu denjenigen ihrer Freundinnen, die kinderlos waren. »Wenn ich daran denke, daß mir ein ganzer Sommer auf diese Art bevorsteht, würde ich am liebsten sterben!«

Sie verbrachte die meiste Zeit auf dem Sofa, einem sehr hübschen Chesterfield, das Mark aus seiner Wohnung mitgebracht hatte, und las oder schlief im einzig bewohnbaren Raum ihres neuen Hauses. Essen war ihr zuwider, aber es war das einzige, was ihre Übelkeit zum Verschwinden brachte. Sobald sie etwas aß, war es, als öffnete sich in ihr ein riesiges Maul, wie die Pflanze in *The Little Shop of Horrors*, und grollte: »Mehr! Mehr!« Wenn sie dann nicht umgehend Nahrung in dieses innere Maul hineinschaufelte, wurde die Übelkeit unerträglich. Am liebsten schien es Cadbury's Frucht-Nuß-Schokolade zu mögen und gebratene Seezunge. Amelia stellte sich den Fötus vor wie ein Neunauge, ganz Mund. Amelias Rolle in dieser Entwicklung war einfach: Sie hatte sich vollzustopfen, bis das Maul sich schloß. Dann befahl es ihr zu schlafen. Das war alles, was es von ihr wollte – keine schönen Gedanken, keine Unterhaltung oder Gymnastik, nicht einmal gute Laune. Es verlangte nur einen anderen Organismus, der ebenso primitiv war wie es selbst. Ich könnte gelähmt sein oder geistig zurückgeblieben oder praktisch tot, und es spielte keine Rolle, dachte Amelia voller Groll.

Mark verdiente jetzt ein Gehalt von sechzigtausend Pfund im Jahr, was ihnen zusammen mit dem Zuschuß aus ihrem Treuhandvermögen ein Einkommen von rund neunzigtausend Pfund brachte. Außerdem war da noch ihr zwanzigprozentiger Anteil an der Firma ihres Vaters, doch daraus erwuchsen im Moment keine erwähnenswerten Einkünfte. Vom *Chronicle* wußte man, daß er innerhalb der letzten zwölf Monate zehn Millionen Pfund Verlust gemacht hatte – wie alle war er von der Rezession betroffen. Amelia drückte sich über die exakte Summe, die ihnen zur Verfügung stand, nur vage aus, doch sie kam sich schrecklich, schrecklich arm vor. Mark zahlte noch immer an der Hypothek für seine Wohnung in Brixton, die er nicht verkaufen konnte, obwohl sie ihre Preisforderung schon zweimal um siebentausend Pfund gesenkt hatten. Die Immobilienmakler beschwerten sich immer wieder, daß sie mit den Schlüsseln, die er ihnen gegeben hatte, nicht zu einer Besichtigung in die Wohnung hineinkamen, doch dabei mußte es sich um Inkompetenz handeln. Die Zinsen für den Kredit, den er aufgenommen hatte, um dieses unspektakuläre viktorianische Haus in Kentish Town zu kaufen, verschlangen jeden Monat bis zu anderthalbtausend Pfund. Sie hatten zwanzigtausend Pfund einkalkuliert, um eine neue Küche und zwei Bäder installieren, die Wände von der üblichen Rauhfasertapete und die Böden von beigebraunen Teppichböden und alten Farbschichten befreien zu lassen. Zu ihrem Erschrecken stellte sich bald heraus, daß diese Vorhaben nicht nur das Doppelte kosten würden, sondern daß die gesamte Rückwand des Hauses abgestützt werden mußte. Das Gutachten, das auf Marks Betreiben hin das allerbilligste gewesen war, hatte nicht offenbart, daß das ganze Haus langsam den Hang hinunterrutschte. Sobald die gräßliche Resopalküche und die Tapeten abgerissen waren, hatte sich ein Riß gezeigt, groß genug, daß man ein Taschenbuch hineinstecken konnte. Aus ihrem gemeinsamen Einkommen blieben folglich jeden Monat nur tausend Pfund übrig, um Essen, Kleidung und all das zu bezahlen, was sie sich nicht umsonst beschaffen konnten.

»Wenigstens kannst du mich auf gar keinen Fall betrügen«, sagte Amelia. »In unserem Postbezirk wäre das ein zu großes Klischee.«

»So wäre es in NW3«, widersprach Mark säuerlich. »In NW5 haben die Leute Kinder.«

Klopf, klopf, krach, krach, herunter kamen die Wände, und Staub wirbelte auf. Den ganzen Tag marschierten Kobolde und Trolle mit Spaten und Schaufeln und Holzhämmern und Pickeln, Bohrern und Elektrokabeln und Hämmern und Brettern durch das Erdgeschoß. Immer dieselben Top ten der Hitparade dröhnten durch die Gärten hinter den Häusern und übertönten beinahe die gutturalen Rufe der Handwerker. Ihr Vorarbeiter schien ähnliche Schwierigkeiten zu haben, Amelias kristallklare Forderungen zu verstehen, daß alle Elektrokabel unter Putz gelegt werden sollten, wie die, daß die Handwerker das Radio ausmachen sollten. Sie hängten Plastikplanen zwischen das Erdgeschoß, wo die meisten

Arbeiten stattfanden, und die Räume, in denen Mark und Amelia wohnten, doch die kalte Luft zog trotzdem hindurch und bedeckte alles mit einer Staubschicht. Um präsentabel auszusehen, mußte Amelia sich jedesmal, wenn sie zum Mittagessen ausging, die Haare machen lassen. Nicht, daß es noch ein Genuß gewesen wäre, an einen Ort wie zu San Lorenzo zu gehen, wenn man mindestens eine Stunde brauchte, um im Verkehrsstau quer durch London zu kriechen. Außerdem waren die meisten ihrer Bekannten sowieso im Skiurlaub.

Wenn sie doch nur während des Umbaus im Kutscherhaus hätten wohnen bleiben können! Aber Max hatte klargestellt, daß das nicht in Frage kam, und hatte das Häuschen zum Verkauf ausgeschrieben. Noch mehr als das bestürzte Amelia, daß sie ihren Porsche verkaufen mußte. Sobald das Baby geboren war, würden sie so etwas Langweiliges wie einen Volvo brauchen. Auf alle Fälle war es die einzige Möglichkeit, wie sie sich all die zusätzlichen Renovierungskosten leisten konnten, und ein neues Badezimmer war immerhin nützlicher als ein Nummernschild.

Mark schluckte seine Wut hinunter wie neuen Wein. Das war ganz und gar nicht das, was er erwartet hatte, als er Amelia heiratete. De Mondes Geiz oder Schläue demütigte sie beide. Von Holland Park nach Nordlondon abgeschoben zu werden wäre erträglicher gewesen, wenn sie irgendwo ähnlich angenehm gewohnt hätten, an einem georgianischen Platz in Islington vielleicht. Doch diese Gegend hier – sie gehörte schon fast nicht mehr zum Müsligürtel. Leute einzuladen konnten sie sich nicht leisten, auch nicht ohne den allgegenwärtigen Schutt – und dann die Nachbarn! Beschwerten sich ständig über den Lärm, den ihre Bauarbeiter machten, als litten Amelia und Mark selbst nicht zehnmal mehr unter den Unannehmlichkeiten, und versuchten ständig, sich über den Gartenzaun hinweg mit ihnen zu unterhalten.

»Sie sind einfach blöd«, sagte er zu Amelia.

»Sie sind nicht wie wir«, stimmte sie ihm zu. »Sie wählen alle Labour.«

Um sie herum wohnten eine Menge Leute, die man aus den

Medien kannte, doch es waren zufällig Politiker der Linken, und auch das war mit potentieller Peinlichkeit beladen. Es war eine Sache, jemanden aus der sicheren Distanz des *Chronicle* durch den Schmutz zu ziehen, und eine ganz andere, bei Sainsbury's mit seinem Opfer an derselben Kasse anzustehen. Mark fehlten Ivos beeindruckend schlechte Manieren. Ihm war lieber, wenn seine Opfer auf Distanz blieben. Sein Witz, der sich über Politiker ergoß, war ebenso mörderisch wie der, den Ivo über Autoren ausschüttete, doch sein Temperament war immer noch das eines Gelehrten. Über ihn kursierten etliche Geschichten – Geschichten, daß er in Westminster an Türen gelauscht und von den Bildschirmen anderer Kommentatoren Skandale geklaut hatte, Geschichten von Rachefeldzügen. Er wurde von einer Lunch-Runde ausgeschlossen, nachdem er eine Geschichte zu früh gebracht hatte, und ein Artikel über einen Schattenminister ließ letzteren wochenlang aufgelöst zurück. Mark war das egal, denn er dachte immer daran, daß es sich selbst erfüllende Prophezeiungen gab und daß es die Pflicht des Historikers war, sowohl dem Zufall die Maske vom Gesicht zu reißen als auch jede Wiederholung der Vergangenheit zu verhindern. Mark erinnerte sich an die intellektuelle Aufregung Anfang der achtziger Jahre, als jede neue Ausgabe des *Spectator* seinesgleichen zusammengetrommelt hatte, die jungen Karrieristen der neuen Rechten. Klassenzugehörigkeit war lachhaft, Verdienst war alles.

Seine ungehobelte Sprache zu Hause verblüffte seine Frau. »Das sind doch nur Worte«, sagte er erstaunt, wenn sie ihm sagte, wie abscheulich sie das fand.

»Glaubst du nicht, daß es eine Verbindung gibt zwischen dem, was du sagst, und dem, was du denkst?«

Für Amelia war die Armut der Mittelschicht neu, seltsam und aufregend, bis ihr klar wurde, daß sie ihr Kind im Rahmen der Pflichtversicherung würde zur Welt bringen müssen.

»Aber ich bin seit Jahren privat versichert!« erklärte sie Dr. Wright, ihrer neuen Hausärztin. »Da muß doch ein Irrtum vorliegen!«

Die Ärztin lächelte frostig.

»Nicht, wenn es um einen Kaiserschnitt geht.«

»Warum – wäre das privat nicht möglich?«

»Davon ist abzuraten. Vielleicht sollte ich es Ihnen erklären«, sagte sie mit kaum verhohlener Befriedigung. »Private Kliniken, wie Sie sie sich vorstellen, sind für medizinische Notfälle nicht ausgerüstet. Sollte während der Geburt etwas schiefgehen, würden Sie in ein öffentliches Krankenhaus verlegt werden, was an sich schon ein gefährliches Unterfangen ist. Kein verantwortungsbewußter Arzt würde Ihnen empfehlen, Ihr Kind außerhalb eines öffentlichen Krankenhauses zur Welt zu bringen, aber viele Lehrkrankenhäuser haben inzwischen private Abteilungen, die Ihren Anforderungen vielleicht entsprechen.«

Amelia telephonierte herum und stellte fest, daß es mindestens neunhundert Pfund kosten würde, wenn sie ihr Kind privat zur Welt brachte, und jede zusätzliche Nacht noch einmal vierhundertfünfzig Pfund. Ein Facharzt würde zweitausend Pfund kosten. Vor einem Jahr wären solche Summen unerheblich gewesen, doch jetzt, seit Daddy die Rechnungen nicht mehr beglich, wirkten sie plötzlich immens. Sie hatte nicht die leiseste Ahnung, wie es in gewöhnlichen Krankenhäusern aussah, aber sie glaubte kaum, daß es angenehme Orte waren. Man stelle sich vor, ein Zimmer mit jemandem zu teilen! Man stelle sich vor, dieselbe Toilette zu benutzen!

»O nein, meine Liebe, jetzt, wo wir in Nordlondon wohnen, ist es ganz und gar nicht angesagt, Privatpatientin zu sein«, log sie ihre Freundinnen an. In ihren Kreisen war alles nördlich der Harley Street ein Mysterium, wo der Sozialismus umging. »Außerdem nehme ich an, daß die ganze Sache so furchterregend sein wird, daß es mir überhaupt nichts ausmacht, keinen Fernseher zu haben.«

Das Gewicht ihres dicken Bauches drückte ihr gegen den Rücken, und wenn sie eine Treppe hochgestiegen war, rang sie nach Luft. Dr. Wright sagte ihr, daß sie zuviel Gewicht zulege. Trotzdem konnte Amelia nicht aufhören zu essen. Wenn sie zum Mittagessen unterwegs war, mußte sie anhalten und schon mal Sandwiches in sich hineinschlingen. Eigentlich sollte sie bei keiner Mahlzeit mehr als ein Häppchen essen, egal wie winzig, doch sie fühlte sich kraftlos, wenn sie nicht einen doppelten Nachtisch aß.

Bald paßte sie in keines ihrer weitesten Kleider mehr. Sie nahm ein Taxi zur South Molton Street, dem nächstgelegenen Posten der Zivilisation, um Schwangerschaftskleidung zu kaufen.

»Mein Gott«, sagte die Ladenbesitzerin, als sie beobachtete, wie Amelia sich in ein Kleid nach dem anderen zwängte, »Sie müssen ja ein Riesenbaby bekommen!«

Danach traute Amelia sich nicht wieder hin. Sie bestellte ihre Kleider per Katalog und trug resigniert Lycraleggins und Seidenhemden in Übergröße.

Amelia berichtete Mark sehr detailliert von ihren Leiden, verbunden mit den täglichen Bulletins über die Entwicklung ihres Kindes. Sie sah nicht ein, weshalb sie diesen ermüdenden Vorgang ohne Mitgefühl durchstehen sollte.

»Jetzt hat es alles, Augen, Herz, Lunge, Finger. Ich habe mir vorher nie überlegt, daß es zu dem Zeitpunkt, wo man merkt, daß man schwanger ist, bereits *da* ist. Möchtest du nichts darüber lesen?«

»Das tue ich noch – später«, sagte Mark und blätterte die Mappe mit den Kostenvoranschlägen des Bauunternehmens durch.

»Es ist schlimm. Ich blute jedesmal, wenn ich richtig aufs Klo gehe. Anscheinend habe ich etwas, das sich Rektalfissur nennt.«

Er sah interessiert auf. »Das hast du? Auden hatte das auch. Bei ihm kam es aber, weil er sich von hinten vögeln ließ.«

Er begleitete sie nicht einmal ins Krankenhaus zur ersten Ultraschalluntersuchung. Seine neue Stelle beim *Chronicle* schien übermäßige Arbeitsessen zu erfordern, und wann immer sie ihn anrief, war er entweder in einer Konferenz oder in Westminster. Mittwochs und donnerstags kam er kurz vor Mitternacht nach Hause, und sogar während der Sitzungspausen, wenn sich die übrigen Angestellten des *Chronicle* entspannten, zog er sich in seine Arbeitszimmer zurück und arbeitete an seiner nächsten Kolumne. Jedes

Geräusch brachte ihn in erbittert schlechte Laune, so sehr, daß sie die Handwerker bitten mußten, tageweise nicht zu kommen, was die Arbeiten noch weiter verzögerte.

»Liebling«, sagte Amelia eines Tages, »wir brauchen wirklich mehr Geld.«

»Ich kann noch nicht um eine Gehaltserhöhung bitten. Du könntest selbst mehr arbeiten.«

Amelia seufzte. »Vielleicht in einem Monat oder in zweien, wenn es mir gut genug geht, aber nicht jetzt. Ich hatte geglaubt, nach meinem Buch könnte ich mir eine Weile freinehmen.«

»Andere Frauen schaffen es auch«, sagte Mark. »Und sie müssen mit der U-Bahn zur Arbeit fahren.«

»Woran ich dachte, ist, daß wir einen Untermieter aufnehmen könnten. Im oberen Stock gibt es ein eigenes Bad, und zwei Räume stehen einfach leer. Wir könnten jeden Monat fünfhundert Pfund dafür bekommen.«

»Unmöglich, eine völlig fremde Person in unserem Haus wohnen zu lassen! Bist du verrückt? Und als nächstes würde unsere Geschichte an *News of the World* verkauft«, sagte Mark.

»Es wäre keine völlig fremde Person«, sagte Amelia. »Tom Viner braucht eine Wohnung. Er ist Arzt, er war bei unserer Hochzeit. Wir würden ihn praktisch nie sehen, weil er soviel arbeitet, und er ist furchtbar nett.«

Mark sagte: »Dieser Schönling? Du würdest dich in ihn verlieben.«

»Ach, Liebling«, sagte Amelia. »Ich kenne ihn schon seit ewigen Zeiten, er ist nicht mein Typ. Und es wäre wahnsinnig praktisch, mit dem Kind und allem einen Arzt in der Nähe zu haben. Dadurch könnten wir uns ein Kindermädchen leisten, das nicht im Haus wohnt. Der eine würde für die andere aufkommen.«

Also zog Tom ein, und obwohl es zusätzliche Kosten mit sich brachte, noch eine Spüle einzubauen, einen Kocher aus zweiter Hand zu kaufen und einen Kühlschrank zu installieren, war die Vereinbarung ein Erfolg. Tom konnte während des größten Baulärms schlafen, und der Staub schien das dritte Stockwerk nicht zu erreichen. Ein wenig war Amelia enttäuscht, daß das Doppelbett, das sie hatte aufstellen lassen, ungenutzt zu bleiben schien: Falls er Frauengeschichten hatte, war Tom diskret.

»Ich hatte sehr gehofft, ein lebhaftes Sexualleben mitzuerleben«, sagte sie am Telephon zu Fiona Evenlode. »Wenn man in einem Nebel aus Hormonen lebt, wie ich es tue, dann wäre es schön, hin und wieder an etwas anderes erinnert zu werden als an Stillbüsten-halter.«

Fiona lachte. »Oh, Tom bringt seine Freundinnen nie mit nach Hause. Er braucht immer einen Ort, an den er sich zurückziehen kann. Du hast doch sicher die Geschichte gehört, als er mit Arabella schlief und ihren Wecker ein paar Stunden vorstellte, damit er ohne große Szene verschwinden konnte? Das arme Kind ist um fünf bei der Arbeit erschienen.«

Daß ich mich in meinen Untermieter verliebe, diese Gefahr besteht nicht, dachte Amelia. Sie sah Toms Anziehungskraft eher, als daß sie sie spürte, und gratulierte sich dazu, daß dem so war. Schließlich war er außerordentlich nett anzusehen und ein einfühlsamer Gesprächspartner. Er empfahl ihr, einen Sirup namens Lactulose zu kaufen, als sie ihm ihr Elend anvertraute, und das wirkte auf ihre Verdauung fast wie ein Wunder, obwohl ihr noch immer die meiste Zeit übel war. Sie hatte es völlig aufgegeben, so zu tun, als ob sie arbeitete, obwohl Candida Twink sie dazu ermutigte, einen Roman zu schreiben: »Du hast einen Namen, und jetzt hast du auch einen Ruf. Schreib einfach daran, wenn du Zeit hast.«

Doch Amelia konnte über kein Thema länger als eine Minute nachdenken, dann löschte ihr Zustand alles andere aus. Sie war von ihrer Schwangerschaft nachgerade besessen. Sie hatte das Gefühl, mit ihrem Fötus einen heftigen Kampf auszufechten, nicht nur um Nahrung, sondern auch um die Kontrolle über ihre Persönlichkeit. Als ihre Knochen weicher wurden, geschah dies auch mit ihrem Herzen. Eine Welt des Leidens, über die sie bisher mit gelassener Gleichgültigkeit hinweggeschwebt war, berührte plötzlich die leuchtende Luftblase, in der sie existierte. Das paßte ihr nicht. Warum sollte sie sich schuldig fühlen, weil sie in Schönheit und

Privilegien hineingeboren war? Dennoch zuckte sie ein dutzendmal am Tag zusammen, und ihre Augen füllten sich mit Tränen angesichts der Bilder in den Nachrichten, angesichts alltäglicher, gewöhnlicher Grausamkeit – ein Kleinkind auf der Straße, das weinte und hinter einem verärgerten Vater oder einer verärgerten Mutter herlief, ein Baby mit einem blauen Auge, ein streitendes Paar.

Dann wachte sie eines Tages auf und stellte fest, daß ihr Gesicht und ihre Brüste von einer pudrigen alten Hautschicht bedeckt waren, als würde sie tatsächlich ihre Angst abstreifen. Ein tiefer Friede durchdrang sie, als hätten ihr Körper und das Baby die Waffen gestreckt und sich entschlossen, füreinander zu sorgen. Jetzt wurde sie allmählich aufgeregt. Mindestens fünfmal am Tag zog sie ihr Hemd hoch und überprüfte ihren Bauch. Er war eindeutig runder geworden. Sie betrachtete sich in den Schaufenstern. Wann würde sie endlich nicht mehr fett aussehen, sondern schwanger?

Amelia, mit den weniger wohlhabenden Gegenden Londons kaum vertraut, hatte noch nie eine Hauptstraße gesehen, die der von Kentish Town an Trübseligkeit gleichkam. Am oberen Ende gab es einen hübschen Warteraum aus Glas und Eisen, der ursprünglich dafür gedacht gewesen war, daß die Intelligenzija von Kentish Town den Blick Richtung Hampstead heben konnte, wenn sie auf den beiden Holzbänken saß. Diese Bänke waren jedoch ständig von Betrunkenen besetzt, die ihren letzten Rausch ausschliefen und nach Bier und Urin stanken. Am unteren Ende befand sich der letzte einer Reihe deprimierender Pubs und Maklerbüros. Es gab keine Bäume, nur eine trostlose Ansammlung von Betonwannen, die mit dahinsiechenden Büschen bepflanzt waren. Dazwischen verliefen Stahlgeländer, die vom vorbeifließenden Verkehr verbogen worden waren und eine erstaunliche Prozession grotesker Gestalten schützten. Es gab Tage, da war jeder zweite, dem Amelia begegnete, entweder verkrüppelt oder geistesgestört, betrunken oder wahnsinnig fett. Trotzdem schob beinahe jedermann einen Kinderwagen, in dem der inzüchtige Nachwuchs unter einer Plastikhaube lümmelte.

Amelia war besonders fasziniert von den Kindern. In der Sprechstunde, die sie jetzt besuchte, konnte sie bereits wenige Wochen nach der Geburt eines Babys anhand der Rüschen an seiner Kleidung, dem Schmuck, den es trug, und der Art, wie sein Gesichtchen sich aufhellte oder in Abgestumpftheit versank, feststellen, ob ein Baby aus der Mittelschicht stammte oder nicht. In all der Zeit, die sie dort verkehrte, sah sie fast nie ein Kind, dem vorgelesen oder -gesungen oder mit dem gesprochen wurde. Falls ein Baby zu schreien anfing, wurde es entweder ignoriert, oder es wurde ihm etwas in den Mund geschoben. Wenn das Fläschchen zu Boden fiel, bückten sich die Mütter, saugten kurz daran und steckten es ihm wieder in den Mund.

Doch seit neuestem schien Kentish Town, wenn sie die Hauptstraße entlangging, der schönste und menschlichste Ort zu sein. In den geschwärzten Betonwannen nickten die Narzissen, der Fischladen schimmerte in sämtlichen Regenbogenfarben, aus dem Blumengeschäft quollen Farbe und Wohlgeruch. Amelia blieb dennoch mißtrauisch.

»Soweit ich sehe, ist Camden nichts als eine Brutstätte für Diebe und Kriminelle«, bemerkte sie zu Tom. »Neulich habe ich nachts vom Fenster aus einen Jungen mit einem Vorschlaghammer gesehen, der sämtliche Autoscheiben zerschlug. Er hätte so weitergemacht, wenn ich nicht das Fenster aufgerissen und ihm gesagt hätte, daß er damit aufhören soll.« Sie erwartete, daß er ihr applaudierte.

»Mhmm«, sagte Tom.

»Und der Abfall, den sie in den Garten werfen! Ständig landen Bierdosen und Chipstüten auf meinen Knospen.«

»Ich denke, das wird aufhören, sobald die Leute Blumen blühen sehen«, sagte Tom.

»Ich habe die Befürchtung, daß all meine Rosen im selben Moment gepflückt werden, in dem sie aufblühen.«

»Nein«, sagte Tom. »Sie sind nicht so mutwillig zerstörerisch. Arme Leute sehnen sich nach Blumen. Hast du nie die Balkone in den Sozialsiedlungen gesehen? Warte ab, ein Vorgarten ist besser als ein Hund, um Einbrecher abzuhalten – solange du nicht irgend etwas Piekfeines hinstellst wie Lorbeerbäume in Kübeln. Niemand bringt den Jugendlichen bei, daß man Abfall nicht einfach irgendwo hinwirft.«

»Und nicht auf der Straße Fast food ißt.«

»Viele können nicht kochen.«

»Dann sollen sie es verdammt noch mal lernen«, sagte Amelia säuerlich. »Es ist schließlich kein Wunder, daß sie dick und pleite sind, wenn sie nur Hamburger essen.«

»Ja, Kochunterricht an den Schulen würde etwas nützen, aber wo soll das Geld dafür herkommen? Die staatlichen Schulen können sich nicht einmal Schulbücher leisten, und Lebensmittel noch weniger.«

»Warum können es ihnen nicht ihre Mütter beibringen? Warum sollen das die Schulen übernehmen?«

»Die meisten können es nicht. Du machst dir keine Vorstellung, welch großer Teil der Arbeiterkultur in den letzten vierzig Jahren zerstört worden ist. Alles hat sich dazu verbündet, einen ignoranten Staat zu schaffen, in dem am unteren Ende der Gesellschaft nur Trägheit herrscht. Was sie essen, ist schlecht, denn mittlerweile können sich nur noch Leute wie wir frisches Obst und Gemüse leisten. Und Fleisch, das nicht mit Scheiße vollgepumpt ist. Wir werden Amerika immer ähnlicher, wo man von der Kleidungsgröße auf das Einkommen schließen kann.«

»Du redest ja, als sei das deiner Meinung nach Absicht!«

»Das denke ich auch. Niemand kümmert sich einen Dreck um diese Leute. Man nennt sie nicht einmal mehr Arme – das könnte schließlich das Gewissen der Leute ein bißchen zu stark belasten, wenn sie in der Sonntagszeitung Artikel darüber lesen. Sie sind nicht einmal mehr für billige Arbeiten geeignet. Ihre einzige Rolle besteht darin, Leuten in unterbezahlten Jobs als Schreckgespenst für die Drohung zu dienen, daß sie rausfliegen, wenn sie es wagen, sich einer Gewerkschaft anzuschließen. Oh, und natürlich verschaffen sie den Sozialdiensten eine Aufgabe.«

Amelia lachte.

»Nein, das meine ich wirklich. Bei Medizinern ist kaum jemand verhaßter als Sozialarbeiter, mit Ausnahme vielleicht der Politiker. Was war der größte gesundheitliche Fortschritt in diesem Land? Was glaubst du?«

»Penicillin?«

»Nein.«

»Desinfektionsmittel?«

»Nein. Als die Viktorianer ein öffentliches Abwassersystem einrichteten. Stell dir vor – all die Medikamente und Operationen und Fortschritte in der Medizin bedeuten weniger als eine grundlegende städteplanerische Maßnahme! Heute zerfällt es natürlich. Man unternimmt alles, damit das Land nach außen gut aussieht, während die Infrastruktur darunter verrottet.«

Amelia fand, Tom sei ein guter Unterhalter, wenn auch ein wenig links. Sie stand seinen Behauptungen skeptisch gegenüber, und Mark tat sie gleich als typischen Hampstead-Unsinn ab.

»Es waren Mittelschichtssozialisten wie er, die die staatlichen Gymnasien zerstört haben, weil sie ihre eigenen Kinder in Privatschulen erziehen ließen«, sagte er. »Wenn dein Vater dich an eine örtliche Gesamtschule geschickt hätte, ich wette, du hättest dich warm anziehen müssen.«

»Oh, aber mein Lieber, Holland Park war viel zu teuer«, sagte Amelia. »Die Drogen, die man dort kaufen mußte, um mitzuhalten, kosteten ein Vermögen.«

15.

Tom in der Notaufnahmestation

Tom war jetzt diensttuender Arzt am East-End-Krankenhaus. Es war einer der schlimmsten Jobs an einem der schlimmsten Krankenhäuser Londons, doch es war das nächstliegende Allgemeine Bezirkskrankenhaus, das er kriegen konnte. Er schätzte sich glücklich, denn der Facharzt, der den Wechsel sämtlicher Krankenhausärzte organisierte, hatte nicht die geringste Vorstellung, wer was tun sollte, und er hätte auch leer ausgehen können.

Wenn er nur eine Facharztstelle bekommen könnte! Seit er vor ein paar Jahren durch den dritten Teil seines Examens gefallen war, war nichts mehr richtig gelaufen. Damals hatte er die mündliche Prüfung mit einer dummen Antwort zu Teilen des Herzens verpatzt. Plötzlich war sein Stottern wieder aufgebrochen und die falsche Antwort herausgekommen. Beinahe jeder fiel beim Medizinstudium wenigstens durch eine Prüfung, aber das machte es auch nicht leichter.

Es hatte Tom zwei Monate Schreib- und Telephonarbeit gekostet, um den koordinierenden Arzt davon zu überzeugen, daß er noch sechs Monate in einem Allgemeinen Bezirkskrankenhaus brauchte. Er hatte auf die verhältnismäßige Zivilisiertheit der Whittington-Klinik gehofft und war statt dessen hier gelandet.

»Wie ich höre, treffen Sie sich manchmal mit meiner Tochter Celine«, hatte Gabriel Stern gesagt, als sein Schützling ihn wieder einmal anrief, um ihn auf dem laufenden zu halten.

»Ja«, bestätigte Tom aufgeschreckt. Er war nicht der Meinung, daß eine Nacht mit alkoholisiertem Sex im eigentlichen Sinn eine Beziehung begründete, obwohl es ihn überrascht hatte, wie häufig Celine weitere Treffen vorgeschlagen hatte.

Der Professor räusperte sich. »Ich stehe meiner Tochter sehr nahe, müssen Sie wissen.«

»Sie ist ein sehr nettes Mädchen«, sagte Tom höflich, obwohl er äußerst verlegen war.

»Hätten Sie Lust, Pessach mit uns zu verbringen?«

Nein, er hatte keine Lust, am Passah-Fest mit den Sterns zu Abend zu essen, doch Tom sah keine Möglichkeit, wie er sich entziehen konnte, ohne unhöflich zu sein. Andererseits machte er sich zunehmend Sorgen, sowohl über Celines hartnäckige Versuche, ihn wiederzusehen, als auch über sein eigenes Versagen, eine bessere Stelle zu bekommen. War es möglich, daß der Professor, der ihm Referenzen ausstellte, die falschen Dinge sagte? Verspürte er Rachegelüste, weil er annahm, Tom sei ein Verführer, oder versuchte er eine Heirat zu arrangieren? Alles war möglich – bei den byzantinischen Verhältnissen, nach denen die Krankenhäuser funktionierten.

Während er hinfuhr, ging ihm der Schluß von *Orangen und Zitronen* durch den Kopf:

»... mit dem Hackebeil hackt er dir den Kopf ab,
Hack, hack, hack, hack.«

Hier war Londons tote Zone. Kein vielbeschäftigter Politiker, keine königliche Hoheit machte sich die Mühe, persönlich hier in Erscheinung zu treten. Meilen um Meilen gab es nichts als Makadam, Beton und zerbrochenes Glas. Die Hälfte der Geschäfte war mit Brettern vernagelt oder mit Gittern verschlossen, auch wenn die Pubs metallene Markisen und graue Satellitenschüsseln vorzuweisen hatten. Nur Buchmacher, Läden, die Alkohol verkauften, und Massagestudios blieben im Geschäft, dazwischen ein paar asiatische Läden. Züge krochen wie Metallschnecken über die schlackigen Flächen. Anders als die smarten Roboter, die die Journalisten in die strahlendneuen Büros in den Docklands brachten, schlichen diese alten Maschinen wie beschämt über überwachsene Nebengleise, der Rhythmus ihrer Räder erschöpft. Manche trugen Pendler zur Untergrundbahn und wieder zurück,

andere, so hieß es, transportierten Giftmüll. Man hörte ihr lang-
sames Vorankommen meilenweit, ein geisterhaftes Flüstern auf
den Gleisen, lange vor und nachdem die Räder vorübergefahren
waren.

Vor Jahrhunderten war dies ein Dorf außerhalb von London gewesen, sehr in Mode, gesund und angenehm. Mit hübschen Gärten, Bauernhöfen, kleinen Geschäften und Straßen mit wunderbaren georgianischen Häusern. Bomben und aufeinanderfolgende
Wellen städtebaulicher Entwicklung hatten beinahe alles zerstört.
Die Leute, die ursprünglich im East End gewohnt hatten, waren
meist hinaus nach Essex gezogen, in saubere Bungalows mit glok-
kenhellen Türklingeln und der höchsten Mordrate von ganz England. Niemand kam heute noch hierher, wenn er nicht mußte.
Tom legte eine Kassette ein, die Grub ihm zum Geburtstag geschenkt hatte, Glenn Gould, der die Bachschen Fugen spielte.
Amelia war von Kentish Town schockiert gewesen, aber mit die-
ser Gegend verglichen, war Nordlondon grün und angenehm. Im
Osten der Stadt fand sich die wahre Verelendung, dort, wo sich die
Themse, nachdem sie auf dem Weg zum Meer unter der Tower
Bridge hindurchgeflossen war, dahinschlängelte wie eine Intra-
uterinspirale.

Wenn er hier parkte, wäre die Stereoanlage in seinem Auto nach
wenigen Minuten gestohlen. Die Sozialwohnungssiedlungen waren Kessel, in denen Langeweile und Kriminalität gärten und
wo Kriminalität tatsächlich die einzige Einnahmequelle bot. Wenn
Menschen zusammenstanden, bedeutete das im allgemeinen Ärger: Zwölfjährige in gestohlenen Turnschuhen, die ein Feuer
anzündeten, mit geklauten Autos Spritztouren unternahmen oder
Schlimmeres. Die meisten Fälle von Geburtshilfe betrafen hier
entweder Vierzehnjährige oder die abgearbeiteten, häßlichen
Frauen, die ihre Mütter waren. Die Orte, wo sie wohnten, sahen
aus, als hätte man sie zur Folter entworfen. Jedes Fenster war so
proportioniert und positioniert, daß es von innen Platzangst und
von außen Abscheu weckte. Auf jeder offenen Fläche wurden Autos abgestellt oder Müllberge deponiert. Jeden Samstagabend gab

es Tumulte, weil die Bewohner der Gegend versuchten, sich selbst oder einander zu betäuben.

Seit kurzem füllte eine neue, schreckliche Krankheit die Stationen. Die Tuberkulose, die beinahe fünfzig Jahre lang ausgerottet gewesen war, nahm jeden Monat zu, vor allem unter den Obdachlosen. Frierende, schlechternährte, schmutzige Penner – meistens Männer – husteten sich die Lunge aus dem Leib und spuckten Blut auf Nachthemden und Laken. Oft wurden sie fälschlich nur für Alkoholiker gehalten, bis es zu spät war, denn niemand wollte dem sauren Gestank nach altem Bier und Erbrochenem zu nahe kommen.

Mediziner haßten die Arbeit in den Allgemeinen Bezirkskrankenhäusern, die – von ein paar Ausnahmen abgesehen – die reine Hölle waren. Die Medien sorgten – bei aller Übertreibung und Einmischung – dafür, daß die Ärzte in den Londoner Lehrkrankenhäusern ständig unter Strom standen. An anderen Orten wie Bristol, Oxford oder Edinburgh lagen sie in Gegenden, die reich genug waren, um erstklassiges Personal zu gewährleisten. Ansonsten – nun, die Sterblichkeitsrate steigt nicht erst nördlich von Watford, dachte Tom. Falls jemand aus Kensington hier behandelt werden müßte, würde er sich wie in der dritten Welt vorkommen. Es war tatsächlich die dritte Welt. Sämtliche Monitore waren über zwanzig Jahre alt, die Türen bestanden aus schlichten Plastikplanen, die Wände zerfielen sichtlich, und das Linoleum war so sehr von Rissen durchzogen, daß es aussah, als hätte es ein mittleres Erdbeben überstanden. Erst letzten Monat war ein toter Patient gefunden worden, in den riesigen Heizräumen unterhalb des Krankenhauses zur Mumie vertrocknet, und niemand hatte eine Ahnung gehabt, wer er war. Ein benachbartes Krankenhaus hatte nach dem Tomlinson-Report seine Unfallstation geschlossen. Das Ergebnis war, daß die Kranken in dieser Gegend nicht mehr behandelt werden konnten.

Um acht Uhr an jenem Abend wimmelte es in der Notaufnahme von kotzenden, stöhnenden, blutspeienden, im dicken Zigarettendunst hustenden oder einfach wie Marmorstatuen auf fahrbaren Tragen liegenden Menschen, die auf ein Bett warteten.

Ein lethargischer Putzmann schob seinen Mop sorgfältig zwischen den schmutzigen Lachen hin und her und verteilte sie in einem dünneren Film über den ganzen Boden. Die Aufzüge waren noch schlimmer, und keiner der Putzleute gab sich mit den Toiletten ab.

Reihen und Reihen von Patienten saßen zusammengesunken auf Stühlen. Ein Junge hatte einen Wattebausch über ein Auge geklebt. Auf einen alten Mann war mit dem Messer eingestochen worden, weil er einem Jugendlichen gesagt hatte, er solle seinen Müll nicht einfach wegwerfen. Eine Frau hatte Bauchschmerzen, möglicherweise Blinddarmentzündung, und wurde zum Röntgen gebracht. Eine andere, eine Heroinsüchtige, hatte einen Abszeß an der Leiste. Der Gestank von verrottendem Fleisch und Eiter fügte sich allem anderen hinzu.

»Hängen Sie sie an den Tropf. Sie wird operiert werden müssen«, sagte die diensttuende Ärztin, nachdem sie die Süchtige gesehen hatte.

»Wann?«

»Ich werde versuchen, am Montag in der Chirurgie eine Lücke zu finden, aber wir sagen jetzt schon Termine ab.«

»Siebzehn Jahre alt«, sagte die Schwester voller Verzweiflung. »Warum machen Sie das?«

»Hau ab, du blöde Sau!« kreischte die Süchtige, als Tom versuchte, eine Vene für den Tropf ausfindig zu machen. Die meisten waren kaputt, implodiert in einer Masse von Narbengewebe. Ihre Beine waren von kreuzförmigen Narben übersät, wo sie das Heroin direkt aufgetragen hatte. Ihre Füße, Finger und Hände sahen aus wie verbrannt. Tom hatte sogar schon manche gesehen, die versucht hatten, sich Injektionen in die Augenlider zu geben, so groß war ihre Verzweiflung. Sie war hellbraun vor Schmutz, und jedesmal, wenn er versuchte, die Nadel einzustechen, mußte er ihr vorher die Haut abwaschen. Jedermann trug Gummihandschuhe, und Toms Hände schwitzten fürchterlich.

»Ihr blöden Säue«, kreischte das Mädchen. »Was wollt ihr von mir, ihr verdammten Idioten? Laßt mich los!«

Zwei der Träger hielten sie fest, und nachdem Tom sie mehr

oder weniger am ganzen Körper gewaschen hatte, gelang es ihm schließlich, eine Vene für den Tropf zu finden.

»Sechs Stunden lang kein Essen, keine Zigaretten, keine Drogen«, sagte er grimmig. Süchtige wurden allgemein verabscheut. Sie waren nicht nur schmutzig und unangenehm, sondern auch manipulativ, und es war beinahe unmöglich, mit ihnen als Patienten irgendeine Beziehung aufzubauen.

Tom verließ die Trage und eilte zur nächsten und zur übernächsten und zur überübernächsten. Jeder Fall erforderte zwanzig Minuten Verwaltungsaufwand. Die Menschen konnten in einem Bürokratienebel sprichwörtlich sterben, denn die Krankenhäuser fürchteten heutzutage alle sehr, verklagt zu werden, wenn etwas schiefging. Alle sechzehn Nischen, wo die Tragbahren abgestellt wurden, waren voll, und bald mußten die Patienten auf dem Flur warten. Die Ärzte schienen alles zu machen – von der Aufnahme der Patienten bis dahin, sie in den Operationssaal zu bringen.

»Warum gibt es nicht mehr Träger?« fragte jemand.

»Weil junge Ärzte billiger sind«, sagte ein Assistenzarzt.

Ein Mann hatte eine Axt im Kopf, und zwei Polizisten versuchten, ihm eine Aussage zu entlocken.

»Ich hab' keine Ahnung von nichts«, antwortete er auf jede Frage. »Mein Hirn ist Rührei, oder nicht?«

Als er Tom sah, zwinkerte er ihm zu. »Wie geht's dem Motor?«

»Gut, danke«, sagte Tom.

»Wenn Sie einen neuen brauchen, sagen Sie uns Bescheid.«

Der Patient war bekannt als Bruv von Bruv & Bruv. Er war sogenannter Gebrauchtwagenhändler und bot Medizinern einen Sonderdeal, indem er veranlaßte, daß ihre alten Autos gestohlen wurden, so daß sie die Versicherung kassieren konnten. Bruv war in eine Art Bandenkrieg verwickelt und tauchte wenigstens einmal alle sechs Wochen mit immer exotischeren Wunden in der Notaufnahme auf. Tom mochte ihn ganz gern, obwohl er sein Angebot – einen Peugeot, »nicht heiß genug, daß man sich die Hände dran wärmen könnte« – vorsichtshalber ausgeschlagen hatte.

Eine Frau aus Bangladesch, die eindeutig große Schmerzen

hatte, aber kein Englisch konnte, versuchte einem Assistenzarzt zu erklären, was ihr fehlte, während ihre beiden verschreckten kleinen Mädchen sich an den Vater klammerten.

»Tut es hier weh? Oder hier?«

Die Frau nickte höflich und lächelte jedesmal.

»Ich hätte Tierarzt werden sollen«, murmelte der Assistenzarzt.

Die diensttuende Ärztin, eine Frau, deren Haar wie elektrisiert von ihrem Kopf abstand, schrie eine Assistentin an.

»Seine Brust muß geröntgt werden, und man muß ihm Blut abnehmen. Er ist schon seit zwanzig Minuten hier, das ist inakzeptabel! Nun machen Sie schon!«

»Ich habe es bereits getan.«

Die Frau hatte sich in eine solch schäumende Wut hineingesteigert, daß sie es nicht zu hören schien. »Sie müssen schneller arbeiten, darum geht es in der Notaufnahme! Manche von den Leuten sind schon seit über vier Stunden hier! Wenn ich daran denke, daß ich gerade bei Ihrer nächsten Station angerufen habe, um zu sagen, wie gut Sie sind!«

Du Biest, dachte Tom.

»Keine Sorge«, sagte er zu der Assistentin. Sie war den Tränen nahe. »Sie kann nichts gegen dich unternehmen, das ist nicht ihr Job.«

Sie war Asiatin, wahrscheinlich aus Indien, und hieß Laili. Beinahe die Hälfte der Assistenzärzte waren Asiaten: Nur die Kinder neuer Einwanderer wollten noch Ärzte werden. Früher ist die Medizin einmal von Juden dominiert gewesen, dachte Tom. Doch jetzt waren die einzigen, die, statt zur Börse zu gehen, noch ein Medizinstudium begannen, Leute wie er selbst, die, was Geld anging, eine rabbinische Ambivalenz geerbt hatten. Die Asiaten sahen darin Gott sei Dank noch immer eine Möglichkeit, aufzusteigen und der Gesellschaft, die sie aufgenommen hatte, etwas zurückzugeben. Allerdings machte der Rassismus, den sie von ihren Gastgebern ertragen mußten, Tom geradezu krank. Mehr als einmal hatte Tom übernehmen müssen, weil Patienten sich geweigert hatten, sich von »schwarzen Händen« anfassen zu lassen. Die Ringe unter Lailis Augen glichen blauen Flecken.

»Ich glaube, ich habe eine Grippe.«

»Sei nicht albern«, sagte Tom. »Du bist Ärztin, nicht Patientin.«

»Ich habe Fieber.«

»Wenn du krank bist, muß ein anderer Assistenzarzt für dich einspringen. Siehst du jemanden, der dazu bereit wäre? Glaubst du, sie finden auf die Schnelle eine Vertretung? Nimm Paracetamol.«

Gesichter, Gesichter, Gesichter. Eine Frau kam an, nur mit einem Laken bedeckt, völlig nackt. Das Fleisch hing ihr wie roher Teig von den Knochen.

»In den London Fields aufgelesen«, sagte der Polizist, der sie gebracht hatte. »Wir glauben, daß sie eine Gehirnerschütterung hat.«

»Ein Name?«

»Nein.«

Die Frau hustete, und ein Strom hellrotes Blut floß aus ihrem Mund.

»O Gott«, sagte die Schwester. »Noch eine.«

»Es gibt ein jüdisches Sprichwort: ›Wenn die Reichen jemanden anstellen könnten, für sie zu sterben, dann hätten die Armen ein wundervolles Leben‹«, sagte Tom. »Testen Sie sie auf TB.«

Wenn sein Piepser losging, rannte er in der Notaufnahme hin und her. Um zwei Uhr nachts verstopften die Tragbahren die Flure, und eine zweite Schicht Schwestern begann ihren Dienst. Die Hälfte kam über Agenturen und kostete das Krankenhaus ein kleines Vermögen, denn die Schwestern hatten eine funktionierende Gewerkschaft, die darauf bestand, daß sie nicht länger als eine Achtstundenschicht arbeiteten. Am härtesten zu ertragen war, daß die Ärzte eine soviel bessere Ausbildung hatten und wesentlich mehr Verantwortung trugen, aber keine anständige Gewerkschaft. Immer im Dienst, an Wochenenden und an Feiertagen. Tom dachte ärgerlich: Wir werden schlechter bezahlt als das Putzpersonal. Jede Überstunde wurde mit der Hälfte des normalen Satzes vergütet. Von Zeit zu Zeit brachte jemand die Energie auf, dagegen zu protestieren, doch niemand erwartete ernsthaft, daß die Stundenzahl der jungen Ärzte gesenkt würde. Die, die einmal unter demselben System gelitten hatten, erlebten eine wundersame Verwandlung, sobald sie Facharzt wurden.

»Worüber beschwerst du dich?« hatte einer, der Ende dreißig war, gesagt. »Du arbeitest nur eine Nacht von dreien. Wir haben noch jede zweite gearbeitet. Ihr habt es gut.«

Toms Facharzt hatte sich am Freitag um sechs Uhr verabschiedet, um nach Covent Garden zu gehen, und hatte das Feld den Assistenten überlassen. Die Fachärzte machten das ständig, sie waren der Ansicht, daß sie es sich verdient hatten. Und das Dumme an der Sache war, daß man es sich nicht mit ihnen verderben durfte, denn wenigstens einer von ihnen diente für die nächste Stelle als Referenz. Was mache ich, wenn Stern von mir erwartet, daß ich mich ernsthaft mit Celine einlasse? dachte Tom und verfluchte die Mischung aus Schüchternheit und Geilheit, die ihn wieder einmal in Schwierigkeiten gebracht hatte. Man konnte es sich nicht leisten, irgend jemand vor den Kopf zu stoßen, am wenigsten seinen wertvollen Gönner.

Die Notaufnahme glich einem Schützengraben: Man konnte lediglich hoffen, daß man es mit ein paar Kameraden gemeinsam durchstand. Tom war erleichtert, daß Klaus sein Partner war. Klaus war ein guter Kerl. Tom hatte noch nie zuvor einen Deutschen kennengelernt – er war instinktiv dagegen voreingenommen, dieses Land auch nur zu besuchen, wo so viele Mitglieder der Familie seiner Mutter in Konzentrationslagern umgekommen waren –, doch Klaus gehörte zu einer anderen Generation, war sogar noch größer als er und unglaublich höflich. Sein Akzent war die Ursache, daß ihm mindestens einmal pro Woche jemand ins Gesicht spuckte, meist ältere Patienten, aber niemand hatte je gesehen, daß er die Beherrschung verlor. Wie viele junge deutsche Ärzte konnte er die zur Qualifikation erforderlichen Stunden nur außerhalb seines Landes zusammenbekommen, doch es fiel ihm schwer zu glauben, in welch düsterem, abgenutzten Zustand die britischen Krankenhäuser sich befanden.

»Bevor ich hierherkam, habe ich am King's bei Simonaides gearbeitet. Ein weltbekannter Experte in gynäkologischer Radiologie, und dieser Mann sitzt in einem Büro, so groß wie eine – sagt man Hundehütte?«

»Hat dir der Film gestern abend gefallen?«

»Ja. Deine Freundin ist sehr schön, sehr umgänglich.«

»Findest du?« fragte Tom überrascht.

»Ja«, sagte Klaus.

»Ich mag sie sehr gern«, sagte Tom. »Aber sie möchte, daß wir heiraten.«

Ohne die Deutschen und die Asiaten würden die britischen Krankenhäuser einfach nicht mehr funktionieren, dachte Tom. In seinem Bekanntenkreis erzählte inzwischen jeder Arzt den Kindern seiner Freunde: »Tu, was du willst, mach alles, was du willst, nur nicht Medizin.« Das schien sie natürlich nicht abhalten zu können. Es war eine Berufung, besonders die Krankenhausmedizin. Die Faszination, wenn man zusehen konnte, wie ein Medikament umgehend zu wirken begann, oder wenn man jemanden soweit bringen konnte, ihm sein Leben anzuvertrauen, war eine Art von Verführung.

Toms Mutter war ausgeschieden, sobald sie ihre Qualifikation gehabt hatte, denn sie hatte es nicht ausgehalten, zusätzlich zur Betreuung von zwei kleinen Jungen ständig im Dienst sein zu müssen. Tom hatte noch schwache Erinnerungen daran, wie sie zur Arbeit gegangen war und sich nicht einmal getraut hatte, sie zum Abschied zu umarmen, aus Angst, in Tränen auszubrechen. Und daran, wie er sich in das Schlafzimmer seiner Eltern geschlichen hatte, um ihren Geruch zu riechen, weil er sie so sehr vermißt hatte.

»Ich will nie im Leben eine Frau mit einem Beruf, der von ihr verlangt, daß sie aus dem Haus geht, auch wenn wir Kinder haben«, hatte er mit Nachdruck zu Josh gesagt.

»Was du willst, ist unmöglich«, sagte sein Bruder. »Du wärst niemals glücklich mit jemandem, der nicht genauso intelligent ist wie du, und solch eine Frau wäre ohne Beruf unglücklich.«

»Ich weiß«, sagte Tom. »Und ich kann es mir außerdem nicht leisten, jemanden zu heiraten, der nicht arbeitet, außer sie hat ein privates Einkommen.«

Er dachte an Sarahs große, weiße, leicht vorstehende Zähne, an ihr schmales braunes Gesicht, gleichzeitig sexy und das eines Raubtiers. Sie hielt unnachgiebig daran fest, daß sie sobald wie möglich eine private Praxis haben und »wirklich« Geld verdienen wollte. Tom fragte sich manchmal, ob das, was sie wirklich an ihm mochte, nicht die Leute waren, die er kannte. Ihre Neugier und ihr Ehrgeiz, Leuten wie Andrew Evenlode und Amelia vorgestellt zu werden, waren beinahe ebenso peinlich wie deren vollständiges Desinteresse an ihrer Person. Generationen hart arbeitender, unter schwierigen Umständen lebender Vorfahren aus der Mittelschicht schimmerten bei ihr durch wie Urgestein. Sie war nicht jemand, der eine Überdosis nähme, wenn er sie sitzenließe. Er fragte sich kurz, wie es Adams Freundin ging, der kleinen Mary Quinn. Sie hatte ihn angerufen und ihn für zwei Wochen später zum Abendessen eingeladen. Aus Neugier hatte er angenommen. Wahrscheinlich wieder ein Fehler.

Sein Trauma-Piepser ging los, und Stimmen knisterten, eine Nachricht über einen Autounfall – acht auf der Komaskala. Toms Herzschlag beschleunigte sich. Alle rannten auf die Bahre zu, auf der ein schreiender junger Mann hereingebracht wurde, der roch wie eine verbrannte Kartoffel. Sogar die Krankenhausärzte begannen zu würgen. Blut war eine Sache, an diesen Geruch hatten sich alle gewöhnt, doch Verbrennungen machten sogar diejenigen fertig, die Tausende sterben gesehen hatten. Alle bewegten sich mit unglaublicher Schnelligkeit. Drei Schwestern fingen an, dem Jungen die restlichen Kleider vom Leib zu schneiden, während Tom die gesprungene Haut mit Diamorphin durchstach. Das Schreien hörte auf. Der Tropf über der Bahre leerte sich mit einer solchen Geschwindigkeit, daß die Schwester kaum Zeit hatte, den nächsten anzubringen.

»Gibt es ein Bett auf der Intensivstation?«

»Ich glaube nicht.«

»Guter Gott! Rufen Sie an.«

»Er schafft es nicht, wenn wir ihn noch einmal bewegen.«

»Das tut er wahrscheinlich ohnehin nicht, aber rufen Sie an, rufen Sie an! Irgendwo muß es eins geben. Kennt jemand seinen Namen?«

Die Hektik, mit der sie sich bewegten, weckte die anderen Patienten in der Notaufnahme aus ihrer Apathie. Eine Frau gab Tom einen Stupser, als er sich setzte, um sich Notizen zu machen.

»He – du –, ich rede mit dir, Sonnenschein! Was ist mit meiner Mutter? Ihr Ärzte seid alle gleich, sitzt auf euren Ärschen wie gottverdammte Wegelagerer.«

Tom sah sie mit trüben Augen an. Er arbeitete seit achtunddreißig Stunden und hatte Schwierigkeiten, scharf zu sehen. »Es tut mir leid. Wie Sie sehen, ist der Samstagabend nicht der geeignete Zeitpunkt für eine Grundsatzdiskussion.«

Durch eine Glastür konnte er sehen, wie Klaus verzweifelt versuchte, ein Bett zu finden. Ein Facharzt bekäme das fertig, doch die Fachärzte lagen natürlich alle zu Hause in ihren Betten. Sein Akzent würde gegen ihn sprechen. Tom wußte, daß er versuchen sollte, ihm zu helfen, doch die Erschöpfung ließ ihn egoistisch werden. Laß ihn das machen, dachte er.

»Werden Sie nicht frech! Wir haben jetzt ein Patientengesetz, und ein paar von uns warten seit über vier Stunden. Ich könnte Sie vor Gericht bringen.«

»Der Grund, weshalb Sie warten müssen«, sagte Tom, »ist der, daß es nicht genügend Ärzte gibt, um jeden Patienten sofort zu behandeln. Wenn Sie noch mehr von uns in sinnlose Verfahren einbinden wollen, werden die Schlangen noch länger. Wenn Sie sich andererseits die Mühe machen würden, Ihrem Hausarzt zu schreiben und ihn auf den Zustand des Krankenhauses aufmerksam zu machen, und auf die anderen, die in ganz London zusammengelegt und geschlossen werden, bestünde eine kleine Möglichkeit, daß Sie besser behandelt würden. Obwohl ich das sehr bezweifle.«

Laili kam angerannt. »Hast du die Frau mit der Infusion gesehen?«

»Nein. Ist sie nicht auf der Station?«

»Wir können sie nirgends finden. Sieht so aus, als wäre sie samt der Kanüle abgehauen.«

Tom seufzte. »Dann setzt sie sich durch die Kanüle irgendwo einen Schuß. Alter Süchtigentrick. Mach dir keine Sorgen, in ein paar Tagen ist die Vene verstopft – falls der Abszeß sie nicht vorher erledigt.«

Um fünf am Sonntagmorgen gab es eine Flaute. Alle, die kurz vor dem Sterben gewesen waren, waren tot, und der Rest hatte sich entschieden durchzuhalten, wenigstens bis nach dem sonntäglichen Mittagessen. Tom ging durch die endlosen Flure zur Cafeteria und sah hinaus in die Dämmerung.

»Tut mir leid, die Caf ist zu.«

»Können Sie mir nicht wenigstens ein Sandwich geben?« bettelte Tom. »Oder ein bißchen Obst?«

»Tut mir leid. Ihr Ärzte solltet lernen, euch selbst was mitzubringen.«

Der Mann, der früher das Café betrieben hatte, war inzwischen Krankenhausmanager, verdiente dreimal soviel wie Tom, hatte ein Büro mit Blick über das Gelände und ein brandneues Auto. Die Ambitionen seines Nachfolgers gingen offenbar in die gleiche Richtung.

Über die Flure zurück ins Ärztezimmer. Es war mit durchgesessenen, verdreckten alten Sesseln möbliert und voller Zigarettenkippen. Laili schniefte in einer Ecke im selben Rhythmus wie die Kenco-Kaffeemaschine, für die die Ärzte nach mehrfachen Anträgen bei verschiedenen Komitees schließlich zusammengelegt hatten. Es gab nur pulverisierte Milch.

»Hat eine der Schwestern einen Keks?« fragte Tom.

»Hier.« Sie hielt ihm eine Packung mit Körnerkeksen hin.

»Danke, vielen Dank. Wie fühlst du dich?«

»Wie der Tod.«

»Das ist in der Medizin so«, sagte Tom. »Patient lebt, Doktor tot.«

»Ich habe mich so angestrengt, um Ärztin zu werden«, sagte sie. »Meine Familie wollte nicht einmal, daß ich Abitur mache. Und dann ...«

»Du darfst es nicht so nah an dich heranlassen«, sagte Tom.

»Alles, was ich will, ist, den Menschen zu helfen, und sie lassen nicht einmal zu, daß ich sie anfasse, weil ich schwarz bin.«

Die Müdigkeit ließ ihn schweigen. Man überlebte, oder man ging unter: eine dreifache Selbstmordrate, eine dreifache Alkoholismusrate, eine siebenfache Scheidungsrate.

»Also leg dir eine dickere Haut zu. Weißt du, was Yeager zu mir gesagt hat, als ich neu war? ›An Weihnachten versuchen wir immer, ein paar Juden und Asiaten dazuzubekommen, denn die können dann für die anderen einspringen.‹«

Erst eine Pause, dann ein dünnes Lächeln.

Klaus kam gähnend herein.

»Was ist aus dem Patienten mit den Verbrennungen geworden?«

»Wurde nach Manchester geflogen. Du hast den Hubschrauber verpaßt.«

»Das wird ganz schön teuer.«

Toms Piepser ging los.

Es war die Frau, die früher am Abend eingeliefert worden war. Die Tuberkulose war zu weit fortgeschritten, als daß die Medikamente, die man in sie hineinpumpte, sie noch stoppen konnte. Ein weiterer hoffnungsloser Fall. Ihre Haut war beinahe so weiß wie die Laken, auf denen sie lag, so weiß, daß ihr Haar dadurch wieder gelb wirkte, doch auf ihren Wangen vermittelten hellrote Flecken die Illusion von Gesundheit. Wahrscheinlich nicht älter als fünfzig – oder gar fünfundvierzig, dachte Tom. Ihre Stimme war ganz anders, als er erwartet hatte, denn sie war leise und klang beinahe gebildet.

»Werde ich sterben?«

»Ja«, sagte Tom.

Die Schwester, die ihn gerufen hatte, drängte: »Wie heißen Sie? Haben Sie Verwandte? Familie?«

»Grace«, sagte die Frau. »Sagen Sie es Grace – Wohnsiedlung Queen's – Camden –«

Ein heftiger Hustenkrampf.

»Ihr Nachname? Wie heißen Sie mit Nachnamen?«

Die Frau öffnete die Augen und sagte, ehe das Licht in ihnen erlosch: »Kenward.«

16.

Mary in Chelsea

Wenn eine alleinstehende Frau älter ist als siebenundzwanzig, ist London für sie nicht angenehm. Da gibt es diejenigen, die behaupten, sich absolut keinen Partner zu wünschen. Sie widmen sich dem kulturellen Leben der Stadt, wie sich früher die alten Jungfern der Wohltätigkeit gewidmet haben. Sie verkünden die Freuden der Kinderlosigkeit, machen Überstunden, ihre Kleidung ist so modisch, daß sie verrückt aussieht, und Gerüchte behaupten, sie seien lesbisch.

Dann gibt es die anderen, nur ein paar Jahre älter als Mary, die Warteschleifen drehen wie Flugzeuge, die auf einen Landeplatz warten: Sie tauchen jedes Jahr wieder auf, bis sie eines Tages, nachdem sie entweder keine Energie mehr oder einen Partner gefunden haben, vom Horizont verschwinden. Auch sie sind bei jeder Buchpräsentation und bei jeder privaten Vorstellung zu sehen und lachen ein wenig zu oft. Es ist ein Geheimnis, warum diese Frauen allein bleiben, dachte Mary, denn sie sind hübsch, intelligent, angenehm, unterhaltsam, warmherzig und auch noch erfolgreich. Waren sie zu wählerisch? Jagten sie den Männern Angst ein? Oder lag es einfach daran, daß sie zu alt waren, sobald sie die Dreißig überschritten hatten?

Dieser letzte Gedanke machte ihr Sorgen, beschäftigte sie aber nicht mehr so stark wie früher. Sie wollte Rache, keinen Ehemann. Sie glaubte nicht, daß irgendein Mann nach Mark imstande sein könnte, ihr dauerhaftes Interesse zu wecken, und sie glaubte auch nicht, daß sie selbst für irgend jemanden attraktiv sein könnte. Sie würde niemals heiraten, niemals Kinder haben oder ein Zuhause – aber sie hoffte, vielleicht irgendwie sich selbst wiederzufinden.

Haß birgt alles in sich, glaubt alles, hofft alles, erträgt alles. Etwas in ihr verhärtete sich. Jedes Gefühl für Sexualität war seit dem Tag ihres Selbstmordversuchs in ihr abgestorben: Sie hatte das Empfinden, als sei es von ihrem Körper amputiert und jucke gelegentlich in einem Phantomschmerz, sei aber in Wahrheit nicht mehr vorhanden. Sie hatte geglaubt, sich durch Mark radikal verändert zu haben, doch jetzt begriff sie, daß sie ebenso naiv geblieben war, als wäre sie gerade von der Fähre gekommen. Sie erkannte, daß sie ein Netzwerk neuer Freundschaften würde aufbauen müssen – denn Ivo hatte ihr gesagt, daß alles von einem solchen Netzwerk abhing –, und um das zu erreichen, würde sie Einladungen zu Essen aussprechen müssen. Partys nutzten nichts. Man konnte denselben Menschen jedes Jahr ein dutzendmal treffen und die gleiche belanglose Unterhaltung mit ihm führen. Doch Abendessen verschafften eine größere Intimität und waren deshalb verpflichtender. Es würde schwierig sein, Leute einzuladen, da sie in einem Einzimmerapartment lebte und ihr wöchentliches Einkommen ungefähr zehn Pfund pro Woche betrug. Aber es war nicht unmöglich. Nichts war unmöglich für jemanden, der so haßte, wie Mary es tat.

Sie hatte drei Vorteile. Der eine war, daß sie kochen konnte. Die Leute waren von der Arbeit derart erschöpft, daß sie alles taten, einschließlich um halb neun Uhr abends durch das Londoner Verkehrsgewühl zu fahren, um nicht mit trübseligen Gedanken an Essen und Abwasch konfrontiert zu werden. Der zweite bestand darin, daß, falls sie Ivo einlud, andere gern kommen würden, um ihn kennenzulernen. Der dritte war der, daß einer Adresse in London Schicksalskraft zukommt. Sogar in Zeiten des Konjunkturrückgangs waren die Londoner in bezug auf die Adresse so versnobt, wie sie es früher in bezug auf Ahnentafeln gewesen waren: besser ein Einzimmerapartment in Chelsea als eine Villa in Muswell Hill.

Phoebe Viner, ihre Vermieterin, war eine merkwürdige Gestalt. Als Mary sie zum erstenmal erblickte, hielt sie sie für einen indischen Handwerker, denn sie trug einen purpurfarbenen Turban und reparierte gerade die Eingangstreppe. Dann sah sie, daß Phoebes dünne braune Hand mit einem Goldring mit einem riesigen Amethyst geschmückt war.

»Ich habe den ganzen Morgen einen Kuchen glasiert, und ich verwechsle dieses blöde Zeug immerzu mit dem Marzipan«, sagte Phoebe mit tiefer, heiserer Stimme. »Whisky? Gin? Cha?«

»Tee wäre großartig«, sagte Mary, war sich aber nicht sicher, ob Tee überhaupt im Angebot war.

»Also«, sagte Toms Großtante, »wie ich höre, brauchen Sie eine Wohnung, gegen Mitarbeit im Haushalt. Haben Sie schon einmal geputzt?«

»In meinen Adern fließt praktisch Putzmittel«, sagte Mary.

»Und Sie sind mit meinem schlimmen Großneffen befreundet.«

»Er ist der Freund eines Freundes«, sagte Mary vorsichtig. Phoebe sah sie mit pfiffigen Augen an, blau wie Enzian in einem schieferfarbenen Gesicht.

»Nun, es ist eine Abstellkammer, aber durchaus bewohnbar, nehme ich an. Ich brauche Ihre Hilfe sechs Stunden die Woche, Staubsaugen und so weiter, ich bin nicht mehr ganz sicher auf den Beinen, und außerdem langweilt mich das Ganze. In Ordnung? So was Ödes, Staub von einer Stelle zur anderen zu bewegen! Gartenarbeit ist eher meine Sache. Rauchen Sie?«

»Nein.«

»Ah. Schade«, sagte Phoebe, steckte eine Zigarette in einen langen, lackierten Zigarettenhalter und zündete sie an. »Ich sehe keinen Grund aufzuhören, nur um als sabbernde Alte noch zwanzig Jahre länger durchzuhalten. Was sind Ihre Sünden?«

»Ich weiß nicht«, sagte Mary verschreckt. Sie kam sich langweilig und bieder vor. »Ich habe es kurz mit Trinken versucht, aber das hat nicht geklappt.«

Phoebe lachte, und ihr ganzes Gesicht unter dem purpurfarbenen Turban war voller Runzeln. »Keine Männer?«

Mary schüttelte den Kopf.

»Frauen?«

»Nein.«

»Ich sehe auch den Vorteil von Frauen nicht«, sagte Phoebe.

Mary erkannte, daß Phoebe den Verdacht hatte, sie hätte mit Tom ein Verhältnis gehabt, und wurde rot. »Ich habe jahrelang mit jemandem zusammengelebt, und dann hat er sich entschieden, eine andere zu heiraten.«

Phoebe gab ein Schnauben von sich. »Dann zum Teufel mit ihm.«

Sie tranken Tee und gingen anschließend die Treppe hinunter in den Flur. Es war ein außerordentlich hübsches Haus. Eine Glyzinie wand sich an der Fassade hoch zu einem Balkon, doch im Innern war es ein einziges Durcheinander. Phoebe deutete mit ihrer Zigarette auf die Wände und verstreute dabei überall Asche. »Ich war einmal Muse, müssen Sie wissen. Die meisten Bilder hier stellen mich dar. Das ist ein Bonnard, das ist Kitaj. Und das hier ist Augustus John.«

»Sie sind sehr schön«, sagte Mary höflich.

»Die gehen alle an Tom, wenn ich den Löffel abgebe, wissen Sie. Er ist der der einzige mit einem Blick für Malerei. All meine Nichten und Neffen haben sich etwas ausgesucht, und zwar so langweilige Sachen wie Standuhren und Teppiche. Er hat meinen Whistler gewählt.«

»Sie haben einen Whistler?«

»Tom wird eines Tages eine Überraschung erleben, wenn der geschätzt wird. Kunst ist das einzige, was sich zu besitzen lohnt. Nicht diese langweiligen Aktien und Anteile, von denen einem die Leute erzählen.«

Der Keller war schmuddelig und voller Gerümpel.

»Macht es Ihnen etwas aus, wenn ich ein bißchen streiche?«

»Guter Gott, Kind, natürlich nicht«, sagte Phoebe. »Solange Sie keine Leitungen verstopfen oder laute Musik spielen, können Sie machen, was Sie wollen. Vorausgesetzt, Sie arbeiten Ihre sechs Stunden. Ohne Putzen keine Wohnung. So lautet die Abmachung.«

»In Ordnung. Danke«, sagte Mary. »Vielen Dank.«

Sie rief ihre Mutter in Belfast an, die sich so erleichtert anhörte, wie Mary selbst sich fühlte.

Adam, der in erster Linie für ihre Glückssträhne verantwortlich war, sagte: »Klemm einfach die Beine zusammen, wenn Tom vorbeikommt.«

»Du hörst dich an wie die Nonnen.«

»Ich mußte bereits einmal einen emotionalen Zusammenbruch auflesen. Du sollst nicht noch einen haben.«

In dem Zimmer verlief eine Vielzahl von Leitungen und es gab kaum direktes Sonnenlicht. Das Badezimmer, das unter der Treppe lag, hatte eine eiserne Badewanne mit Löwenklauenfüßen. Der Raum verfügte über einen viktorianischen Kamin, ein durchgesessenes braunes Sofa und braune Samtvorhänge, die einen Großteil des Lichts schluckten, das durch das kleine quadratische Fenster fiel. Der Blick nach draußen ging auf zwei mit Brettern verschlossene Kohlelöcher, die bis unter die Straße reichten, auf Geländer und die Füße der Passanten. Von der Küche aus konnte sie in Phoebes Garten hinaufsehen, wo Katzen über die bewachsenen Wände und Marmorurnen schlichen. Später, im Sommer, hörte sie Schwatzen und Klirren, Geräusche von Partys, die alle von Menschen mit den lautesten, selbstzufriedensten Stimmen der Welt besucht zu werden schienen:

»Da ist Jonty Paddington, er ist ein Seiden– ...«

»Ein bißchen Ärger im Drachen, Summerhill ist besser ...«

»Der göttlichste kleine Mann ...«

»Nur einen Tropfen.«

Mary kaufte in einem Trödelladen auf der anderen Flußseite zwei große Spiegel. Den fleckigeren brachte sie außen an der weißgetünchten Wand unterhalb des Geländers an, wo er von drei Spalieren umrahmt war. Klematis und Jasmin in zwei großen Töpfen wurden daran hochgezogen, und davor wollte sie einen Trog mit Blumen bepflanzen. Den anderen Spiegel hängte sie dem Fenster gegenüber auf, wo er das Licht verdoppelte.

»Wie findest du es?« fragte sie Adam stolz.

»Sieht aus wie jeder Keller in Chelsea.«

Alles, was Mary als nächstes tat, war ein privater Akt des Widerstands gegen die Erinnerung an Marks Regime des geschmackvollen Beige. Die Wände bemalte sie in goldgesprenkeltem Gelb. An die kurzen braunen Vorhänge nähte sie lange Baumwollbahnen, verlängerte sie so bis zum Boden und raffte sie mit Hilfe eines goldfarbenen Seils, das mit einer großen Troddel verziert war. Das Sofa und das schmale Einzelbett bedeckte sie mit Baumwollstoff, der mit goldenen Sternen bedruckt war. Der Ripsteppich war nicht zu ändern, doch gereinigt war er akzeptabel. Mary nähte neue Baumwollschirme für Phoebes Lampen, befestigte sechs aus Draht gebogene, goldfarbene Kerzenleuchter an den Wänden, schwärzte den Kamin und klebte aus Glanzpapier ausgeschnittene Cherubime und Engel an die Decke. Für Bilder hatte sie kein Geld.

Die Küche wurde mit altem Notenpapier verziert, gestrichen und bekam ein neues Licht. Der Herd stammte aus den dreißiger Jahren, funktionierte aber wunderbar, und der kleine Kühlschrank lief, seit Mary ihn einmal auf den Kopf gestellt und hin- und hergerüttelt hatte. Sie warf zwei Schränke hinaus und behielt nur einen Kartentisch, an dem sie arbeitete, aß, das Essen vorbereitete und an dem sie – zusammen mit seinem Pendant im anderen Zimmer – ihre Gäste bewirtete. Das Bad, sowieso düster, wurde dunkelblau und die Badewanne in einem kräftigen Pink gestrichen. Einen weiteren Spiegel, dessen Rahmen mit Muscheln verziert war, hängte sie über dem Waschbecken auf, und ein Plastikhummer hielt die Klopapierrolle zwischen seinen Scheren. Nach vierzehn Tagen war Mary voller Farbe, und ihr dröhnte der Kopf von den Dämpfen. Doch sie hatte beinahe den Effekt erreicht, den sie sich gewünscht hatte. Alles war sauber und stilvoll und nicht die Art von Wohnung, in der man die Tochter von Betty Quinn erwartete. Es sollte der Ort ihrer Neuerschaffung werden.

Adam besuchte sie mindestens einmal pro Woche, teils, um sicherzugehen, daß sie die Muskeln ihrer Entschlußkraft nicht wieder erschlaffen ließ, und teils, das erkannte sie, aus purem Schrecken vor dem immer näher rückenden Tag, an dem sein Buch erscheinen sollte. Mary hatte ihn für so selbstgenügsam gehalten wie ein

Ei, aber jetzt zeigte er Risse und lief in alle Richtungen aus, war unnatürlich höflich zu jedermann, der etwas mit Journalismus zu tun hatte, obwohl er gleichzeitig kein Hehl daraus machte, daß er diese Leute verachtete. Auf ihre plötzliche Veränderung zur Kritikerin reagierte er mit ärgerlicher Krittelei. »Die, die etwas können, schaffen selbst etwas, die, die nichts können, kritisieren.«

»Ich habe keinen Ehrgeiz, Schriftstellerin zu werden«, sagte Mary ärgerlich.

»Nein, aber du bist Leserin. Ein Leser verhält sich zu einem Kritiker wie – eine Rose zu einer Begonie. Komm schon, Mary. Es muß etwas Besseres für dich geben. Richtiger Journalismus, wenn es sein muß.«

»Was? – ›Das Haus hatte einst Balkone. Während ich meine Ohren gegen die Schreie der Frauen verschloß, die ihre Toten betrauerten, schlich ich mich durch die Heckenschützengasse.‹ Ich habe den größten Teil meines Lebens bereits damit verbracht, in einer Bar herumzuhängen, danke.«

»Du klingst ganz anders!«

»Ich *bin* anders«, sagte Mary. »Ich beabsichtige, ein Monster zu werden.«

Adam lächelte.

»Nein, das meine ich wirklich so. Man kann das Schreckliche, das einem vom Leben zugeteilt wird, entweder akzeptieren, oder man kann, wie Ivo gesagt hat, dagegen rebellieren. Was hat es mir eingebracht, daß ich der Idee gehorcht habe, irgendeine moralische Instanz würde meine Existenz regieren? Mark hatte recht. Ich habe versucht zu leben, als ob Gott davon Notiz nehmen würde, und Tatsache ist, daß da niemand ist. Und solange ich mich weigere, das Spiel zu spielen, werde ich auch niemand sein.«

»Es ist kein Spiel. Was man hineingibt, bekommt man heraus.«

»Aber das stimmt nicht, das stimmt nicht!« rief Mary heftig und fuhr sich mit den Fingern durch die Haare, bis sie ihr in glänzenden Stacheln vom Kopf abstanden. »Das ist genau der Punkt. Menschen wie Mark und Amelia werden für ihre Sünden belohnt. Mich halten die Leute für verrückt, weil ich überhaupt denke, daß es Sünde sein könnte. Es schert keinen, was sie tun, falls überhaupt, dann werden sie dafür bewundert. Das ist wie im Darwinismus – nur der Stärkste gewinnt.«

»Falls du das glaubst, mißverstehst du den Darwinismus«, sagte Adam. »Eine Spezies überlebt nicht nur durch Konkurrenz, sondern auch durch Kooperation. Die Welt wird nicht von Raubtieren über den Haufen gerannt. Außerdem werden menschliche Raubtiere im allgemeinen nicht bewundert, nicht einmal von anderen ihrer Art.«

»Meinst du?« sagte Mary. »Nun, wir werden sehen.«

Sie lud Adam zum Abendessen ein, zusammen mit Ivo, Tom und zwei alleinstehenden Mädchen, zu denen sie den Kontakt trotz Marks Mißbilligung nicht ganz aufgegeben hatte. Sie sagte sich, daß sie Adam damit einen Gefallen tue, daß es ihm helfen werde, denn die Gerüchte über seinen Roman waren beunruhigend.

Es war nicht Marys Schuld, daß der Abend nicht gut verlief. Sie hatte Kressesuppe gekocht und Coq au Vin, doch nicht einmal die Schokoladennachspeise schien die Spannung zu lösen. Sie fand, daß es teilweise Toms Schuld war, weil die beiden Mädchen ihn die ganze Zeit anstarrten und kicherten. Und teilweise lag es auch an dem Antagonismus zwischen den drei Männern. Sie hatte weder gewußt, daß Ivo Tom so wenig leiden konnte, noch, daß dies auf Gegenseitigkeit beruhte. Am schlimmsten war jedoch Adams Benehmen.

Sie hatte Adam noch nie zuvor in Gesellschaft erlebt. Er ging sehr selten aus und glaubte offensichtlich, sich in irgendeiner Form produzieren zu müssen. Das Ergebnis war schmerzlich, denn das, was sonst sein Witz war, wurde zu einer Karikatur seines wahren Wesens.

»Wie lange hast du gebraucht, um deinen Roman zu schreiben?« fragte Ivo.

»Oh, zwei Monate«, sagte Adam grinsend. »Und ein ganzes Leben.«

»Wirklich? Was ist es? Ein Ideenroman?«

»Nun, ja, aber er erzählt auch eine Geschichte. Er handelt von einem jungen Mann, der ein Jahr ohne Verpflichtungen in der Provence verbringt und dort vieles entdeckt, vor allem über sich selbst.«

»Oh, ein Entwicklungsroman«, sagte Ivo wegwerfend. »Ich wünschte, aufstrebende Schriftsteller hörten auf, an ihren Pickeln herumzudrücken. Du solltest Kritiken schreiben, wenn du dich auszeichnen willst.«

»Nein«, sagte Adam. »Meine Meinung ist ähnlich wie die von Flaubert: Ein Mann wird Kritiker, wenn er nicht Künstler werden kann, genauso, wie er Informant wird, wenn er nicht Soldat werden kann.«

»Das geht nicht«, sagte Ivo, als er Marys Rezension las, nachdem alle gegangen waren.

»Es tut mir leid«, sagte sie und wrang den Spüllappen aus. »Was für ein schrecklicher Abend! Er ist normalerweise nicht so.«

»Mary hatte *Andere Füße* von Flora Payne dreimal gelesen: zuerst im Krankenhaus, wo sie geglaubt hatte, ihre Unfähigkeit, zu verstehen, warum das Buch veröffentlicht worden war, habe mit ihrer Krankheit zu tun. Zum zweitenmal in dem Versuch, irgendein ausgleichendes Moment darin zu finden, und zuletzt, um ihre Zitate zu überprüfen. Inzwischen hatte sie das Gefühl, jeden Satz auf den zweihundert Seiten auswendig zu kennen.

Ivo ignorierte ihre Entschuldigung. Er hatte bereits entschieden, wie er mit Adam fertig werden wollte. »Fandest du es gut?«

»Ich habe in meinem ganzen Leben noch nie eine Geschichte so abscheulich gefunden.«

»Warum sagst du es dann nicht?«

»Ich dachte, meine Abneigung sei vielleicht irrational.«

»Das ist immer das erste, was mit einem journalistischen Text geschieht«, sagte Ivo milde. »Biographische Artikel sind das schlimmste. Du interviewst jemanden, ihr kommt miteinander zurecht, und wenn du dich dann hinsetzt, um zu schreiben, wird das Ganze solch ein Problem, daß du die Person lieber niedermachen würdest. Gibt es noch Armagnac?«

»Ich habe dir gesagt, daß ich dazu nicht zu gebrauchen bin. Ich war nicht an der Universität. Ich werde nie gut schreiben können.«

Ivo nippte. Er hatte bereits die halbe Flasche ausgetrunken. »Oh, du wirst es können. Du weißt, wovon du sprichst, du weißt nur noch nicht, wie du es lesbar machen sollst. ›Dieser Roman handelt von einer Hausfrau, die im Norden von Oxford lebt ...‹ Deine Leser sind beim zweiten Satz eingeschlafen. Paß mal auf: Was sollte eine Buchbesprechung als erstes leisten?«

»Etwas über das Buch sagen.«

»Nein.«

»Etwas über den Autor sagen?«

»Nein.«

»Was dann?«

»Sie soll Lust machen, weiterzulesen. Hör zu, vergiß alles, was Mark dir möglicherweise beigebracht hat.« Mary blinzelte. »Eine Buchbesprechung ist Journalismus wie alles andere auch. Wenn du jemanden dazu bringst, zu lesen, was du geschrieben hast, hast du deinen Job schon halb getan. Jeder einzelne Artikel in einer Zeitung dient nicht nur der Information, er ist auch ein Grabenkrieg gegen Gleichgültigkeit, Faulheit, das Telephon oder den Wunsch deiner Leser nach einer Tasse Kaffee. Du mußt sie am Schwanz packen und dranbleiben.«

Ivo sah sie an und lächelte. Es war kein nettes Lächeln.

»Das klingt ...«

»Wie aus der Regenbogenpresse? Tja, jeder Journalist, der etwas taugt, lernt von der Regenbogenpresse, nicht von hochnäsigen Eliteblättchen. Natürlich«, fügte Ivo mit einem Seufzer hinzu, »wenn du einmal berühmt bist, lesen dich die Leute, einfach weil sie wissen wollen, was du denkst. Deshalb taugen die meisten unserer Rezensenten nichts. Wir brauchen große Namen, aber die meisten haben vergessen, wie man schreibt, vorausgesetzt, sie konnten es jemals. Und die schlechtesten von ihnen schreiben über Bücher. Warum? Weil es die niedrigste Form von Journalismus ist, die es gibt. Und davon wiederum die niedrigste ist die Literaturbesprechung. Du brauchst nicht auf die Straße zu gehen, um irgendwelche Dinge mit eigenen Augen zu sehen. Du brauchst nicht am Telephon zu sitzen. Du mußt nicht einmal etwas vom Thema verstehen. Alles, was du zu tun hast, ist, von jemandem, der sich geistig einen runterholt, ein paar hundert Seiten zu lesen, und dann darüber fünfhundert mäßig kluge Wörter zu schreiben.«

Trotz ihrer Anspannung mußte Mary lachen. Ivo rutschte neben ihr auf den Boden. »Verdammt, ich bin blau. Wo ist die Flasche?«

»Das hört sich so einfach an.«

»Ist es, sogar wenn du dir die Mühe machst und liest, was du besprichst.«

»Willst du damit sagen, daß manche das – nicht tun?«

»Gott im Himmel, nein. Überfliegen, mein Liebling, überfliegen!« Er fing an, scheinbar abwesend ihr Knie zu streicheln. »Du liest das erste Kapitel, das letzte Kapitel und den Klappentext. Es ist außerordentlich wichtig zu wissen, wie man fliegt, ich meine, überfliegt. Jemand wie ich überfliegt jeden Tag ein Dutzend Bücher. Deshalb geben sich echte Profis bei ihren Büchern auch die größte Mühe mit dem Anfang und dem Schluß. Man kann unmöglich von dir erwarten, daß du jedes Wort liest. Dafür werden Kritiker bei weitem zu schlecht bezahlt.« Mary nahm ihren Mut zusammen und seine Hand in ihre beiden. »Ivo, nicht. Bitte. Ich bin nicht – ich kann einfach nicht.«

»Ich bin so sentimental aufgelegt.«

Innerlich lachte Mary empört auf. Wenn seine Masche bei Frauen so aussah, dann war es kein Wunder, daß er sowenig Erfolg hatte. Sie tätschelte ihn unbeholfen und sagte knapp und entschieden: »Ich habe das Buch, das du mir gegeben hast, dreimal gelesen, einfach um sicherzugehen, ob ich recht habe.«

»Nun, sogar wenn du mit einer Sache völlig falsch liegst, gibt es nichts, was der Autor oder der Verleger dagegen tun können«, sagte Ivo. »Jemand, der sich brieflich über eine Kritik beschwert, begeht praktisch Selbstmord.«

»Aber wenn ich mich wirklich irren sollte, muß die Zeitung dem Autor dann nicht eine Entschuldigung zugestehen?«

»Nein, um Gottes willen. Niemanden außer den Autor interessieren Ungenauigkeiten. Wer soll sich darum scheren, wenn du behauptest, der Held sei ein einbeiniger Spanier namens Maria, während er in Wirklichkeit ein blinder Mexikaner ist und Jesus heißt? Was ist denn eine Kritik anderes als kostenlose Werbung? Warum bekommen die Zeitungen die Bücher deiner Meinung nach umsonst? Weil jede Veröffentlichung, selbst die unvorteilhafteste, besser ist als gar keine.«

»Ja«, sagte Mary traurig. Sie dachte über seine Worte nach. »Und was ist, wenn ein Leser dich ertappt?«

Ivo explodierte. »Kritiker schreiben nicht für Leser, sagte er. »Sie schreiben füreinander. Im großen und ganzen ist es sicherer, zu verurteilen als zu loben. Man steht immer besser da.«

»Ist das nicht furchtbar ungerecht? Ich meine, die wenigsten Bücher sind eindeutig gut oder schlecht. Es ist immer eine Art Mischung.«

»Ja, aber was wir wollen, ist eine Meinung«, sagte Ivo. »Jede Zeitung lebt von Meinungen. Wer sind die bestbezahlten Lohnschreiber im Land? Nicht irgendein Kerl in Birkenstocksandalen, der Nachrichten schreibt. Es sind die tonangebenden Leute. Wir sind krank vor Informationen, und die Leute sind weniger und weniger imstande, sich ihre eigene Meinung zu bilden. Dein Job ist es, ihnen die Meinungsbildung abzunehmen. Schau, das ist keine Wohltätigkeitsveranstaltung. Du mußt dich fragen: ›Wodurch hat dieses Buch es verdient, veröffentlicht zu werden?‹«

»Ich verstehe«, sagte Mary langsam. »Aber so … Aber was passiert, wenn du dich irrst und etwas Gutes übersiehst? Oft ist es Geschmackssache, und …«

»Wenn du einmal drin bist, fliegst du so gut wie nie wieder raus. Außer wenn die Redakteure, die dir Aufträge geben, fliegen. Die meisten sind wie Angus – sie wissen alles über Literatur und sehen darin zufällig eine Möglichkeit, ihren Marktwert und ihre Werbekosten zu steigern. Aber hin und wieder murmeln sie so etwas wie: ›den Buchseiten mehr Pfiff geben‹, und dann mußt du eine Schauspielerin, die kaum lesen und schreiben kann, dazu bringen, ›Sextips für Katzen‹ zu veröffentlichen oder so was. Nein, das wahre Verhängnis liegt darin, daß Feuilletonredakteure aussteigen, wenn sie ein Buch schreiben, so wie Marian. Natürlich ernten sie überall überschwengliches Lob, denn kein Mensch bei klarem Verstand will es sich mit einem Auftraggeber verderben, indem er sagt: ›In Wirklichkeit ist das alles ein Haufen Scheiße.‹ Dann glaubt der Redakteur, er oder sie könne wirklich schreiben, und wirft alles hin für die Kunst. Und du verlierst deinen Mentor.«

»Ich nehme an, es gibt kaum eine Chance, daß Mark ein Buch schreibt?« sagte Mary.

»Nicht die geringste Hoffnung. Mach dir keine Sorgen, mein Liebling, Onkel Ivo hat für Mark andere Pläne. Jetzt geh und laß dir etwas für deinen ersten Abschnitt einfallen. Fang immer mit dem ersten Abschnitt an, den schreibst du, bevor du anfängst zu denken. Versuche, mit einem Scherz zu beginnen. Die Engländer hassen Kultur, deshalb mußt du ihnen die Pille immer versüßen. Paß auf, daß der erste und der letzte Abschnitt immer zueinander passen, wie in einem Schulaufsatz. Falls möglich, mach einen Witz auf Kosten des Autors. Und wenn du lobst, solltest du zwei Adjektive verwenden, nicht nur eines, dann wirst du auf dem Taschenbuch zitiert.«

»Wie ›absolut phantastisch‹?«

»Genau. Ich persönlich bin der Meinung, daß es einer Niederlage gleichkommt, auf dem Taschenbuch zitiert zu werden. Die Autoren sind nie dankbar genug. Oh, und wenn du auf dem Gunstmarkt tätig werden willst, denk dran, daß es dafür einen ganzen Kodex gibt. Falls du sagen willst, jemand sei ein versnobter, humorloser Schwuler, solltest du schreiben, sein Buch sei ›kultiviert, trocken und anmutig‹. Alles, was ›lyrisch‹ ist, ist Unfug, ›anders‹ bedeutet unlesbar, und ›originell‹ heißt, der Autor sei praktisch verrückt. Aber das kriegst du bald raus.«

»Wenn man dich hört, könnte man meinen, Kritiker seien wie Immobilienmakler«, sagte Mary.

»Immobilienmaklern«, erwiderte Ivo und streichelte mit einem glücklichen Lächeln seine Fliege, »hat die Praxis einen Kodex aufgezwungen.«

17.

Grace und die Gunst

Grace und Billy wanderten zum äußeren Rundweg um den Regent's Park. Die schartige Platane trug jetzt Blätter, doch sämtliche Schößlinge, die aus dem Pflaster gesprossen waren, hatten gelangweilte Teenager abgerissen. Kassettenrecorder hallten durch die dumpfe Luft wie in einer Schlucht. Ein Wagen von Walls's-Eiscreme drehte langsam seine Runde und übertönte die Konkurrenz mit seinem gellenden Gedudel.

>»Jungs und Mädels, kommt raus zum Spiel,
>Der Mond scheint hell, und das ist viel!
>Jungs und Mädels, kommt raus zum Spiel,
>Der Mond scheint hell, und das ist viel!«

Die Melodie blieb hängen und wiederholte sich wieder und wieder. Die Sonne war vom Dunst, der über der Stadt hing, zu einer stumpfen Münze gebleicht. Es hatte wochenlang nicht geregnet, und die Luft war gelb und stank. Den Menschen brannten die Augen, und ihre Kehlen waren ausgetrocknet. Niemand wollte mit der U-Bahn fahren. Schon im Vorbeigehen sah man den Schmutz, der dort langsam herausquoll wie Rauch. Der Verkehr staute sich bis spät in die Nacht.

Überall in der Wohnsiedlung prügelten Mütter in regelrechtem Haß auf ihre Kinder ein, die jammernd nach Eis verlangten. Eigentlich war es gar kein Eis, sondern ein Klumpen aus emulgiertem, aufgeschlagenem Schweinefett und Zucker, aber so teuer wie die echte Ware, die unten in Chalk Farm verkauft wurde. Dennoch waren die Kinder verrückt danach.

»Nein, Billy«, sagte Grace. »Das ist voller böser Keime.«

Billy trottete neben ihr her, hielt ihre Hand und keuchte. In

Fernsehen und Radio war gesagt worden, Asthmatiker und Kinder sollten die Häuser nicht verlassen, aber wie konnte man in einer kochendheißen Einzimmerwohnung eingesperrt bleiben, wenn es direkt um die Ecke einen Park gab?

»Tolle Autos«, sagte er. »Wotes Auto. Weißes Auto. Gelbes Auto. Bus.«

»Welche Farbe hat der Bus?«

»Wot.«

»Welchen Buchstaben und welche Nummer kannst du darauf erkennen?«

»C 2«, sagte Billy nach einer Pause, denn dies war das Kennzeichen des Busses, der an der Queen's-Wohnsiedlung vorbeifuhr.

»Kluger Junge!«

»Wir gehen zu Sainsbury's.«

»Später.«

Über den Zebrastreifen, durch die Fußgängerpassage, und dann lag der Park vor ihnen: eine weite Grünfläche, umgeben von großen Häusern, die durch die Bäume der privaten Gärten schimmerten, die sie von der Straße abgrenzten. Auf manchen Dächern standen weiße Statuen in klassischem Faltenwurf, andere Häuser hatten imposante, angestrahlte Säulen.

»Hallo, Steinmenschen, hallo«, sagte Billy und winkte ihnen zu. Er führte immer fröhliche Unterhaltungen mit Statuen, besonders mit den beiden Babys im Rosengarten. Sie gaben bewundernde Kommentare zu seinen neuen Turnschuhen mit Klettverschlüssen von Woolworth ab, und er fragte sie, warum sie Windeln trugen. Grace lachte, und sie lachte noch einmal, als er auf die Statue eines von Nymphen umgebenen Wassergeists in einem Brunnen zeigte und sagte: »Da ist Daddy.«

»Genauso sieht er aus, Liebling.«

»Mein Daddy ist groß und stark. Mein Daddy sieht sehr, sehr gut aus.«

Billy hatte seinen Vater noch nie gesehen. Grace, die ihn nach der Geburt ein einziges Mal auf der Straße entdeckt hatte, hatte die Straßenseite gewechselt, um ein Wiedersehen zu vermeiden.

Es hatte eine Zeit gegeben, da waren alle Männer »Daddy« gewesen, aber inzwischen wußte er, daß es nur einer sein konnte. Billy war zu jedem hingegangen, der ihm gefallen hatte, ob schwarz oder weiß.

Es war schrecklich, wenn man von der Sozialhilfe leben mußte, doch sie würde niemals zu ihrem Ehemann zurückkehren. Ich muß verrückt gewesen sein, dachte Grace. Doch es war Verrücktheit gewesen, daß sie hatte entkommen wollen. Billy schoß in die Höhe wie Unkraut und brauchte alle drei Monate neue Schuhe. Morgens ging er jetzt in den Kindergarten, und das kostete hundert Pfund pro Quartal. Die zusätzlichen wöchentlichen zwanzig Pfund, die sie von Georgina für das Babysitten bekam, reichten gerade, um sie vor den Klauen des Gerichtsvollziehers zu bewahren. Sie schuldete für alles mögliche Geld – das war das Problem, wenn man per Katalog kaufen mußte. Man bekam einen Kredit mit wöchentlicher Abzahlung eingeräumt, doch das bedeutete, daß eine Waschmaschine am Ende das Doppelte kostete. Dennoch brauchte man eine Waschmaschine, wenn man ein Kind hatte. In den Waschsalon zu gehen überstieg einfach ihre Kräfte.

Grace war bei einer Reinigungsfirma registriert, doch bisher hatten sie nur fürchterliche Aufträge für sie gehabt – bei Frauen in St. John's Wood, die sie ständig beaufsichtigten und versuchten, den Stundenlohn um ein paar Pfund zu drücken, obwohl sie vor Geld strotzten, bei einem Kerl, der ihr solche Angst eingejagt hatte, daß sie ein Verteidigungsspray mitgenommen hatte, bei einer alten Dame, die sich telephonisch beschwert hatte, daß Grace ihren Staubsauger kaputtgemacht hätte, obwohl er bereits fünfzig Jahre alt war und aus dem letzten Loch pfiff. In ihrer Verzweiflung hatte Grace in sämtlichen Bibliotheken die Runde gemacht und eine handgeschriebene Karte aufgehängt, auf der stand: »EHRLICHE, VERLÄSSLICHE PUTZFRAU, CAMDEN« und ihre Telephonnummer.

Grace glaubte an die öffentlichen Bibliotheken. Sie waren die einzigen Orte, die den von London oder vom Leben Beschädigten Schutz boten – den Obdachlosen, den Alten, den Einsamen, den alleinerziehenden Eltern wie ihr. Zwar war da immer dieser unangenehme Geruch, vor allem in der Nähe der Zeitungstische, wo die Penner und die Alkoholiker saßen, und die Fußböden waren voller Schmutz, die Spielsachen und Bücher zerfetzt und zerrissen. Aber zumindest gab es die Bibliotheken noch, trotz aller Kürzungen. Grace hatte nicht mehr Hoffnung auf Entkommen als jemand auf einer einsamen Insel, der eine Flaschenpost abschickt, doch die Bibliotheken waren ihre Flaschenpost.

Sie setzten sich auf das kurze, stachelige Gras und ruhten sich aus. Billy liebte es, herumzutoben und zu spielen, doch sein Asthma zwang ihn immer wieder zum Aufhören. Wenn wir nur aus dieser Wohnung ausziehen könnten, dachte Grace, doch die einzigen anderen Wohnungen für alleinerziehende Mütter lagen Hunderte von Meilen entfernt in Nordengland, und sie kannte dort niemanden. Wenigstens hatte sie hier einige Bekannte und konnte Georginas Kinder hüten.

Paare lagen dicht beieinander oder aßen Sandwiches. Eine Gruppe selbstbewußter junger Japaner spielte Frisbee, während einer an einer Gitarre zupfte und einen Beatles-Song sang.

»Mami ist traurig«, sagte Billy nach einer Weile und legte die Arme um sie.

»Mami ist traurig«, stimmte Grace zu.

»Nana ist tot.«

»Nana ist im Himmel und lebt dort mit Gott«, sagte Grace.

»Und mit Maria«, sagte Billy. Er mochte Maria und ging nach der Messe immer zu ihrer Statue. Letzten Sonntag hatte er Grace immer wieder gefragt: »Wo ist das Baby Jesus?«

»Irgendwo anders«, sagte Grace, die ihm noch nicht erklären wollte, daß er der Mann am Kreuz über dem Altar war.

Grace sagte: »Nana war meine Mami, und ich vermisse sie.«

»Wirst du auch sterben?«

»Irgendwann, aber noch lange, lange nicht. Nicht, bevor du erwachsen bist und ein eigenes Zuhause hast.«

»Ich will nicht erwachsen werden«, sagte Billy leidenschaftlich. »Ich will immer bei dir bleiben.«

Ein Krankenhaus im East End hatte sie ausfindig gemacht. Sie und Billy würden sich Tests unterziehen müssen, damit geprüft werden konnte, ob sie sich mit TBC angesteckt hatten. Grace freute sich nicht darauf, ihren Sohn festhalten zu müssen, während man ihm Blut abnahm.

Sie gingen langsam durch den Park zum Sozialamt, wo Grace sich melden mußte. Die Schlange reichte um den Block, die Leute standen fügsam da und machten alle fünf Minuten ein paar Schritte vorwärts. War man einmal drinnen, wurde es noch schlimmer. Dort standen Reihen um Reihen von Plastikstühlen, auf denen man Platz nehmen mußte, gegenüber einer Mauer von Schreibtischen hinter Stahldraht und Glas. Die meisten Anwesenden waren Kettenraucher, und Billys Keuchen wurde lauter. Sie konnten nicht wieder nach draußen gehen, weil Grace Angst hatte, ihren Platz zu verlieren. Das war es, was die Sozialhilfe einem antat: Sie laugte Eigeninitiative und Selbstachtung so weit aus, bis man sogar Angst hatte, sich wegen des eigenen Kindes durchzusetzen. Grace versuchte, ihm mit leiser Stimme vorzulesen, was die anderen veranlaßte, sie anzustarren, doch Billy war durch nichts abzulenken. Schließlich nahm sie allen Mut zusammen und zerrte am Fenster an einer Metallkette, um etwas Luft hereinzulassen. Doch die Fensterrahmen waren mit Farbe verklebt. Es herrschte Schweigen bis auf das leise, erbitterte Gemurmel von den Schreibtischen und das Weinen von Kindern. Die Leute lasen zerfledderte Exemplare der *Sun* oder starrten stumpfsinnig in ihre innere Finsternis. Es dauerte drei Stunden, bis zu den Schreibtischen vorzudringen, wo man sich melden mußte.

»Es tut mir leid, Liebling«, sagte Grace. »Es muß sein.«

Einmal im Monat mußte sie diese schreckliche, zermürbende Demütigung über sich ergehen lassen. Immer wurde sie gefragt, ob sie etwas verdiente. Sie verschwieg natürlich das Babysitten, denn die zwanzig Pfund extra waren es im Grunde, die sie beide aufrechthielten, und es schien Georgina nicht zu stören, wenn sie Billy mitbrachte.

»Er ist wirklich ein netter kleiner Junge«, sagte sie und wunderte sich, wie schnell er auf dem Sofa einschlief, sobald Grace ihn hinlegte. Cosmo und Flora brauchten immer über eine Stunde, bis man sie soweit hatte. Georgina war nett und dankbar und bezahlte Grace immer das Minitaxi nach Hause.

Endlich waren sie beim Sozialamt fertig und machten sich auf den Weg zur U-Bahn. Grace versuchte, ihre Sorgen um ihren Sohn mit dem Gedanken zu beruhigen, daß sie sowieso zum Krankenhaus fuhren, falls es ihm schlechter gehen würde. Sie hielt Billy seitlich an sich gedrückt und versuchte, ihn zu beruhigen, doch die Hitze war so intensiv, daß er sich wehrte.

»Jetzt dauerte es nicht mehr lange, Liebling«, sagte sie tröstend.

In der Bahn konnten sie nicht lesen, durch das Schwanken wurde ihnen beiden übel. Grace versuchte, Billy mit Hinweisen auf die Werbeplakate zu unterhalten. Die Bahn fuhr meilenweit hinaus ins East End, so weit, daß sie tatsächlich aus der Erde herauskam und jeder sich umsah und muffig ins Sonnenlicht blinzelte. Der Geruch nach Schlacke wurde jetzt vom Geruch nach heißem Gummi abgelöst, und pinkfarbenes London-Pride-Einwickelpapier flatterte im Fahrtwind, als sie vorüberfuhren.

Hier draußen war es schöner, und das Krankenhaus selbst stand wie ein Herrensitz inmitten von Bäumen und grünen Rasenflächen.

»War mal eine Irrenanstalt«, sagte der Busfahrer, und Grace schnitt eine Grimasse.

Sie identifizierte Joys Leiche sofort.

»Es hat etwas länger gedauert, bis wir Sie ausfindig machen konnten. Sie hat einen anderen Nachnamen angegeben«, sagte der Angestellte.

»Welchen?«

»Kenward«, sagte er und blickte in die Unterlagen.

Grace schüttelte den Kopf. »So hat sie nie geheißen. Unser Name ist Bailey. Aber so war meine Mum, die arme Seele. Was geschieht jetzt?«

»Nachdem sie identifiziert worden ist, können Sie Anordnungen für die Beerdigung treffen.«

»Ich? Ich kann mir keine Beerdigung leisten. Ich lebe von der Sozialhilfe.«

»Dann wird eben jemand vom Sozialamt mit Ihnen darüber sprechen«, sagte der Angestellte desinteressiert.

»Aber sie ist Katholikin«, sagte Grace bedrückt. »Sie werden es nicht richtig machen.«

»Hier kann sie nicht bleiben.«

Man führte sie irgendwohin, wo ihnen Blut abgenommen werden sollte, und sie standen noch einmal eine Stunde in der Schlange der Ambulanz. Billy schrie nicht wie die meisten anderen Kinder, er hatte gar nicht die Energie dazu. Er saß einfach da, zusammengesackt gegen Grace gelehnt, sein lohfarbener Kopf kippte von rechts nach links, und das Schnarren in seiner angestrengt arbeitenden Brust wurde lauter und lauter.

»Entschuldigen Sie bitte«, sagte Grace besorgt.

»Ihre Nummer, bitte.«

»Ich habe keine Nummer.«

»Dann kann ich Ihnen nicht helfen. Wie heißen Sie?«

Die Frau an dem Schreibtisch begann, etwas in ihren Computer zu tippen.

»Grace Bailey. Und Billy Bailey.«

»Geburtsdatum?«

Grace sagte es ihr.

»Adresse?«

»Passen Sie auf. Es geht nicht um den Bluttest.«

»Ich kann Ihnen nicht helfen, wenn ich Sie nicht in meinem Computer habe.«

»Es geht um meinen Jungen. Sein Asthma ist wirklich schlimm. Bitte«, sagte Grace, »hören Sie auf, auf den Bildschirm zu schauen, und sehen Sie ihn an.«

Die Schwester sah daraufhin Billy an. »Oh, oh«, sagte sie und wurde zu einer anderen Frau, einer müden Mutter, gerade so wie Grace. »Wir holen einen Arzt, der ihn sich ansieht, okay?«

213

Die nächste Stunde sollte Grace nie vergessen. Ein junger Arzt kam und untersuchte ihren Sohn in der Ambulanz, klopfte ihm sachte auf die Brust und lauschte, fragte, ob er jemals Ventolin genommen habe. »Armer kleiner Kerl«, sagte er. »Wir legen ihn sofort unter einen Inhalator.«

»O danke, danke, Herr Doktor – Viner«, sagte Grace und verdrehte den Kopf, um sein Namensschild zu lesen. Tom lächelte und ging weg, vergaß sie, so wie sie ihn vergaß, doch das Lächeln blieb bei Grace, als sie die ganze Nacht wach auf der Kinderstation saß und auf die Luftballons und die bunten Wolken starrte, mit denen die Wände bemalt waren, und das ließ sie ein bißchen, ein ganz kleines bißchen weniger Angst haben.

»Sie werden nach Hause gehen und seine Sachen holen müssen«, sagte die Oberschwester am nächsten Tag. »Sein Atem geht schon viel leichter, aber wir müssen auf Nummer sicher gehen wegen seines Kontakts mit TBC.«

Grace schleppte sich quer durch London und war froh, daß ihr Ausweis wenigstens bedeutete, daß sie nicht das volle Fahrgeld zu bezahlen hatte. Als sie schließlich in Queen's ankam, war sie überzeugt, daß ihr Sohn sterben müsse. Sie packte seine kleinen Kleidungsstücke zusammen und weinte hinein und hatte nichts, um sich die Nase zu putzen.

Das Telephon klingelte und klingelte. Sie war zu müde, doch vielleicht war es wegen Billy.

Ist er tot? wollte sie fragen, doch kein Ton kam heraus.

»Hallo?« Die Stimme am anderen Ende klang so vornehm, daß Grace Schwierigkeiten hatte, sie zu verstehen.

»Ja?«

»Hallo, ich habe in der Bibliothek Ihre Karte hängen sehen und wollte wissen, ob Sie noch immer eine Stelle als Putzfrau suchen?«

»Ja«, sagte Grace.

»Rauchen Sie?«

»Nein«, sagte Grace.

»Ich wohne in Kentish Town«, sagte Amelia, »und mein Name ist Mrs. Crawley. Kommen Sie doch mal vorbei.«

214

18.

Amelias Niederkunft

Seit Wochen war Amelia stetig dicker geworden. Ihr Bauch spannte und war von zickzackförmigen, bläulichen Dehnungsstreifen überzogen wie ein im Zeitlupentempo aufbrechendes Dinosaurierei. Sie konnte tatsächlich sehen, wie ihre Haut durch den inneren Druck riß, wenn das Baby strampelte.

Das kitzelnde Flattern zwischen Magen und Blase war zu einem heftigen Wogen geworden, das das Atmen erschwerte. Ihr Bauch war ein Zelt, ein Gipfel, eine gewaltige Beule. Zeitweise war der genaue Umriß eines ganzen Glieds zu erkennen, zeigte sich wie unter dickflüssigem Wasser, doch nie das Gesicht, nach dem sie sich sehnte.

Die Ruhe, die über sie gekommen war, dauerte an. Es war, als wären all ihre Ängste auf Mark übergegangen, den die geringste Kleinigkeit in einen Zustand heller Aufregung versetzen konnte. Er schrie die Bauarbeiter an, er schrie die Lobbyisten an und seine Sekretärin beim *Chronicle*, und auch wenn er Amelia nicht anschrie, so begegnete er doch allem, was sie sagte, mit eisiger Gleichgültigkeit.

»Ich hoffe, du erwartest nicht von mir, daß ich bei der Geburt dabei bin«, sagte er.

»O doch, das tue ich«, sagte Amelia.

»Ich nehme an, du weißt, daß die meisten Frauen auf den Gebärtisch scheißen«, sagte er. »Zufällig bin ich koprophob. Wenn du mich zwingst zuzusehen ...«

»O nein – in diesem Fall ist es natürlich besser, wenn du nicht dabei bist«, sagte Amelia unglücklich. Ihr Körper hatte sie schon auf so vielfache Weise im Stich gelassen. Sie konnte nicht glauben, daß sie jemals wieder schlank und gesund sein würde, und Mark glaubte es ebensowenig. In ihren Zwanzigern hatten sich beide der Illusion von Stagnation und ewiger Jugend hingegeben. Andere waren dikker, kahler, trauriger, runzliger geworden, sie nicht. Diät, Sport, die tägliche Anwendung von Sunblocker, das Anhalten der biologischen Uhr waren lediglich eine Frage der Willenskraft und des gesunden Menschenverstands gewesen. Nun stagnierte nur noch Mark, und Amelia sank ab, von Wellen des Fleisches überwältigt.

Gelegentlich spielte sie mit dem Gedanken, ihren Beruf wiederaufzunehmen. Das schien zwar im Moment sinnlos, war aber ein Weg, ein bißchen mehr Geld zu verdienen. Den Wirbel um ihr Buch hatte sie über allem anderen beinahe vergessen, doch Marys Erscheinen auf der Buchseite des *Chronicle* versetzte ihr einen Schock.

»Ist es nicht seltsam, wie viele Mary Quinns es gibt?« fragte sie Mark.

»Es gibt nur eine.«

»Ich dachte, sie sei Kellnerin?«

»Ivo hat entschieden, daß sie schreiben kann.«

»Hat er das? Ich finde, sie ist ganz witzig«, sagte Amelia. »Du hast sie also gesehen?«

»Ich will diese verrückte irische Schlampe nie wieder sehen.«

»Oh. Warum schreibt sie dann für euch?«

»Das ist Ivos Abteilung«, sagte Mark, und Amelia schöpfte noch mehr Verdacht. »Ich nehme an, er tut das, um mich zu ärgern. Oder weil er mit ihr schlafen will.«

»Also wirklich!« sagte Amelia mißbilligend.

Mark zuckte die Schultern. Er haßte Mary mit der ganzen Inbrunst seines schlechten Gewissens und hätte ihre Artikel in der Luft zerrissen, wenn er die Möglichkeit dazu gehabt hätte. Aber er wollte sich Ivo nicht zum Feind machen, da er immer noch glaubte, in ihm einen Verbündeten zu haben. Mark wußte, daß er beim *Chronicle* zutiefst unbeliebt war. Sein gekünsteltes Auftreten und seine intellektuelle Arroganz in Kombination mit Nepotismus machte ihn zum Gegenstand beinahe allgemeinen Hasses.

Bei Redaktionskonferenzen brachte er sogar Angus McNabb

soweit, sich unwohl zu fühlen. Die Sympathien für Mary waren inzwischen groß, und als sich herumsprach, wie Mark sich aufführte und daß sie als freie Kritikerin arbeitete, bekam sie sogar allmählich Aufträge von Redakteuren bei anderen Zeitungen. Vor allem Lulu floß vor Freundlichkeit über, wenn Mary anrief.

»Heute hat er furchtbare Laune – bleib dran, K. P. Gritts ist in der anderen Leitung – Oh, hallo. Ja, Ihr Artikel ist angekommen, ich sehe ihn mir gerade an – Ha! Das wird ihn lehren, nicht zu lügen – sogar die Kuriere haben wie Gelee gezittert.«

»O meine Liebe«, sagte Mary boshaft. Sie hatte eine plötzliche Eingebung. »Die Mädchen im Slouch nannten ihn ›Die Stimme Mysterons‹.«

Lulu quietschte vor Lachen und verschickte den Spitznamen per E-Mail durch das ganze Haus. Marks Sekretärin wiederum reagierte auf seine Bosheit mit sämtlichen Waffen, die ihr zu Gebote standen. Gefaxte Zeitungsausschnitte kamen nie an, wurden falsch zugeordnet, Photos und Cartoons vertauscht. Minister kochten, wenn sie ihre Aussagen noch schlechter wiedergegeben fanden als üblich. Um wenigstens einen Anschein von Kontrolle aufrechtzuerhalten, mußte Mark oft bis Mitternacht arbeiten. Alles, wofür er die letzten fünf Jahre geackert und Pläne geschmiedet hatte, trug nun Früchte, und dennoch war sein Mund ständig verkniffen – weniger aus Verachtung, wie viele meinten, sondern von dem säuerlichen Geschmack, den manche vielleicht Enttäuschung nennen würden.

Amelia wußte von alledem nichts. Sie hatte nicht mehr an Mary gedacht, seit Mark seine Habseligkeiten in ihr Haus überführt hatte. Sie hatte sie aus ihren Gedanken entlassen. Ihre natürliche Selbstversunkenheit war durch die Schwangerschaft noch verstärkt worden. Die Reichen sind nicht nur den anderen nicht gleich, sie sind gleichgültig. Amelia hatte ihr philippinisches Dienstmädchen öfter gesehen als ihre Eltern, obwohl Max sie vergöttert hatte. Sie sah darin nichts Ungewöhnliches. Das Ärgernis war ausschließlich finanzieller Natur. Max hatte alles bezahlt, und jetzt, seit sie ihre Rechnungen selbst begleichen mußte, entdeckte sie, wie wenig ihr Treuhandvermögen wirklich hergab.

»Wenigstens komme ich nächstes Jahr an das Kapital heran«, sagte sie zu Mark. »Daddy hat es erst eingerichtet, als ich fünfzehn war.«

»Wieviel ist es?«

»Oh, nicht sehr viel, nur eine Million. Daddy findet es nicht gut, zuviel herzugeben«, sagte sie.

Die Hitze in der Stadt war eine ständige Tortur. Amelias zusätzliches Gewicht und ihr Blutdruck ließen ihre Temperatur bei der leichtesten Anstrengung nach oben schießen. Sie hatte mit Mark seit Juni nicht mehr das Bett geteilt. London rumpelte und seufzte durch ihre offenen Fenster und atmete Staub aus. Stimmen drangen von den umliegenden Straßen herein und vermischten sich mit ihren Träumen.

»Du verdammte nutzlose Schlampe!«

»Raus, raus!«

»All die einsamen Menschen ...«

»Neinneinneinneinnein.«

»IIIIIIIIIIIIIIIIIIIIIIIIIIIIIII.«

»Stein und Mörtel bleiben nicht, bleiben nicht ...«

»Schnauze!«

Jede Nacht quälte sie sich fünfmal aus dem Bett. Meist kam nicht mehr als ein winziges, quälendes Getröpfel, doch obwohl sie darauf achtete, nachts nicht mehr als einen Schluck zu trinken, schien es auf direktem Weg durch sie hindurchzulaufen.

»Das ist die Methode der Natur, dich an all die kommenden Nächte zu gewöhnen«, sagte Georgina Hunter. Das heiterte Amelia nicht gerade auf. Alle schienen ihr einreden zu wollen, daß sie ihr Kind am Anfang wohl kaum lieben würde.

»Man scheint sich darüber einig zu sein, daß Neugeborene entweder aussehen wie eine hellblaue Bulldogge oder wie ein Massenmörder, der in der Wäsche eingelaufen ist«, sagte sie betont munter.

»Wenn man sie nur in Pflege geben könnte, bis sie imstande sind zu lesen«, sagte Mark. »Diese postromantische Idealisierung der Kindheit ist wirklich mehr als ärgerlich.«

Erschöpft ließ Amelia sich durchleuchten und lieferte alle vierzehn Tage, dann einmal wöchentlich eine Urinprobe ab. Erschöpft ließ sie ihren Blutdruck und ihre Gewichtszunahme messen. Sie hatte dreißig Kilo zugelegt.

»Ich würde mein halbes Erbe dafür geben, wenn ich nur aufhören könnte zu essen«, sagte sie mit Tränen in den Augen zu Tom. »Es ist, als würde ich bei lebendigem Leib von Fleisch eingemauert.«

»Mach dir keine Sorgen, das sind nur die Hormone«, sagte er mit seiner langsamen, sanften Stimme.

»Nur die Hormone! Das Schlimmste an der ganzen Sache ist, daß ich entdecken muß, daß meine Hormone *ich* sind!« rief Amelia. »Früher stand ich auf Klamotten und Sex und schnelle Autos, und jetzt fühle ich mich wie die Jungfrau Maria.«

An heißen Tagen konnte sie nichts anderes tun, als sich in die Badewanne zu legen und zu versuchen, ihren Bauch unter Wasser zu halten. Sie träumte vom Swimmingpool ihres Vaters, doch durch ganz London mit seinen Schlaglöchern und Abgasen zu fahren war unmöglich. Ohnehin hatte er nicht ein einziges Mal angerufen, um zu fragen, wie es ihr ging. Wer das zu ihrer großen Überraschung getan hatte, war ihre Mutter.

Amelia hatte seit Jahren nicht mehr richtig mit ihrer Mutter gesprochen – nachdem Mrs. de Monde ihrer Tochter im Teenageralter beizubringen versucht hatte, daß es sich für eine Dame nicht schicke, ohne Büstenhalter herumzulaufen. Amelia hatte ihr ins Gesicht gelacht, und die unauffällige, stille Anne de Monde hatte sich noch mehr zurückgezogen. Amelias Mutter war nicht dumm. Sie war an der britischen Botschaft in Beirut Sekretärin gewesen, als sie Amelias Vater kennenlernte, und hin und wieder überraschte sie alle mit einer trockenen Bemerkung. Amelia hatte vage Erinnerungen an ein paar wütende Streitereien ihrer Eltern, als sie noch ein Kind gewesen war, an Schmuck, der bei der Rückkehr ihres Vaters von einer Geschäftsreise durch das Zimmer geschleudert wurde. Vermutlich spielte Max' Untreue inzwischen keine Rolle mehr, denn bei Amelias Buchparty hatte ihre Mutter einen ihrer seltenen Auftritte gehabt und sich ganz freundlich mit seiner Geliebten unterhalten. Mrs. de Monde hatte ihre eigenen Freunde, die Art von Leuten, mit denen sie zur Schule gegangen war. Sie aß in ruhigen Restaurants abseits der Sloane Street ungestört zu Mittag, sie besuchte die Chelsea Flower Show und die London Library und ihre Verwandten auf dem Land. Gelegentlich wunderte sich Amelia, warum um alles in der Welt sie Max de Monde geheiratet hatte, statt eine Ehe einzugehen, wie sie von einer Kenward erwartet wurde, ganz Kristall und Hanover Square. Doch ihr Vater sah so gut aus, hatte eine so magnetische Ausstrahlung, war eine so strahlende Persönlichkeit, daß es sie letztlich doch nicht überraschte.

Die Telephongespräche begannen vorsichtig.

»Ich wollte mich nur erkundigen, wie es dir geht«, sagte ihre Mutter.

»Wir sind pleite«, sagte Amelia offen. »Und wir verkommen im Dreck. Wir haben nicht einmal eine Putzfrau.«

»Ah. Es ist heutzutage schwierig in diesem Land, Hilfe zu finden, nicht wahr?« stellte ihre Mutter fest.

»Was ich wirklich brauche«, sagte Amelia, »ist eine Kinderschwester für die Zeit nach der Geburt. Die kostet eine Menge, aber für dreihundert die Woche nehmen sie es mit allem auf.«

»Vielleicht kann ich dir eine besorgen, als Geschenk«, sagte Mrs. de Monde. »Ich habe mich schon gefragt, was du wirklich brauchst.«

»Danke.« Eine Pause trat ein. Eine besonders schwierige Sache war, ihrer Mutter mit Charme beizukommen, fand Amelia plötzlich. »Ist Daddy wütend auf mich?«

»Ich weiß es nicht.«

»Er war so süß wegen der Hochzeit und allem, und danach war es, als wäre er vom Erdboden verschluckt.«

»Du bist sein kleines Mädchen«, sagte ihre Mutter. »Es ist schwierig für Väter, wenn ihre Töchter Mütter werden.«

»War es bei deinem Vater auch so?«

Ihre Mutter gab keine Antwort. Amelia hatte beide Großeltern nicht gekannt, doch sie wußte, daß die Eltern ihrer Mutter die Heirat ihrer Tochter mißbilligt und den Kontakt für viele Jahre abgebrochen hatten. Sie vermutete, daß das einer der Gründe war, weshalb ihre Mutter nun Mitgefühl zeigte. Plötzlich gab es so vieles, was sie gern gewußt hätte, doch als Amelia ihre Mutter nach ihren eigenen Erfahrungen während ihrer Schwangerschaft fragte, erwiderte sie auf ihre unbestimmte Art: »Das ist alles so lange her. Ich kann mich nicht mehr richtig erinnern.«

Wie konnte man sich denn bloß nicht genau daran erinnern, wie es sich anfühlte, ein anderes menschliches Wesen in sich zu tragen? Doch genau das war bei Mrs. de Monde der Fall. Amelia war im St.-George's-Krankenhaus geboren worden, ehe es in ein Hotel umgewandelt worden war, und einmal, als sie sich jetzt über die Hitze beklagte, sagte ihre Mutter: »Als ich in den Wehen lag, bin ich fast verdurstet, und die Nonne hat sich geweigert, mir einen Schluck Wasser zu geben, bevor sie ihren Rosenkranz zu Ende gebetet hatte.«

Nonnen im St. George? Vielleicht ist Mutter wirklich ein wenig wirr im Kopf, dachte Amelia. Sie war nicht katholisch, was sollte also eine Nonne in ihrem Zimmer gewollt haben?

Danach sprachen sie jede Woche miteinander.

»Warum machst du nicht eine Liste von allem, was du brauchst, und ich besorge es für dich?« schlug Mrs. de Monde vor.

»Ich glaube nicht, daß wir uns etwas Neues leisten können«, sagte Amelia.

»Ich kann es euch doch schenken.«

Amelia sehnte sich danach, das Zimmer für ihr Kind auszustatten. Mark machte sich über sie lustig, weil sie es das Kinderzimmer nannte. Sie wollte hübsche Tapeten, wie sie sie bei Georgina gesehen hatte, doch das wurde verboten. Ihr Ehemann war ein Feind von Farben und Mustern. Er bestand darauf, daß die Wände weiß oder cremefarben gestrichen wurden, und nahm ihr schon jetzt jeden Penny übel, den sie in Vorbereitung auf das Kind ausgab. Sie kaufte bei Woolworth heimlich Babykleidung, als handle es sich um Pornographie.

Hin und wieder gingen sie zusammen aus – quetschten sich in Kinos, die Amelia deprimierten, weil sie, anders als in Kensington oder Chelsea, unter den Zuschauern niemanden sah, den sie kannte, oder gingen zu Abendessen in schmalbrüstigen, trendigen Häusern in Islington. Diese Abende waren ernüchternd anders als die Partys, auf denen Amelia früher gewesen war. Man saß auf Shaker-Stühlen, aß Forellen von dicken Tellern und diskutierte über die Labour-Partei.

»Wir werden eines Tages wie die Amerikaner enden und in Ghettos mit privaten Wachen leben«, sagte ein Gastgeber. »Es wäre wesentlich kosteneffektiver, die Steuern zu erhöhen und etwas mit den Arbeitslosen anzufangen, statt sie in die Kriminalität abdriften zu lassen. Wenn ich ein junger Schwarzer wäre, würde ich Leute wie uns ebenfalls überfallen.«

Acht Wochen vor ihrem Termin hatte es den Anschein, als könne Amelias Bauch nicht mehr wachsen, als würde das Baby direkt hindurchstoßen. Sie lag auf dem Sofa, nippte an einer Limonade und sah sich im Fernsehen *Star Trek* an. Es gab keine Position, die ihr bequem war. Ihre Finger schwollen zur Größe und Farbe italienischer Würste auf. Sie mußte in Kentish Town zu einem Juwelier gehen und sich den Ehering aufsägen lassen.

»Du könntest ihn durch die Nase tragen, wie ein Schwein«, schlug Mark vor.

Ein Teil von ihr war abgestoßen von dem, was aus ihr geworden war, so abgestoßen, daß sie es nicht mehr aushielt, in den Spiegel zu schauen. Ein anderer Teil fand die ganze Sache außerordentlich tröstlich. Sie war in ihrem schmalen, modischen Körper ebenso gefangen gewesen wie in ihrem schmalen, verfeinerten Denken, und die Tatsache, daß die Veränderung sie fast das Leben kosten konnte, machte die Sache nicht weniger wunderbar.

»Es tut mir leid wegen all der Unordnung«, sagte sie, als sie die Treppe hinaufschwankte, um Tom zu besuchen. »Ich kann einfach keine ordentliche Putzfrau finden. Wenn ich wenigstens das Haus sauber bekäme, dann wäre alles nicht so schlimm.«

»Hast du mal in der Bibliothek nachgefragt?«

»Nein. Lohnt sich das?«

PENG, PENG, KRACH, KRACH.

»*Capital, Radio-o-o!*«

»Oh, diese verdammten Handwerker!«

»Das ist schon in Ordnung, wirklich. Ich kann immer schlafen, und das übrige bemerke ich kaum, solange nichts in meinen Computer kommt«, sagte Tom höflich.

»Was schreibst du?«

»Einen Artikel über Schmerzlinderung bei Kindern für das *British Medical Journal*.«

»Hast du etwas erfunden?«

»Nein.« Tom lächelte. »So etwas ist mehr Inspiration als Perspiration. Wie bei Crick, der von der Doppelhelix träumte.«

Amelia sah ihn verständnislos an. Erstaunlich, wie wenig die Menschen über den Stoff wissen, aus dem sie gemacht sind, dachte er.

Schmerz war ein Thema, das sie verfolgte. Frauen, die Kinder geboren hatten, unterhielten sich mit ihr mit dem schlauen Mitgefühl der Initiierten, als stünde sie davor, ein zweites Mal ihre Jungfräulichkeit zu verlieren. Amelia dachte immer intensiver und immer öfter darüber nach, daß das Leben dieses Kindes mit etwas von der Größe eines Punktes angefangen hatte und daß es nur auf eine Art herauskommen konnte, die den zartesten Teilen ihres Körpers große Schmerzen zufügen würde. Sämtliche Schwangerschaftsbücher, die sie gelesen und wieder gelesen hatte, betonten, daß es sich um etwas völlig Natürliches handele – aber das gilt auch für den Tod, dachte Amelia. Auch für den Tod.

»Sind die Wehen sehr schlimm?«

»Du mußt dafür sorgen, daß du so bald wie möglich eine Epiduralanästhesie bekommst«, sagte Tom. »Es gibt nichts Schlimmeres, als um drei Uhr morgens von jemandem geweckt zu werden, der sich die Seele aus dem Leib schreit, weil es zu spät ist.«

»Was meinst du mit zu spät?«

»Wenn du soweit bist, das Kind zu gebären. Eine Epiduralanästhesie dauert ungefähr zehn Minuten, und von einem bestimmten Punkt an sind die Risiken zu groß.«

»Ich bin mir nicht sicher, ob ich nicht lieber die Schmerzen in

Kauf nehme, statt eine riesige Nadel ins Rückgrat gestochen zu bekommen«, sagte Amelia.

»Um Gottes willen«, sagte Tom. »Sie ist nicht dicker als ein Faden. Ich kann es dir zeigen.«

»Wirklich?«

»Ja. Ich mache so was andauernd.«

»Ist es wirklich sicher?«

»Nichts ist ganz ohne Risiko. Ordinäres Aspirin würde heute keine Zulassung bekommen, weil es bei einer winzigen Minderheit massive Magenblutungen verursacht.«

»Und wie steht es damit, daß man dann seine Beine nicht mehr fühlt?«

»Paß auf«, sagte er. »Vielleicht bist du eine der glücklichen Frauen, die eine schnelle und leichte Geburt haben, aber meistens sind die Wehen beim ersten Kind ziemlich schlimm. Willst du wirklich so große Schmerzen durchmachen, daß du dein Kind deswegen haßt? Ich habe so etwas schon erlebt. Beim zweitenmal geht es viel schneller und einfacher, und deshalb sind alle diese verdammten Verfechterinnen der natürlichen Geburt so fanatisch, die beim erstenmal eine Zangengeburt hatten und beim zweitenmal eine natürliche Geburt. Sie glauben, das erste Mal hätte es genauso unkompliziert sein können und nur wir bösen, chauvinistischen Ärzte hätten es verhindert.«

»Wenn du ein Kind bekämst, wie würdest du es gebären wollen?« fragte sie.

»Ich? Durch einen Kaiserschnitt. Der heilt zwar langsamer, aber das Kind und du, ihr überlebt mit Sicherheit. Deshalb wird er in Amerika immer häufiger praktiziert. Außerdem hast du dann später keine Probleme mit Inkontinenz.«

Amelia schnitt eine Grimasse. »Ich glaube nicht, daß ich das riskieren werde«, sagte sie schwach. Das einzige, was sie tröstete, war der Gedanke, daß Tom bei der Geburt vielleicht ihr Anästhesist sein würde. Er arbeitete wieder in seinem Lehrkrankenhaus, wo sie entbinden wollte, und sie nahm ihm das Versprechen ab, sie zu besuchen, wenn er Dienst hatte.

Der Tag, an dem sie gebären sollte, kam und verging. Die Woche danach auch. Die Hebammen empfahlen Himbeerblättertee, Currys, über holprige Straßen zu fahren.

Die Leute riefen mittlerweile nicht mehr an, um zu fragen, wie es gewesen sei. Die französischen Käse, die sie auf dem Kühlschrank aufgereiht hatte, um sie sofort nach der Geburt zu essen, wurden ranzig.

»Vielleicht ist es eine Scheinschwangerschaft«, sagte Mark.

»Wenn du dir die Ultraschallbilder ansehen würdest, wüßtest du, daß das nicht der Fall ist«, sagte Amelia, aber langsam war sie trotzdem verunsichert.

Sie suchte ihren Gynäkologen auf, begab sich in etwas, das wie die tieferen Eingeweide ihres öffentlichen Krankenhauses aussah, um einem Mann im maßgeschneiderten Anzug zu begegnen, dessen Büro sich unter eine große gelbe Röhre duckte. Sie plauderten miteinander über die Hitze und machten sich gegenseitig klar, daß sie beide nur aufgrund eines Irrtums an diesem entsetzlichen Ort weilten.

»Ja, ja«, sagte der Frauenarzt, wobei seine Augen kaum erkennbar ihren Schmuck überflogen. »Meine liebe junge Frau! Natürlich geht es so nicht weiter.«

Zwei Tage später betrat sie mit ihrer Tasche einen schmuddeligen kleinen Raum im zweiten Stock. Als es dämmerte, rieb die Hebamme, die ein Gesicht hatte wie ein Greuze-Engel, sie mit Prostaglandin ein. Das brannte, aber nichts geschah. Zeit verging. Mehr Prostaglandin. Amelia weinte vor Enttäuschung, dann trug sie neue Wimperntusche auf. Sie hatte nicht den Wunsch, an diesem Ort alle Ähnlichkeit mit einem weiblichen Wesen zu verlieren, und die Art, wie die anderen Frauen auf der Geburtsstation in alten T-Shirts und Fellpantoffeln herumschlurften, stieß sie ab.

Der Monitor zeigte Wehen an, doch sie spürte nichts. Dann fing der Schmerz plötzlich an, stieg in ihr auf wie ein Wal, der auftaucht, um Luft zu holen, während ihre Gedanken wegkippten. Ab, ab, ab, eine überwältigende Übelkeit, und dann – nichts. Ganze zehn Minuten fühlte sie sich vollkommen normal und fragte sich, ob sie sich das nur eingebildet hatte. Dann hoch, hoch, hoch, der Wal war größer und schwärzer als zuvor und drückte sie hinunter, hinunter, hinunter in eine quälende Übelkeit.

»Oh, oh, oh, das ist nicht angenehm«, sagte Amelia erschreckt und überrascht.

»Versuchen Sie zu atmen, meine Liebe. Eins, zwei, drei …«

Heftige Hitze und Kälte zugleich rasten durch ihren Körper. Hoch, hoch, hoch, hinunter, hinunter, hinunter. Eine Pause, in der sie funktionieren, trinken, atmen sollte. Hoch, hoch, hoch, sie hörte sich selbst stöhnen und würgen, hinunter, hinunter, oh, es war schrecklich, schlimmer als alles, schlimmer als das schlimmste Hals-über-Kopf, schlimmer als ein abstürzendes Flugzeug, schlimmer als eine Lebensmittelvergiftung! Die Pausen, in denen sie Mensch war, wurden kürzer und kürzer, so daß sie kaum Zeit hatte, sich von der einen Wehe zu erholen, ehe sie von der nächsten geschüttelt wurde.

»Sie haben noch keine richtigen Wehen«, war die Antwort, als sie um eine Epiduralanästhesie bat.

»Wie nennen Sie denn das hier?« japste sie.

»Falsche Wehen.«

»Es fühlt sich verdammt echt an.«

»Der Muttermund ist noch nicht geweitet.«

Die Hebamme gab ihr eine Pethidinspritze. Das befreite sie zwar nicht von dem Schmerz, doch die Zeiger der Wanduhr begannen sich sehr schnell zu bewegen, sprangen von Minuten auf Stunden wie Wasser auf einer heißen Herdplatte.

»Eine Epiduralanästhesie!« schrie sie. »Ich will auf der Stelle eine Epiduralanästhesie!«

»Sie sind noch nicht genügend geweitet«, sagte ein Fremder. Behandschuhte Finger schoben sich in sie hinein, maßen, prüften. Die blauen Wellen auf dem Monitor pochten.

»Wir geben Syntocinon, um die Sache zu beschleunigen.«

»Bitte, bitte!«

Die Wände schwollen und beulten sich aus vor Schmerzen. Hinauf, hinauf, hinunter, hinunter, endlos hin- und hergeworfen. Ihr

Mund war ausgetrocknet. Wenn das vorbei ist, versprach sie kindlich, wenn das vorbei ist, werde ich ein besserer Mensch.

»Jetzt dauert es nicht mehr lange.«

Der Greuze-Engel war wieder da. »Meine Liebe, ich hatte Sie hier nicht mehr erwartet! Durchhalten, meine Liebe. Ja, fünf Zentimeter.«

»EPIDURALANÄSTHESIE!«

»Schaffen Sie es in diesen Rollstuhl? Gutes Mädchen. Hoch mit Ihnen!«

Mit unendlicher Langsamkeit wurde sie den Flur entlanggeschoben.

»Keine Sorge, meine Liebe. Der Anästhesist ist da.«

Man half Amelia auf den Gebärtisch. Nebenan brüllte eine Frau.

»VERDAMMT! O VERDAMMT! Du Mistvieh, verdaaaammt!«

Überall auf dem Flur hörte man schreckliche, unmenschliche Dschungellaute, Frauen, die knurrten wie Löwen, grunzten wie Seelöwen oder einfach schrien.

Der Anästhesist war nicht Tom, sondern ein anderer müder junger Mann mit rotem Haar. »Legen Sie sich auf die Seite, Mrs. Crawley.«

»Bitte, bitte, beeilen Sie sich!«

»Versuchen Sie, sich nicht zu bewegen«, sagte der Arzt und sprühte etwas Kaltes auf ihren Rücken. »Ein kleiner Stich, dann spüren Sie, wie Ihre Beine warm werden.«

Noch zwei schreckliche Wehen, und dann – und dann – war sie wieder bei Verstand.

»Danke. Danke. Danke.«

»Können Sie mit den Zehen wackeln?«

Amelia war so glücklich, daß sie es kaum bemerkte, als man den Tropf an ihre Hand legte und einen Katheter in ihre Blase einführte. Sie beobachtete, wie die langen Plastikschlingen im Laufe des Tages gelb wurden, und unterhielt sich mit den verschiedenen Hebammen, die den Monitor beobachteten. Sie waren alle nett, besonders die jungen. Amelia war voller Liebe für sie, voller Dankbarkeit und Verwunderung, daß es solche Freundlichkeit gab.

»Sie lassen nicht zu, daß man mir weh tut, ja? Ich will nicht geschnitten werden.«

»Wir werden versuchen, es zu vermeiden«, sagten sie.

Am Nachmittag kam Tom vorbei. Amelia lag da wie eine Königin, mit immer neuen nassen, weißen Waschlappen auf der Stirn.

»O Tom, Tom, ist das nicht wunderbar?« plapperte sie. »Deine Arbeit, meine ich. Gebären ohne Schmerzen, das muß jahrhundertelang ein Traum gewesen sein, davor war es so schrecklich. Wirst du bei mir sein, wenn es geboren wird? Bist du dabei? Bitte!«

»Ja«, sagte Tom. Sie war high wie ein Drachen. Nicht überraschend nach zwei Pethidinspritzen. »Ist Mark nicht da?«

»Nein«, sagte Amelia fröhlich. »Er ist ein Schwein, nicht wahr? Ich wünschte – weißt du, ich wünschte, ich hätte dich geheiratet. Oh, das hätte ich nicht sagen sollen, oder?«

»Macht nichts«, sagte Tom.

»Versprich es mir, versprich mir, daß du dabei bist, wenn es geboren wird.«

»Ich werde dasein.«

Und als Amelia schließlich einen Dammschnitt brauchte, damit man ihre Tochter mit einer Zange herausziehen konnte, und sieben Ärzte mit ihrem Blut bespritzt wurden, war er da.

19.

Marys Aufstieg

In keinem Beruf außer dem des Journalisten ist es möglich, so schnell aufzusteigen, wie es Mary nun gelang. Dank Ivos Patronage und einer lebendigen Art zu schreiben war ihr der Erfolg beinahe garantiert, doch berühmt wurde sie wegen ihrer Buchbesprechungen.

Jeder Kritiker hat sein eigenes, privates Thema, das an der Oberfläche dessen, was er schreibt, durchbricht, für den gewöhnlichen Zeitungsleser aber unsichtbar bleibt. Bei einigen ist es schlicht und einfach der Wunsch, besser bekannt zu werden. Andere wollen alle Welt zu einem bestimmten ästhetischen, religiösen oder moralischen Standpunkt bekehren. Wieder andere möchten den Verleger darauf aufmerksam machen, daß sie zum Thema ihrer Rezension ein Buch in sich tragen, für das es bisher noch keinen Auftrag gibt, oder sie wollen berufliche Rechnungen begleichen. Manche schreiben Buchbesprechungen, wie sie beinahe jeden anderen Artikel schreiben würden, doch diese Leute interessieren uns nicht wirklich, und außerdem halten sie sich nicht lange.

Das Neue an Marys Besprechungen war nicht etwa, daß sie auf Kosten des Autors grob wurde oder Witze machte, was längst gängige Praxis war. Ihr Aufstieg lag auch nicht daran, daß sie so belesen gewesen wäre. Sie hatte einfach plötzlich entdeckt, daß sie eine eigene Stimme besaß. Es war nicht die Stimme, mit der sie sich mit anderen unterhielt, ebensowenig wie Marks Stimme als Kolumnist seinen Umgangston widerspiegelte. Diese Stimme brüllte und schimpfte und spuckte und zischte all die Dinge, über die sie den Mund gehalten hatte. Und wenn ein Autor eine solche Stimme in sich entdeckt, wird sie für gewöhnlich gehört, selbst wenn das, was sie sagt, nicht zutrifft.

»Auch ich bin jetzt jemand, der Einfluß hat auf die Karrieren anderer Leute«, sagte sie sich. Doch das war es nicht, was sie antrieb. Mark hatte einmal zu ihr gesagt, Literatur zu lesen, um herauszufinden, wie das Leben an anderen Orten beschaffen war, oder sich mit Protagonisten zu identifizieren sei ein Kennzeichen von Dummheit. Eine Geschichte mit Handlung und Dialogen zu mögen sei geistiges Mittelmaß. Sich für die Beschaffenheit der Welt zu interessieren statt für reine Sprache sei mehr als spießig.

»Ja, ja«, hatte sie demütig zugestimmt. Doch was hatten seine Gebote letztlich befürwortet? Eine Politik, in der Grausamkeit und Fühllosigkeit als bewundernswert oder avantgardistisch galten, in der Charakter, Wohltätigkeit und Mitgefühl nicht existierten, deren Parteimanifest sich selbst verschlang wie die Schlange, die sich in den eigenen Schwanz zu beißen versucht. Das paßte zu seinem Benehmen. Er hatte Amelia gewählt, hatte Stil über Inhalt gestellt: Dahin hatte ihn seine Philosophie gebracht, und das war es, was unter der Oberfläche von Marys Kritiken brodelte und eiterte. Natürlich ging es zur Hälfte um Sprache. Durch ihre Adern wogte ein fieberhaftes Delirium aus Worten. Doch Sprache ist auch ein Täuschungsmanöver, ist Hochstapelei, und Mary schleuderte Sätze nach Mark wie Speere über eine Mauer, ohne sich darum zu kümmern, wer noch verletzt wurde oder ob sie sich lächerlich machte.

Gelegentlich sah sich sogar Ivo veranlaßt, sie zu bremsen. »Das ist ein bißchen hart, findest du nicht?« sagte er über einen ihrer Artikel.

»Meinst du?«

»Doch, ja. Er schreibt für uns«, sagte Ivo.

Mary schnaubte.

»Und – hm, es ist nämlich so – seine Frau hat Krebs.«

»Ivo, du überraschst mich. Was hat das mit seinem Schreiben zu tun?« sagte Mary.

»Weißt du noch, was ich dir über den Angst- und Gunstmarkt gesagt habe?«

»Ich werde nicht allzulange dabeisein«, sagte Mary.

Früher hatte sie sich gefragt, woher Ivo wußte, welche Bücher er besprechen mußte. Seit sie in den Bibliotheken Magazine und Zeitungen durchblätterte, begriff sie, daß hauptsächlich äußere Faktoren eine Rolle spielten. Es verstand sich von selbst, daß es eine erste Liga der großen Namen gab, doch die teilte Ivo immer Männern zu oder reservierte sie für sich selbst. Frauen wurden als zweitrangig betrachtet, sowohl als Autorinnen als auch als Kritikerinnen – zu nett, zu nachdenklich, eben nicht aggressiv genug. Das einzige, was Kritikerinnen garantiert bekamen, waren Bücher über den Feminismus, und beim *Chronicle* hatte Ivo sogar mit dieser Regel gebrochen.

In der zweiten Liga wütete die Konkurrenz, denn einen unbekannten Autor zu besprechen, der dann einen wichtigen Preis gewann, gereichte dem Kritiker zur Ehre. Mary stellte fest, daß man ein Buch nach seinem Umschlag beurteilen konnte. Die erste Liga wurde streng intellektuell präsentiert. Das beliebteste Design bestand aus horizontalen Linien oder einem einzigen, kostbar anmutenden Bild. In der zweiten Liga zeigten die Schutzumschläge ein Detail aus einem klassischen Gemälde oder eine modisch zerrissene alte Photographie, um Zugänglichkeit und Postmoderne auszudrücken. Was in Pastellfarben gehalten war, dazu der Name des Autors oder der Titel in Goldschrift, konnte fast ausnahmslos verrissen oder ignoriert werden. Aussagekräftig war auch die Kurzbiographie des Autors. Die Trendigen beschränkten sich auf zwei Sätze wie: »Ed Cropper wurde 1975 geboren. Dies ist sein erster Roman.«

Die Dümmsten erwähnten alles. »Barbara Higgs-Barker ist Autorin von dreizehn Romanen, darunter *Lilien und Rosen*, mit dem sie den Betty-Trask-Award gewann, *Menschen in Palästen*, das als Serie in *Das Buch zum Schlafengehen* erschien, *Ein anderer Liebhaber*, das in die Endauswahl für den Romantic Silver Pen Award gekommen ist, sowie der Bestseller *Sandwiches in Sandringham*, ein Buch mit königlichen Picknickrezepten. Sie lebt mit ihrem Ehemann Hugh, einem Anwalt, zwei Kindern, drei Hunden, fünf Katzen und einem Hamster in einem georgianischen Herrenhaus in Wiltshire.«

Die einzig sinnvolle, einzig wichtige Information in der Biographie eines Autors war, ob er oder sie ebenfalls Rezensionen schrieb, denn niemand, die uneingeschränkt Wahnsinnigen oder die eindeutig Boshaften ausgenommen, hatte den Wunsch, sich in der eigenen kleinen Welt Feinde zu schaffen. Romane von Medienberühmtheiten, Produzenten von Kulturprogrammen oder einfachen Journalisten boten dagegen leichtes Spiel, denn so mächtig sie auf ihrem Feld auch sein mochten, es war doch unwahrscheinlich, daß sie in der Welt der Bücher über echten Einfluß verfügten.

(Ivo erklärte das. »Wenn du den letzten Roman von Merlin Swagg angreifst, hat man den Eindruck, du seist mutig und sagtest offen deine Meinung, weil er beim Fernsehen so ein großer Mann ist. Aber in Wahrheit gehört er gar nicht zu den Meinungsmachern: Er empfängt in *Snap, Crackle, Pop!* immer nur etablierte Autoren, und er ist viel zu weich, um ihnen das Leben schwerzumachen. Er kann keine Jurys beeinflussen. Preise sind das Geschenk einer ausgewählten Versammlung von Kritikern.«)

Dann war da der Klappentext, der eine mehr oder weniger wichtige Rolle spielte, je nachdem, ob die Leseexemplare mit einem persönlichen Brief des Lektors oder, noch besser, des Verlegers verschickt wurden. Briefe aus der Presseabteilung, die immer mit der wehleidigen Ankündigung endeten, der Autor stehe für Interviews zur Verfügung, wanderten direkt in den Papierkorb. Gewöhnlich wiederholten sie die Informationen aus dem Klappentext, nur mit mehr Schreibfehlern.

Mary stellte fest, daß der Name des Verlags letztlich den Ausschlag gab. Slather & Rudge vermarkteten eher den eigenen Ruf als ihre Autoren, bei denen es sich meist um junge Männer aus der Szene handelte. Praktisch jedes Buch aus ihrem Programm fand an prominenter Stelle Beachtung, hauptsächlich deshalb, weil so viele Lektoren und Kritiker ebenfalls junge Männer aus der Szene waren. Harpy verfolgte eine ähnliche Politik, doch deren Bücher ernteten selten kritische Aufmerksamkeit, denn niemand, vor allem nicht die Handvoll Kritikerinnen, wollte seine Talente in einem feministischen Ghetto begraben. Andere, mit der Tendenz zum Akademischen oder Exzentrischen, wurden in einer langweiligen Woche vielleicht einmal erwähnt. Wieder andere wurden dem Massenmarkt zugeordnet: Sie veröffentlichten zu viele Schmonzetten, als daß man ihre literarischen Titel auch nur im Katalog eines Blickes würdigte – obwohl Bestseller immer für eine Tracht Prügel gut waren. Adams Verlag, Belgravia, bediente das mittlere Marktsegment.

»Aber warum ist es überhaupt wichtig, besprochen zu werden?« fragte Mary. »Ich meine, ich kann mich kaum daran erinnern, wer was über wen gesagt hat. Warum sollte es anderen anders ergehen?«

»O doch, doch. Wenn es sich nur um die Meinung von fünf oder sechs Lohnschreibern handelte, würde sich niemand einen Deut darum scheren. Der Punkt ist, daß die Buchhändler darauf achten. Die größeren Ketten positionieren ein Hardcover ausschließlich danach, wie viele Zentimeter es in den seriösen Sonntagsblättern bekommen hat, und das wiederum diktiert, wie gut es sich verkauft, und das diktiert die Höhe der nächsten Vorauszahlung an den Autor. Deshalb ist ein Hardcover wirklich wichtig. Ein Buch verkauft sich über die Besprechungen. Die echten Profis zählen einfach die Zentimeter, die sie bekommen, ohne wirklich zu lesen, was drinsteht.«

»Aber schreibt denn niemand für etwas anderes als für Geld?«

»Doch, so fangen sie an, wie Schäfchen, die zwischen den Narzissen herumhüpfen. Wenn sie schließlich zu Hackfleisch gemacht worden sind, zählt nur noch die Vorauszahlung«, sagte Ivo. »Hast du sie im Slouch nicht reden gehört? Und? Haben sie je über die diffizileren Aspekte des objektiven Korrelats diskutiert?«

»Nein«, sagte Mary. »Aber – müssen sie das?«

Anfänglich konnte sie nicht glauben, daß sie Geld verdiente mit etwas, was sie zum Vergnügen tat. Sie ging zum erstenmal zu Buchpräsentationen, denn auch wenn Ivo sich zu erhaben fühlte, um sich öfter als alle vierzehn Tage zu einer solchen Angelegenheit herabzulassen, wußte sie, daß sie sich in der Welt der Journalisten Verbündete schaffen mußte, wenn sie wirklich in Amelias Kreise vordringen wollte.

Für diejenigen, die es wollten, gab es jeden Abend eine Buch-Party: Partys in Clubs, Partys in Pubs, Partys in Häusern, in Wohnungen, auf Booten, in Gärten, in Buchhandlungen. Partys in Museen und Partys im Zoo. Wie konnten sich die Verlage dies immer noch leisten? Warum machten sie sich die Mühe? Mary wußte es nicht, und es war ihr auch egal. Es war der Aufzug nach oben, und sie stieg ein. Es war ganz einfach, solange sie ein wenig Jameson's hatte. Nicht, daß sie es noch einmal übertreiben würde, nur eine kleine Flasche für die Handtasche. Immer dieselben Leute drehten mit ihrem Glas Weißwein und ihrem Geplapper die Runde und wurden bald vertraut, weniger furchteinflößend, mit mehr Furcht vor ihr, beinahe freundlich, solange man ihnen nicht zu direkt in die Augen sah. Die Frauen trugen alle auch mitten im Winter knappe schwarze Kleidchen und waren ganz offensichtlich sogar zu öffentlichem Sex bereit, wenn es ihre Karriere unterstützte. Man konnte immer noch den Alkohol verantwortlich machen, und die Welt der Literatur war so inzestuös, daß wahrscheinlich sowieso schon alle alles gesehen hatten.

Es gab Bekannte, die ihre Arbeit gegenseitig mit Lob überhäuften, ehe sie es bescheiden ablehnten, die Arbeit »unter Freunden« zu kritisieren, Verleger, die jeden ihrer Autoren für brillant hielten, Agenten, die nach einer Auktion wieder auf dem Boden landeten, Klatschkolumnisten, die irgendeine Kleinigkeit ausschnüffeln wollten, freie Journalisten, die Telephonnummern austauschten, Lohnschreiber auf der Suche nach einer kostenlosen Mahlzeit – eine ganze Industrie auf dem Rücken eines Buches, das bestenfalls Verlust machen würde. Die Hauptsache war, Namen und Gesicht bekannt zu machen, aber nichts preiszugeben, was gegen einen verwendet werden konnte. Man mußte die ganze Zeit herumgehen und lässige Meinungen über Autoren austauschen, die gerade in Mode waren. Meistens waren sie negativ, aber man konnte nicht jeden vernichten. Man hatte für einen oder zwei vielversprechende junge Ikonoklasten Enthusiasmus zu zeigen, wohlüberlegte Anerkennung für einen älteren Überlebenden, feuriges Eintreten für einen möglichen Gewinner des Booker-Preises. Es war wie an der Börse, doch während die Kurse toter Autoren Jahrzehnte brauchten, um zu steigen oder zu fallen – da Donne zu kaufen, dort Kipling zu verkaufen –, hatten lebende Autoren kaum Zeit, sich einen Ruf zu verschaffen, ehe er schon wieder verfiel.

Natürlich war Mary noch immer arm, denn eine Kritik brachte ihr zwischen hundert und zweihundert Pfund ein, und der *Chronicle* ließ sich beinahe drei Monate Zeit, bis er zahlte. Das war ein Schock, obwohl sie sich erinnerte, daß das auch bei Mark so gewesen war, ehe er fest angestellt worden war.

»Es tut mir leid«, sagte Ivo. »Ich habe damit nichts zu tun. Die Zahlungsmoral des *Chronicle* war schon immer schlecht.«

»Das ist unerhört! Das heißt, daß ich Max de Mondes Kredite finanziere.«

»Stimmt. Denen, die haben, soll gegeben werden, und denen, die nichts haben, soll genommen werden. Paß auf, wenn du knapp bei Kasse bist, will ich sehen, was ich tun kann. Porträts sind wesentlich lukrativer, dann kannst du ein paar Spesen abrechnen.«

»Aber ich habe keine«, sagte Mary. »Ich kann es mir nicht leisten, in Restaurants zu gehen.«

»Es ist erstaunlich, was einem ein paar fingierte Taxirechnungen alles einbringen können«, sagte Ivo.

Mary nahm einen noch größeren Kredit auf, um ihre Schulden zu begleichen. Neuer Schmuck, neue Wohnung, neues Leben: zweitausend Pfund. Sie stellte fest, daß man dasselbe schwarze Kleid wieder und wieder tragen konnte, denn im Gedränge sah niemand tiefer als auf den Busen, aber ein anderes Paar Ohrringe war von grundlegender Bedeutung. Der Name des Juweliers Butler & Wilson kam am häufigsten auf ihren Kreditkartenrechnungen vor. Dennoch war ihre Armut jetzt anders als zu ihrer Zeit als Kellnerin. Sie war jemand: Sie existierte. Hätte sie die Frauen getroffen, die ihr bei Amelias Party die kalte Schulter gezeigt hatten, würden sie ihr heute aufmerksam begegnen, statt ihr den Rücken zuzuwenden. Die ersten Male, als sie den Namen Mary Quinn über einer Kritik gelesen hatte, war sie wie elektrisiert gewesen. Ihr schien, als hätte sie ihren Namen noch nie zuvor gesehen. Sie verliebte sich in ihn, in die wunderschöne Symmetrie des M und den gelockten Schweif des Q. Jedes Wort, das sie über *Andere Füße* geschrieben hatte, war sehr, sehr viel besser als alles andere in Ivos Abteilung. Der Witz über den Sportlerfuß – der war einfallsreich. Das Ganze war ein Meisterstück komprimierter Intelligenz, tatsächlich viel zu gut für das, was es beschrieb. Sie fragte sich, was Mark wohl dachte. Wenn sie ein neues Kleid aussuchte, ertappte sie sich sogar jetzt noch bei der Überlegung, ob es ihm gefallen würde, und manchmal kaufte sie sich etwas aus schierem, dummem Trotz. Sein blasses Gesicht war ständig in ihren Gedanken, bitter wie eine Zitrone.

Ivo war erfreut. Eine Woche nach ihrer ersten Kritik kam ein wütender Brief von Flora Payne. Ivo lachte ekstatisch, als er ihn las. Mary war erleichtert.

»Kann sie etwas unternehmen? Ich meine, rechtlich?«

»Nicht im geringsten. Eine Kritik ist Ausdruck einer Meinung. Natürlich wird sie dich jetzt auf ewig hassen, aber offen gesagt, mein Liebling, du spielst doch dieses Spiel nicht, um dir Freunde zu machen, oder?«

»Aber offensichtlich spielt man es auch nicht des Geldes wegen«, sagte Mary trocken. »Worin liegt also der Reiz?«

»Macht«, sagte Ivo.

Adams Party fand in einem der oberen Räume des Slouch Clubs statt. Wäre sein Buch ein Erfolg gewesen, hätte er mit seiner Agentin, seiner Lektorin und ein paar Freunden unten zu Abend gegessen. Eine realistische Wahrscheinlichkeit, daß es soweit kommen konnte, wurde vierzehn Tage vor Erscheinen, als es vermeintlich immer noch ein Rezensionsverbot gab, durch eine Kritik in einer Zeitung zunichte gemacht.

»FRANKREICHURLAUB FÜR SNOBS«, lautete die Überschrift.

Adam war gerade dabei, den *Chronicle* zu lesen, als ihm plötzlich sein eigenes Gesicht – oder vielmehr die grinsende, retuschierte Version – aus den Seiten entgegensprang. Das kam so unerwartet, daß er ganz automatisch anfing, den danebenstehenden Artikel zu lesen, dankbar, daß man ihm soviel Platz eingeräumt hatte. Diese Dankbarkeit verwandelte sich rasch in Erstaunen.

»Aber das stimmt nicht«, sagte er sich immer wieder, als ein Satz nach dem anderen Ereignisse, Namen, Orte, Personen und Absicht verwässerte.

Einen Abschnitt später, als von der Abscheulichkeit Hugos auf die Abscheulichkeit des Buches und implizit des Autors geschlossen wurde, als alles, was Adam satirisch gemeint hatte, auf monströse Weise verzerrt auf seine eigene Person bezogen wurde, erlitt er einen Schock. Hugo sei »auf durchsichtige Weise autobiographisch«, sein Roman »ein Gewebe aus Klischees und typischen Sexualphantasien eines frühreifen Internatsschülers«. Adam, dessen größte Sorge gewesen war, daß es ihm vielleicht nicht gelungen sein könnte, einen heterosexuellen Mann aus der Oberschicht überzeugend darzustellen, hatte das Gefühl, in einen bösen Traum geraten zu sein. Daß er im Ausland aufgewachsen war (»offensichtlich in Frankreich zur Schule gegangen«), in Eton gewesen war und heute bei Pocock's arbeitete, wurde so verdreht, daß man sich dafür schämen mußte. »Sands, ein Antiquar, ist offensichtlich von seinen Ladenhütern infiziert. Wir sollten nicht aufhören, viktorianische Romane zu lesen, aber wir sollten aufhören, sie zu schreiben«, lautete der Schluß.

Der Verfasser war Ivo Sponge.

In jener Woche war Adam nicht nach Norfolk gefahren, um seine Mutter zu besuchen. Mrs. Sands hatte sich wegen seines Buches in überschwenglichen mütterlichen Stolz hineingesteigert. Zu Adams Ärger war sie in die wichtigsten Londoner Buchhandlungen gegangen, hatte sich als seine Mutter vorgestellt und die Chefs gedrängt, *Eine Andere Welt* zu ordern. »Jede Menge Leute werden dieses Buch wollen, es wird Ihnen vom Regal springen«, sagte sie, und in ein, zwei Fällen ließen sich die verblüfften Chefs sogar überreden.

Adam, der ihre Anwesenheit bei der Buchpräsentation und die mögliche Konfrontation mit seinem Vater und seiner Stiefmutter fürchtete, hatte sich entschieden, in London zu bleiben. Vielleicht wäre es nicht so schlimm geworden, wäre er nicht allein gewesen, vielleicht wäre das, was seit Jahren in ihm schlummerte, ohnehin aufgebrochen. Er wußte nur, daß er sich schrecklich schwach und verängstigt fühlte. Er fürchtete sich sogar davor, in seiner Wohnung zu nahe ans Fenster zu treten. Er saß im Bett, schaukelte, den Kopf auf den Knien, vor und zurück und sagte: »Neun Jahre! Neun Jahre völlig vertan!«

Später war er von Wut und dem Wunsch erfüllt, Ivo umzubringen, ihn zu erstechen oder zu einer blutigen Masse zu prügeln. Schlimmer jedoch war, daß er seinen Roman plötzlich aus einer anderen Perspektive sah, daß er sah, wie schlecht er möglicherweise war, wie unoriginell, wie schlecht konstruiert, wie wenig witzig. Nach dieser Erkenntnis wäre er am liebsten ohnmächtig geworden.

Er versuchte, die Kontrolle über seine Gefühle wiederzugewinnen, quälte sich statt dessen aber immer mehr. Ein dutzendmal jede Stunde sprang er auf, um seine eigenen Worte wiederzulesen. Seine Finger schwitzten so sehr, daß verschmierte Druckerschwärze den Text verschwimmen ließ. Er konnte nicht mehr sagen, ob das, was er geschrieben hatte, gut war oder schlecht. Wie konnte jemand, den er nur ein einziges Mal getroffen hatte, ihn so sehr hassen? Was hatte er bei Marys Abendessen gesagt, das solche Feindseligkeit ausgelöst hatte? Natürlich hatte er Flauberts Meinung über den Kritiker zitiert, aber war Ivo so kleinmütig, daß ein Angriff auf sein Gewerbe eine derart monströse Rache zur Folge hatte?

Bis zum Mittag hatte Adam einen Brief geschrieben, einen ziemlich guten Brief, wie er fand, in dem er Ivos Recht auf freie Rede anerkannte, aber auf witzige Art die faktischen und literarischen Irrtümer der Kritik aufzeigte. Das half ihm für eine Weile, sich zu beruhigen. Er warf ihn in den Briefkasten, obwohl ihm, schon während er ihn aus der Hand gab, noch ein Dutzend weiterer Punkte einfielen.

Jubel erfüllte ihn. Er wollte zur Zeitung laufen, Ivo an der Kehle packen und sagen: »Verstehst du nicht? Es hat nicht funktioniert!«

Doch diese Stimmung hielt nicht an. Er fragte sich, wie viele Leute, die er kannte, an diesem Tag den *Chronicle* gelesen hatten, wie viele seiner Freunde und wie viele seiner Feinde, wie viele ehemalige Liebhaber, Tutoren, Lehrer, Verwandte. Er dachte an all die Stammkunden in der Buchhandlung, daran, daß er am nächsten Tag Malcolm gegenübertreten mußte, an all die Fremden, die irgendwann von seinem Schicksal erfahren würden. Und er wußte, daß das, was ihm solchen Schmerz bereitete, ihnen allen einen kleinen freudigen Stich versetzen würde.

Gegen Abend begann das Telephon zu läuten. Es war Candida Twink.

»Toll, wieviel Platz der *Chronicle* dir eingeräumt hat.«

»Toll?«

»Ich hoffe, du hast keine Dummheit gemacht, wie zum Beispiel einen Antwortbrief zu schreiben«, sagte sie.

»Doch, das habe ich«, sagte Adam. »Eine solche Wortverdreherei kann ich nicht durchgehen lassen. Einen Roman zu verurteilen, weil der Protagonist ein unangenehmer Mensch ist – ich meine, diese Art Dummheit wurde durch Henry James als unhaltbar demonstriert.«

»Schick ihn nicht ab.«

»Zu spät«, sagte Adam. »Warum sollte ich außerdem nicht das Recht haben, mich zu äußern?«

Seine Lektorin seufzte. »Du hast es eben nicht. Es ist unsportlich.«

»Es war mir nicht bewußt«, sagte Adam mit knirschenden Zähnen, »daß Literatur in irgendeiner Form als Sport zu verstehen sein soll. Und falls dem so ist, sollte er professionell geleitet werden, nicht von Amateuren.«

»Nun gut«, sagte Candida. »Du kannst immer noch selbst eine Kritik schreiben und dich rächen.«

»Niemals!« brüllte Adam.

Als nächstes rief seine Agentin an. »Ich komme gerade vom Land zurück. Denk daran, daß sich Blattläuse und Saftsauger immer am dichtesten um die neuen Sprossen sammeln«, sagte Francesca mit ihrer traurigen Stimme.

»Ich dachte an ein Insektizid«, sagte Adam.

Francesca seufzte. »Das ist unökologisch.«

Der nächste war Andrew Evenlode. »Pech.«

»Die Kritik ist von vorn bis hinten voller Fehler«, sagte Adam.

»Wirklich? Ich hatte leider noch keine Zeit, das Buch zu lesen, das du mir geschickt hast.«

So ging es weiter. Einige gaben vor, den *Chronicle* nicht gelesen zu haben, doch Adam wußte genau, daß das nicht stimmte. Niemand, dachte er, hatte seinen Roman auch nur aufgeschlagen.

»Ich habe ihn meiner Mutter geliehen, und ihr hat er wirklich gut gefallen.«

»Ich nehme ihn mit in den Urlaub.«

»Ich habe in meiner Bibliothek darum gebeten, daß sie ihn bestellen.«

»Meine Buchhandlung hat ihn noch nicht auf Lager.«

Es war, als würde er sich im Nebel herumschlagen. Der allgemeine Konsens lautete, *Eine Andere Welt* sei versnobt, obszön und in keiner Weise bemerkenswert – dabei hatte niemand es gelesen. Ein Witz machte die Runde, der aus der Besprechung des *Guardian* aufgegriffen wurde und der dem Ausdruck »im Sande verrinnen« eine neue Bedeutung gab.

Ivos Besprechung und Ivos Klatsch lösten einen Platzregen aus. Die aufgewühlte Seele der Stadt, die sich um ihre eigene Achse drehte und wand und sichtbares und unsichtbares Gift verspritzte, schien sich zu sammeln und über Adams Haupt zu entleeren.

Im Evening Standard kam K. P. Gritts zu Wort, der sich über die außerordentliche Dummheit ausließ, auf eine Kritik zu reagieren, was sich auf den Abdruck von Adams Brief bezog.

»Wollen wir so absurd werden wie die Amerikaner, deren eitle, selbstmitleidige Autoren mit ihrer blökenden Korrespondenz mehr als vier große Seiten der New York Review of Books füllen?« wollte Gritts wissen. »Es sind die Lohnschreiber, die Egoisten, die Amateure und die öffentlichkeitsgeilen Verrückten am Rande der Eitelkeitsverlegerei, die den Wunsch haben, ›Mißverständnisse aufzuklären‹. Wenn eine schlechte Kritik einen Autor als Trottel decouvriert, dann macht ein wütender Brief ihn vollends zum Idioten. Sands hat sich dem Publikum ausgesetzt, und er muß das Publikum akzeptieren, das er bekommt.«

Nur schwer konnte Adam den Impuls unterdrücken, klarzustellen, daß nicht er, sondern sein Verleger ihn der Öffentlichkeit ausgesetzt hatte.

Der Independent brachte einen Artikel über Autorenphotos, in dem die Tatsache, daß Adams Nase in Wirklichkeit größer war als auf dem Schutzumschlag, das Hauptthema war. Die Notizen vom Tage im *Telegraph* und in der *Sunday Times* brachten Witze über Privatschüler und die Provence. Nach der ersten Woche duckte sich Adam wie unter einer Folge von Donnerschlägen.

Dies alles schien Belgravia nicht zu stören. Dort freute man sich über die umfassende Berichterstattung. Sie schickten ihm sämtliche Presseausschnitte, bis er sich fragte, ob die ganze Übung dazu dienen sollte, ihn in einen Nervenzusammenbruch zu treiben.

Dann rief seine Mutter an. »Wie konntest du mir das antun?« rief sie mit einer Stimme, die vor Wut zitterte.

»Was?« sagte Adam.

»Hast du die Besprechungen nicht gelesen?«

»Doch.«

»Nun, schämst du dich nicht?«

»Nein«, sagte Adam zu seiner eigenen Überraschung. »Das hat nichts mit mir zu tun, Mummy.«

»Und was ist mit deinen ganzen Freunden? Warum tun sie nichts, um dir zu helfen? Was ist mit der kleinen Mary, hm? Wie ich sehe, schreibt sie inzwischen für den *Chronicle*.«

»Ich dachte, es wäre unehrenhaft, darum zu bitten.«

Mrs. Sands schnaubte.

»Hast du mein Buch gelesen?«

241

»Nein, das habe ich nicht. Es klingt durch und durch widerlich. Ich habe aus all den Zeitungen eine ziemlich genaue Vorstellung davon, und es hört sich überhaupt nicht so an, als wäre es etwas für mich. Wenn du schon so etwas schreiben mußtest, hättest du es wenigstens unter einem anderen Namen tun können. Ich habe in Norwich drei Exemplare gekauft, aber wenn das stimmt, was ich höre, kann ich sie unmöglich verschenken.«

»Mummy, es geht auf einer Seite um Sex, meine Agentin hat mir gesagt, daß ich das hineinnehmen soll, und das war komisch gemeint.«

Adam war daran gewöhnt, Demütigungen zu verbergen: Es kam ihm vor, als wäre er wieder im Internat, abwechselnd schikaniert und fertiggemacht, ohne Hoffnung auf Entkommen. In der Vergangenheit hatte er sich immer mit dem geheimen Wissen getröstet, Schriftsteller zu sein, ein Wissen, das lange vor jedem Versuch zu schreiben entstanden war. Jetzt nahm man ihm sogar das, machte sich – wie über seinen Schmerz – auch darüber lustig.

Malcolm war der einzige von allen, mit denen er während dieser Zeit zusammenkam, der wirklich nett war. Adam fühlte sich so wackelig, daß er wenig anderes tun konnte, als bei Auktionen erworbene Bücher abzuhaken und ständig auf die Toilette zu rennen. Malcolm fertigte all jene ab, die versuchten, alte Rezensionsexemplare loszuwerden, während Adam im Keller Kartons auspackte und weinte. Das Geschäft lief flau, sogar mitten im Sommer, wo normalerweise die Amerikaner von einem der staubigen Antiquariate an der Charing Cross Road ins andere wanderten und Nostalgiekäufe tätigten. Die Hälfte der Geschäfte im Londoner Zentrum wurden wegen der Rezession geschlossen, und bei Pocock's konnten sie von Glück reden, wenn sie am Tag fünfzig Pfund einnahmen. Malcolm braute kannenweise Lapsang Souchong – einen Tee, den Adam abscheulich fand, wenngleich er es nicht übers Herz brachte, ihm das zu sagen – und tätschelte ihm die Hand. »Nimm es dir nicht so zu Herzen, lieber Junge«, sagte er. »Erstlinge sind nur die Sahnehaube auf der Vorstellungskraft eines Autors. Das, was später kommt, wenn du vierzig oder älter bist, zeigt, aus welchem Stoff du wirklich gemacht bist. Die paar Leute, die vor diesem Alter etwas Gutes schreiben, sind immer Eintagsfliegen, wie Thackeray und Fitzgerald. Am besten, du fängst gleich mit deinem zweiten an.«

»Ich bin nicht sicher, ob ich imstande sein werde, ein zweites Buch zu schreiben.«

»Dann bist du kein echter Schriftsteller und solltest froh sein, daß man dich darauf aufmerksam gemacht hat. Sieh dir *Titus Andronicus* an, eines der schlechtesten Stücke, die je geschrieben wurden. Sieh dir *Endymion* an. Sieh dir Jane Austen an. Sieh dir das Chaos der *Pickwick Papers* an oder Roderick Random oder Barry Lyndon. Jede wichtige Persönlichkeit in der Literatur hat *unter* der eigenen Norm angefangen, nicht darüber.«

»Aber alle werden sich daran erinnern.«

»Weniger, als du glaubst. Außerdem reagieren die Leser vielleicht ganz anders. Mir hat es gefallen.«

»Wirklich?«

»Ja«, sagte Malcolm. »Es ist absolut auf die Spitze getrieben, aber das war Absicht, nicht wahr?«

»Ja«, sagte Adam dumpf. Was spielte es schon für eine Rolle, ob gewöhnliche Menschen wie Malcolm das Buch verstanden? Es war die Welt des Slouch Clubs, nach der es ihn verlangte.

Am Tag der Präsentationsparty rief Tom Viner an. »Kann ich bei dir vorbeikommen? Meine Schicht ist gerade zu Ende, und ich dachte, vielleicht könnte ich bei dir warten, statt bei der Hitze bis zu deiner Party in Soho herumzulaufen.«

»Gehst du hin?«

»Ja, natürlich. Du nicht?«

Adam lachte zittrig. Sein Kopf und sein Nacken schmerzten. »Ich hatte überlegt, es vielleicht nicht zu tun.«

»Dein Buch ist schuld, daß ich jemandem beinahe eine Embolie beigebracht hätte«, sagte Tom. »Ich war gerade an der Stelle, wo Hugo den Pfau durch das Schloß scheucht. Hervorragend! Das ist Andrew, oder?«

»Hm«, sagte Adam und dachte bei sich, daß sein Protagonist auch einiges von Tom an sich hatte. »Hauptsächlich.«

Er ging schnell unter die Dusche und zerrte gerade nervös an verschiedenen Hemden herum, die auf dem Bett lagen, als Tom die Treppe heraufkam.

»Du hast abgenommen.«

»Ich kann bei der Hitze nichts essen«, sagte Adam. »Welches soll ich anziehen?«

»Du weißt, daß ich von Kleidern nichts verstehe.«

»Brauchst du auch nicht«, sagte Adam.

Tom sah weg, und als sein Freund seufzte und ein anderes Hemd anzog, sah er wieder hin. »Bist du zum Arzt gegangen, weil du soviel Gewicht verloren hast?«

»Nein«, sagte Adam. »Mach dir keine Sorgen.

›Wie eigenartig, daß der Geist, dies feurige Partikel,

Ersterben sollt’ unter dem Löschhut, der da heißt Artikel.‹«

»Wie bitte?«

»Das hat Byron gesagt, ich glaube, über Keats. Mach dir keine Sorgen. Wegen einer schlechten Rezension werde ich nicht zusammenschrumpfen und sterben. Blödmänner, alle miteinander. Gehen wir.«

20.

Adams Absturz

W ie konntest du Adam das antun?« fragte Mary Ivo.
Der zuckte die Schultern. »Jugendliche Entwicklungs-
romane gibt es dutzendweise. Früher hatte jeder das Recht, einen
zu schreiben, wie kostenloses Reisen für Kinder unter fünf Jahren.
Ich habe beschlossen, daß das nicht mehr so sein soll.«

»Und das kannst du tun?«

»Ja«, sagte Ivo, und Mary war sich bewußt, daß er das gesagt
hatte, um sowohl ihr als auch Adam seine Macht zu zeigen. »Um
offen zu sein, es ist ein Gewichse. Ein Jahr in der Provence von
einem Privatschullümmel.«

»Das ist dein Problem?« fragte Mary. »Die Tatsache, daß er in
Eton gewesen ist?«

»Wenn er über das Leben in einer Sozialwohnungssiedlung
in Manchester geschrieben hätte, wäre das etwas origineller gewesen.«

»Aber Adam weiß nichts über Sozialwohnungssiedlungen in
Manchester. Er hat über das geschrieben, was er kennt.«

»Das Problem ist«, sagte Ivo, »daß schon zu viele von uns es
auch kannten.«

»Und du glaubst, wir möchten gern etwas über ›das Andere‹ erfahren? Um Himmels willen, Ivo, ich bin in einem der übelsten
Slums von Großbritannien aufgewachsen. Glaubst du, ich möchte
darüber lesen? Hörst du mich sprechen über das, was ich gesehen
habe? Die Leute, die aus dem Elend stammen, wollen ihm entkommen, und die, die es nie erlebt haben, wollen auch nichts darüber wissen – von ein paar Szeneleuten einmal abgesehen. Idioten,
wenn sie glauben, sie erlangten dadurch Straßenschläue.«

Mary hätte noch mehr gesagt, aber ihr Selbsterhaltungstrieb ließ sie befürchten, daß sie die Grenze bereits überschritten hatte. Abgesehen davon war auch ihr eigenes Gewissen nicht ganz rein. Sie hatte Adams Hinrichtung genossen, wenn sie ehrlich war. Sein fehlendes Mitgefühl wegen Mark, seine Knickrigkeit, ihr für seine Wohnung Geld abzunehmen, seine häufigen Bemerkungen von oben herab hatten sie mehr verletzt, als sie sich selbst eingestehen wollte. Ivos Verriß, von dem sie wußte, daß er vor Fehlern und Halbwahrheiten strotzte, hatte ihr genau den Stich boshaften Vergnügens verursacht, den Adam gefürchtet hatte.

Doch als sie ihn sah und er so nervös und krank wirkte, dachte sie nur noch daran, wie sehr sie ihn mochte, daran, daß er der einzige Mensch gewesen war, der ihr zur Seite gestanden hatte, und das kleine, schlackige Ding, das einmal ihr Herz gewesen war, glühte vor Empörung.

Adams Party war nicht schlimmer als viele andere Buchpräsentationen. Belgravia hatte dreimal so viele Gäste erwartet, und Caroline hatte Adam informiert, daß etliche Berühmtheiten eingeladen worden waren. »Merlin Swagg, Sally Dunkin von *Night Calls*, verschiedene Lektoren und natürlich Jules Martian.«

Unnötig zu sagen, daß niemand von diesen Leuten erschien, und es hatte auch niemand von ihnen erwartet. Aus Adams Bekanntenkreis hatten einige gar nicht geantwortet, einige tauchten nicht auf, und einige drehten sich auf der Schwelle um und kehrten nach unten ins Restaurant zurück – aus Angst, Mißerfolg könnte ansteckend sein. Die Angestellten von Belgravia und ihre Begleiter machten mindestens ein Viertel der Gäste aus, und ein weiteres Viertel bestand aus willkürlich hereingeschneiten Besuchern oder trunksüchtigen Lohnschreibern diverser Zeitungen, die sich gratis betrinken wollten. (Es fiel auf, daß Caroline, die dem Tisch mit dem Wein und Adams Büchern vorstand, ersteren grimmig bewachte, letztere jedoch jedermann umsonst mitnehmen ließ.) Mrs. Sands, mit Perlen und in fließende Gewänder gehüllt, unterhielt sich mit jedem, der bereit dazu war, lauthals über ihren Sohn. Der junge Mann, auf den sie gerade einredete, erwies sich als Klatschkolumnist des *Evening Standard*, und von all denen, die in diesem Monat über Adam schrieben, war er es, der ihre verletzendsten Bemerkungen am nächsten Tag mit der größten Genauigkeit widergab. Der ganzen Szene mangelte es natürlich nicht an Unterhaltung.

»Ein echter Absturz.«

»Glaubst du, Sands' Haare sollen so aussehen?«

»Vielleicht hat er sie sich strähnenweise ausgerissen.«

»Beängstigend. Ivo muß es wirklich genossen haben.«

»Ich glaube, mir reicht's. Wo sind die Chips?«

»Einsames Wachen über die Sprache ist alles, was zählt.«

»Adam, mein Lieber, was soll ich sagen? Kündige ja nicht deinen Job.«

»Wie ich höre, handelt es sich um pure Pornographie.«

»Nun, wie ich höre, geht es um Chorknaben. Er hat sich immer vor dem King's herumgetrieben und gegafft.«

»Ich arbeite halbtags in einem Theater, bis ich damit fertig bin.«

»Nun, für mich hört es sich mehr wie eine Sittenkomödie an.«

»Nicht, nachdem ich diesen Brief geschrieben habe.«

»Nein, ich kann Ihnen mit absoluter Sicherheit sagen, daß er überhaupt nicht elegant ist.«

»Ciao, alle miteinander.«

»Es handelt von einem jungen Mann, einem Oxbridge-Absolventen, der in Notting Hill wohnt und, nun ja, in einem Theater eine Teilzeitstelle hat. Aber eigentlich geht es um die Kluft zwischen Schein und Sein.«

»Oh, es hat keinen Sinn, weiblichen Rezensenten Bücher von Männern zu schicken. Männer besprechen Männer, und Frauen besprechen Frauen.«

»Mach dir nichts draus, Adam. Ich bin sicher, daß Ivo sich schuldig genug fühlt, um dein nächstes nett zu behandeln.«

»Nicht nach dem Brief, den ich geschrieben habe.«

»Ah. Ein Fehler. Nicht klagen, nicht erklären, lautet die Regel.«

»Der erste, der das gesagt hat, war Disraeli. Ich frage mich, ob die Juden, die ins Konzentrationslager mußten, das wirklich gut fanden?«

»Wie ich höre, werden Sie von Gore Tore verklagt – wegen der Dinge, die Sie über ihn und seinen Sohn geschrieben haben.«

»Nicht ich. Die *Mail*. Ich glaube nicht, daß ein pensionierter Rockstar mit einem Lebenslauf voller Drogenmißbrauch und Sexskandalen vor Gericht einen großen Stich machen wird.«

»Fiona sieht gut aus.«

»Ich wette, sie hat eine Affäre.«

»Filofaxe sind so dick.«

»Du mußt meinen Kristalltherapeuten ausprobieren!«

»Du solltest es um der Sache selbst willen tun. Weder um des Geldes noch um des Erfolgs willen.«

»Haben Sie bereits mit Ihrem zweiten angefangen?«

»Nur einen Entwurf.«

»Ich hoffe, wir können als erste bieten.«

»Ja, wenn Sie möchten.«

»Fiona ist wirklich ein Vamp.«

»Meiner Meinung nach eher eine *femme banale*.«

»Ich habe meine Chanel-Ohrringe weggeworfen. Ich kann nicht glauben, daß ich so etwas mal getragen habe.«

»Sie verkaufen sich gut, wissen Sie. Zweitausend sind bereits weg. Bei den meisten Erstlingsromanen kann man von Glück sagen, wenn sie sich im Hardcover achthundertmal verkaufen. Auf was es letztlich ankommt, sind die Verkäufe, nicht die Besprechungen. Nur darauf kommt es im Verlagswesen an.«

»Wirklich?«

»Passen Sie auf: Wenn Sie einen Roman darüber geschrieben haben, wie furchtbar klug und literarisch gebildet Sie sind, was Sie meiner Meinung nach durchaus tun könnten, würden sämtliche Leute, die Ihnen vorher etwas untergejubelt haben, vor Ihnen katzbuckeln – und keiner würde Ihr Buch kaufen. Eine Geschichte mit Charakteren und Orten zu erfinden, ist wesentlich schwieriger, aber das funktioniert natürlich innerhalb einer Konvention und kann deshalb leicht zerpflückt werden.«

»Und wen, glaubst du, vögelt sie?«

»Bei Fiona könnte es jedermann sein.«

»Wenn ich Millionen verdienen würde, spielte es vielleicht keine Rolle«, sagte Adam. »Aber die Summen, die ich verdiene, sind so minimal ...«

»Möchtest du kein Geld verdienen?« fragte Candida Twink. »Denn das könntest du, weißt du. Es gibt im ganzen Land nur etwa dreißig Romanautoren, die von dem, was sie schreiben, leben können. Alle anderen wären als Schreibkraft besser dran.«

»Sie war früher mit Mark Crawley befreundet, bevor er Amelia geheiratet hat.«

»Nein!«

»O ja, und es kommt noch besser. Sie war früher hier Kellnerin.«

»Man braucht jederzeit mehr Inspiration für eine gute Geschichte als für Stil.«

»Kann man nicht beides haben?«

In den folgenden Monaten dachte Adam an den Rat, den man ihm gegeben hatte, doch er konnte ihn nicht beherzigen. Wie konnte man etwas um seiner selbst willen tun, wenn die ganze Freude daran zerstört war?

»Ich kann nicht verhindern, daß ich mir unablässig über die Schulter sehe«, sagte er zu Mary. »Und dann erstarre ich zur Salzsäule wie Lots Weib.«

An fünf Tagen der Woche versuchte er zu schreiben, denn Malcolm hatte ihn sehr vorsichtig gefragt, ob es ihm etwas ausmachen würde, Teilzeit zu arbeiten.

»Es tut mir so leid, mein lieber Junge. Es gibt im Moment einfach nicht genügend Kunden. Vielleicht, wenn sich die Lage wieder ändert«, sagte er blinzelnd.

Adam wußte, daß sein Arbeitgeber recht hatte. Er wußte auch, daß Malcolm Angst hatte, seinen Freund zu verlieren, einen hübschen brasilianischen Schaufensterdekorateur mit Geschmack an Designerkleidung und exotischem Urlaub. Wenn Adam daran dachte, wie Malcolm wegen Carlos litt, war er froh, daß er niemanden hatte. Homosexuell zu sein war schon schlimm genug, ohne daß man sich in eine Hure zu verlieben brauchte. Das ganze

Gerede über Coming-out und stolz zu sein auf die eigene Homosexualität – das war für die Art von Leuten, die Spastiker »andersartig« oder »durch die Erziehung herausgefordert« nannten. Sie waren genauso blind wie diejenigen, die behaupteten, jeder Heterosexuelle sei ein verhinderter Schwuler. Etwas, das er vor langer Zeit gelesen hatte, war ihm im Gedächtnis geblieben, nämlich daß ein Schriftsteller die Kraft haben müsse, sich unangenehmen Tatsachen zu stellen. Es nutzte nichts, wenn er sich sagte, daß er weniger einsam wäre, wenn er die Gesellschaft anderer suchte.

Nichts tröstete ihn. Belgravia verkaufte die Taschenbuchrechte, doch das Geld diente dazu, seine Vorauszahlung auszugleichen, und es interessierte ihn kein bißchen. Er fragte sich, ob er den Job bei Pocock's hätte aufgeben sollen, ob er die Schmach hätte erkennen sollen, die eine Tätigkeit im Handel für Snobs darstellte. Doch wovon hätte er dann leben sollen? Hätte er Sozialhilfe bekommen oder ein privates Vermögen gehabt, wäre er offensichtlich respektabler gewesen.

Adam hatte sich während des langen Kampfes, den es bedeutete, seinen ersten Roman zu schreiben, für tapfer oder zumindest für zäh gehalten, doch das war nichts, verglichen mit dem, was er jetzt auf sich nehmen mußte, um den zweiten zu schreiben. Er sah inzwischen auf jene frühere Zeit als auf eine Periode glücklicher Unschuld zurück. Damals war seine einzige echte Sorge die gewesen, ob er gut genug wäre, um veröffentlicht zu werden. Jetzt war es, als hätte er das Tor zur Hölle durchschritten und jedes weitere Buch führe ihn tiefer hinein.

Er wachte jeden Morgen tränenüberströmt auf und schlief unter Tränen ein. Er kehrte ins Heaven zurück, beobachtete die tobende, pulsierende, kreisende Menge. Ich könnte mit jemandem ins Bett gehen, dachte er. Obwohl ich über dreißig und häßlich bin. Ich habe eine schwarze Lederjacke und kann mich Schriftsteller nennen: Irgendein Scheißer wird sich davon beeindrucken lassen. Es gab einige hübsche Jungen, die von mindestens hundert Männern gierig beobachtet wurden, Jungen, vorn und hinten tatbereit eingefettet, alle mit dem gleichen beutehungrigen Blick.

Fressen oder gefressen werden. Die Körper wanden sich unter den Stroboskoplichtern wie Maden auf totem Fleisch. Am Anfang hatte er sich eine feinere Art der Liebe vorgestellt, nicht diese ölige Knorpelmasse, die in der Hitze ruckte und schlingerte. Er blieb – angesteckt von dem Dröhnen, das weiter und weiter ging, Männer zu einer Masse durcheinanderwirbelte und verknäuelte, die Grenze zwischen Tanz und Sex auflöste, bis sich einer nach dem anderen verausgabt hatte. Darin lag ein Vergnügen, das Vergnügen wiederholten zeitweiligen Vergessens, reduziert auf anonymes Fleisch, doch es war nichts für ihn.

Er fühlte sich krank vor Elend, einem Elend, das Monat um Monat so weiterging, und vor ohnmächtiger Wut. Er notierte sich etwas, was er in Dr. Johnsons *Das Leben Popes* gefunden hatte: »Ein Autor stellt sich ungefragt dem Tribunal der Kritik und bemüht sich unter dem Risiko der Schande um Ruhm.«

»Ich weiß nicht, wie ich darüber hinwegkommen soll«, sagte er zu Mary. »Aber ich weiß, daß das nächste Buch Fehler haben wird und auch das übernächste, und ich weiß nicht, wie ich es überleben soll, wenn es jedesmal nur Schläge gibt. Ich meine, irgendwann werde ich vielleicht etwas Fehlerloses schreiben, aber nicht unter diesen Bedingungen.«

»Nun komm schon, Adam«, sagte Mary ärgerlich. »Es war nicht nur schlecht.«

»Doch, das war es.«

»Nun, dann wird das nächste nicht so sein.«

»Dafür gibt es keine Garantie. Leute wie Ivo werden einfach denken, ich hätte eine Haut wie ein Rhinozeros und verlangte nach mehr.«

»Ivo ist der Meinung, du seist zu dünnhäutig.«

»Dünnhäutig! Ist das nicht eine Voraussetzung für einen Schriftsteller? Oh – die, die es können, tun es, die, die es nicht können, rezensieren.«

»Ich wollte noch nie ›tun‹, wie du es auszudrücken beliebst. Davon abgesehen, scheint es mir eine außerordentlich berechtigte Art und Weise, sich seinen Lebensunterhalt zu verdienen.«

»Es geht nicht um deinen Lebensunterhalt, sondern um dein Leben. Welches Geschöpf möchte sein Leben mit einem derart parasitären Tun zubringen?«

Mary hatte Adam noch nie so erlebt. Sie hatte ihn in der Vergangenheit für eine gewisse Art sardonische Würde bewundert, dafür, daß er zu seiner Umgebung Distanz gehalten hatte. Dadurch hatte er etwas Geheimnisvolles gehabt, Mark nicht unähnlich. Diesen gequälten, egoistischen Langweiler aber, bei dem jede Unterhaltung unweigerlich dabei enden mußte, wie schlecht seine Person behandelt wurde, konnte sie nicht einmal bemitleiden.

»Ich weiß nicht, was ich zu ihm sagen soll«, sagte sie zu Tom Viner. »Es tut mir leid, daß er so verletzt ist, aber es ist peinlich, besonders, wenn er immer wieder von Ivo anfängt.«

»Vielleicht will er gar nicht, daß du viel sagst«, erwiderte Tom. »Als du unglücklich warst, wolltest du da nicht auch, daß er dir nur zuhört?«

»Nein«, sagte Mary mit einem Aufblitzen ihrer kleinen weißen Zähne. »Ich wollte, daß er zu Mark geht und ihm eins auf die Nase gibt.«

Tom hatte ein seltsames Gefühl, so als würde er ohnmächtig werden. Es ist ihre Stimme, dachte er. Die Art, wie sie sich hob und senkte, erinnerte ihn an eine Klarinette oder an eine Oboe, gleichzeitig gequält und voller Lachen.

»Was hast du von seinem Buch gehalten?«

»Nun«, sagte Mary, »es ist so ganz anders als bei unserer lieben Königin zu Hause, meinst du nicht? Aber das konnten Fremde vermutlich nicht wissen.«

Es war ihr drittes gemeinsames Mittagessen. Tom arbeitete jetzt direkt im Norden von Soho, und Mary war Mitglied der London Library geworden, die ihr trotz ihres erschreckenden Mangels an zeitgenössischer Literatur ein kleines Vermögen für Zeitungen und Zeitschriften ersparte. Sie trafen sich in der Patisserie Valerie zu einem Sandwich. Es amüsierte sie immer, wie sehr sich jede Frau in diesem dampfenden kleinen, nach Vanille duftenden Raum seiner Anwesenheit bewußt war, als spräche sein Körper, auch wenn er schwieg. Er plauderte leichthin und angenehm, verriet aber wenig über sich selbst. Sie wußte, daß er eine Freundin namens Sarah hatte, die ebenfalls Medizinerin war, und daß er ausgerechnet bei Mark und Amelia wohnte.

»Ich erwidere nie Einladungen zum Dinner«, sagte er zu ihrer Enttäuschung, in die sich jedoch gleich Erleichterung mischte. »Ich bin zu faul zum Kochen.«

Sie fragte sich, ob der Grund für sein Interesse der war, daß sie wegen der Wohnung bei Phoebe in seiner Schuld stand, oder ob es beruflicher Natur war und er ihren Seelenzustand überprüfen wollte. Es konnte kaum Dankbarkeit für einen angenehmen Abend sein. Vielleicht, dachte sie, wünscht er nur unkomplizierte Gesellschaft, vielleicht ist es auch etwas viel Unheilvolleres. Mark hatte immer in ihrem Leben herumgeschnüffelt. Es war vorstellbar, daß er Tom auf sie angesetzt hatte. Sie achtete darauf, keine Ansprüche an ihn zu stellen, nichts zu erwarten, sich von dem Geschöpf im Krankenhaus so sehr wie möglich zu unterscheiden. Er machte ihr nicht den Hof, es gab Hunderte von hübscheren, reicheren und in jeder Weise begehrenswerteren Mädchen als sie, und das war in Ordnung.

»Ist Ivo ein enger Freund von dir?«

»Eigentlich nicht. Ich finde ihn körperlich abstoßend. Aber er wächst einem ans Herz, weißt du.«

Sie sagte bestimmte Dinge oder schlug etwas Bestimmtes vor, um ihn zu testen. Eines Tages sagte sie: »Warst du schon einmal in einem Sexshop?«

»Nein.«

»Gegenüber gibt es einen. Findest du nicht, daß du als Arzt wissen solltest, wie es dort aussieht?«

»Ich glaube, ich habe eine ziemlich genaue Vorstellung davon.«

»Wo ist deine Neugier? Vielleicht macht es Spaß.«

»Gut«, sagte er amüsiert. »Gehen wir hinein.«

Der Impuls der Grausamkeit, aus dem heraus sie den Vorschlag gemacht hatte, hielt lange genug an, daß sie die Old Compton Street überqueren und durch die Rauchglastür treten konnten.

Der Laden war so kümmerlich beleuchtet wie ein Aquarium, die Gegenstände waren jedoch in hell erstrahlenden Glaskästen ausgestellt. Es handelte sich hauptsächlich um gigantische Plastikpenisse.

»Dildos, nehme ich an«, sagte Mary verächtlich. Sie betrachtete mit, wie sie fand, wissenschaftlichem Interesse einige Stahlringe von verschiedener Größe. »Wozu in aller Welt dienen die?«

»Sie sind dazu da, eine Erektion zu bewerkstelligen«, sagte Tom. »Sollen sie länger dauern lassen.«

»O Gott. Woher weißt du das?«

»Ich sehe sie gelegentlich in der Notaufnahme. Bei irgendeinem armen Teufel stecken sie fest, und dann setzt Wundbrand ein.«

»Was machst du dann?«

»Ich schneide ihm den Schwanz ab«, sagte Tom. Es dauerte einen Moment, bis Mary begriff, daß er einen Witz gemacht hatte.

Eine atemlose Frauenstimme stöhnte aus dem Lautsprecher: »Oh, oh, oh.« Hinter der Kasse blätterte ein gelangweilter Mann in der Sun. Mary betrachtete die ausgestellte Unterwäsche, spinnenartige Teile aus rotem und schwarzem Nylon. »So unästhetisch«, murmelte sie und dachte traurig an Mark.

Sie entdeckte eine Schaufensterpuppe mit Handschellen und durch die Brustwarzen gezogenen Ketten. Weiter hinten in der Düsternis gab es ein Demonstrationsmodell einer aufblasbaren Frau, die einen schwarzen G-String trug, der zwischen den Beinen ein Loch hatte. In einem Fernseher lief ein Video über Frankfurter Würstchen.

»Was für ein fürchterlicher Ort.«

»Du wolltest unbedingt herkommen.«

»Macht es dich an?« fragte sie. Sie hatte ihn in Verlegenheit bringen wollen, und jetzt war sie es, die errötete und sich unwohl fühlte.

»Nein.«

»Ich nehme an, als Arzt hast du schon alles gesehen?«

Tom wußte, daß eine große Anzahl Frauen es erotisch fanden, daß er Tausende von Menschen unbekleidet gesehen hatte. Sie schienen nie zu begreifen, daß sie für ihn in ihr Menschsein gekleidet waren.

»Nein«, sagte er. »Die Wirklichkeit ist durch nichts zu übertreffen, oder?«

»Ich hatte es vergessen«, sagte sie, und ihre ganze Bitterkeit gegen Mark stieg so gedrängt in ihrer Kehle auf, daß sie kaum atmen konnte.

Er sah auf sie hinunter, wütend, verlegen und im Gegensatz zu dem, was er gesagt hatte, erregt. »Gehen wir?«

Sie traten ins Freie und blinzelten im Tageslicht.

»Du spionierst nicht hinter mir her, oder?« fragte sie plötzlich.

»Spionieren?«

»Für Mark und Amelia? Ich weiß, daß du bei ihnen im Haus wohnst.«

»Nein«, sagte Tom, und jetzt sah sie, daß sie ihn verletzt hatte. »Das würde ich niemals tun.«

Sie wußte, daß er die Wahrheit sagte, und sie wußte auch, daß sie mit ihrer Frage etwas zerstört hatte. Irgendwie würde er immer von einem erwarten, daß man besser wäre, als man war. Es war sehr ermüdend.

»Hat Amelia ihr Kind bekommen?«

»Ja. Letzten Monat. Ein Mädchen.«

»Sind sie – glücklich miteinander?«

Tom sagte: »Soviel ich weiß, ja.«

Er wußte, daß sie ihn für übermäßig diplomatisch halten mußte, aber die Scheidung seiner Eltern hatte ihn den Wert des Schweigens gelehrt. Ich weiß eigentlich nicht, was ich von irgend jemandem wirklich halte, stellte er fest. Und Mary weiß zuviel.

»So?«

Er sah sie an. »Ich rede nicht über Leute, Mary. Nicht in dieser Weise.«

»Warum nicht? Klatsch hält die Welt in Gang, sagt man.« Sie hatte Tränen in den Augen und sah zur Seite. Die Erkenntnis, daß es immer noch so weh tat, regte sie auf.

»Das ist nicht meine Welt.«

»Willst du damit sagen, daß es eine andere gibt?«

»Ja. Wo du gerade lebst, das ist nur ein winziger Bruchteil aller Möglichkeiten, selbst in London. Es gibt Menschen, die nicht von der Bosheit leben.«

»Wirklich? Warum begegne ich ihnen nie?«

»Du bewegst dich in den falschen Kreisen«, sagte Tom.

21.

Amelia ist verliebt

Nach der Geburt ihrer Tochter Rose war Amelia lange Zeit krank. Nicht nur, daß sie bei der Geburt Blutungen hatte und man es im Krankenhaus fünf Tage lang versäumte, ihr eine Bluttransfusion zu geben. Sie litt wegen des Katheters an einer Infektion des Harnleiters, an entzündeten Stichen in ihrer Dammschnittwunde und, wie sie einen Monat später feststellte, an einer Warze, die sie der Krankenhaustoilette zu verdanken hatte. Wenn sie aufs Klo mußte, brannten die Stiche wie glühende Briefklammern. Es war nur auszuhalten, wenn sie einen kalten Wasserstrahl aus der Handbrause darüberlaufen lassen konnte, was abscheulicherweise bedeutete, daß sie in die Badewanne oder ins Bidet pinkeln mußte. Alles Größere brachte sie einer Ohnmacht nahe.

»Ich kann nicht, ich kann einfach nicht«, wimmerte sie und preßte, schweißnaß vor Schmerzen, Angst und Anstrengung. »Das reißt alles gleich wieder auf.«

»Seien Sie nicht albern«, sagte die Schwester, die ihr beim erstenmal ins Badezimmer half. »Die Naht ist stärker, als Sie glauben. Drücken Sie.«

Amelia versuchte es und wurde ohnmächtig.

Alle Ruhe und Freundlichkeit des Entbindungsraums waren verschwunden. Zwei überarbeitete Schwestern, die versuchten, sich um zwanzig Frauen zu kümmern, alle vor Schmerz und Schock wie betäubt, erklärten ihr knapp, sie veranstalte einen Wirbel um nichts. Fünf Tage später begann ihr Darm zu lecken. Dann kam eine weitere Infektion hinzu, mit Delirien, in denen sie auf einem Eisberg dahintrieb, und dann ein Klistier. Ungefähr zur gleichen Zeit bekam sie eine Brustentzündung und noch mehr Fieber.

»Bei Ihnen sieht es unten herum aus wie auf dem Bahnhof Paddington«, sagte die Hebamme, als sie ihre Stiche überprüfte. »Aber machen Sie sich keine Sorgen, Sie werden bald wieder wie neu sein.«

Amelia hatte noch nie solche Schmerzen gehabt. Als die Epiduralanästhesie nachließ, wurde sie von ihnen überfallen wie vom Donnergrollen nach einem Blitzeinschlag, das durch den Medikamentennebel endlos weiterrumpelte. Alles tat ihr weh, der Hintern, die Brüste, die Hand, die am Tropf hing. Ihre Venen waren wegen des Blutmangels zusammengezogen, und als sie schließlich eine Transfusion bekam, fühlte es sich an wie ein Stahlträger, der ihr ins Fleisch drang. Das Stillen war von der Ekstase, die in den Büchern beschrieben wurde, so weit entfernt, daß sie es nur aushielt, indem sie Sheila Kitzinger in Gedanken endlose wütende Briefe schrieb. Jedesmal, wenn Rose ihre Kiefer anheftete, war das ein Gefühl wie ein elektrischer Schlag, doch wenn sie ihre Tochter nicht saugen ließ, brannten und stachen ihre Brüste, als würden sie direkt unter der Haut von sich krümmenden Würmern angefressen. Amelia brachte es nicht fertig, nicht zusammenzuzucken, und dann schrie das Baby in ihrem Arm auf.

Als Amelia sich im Badezimmerspiegel ansah, entdeckte sie eine Frau mittleren Alters. Ihre Haut war blaßgrau. Ihr Haar klumpte wie nasses Stroh. Ihr Bauch hing in streifigen, runzligen Hautfalten herunter wie ein luftleerer Ballon. Vor neun Monaten habe ich ein goldenes Kleid von Lagerfeld in Größe 38 getragen, dachte sie. Jetzt verstehe ich, was es mit Korsetten und Übergrößen auf sich hat.

Doch auf dem Entbindungstisch war etwas Erstaunliches mit ihr geschehen, sobald sie Roses heiseren, herrischen Schrei gehört hatte. Sie sagte dümmlich: »Dann war also wirklich etwas drin!«, und in diesem Moment war es um ihr altes Leben geschehen.

»Geht es ihm gut?« fragte Amelia immer wieder. »Geht es dem Baby gut? Bitte, Tom, sag mir, geht es ihm gut?«

»Es geht ihr gut«, sagte er, und da wußte Amelia, daß sie eine Tochter hatte.

Sie hatte jedes Schamgefühl verloren, lag gespreizt auf dem Gebärstuhl, während sechs Ärzte schnitten und nähten oder sie für den Backofen zurechtmachten – es war ihr egal. Plötzlich fiel ihr auf, daß sie Toms Hand gepackt hielt. Er gab ihr ein wenig Wasser und grinste: »Keine Sorge, sie ist schön.«

»Kann ich sie sehen?«

»Ich untersuche sie nur noch«, sagte der Kinderarzt, und zehn Minuten lang vergaß Amelia das Atmen, bis sie sie schließlich in ihren Armen hielt, ihre vollkommene Tochter, scheckig und mit blauen Flecken, nach Eisen und Geschlecht riechend und sich immer noch mit jedem Atemzug von Stein in Fleisch verwandelnd, doch mit solchen Augen! Sie waren blau, tiefstes Himmelblau, das in Luft zerschmolz, als wäre sie wie ein Meteor ins Leben geschleudert worden, statt sich ihren Weg nach draußen durch ein Erdbeben zerrissener Muskeln zu bahnen. Sie schienen bereits alles zu wissen, alles zu verstehen und zu vergeben, was Amelia vor diesem Augenblick gewesen war.

»O Liebling, mein Liebling«, sagte sie und erbrach sich in eine Nierenschale.

Sie weigerte sich störrisch, das Kind den Schwestern zu überlassen. Als eine von ihnen es wegnehmen wollte, knurrte Amelia wie eine Wölfin. Sie war zu schwach, um aufzustehen, doch sie wußte – und die Schwestern wußten es auch –, daß sie jeden umbringen würde, der versuchte, ihr diese köstliche Last abzunehmen. Also ließ man sie zusammen. Die ganze Nacht und danach noch viele Nächte hindurch lag sie da und starrte mit ihren rotgeränderten Augen in die Augen ihrer Tochter, untersuchte die winzigen Finger und Zehen, die knochigen Gliedmaßen, die Fettringe, die Wimpernkränze, das flache, einfältige, engelhafte Gesicht. Sie war verrückt vor Liebe und vor Schmerz. Es war nicht die Freude an einem einfühlsamen Herzen oder die pulsierende Lust einer Erwachsenen, weder das Zusammentreffen gleicher Seelen noch die Bewunderung von Schönheit, sondern etwas so Starkes und Instinktives, daß es sie erschreckte. Man konnte sich nicht mehr daran erfreuen als an einer Dusche unter den Niagarafällen.

Sie wußte, daß ihr Kind sich vor allem ängstigte, außer vor ihr selbst, genauso, wie sie sich vor allem ängstigte außer vor ihm. Es kuschelte sich an sie, ein winziges Tier, und sie kuschelte sich ebenfalls an, ein großes. Sie vergaß beinahe, wie man sprach, lebte nur noch in einer Welt aus Gerüchen und Berührung, Hitze und Milch und Schmerz. Wenn der Druck auf ihre Blase zu groß wurde, schob sie das Babybettchen mit einer Hand zum Klo und hielt mit der anderen den Tropf, weil sie eine solche Angst hatte, daß jemand Rose stehlen könnte. Wenn sie ein Nickerchen machte, hielt sie Rose seitlich im Arm.

Ein errötender junger Arzt kam, um ihr eine Lektion in Sachen Verhütung zu erteilen.

»Sehe ich so aus, als könnte mich das auch nur entfernt interessieren?«

»Nun, äh, das kann schneller wieder der Fall sein, als Sie glauben«, sagte er. »Sie wären überrascht, wenn sie wüßten, wie viele Frauen innerhalb eines Jahres erneut hier sind.«

»Tiere«, sagte Amelia. »Sie sind alle mit einem Tier verheiratet.«

Kleinkinder waren nicht etwa sexuell, sondern Sex war infantil, dachte sie verschwommen. Sie hatte Freud nie wirklich gelesen, aber er hatte das völlig falsch verstanden, wie es nur bei einem Mann möglich war. Was für Idioten sie alle waren!

Als nächstes kam eine Physiotherapeutin, um den jungen Müttern nach der Geburt Übungen beizubringen, eine lebhafte junge Frau, die vor Gesundheit strotzte. »Wenn Sie später nicht an Inkontinenz leiden wollen, müssen Sie sich vorstellen, sie hielten einen Bleistift in der Vagina und versuchten, ihn zusammenzupressen.«

Amelia starrte sie böse an.

»Pressen und – pressen und – pressen.«

Amelia fragte eisig: »Wollen Sie uns das nicht mal demonstrieren?«

»Und dann müssen Sie täglich fünfzig Sit-ups machen, um ihren Bauch wieder straff zu bekommen. Beginnen Sie jetzt.«

Amelia brachte drei zustande, ehe sie zusammenbrach.

»Auf, auf, auf«, sagte die Therapeutin. »Sie schaffen bestimmt noch mehr.«

Amelia fragte: »Haben Sie je ein Kind zur Welt gebracht?«

Die junge Frau schenkte ihr ein breites, fröhliches Lächeln. »Nein.«

Amelia legte sich wieder hin und schloß die Augen. »Dann verschwinden Sie.«

Die anderen Frauen im Zimmer ließen schwachen Beifall hören.

Es gab Unterricht, wie man sein Baby richtig badete und wickelte. Aus Angst, Rose könnte zerbrechen, wenn Amelia sie zu hart anfaßte, hielt sie sie nur mit den Fingerspitzen und ließ sie deshalb beinahe fallen. Als einziges Baby auf der Station behielt Rose ihr Krankenhauskleidchen an, was in der Hitzewelle wesentlich vernünftiger schien als herkömmliche Babykleidung. Nichtsdestotrotz waren die Heizkörper aufgedreht. »Dem einzigen Menschen, der wußte, wie man dieses altertümliche Heizsystem abschaltet, wurde letztes Frühjahr gekündigt«, erzählte ihr Tom. »Eingeschaltet kostet es sechzigtausend im Jahr. Tut mir leid. Irgendwann wird das hier alles abgerissen und in einem tollen Gebäude mit einem anderen Krankenhaus zusammengelegt, und dann wird alles wunderbar sein. Außer, daß du kein Bett bekommen wirst.«

Die Station leerte sich und füllte sich wieder. Die Frau, die Amelia schreien gehört hatte, war am nächsten Tag eine lächelnde Australierin, die am selben Nachmittag mit ihrem Ehemann wegging. Eine Vierzehnjährige, die einen Jungen geboren hatte, bekam Besuch von ihren bewundernden Schulfreundinnen.

»Ohhh, ist der nicht niedlich?« sagte eine nach der anderen.

»Jaaa«, antwortete das Mädchen gleichgültig. »Er ist ein Püppchen.«

Nachdem sie sich in ein Paar Jeans, Größe 10, gezwängt hatte, ging sie mit ihrer Mutter davon, die selbst kaum älter aussah als fünfundzwanzig.

Ein ungefähr sechzehnjähriges muslimisches Mädchen wurde von ihrem Ehemann und ihren Verwandten ausgeschimpft, weil es ein Mädchen auf die Welt gebracht hatte. Die junge Frau ließ ihr Baby wimmern und ging grimmig im Flur auf und ab, während die Familie auf ihrem Bett saß und das Zimmer mit Currygerüchen erfüllte.

»Ihre Tochter wird in ein paar Wochen tot sein, das arme kleine Ding«, prophezeiten die Schwestern. Ihre Stimmen waren ganz anders, wenn sie mit Ausländern sprachen, kalt und kommandierend – obwohl sie mit Ausnahme von zwei irischen Mädchen beinahe alle aus China oder Westindien stammten.

»Sie wird nicht stillen«, sagte die irische Schwester zu Amelia. »Das tun diese Musliminnen nie, wenn es ein Mädchen ist. Und in einem Jahr ist sie wieder da.«

»Warum regen Sie sich so darüber auf?«

»Ich will Ihnen etwas sagen, meine Liebe«, sagte eine. »Ich finde, es ist eine Schande, daß man einen Führerschein braucht, um ein Auto zu fahren, aber nicht, um ein Kind zu haben.«

Amelia fragte sich, ob sie sich qualifiziert hätte. Sie fühlte sich hin und her gerissen zwischen einer brennenden Woge guten Willens gegenüber allen Frauen und Verachtung für die gemeine Herde.

Mark kam erst am Freitag zu Besuch, obwohl sie wußte, daß Tom ihm von der Geburt ihrer Tochter erzählt hatte. Er erschien mit einem herrlichen Strauß weißer Lilien – er hat schon immer eine Hand für Blumen gehabt, dachte sie – und mit einer Flasche Champagner, von der er selbst das meiste trank. »Eine Tochter«, sagte er. »Gut, gut.«

»Sie heißt Rose. Ist sie nicht das Schönste, was du je gesehen hast?«

»Ich nehme an, sie ist o.k.«, sagte Mark. »Muß ihre Haut diese seltsame Farbe haben?«

Amelia betrachtete ängstlich ihr Baby. »Oh, sie hat ein bißchen Gelbsucht.«

»Ihr Haarwuchs ist auch ein wenig dürftig«, sagte Mark und begann die Situation zu genießen. »Ich dachte, Babys wären kahl.«

Amelia sah ihn ruhig an. Sie hatte das Gefühl, es stehe außerhalb seiner Macht, sie in irgendeiner Weise zu treffen, und sie verachtete ihn sogar für seine Versuche. »Das ist nur das Haar von Neugeborenen. Sie ist rothaarig. Siehst du?«

»Wie ist das möglich?«

»Ein rezessives Gen. Schau, wie lebhaft sie ist! Das ist dein Daddy, Rose.«

»Sie kann nichts sehen«, sagte Mark. »Neugeborene sind blind.«

»Doch, sie kann. Wenn du meine Schwangerschaftsbücher gelesen hättest, wüßtest du das. Sie kann bis zu dreißig Zentimeter weit sehen, das ist die Entfernung zwischen meiner Brust und meinem Gesicht.«

»Sieht mir eher wie zwanzig aus.«

Rose fing an zu quengeln, und Amelia öffnete nicht ohne Trotz ihr Nachthemd und ihren Stillbüstenhalter. Eine enorme, blaugeäderte Brust rutschte heraus wie ein geschälter Stiltonkäse. Das Baby legte seine Hand darauf und begann gierig zu saugen. Mark beobachtete es mit unverhülltem Entsetzen. Diese graue Riesin hatte nur äußerst entfernt Ähnlichkeit mit der Frau, die er vor weniger als einem Jahr kennengelernt hatte. Ihr verdorrter Säugling hing an ihrer fahlen Zitze wie ein obszön zuckender Blutegel. Ich werde ihn niemals lieben können, dachte er, und die Erleichterung ließ ihn beinahe nett werden. »Kann ich dir etwas mitbringen?«

»Etwas zu essen«, sagte Amelia. »Hier gibt es nichts Eßbares außer Cornflakes. Und noch ein paar Batterien für das Handy. Sie haben hier nur so ein schreckliches altes Ding auf Rädern, kannst du dir das vorstellen?«

»Wann lassen sie dich gehen? Die Säuglingsschwester ist angekommen. Eine Neuseeländerin, sieht aus wie ein Schaf im Raumanzug.«

»Ah, gut«, sagte Amelia abwesend. »Hast du unsere Eltern angerufen?«

»Ja. Dein Vater hat eine Kiste Jahrgangschampagner geschickt. Das hier ist ein Teil davon.«

»Kommt er her?«

»Ich weiß es nicht«, sagte Mark. »Das letzte, was ich von ihm gehört habe, ist, daß er in Amerika eine Zeitung zu kaufen versucht.«

»Dann hat er mir nicht verziehen«, sagte Amelia.

Sie bekam Besuch von ihrer Mutter und von ihren Schwiegereltern. Letztere verhielten sich steif und verlegen, befürchteten, sie würde in ihrer Anwesenheit stillen, und brachten ein Mobile mit Musik und flauschigen Teddybären mit. Ihre Mutter war der einzige Mensch, dem Amelia soweit vertraute, daß sie Rose halten durfte, während sie duschte und sich die Haare wusch. Mrs. de Monde hatte Tränen in den Augen, als sie nach zwanzig Jahren zum erstenmal wieder den nackten Körper ihrer Tochter sah.

»Es ist grausig, nicht wahr, Liebling?« sagte sie. »Wenn man es nicht durchgemacht hat, kann man es sich nicht vorstellen. Aber dein Baby ist süß.«

»O Mummy«, sagte Amelia, von Emotionen und Schuldgefühlen überwältigt. »Es tut mir so leid, wenn ich dich bei meiner Geburt habe leiden lassen.«

»Es war nicht deine Schuld«, sagte Mrs. de Monde.

Amelia ging nach Hause. Sie blutete immer noch so ausgiebig, daß sie den gesamten Vorrat an Binden des Boots-Geschäfts in Camden aufbrauchte. Shirley, die Säuglingsschwester, mußte ihr in die Badewanne hinein und wieder heraus helfen. »Man gibt seine Würde an der Tür zum Krankenhaus ab und erhält sie erst sechs Wochen später wieder zurück«, sagte sie.

Zehn Tage nach der Geburt begannen die Fäden in blutigen schwarzen Klumpen auszufallen. Amelia verbrachte den ganzen Tag im Bett, stillte und schlief und betrachtete Rose. Sogar fernzusehen war zu anstrengend. Die Waschmaschine rumpelte ununterbrochen, das Badezimmer war voller Dampf von all dem Bügeln. Shirley präparierte, was sie »Regenhäute« nannte – Inkontinenzbinden, die sie mit gefrorener Arnikasalbe bestrich, die, in die Unterhose eingelegt, Amelia ganze drei Minuten Schmerzfreiheit von ihrem brennenden Damm verschafften. Und sie kaufte Ringelblumensalbe für ihre wunden Brustwarzen.

»Ich kann es nicht, sie sind zu wund«, sagte Amelia, die zum zweitenmal an eine Brustentzündung litt. »Ich werde mit dem Stillen aufhören müssen.«

Shirley verschränkte die Arme über der Brust. Sie hatte Amelia erklärt, daß gestillte Kinder glücklicher, gesünder und intelligenter heranwuchsen als ihre flaschengenährten Kameraden.

»Wollen Sie nicht stillen?«

Nein, nein, schrie Amelia insgeheim, doch als sie Shirleys gerechtem Zorn begegnete, sagte sie: »Wenn es Rose guttut ...«

»Richtig, richtig.« Shirley bückte sich und drückte dem Baby eine pochende Brustwarze in den Mund.

»Aaaah!« schrie Amelia auf, doch Shirley ließ nicht locker. Rose saugte heftig. Fünf Minuten später war der schlimmste Schmerz vorbei, doch Amelia brauchte wieder Antibiotika, um die Infektion abzutöten.

»Danke«, sagte sie, als sie wieder sprechen konnte. »Ich nehme an, es war richtig so.«

»Jaa, das war es. Jetzt essen Sie alles auf, vor allem die getrockneten Aprikosen und den Rotwein. In kürzester Zeit haben Sie wieder Ihre alte Figur. Rose saugt Ihnen das ganze Fett ab, nicht wahr, Kleines?«

Shirley brachte Amelia zum Lachen, obwohl sie die königliche Familie verehrte und einen Haß gegen Schwarze an den Tag legte, der Amelia immer wieder in Erstaunen versetzte. Außerdem hatte sie eine tiefsitzende Abneigung gegen Männer.

»Die Kerle sind nur für das eine zu gebrauchen, sonst ist man mit einem Hund besser dran«, pflegte sie zu sagen. »Seien Sie auf jeden Fall vorsichtig, und geben Sie Ihr Geld nicht Ihrem Mann.«

»Oh, mein Geld ist in Sicherheit. Da hat Daddy aufgepaßt.«

Die Betten waren inzwischen knapp. Mark schlief bei seiner Frau, doch so weit von ihrem brennenden, milchgesättigten Fleisch entfernt wie nur möglich. Er war entgeistert, daß Rose jeden Tag sieben frische Windeln brauchte.

»Du meinst, es hat bereits angefangen?« sagte er und würgte, als seine Frau zum erstenmal in seiner Anwesenheit das gelbe Hinterteil ihrer Tochter säuberte. »Ich dachte, wir hätten noch ein paar Tage Zeit, bevor die Fluten starten.«

»Es ist nicht so schlimm«, sagte Amelia voller Bewunderung.

Jeden Tag fuhren Lieferwagen von Floristen vor und brachten von den Angestellten ihres Vaters und den Kollegen beim *Chronicle* Körbe und Sträuße, meist seidige, rosafarbene Nelken, duftlose Rosen und Sypsophilien. Von den Menschen, die Amelia zu ihren Freunden zählte, bekam sie Babykleidung, meist gerüscht und üppig mit Spitzen besetzt, völlig unbrauchbar für das erste Lebensjahr.

»Ich bin diejenige, die gelitten hat«, sagte sie weinerlich. »Rose könnte es gar nicht gleichgültiger sein, ob sie ein Frotteejäckchen trägt oder nicht. *Ich* bin es, die Geschenke braucht.«

Sie haßte alle, die sich mehr mit Rose als mit ihr beschäftigten. Sie haßte sogar Rose dafür, daß sie sie so sehr liebte. Sie konnte nicht schlafen vor Angst, daß Rose aufhören könnte zu atmen. Und wenn sie schließlich einschlafen konnte, wachte sie auf, weil Milch aus ihren Brüsten schoß.

Nur ganz allmählich wurde sie aktiver. Georgina schickte ihr ein langes, spinnenartiges Ding, das sich Wilkinet-Schlinge nannte, wodurch sie die Hände frei hatte und Rose trotzdem wunderbar nahe bei ihr und glücklich sein konnte, zwischen Amelias riesige Brüste geschmiegt, vermutlich von dem Bauch träumend, aus dem sie hinausgezwungen worden war.

Die Hälfte der Zeit verbrachte Amelia in Ekstase, die andere Hälfte wollte sie sich vor einen Bus werfen. Jeden Tag dachte sie, daß sie unmöglich noch müder werden konnte, doch jeden Tag sank sie noch ein bißchen tiefer. Das Haar fiel ihr büschelweise aus. Sie hatte keine Zeit, sich Strähnchen machen zu lassen, deshalb verlor das Gold seinen Schimmer und verblaßte. Sie konnte keine Kontaktlinsen tragen und griff auf eine uralte Brille zurück, die aussah wie eine Taucherbrille. Rollen von Fett waberten um ihren Leib und ihre Beine.

»Du siehst aus wie ein Michelin-Mann«, sagte Mark. Sie war überrascht, daß er immer noch gelegentlich Sex mit ihr wollte, doch hin und wieder kam es vor. Sie war innerlich weiterhin wie tot, nicht nur trocken oder gefühllos, sondern es war verschwunden, als wäre nie irgend etwas dagewesen. Sie konnte nicht glauben, daß die wunderbaren Bauchmuskeln je wiederkommen würden, so viele Übungen sie auch machte.

Es wurde schlimmer, als Shirley ging. Mark zog wieder in das zusätzliche Schlafzimmer, doch das war die einzige Erleichterung. Sie hatten noch immer keine Putzfrau und keine Kinderfrau. Das Geräusch von Roses Geschrei schien Amelia von Ohr zu Ohr durch den Kopf zu dringen und nachzuhallen. Sie fand, es war, als hätte man die leidenschaftlichste Affäre seines Lebens mit jemandem, der einen jede Nacht folterte. Tagsüber war Rose so bezaubernd, so wunderbar, so absolut anbetungswürdig, daß Amelia ihr alles verzieh, doch Nacht für Nacht verwandelte sie sich in einen Dämon, der sie bis an die Grenzen ihrer Selbstbeherrschung trieb.

»Schlaf, Liebling, schlaf einfach«, wiederholte sie immer wieder in einem monotonen Singsang, dem Wahnsinn nahe. Jeden Abend legte sie sich mit ihrem Kind in ein abgedunkeltes Zimmer, zählte bis hundert, dann noch einmal bis hundert, dann noch einmal, in einer Agonie der Zärtlichkeit. Trotzdem schlief Rose nicht ein. Sie versuchte, ihrer Tochter den Hintern zu tätscheln. Sie versuchte es mit Schnullern. Sie versuchte es mit Fläschchen.

Hin und wieder schien etwas zu wirken, und vierundzwanzig Stunden später war Amelia bester Laune.

Aha, sagte sie dann zu sich selbst, also das ist es, was ich falsch gemacht habe. Wie einfach. Doch nach ein paar Nächten hörte der Zauber auf zu wirken, und sie stand wieder am Anfang, war nur noch müder. Ihre Erschöpfung war so groß, daß sie sich ihrer kaum bewußt war, sie war darin eingespannt wie in einen Schraubstock, der alles zu einer glatten Fläche zusammenpreßte. Sie lebte in einer Welt ohne jede Logik, strahlend vor Gefühl, und dabei war sie so müde, daß sie jeden Augenblick meinte, im Stehen einzuschlafen, aber trotzdem so stark, daß die leiseste Bedrohung für Rose sie mit einer enormen, manischen Kraft erfüllte.

Auf den Gedanken, daß aus anderer Richtung Gefahr drohen könnte, kam sie nicht.

22.

Ein literarisches Bankett

Über den *Chronicle* brauten sich Gerüchte zusammen. Die Menschen arbeiteten in trüber Atmosphäre, mit schlechter Laune und schmerzendem Kopf und merkten es nicht, bis sie in Urlaub fuhren – was im Moment nur wenige wagten. Neuigkeiten bringen Unannehmlichkeiten mit sich, unaufgedeckt oder ausgebrütet, doch schaute man hinter die beigegrauen Burberrys dieser geschäftigen Zyniker, konnte man sehen, daß sie beinahe ebenso arme Teufel waren wie ihre Opfer.

Jedermann war verstimmt gewesen über den Umzug von der Fleet Street in papierlose Büros, doch die Schatten senkten sich noch tiefer auch über die jüngsten und enthusiastischsten Journalisten. Die pflegeleichten Zwergkoniferen auf den Stufen, die fünfhundert Pfund teuren Kübel mit Stiefmütterchen draußen und die Trauerweiden im Innern reichten nicht aus, um de Mondes Angestellte von den hohen Stacheldrahtzäunen, den Sicherheitspatrouillen und den Suchhunden abzulenken. Sie produzierten eine Zeitung in einem Gefängnis, und nicht einmal die Tatsache, daß sie das Gefängnis jeden Abend verlassen konnten, machte ihre Depressionen geringer.

Es gab noch weitere Gründe zur Verzweiflung. Max de Monde und sein Imperium steckten tief in Schulden. Wie tief genau, wußte niemand, nur daß seine Gläubigerbanken sich weigerten, ihm noch weitere Kredite zu gewähren. Man sagte, seine Schulden beliefen sich auf eine Höhe wie die eines ganzen afrikanischen oder südamerikanischen Landes, doch übertrieben wurde schließlich immer. Die Rezession hatte alle geschädigt, doch auf Zeitungen und Magazine hatte sie geradezu katastrophale Auswirkungen. Wer brauchte wirklich Zeitungen, wo doch jeder Radio und

Fernsehen hatte? Die Menschen hatten sich früher als *Times*-, *Guardian*- oder *Chronicle*-Leser definiert, doch seit sämtliche Zeitungsverlage um den mittleren Markt konkurrierten, waren diese Leser launisch geworden. Insbesondere der *Chronicle* mußte jede Woche gewaltige Mengen an Auflagenhöhe an andere Zeitungen abtreten. Sämtliche Tageszeitungen waren durch das Wachstum der Sonntagsbeilagen geschwächt worden, und welche Skandale Angus McNabbs Mannschaft auch aufdeckte, nichts vermochte diesen Erdrutsch zu stoppen. Woche um Woche wurden neue Opfer an den Pranger gestellt, doch die Öffentlichkeit schien sich nicht darum zu kümmern. Sowohl Max de Monde als auch Angus McNabb hielten Krethi und Plethi, wie sie ihre Leser nannten, für dumm, grobschlächtig, bestechlich und unfähig, sich eine eigene Meinung zu bilden. Doch wie tief sie sich auch hinabließen, das Niveau schien immer noch nicht niedrig genug zu sein. Sollten sie Teil der Regenbogenpresse werden? Mit einem Sonntagsblatt fusionieren? Der Zeitung ein neues Gesicht geben?

Es gibt für einen Journalisten kaum etwas Schlimmeres, als bei einer im Niedergang begriffenen Zeitung zu arbeiten. Wie Ivo sagte, war es, als säße man gemeinsam mit der Musikkapelle auf der *Titanic* fest. Jeder wollte weg, doch mit Ausnahme einiger weniger Starkolumnisten konnte es sich niemand leisten, seine Unzufriedenheit auch nur in Worte zu kleiden, da ihm sonst womöglich unvermutet der Dolch zwischen den Schultern steckte. Wenn Freunde sich untereinander beklagen wollten, gingen sie auf die Toilette und flüsterten beim Gebläse des Heißlufttrockners. Die, die es sich leisten konnten zu kündigen, taten es, doch die meisten fanden sich angesichts steigender Darlehenszinsen und geringer werdender Arbeitsmöglichkeiten bei allen Zeitungen deprimiert damit ab, weiterzumachen.

»Es muß irgendwann vorbeigehen«, sagten sie zueinander. »Die Immobilienpreise werden steigen, und dann wird die Rezession vorbei sein.«

Doch jeder neue Monat brachte ein neues Ansteigen der Zinssätze, einen weiteren Wertverlust ihrer Wohnungen und Häuser, ein weiteres Engerschnallen des nationalen Geldbeutels. Es betraf jeden, von de Monde, der damit gepahlt hatte, daß der *Chronicle* von der Familie Paddington viel zu tief geschätzt worden sei, da sein früherer Verlagssitz allein schon den Preis wert gewesen sei, bis zu Mark, der nicht einmal seine Wohnung vermieten konnte. Der Gedanke, daß, hätte er sich Mary gegenüber weniger gnadenlos verhalten, sie ihm wenigstens zu einem gewissen Einkommen verholfen hätte, machte ihn noch wütender, vor allem, als er feststellte, daß er hundertzwanzig Pfund für neue Schlösser würde ausgeben müssen. Angus dekretierte, daß sämtliche freien Mitarbeiter in Ivos Redaktion nur mehr die Hälfte dessen verdienten, was Marian früher angesetzt hatte, und daß niemand mehr seine Mitarbeiter zum Mittagessen ausführen durfte – ein Schachzug, mit dem er sich außerordentlich unbeliebt machte. Die Depression unter den freien Mitarbeitern war schließlich so groß, daß viele meinten, sogar fünfundachtzig Pfund für eine Rezension seien besser als nichts.

Trotzdem expandierte de Monde weiter, kaufte ein Sensationsblatt in New York und eine Fernsehstation in Hongkong, von der aus er in den pazifischen Raum ausstrahlen wollte. Von einem Konkurrenzblatt wurde er als zwölftreichster Mann Großbritanniens aufgeführt, eine Feststellung, die alle erstaunte, die für ihn arbeiteten. Über sein Heuern und Feuern wurde in *Eye* berichtet, dem einzigen Blatt, das er mit seinen Verleumdungsklagen nicht mundtot zu machen vermochte. Er schien außerstande, etwas abzulehnen, was auf den Markt kam, vor allem, wenn andere, größere Medienbarone es haben wollten.

Was trieb Max de Monde zu solchen Exzessen? Manche meinten, es sei die Gier nach Geld oder nach mehr Macht, andere sagten, daß er sich an der Gesellschaft rächen wolle, die ihn einst als Ausländer geächtet hatte. Geschichten kursierten, daß er als einziger Zeitungsbesitzer nie nach Chequers, dem Landsitz des Premierministers, oder zur Gartenparty der Königin eingeladen würde und daß er von der Familie seiner Frau geschnitten werde, weshalb er eine tiefsitzende Abneigung gegen das ganze Establishment hege. Schlichtere Gemüter hielten ihn für die Inkarnation des Bösen, und gäbe es den Teufel, könnte er ganz gewiß keinen besseren Weg finden, Unruhe zu stiften, denn als Eigentümer einer Zeitung.

Das literarische Bankett des *Chronicle* war, wie Weihnachten, ein Nullpunkt bösen Willens, der bereits Monate im voraus angekündigt wurde. Einzig die Tatsache, daß es normalerweise einen kleinen Gewinn einbrachte, hielt die Geschäftsleitung davon ab, es rücksichtslos zu streichen, doch die Vorbereitungen waren ein Alptraum. In der Vergangenheit hatte Marian Angus davon überzeugt, ihr mit etwas Ernsthaftem den Vorrang zu überlassen, indem sie argumentiert hatte: »Schau her, Angus, dieses Buch ist im Moment das angesagteste Accessoire. Alle werden es auf der ersten Seite bringen, und wir werden wie Idioten dastehen, wenn wir es ignorieren.«

Angus, dessen Ehrgeiz es war, zu den Klatschtanten zu gehören, auch wenn er sie jede zweite Woche attackierte, war darauf hereingefallen. Mit Ivo war die Lage jedoch komplizierter. Ihn schmerzte, daß er mit demselben, nicht allzu hohen Gehalt immer noch in der Literaturredaktion festsaß, und deshalb bestand er auf einem hohen literarischen Niveau. Angus fing an zu rebellieren und forderte, daß die literarische Mitte Vorrang haben sollte – kein Argument könne die Fakten ihrer eigenen Bestsellerlisten entkräften. Ivo war ebenso entschlossen, seine Position auf dem Gunstmarkt nicht zu kompromittieren. Er liebte es, Akademiker zu patronisieren, die er aus seiner Zeit in Cambridge kannte, indem er Artikel bei ihnen in Auftrag gab, liebte es, junge Dichter zu veröffentlichen – solange sie männlichen Geschlechts waren – und ältere Politiker. Damit tröstete er sich über seine nun für immer verlorene politische Zukunft hinweg. Denn es war einer der seltsamsten Charakterzüge Ivos, daß er, tief in Zwietracht und Vorurteile befangen, sich dennoch eine Art Verehrung für diejenigen bewahrte, die er, innerhalb engster Grenzen, für begabt hielt. Angus konnte das genausowenig verstehen, wie er stricken konnte.

»Warum können wir nicht mit etwas anfangen, was unseren Le-

sern wirklich gefällt, wie dem neuen George MacDonald Fraser?«
fragte er. »Dieser Steiner ist ein absoluter Langweiler.«

Das literarische Bankett wurde zu einem neuen Schlachtfeld.

»TREFFEN SIE IHRE LIEBLINGSAUTOREN«, hieß es in der
Ankündigung, mit retuschierten Photos, auf denen die Abgebilde-
ten bisweilen an Exsträflinge mit einem bösen Kater erinnerten –
manchmal zu Recht. Für nur fünfundsiebzig Pfund pro Kopf, so
wurden die Leser informiert, konnten sie diese Giganten im Savoy
Hotel kennenlernen. Über einhundert sternengeschmückte Autoren, Agenten und Verleger würden bei diesem Anlaß zugegen
sein, von dem der *Chronicle* behauptete, es handle sich um die
Oscar-Verleihung der literarischen Welt.

»Es gibt eine Sache, die ich als Juror gern klarstellen möchte«,
sagte Mark zu Angus. »Wir werden keine weiblichen Schriftsteller
als Gäste oder Redner einladen.« Er war als nichtliterarischer Redakteur mit von der Partie.

»Warum nicht?«

»Sie taugen alle nichts.«

»Alter Junge, findest du nicht, daß du die Sache ein bißchen zu
weit treibst? Schließlich haben eine oder zwei von ihnen sogar
wichtige Preise gewonnen, das solltest du doch wissen«, sagte Ivo.

»Allenfalls aus Irrtum«, sagte Mark kalt. »Oder sie sind mit den
Juroren ins Bett gegangen.«

»Wir können nicht die Hälfte des menschlichen Geschlechts außer acht lassen«, sagte Angus, den seine liberalen Glaubenssätze so
heftig piecksten wie eine ungenügend genutzte Kreditkarte. »Über
die Preise entscheidest du mit den anderen Juroren, aber *diese* Entscheidung ist endgültig.«

Mark haßte die Vorstellung eines literarischen Banketts fast noch
mehr als Ivo. Der Gedanke, irgendeinem der Politiker-Romanciers
zu begegnen, die er auseinandergenommen hatte, war peinlich bis
zum Verdruß – es war schlimm genug, öffentlich oder privat wütende Briefe zu bekommen, in denen sie sich über ihre Behandlung
auf den ersten Seiten beschwerten. »Warum können sie sich nicht
zusammennehmen?« fragte er Ivo, ungeheuchelt verwirrt.

»Das ist das Problem mit lebenden Menschen, mein Lieber«, sagte Ivo. »Sie tragen Kritik nicht mit Fassung. Sie sind keine Gentlemen.«

»Genausowenig wie wir natürlich«, sagte Mark mit gewohnt säuerlicher Aufrichtigkeit.

»Fühle mich nicht angesprochen, sagte Ivo.

Angus gab in einem kleinen Raum neben dem Ballsaal stets eine Privatparty für die Ehrengäste. So war es bei diesem Bankett auch. Fünfhundert *Chronicle*-Leser, angetan mit Smoking und ihren besten Ausgehkleidern, wurden von denen abgeschottet, die kennenzulernen sie bezahlt hatten, und mußten sich mit Buck's Fizz und einem gelegentlichen Blick auf die Berühmtheiten zufriedengeben.

»Oh, ist das Fay Weldon?« fragte eine und verrenkte sich beinahe den Hals.

»Nein, das ist Lady Antonia Fraser«, sagte eine andere. »Ist sie nicht schön?«

»Glauben Sie, daß Salman Rushdie kommen wird?«

»Mein Gott, ich hoffe nicht. Wir könnten alle in die Luft gejagt werden.«

»Gott, man sehe sie sich an«, sagte Percy Flage und wandte der Seite hinter dem Seil den Rücken zu. »Was glauben sie, wer wir sind? Tiere im Zoo?«

»Sie müssen ihren Wein selbst bezahlen, die armen Dinger.«

»Der ist wahrscheinlich besser als diese Rattenpisse.«

»Wer kriegt die Preise?«

Die Träger der Preise, eines hohlen, silbernen Buchs für den Autor des Jahres und eines Schecks über zweitausend Pfund für den Verlag, sollten geheim bleiben, um die Spannung zu erhöhen.

»Keine Ahnung. Jemand sagte, Flora Payne.«

»Nicht, nachdem Mary Quinn sie in der Mangel hatte.«

»Liebling! Mmmmhhhaaa!«

»Liebling! Ist das nicht fürchterlich?«

»Schlimmer als Cheltenham.«

»Marian hat hundertzwanzig bekommen, nur für die englischen Rechte. Sie sagt, es war ein Glücksfall, daß man sie rausgeschmissen hat.«

»Die Verleger sind alle wütend. Sechshundert pro Tisch, und sie wagen es nicht, nein zu sagen.«

»Sie können es sich leisten. Wann haben Sie zum letztenmal einen armen Verleger gesehen?«

»Bitte sagen Sie mir noch einmal Ihren Namen. Natürlich, ich kenne ihn aus der Zeitung.«

»Zwischen E- und U-Kultur gibt es schon lange keinen Unterschied mehr.«

»Ja, aber das Problem mit der Postmoderne ist, daß sie nicht imstande ist, sich mit zwischenmenschlichen Beziehungen auseinanderzusetzen. Sie kann sich nur auf Bildschirme, Bilder, Texte beziehen.«

»Die Neunziger kommen nicht allzu gut, oder? Keine Spur von Boshaftigkeit, nur eine Menge langer Gesichter.«

»Gott, dieses Essen ist schlimm. Sonnengetrocknete Tomaten, eingewickelt in zarten Strudelteig.«

»Marian hat gerade eine Vorauszahlung von hundertfünfzig Riesen eingesteckt.«

»Dieses Biest! Das ist nicht auszuhalten!«

»Haben Sie schon gehört, daß Georgina Hunter ihren Mann verlassen hat?«

»Guter Gott, ich hatte keine Ahnung, daß sie schon vierzig ist!«

»Ist sie auch nicht. Die neue Generation ist frühreif.«

»Nun, zu meiner Zeit hat man damit gewartet, bis die Kinder im Internat waren.«

»Zu meiner Zeit gewöhnlich sogar, bis sie zur Universität gingen.«

»Der Mann ist ein sagenhafter Langweiler. Georgina, meine Liebe! Mmmmhhhaaa! Was macht der neue Roman?«

»Wie hat sie es nur geschafft, so viel abzunehmen?«

»Oh, meine Liebe, sie hat in der Harley Street einen Arzt gefunden, der Amphetamine verschreibt. Letzten Monat war ich mit ihr in *Snap, Crackle, Pop!*, und als ich sagte, daß ich nicht daran gewöhnt sei, um halb acht aufzustehen, sagte sie: ›Warum nehmen Sie nicht ein Viertel von meinen Pillen? Man redet dann zwar ziemlich schnell, aber –‹«

»Wollen Sie damit sagen, es ist Speed?«

»Nun, was glauben Sie, wie sie es schafft, jedes Jahr einen Bestseller zu schreiben?«

»Natürlich, sie ist eine Bewundererin von Mrs. Thatcher, was soll man da erwarten?«

»Ich fand es ziemlich gut.«

»Absoluter Schwachsinn. Schule von Laura Ashley.«

»Und man hat ihr gerade hundertsechzig für die Taschenbuchrechte gezahlt!«

»Populärwissenschaftliche Bücher sind im Kommen.«

»Das ganze Zeug über Inzest, man kann es nicht mehr sehen. In Frankfurt Buch um Buch darüber, und die Hälfte in Sprachen, von denen man noch nie etwas gehört hat.«

»Ja, aber niemand traut sich zu *sagen*, daß es Schwachsinn ist. Entschuldigung, ist er ein Freund von Ihnen?«

»Seine Frau hat herausgefunden, daß sie eine Affäre hatten, ist hingegangen und hat einen Ziegelstein durchs Fenster geworfen. Er mußte dann so tun, als wäre es Vandalismus gewesen, und seither wettert er in seiner Kolumne über die Unfähigkeit der Regierung bei der Bekämpfung der Straßenkriminalität.«

»Wir können diesen Preis nicht der Red Herring Press verleihen, das ist ein linker Verlag.«

»Es tut mir leid, Angus, aber er ist an der Reihe.«

»Wie lautet deine Entscheidung, Mark?«

»Er bekäme ihn nicht unverdient.«

»Warum ist Belgravia nicht in der Endauswahl? Er gehört auch zu dieser Gruppe.«

»Es ist zu gräßlich! Warum können sie keinen Scheck überreichen?«

»Falls ich ihn bekomme, habe ich ihn meinem Sohn versprochen. Er glaubt, es sei so was wie eine Fußballtrophäe.«

»Oh, Pech, nicht wahr? Ich dachte, er würde an Percy Flage gehen, oder nicht?«

»Ich frage mich, ob man das Silber einschmelzen kann.«

»Er ist garantiert nur versilbert.«

»Buh!«

»Buh!«

»Verpiß dich, McNabb!«

»Entsetzlich, über Entlassungen im Verlagswesen Witze zu machen.«

»Buh! Nieder mit den Faschisten!«

»Entschuldigen Sie, gnädige Frau, darf ich Ihre Einladung sehen?«

»Was? Laß mich los! Verpiß dich, du Schwein!«

»Hinaus mit Ihnen, bitte. Machen Sie keinen Ärger, oder es wird sich noch jemand verletzen.«

»Au!«

»Wer war das?«

»Eine alte Pennerin, die sich eingeschlichen hat.«

»Ich dachte, ihr Kleid wäre von Westwood.«

»Eher vom Westway.«

»O meine Liebe, das arme alte Ding hat wenigstens mal ein anständiges Essen bekommen.«

»Sie roch ziemlich merkwürdig.«

»Liebling, es war wunderbar, dich zu sehen. Mmhhhaaa!«

»Mmmhhhaaa! Bist du bei den Paddingtons?«

»Selbstverständlich.«

»Dann à bientôt, Liebling. – Endlich. Was für eine Langweilerin diese Frau ist.«

Ivo, grün vor Angst, glitt durch den Raum wie Butter durch eine heiße Pfanne. Angus konnte Mark wegen seiner Position als Schwiegersohn de Mondes nichts anhaben, deshalb würden die Vorwürfe wegen der Zwischenrufe während seiner Rede an Ivos Adresse gehen. Ob ich wohl am Ende dieses Abends immer noch einen Job habe? überlegte er. Warum hatte er seiner Nemesis nur jemals geholfen, aus Cambridge zu entkommen? Aus den Augenwinkeln beobachtete er, wie sich Fiona Bamber unter ihrem langen blonden Pony hervor mit ihrer besonderen Mischung aus Steifheit und Animalität mit ihm unterhielt. Es war wohlbekannt, daß Angus jede Summe zahlen würde, um sie von der *Mail* abzuwerben. Mark beugte sich zu ihr wie Dracula.

Ivo ging zu Mary. »Sieh mal«, sagte er.

»Ich habe es gesehen.«

»Glaubst du –?«

»O ja«, sagte sie. »Aber was sollen wir machen?«

Später ging Mary zu Fuß zur U-Bahn. Der heiße, metallische Gestank wurde immer dicker, je tiefer sie kam, wirbelte träge auf, wenn Züge weit unter der Erdoberfläche ein- und ausfuhren. Er hing in den Kleidern, trocknete Kehlen aus, belegte Nasen. Er schmeckte nach Blut.

Ich bin verzweifelt, verzweifelt, dachte sie, erschrocken darüber, daß sie wieder weinte. Obwohl sie Mark inzwischen mehr haßte, als sie ihn je geliebt hatte, war der Schmerz nicht geringer. Es hatte sie heftig getroffen, ihn im Savoy zu sehen, zu sehen, wie er durch sie hindurchsah, als wäre sie, die sie die längste Zeit ihres Erwachsenenlebens mit ihm zusammengelebt hatte, nicht mehr als Luft. Wenn er nur sagen würde, daß es ihm leid tut, dachte sie, wenn er mich nur von diesem Haß erlösen würde. Das ist alles, was ich von ihm will. Sie wünschte sich aus ganzem Herzen, die Briefe nie geschrieben zu haben, sie sah ein, daß sie so sinnlos und wirkungslos gewesen waren wie die, die von beleidigten Autoren abgeschickt wurden.

Sie hatte den Jahrestag von Amelias Buchpräsentation mit einer eigenen Party begangen und hatte mit grimmigem Vergnügen festgestellt, daß viele Gesichter, die sie dort gesehen hatte, nun auch auf ihrer Party auftauchten, daß man sie nicht länger schnitt. Jedesmal, wenn sie eine Straße entlangging, über die sie mit Mark gegangen war, oder in ein Kino oder ein Restaurant, verspürte sie ein kleines Triumphgefühl, daß wieder ein Stück Vergangenheit von der Gegenwart überlagert wurde. Sogar wenn ihre Schulden sich inzwischen auf viertausend Pfund beliefen, sogar wenn sie die Stunde, bevor sie wieder einmal zu einer Party ging, in Tränen aufgelöst verbrachte und wenn sie trank vor Angst, ihn wieder zu treffen, war das alles ein Fortschritt. Was sie fürchtete, war Stagnation. In London mußte man sich bewegen, oder man kam um. Doch die einzige Sache, die sie hätte heilen können, falls das überhaupt möglich war, blieb ihr versagt.

Sie konnte sich keinen neuen Liebhaber nehmen. Sie konnte nicht mit jemandem ins Bett gehen, ohne in ihn verliebt zu sein, und das war es, wovor sie sich am meisten fürchtete. Ich kann niemals wieder für jemanden so verletzlich sein, dachte sie. Das ist die Narbe, die Mark mir für immer hinterlassen hat. Wenn sie es nur könnte, so herz- und freudlos wie zum Beispiel Tom Viner! Sie war beinahe versucht, zu ihm zu sagen: »Schau her, ich habe ein Problem – würde es dir etwas ausmachen, das Gespenst zu bannen?« Doch der Gedanke war zu komisch und zu peinlich.

Sie wußte, was Ivo wollte, und wenn sie auch nur im geringsten vernünftig wäre, würde sie ihn gewähren lassen. Er kam ständig in ihrer Wohnung in Chelsea vorbei, angeblich auf dem Nachhauseweg nach Clapham oder um ihr ein Rezensionsexemplar vorbeizubringen. Einmal hatte er am Ende tatsächlich vor ihr auf den Knien gelegen. Bis jetzt war es ihr gelungen, ihn auf Abstand zu halten, indem sie davon sprach, wie traurig Mark sie gemacht hatte, aber auf lange Sicht würde sie entweder nachgeben oder ihm klarmachen müssen, daß sie ihn abstoßend fand.

Während sie auf ihre U-Bahn wartete, fiel ihr eine Bewegung auf. Es war eine Ratte, die wie ein beschleunigtes Uhrwerk zwischen den Schienen hin und her huschte, verschwimmendes Fell und ein nackter Schwanz. Inzwischen gab es in London angeblich mehr Ratten als Menschen. So überlebt man, dachte sie, von Abfällen zwischen den Linien.

23.

Das Zen der Mutterschaft

Hallo, sprecken Sie Turkisch?«
»Hallo, ich bin Neuseeländerin, ich habe Ihre Anzeige in *Lady* gelesen, ich –«

»Hier spricht Carla. Ich rufe an wegen Ihrer Anzeige in *Lady* –«

»Hallo, ich rufe an, weil ich wissen möchte, ob Sie für den Job als Kindermädchen wirklich jemanden mit Führerschein brauchen –«

»Hallo, ich habe Ihre Anzeige in *Lady* gelesen und wollte gern wissen, ob Sie die Absicht haben, für das Kindermädchen Steuern zu zahlen –«

»Hier spricht Sondra. Ich bin Serbin und brauche Hilfe, bitte –«

»Wage es ja nicht, den Hörer aufzulegen, du blöde Kuh –«

»Ich rufe an, um zu erfahren, ob die zweihundert pro Woche brutto oder netto sind?«

»Hallo? Hallo? Hallo?«

Amelia war erschöpft. Sie hatte ein Kindermädchen gefunden – über eine Agentur, die ihr vierhundertachtzig Pfund in Rechnung stellte, zusätzlich zu den zweihundert Pfund pro Woche, die sie dem Kindermädchen selbst bezahlte. An Weihnachten war das Mädchen wieder nach Italien abgereist, außerstande, das englische Wetter und, wie es mit wütend aufblitzenden Augen gesagt hatte, die englischen Männer zu ertragen. Amelia, die immer noch fünfmal jede Nacht geweckt wurde, bekam prompt die Grippe. Sobald es ihr besser ging, steckte Rose sich an, und sie lagen zusammen im Bett, das Baby schreiend, keuchend und fiebrig. Rose konnte nichts bei sich behalten. Sie krümmte sich vor Schmerzen wie eine Raupe, verrenkte sich so, daß sie fast erstickte, wenn man sie nicht beaufsichtigte. Amelias Rücken und Schultern taten weh, als stecke ein stumpfes Messer zwischen jedem Muskel. Rose wurde zu schwer für die Schlinge, ließ sich aber nur beruhigen, wenn sie, mit dem Gesicht nach unten, dicht am Körper gehalten wurde, während ihre Mutter wie ein Sträfling auf und ab schlurfte, furchtbar besorgt, Mark aufzuwecken, der, wenn er nicht mindestens acht Stunden ununterbrochenen Schlafs genossen hatte, unaussprechlich schlechter Laune war.

Schlafen und Wachen verschmolzen zu einer zähflüssigen Woge. Amelia versuchte ein anderes Kindermädchen zu finden, doch jede, die sie einstellte, war entweder verrückt, schlampig oder dermaßen faul, daß sie nicht einmal den Sauger von Rosas Fläschchen reinigte, vom Aufwischen der auf dem Fußboden und am Kinderstuhl klebenden Obst- und Gemüsebreireste gar nicht zu reden. Sie blieben alle gerade lange genug, um gesagt zu bekommen, wie man eine Spülmaschine richtig lud, dann gingen sie wieder. Amelia stellte fest, daß sie – außer an den Tagen, wenn ihre neue Putzfrau kam – die ganze Hausarbeit erledigte, während das Kindermädchen mit Rose spielte. Dem Herrn sei Dank für Grace, die unbeirrbar zweimal pro Woche erschien, wie ein frischer Luftzug, den sie ins Haus ließ, kalt, aber erfrischend.

»Sie sollten nicht zulassen, daß er Sie herumkommandiert«, sagte sie, als Amelia ihr erzählte, Mark verlange dies und verbitte sich jenes.

»Ich weiß.«

Amelia hatte sich noch nie in ihrem Leben so krank gefühlt. Sie lag auf der Seite, das Baby klammerte sich an ihre Brust, und sie träumte, sie sei eine Leiche, deren Fleisch mit winzigem, fischartigem Genibbel von den Knochen gesaugt wurde. »Wie haben *Sie* das überlebt?« fragte sie andere Mütter mit älteren Kindern, doch alles, was die ihr sagen konnten, war, daß sie es vergessen hatten, daß es ein Gefühl war, als betrete man einen schwarzen Tunnel aus Müdigkeit, aus dem man eines Tages, fünf oder zehn Jahre älter, wiederauftauchte. Rose schrie unaufhörlich. Amelia mußte aufstehen, auch wenn sie so müde war, daß sie kaum sehen konnte, auch wenn sie Fieber hatte, auch wenn ihre Arme und Beine zitterten.

Ich muß stark sein, ich muß überleben, ich muß stark sein, ich muß überleben, beschwor sich Amelia. Aller Luxus, in dem sie gebadet hatte, all das Geld, die Bediensteten, die Ordnung, die Partys, die *Zeit* ... Ich hätte so viel mehr tun können, wenn ich es nur gewußt hätte, dachte sie, und das war ihr größtes Bedauern. Hin und wieder gab es einen Lichtblick von vielleicht zwei Tagen, wenn sie ein halbwegs anständiges Kindermädchen hatte und es Rose gut genug ging, daß sie sechs Stunden durchschlief. Dann stellte sich das wirkliche Leben beinahe wieder ein, und in dieser Zeit mußte sie alles erledigen – Berge von Wäsche, den Zahnarztbesuch, den Friseurbesuch, einkaufen, ihrem Steuerberater Unterlagen zuschicken, schreiben, aufs Klo gehen. Dann wurde Rose wieder krank, und die kurzen Momente der Normalität verschwanden ihr aus dem Gedächtnis.

Amelia lernte, von einer Stunde auf die andere zu leben, immer mit dem Bewußtsein drohenden Unheils. Rose konnte jeden Augenblick anfangen zu schrumpfen, das Fett wie verbrannt von ihren Knochen schmelzend. Dann begann eine Zeit, wo sie außer sich war, ihr Kind wiegte, während es sich heiser schrie, bis Amelia dachte, sie würde für Rose jeden Schmerz auf sich nehmen, wenn sie sie nur nicht mehr leiden sehen müßte. Wenn sie krank war, akzeptierte Rose nichts anderes als Muttermilch. Der süße, heiße Geruch wurde von jedem Kleidungsstück, das sie beide besaßen, aufgesogen – säuerlich, kalt geworden und in ranzigen Käse verwandelt. Jede halbe Stunde schob Amelia dem Baby das Thermometer unter die Achselhöhle und beobachtete, wie es von 38 auf 39, von 39 auf 40 anstieg und hoffte beinahe, daß es höher klettern würde, damit sie Rose in die Notaufnahme bringen und sich selbst von der Verantwortung befreien konnte. Niemand machte einen vernünftigen Vorschlag.

»Falls ich noch so einer verdammten Frau begegne, die mir rät, ich sollte ihren Akupunkteur oder chinesischen Kräuterheiler oder Homöopathen aufsuchen, werde ich ihr mit Sicherheit eine runterhauen«, sagte sie zu Mark. Sie saßen in einem Restaurant in Hampstead an einem der seltenen Abende, wo sie miteinander ausgingen – wie üblich an einen Ort mit schäbigen, aprikosenfarbenen Wänden, gebogenen Haselzweigen und auf jedem Tisch einer einzelnen, unter Halogenspotlights vor sich hin welkenden Tulpe in einer blauen Glasvase.

Mark sezierte seine Blinis mit geräuchertem Lachs und fragte: »Was erwartest du?«

»Ich erwarte, daß jemand zu mir sagt, daß ich einen höllischen Job gut mache.«

»Dein Problem ist, daß du noch nie zuvor irgendeinen Job hattest«, sagte Mark unliebenswürdig.

»Ich bin Journalistin wie du, und im Unterschied zu dir habe ich ein Buch geschrieben.«

»Du hast Unsinn geschrieben.«

»Nun, vielleicht genügt es nicht deinem intellektuellen Anspruch, aber viele Leute haben es gern gelesen«, sagte Amelia. Sie wußte inzwischen, daß sie kein Genie war, aber sie hielt sich noch immer für eine berufstätige Frau.

Mark rechnete ihr jedoch keinerlei Verdienst an. »Du hast noch keinen Tag ehrlich gearbeitet«, sagte er.

Jedesmal, wenn sie miteinander ausgingen, stritten sie. Es war, als sparten sie das ganze Gift, das sie sich zu Hause nicht loszuwerden trauten, für die Öffentlichkeit auf. Amelia verlor zunehmend die Lust, überhaupt noch auszugehen, zumal sie es kaum schaffte, sich in die weitesten ihrer alten Kleider zu zwängen.

Ohne Tom, dachte sie, wäre ich verrückt geworden. Er kam grünlichweiß aus dem Krankenhaus zurück, unter den Augen dunkle Schatten der Erschöpfung, doch nachdem er ein paar Stunden im Tiefschlaf verbracht hatte, kam er immer herunter und half. Manchmal war es nur, daß er ihr Rose aus den Armen nahm und ihnen beiden eine Tasse Tee kochte. Manchmal kaufte er in einem Laden an der Ecke einen Liter Milch und etwas Schokolade für sie oder plauderte mit ihr über dies und das. Amelia lernte, den Klang seiner Schritte vor der Haustür zu erkennen, als wäre er ihr Ehemann und nicht Mark. Manchmal phantasierte sie, daß dem so wäre. Warum hatte sie nicht erkannt, was für einen guten Ehemann er abgeben würde? Weil sie nicht dazu erzogen worden war, an Männer in dieser Weise zu denken, mit einer Art rationaler Romantik wie bei Jane Austen. Statt dessen hatte sie geheiratet aus – was? Weder Liebe noch Lust, wie es jetzt schien, sondern aus einer Art intellektueller Ehrfurcht. Was war überhaupt so toll an Marks Intellekt? Er schaffte nicht, was Tom schaffte, nicht in tausend Jahren. Er brachte sie nicht zum Lachen, wie Tom es tat, oder dazu, über andere nachzudenken. Mit der bloßen menschlichen Existenz wollte er nichts zu schaffen haben, sondern nur aus dem Hinterhalt Politiker attackieren.

Sie sagte zu Tom: »Ich weiß nicht, wie du das machst. Ich habe erst ein paar Monate nicht durchgeschlafen, und bei dir geht das schon seit Jahren so.«

»Übung.«

»Das ist es nicht allein.«

»Nein … In der Medizin braucht man etwas, was sich *caritas* nennt. Weißt du, was das bedeutet?«

Amelia errötete, von einer Scham erfüllt, die auf sie herabstürzte wie kochendes Wasser. »›Wohltätigkeit leidet lange und ist sanft‹ … Ja. Ich weiß, was das bedeutet.«

»Das ist es, weißt du«, sagte er und wurde rot.

»Aber wie hältst du das aus? Dich um sie zu kümmern – gewöhnliche Menschen –, wo sie so häßlich sind und riechen und einen langweilen!«

»Es gibt Tage, an denen ich denke, daß ich es nicht kann. Aber ich muß sie nicht mögen.« Er tat einen Löffel Zucker in seinen Kaffee. »Sie müssen mir nicht einmal leid tun, und ich muß mich auch am nächsten Tag nicht an sie erinnern.«

»Aber tust du es?«

»Ja. Bei manchen. Sie sind alle Menschen.«

»Wolltest du immer schon Arzt werden?« fragte Amelia. »Um Menschen zu helfen?«

Tom lächelte über den naiven Respekt in ihren Augen.

Grace kam mit dem Staubsauger herein. »Stört es Sie, wenn ich jetzt Ihre Zimmer saubermache, Tom?«

»Nein, machen Sie nur. – Ich habe mich auch für die Wissenschaft interessiert, aber das war zu verschroben.«

Einen Arzt im Haus zu haben ist sogar noch besser als ein Kindermädchen, das bei einem wohnt, dachte Amelia, vor allem einen, der zu dem gehörte, was sie inzwischen als Nordlondoner Aristokratie bezeichnete. Manchmal hatte sie Tagträume, in denen Marks schreckliches Benehmen neben Toms Freundlichkeit gestellt wurde. Manchmal war die einzige Möglichkeit, wie sie Mark in ihrem Bett aushalten konnte, die, daß sie die Augen schloß und träumte, zu Tom nach oben zu schweben.

»Könntest du mich am Wochenende nicht mal einen Morgen ausschlafen lassen?« fragte Amelia ihren Mann.

»Nein.«

»Einfach ›nein‹?«

»Ich arbeite, du hast ein Kindermädchen und eine Putzfrau. Ich kann mir nicht vorstellen, was du den ganzen Tag tust.«

»Ich habe seit sieben Monaten nicht mehr als sechs Stunden am Stück geschlafen«, sagte Amelia.

Mark betrachtete ihre Tochter. Wie üblich war ihr Gesicht von roten Flecken übersät, und sie sabberte und plapperte wie eine Idiotin. Die Schuld an dem Ekzem gab er Amelias Genen. »Kannst du dem Gör nicht Medikamente geben? Tom muß doch etwas haben.«

Mark sprach mit ihrem Untermieter nicht mehr als unbedingt nötig. Wenn die beiden Männer einander begegneten, drückten sie sich mit der müden Höflichkeit zweier großer Hunde aneinander vorbei, die wußten, daß sie im Zweifel kämpfen würden.

»Nein. Man darf Babys nicht mit Medikamenten behandeln, das würde das Problem auch nicht lösen.«

»Dann laß sie eben schreien«, sagte Mark ungeduldig. »So haben es unsere Eltern auch gemacht, und es hat uns nicht geschadet.«

»Nein?« fragte Amelia mit ihrem neuen, märtyrerhaften Lächeln, das ihn immer mehr ärgerte.

Wenn sie nur ein ordentliches Kindermädchen finden würde! Schmutz und Staub wurden dank Grace weniger, doch Rose trieb sie zum Wahnsinn. Sie fühlte sich wie ein Weizenkorn, das zwischen zwei Mahlsteinen zerquetscht wurde. Kein Kindermädchen blieb länger als zwei Monate, dann gingen wieder fünfzig Pfund an die *Lady*, vergingen wieder zwei Wochen mit Telephonaten und Vorstellungsterminen, während Rose im Hintergrund brüllte, wieder zwei Wochen, in denen Amelia zeigte, wie alles funktionierte, und dann vielleicht ein Monat, bevor sie sich jeden zweiten Tag krank meldeten oder sich von ihrem Freund trennten oder eingeschnappt verschwanden, weil man sie gebeten hatte, die Wäsche aufzuhängen.

Amelia versuchte es mit allem – mit mehr Geld, mehr Freundlichkeit, mehr Unterstützung. Sie versuchte es mit Ausländerinnen, englischen Mädchen, ehemaligen Krankenschwestern, ausgebildeten Kindermädchen, qualifizierten und unqualifizierten Kandidatinnen. Sie verstanden einfach nicht, wie man sich um das Kostbarste zu kümmern hatte, was sie besaß, weil sie keine Mütter waren.

Daß Rose sich jetzt fortbewegen konnte, kam zu diesem Chaos noch hinzu. Wände, Vorhänge und Sofas waren mit winzigen Fingerabdrücken übersät. Glas, Porzellan und Bücher purzelten wie Donnerschläge. Sobald Rose sich längere Zeit ruhig verhielt, hieß das, daß sie eine neue und noch einfallsreichere Methode entdeckt hatte, sich umzubringen: sich an einem Tampon zu verschlucken zum Beispiel, oder ein stählernes Maßband als Garotte zu verwenden. Amelia lernte, daß die einzige Möglichkeit, nicht den Verstand zu verlieren, darin bestand, ruhig zu bleiben bis zum letztmöglichen Moment, in dem eine Katastrophe noch verhindert werden konnte, dann mit Überschallgeschwindigkeit einen Satz zu machen und Rose der Gefahr zu entreißen. Sie nannte es das Zen der Mutterschaft.

Es gab andere, brutalere Methoden, Leben zu erhalten. Zwei Wochen nachdem sie für den *Observer* einen Artikel darüber geschrieben hatte, weshalb sie ihr Kind nie schlagen würde, entdeckte Amelia, daß Schläge der einzige Weg waren, Rose am Durchbeißen von Elektrokabeln zu hindern. Ansonsten war sie zu erledigt, um sich Gedanken zu machen. Sie benutzte die schmut-

zigen Windeln des Kindes, um das Schlimmste aufzuwischen –
Staub, Brei, Fäkalien, Saft, Milch, Obst –, und zuckte nervös zusammen, wenn es an die Tür klopfte.

»Wie gefällt dir dein neues Leben?« fragten Freunde, und Amelia sagte: »O gut, gut«, denn es war zu schrecklich, als daß sie auch
nur hätte den Versuch machen können, es zu schildern.

Ihre heroischen Bemühungen wurden weder geschätzt noch be-
merkt. »Dieses Chaos ist eine Zumutung«, sagte Mark. »Bei jedem
Schritt, den ich mache, rutsche ich entweder auf Erbrochenem aus
oder stolpere über noch ein Kuschelspielzeug. Sie braucht diesen
ganzen Unfug nicht. Sie wäre auch mit einem Holzlöffel glücklich.«

»Sie bekommt auch Holzlöffel.«

»Warum kannst du ihr nicht selbst etwas basteln?« sagte Mark.
»Du hast keinerlei Hobbys.«

»Ich habe sehr wohl ein Hobby«, sagte Amelia. »Schlafen.«

»Ich finde das alles sehr anstrengend«, sagte Mark.

> »Das ist der Daumen,
> der schüttelt die Pflaumen,
> der liest sie auf,
> der trägt sie nach Haus,
> und der kleine Spitzbub ißt sie alle auf.«

Rose fing an zu kichern, und Amelia hatte das Gefühl, die Beutel
unter ihren Augen würden vor Wut zerplatzen.

»Oh, und ich wohl nicht? Du warst den ganzen Tag in einem
schönen, sauberen Büro, wo sich intelligente Leute mit dir unterhalten und dir einen Kaffee kochen. Warum räumst *du* nicht mal
auf? Oder nimmst sie eine Weile auf den Arm? Ich bin es so leid,
sie zu halten, so leid, und ich habe das Gefühl, mir die Arme aus-
zukugeln!«

Mark hatte nur ein einziges Mal, ganz zu Anfang, versucht, Rose
die Windeln zu wechseln. Unglücklicherweise hatte Rose bei dieser Gelegenheit angefangen zu grunzen und dann seinen Lieb-
lingsanzug von Hackett mit häßlichem Orange bedeckt.

»Stell dich nicht so an, es ist nicht radioaktiv«, sagte Amelia und lachte, als sie den Ausdruck des Entsetzens bemerkte, zu dem seine Miene gefror – doch von da an weigerte er sich standhaft, ihre Tochter anzurühren.

»Da-da!« rief Rose, wenn sie Tom erblickte.

»Du solltest eigene Kinder haben«, sagte Amelia versuchsweise.

»Ich habe sechs Patenkinder«, sagte er.

»Willst du keine Familie?«

»Ich weiß nicht«, erwiderte Tom langsam. »Heutzutage haben alle die Zugbrücke hochgezogen. Aber ich möchte nicht heiraten, bloß um nicht allein zu sein.«

Jeden Tag nahm Amelia sich vor, die perfekte Frau und Mutter zu sein, gelassen und sauber, das Abendessen auf dem Herd. Um sechs zog sie ein frisches T-Shirt an, legte Wimperntusche auf, leerte den Windeleimer, besprühte sich mit Parfum, kehrte den Fußboden und begann, ein paar Zwiebeln zu rösten. Doch dann brach alles zusammen. Innerhalb von fünf Minuten, nachdem ihr Mann zur Tür hereingekommen war, schrie sie ihn an.

»Warum kannst du nicht einmal etwas *tun*?«

»Was?«

»Irgend etwas. Egal. Die Waschmaschine einräumen. Mit Rose um den Block spazieren. Sogar wenn du ihr morgens die Windel wechseln würdest, wäre das eine Hilfe.«

»Ich bin für die Vaterrolle nicht geschaffen.«

»Du spielst keine Rolle. Du *bist* Vater«, sagte Amelia.

»Ich habe nie darum gebeten.«

»*Ich* habe auch nie darum gebeten, Mutter zu werden, ABER JETZT SIND WIR ELTERN! Das ist unser Leben. Es ist die Hölle, ich weiß, aber du kannst nicht so tun, als wäre es nicht wahr!«

»Also wirklich«, sagte Mark auf seine gemessene Art, und Amelia spürte das unüberwindbare Schweigen zwischen ihnen und fürchtete sich. Er lächelte so selten. Wenn er Amelia mit seinen kleinen dunklen Augen anstarrte, merkte sie, daß ihr Wille, der bereits geschwächt war vom ständigen Schlafmangel, heftig erbebte – wie ein Gebäude durch das ständige Vorüberfahren schwerer Lastwagen erschüttert wird.

»Wie schaffst du es nur allein?« fragte sie Grace, mit der sie sich inzwischen duzte, wenn sie zum Putzen kam. Amelia betrachtete sie mit einer Ehrfurcht, als hätte sie Superwoman als Haushaltshilfe.

»Ich bin jünger als du«, antwortete Grace einfach. »Deshalb bedeutete es jetzt oder nie, als ich mich für Billy entschieden habe.«

Diese einfache Erklärung für die große Zahl alleinstehender Mütter war ihrer Arbeitgeberin noch nie gekommen. »Wie alt bist du?«

»Zwanzig«, sagte Grace.

Amelia seufzte und dachte an all die Dinge, die sie in diesem Alter getan hatte. Wie hübsch Grace war, mit ihrer klaren Haut und dem fröhlichen Gesicht!

»Wäre es nicht besser gewesen zu warten, bis du jemanden findest, einen Ehemann, meine ich?«

»Oh, ich war verheiratet, aber es hat nicht funktioniert, die Kerle, die ich kenne, sind alle zu nichts zu gebrauchen«, sagte Grace. »Keine Arbeit, kein Verantwortungsgefühl, nichts. Ich hätte nichts gegen ein zweites Kind, aber erst in einem Jahr oder so.«

»Noch eins!« sagte Amelia entsetzt. »Ich würde mich erschießen.«

Ihre Putzfrau schnaubte und brummte etwas.

Amelia vermutete, daß Grace sie nicht mochte. Tom konnte natürlich nichts falsch machen: Grace machte sein Bett und bügelte seine Hemden, während die von Mark irgendwie zerknautscht blieben. Doch es war Grace, die ihr sagte, sie solle Eisentabletten nehmen und aufhören zu stillen, um ihre Kraft zurückzugewinnen, Grace, die ihr sagte, sie solle Rose nie ohne Söckchen draußen spielen lassen, auch nicht im Sommer, Grace, die ihr sagte, sie solle Fertigmilch mit abgekühltem gekochtem Wasser anrühren, nicht mit heißem Wasser, was einen unangenehmen Geschmack zur Folge hatte. Amelia fand sie anmaßend und ein bißchen exzentrisch, doch ihre Ratschläge bewährten sich. Sie äußerte sich vernichtend über die Kindermädchen, die Amelia einstellte.

»Die meisten von ihnen sind nicht mal in der Lage, auf einen Hund aufzupassen«, sagte sie. »Wenn man sie fragt, was sie mit Rose unternehmen, ist alles, was ihnen einfällt, daß sie mit ihr in den Park gehen wollen.«

»Was würdest du tun?«

»Als mein Billy so alt war wie sie, habe ich ihm Bücher vorgelesen«, sagte Grace. »Und er hat mit Fingerfarben gemalt.«

Sie war entsetzt, als sie erfuhr, daß Rose bei Amelia schlief.

»Das Kind muß sofort in ein eigenes Bett, oder es bleibt die nächsten sechs Jahre bei dir!«

»Das kann ich nicht tun, sie brüllt, wenn ich sie weglege.«

»Das ist nicht so schlimm, wie es sich anhört. Sie wird nicht daran sterben. Im Heim haben wir uns abwechselnd festgehalten, wenn unsere Kleinen gebrüllt haben, ein bißchen wie bei den Anonymen Alkoholikern. Aber jetzt schlafen sie alle allein.«

»Ich kann nicht, ich kann es einfach nicht!«

»Dann wird sie dich nie in Frieden lassen.«

»Ich weiß, ich weiß«, sagte Amelia aufgebracht. »Aber ich habe nicht die Kraft, nein zu sagen.«

»Darum geht es aber bei einer Mutter«, sagte Grace. »Am liebsten möchte man die ganze Zeit ja sagen, weil man sie liebt, aber wenn man sie wirklich liebt, lernt man, nein zu sagen.«

Für Mütter gab es keine Wochenenden, keine Pausen oder Belohnungen oder Auszeiten. Es war, als wäre man an einen Wahnsinnigen angekettet. Manchmal stellte Amelia sich vor, Rose wäre tot, läge unter den Rädern eines vorbeifahrenden Autos oder wäre während eines Moments der Unaufmerksamkeit in der Badewanne ertrunken. Sie sah dies in minutiösen Details vor sich, die Art und Weise, wie Rose durch die Luft geschleudert wurde oder in einer Wolke silbriger Blasen unterging. Die Halluzination war so stark, daß Amelia für einen Augenblick glaubte, es wäre wirklich geschehen. Was sie erschreckte, war, daß sie in diesen Momenten nicht nur tiefe Trauer empfand, sondern eine ebenso entsetzliche Erleichterung, daß das Leben nun wieder in seinen normalen Bahnen verlaufen konnte.

Doch das Leben würde nie wieder normal werden. Die Dehnungsstreifen verblaßten, ihre Brüste schrumpften, ihre Beine wurden wieder schlanker, doch es gab dauerhafte Anzeichen für das, was passiert war. Ihre Brustwarzen würden braun und stumpf bleiben, Staubgefäße in einer verblühten Blume: Nur die von Rothaarigen, hieß es in ihrem Schwangerschaftsbuch, blieben rosa. Amelia hatte unter dem Kinn einen Fleischlappen, der wie die Kiemen eines Fischs herabhing, wenn sie lachte. Jeder neue Zahn in Roses Kiefer schnitt ihr eine neue Falte in die Stirn. Oh, die Arroganz ihrer Jugend, als sie jede Frau verurteilt hatte, die nicht so gut wie möglich ausgesehen hatte! Sie war plump, dumm, unelegant – ruiniert.

Monat für Monat ging sie durch das Schlafzimmer, um das Haus, um den Block. Es war ein Teufelskreis. Sie konnte Rose nur zum Einschlafen bringen, wenn sie sie wiegte, wodurch es immer weniger wahrscheinlich wurde, daß das Kind je allein einschlafen würde. Amelia ernährte sich weiterhin von Keksen und Schokolade.

»Amelia, meine Liebe, ich hätte nie gedacht, daß aus dir einmal eine Erdmutter werden würde«, sagte Ivo.

»Das ist nur eine andere Bezeichnung für eine Frau mit Kleidergröße sechzehn«, sagte Amelia.

»Oh, sieh dir diese sündige Pose an!« sagte Ivo. Rose strahlte ihn an, und Amelia empfand einen Schwall Bewunderung für sie. »Wie du schon flirten kannst!«

»Um Himmels willen, Ivo, du kannst doch nicht scharf sein auf jemanden in ihrem Alter!«

»Warum nicht?«

»Ivo! Erzähl mir nicht, daß du häuslich werden möchtest.«

»Was, ich? Niemals! Schließlich hat Mark dich drangekriegt.«

»Witzbold!«

»Du bist eine respektable verheiratete Frau, meine Liebe. Man darf dich nur aus der Ferne bewundern.«

Dennoch hatte er einen Blick, wenn er mit Rose spielte, für den Amelia viel gegeben hätte, wenn sie ihn bei ihrem Mann gesehen hätte.

Die Zeit verlangsamte sich zu einem Kriechen, kam in einer Schleife wieder zu sich selbst zurück, beschleunigte die Vergangenheit. Erwachsenengeschäfte mußten in die kurzen Zeitspannen gepackt werden, wenn Rose schlief. Amelia hatte angefangen, jeden Monat einen Artikel zu schreiben, hauptsächlich für Frauenzeitschriften. Mark verachtete diese Art von Journalismus natürlich so sehr, daß sie sich über die Herkunft der zusätzlichen etwa vierhundert Pfund ausschwieg. Und nichts gab ihr dasselbe Gefühl wie das, was sie für Rose tat.

»Schau mal, schau«, sagte sie und zeigte ihr eine Schneeflocke, ein blühendes Weidenkätzchen, einen Schmetterling, eine Katze: Und einen Moment lang war es, als sähe auch sie selbst diese Dinge zum ersten Mal, die strahlenden Archetypen der Kindheit. Sie erinnerte sich, daß sie ihre Mutter einmal geliebt hatte, und dies kompensierte einen Teil der Verletzung, die ihr Vater ihr angetan hatte.

»Ja, ich weiß, daß er furchtbar beschäftigt ist, aber warum spricht er nicht mehr mit mir? Liebt er mich nicht mehr, nur weil ich verheiratet bin?«

»Hab nur Geduld, mein Liebling. Er macht eine schwierige Zeit durch. Die Banken erfinden ständig neue Ausreden, warum sie ihm kein Geld mehr leihen wollen«, sagte Mrs. de Monde.

Jedermann schien zu wissen, daß ihr Vater sie verstoßen hatte. Niemand rief sie an, mit Ausnahme anderer Mütter. All ihre reichen, smarten Freunde hatten keine Zeit mehr für sie, seit sie nicht mehr zum Jet-set gehörte.

Selbstverständlich war sie immer noch außerordentlich privilegiert. Jedesmal, wenn sie zum Kinderarzt ging, und später, als sie Rose in Spielgruppen brachte, sah sie andere Kinder im selben Alter wie ihr eigenes und hätte am liebsten geweint. Woche um Woche verschlossen sich die Gesichter der Kinder mehr, zogen sich die Augen in die Höhlen zurück wie verängstigte Schnecken. Es brach Amelia beinahe das Herz. Plötzlich hatte sie mit jemandem wie Grace etwas gemeinsam, und trotzdem öffnete sich eine tiefe Kluft zwischen Rose und den Kindern der Armen. Sie faßten nach etwas und wurden angeschrien, sie wurden herumgezerrt wie Wäschestücke. Man konnte jedes dieser Babys nackt ansehen und sagen, mit welchem gesprochen, welchem vorgesungen, welches durch Aufmerksamkeit gefördert wurde. Das Problem war, daß die Mütter keine Beziehungen hatten. Was wäre aus Grace geworden, wenn sie meine Ausbildung und meine Vorteile gehabt hätte? fragte Amelia sich. Sie kennt nur niemanden.

Doch hierin irrte sich Amelia, denn eines Tages, als der Anrufbeantworter eine Nachricht von Georgina Hunter abspielte, sagte ihre Putzfrau: »Die kenne ich.«

»Wen?«

»Georgie.«

Wären Grace Flügel gewachsen, Amelia hätte kaum erstaunter sein können. »Tatsächlich?«

»Jaah. Ich bin einmal in der Woche bei ihr zum Babysitten. Ich habe Billy bekommen, als sie Flora bekam. Wir waren auf derselben Station.«

»Guter Gott«, sagte Amelia, fasziniert davon, wie das, was von einem sozialistischen Staat übriggeblieben war, seine Bürger miteinander in Verbindung bringen konnte. Plötzlich hatte sie eine hervorragende Idee. »Ich weiß nicht, ob du genug Zeit hättest, auch auf Rose aufzupassen?«

»Doch, sicher«, sagte Grace. »Allerdings nicht den ganzen Tag, nur von neun bis drei, wenn Billy in der Krippe ist.«

»Auch das würde schon mein Leben retten«, sagte Amelia.

Rose lächelte, reckte sich, griff zu, lachte, rollte herum, krabbelte, kämpfte sich wackelig auf die Füße und lief. Ihre Laute reichten vom Gurren einer Taube über das Keckern eines Truthahns bis zu seinem völligen Silbenchaos: Mama, Teddy, Katze, Buch, nein, will. Grace war wunderbar mit ihr, voller einfacher Ideen, mit denen sie sie glücklich machte. Sie nahm sie mit zum Schwimmen nach Archway und machte Crumble für sie. Sie brachte sie mit anderen Kindern zusammen und steckte sie in Hosen, um ihr beim Laufen mehr Selbstvertrauen zu geben. Der einzige Nachteil war, daß sie nicht Auto fahren konnte. »Ich mag keine Autos.«

»Daddy hat darauf Wert gelegt, daß ich mit siebzehn fahren konnte«, sagte Amelia.

Daß ihr Vater seine Enkelin vollständig vernachlässigte, verletzte sie. Dennoch war es auch eine gewisse Erleichterung. Max hatte sie lange überschattet, wie ein riesiger Planet, der alle geringeren Gegenstände in seine Umlaufbahn zog. Jetzt war er weitergezogen.

Auch Marks Abwesenheit war eine Erleichterung. Nicht nur, daß er behaart war, verschwitzt, zu groß und den *falschen* Geruch hatte, er hatte auch keine Spur von der instinktiven Empfindsamkeit eines Kleinkinds. Amelia plagte sich deswegen zwar mit Schuldgefühlen, doch sie empfand auch Trotz.

»Kommt es je zurück?« fragte sie andere Mütter, und sie sagten ihr alle, es dauere eben ein oder zwei Jahre. Sie erzählten einander derbe Witze über ihr schreckliches Leben, ähnlich wie Russen während des Kalten Krieges. Grace stiftete sie zu verdecktem Widerstand an.

»Warum nimmst du ihn in Kauf, wenn er dir das Leben schwermacht?« fragte Grace. »Du brauchst keinen Mann im Haus. Du kannst auf eigenen Füßen stehen und dir deinen Lebensunterhalt selbst verdienen, oder nicht?«

»Ich hatte keine Ahnung, daß du Feministin bist«, sagte Amelia trocken.

»Was ist das?«

Eines Tages, als Grace frei hatte, schob Amelia den Buggy um den Teich in Highgate und stützte sich dabei auf die Griffe wie auf eine Gehhilfe. Es war sehr heiß. Ihre große, formlose Tasche (»Eine Metapher für die Vagina«, fiel ihr bitter ein) war vollgestopft mit Babywischtüchern, Taschentüchern, Saftflaschen für Notfälle, Rosinen, Salbe für das Zahnen, Calpol, Sonnencreme, Rasseln und Pappbilderbüchern. Die übliche mittwöchentliche Ansammlung von Nordlondonern joggte, führte Hunde spazieren, kam und ging ins Schwimmbad am Parliament Hill oder paßte mit der ostentativen Zuneigung auf Kleinkinder auf, von der Amelia wußte, daß sie das einzige war, was einen vom Kindesmord zurückhielt.

Rose hatte aufgehört zu quengeln, und mit etwas Glück würde sie sich soweit beruhigen, daß Amelia sich auf dem Abhang am Teich auf den Rasen setzen und Zeitung lesen konnte. Überall roch es nach trocknendem Gras und zertretenem Hundekot. Sie hatte Angus McNabb gesagt, daß sie gern wieder anfangen würde, ihre Kolumne zu schreiben. Er hatte überraschend wenig Enthusiasmus gezeigt.

»Nun, ich habe Georgie mehr oder weniger zugesagt, daß sie bis Ende des Jahres damit weitermachen kann«, sagte er. »Sie hat sich eine ziemlich große Gefolgschaft aufgebaut.«

»Ich war über ein Jahr in Mutterschaftsurlaub. Das ist lange genug.«

»Ja, aber du bist Freiberuflerin. Georgie ist fest angestellt.«

»Angus, mein Liebling, ich brauche das Geld ziemlich dringend«, sagte Amelia und fragte sich sofort, ob es falsch gewesen war, ihm das zu sagen.

»Hmmm. Nun, ich werde sehen, was ich tun kann«, sagte er.

Amelia war äußerst unzufrieden mit dieser Unterhaltung. Das war keine Art, mit einem Anteilseigner beziehungsweise der Tochter des Chefs zu reden. Sie überlegte, ob sie ihren Vater anrufen und sich beschweren sollte, doch dann seufzte sie. Es war nicht mehr wie früher. Sie konnte sich nicht vormachen, in der gleichen Lage zu sein wie Georgina, die im Blickfeld der Öffentlichkeit stand, seit ein Schauspieler sie wegen eines Romans aus ihrer Feder verklagt hatte. Für die de Mondes schien im Augenblick alles schiefzugehen. Alle gefielen sich darin, Jagd auf Max zu machen, weil er Ausländer war. »Der Levantiner« lautete der Spitzname, der ihm von geschniegelten Europäern in gestreiften Hemden verliehen wurde, die nie hatten erfahren müssen, was es bedeutet, arm zu sein.

Rose krabbelte ein Stück den Abhang hinunter, um ein paar Gänseblümchen zu untersuchen. Amelias Haut kribbelte. Dann stellte sie fest, daß dieses Gefühl nicht nur auf die Sonne zurückzuführen war.

Direkt unter ihr stand Mary Quinn und starrte sie böse an.

24.

Eine zweite Chance

Adam schrieb. Er wußte nicht, woher es kam, aber es war so, daß es gelegentlich eine Art klaren Raum gab, in dem er wieder er selbst zu sein schien. Dann setzte er sich an den Computer und schrieb. Es war nicht gut. Zuviel geistige Energie floß in das Versperren der Tür zwischen ihm und seiner Enttäuschung, so daß zuwenig für die eigentliche Arbeit übrigblieb, und auch das brachte ihn zur Verzweiflung.

Es ist nur Arbeit, sagte er zu sich. Schreiben ist einfach ein Job, von neun bis fünf, schlechte Bezahlung, geringe Erwartungen. Es gab keine Hoffnung, keinen Wohlstand, keinen Ruhm, nur Mühe und Beharrlichkeit. Er war es gewohnt, alles, was ihm vorgelegt wurde, zu untersuchen und zu beurteilen. Warum hatte er so lange gebraucht, um zu begreifen, daß auch er beurteilt werden würde?

»Ich finde, du nimmst es dir zu sehr zu Herzen«, sagte Andrew Evenlode.

»Wie soll ich es sonst nehmen?«

»Wie man einen Erfolg hinnehmen würde: einfach weitermachen.«

Dies war in der Tat die einzige Möglichkeit, die ihm blieb, wenn er nicht aufgeben wollte. Adam fragte sich, ob es immer so schlimm war. Malcolm erzählte ihm von Leuten, die in ihrem Beruf jede Anerkennung erfahren hatten, dann für ein Buch einen Verriß bekamen und nicht imstande waren weiterzuschreiben.

»Die einzige Frage ist die, ob du Amateur bist oder Profi. Letzterer gibt nicht auf, sondern akzeptiert, daß auf eine Veröffentlichung Kritik folgt wie die Nacht auf den Tag, daß die Kritiker ihren Job tun und man selbst seinen tun muß.«

Allmählich wurden die Lücken, in denen Adam schrieb, länger, und das immer häufiger. Es war wie der Versuch, eine Rettungsleine auszurollen, während er gleichzeitig in einen Abgrund stürzte: Unmöglich, doch das einzige, was ihn retten konnte. Er hatte für nichts mehr Energie als für gröbste Satire. Wenn die Leute wollten, daß man eine Komödie vor ihnen ausbreitete, sollten sie sie bekommen. Wenn sie ausgelotete Tiefen wollten statt angedeutete, nun, bitte schön. Er würde mehr erzählen statt zeigen, das Böse würde klar benannt werden, das Gute wäre eindeutig. Als stilistische Übung amüsierte ihn das ziemlich. Es ging immer noch darum, Worte zu kombinieren und wieder neu zu kombinieren, es gab den Handlungsbogen, die Fallen und die Flugbälle. Er konnte nicht vergessen, was er gelernt hatte. Was außerdem merkwürdig war, als er schließlich mitten in seinem Buch steckte, wirklich mittendrin, war, daß er etwas wie Glück empfand. Es ging nicht weiter, wenn er an Geld dachte, an Lob oder an sonst irgend etwas, nur wenn er daran dachte, daß ein Mißlingen ebenfalls möglich war.

Denn natürlich würde auch dieses Buch ein Mißerfolg werden. Seltsamerweise verlieh ihm diese Erkenntnis Mut. Es war, als existiere ein Roman in einem idealen, platonischen Zustand, und er, Adam, müsse transkribieren, was bereits geschrieben war.

Seine zweite Vorauszahlung war innerhalb von vier Monaten aufgebraucht, die Hälfte davon für einen Laptop, der seine angeschlagene Olivetti-Schreibmaschine ersetzte. Der Teilzeitjob in der Buchhandlung deckte kaum die Miete, und außerdem hatte er Schuldgefühle, weil er zu schwach war, um Malcolm beim Heben der schweren Bücherkisten zu helfen. Sein Arbeitgeber sagte dazu mehrere Monate lang nichts, doch Adam wußte, daß er sich Sorgen machte, und das rührte ihn. Malcolm, stellte er fest, war seit langer Zeit so etwas wie ein Wohltäter für ihn. Er hatte ihm den Job in der Buchhandlung verschafft, die Wohnung für ihn gefunden, behutsam Rat gegeben. Er war einer der wenigen Homosexuellen, die Adam kannte, der nie andere zu seinen Ansichten bekehren wollte.

»Ich war dreißig Jahre lang so schwul, wie man nur sein kann, ehe ich es irgendwem erzählt habe«, sagte er, »und das auch erst, nachdem meine Mutter gestorben war.«

»Mein lieber Junge, bist du bei einem Arzt gewesen?« fragte er irgendwann.

»Es ist nur eine Grippe«, sagte Adam.

Es gab Tage, an denen er sich gegen den orangefarbenen Bildschirm warf und davon abprallte wie von einer harten Wand. Zuvor war sein Bestreben nur gewesen, eine gewisse Lebendigkeit zu vermitteln. Nun mußte jeder Satz idiotensicher sein: nicht nur ausgewogen, bedeutungsvoll, facettenreich, geschliffen, sondern klar für Ivos Spektrum.

»Ich verstehe, warum so viele Autoren ihre Folterqualen in verschlungenen Sätzen bekanntgeben«, sagte er zu Mary. Er wußte, daß er aufhören sollte, sich zu beklagen, besonders gegenüber jemandem aus Ivos Welt, aber genau das konnte er am allerwenigsten. Die Schmach, die sich kurz über ihn ergossen hatte, war natürlich schon vor Monaten versickert, doch für Adam in seiner Isolierung war sie allgegenwärtig.

Unter dem Vorwand, er sei Kandidat für den Preis des jungen Autors des Jahres, hatte Candida ihn überredet, am literarischen Bankett des *Chronicle* teilzunehmen. Adam war entsetzt gewesen.

»Komm schon, Candida, warum um alles in der Welt? Ich habe ebenso große Chancen wie eine Gummiente in der Hölle.«

»Ich finde, du hast eine gewisse Chance«, sagte sie mit der demonstrativen Heuchelei, die er inzwischen als Charakteristikum von Verlegern erkannt hatte. »Immerhin hattest du eine Menge Presse, auch wenn ein Großteil davon, hm, wenig vorteilhaft war, und du hast dich gut verkauft. Du mußt dich den tonangebenden Leuten bekannt machen.«

»Wie, damit der Charme meiner Persönlichkeit sich über die Substanz meiner Arbeit legt?«

Die Langeweile und die Widerwärtigkeit dieser Veranstaltung waren, falls das möglich war, noch schlimmer gewesen, als er erwartet hatte. Große Hotels hatten mit ihren fleischfarbenen Teppichen und den zu hart gepolsterten Möbeln eine Ausstrahlung, die sie alle wie Huren aussehen ließ, dachte er. Sein einziger Anzug war der aus Leinen, den er sich für seine Buchpräsentation gekauft hatte. Er schlackerte in Falten um seinen dünnen Körper – lächerlich mitten im Winter.

»Mein Gott, hast du eine Diät gemacht?« sagte Candida.

»Nein. Nur die Grippe.«

Sie betrachtete ihn abschätzend. »Ich hoffe, daß sich dein neuer Roman nicht deswegen verzögert.«

»Nein«, sagte Adam.

»Wir haben *Laibe und Fische* bereits in unsere Sommervorschau aufgenommen.«

»Es wird fertig«, sagte er müde.

Candida machte ihn mit einigen anderen Autoren bekannt. Einer von ihnen sagte: »Muß ich Sie gelesen haben?«, und ein anderer antwortete: »O ja« in einem Ton, der das Gegenteil suggerierte. Er begegnete einem Jungen, den er in Cambridge flüchtig gekannt hatte und mit dem er damals, als Bisexualität schick gewesen war, einmal geschlafen hatte, doch seine Erleichterung war von kurzer Dauer.

»Warum hast du so schlechte Rezensionen bekommen?«

»Vielleicht habe ich ein schlechtes Buch geschrieben.«

»Aber es muß einen Grund gegeben haben«, insistierte sein Befrager, »denn schließlich bist du ja nicht berühmt.«

Adam zuckte die Schultern. Er hatte von Candida erfahren, daß es verschiedene vorgefertigte Reaktionen gab: so tun, als lese man keine Kritiken, sie lachend abtun, ewige Rache schwören, sich prügeln und so weiter. Er sagte höflich: »Vielleicht war es dann nur zur Hälfte schlecht.«

Er hatte sich antrainiert, sich an das zu erinnern, was andere sagten, an die genauen Worte und den Tonfall, und dieses Training wurde nun zur Folter, zu einem glühenden Rost aus Zorn und Selbstverachtung, auf dem er sich wand und verbrannte. Er dachte an das Treffen in Candidas Büro, als sie über den neuen Roman diskutiert hatten. Candida hatte mit ihrem glänzenden kastanienbraunen Kopf genickt.

»Wird Sex darin vorkommen? Eindeutiger Sex, meine ich?«

»Nein«, sagte Adam erstaunt.

Ihr Angebot an seine Agentin war um dreitausend Pfund niedriger ausgefallen.

Am längsten hatte er sich mit Mary unterhalten. Er wußte, daß sie sich wegen Marks Anwesenheit wahrscheinlich beinahe genauso schlecht fühlte wie er. Der schlimmste Moment war gewesen, als Ivo Sponge auf sie zukam, um mit ihr zu sprechen, Adam sah und sagte: »Ah, hallo, alter Junge. Ich hoffe, du bist nicht nachtragend?« Und Adam hatte erwidert, bevor er ihm den Rücken zuwandte: »Nein.«

»Sei nicht dumm, Adam«, sagte Mary, als Ivo weiterging. »Erkennst du den Ölzweig nicht, wenn er dir hingehalten wird?«

»Ich muß immer noch überzeugt werden.«

»Ivo ist wirklich nicht so schlimm«, sagte Mary.

»So? Bist du neu geboren?«

Mary wurde rot vor Zorn. »Ich war nicht mit ihm im Bett, falls du das meinst. Aber er ist wenigstens aufrichtig.«

»Ich wußte gar nicht, daß du mit Mary Quinn befreundet bist«, sagte Candida, die mit magischer Geschwindigkeit wieder aufgetaucht war. »Sie müssen unbedingt mitkommen und Ben kennenlernen. Vielleicht können Sie für *Grunt* schreiben.«

Adam fiel Marys Selbstvertrauen auf, ihre Wichtigkeit. Sie tauchte für ein paar Minuten wieder an seiner Seite auf und sagte nach kaum einer Minute hektischer Unterhaltung: »Ich hoffe, es macht dir nichts aus, aber ich muß kurz wegflattern.«

Sie hatte ihre Rundungen à la Renoir verloren und die Verletzlichkeit, die sie so besonders weiblich hatte erscheinen lassen. Sie war immer noch hübsch, aber mit einen Glanz ohne Tiefe, und auch daran gab er Ivo die Schuld. Adam sagte laut: »Ich finde es unglaublich, daß Leute, die nichts Besseres vorzuweisen haben als einen Abschluß in Geschichte, berechtigt sein sollen, die Karrieren lebender Autoren zu beeinflussen.«

»O Adam, hör auf, dich zu grämen«, sagte Mary peinlich berührt. Sie bemerkte, daß er einen schwarzen Fleck auf der Wange hatte, und dachte: Typisch Mann, sich nicht um seine Haut zu kümmern. »Das ist eines der Dinge, die man als notwendige Übel hinnehmen muß. Du wirst darüber hinwegkommen, glaub mir.«

»Tatsächlich? Bist du über Mark hinweg?«

Mary sagte leise und wütend: »Das ist etwas anderes.«

»Ja?«

»Du kannst eine Liebe nicht mit einem Buch vergleichen.«

»Nein? Ich habe keinen Liebhaber, ich werde nie ein Kind haben. Alles, was ich habe, ist das, was ich tue.«

»Und alles, was ich habe, ist ebenfalls das, was ich tue«, sagte Mary. »Wenn ich wählen kann, ob Sieger oder Opfer, dann weiß ich, wofür ich mich zu entscheiden habe.«

»Wirklich? Ich glaube nicht an das notwendige Übel.«

Daraufhin sah Mary ihn zum ersten Mal richtig an. »Adam, Adam, du darfst dich nicht so gehenlassen. London ist eine schreckliche Stadt, wenn du darin untergehst. Schrecklich! Ich weiß das. Wenn es dir wirklich so schlecht geht, kannst du dann nicht weggehen? Ins Ausland, meine ich?«

»Nein. Ich kann es mir nicht leisten. Sieh dir die Löcher in meinen Schuhen an: der sprichwörtliche arme Poet in seiner Dachkammer.«

»Ich würde deine Wohnung keine Dachkammer nennen«, erwiderte Mary.

»Ist dir jemals aufgefallen, daß inhuman und monoman die einzigen Wörter sind, die sich auf Roman reimen?«

Das war wirklich der Gipfel des Selbstmitleids.

»Das ist alles nicht persönlich gemeint.«

»Natürlich ist es verdammt noch mal persönlich gemeint! Wenn du liest, lebst du mitten im innersten Wesen von jemandem. Nicht in dem, was ihm in irgendeinem autobiographischen Sinne widerfahren ist, sondern im – im Wachstumszentrum seiner Vorstellungskraft. An dieser Stelle soviel Verachtung über jemanden auszugießen – genau da! – bedeutet, daß du ihn *umbringen* willst. Verstehst du denn überhaupt nicht, was das ist, was du tust?«

»Darüber weiß ich nichts«, sagte sie. »Vielleicht ist es ein Bündnis von Dummköpfen, wie du sagst. Ich persönlich sehe darin eher eine Überschätzung der Nutzlosen.«

»Das paßt«, sagte Adam.

Er schrieb, von Krankheit und Selbstzweifeln geschüttelt, und war unfähig, zwischen beidem zu unterscheiden. Seine Wohnung war so kalt, daß er Frostbeulen bekam, obwohl er zwei Paar Socken trug. Sie verbrannten seine Zehen, feurige, hitzige Körner, die von so kaltem Fleisch umgeben waren, daß es sich leblos anfühlte, wenn man es berührte. Im Badezimmer war es wegen des Gasdurchlauferhitzers am wärmsten, und dort arbeitete er häufig, nicht zuletzt deshalb, weil er immer noch diese Magen-Darm-Grippe hatte, die sich ebenso schwer abschütteln ließ wie ein Dobermann. Jedermann schien das ganze Jahr über Grippe zu haben, und niemand wußte, warum. In den Monaten seit seiner Buchpräsentation hatte er weitere zwölf Kilo verloren: Die arme alte Mabel, die kurzsichtig aus ihrer Wohnung unter ihm geschlurft war, hatte er mit Engelszungen davon überzeugen müssen, daß er der Mieter seiner Wohnung war. Er litt an Schwindelanfällen, vor allem beim Treppensteigen, und konnte sich nur noch langsam bewegen.

Er hatte weder das Geld für den Zug noch die Energie, zu seiner Mutter zu fahren. Jede wache Stunde wäre angefüllt gewesen mit einer Diskussion über sein elendes Buch.

»Was will er deiner Meinung nach mit der Bemerkung ›macht Männchen und bettelt wie ein Hund um Aufmerksamkeit‹ über dich sagen? Ich verstehe das nicht ganz. Und du?« Er hätte sie für sadistisch halten können, aber dafür kannte er sie zu gut. Auf ähnliche Weise kaute sie auch die Unzulänglichkeiten seines Vaters wieder und wieder durch. In ihrem eigenen Leben passierte herzlich wenig, deshalb wandte sie sich dem anderer Leute zu, spekulierte, hing alten Erinnerungen nach, klebte endlos an alten Streitigkeiten und belebte sie neu. Adam verachtete das Kleinliche ihres Charakters, doch er wußte, daß sein eigenes Interesse an Charakteren in gewisser Weise daher rührte.

»Würdest du dich sensibel nennen?« fragte er Tom Viner, der auf eine Tasse Tee vorbeigekommen war.

»Ich hoffe, ich bin nicht unsensibel. Aber in meinem Job kann man es sich nicht leisten, zu zart besaitet zu sein, sonst wird man v-v-v-, kommt man um den Verstand. Andererseits hat der Umstand, daß die Leute dir vertrauen und deshalb sogar schneller gesund werden, viel mit der Beziehung zu tun, die du zu ihnen aufbaust. Du kannst nicht Arzt sein und dich nicht für die Menschen interessieren.«

»Glaubst du, das ist aus der Mode gekommen? Für eine moderne Existenz scheint man damit schlecht ausgerüstet zu sein.«

»Oberflächlich betrachtet, vielleicht. Aber die Abstumpfung wird einen irgendwann von allem trennen, was es wert ist, daß man es besitzt.«

Adam schwieg für einen Moment. »Kennst du das allerschlimmste Adjektiv, das man auf einen Schriftsteller anwenden kann? ›Sensibel‹. Das ist ein Witz, der bedeutet, Schriftsteller seien nur sensibel in bezug auf ihre eigene Person, aber ich frage mich, ob es nicht tiefer geht. Früher haben die Leute gelesen, um etwas über sich und die Welt zu erfahren. Heute lesen sie, um noch mehr abzustumpfen.«

»Abstumpfung hat ihre guten Seiten«, sagte sein Freund. »Wo wäre ich schließlich ohne sie?«

Tom hatte an jenem Nachmittag eine Patientin umgebracht. Es war nicht seine Schuld, doch er war es gewesen, der eine lebendige Frau in eine Leiche verwandelt hatte. Es würde eine gerichtliche Untersuchung geben, die das Ende seiner Karriere bedeuten konnte. Es war eine Erleichterung, Adams Klagen zu hören, denn auch wenn er ohne Zweifel litt, war der Grund doch sehr trivial. Tom wunderte sich manchmal, ob nicht seine ganze Familie, mit Ausnahme von Grub, wie Junkies bei anderen nach Problemen suchte, um sich von den eigenen abzulenken. Man konnte keine großen existentiellen Schmerzen haben, wenn man jeden Tag Menschen in echten Nöten mit echtem Schmerz echt sterben sah.

Ruth hatte vor langer Zeit einmal zu ihm gesagt, daß ein Mensch, der Arzt wurde, die größte Angst vor dem Tod hatte und es nur mit ihm aufnehmen konnte, indem er ihn ständig bei anderen erfolgreich bekämpfte.

»Es ist ein hoffnungsloser Kampf, in dem man Hoffnung vermitteln muß«, sagte sie.

Tom zitterte noch immer. Es gab keine Hilfe für Ärzte, die Patienten umbrachten. Man mußte den Schock irgendwie verarbeiten und weitermachen. Er hatte seit Freitag mittag gearbeitet, und jetzt war es Montag nachmittag. In dieser Zeit hatte er acht Stunden geschlafen und zwei Sandwiches gegessen.

Die sechs Monate in der Notaufnahme hatten ihn so sehr desillusioniert, daß er ernsthaft erwog, das Handtuch zu werfen. Es gab für ehemalige Ärzte genügend Jobs von neun bis fünf mit dem doppelten seines jetzigen Gehalts. Noch weitere Examen abzulegen, für sechsundzwanzigtausend Pfund neunzig Stunden in der Woche zu arbeiten und mit vierunddreißig noch bei anderen Leuten zu wohnen, das war mehr, als man aushalten konnte. Auch Sarah verlor allmählich die Geduld.

»Warum soll es für Leute, die es sich leisten können, schlimmer sein, für ärztliche Dienste aufzukommen als für Schulgebühren? Was ist so falsch an einem Zweiklassensystem? Wir finden uns doch auch mit der Ungleichheit in anderen Bereichen ab! Was ist so schrecklich daran, wenn ich von jemandem dreißig Pfund Honorar verlange? Jeder Klempner kostet das Doppelte.«

»Der Klempner wurde nicht fünf Jahre lang auf Kosten der Allgemeinheit ausgebildet.«

»Die Allgemeinheit hat schon während meiner Zeit als Assistenzärztin einiges von mir bekommen«, sagte Sarah mit blitzenden Zähnen. »Ich will haben, was mir als berufstätiger Frau aus der Mittelschicht zusteht.«

Nun, dachte Tom, während er in Adams Wohnung in seinem Tee rührte, es kann so oder so ausgehen.

Die Patientin war schwanger gewesen und als psychisch gestört eingeliefert worden. Das Baby war im Geburtskanal steckengeblieben, aber die Patientin hatte sich – entweder, weil sie während der Schwangerschaft ihre Psychopharmaka abgesetzt hatte, oder aus irgendeinem anderen Grund – stur geweigert, einem Kaiserschnitt zuzustimmen. Sie hatte sich sogar geweigert, ihren Blutdruck messen zu lassen. Frühmorgens am Sonntag zeigte der Monitor an, daß es dem Fötus schlechterging. Die Wellen der Wehen waren nicht nur schmerzhaft für sie, sondern drohten zudem, das Kind zu ersticken.

Von den Anwesenden war jeder nur Arzt im Praktikum oder sogar noch weniger. Tom war der dienstälteste Arzt.

»Haltet sie fest«, sagte er.

Sechs Leute waren dazu nötig gewesen. Das Kind wurde gerettet, doch danach gab der Monitor einen langen elektronischen Klagelaut von sich, der den schwachen menschlichen nachahmte. Die Mutter war verblutet, ohne das Bewußtsein wiedererlangt zu haben.

So etwas wie einen guten Tod gibt es nicht, dachte Tom, während er seine Handschuhe abschälte. Jeder Alptraum wird am Ende wahr: Wir ertrinken in unseren eigenen Lungen, ersticken an unserem eigenen Blut, werden durch einen unvorstellbaren Schock oder Erschöpfung ausgelöscht. Dennoch sind manche Tode schlimmer als andere, vor allem wenn man dabei selbst die Hand im Spiel hatte.

Alle waren blaß vor Schock. Der metallische Geruch von Jod und Blut wurde von den Belüftungsgeräten an der Wand ein- und ausgeatmet. Sie waren alle von Rot durchtränkt, beschmiert und besprizt wie in einem Schlachthof.

»Jesus Christus«, sagte sein Assistent.

Was es noch schlimmer gemacht hatte, war, daß Sarah im Rahmen ihrer allgemeinärztlichen Ausbildung dabeigewesen war. Sie war dienstälteste psychiatrische Assistenzärztin, und sie hatte als einzige gegen die Entscheidung, den Kaiserschnitt doch noch vorzunehmen, protestiert. Alle anderen, Tom eingeschlossen, hatten sie überstimmt.

»Ich finde es unverzeihlich, daß du mich nicht unterstützt hast«, sagte sie danach, bleich unter ihrer Sonnenbräune.

»Es gab keinen anderen Weg«, sagte er.

»Du hättest das Baby sterben lassen können.«

»Sie hätten beide sterben können.«

»Warum hast du dich entschieden, das Kind zu retten und nicht die Mutter?«

»Verdammt noch mal! Ich habe versucht, beide zu retten! Die Frau war verrückt, das weißt du.«

»Wahrscheinlich ist es das beste für das Baby«, sagte der Gynäkologe im Praktikum, und sogar Toms angelernter Pragmatismus verhinderte nicht, daß ihn schauderte.

Er zündete sich mit zitternden Fingern eine neue Zigarette an.

»Was ist passiert?« fragte Adam. »Bist du durchs Examen gefallen?«

»Nein. Bestanden.«

»Dann sollten wir das feiern«, sagte Adam. »Heißt das nicht, daß du Facharzt werden kannst?«

»Theoretisch. Wenn ich von den richtigen Leuten die richtigen Referenzen kriege. Aber in meinem Fall werde ich mich wahrscheinlich um einen Posten als Stellvertreter bewerben müssen.«

Er erzählte Adam von der bevorstehenden gerichtlichen Untersuchung. Beide Männer schwiegen.

»Es ist teuflisch, nicht wahr? Diese ganze Abhängigkeit! Du denkst, daß du als Erwachsener frei sein wirst von der Macht, die andere über dich ausüben, frei von Cliquen und dem Mobbing und den Schulzeugnissen, aber es kommt nur alles in stärkerer und schlimmerer Form wieder.«

Adams neues Buch wuchs Seite um Seite, und eines Tages war es fertig. Es war anders als das erste, aber besser, fand er.

Die Reaktionen von Agentin und Verlag waren merkwürdig gedämpft. »Du wirst verstehen, daß wir diesmal keine Party und keinen Wirbel veranstalten können«, sagte die Pressedame. »Bei Belgravia wird überall kräftig gekürzt.«

»Das ist in Ordnung«, sagte Adam erleichtert.

»Kannst du mir eine Liste der Leute geben, denen wir Vorausexemplare zuschicken sollen? Zum Beispiel deiner Freundin Mary – sie ist ein nützlicher Kontakt.«

»Ich finde, das ist keine gute Idee.«

»Sie ist Rezensentin.«

»Aber es bringt sie in ein Dilemma. Wenn das Buch ihr gefällt, sieht es so aus, als würde sie sich kompromittieren, und wenn nicht, ist es noch schlimmer.«

Die Fahnen kamen, voll mit den üblichen Satzfehlern. Adam korrigierte sie, wohl wissend, daß auch das fertige Buch pro Seite noch einen Druckfehler haben würde. Die Schrift war kleiner geworden, wodurch das Buch kürzer wirkte als sein erstes, obwohl es in Wirklichkeit länger war. Der Schutzumschlag war trist. Es sollte im Herbst erscheinen, eine günstige Zeit, wie seine neue Lektorin ihm gesagt hatte, denn im Weihnachtsgeschäft würden die meisten Bücher verkauft.

»Aber wird meines dann nicht untergehen?«

»O nein«, versicherte sie ihm.

Drei Monate nachdem er das Manuskript abgegeben hatte, wurde *Laibe und Fische* veröffentlicht. Adam wußte es, weil – abgesehen von den zwölf Exemplaren, die an seiner Haustür abgeliefert wurden – eine oder zwei Buchhandlungen an der Charing Cross Road Exemplare hatten. Eine Woche lang ließen Hoffnung und Wahnsinn Adam sämtliche Buchhandlungen im Umkreis einer Meile besuchen, wo er seinen Roman aus dem Regal nahm und ihn immer wieder oben auf den Bestsellerstapel legte. *Laibe und Fische* lag am nächsten Tag immer wieder unter dem Präsentiertisch, doch soweit er es beurteilen konnte, waren durch seine Methode mindestens zehn Exemplare verkauft worden.

Dann schlug er drei Wochen nach der Veröffentlichung den *Chronicle* auf und entdeckte eine Rezension von Mary.

»Ivo, dieses Buch möchte ich unbedingt besprechen.«

»Nein.«

»Du hast ihn hingerichtet.«

»Er hat sich selbst hingerichtet.«

»Aber dieses ist viel besser. Wirklich. Ehrlich.«

Ivo zuckte die Schultern.

»Damals wußte Adam es nicht besser. Ich bin sicher, daß es ihm leid tut, diesen Brief geschrieben zu haben. Ich weiß, daß es so ist.«

»Mary, du bist mit ihm befreundet«, sagte Ivo rechthaberisch.

»Nur dieses eine Mal! Ich weiß, daß ich unvoreingenommen sein kann.«

»Die Tatsache, daß du um das Buch dieses Kerls bittest, verheißt, daß das nicht der Fall ist, mein Liebling. Was kann er dir dafür geben? Nichts. Was kann Candida Twink dir geben? Nichts. Wenn du umsonst auf dem Gunstmarkt arbeitest, wertest du meine Währung ab.«

»Ivo, du weißt, daß das, was du über Adams ersten Roman geschrieben hast, nicht fair war, nicht einmal zutreffend.«

»Wirklich?« sagte Ivo in eisigem Ton.

Mary sah, daß sie es falsch angepackt hatte. »Ivo, ich will damit sagen, es war brillanter Journalismus. Sogar ich habe gelacht. Aber es würde doch ziemlich rachsüchtig aussehen, wenn wir das zweite auch niedermachen würden, oder? Nicht besonders günstig für den Gunstmarkt.«

»Hmmm«, sagte Ivo und strich über seine Fliege.

»Ich kann wirklich ganz leidenschaftslos sein, glaub mir doch!«

»Bist du sicher?« Ivo schien einzulenken. »In Ordnung. Du kannst es haben –«

»O danke, danke –«

»Aber unter einer Bedingung. Du mußt es bis ins kleinste auseinandernehmen, genau so, wie du es bei den anderen machst. Also los! Ich brauche es morgen.«

Mary kämpfte mit ihrem Wunsch, Adam zu helfen, mit der Notwendigkeit, Arbeit zu bekommen, der Angst, Ivo zu beleidigen, und mit ihrem Verlangen, ihm zu zeigen, daß sie wirklich Blut geleckt hatte.

»In Ordnung«, sagte sie.

Sie fand das Buch gut – Menschen, die einander mögen, mögen sehr oft auch die Arbeit des anderen. Die Handlung war absurd, lebendig, phantastisch, purzelte durcheinander wie Welpen in einem Sack – und Marys Absicht war, nicht mehr als einem oder zweien von ihnen eins über den Kopf zu geben.

Dennoch gewann die Sache, auf die sie trainiert worden war, die Oberhand. Sie hatte gelernt, wie man kritisiert, und ihr Intellekt schoß aus der Scheide wie ein verzaubertes Schwert, zerteilte und spießte auf und erledigte das Buch, beinahe bevor ihr auffiel, was sie getan hatte.

Vor einem Jahr hatte Mary noch eine Woche gebraucht, um ihre erste Rezension zu schreiben. Inzwischen schaffte sie dreimal so lange Kritiken in zwei Stunden, die sie gleich eintippte. Es gab ihr einen Kick, gegen alles zu Felde zu ziehen – gegen die Zeit, die Konkurrenz, ihre eigene Trägheit, ihren Mangel an Selbstvertrauen und vor allem gegen Mark –, und ihr schien, daß es dem Blutdurst vergleichbar war, der Krieger in einer Schlacht überfällt. Um zu überleben, um sich zu rächen – das war es, was jedes Kind in Irland mit der Muttermilch einsog. Mary mußte nur daran denken, daß Adam Engländer war, und ihr Sarkasmus floß.

Als sie fertig war, mäßigte sie die Rezension, polierte sie hier und da und vergaß alles außer der Tatsache, daß sie etwas Journalistisches schreiben mußte, was Ivo auch drucken würde. Und dann, weil sie unmittelbar vor einem weiteren Abgabetermin stand, faxte sie ihm die Rezension.

25.

Die Hitzewelle

Während des ganzen zweiten Sommers, in dem sie als Journalistin arbeitete, ging Mary im Damenteich in Hampstead Heath schwimmen. Von Chelsea aus war es eine lange Reise. Im Sommer war die U-Bahn zum Ersticken. Die Leute standen so dicht beieinander, daß der Gestank nach saurem Schweiß und getragenen Kleidern auch den unermüdlichsten *frotteur* bezwang. Je weiter sie nach Osten fuhr, desto schäbiger wurden die Fahrgäste: Am Leicester Square wurden die modisch gekleideten ausländischen Studenten und die älteren Damen in Dunkelblau und Gold von kahl werdenden New-Age-Propheten, bebrillten Trotzkisten und den unvermeidlichen Betrunkenen abgelöst. Die Plakate, die für Geschäfte und Filme warben, verschwanden allmählich zugunsten von Alkohol- und Urlaubswerbung. Jeder, der auf Stil hielt, stieg in Camden aus. An der nächsten Station konnte man nicht einmal mehr sicher sein, funktionierende Aufzüge vorzufinden. Die Highgate Road hinauf blitzte und brummte der Verkehr, kroch an heruntergekommenen Lagerhäusern vorbei, an georgianischen Reihenhäusern und an Reihen von Ladengeschäften.

Hampstead Heath kam in London dem freien Land am nächsten, eine Landschaft mit geteerten Fußwegen, Abfallkörben, gemähtem Gras, und dennoch eine Gegend, wo man sich umblicken und nichts als Bäume sehen konnte, ausgewachsene Birken und Kastanien und Eichen. Am Fuß des Parliament Hill gingen mehrere Teiche ineinander über, gespeist von der Fleet, einem der verlorenen Londoner Flüsse. Der Damenteich, wo die Fleet entsprang, war zwar trüb von Schlamm und Entengrütze, aber sauber. In seinem weiteren Verlauf Richtung Süden wurde der Fluß immer schmutziger, und bis er die Fleet Street erreicht hatte, glich er dem Überlauf einer Kloake.

Jedesmal, wenn Mary durch das Tor schritt, lockerte sich langsam der Draht, der ihr Herz umspannte, wurde weicher, und sie hatte das Gefühl, wieder atmen zu können. Die hohen Bäume und die gewellten grünen Rasenflächen, die ruhigen Schwimmer, die zwischen Enten und Wasserlilien hindurchglitten, glichen einer Vision von einer reineren Welt. Niemand machte sich Gedanken über ihre Figur oder die Etiketten in ihren Kleidern. Es gab keine Kinder, nichts, was sie an das erinnerte, was sie verloren hatte.

Mary schwamm langsam zum entfernten Ende des Teichs mit seinem Dickicht aus Weiden und Wasser. Manchmal verweilten die Frauen bei dem Seil, das diesen Zipfel aus grünem Schatten abtrennte, ließen sich im Wasser treiben und blickten sich um. Manchmal schwammen sie schon lange vorher zurück, um auf der glatten, grünen Grasnarbe ein Sonnenbad zu nehmen und dem Geplätscher und dem Gequake der Enten und Radios zuzuhören. Es war wie eine angenehme Form der Elektroschocktherapie – oder wie die Ferien, die Mary sich nicht leisten konnte.

Adam hatte ihr gesagt, alles Schreiben würde durch eine Art Überschuß ermöglicht, nicht von Gefühl oder Intellekt, sondern von Energie. Die Wahrheit dessen wurde ihr jede Woche aufs neue bewußt. Jeder Artikel wurde schwieriger zu schreiben, vor allem seit ihr Name bekannt war. Trotzdem war sie immer nur so gut wie ihre letzte Rezension. Anfangs war das aufregend gewesen, jetzt erschreckte es sie.

Mary pflegte sich angezogen unter die Bettdecke zu legen, sie trank oder lackierte ihre Zehennägel in dem verzweifelten Versuch, sich zu beruhigen, während die Redakteure wegen ihrer Artikel anriefen. Manchmal nahm sie den Hörer ab und log wie K. P. Gritts, daß sie ihn bereits ins Büro gefaxt habe, obwohl sie sich noch nicht einmal über den ersten Absatz klargeworden war. Manchmal gab sie vor, krank zu sein. Dennoch blieb die schreckliche, unausweichliche Tatsache, daß sie etwas zustande bringen mußte, oder es würde weder Geld noch weitere Aufträge geben. Sobald Schecks hereinkamen, gab sie das Geld für belanglose Dinge aus, hauptsächlich für Kleider, weil sie das Gefühl hatte, eine Belohnung verdient zu haben. Und die Dinge, nach denen es sie verlangte, um ihre innere Leere zu füllen, wurden teurer und teurer.

»Findest du nicht, daß du dich zu rar machst?« fragte Ivo.

Mary zuckte die Schultern. Er will die Kontrolle über mich behalten, dachte sie. »Eine Frau kann sich entscheiden, ob sie von ihrem Aussehen leben will, von ihrem Verstand, oder ob sie sich auf den Rücken legt. Ich kann mich weder für ersteres noch für letzteres erwärmen.«

»Oh, das würde ich nicht sagen«, sagte Ivo.

Also schrieb sie in ihrem dröhnenden, klangvollen Ton, und jetzt waren die Telephonate, die Einladungen und die gepolsterten Umschläge mit den Leseexemplaren von Romanen alle für sie, die kleine Mary Quinn. Manchmal war sie erstaunt darüber, was die Dringlichkeit aus ihr herauszuholen vermochte, aber noch öfter war sie bestürzt. Nur die Buchbesprechungen waren einfach: Wie Ivo gesagt hatte, waren sie die unterste Form des Journalismus und wurden entsprechend bezahlt. Trotzdem konnte sie sie nicht aufgeben, und tatsächlich waren sie die Form, für die sie am bekanntesten wurde. Die Herausforderung, ihre Signatur nach fünfhundert Wörtern zu setzen statt nach den dem anderen Geschlecht zugestandenen siebenhundert oder tausend, glich einem hingeworfenen Fehdehandschuh. Ich kann so gut sein wie du, sagte sie in Gedanken zu Amelia, ich kann besser sein, sagte sie, und ihre Stimme schwoll immer mehr an. Wenn sie innehielt, um darüber nachzudenken, was sie eigentlich tat, ängstigte sich Mary – doch aufhören konnte sie nicht. Seit sie *Laibe und Fische* auseinandergenommen hatte, hatte sie weder von Adam noch von Tom etwas gehört. Über den Grund dafür wollte sie nicht nachdenken.

Es gab keinen Tag, an dem sie sich hätte entspannen können, denn immer türmten sich ein oder zwei Abgabetermine über ihr auf. Sie ließ ständig den Anrufbeantworter laufen und nahm den Hörer nur ab, wenn sie die Stimme eines Freundes hörte. Doch allmählich fiel ihr auf, daß sie keine wirklichen Freunde hatte, nur Bekannte – für mehr hatte sie keine Zeit. Für jeden fertigen Artikel mußte sie sich zwei neue ausdenken, denn wegen der Zeit, die es sie kostete, einen Auftrag an Land zu ziehen und auszuführen, hätte sie sonst für den Monat eventuell kein Geld gehabt, und ihr Konto durfte sie nicht noch weiter überziehen. Trotzdem kam es soweit. Sie beobachtete, daß ihre Schulden stiegen wie Wasser und sie eine Gefangene in einem verriegelten Raum wurde, machtlos, es aufzuhalten.

»Aber macht es dir gar keinen Spaß?« hatte Tom sie gefragt.

»Macht es deinem Vater Spaß?«

»Ich weiß es nicht. Ich nehme es an. Ich meine, morgens war Dad schrecklich, wenn er versucht hat, sich vor dem Mittagessen die ersten fünf Witze auszudenken, aber wenn er sie hatte, war er bester Laune. Ich nehme an, das ist der Grund, weshalb er zu trinken angefangen hat.« Er schaute auf Marys Glas und sah wieder weg.

»Es sind nicht nur die Abgabetermine«, sagte Mary. »Es gibt keine Kreativität, keine Originalität der Gedanken oder des Ausdrucks. Es ist alles wertloses Zeug.«

»Doch sicher nicht alles?« fragte er.

»Alles«, bestätigte Mary heftig. »Wir halten uns für intelligenter als beinahe alle anderen Menschen, ein Glaube, der noch dadurch verstärkt wird, daß wir uns bei jedem gesellschaftlichen Ereignis nur mit unseresgleichen unterhalten.«

»Einige meiner besten Freunde sind Journalisten.«

»Oh«, sagte Mary abfällig. »Du bist der Vorzeigedoktor. Du bist dazu da, uns im Cyberspace zu einem Hauch Realität zu verhelfen.«

Die Sache hatte natürlich auch ihre Befriedigung. Es machte Spaß, an einem Satz zu feilen, einen Witz zu machen, der gerade noch durchging. Es machte Spaß, einmal in der Woche in den Slouch Club zu gehen und von denselben Leuten bedient zu werden, mit denen sie früher zusammengearbeitet hatte, dem Manager zu begegnen, der sie hinausgeworfen hatte, und zu sehen, wie er vor Angst grün wurde. Sie produzierte am laufenden Band Buchbesprechungen, Interviews, Porträts, Kommentare, Features – alles miteinander, das wußte sie, greller, boshafter Schund. Sie bekam säckeweise böse Briefe.

Aber genau aus diesem Grund sah man in ihr einen aufsteigenden Stern. Ihre Honorare kletterten von zweihundert auf dreihundert, von fünfhundert auf sechshundert Pfund pro tausend Wörter. Im Journalismus ist Gift das Erfolgselixier. Es ist das verzauberte Ingrediens, das Ignoranz, Ungenauigkeit, Unbeholfenheit und sogar die Unfähigkeit, kohärente Sätze zu bilden, aufwiegt. Mary zeigte keinen dieser Makel. Sie arbeitete an der Entwicklung ihres Hasses. Sie bewegte die Gedanken an Mark und Amelia auf und ab, auf und ab wie die Gewichte einer Hantel, bis Bosheit wie Schweiß aus ihr herausströmte. Nur eine Handvoll weiblicher Journalisten traute sich, Böses von sich drucken zu lassen, und diese kamen entweder aus dem Nirgendwo wie sie selbst oder hatten wie Fiona Bamber so gute Beziehungen, daß niemand sie zu ächten wagte. Daneben gab es nette, intelligente Frauen, die nette, intelligente Dinge sagten und die, ohne eine Spur zu hinterlassen, verschwanden. Sind sie zu begriffstutzig oder zu feige, um einzusehen, was Bosheit bewirken konnte? fragte sich Mary. Manchmal begegnete sie ihnen. Sie hatten alle Kinder und Ehemänner und sahen irgendwie müde aus, wie Papier, das zu oft gefaltet worden war. Wenn sie eine Kolumne hatten, dann erschien sie montags, wenn Nachrichten dünn gesät waren und die Galle, die das Futter für gute Storys abgab, noch nicht ihren allwöchentlichen Anstieg begonnen hatte. Echte Lohnschreiber schrieben für die Sonntagsblätter. Sie waren sofort als Angehörige einer anderen Spezies zu erkennen. Die Männer hatten kurzgeschorene Haare von unbestimmbarer Farbe und eine stahlgerahmte Brille im Gesicht eines haarlosen Mopses. Die Frauen trugen klebrigen Lippenstift wie angetrocknetes Blut. Sie waren alle alleinstehend, es sei denn, sie waren miteinander verheiratet, doch sie verdienten im Jahr vierzigtausend Pfund und mehr.

Phoebe Viner hatte zu ihr gesagt: »Es ist wirklich ein sagenhafter Glücksfall, wenn man nicht seine erste große Liebe heiratet. Sie haben eine Art Impfung gegen Romantik genossen. Das gehört zum Besten, was das Leben einer jungen Frau mitgeben kann. Wenn Sie sich wieder verlieben, werden Sie wissen, was Sie wollen, statt sich mit irgendwelchem Unsinn zu begnügen.«

»Ich glaube nicht, daß ich mich je wieder verlieben werde.«

»Unsinn, natürlich werden Sie das. Sie sind der Typ dazu. Aber Sie müssen sich vernünftig verlieben.«

»Ist das nicht ein Oxymoron, wie ›sich langsam beeilen‹?«

Es fiel Mary inzwischen schwer zu glauben, daß sie jemals heiraten würde. Wo verschwanden sie alle hin, die anständigen Männer? Es hatte keinen Krieg gegeben, sie konnten nicht alle schwul sein, und doch gab es soviel mehr Frauen als Männer.

Ich hoffe, daß ich eines Tages eine Tochter haben werde, dachte Mary, als sie stehenblieb, um eine Mutter mit ihrem Kind zu beobachten, die auf dem Rasen miteinander spielten. O diese verlorenen Jahre mit Mark, als sie in der Hoffnung gewartet hatte, daß er eines Tages ebensosehr ein Kind wollen würde wie sie! Dumm und ehrbar, dumm und geduldig. Hätte sie ihm ihre Fruchtbarkeit aufgezwungen, hätte sie von ihrer gemeinsamen Zeit wenigstens etwas gehabt.

Als sie erkannte, daß Amelia die Mutter des Kindes war, erschrak Mary, als spielte ihr jemand einen so bösen Streich, daß es schon fast wieder komisch war. Dann überkam sie Wut. Das ist die Person, die mein Leben ruiniert hat, dachte sie, und dann, fast gleichzeitig: Dieses Kind sollte eigentlich mir gehören. Alles, was sie vor ein paar Sekunden noch an dem Kind bezaubert hatte, saß jetzt wie ein Splitter in ihrem Herzen. Ihre eigene Einsamkeit, ihre Unabhängigkeit waren nichts als fruchtlose Verzweiflung. Sie starrte Amelia böse an, entsetzt beim Gedanken, daß sie anfangen könnte zu weinen.

»Hallo«, sagte Amelia zögernd.

Mary neigte den Kopf. »Wie heißt sie?«

»Rose.«

Sie war ganz cremefarben und golden, wie neu, und ihre Augen hatten die gleiche Farbe wie Marks Augen. Diese Ironie verletzte Mary so sehr, daß sie es kaum ertragen konnte.

»Sie ist hübsch.«

»Danke.« Eine lange Pause entstand. Amelia wurde von vielen Gefühlen überwältigt – Mitleid, Verlegenheit, Neid. Schau, hätte sie gern gesagt, es ist nicht alles so, wie es scheint, diese Sache mit dem Kind. Genieße deine Freiheit, solange sie währt. Genieße es, jung und frei und schlank zu sein.

»Wie gefällt es Ihnen?«

»Oh, gut. – Sie sehen gut aus«, sagte Amelia nach einer Pause. »Ich habe Sie zuerst nicht erkannt.«

»Ja«, sagte Mary. »Ich habe mich verändert.«

»Es paßt zu Ihnen.«

»Ich mußte mich verändern, erinnern Sie sich?« Ihr war regelrecht schlecht. War Amelia absichtlich grausam oder einfach nur wahnsinnig dumm?

»Mir haben Ihre Artikel gefallen«, sagte Amelia höflich. Sie wurde von Rose abgelenkt und fürchtete sich ein wenig vor Marys funkelndem Blick.

»Wirklich? Wie schön«, sagte Mary. »Werden Sie ein neues Buch schreiben?«

»Irgendwann, denke ich.«

»Gut«, sagte Mary und zeigte die Zähne. »Dann werde ich es vielleicht rezensieren.«

»Ich glaube kaum, daß Ivo das zulassen würde, meinen Sie nicht auch?«

»Er könnte mich nicht aufhalten. Ich glaube aber auch nicht, daß er es versuchen würde. Die Dinge ändern sich nie. Sie haben in meinem Bett mit ihm geschlafen – glauben Sie, daß er sich geändert hat?« Sie war sich plötzlich vollkommen sicher. »Was glauben Sie, was er gerade tut?«

Ihre Befriedigung darüber hielt an, bis sie im Slouch Club Tom begegnete.

»Was machst du hier? Ich wußte nicht, daß du Mitglied bist.«

»Bin ich auch nicht. Dad ist Mitglied.«

»Oh, natürlich.«

»Er hat gerade etwas Tolles angestellt«, sagte Tom. »De Monde hat ihn bearbeitet, er solle Cartoons über seine Feinde zeichnen, und Dad hat sich immer wieder geweigert. Heute morgen wurde er zu Max ins Büro gerufen, und Max sagte: ›Ich gebe Ihnen einen Job, warum tun Sie dann nicht, was ich sage?‹ Dad hat ihn nur angesehen und gesagt: ›Nein, Mr. de Monde, das sehen Sie falsch. Ich gebe *Ihnen* einen Job.‹«

»Was für eine wundervolle Geschichte«, sagte Mary. »Außerdem stimmt sie wirklich. Die Leute kaufen den *Chronicle* nur wegen des Felix-Cartoons, jedenfalls manche. Hat Max ihn gefeuert?«

»Nein«, sagte Tom und schien in der Hitze zu schimmern, groß und streng. »Dad ist gegangen. Das tut man, wenn man sich nicht prostituieren will, verstehst du?«

An diesem Abend war Mary sehr betrunken. Das hätte nichts zu bedeuten gehabt – sie war mehr oder weniger jeden Abend betrunken –, doch Ivo war mit ihr zusammen. Die Spiegel warfen ihr Bild vor und zurück wie das einer Katze, die mit einer Maus spielt. Sie sah, wie sie den Mund zu weit aufriß, sah das wilde Gelächter, das aus ihren Augen strömte, Wimperntusche und Lidstrich vollkommen verschmiert, und Ivo, der sie beobachtete und ständig ihr Glas nachfüllte. Sie dachte an Toms vorwurfsvolles Gesicht und wäre am liebsten gestorben. Es war Donnerstag abend, und der Bodensatz der literarischen Welt Londons versammelte sich, lümmelte sich auf den zu fest gepolsterten Armsesseln und Bänken, trank Schorle, Dos Equis oder Saft, die Blicke ständig auf die Tür gerichtet, falls jemand, der gerade hereinkam, es eher wert sein sollte, daß man ihm Aufmerksamkeit schenkte, als die, die bereits da waren.

Wie ich sie alle verachte, dachte Mary, und ihr Haß war noch berauschender als der Alkohol. Die fetten, kahl werdenden Wichtigtuer, die großgewachsenen Londoner mit ihren strähnigen Haaren, die kahlgeschorenen Guerrilleros, die flachbrüstigen Lesbierinnen, die angeberischen Küken, die In-den-Tag-hinein-Lebemenschen. Saurer Rauch quoll aus Mündern und Nasenlöchern, als müßten sich Eitelkeit, Bosheit und Ehrgeiz, die in all diesen Körpern ineinandergriffen wie Zahnräder einer Maschine, körperlich manifestieren. Auf allen Gesichtern lag der gleiche Ausdruck, eine Kombination aus Müdigkeit und Gier, der gelegentlich aufgehellt wurde von einer derart intensiven Begeisterung, daß man sie problemlos für Fanatismus hätte halten können. Durch das offene Fenster drangen in Abständen die Geräusche von Soho herein, das Dröhnen aus anderen Clubs und Pubs, deren Besucher auf die heißen Bürgersteige quollen, das Stampfen von Disco- und Salsamusik aus vorbeikriechenden Autos, das Aufheulen von Motoren, das Zersplittern von Glas.

»O diese Hitze, diese Hitze«, sagte Mary und fächelte sich mit einem Exemplar von *Private Eye*. »Ich glaube, ich werde zu einer Fettlache zusammenschmelzen.«

»Hast du schon gehört, daß Fiona Bamber etwas mit Tom Viner hat?«

»Nein! Seit wann?«

»Keine Ahnung. Wahrscheinlich schon ewig.«

»Ich dachte, er hätte eine Freundin.«

»Nein, das ist seit einiger Zeit vorbei. Aber ich stelle mir vor, daß ein Rachebeischlaf beinahe unwiderstehlich sein muß.«

»Ich fühle mich miserabel«, sagte Mary plötzlich.

»Ich bringe dich nach Hause«, erbot sich Ivo.

Er winkte in der Old Compton Road ein Taxi heran und half Mary hinein. Sie war so betrunken, daß sie kaum aufrecht sitzen konnte und immer wieder gegen seine Schulter rutschte. Ivo legte den Arm um sie.

»Es ist zu heiß.«

Dennoch rutschte sie nicht zur Seite, und er ließ nicht locker.

Die Wellen in seinem Haar waren dunkel vor Schweiß. Als er seinen dicken, nassen Mund auf ihren legte, war es beinahe eine Erleichterung, wie eine lauwarme Dusche.

»Gott, du bist ganz schön sexy«, sagte er, und Marys Ärger kam so schlagartig, daß sie beinahe nüchtern wurde. Sie empfand für ihn eine Art gelangweiltes Mitleid, zusammen mit einer sentimentalen Zuneigung, die, wie sie wußte, hauptsächlich dem Alkohol zuzuschreiben war.

»Willst du?« fragte sie, als das Taxi in ihre Straße einbog.

»Natürlich will ich.«

»In Ordnung.«

Sie war sehr ruhig und kalt, obwohl der Alkohol ihren Kopf wieder umnebelte, als sie ausstieg. Sie gingen die Treppe zu ihrem Keller hinunter, und sie wollte zu Ivo sagen, er solle nicht so hechelnd aufdringlich sein. Er machte wie ein Hund überall an ihr herum, während sie mit den Schlüsseln herumfummelte, fuhr ihr mit seiner nassen Zunge ins Ohr, so daß sie das Gefühl hatte, nichts mehr hören zu können.

Er ist so gut wie irgendein anderer, dachte sie und wandte ihm das Gesicht zu. Nun, da sie sich entschlossen hatte, es zu tun, war es ein wenig wie die Jungfräulichkeit zu verlieren. Sie machte den Reißverschluß ihres Kleides auf und zog es aus.

»Verdammt!« sagte Ivo und fing an, sich die Kleider vom Leib zu reißen. Er sah beinahe grün aus. »O Gott. Kannst du nicht die Vorhänge zuziehen?«

»Nein.«

Mary legte sich aufs Bett. Es würde leicht sein, dachte sie überrascht. Ivo bot keinen hübschen Anblick, das stimmte. All die Spesenessen hatten ihren Tribut gefordert, und er war übersät mit großen, flachen, rosafarbenen Leberflecken, die ihn aussehen ließen wie einen dieser fürchterlichen englischen Puddings, die mit Schweineschmalz und Sultaninen gemacht wurden – eine wandelnde Blutwurst, dachte Mary kichernd. Aber wenigstens war er schwer, und es war eine große Erleichterung, nach so langer Einsamkeit von einem anderen Körper auf das Bett gepreßt zu werden.

»Laß mich rein, laß mich rein«, sagte Ivo, schnüffelnd und prustend wie der große böse Wolf vor der Tür der kleinen Zicklein.

Und in diesem Moment begriff Mary, daß sie es einfach nicht konnte. Was sie bereits getan hatte, war schlimm genug, doch wenn sie Ivo erlaubte weiterzumachen, wäre das irgendwie das Ende. Es bedeutete mehr als nur den körperlichen Akt, mehr als die Chance, Mark auszulöschen. Wenn sie überhaupt jemanden liebte, dann Adam, den sie verraten hatte. All das begriff sie in einem kurzen Augenblick, so wie jemand, der nur den Boden des Schwimmbeckens zu berühren braucht, um umzukehren, entsetzt und verängstigt, doch auch bestärkt von diesem jüngsten Augenblick. Und sie sagte: »Ivo, ich kann es nicht.«

26.

Ehebruch und Verrat

Mark hatte den Horror der menschlichen Existenz immer mit nüchternem Vergnügen betrachtet. Die Unausweichlichkeit des Todes warf rückwärts einen Schatten auf jedes Bemühen um Perfektion, und jeder, der versuchte, dagegen anzukämpfen, verdiente Verachtung. Ehrgeiz, Falschheit, Heuchelei, Eitelkeit – sie alle sollten ohne Ausnahme zermalmt werden.

Es gab kein Entrinnen vor der Tatsache, daß er in bezug auf Amelia eine Prinzessin geküßt und eine Kröte bekommen hatte. Er war wütend und frustriert, fühlte sich betrogen. Er dachte bei sich, daß er genau zu dem Zeitpunkt eingefangen und vor den Altar geschleppt worden war, als er aus seinem wachsenden Ruf hätte Vorteile ziehen sollen. Inzwischen unterlag nichts mehr seiner Kontrolle. So hegte er beinahe nostalgische Gefühle für seine Zeit mit Mary. Wenigstens war sie ihm ergeben gewesen, hatte dafür gesorgt, daß seine Hemden gebügelt und der Kühlschrank gefüllt waren – im Gegensatz zu Amelia, die sämtliche Stunden des Tages damit zubrachte, diesem ekelhaften kleinen Schmutzfink, den sie seinen Genen abgepreßt hatte, etwas vorzuschmachten.

Es war schrecklich, diese Reibung mit einem anderen menschlichen Wesen. Er fühlte das Störende ihrer Gegenwart sogar, wenn seine Frau und sein Kind schliefen, die Unordnung der Atome, der Sauerstoffverbrauch in seinem Bereich. Und wenn sie wach waren, war es die absolute Hölle – Geschrei, Geschrei, Geschrei, Gestank, Gestank, Gestank. Jeden Abend öffnete er mit geblähten, bebenden Nüstern die Haustür, um sofort den leisesten Windelgeruch auszumachen.

»Ich dulde es nicht, ich dulde es *nicht*, daß der Kinderwagen im Flur steht«, sagte er weiß vor Wut zu Amelia.

»Es ist doch nur ein zusammenklappbarer Buggy«, sagte sie verständnislos. »Er braucht kaum mehr Platz als ein Regenschirm.«

»Es geht darum, daß der Kinderwagen *überhaupt* im Flur steht«, sagte Mark, der darin den tödlichsten Feind all seiner Zukunftsaussichten sah.

Als er entdeckt hatte, daß Rose den Vogel von der Tülle seines Alessi-Kessels hatte verschwinden lassen, war er so unangenehm geworden, daß Amelia nichts anderes übrigblieb, als am nächsten Tag bei Heal's einen neuen zu kaufen.

Es war schlimm genug, in einer Stadt zu leben, wo jedes Haus, das weniger als eine halbe Million Pfund kostete, zwei Wände mit den Nachbarn teilte – so daß man die Nachrichten hörte, die auf Anrufbeantworter gesprochen wurden, die Streitereien, das Geschrei, das Dröhnen der Flugzeuge über einem und das Rumpeln der Züge unter einem. Kein Wunder also, daß die Menschen es vorzogen, mit dem Auto ins Büro zu fahren, statt sich in öffentlichen Verkehrsmitteln noch weiter der Klaustrophobie auszusetzen. Doch sie konnten sich keine zwei Autos leisten, und den Volvo brauchten Amelia und Rose.

Jeden Morgen mußte Mark folglich zu dem düsteren Pandämonium auf dem Bahnsteig hinabsteigen, wo die Menschen sich gegenseitig schubsten und bekämpften, um aussteigen zu können, und andere kämpften und drängelten, um einzusteigen. Sobald er eine Stelle gefunden hatte, an die er sich quetschen konnte, schoben mehr und mehr Leute von hinten nach, wie eine schreckliche Version von »Wie viele Leute passen in einen Kleinwagen«. Dann schlossen sich die Türen, und die abgestandene Luft auf dem Bahnsteig schien im Vergleich zu dieser dampfenden, abgestandenen Suppe im Waggon, die bereits durch die Münder und Lungen sämtlicher Anwesenden gekrochen war, wie reiner, kühler Sauerstoff. Banker und Maurer, Stenotypistin und Touristin, alle standen dicht gedrängt in der entsetzlichen Demokratie öffentlicher Verkehrsmittel. Der Zug ratterte durch eine Dunkelheit, in der es von herabhängenden schwarzen Kabeln wimmelte, man hatte die Nase in den Achselhöhlen des Nachbarn, den Blick auf die Mitesser des anderen gerichtet, und abgesehen vom Wummern und Zischen aus einem unsichtbarem Walkman geschah das in absoluter Stille. Jeder krallte sich am seitlichen Gestänge fest oder an den Haltegriffen, die von der Decke baumelten, stand senkrecht, bis sie in pechschwarzer Nacht mit einem langgezogenen, langsam ersterbenden, kreischenden Stöhnen zum Halt kamen.

Mit der Verschuldung des *Chronicle* wurden sogar normale Ausgaben wie Taxifahrten nach acht Uhr beschnitten. Hinsichtlich der Spielzeugbahn, die in den Docklands verkehrte, war das alles gut und schön, doch die U-Bahn war eine andere Geschichte. Nachts, wenn die Wagen halb leer waren, fielen Banden von tätowierten Skinheads oder Schwarzen in zerfetzten Jeans ein und zockten Geld ab, und das Erbrochene eines Penners schwappte auf dem gewellten Boden hierhin und dorthin, bis es in den Ritzen versank und dort festtrocknete.

In den frühen Morgenstunden, während Amelia erfolglos versuchte, Rose zum Schlafen zu bringen, tröstete Mark sich monoton mit dem, was er erreicht hatte – wie ein Pianist, der Tonleitern spielt. War er nicht bester Historiker seines Jahrgangs gewesen? Hatte er nicht eine Eins plus bekommen? War er nicht politischer Kolumnist einer überregionalen Zeitung und hatte Ivo damit erneut geschlagen? War er nicht der Schwiegersohn eines der reichsten Männer Großbritanniens? Hatte er nicht fünf Anzüge von Hackett's, zwei von Armani, einen von Turnbull & Asser und einen von Ralph Lauren? Er besaß inzwischen Dinge, die er sich vor sieben Jahren nur in Zeitschriften angesehen hatte – Schuhe von Lobbs, Manschettenknöpfe aus massivem Gold, Gepäckstücke von Mulberry. Die Leute glaubten sogar, er sei in Winchester zur Schule gegangen.

Doch keine dieser Überlegungen verschaffte ihm im Augenblick eine solche Genugtuung wie seine Affäre mit Fiona Bamber. Es lag nicht nur an ihrer Schönheit oder daran, daß sie die Ehefrau eines Mannes war, den er beneidete. Sie war die manipulativste Person, die er je kennengelernt hatte, gleichzeitig korrupt und animalisch, bösartig auf eine Art, wie nur er sie zu schätzen wußte – und sie konnte Kinder nicht ausstehen.

»Ich bin nie auf die Idee gekommen, daß Andrew ernsthaft von mir erwarten könnte, daß ich meine Karriere aufgeben und Zuchtstute werden soll«, sagte sie.

»Habt ihr darüber gesprochen, bevor ihr euch verlobt habt?«

»Nein. Ich bin davon ausgegangen, daß er ausschließlich mich wollte«, sagte Fiona mit einer Selbstsicherheit, die Mark nur bewundern konnte. Sie war die einzige Frau, die er kannte, die ganz selbstverständlich jene Art von Unterwäsche trug, von der zwar allgemein angenommen wurde, daß sie lustfördernd wirke, die von den meisten Frauen jedoch, einschließlich Amelia, wenig geschätzt wurde, weil sie zu unbequem war.

Ihr einziges Problem bestand darin, einen Ort zu finden, an dem sie sich treffen konnten. Die Evenlodes hatten eine Wohnung in Bayswater, doch die wurde von der gesamten Familie benutzt. Fiona selbst fuhr abends nach Oxford. Marks Wohnung war ärgerlicherweise gerade für eine Summe vermietet worden, die beinahe seine Darlehenskosten deckte, so daß es dumm gewesen wäre, wieder darauf zu verzichten. Natürlich gab es Reisen auf Spesenabrechnung – Nächte und Wochenenden in einigermaßen angenehmen Hotels, dank der politischen Abendessen und Konferenzen, zu denen er inzwischen eingeladen wurde. Dennoch erwies sich sein Zuhause als der bequemste Ort.

Mark hatte, wie viele Angestellte aus dem politischen Bereich, jede Woche einen freien Tag. Man ging davon aus, daß er dazu benutzt wurde, die wöchentliche Kolumne zu schreiben, einen magisterialen Überblick über die politische Szene zu gewinnen oder, je nach Loyalität, ein Kompendium nützlichen Klatsches, das sich mit allem möglichen befaßte, von den Finanzen der Politiker bis zu den Hotelrechnungen der Einpeitscher. Alle großen Blätter hatten solche Kolumnen, als benötige der schwere politische Teig Bosheit als Triebmittel, um leichter verdaulich zu werden. Doch Marks Bosheit war ohne Zweifel überlegener Natur. Die gelehrte Ironie, die seine Karriere von Anbeginn an aufgeblasen hatte, leistete ihm immer noch gute Dienste. Er konnte seine Kolumne in zwei Stunden hinpolieren, doch er bestand darauf, daß Amelia und Rose für den ganzen Tag das Haus verließen. Das schaffte freie Bahn für den Nachmittag mit Fiona.

Sie war natürlich keine Freundin, nicht einmal eine Verbündete. Er vermutete, ihr beider Vergnügen entspränge mehr oder weniger der gleichen Quelle – dem Täuschen der Ehepartner, von deren Patronage sie abhängig waren. Mark hatte Andrew Evenlode nie eine alte Geschichte verziehen. Als armer junger Student war er bei ihm zum Abendessen eingeladen gewesen und hatte eine Flasche Lambrusco mitgebracht, die er in der Eile in einem Weinladen gekauft hatte.

»Du lieber Himmel«, hatte Evenlode zu den anderen Gästen gesagt, »er hat eine Flasche Brause mitgebracht!«

Es war gemein, in seinem eigenen Bett mit Evenlodes Frau zu schlafen, nicht nur von Dingen umringt, die an Amelia, sondern auch an das Kind erinnerten – den Plastikspielkisten des Lerncenters, den Instrumenten aus Kunststoff, den Bechern und Telephonen mit bunten Knöpfen –, aber es war auch erotisch.

»Du bist wie ein Einbrecher, der auf den Teppich scheißt«, sagte Fiona. Sie war an diesem Tag bei Gericht gewesen und hatte die Schlußplädoyers beobachtet, die in der Verleumdungsklage Gore Tore gegen die *Mail* vorgebracht wurden.

Mark zuckte zusammen wegen ihrer Derbheit – und auch, wie er zugeben mußte, wegen ihres Scharfblicks. Er wedelte den Rauch weg, den sie ausblies. Das Rauchen war eine Sache, die er wirklich an ihr verabscheute, obwohl sie es wie alles andere ziemlich gut machte. Ihr größter Aktivposten, dachte er, war, daß ihr jedes Bedürfnis nach Zuneigung völlig abging.

»Glaubst du, daß du bei dem Blatt bleiben wirst, wenn es diesen Fall verliert?«

»Das muß ich sehen. Die Sache wurde von den Anwälten abgesegnet. Sie können mir nicht gut die Schuld in die Schuhe schieben.«

»Du wärst damit durchgekommen, wenn du dich auf den Sex

mit Minderjährigen beschränkt hättest – so etwas erwartet man schließlich von einem Rockstar. Die Geschichten mit den kleinen Pelztieren sind es, die den Briten auf den Magen schlagen.«

»Ich weiß, ich weiß. Was für eine beängstigende Sentimentalität! Es wird die Zeitung über eine Million kosten, Gerichtskosten inklusive.«

Das Geräusch eines Schlüssels im Schloß war zu hören und dann eine greinende Kinderstimme.

»Verdammt! Sie ist schon zurück!«

»Bist du sicher, daß es nicht das Kindermädchen ist?«

»Ja. Die letzte war eine Polin mit Bulimie. Aß sechs Joghurts am Tag. Amelia ist wieder in der Pflicht, aber an manchen Tagen bekommt sie Hilfe von unserer Putzfrau. Es muß etwas passiert sein.«

Mark kämpfte sich hastig in seine Kleider. Fiona schlüpfte ruhig in ihr Kleid und griff nach einer alten Zeitung.

»Mark, ich hatte gerade ein ziemlich merkwürdiges Zusammentreffen in – oh, hallo, Fiona. Was machst du denn hier?«

»Ich habe mir nur etwas – ausgeliehen«, sagte Fiona und ging die Treppe hinauf zu Toms Wohnung. Amelia starrte hinter ihr her. Marys Worte hallten ihr in den Ohren. »Wie lange geht *das* schon?«

»Woher soll ich das wissen?« sagte Mark. »Sie ist gerade aufgetaucht.«

Aus dem Augenwinkel entdeckte er einen Zipfel Satinunterwäsche, von dem er ziemlich sicher war, daß er nicht Amelia gehörte. »Ich muß jetzt wirklich arbeiten.«

Amelia starrte immer noch. Unten wurde Roses Gejammer lauter und dringender. Sie hörte Toms Stimme und Fionas Lachen.

»Ich dachte, du hättest kapiert, daß ich hier heute allein sein will.«

»Mark, draußen ist es mörderisch heiß. Du kannst wirklich nicht von mir erwarten, daß ich den ganzen Tag durch London latsche, während du auf eine Inspiration für deine ätzende kleine Kolumne wartest, die niemand liest.«

»Ich kann mit diesem schreienden Kind im Hintergrund einfach nicht arbeiten. *Tu* etwas damit!«

»Tu etwas mit *ihr*«, sagte Amelia wütend. »Sie ist kein es, sie ist ein kleines Mädchen, sie ist *dein* kleines Mädchen, sosehr du ihre Existenz auch zu ignorieren versuchst. Mein Gott, ich glaube, ich hätte Mary Quinn vorhin sagen sollen, daß sie Glück hatte, daß sie noch einmal davongekommen ist.«

»Mary?«

»Wir sind uns in Hampstead Heath begegnet. Es war unglaublich peinlich. Du kannst es dir nicht vorstellen.«

Amelias Stimme zitterte, doch ihr ganzes Elend konzentrierte sich auf den Gedanken, daß Tom oben mit Fiona auf dem Doppelbett herumrollte, das sie selbst für ihn gekauft hatte. Sie war gekränkt. Sie ertappte sich bei dem Gedanken: Wenn er schon mit einer verheirateten Frau schlafen muß, warum dann nicht mit mir?

Tom war erstaunt, als er, aus einem todesähnlichen Schlaf geweckt, am Fußende seines Bettes Fiona liegen sah.

»Du siehst aus wie einer dieser Hunde auf mittelalterlichen Gräbern«, sagte er gähnend. Er verschränkte die Arme hinter dem Kopf und sah sie an.

Fiona lächelte: »Ich verstecke mich.«

»Vor wem?«

»Amelia.«

»Warum? Oh!«

»Hast du etwas dagegen?«

»Ja. Zerstörst du eigentlich vorsätzlich die Ehen all meiner Freunde?«

»Ich wußte nicht, daß ihr euch nahesteht.«

»Sie hat in letzter Zeit echt gelitten. Oh, wir stehen uns nicht nahe in diesem Sinne, falls du das denken solltest ... Sei nicht lächerlich, sie ist verheiratet.«

Fiona brach in Gelächter aus.

»Erwartest du von mir, daß ich deine Lügen bestätige?«

»Ich habe Ivo erzählt, daß wir eine Affäre haben, das nur als Absicherung – um Amelia zu schützen, weißt du. Andrew und ich führen eine offene Ehe.«

»Das glaube ich dir nicht.«

»Oh, die Schatten von Bloomsbury, kennst du das nicht? Es liegt in den Genen. Er ist in eine Frau verliebt, die viel besser zu ihm paßt als ich.«

»Das glaube ich dir nicht.«

»Du kennst ihn nicht so gut, wie du annimmst.«

»Offensichtlich, sonst hätte er dich nicht geheiratet.«

»Tom, meine Ehe war von Anfang bis Ende eine Katastrophe, aber sie war eine gemeinsame Entscheidung.«

»Und du glaubst, das spräche dich frei, nun mit Crawley herumzumachen? Und mich mit hineinzuziehen? Was ist mit *meinem* Leben?«

»Triffst du dich immer noch mit dieser Sarah? Die, die aussieht wie ein Pferd?«

»Nein, zufällig nicht.«

»Na dann.« Fiona linste ihn unter ihrem langen blonden Pony hervor an. »Du hast nicht zufällig Lust auf einen Quickie?«

Marys Rezension von *Laibe und Fische* war nicht lang. Sie sagte, Adam schreibe schön über die Szenerie eines kleinen Dorfes in Norfolk, doch der Gedanke, daß man dort eine Meerjungfrau finden solle, sei zu absonderlich, sein Stil sei zu lyrisch und die Geschichte schlicht absurd. Er solle versuchen, Reisebücher zu schreiben.

Andere Rezensionen gab es nicht, denn Adams Roman war zu überstürzt veröffentlicht worden. Das war für ihn eine Erleichterung, und doch schien es, als existiere dieses Ding gar nicht, an dem er das letzte Jahr geschuftet, über das er geweint und mit dem er gelitten hatte. Es würde nicht als Taschenbuch erscheinen, würde nicht von Bibliotheken gekauft werden, würde – abgesehen von einem Exemplar im Britischen Museum und einem oder zweien, die möglicherweise an Freunde verkauft wurden – einfach verschwinden, als hätte es nie existiert.

Adams langer Kampf um Fassung leistete ihm nun gute Dienste. Er war durch Marys Artikel nicht verletzt, vermutete, daß Ivo dahinter steckte, doch er war überrascht, daß sie ihn nicht wenigstens vorgewarnt hatte. Das tat ein bißchen weh. Es ist nicht so schlimm, von jemandem demoliert zu werden, den man kennt, denn man kennt auch den Geschmack dieser Person und ihre Schwächen, dachte er. Viele ihrer Kritikpunkte waren durchaus nachvollziehbar und trafen zumindest einigermaßen zu. Adam unternahm nichts und hörte nichts. Es war Sommer, alle waren weg. London leerte sich, und die Hitze preßte sich auf einen nieder wie ein heißes, nasses, graues Handtuch.

Ehe seine Agentin in die Ferien fuhr, rief sie ihn an, um ihm zu sagen, daß man Candida gekündigt hatte. »Pech, daß du nur eine Rezension bekommen hast. Das passiert ständig bei zweiten Romanen, nimm es nicht persönlich.«

»Wußtest du, daß es einen Mann gibt, der den Weltrekord hält, vom Blitz getroffen zu werden? Jedesmal, wenn er Gewitterwolken sieht, fängt er an zu laufen und zu laufen, doch wie schnell er auch läuft, der Blitz holt ihn ein und BUMM!« sagte Adam.

»Ich denke, das nächste mußt du ohne Vorvertrag schreiben. Oder es vielleicht in einem anderen Genre versuchen. Hast du schon mal daran gedacht, ein Reisebuch zu schreiben?«

Adam erinnerte sich an die Ängste des vergangenen Jahres und war plötzlich wundersamerweise davon befreit. Was bedeutete die ganze Sache schließlich? Sein Buch existierte, das war Sieg genug – und es scheiterte nach seinen Maßstäben, das war Scheitern genug.

»Nein, niemals«, sagte er und legte den Hörer auf.

Und so fing er wieder an, seinen dritten und letzten Roman. Er war weder glücklich noch traurig. Tag um Tag saß er in einer Art Wachtraum da und schrieb. Für ein oder zwei Monate gelang es ihm, das Blut in der Toilettenschüssel zu ignorieren, wie er Briefe und Rechnungen ignorierte. Jeden Umschlag, den ihm die alte Frau von unten heraufbrachte, warf er in eine Schuhschachtel und vergaß ihn. Er erzählte Malcolm, es gehe ihm zu schlecht, um zu kommen. Er nahm Multivitamintabletten, gurgelte mit verdünntem Dettol und bestellte Essen ins Haus. Er traf sich mit niemanden.

Er saß auf einem Schaumstoffkissen, denn das Fleisch auf seinen Hinterbacken und Oberschenkeln war so weit geschwunden, daß das Sitzen weh tat. Wenn es ihm zu unbequem wurde, setzte er sich ins Bett. Hätte er nicht diesen nagenden Schmerz in der Achselhöhle gehabt und das Bedürfnis, immer wieder zur Toilette zu rennen, wäre er vollkommen zufrieden gewesen. Der neue Roman glühte in seinen Gedanken wie ein Hexenfeuer, das ihn weiter und weiter trieb, so daß er weder wußte, was passierte, noch es ihn kümmerte, solange der Roman entstehen konnte.

Der Tag kam, als seine Krankheit mit einem dumpfen Aufschlag eine neue, tiefere Ebene erreichte, kurz innehielt und dann noch einmal sank. Es war wie in einem Lift, der mit abgerissenem Kabel nach unten fuhr, aber immer noch in jedem Stockwerk anhielt.

Adam wußte, daß die Zeit gekommen war, da er um Hilfe bitten mußte, doch er schämte sich zu sehr wegen der Unordnung und dem Gestank, um ans Telephon zu kriechen. Der Durchfall war so schlimm, daß er auf dem Toilettensitz in der Falle saß wie ein Gefangener und zwischen den Anfällen an der Kette zog. Bald war kein Papier mehr da. Er fing an, Zeitungspapier zu benutzen, und war gleichzeitig voller Furcht, das Abflußrohr könne verstopfen. Schließlich zerriß er grimmig seine Bücher. Seine Arme und Hände zitterten von der Anstrengung. Adam beugte sich mit einem trokkenen Schluchzen über seine mageren Knie, während Ströme von übelriechendem gelbem Wasser aus seinem wunden Hintern flossen und seine Oberschenkel bespritzten.

Nach einer Weile gab er es auf, sich mit Papier abzuputzen, und nahm statt dessen einen alten Schwamm. Er wusch und wrang ihn unter dem Badewannenhahn aus, der sich durch ein Wunder sanitärer Installation gleich neben ihm befand. Sogar wenn nichts mehr in ihm war, strengte sein Körper sich weiter an, ihn zu zerreißen, als versuche er, sein Inneres nach außen zu kehren. Auf dem Schwamm war Blut. Adam war schwindelig, und er hatte Durst, sein Mund war wund und verschleimt. Wenn er mit der hohlen Hand ein wenig Wasser schöpfte, um zu trinken, sich schüttelnd, als er seine Hände sah, lief es in Minutenschnelle durch ihn hindurch.

Der Gestank nach Scheiße war entsetzlich. Er hatte das Gefühl zu ersticken und kämpfte sich auf Knien zum Fenster hinüber, um es aufzumachen. Es kam ihm vor, als müsse er einen Berg heben. Adam ergriff den Hebel, wobei seine Finger von der gelben Farbe abrutschten, und zerrte daran. Er schaffte es, das Fenster so weit zu öffnen, daß ein wenig Luft hereinkam, und legte seinen rissigen Mund an diese Stelle. Doch er bekam keine Luft. Seine Lungen brannten und spreizten sich, flachgedrückt wie eine Ente in einem chinesischen Restaurant.

Wie lange er so blieb, auf den Knien nach Luft schnappend, konnte er nicht sagen. Vielleicht Stunden, am Wannenrand festgeklammert, der unter seinem Griff zerschmolz und sich verbeulte. Das Klingeln an der Haustür riß ihn aus seinem Absturz. Adam fiel auf die Hände. Seine Ellbogen gaben nach, doch flach zu liegen erleichterte das Atmen ein wenig. Er mühte sich auf die Seite, indem er versuchte, mit den Zehen nachzuhelfen. Wenn die Person nur nicht aufhörte zu klingeln! Der Kokosteppich auf dem Boden kräuselte sich, Sand in der Wüste, Grat um Grat, von einem trockenen Wind gleichmäßig geharkt. Da war nichts als Staub, das Kreischen von Vögeln in weiter Ferne, die darauf warteten, seine Knochen abzufressen.

Dann, in einem Traum, war Mary da, mit Männern. Adam flüsterte, daß er nicht atmen könne, und sie steckten ihm einen Schlauch in die Nase. Seine Lungen taten ein kleines bißchen weniger weh. Er wurde auf eine Bahre gehoben und festgezurrt. Alles drehte sich und drückte ihn nieder. Es gab Lichtblitze, in denen er zuerst mit den Füßen schräg nach unten lag, rutschend und ruckelnd, so daß seine ganze Furcht, zu fallen, zurückkehrte, dann war er draußen auf der geschäftigen Straße und starrte in den Himmel, in die schöne blaue Luft, die überallhin reichte, endlos.

Dritter Teil

27.

Früher Tod

Adam lag auf derselben Intensivstation, wo auch Mary gewesen war, oder zumindest auf einer sehr ähnlichen. Er verharrte halb aufgerichtet, hatte einen Tropf am Arm und eine Sauerstoffmaske auf dem Gesicht. Für Mary sah er bereits halb tot aus, ausgetrocknet und ausgemergelt, eine Inkarnation des Schmerzes. Ein Heer von Bakterien mit langen, barbarischen Namen – Aspergillus, Strongyloiden, Cryptosporidum, Nocardia – räuberte in seinem Fleisch. Er hatte eine Art Lungenentzündung, die, auch wenn sie mit Antibiotika in Schach gehalten werden konnte, wiederaufflammen und seine Lungen aufweichen würde bis zu einem Punkt, an dem er möglicherweise ersticken würde.

»Sie haben die Chance, noch ein paar Jahre zu leben«, hatte der Spezialist zu Adam gesagt, nachdem er das Bewußtsein wiedererlangt hatte. »Aber Ihr Zustand wird sich natürlich verschlimmern.«

»In wiefern?«

»Inkontinenz. Zunehmende Schwäche. Wiederkehrende Infektionen. Möglicherweise Blindheit und Schwachsinn.«

»Das ist sogar im Tod unvorstellbar«, sagte Adam und schnappte nach Luft. Man verabreichte ihm Stereoide, die den Schmerz und die Depression zu einem dumpfen, pochenden Verstehen dämpften. Das Ergebnis war eine seltsame Konzentration seines Wesens, bei der sein Sinn für Ironie sich verstärkte. Darin, das Schlimmste zu kennen, lag eine schaurige Befriedigung:

›Da kommt ein Hackmesser, um dir den Kopf abzuhacken
Da kommt eine Kerze, um dein Bett zu beleuchten.‹

Es hatte ihn immer verwundert, warum die Menschen nicht mehr über ihren eigenen Tod nachdachten, der doch das einzige war, dessen sie sich absolut und unwiderruflich sicher sein konnten. Gleichzeitig war er wie betäubt, in seinen Ohren klingelte es, als hätte man ihn auf den Kopf geschlagen. Er hörte aus großer Entfernung ein Wimmern und fragte sich dunkel, ob eine Welpe auf die Station gekommen sei. Dann stellte er fest, daß es von ihm selbst kam.

»Pech«, sagte der Facharzt mit dem distanzierten Mitgefühl seiner Zunft.

»Wußtest du es?« fragte Mary, als der Arzt gegangen war.

»Nein.«

Das Sprechen fiel ihm auch ohne die Sauerstoffmaske schwer, denn seine Kehle war wund. Er hatte Tumore im Hals, große Pusteln, die ihn in seiner Vorstellung aussehen ließen wie ein Truthahn. Er nahm alle Kraft zusammen, und die Linie auf dem Monitor, die seinen Herzschlag aufzeichnete, stieg zu einem angestrengten, gezackten roten Berg an, ehe die Worte herauskamen.

»Du bist gekommen.«

»Ich hatte deine Ersatzschlüssel«, sagte sie. »Ich habe sie dir nie zurückgegeben.«

Sie sah auf ihre Hände hinunter. »Ich möchte dir sagen, daß es mir leid tut, Adam. Was ich geschrieben habe war grausam und ungerecht. Natürlich gab es in deinem Buch Fehler, aber es war nicht alles falsch. Ich habe auch nicht gesagt, alles sei falsch. Er hat den Satz mit der Empfehlung für das Taschenbuch herausgestrichen. Ich ... ich ich kann das so schlecht ausdrücken.«

»Ivo?«

»Ja. Er haßt dich, mußt du wissen. Ich weiß nicht, warum. Aber ich hätte mich gegen ihn behaupten sollen. Das Dumme ist, er weiß, wie gern ich dich habe. Ich glaube, er wollte mich gegen mich selbst wenden –, aber das ist jetzt alles vorbei – o Adam, es tut mir so leid, ich hatte ja keine Ahnung ...«

Adam zuckte die Schultern. »Du hast recht. Meine Bücher sind – schlecht.«

»Nein, das waren sie nicht, eh, sind sie nicht. Du bist nur noch nicht ganz soweit. Aber noch einen Verriß hattest du nicht verdient.«

»Nicht wichtig.«

»Nicht wichtig?« Mary war beleidigt. »Natürlich ist es wichtig. Ich habe deine Karriere ruiniert.«

»Nein. Bücher leben – oder leben nicht.«

Er war zu erschöpft, um noch mehr zu sagen. Glaubte er das wirklich? Es war ein tröstlicher Gedanke: daß irgendwo jemand war, der verstand und schätzte, was er getan hatte, es an andere weitergab wie ein irrepressives Gen.

Mary besuchte Adam jeden Tag, und jeden Tag schien er noch weiter dahinzuschwinden, als sei der Wille, der ihn am Leben gehalten hatte, eine Flamme, die sein wächsernes Fleisch verzehrte. Adam wußte, daß er starb. Er sah dem Tod gelassen entgegen, trotz seiner schrecklichen Angst. Jung zu sterben war eine berufliche Situation, die er wiedererkannte. Endlich, dachte er für sich, reihe ich mich in eine große Tradition ein. Er konnte sein Buch beenden. Er verstand alles, was er früher falsch gemacht hatte, selbst wenn es keinen anderen Weg gegeben hätte. Er hatte Worte gewählt, hatte sie nicht aus seinem tiefsten Wesen hinausgeprügelt, das einzige Wesen, das zählte. Er hatte Angst gehabt, jemanden zu verletzen, insbesondere seine Mutter, Angst, die Leute nicht zu unterhalten, und er hatte sich davor gefürchtet, seine Autorität als Autor wahrzunehmen. Er hatte geglaubt, das Schreiben wäre ein Ausweg aus dem Leben, ein davon getrennter, jedoch paralleler Zustand des Wunschdenkens, doch jetzt verstand er, daß es für ihn das Leben selbst war, schrecklich und chaotisch, und dennoch die einzige Art von Leben, die überhaupt zu ihm paßte.

»Könntest du – etwas tun?« fragte er Mary.

»Alles, was du willst.« Sie erwartete irgendeine unmögliche Anweisung vom Totenbett.

»Kauf mir ein paar – Schlafanzüge.« Er hatte das Gefühl, für sein Sterben einen Vorrat anlegen zu müssen, wie eine Frau, die ins Krankenhaus geht, um ein Kind zu bekommen.

Mary ging zu Marks & Spencer und kaufte ihm fünf der besten Schlafanzüge aus Baumwolle, die sie finden konnte. Sie empfand eine Trauer jenseits von Tränen, jenseits von irgend etwas, das sie bisher gekannt hatte. Warum hatte sie nicht gesehen, daß er der einzige Mensch war, der ihr den richtigen Rat gab, der sie wirklich liebte, ohne sie besitzen zu wollen? Teilweise war es aus einer Art Groll heraus gewesen, der sich aus vielen Schichten zusammensetzte – Groll, daß er trotz allem Zugang zu derselben Glitzerwelt gehabt hatte, in der Mark lebte, Groll wegen seiner Ausbildung, Groll wegen seiner Distanziertheit, und sogar, weil er ein Schriftsteller war, der etwas veröffentlicht hatte. Dennoch war es auch das Wissen, daß eine heterosexuelle Frau für einen homosexuellen Mann stets tiefer empfindet, ganz einfach deshalb, weil sie auf einer gewissen Ebene auf ihn als Mann reagiert, während sie für den Mann vollkommen *anders* ist. Mary und Adam waren beide Außenseiter, doch seine Entfremdung reichte tiefer, denn sie schloß ihn selbst mit ein.

Sie konnte ihn jetzt nicht zurückweisen, selbst wenn sie es gewollt hätte. Sie stellte fest, daß ihre Leidenschaft für Mark in einem gewissen Sinn in bestimmten intellektuellen Ähnlichkeiten zwischen ihm und Adam begründet gewesen war. Sie hatte all die Güte und Freundlichkeit ihres Freundes auf Mark projiziert.

Er hatte sie gerettet – nicht nur vor dem physischen, sondern auch vor einem zweiten, moralischen Tod. In dem gemeinen, peinlichen, erbitterten Ringen mit Ivo war das, was Adam gesagt hatte – daß es so etwas wie ein notwendiges Übel nicht gebe –, plötzlich zu einer Maxime geworden, von der ihre ganze Existenz abhing. Sie hatte es für naiv gehalten, denn was konnte es sonst geben? Doch jetzt verstand sie, daß solch ein Akt, wie Ivo in sich aufzunehmen, eine Katastrophe bedeutet hätte.

»Ich bin an der Korruptheit gescheitert«, erzählte sie Adam. »So wie ich auch überall sonst gescheitert bin. Aber es ist ausnahmsweise ein Scheitern, mit dem ich mich gut fühle.«

»Was wirst du machen?«

»Mich um dich kümmern.«

»Aber du mußt dir deinen Lebensunterhalt verdienen.«

»Ich habe den Appetit am Journalismus verloren.«

»Du wirst nicht wissen, was zu tun ist.«

»Ich kenne mich ein wenig aus. Die Grundzüge. Meine Mutter war Krankenschwester, bevor sie Kinder bekommen hat.«

»Das wußte ich nicht.«

»Du hast nie gefragt.«

Es bekümmerte sie, daß seine Krankheit geheimgehalten wurde.

»Hast du es deiner Mutter erzählt?«

»Nein.«

»Sie ahnt bestimmt etwas. Du kannst sie nicht – kannst sie nicht einfach ausschließen. Du bist ihr einziges Kind.«

»Du kennst sie.«

Mary kannte sie.

»Vor Jahren habe ich versucht, ihr zu sagen, daß ich schwul bin«, sagte Adam. »Sie wurde vollkommen hysterisch – wollte einfach nicht zuhören, hat angefangen, laut zu summen, um zu übertönen, was ich sagte.«

»Was soll ich den Leuten sagen, die nach dir fragen?«

»Lungenentzündung.«

»Und Tom?«

»Kommt mich besuchen.«

»Oh.«

Dann besteht also die Möglichkeit, daß ich ihn wiedersehe, dachte Mary.

Adam sah, wie sie errötete, und schloß die Augen. Er sah aus wie eine Skulptur von Johannes dem Täufer, die Haut über den Knochen gespannt. Die Bartstoppeln auf seinem Gesicht vertieften die Schatten noch, doch niemand wollte ihn rasieren, nicht einmal mit Handschuhen. Sogar an diesem aseptischen Ort ging ein merkwürdiger, schwefliger Geruch von ihm aus, ein Geruch wie von verrottenden Blumenstengeln. Faulende Lilien, dachte Mary. Nein, nein, das war nicht richtig, es war nicht Adam, der verdorben war, es war sie selbst. Die leisen, mechanischen Piepser maßen das Fließen und Verebben seines Lebens. Wenn Mary zu Besuch kam, lag er manchmal da wie in einer Art Traum, war gleichzeitig bei Bewußtsein und blickte in den Abgrund, sein Körper nur keuchende Münder und weinende Augen. Sein Schmerz erschien ihm wie eine feurige Landschaft, wo plötzlich kochendheiße Geysire aus Wut und Selbstmitleid aufbrachen. Wieder und wieder spürte er, wie er an diesem Ort versank, und das war schrecklicher als alles andere, das Wissen, daß er dort hinuntergehen mußte und daß nichts ihn aufzuhalten vermochte.

Langsam wirkten die Antibiotika. Er stellte sich vor, daß seine Antikörper aufmarschierten wie die Spartaner bei den Thermopylen, ohne Hoffnung, doch zum Kampf entschlossen, bis der letzte tot war. Es war seine Lieblingsgeschichte, seine Ur-Geschichte, das Wissen, daß man sterben würde, und verdammt noch mal trotzdem weitermachte. Er weigerte sich, AZT zu nehmen, und triumphierte, als seine Wirksamkeit wenig später in Frage gestellt wurde.

»Gib es zu«, sagte er zu Tom. »Die halbe Zeit sind wir nur Versuchskaninchen. Ihr habt keine Vorstellung davon, was wirklich passiert.«

»Ich mag es, wenn Leute aus der Mittelschicht sich das Recht herausnehmen, zwölf Jahre medizinischer Ausbildung und ein Forschungsjahrzehnt in Frage zu stellen«, antwortete Tom.

»Ich hasse Autoritätspersonen.«

»Natürlich. Aus beruflichen Gründen forderst du jede Autorität heraus, vor allem die göttliche.«

»Ich bin Agnostiker. Nun, Church of England, das kommt auf das gleiche heraus.«

»Du wehrst dich zuviel.«

»Ja, wahrscheinlich. Ich würde gern als Katholik sterben. Das ist die einzige ernstzunehmende Religion. Doch das Problem ist, daß ich von allem die Kehrseiten zu deutlich sehe, um an ein Bekenntnis zu glauben, einschließlich des Atheismus. Und du?«

»Oh, ebenfalls ein Widerspruch in sich. Darwinismus und irgend etwas Göttliches.«

»Soll ich dir etwas Merkwürdiges erzählen? Ich habe nie an Gott geglaubt, bis ich zu schreiben anfing. Dann hatte ich einen so starken Drang, nur niederzuschreiben, was bereits geschrieben ist, daß ich feststellte, daß ich das wirklich tat – ich hatte das Gefühl, als würde mein Leben manipuliert, als würde ich auf irgendeine seltsame Weise dazu gebracht, das zu tun. Ich habe es mir nicht ausgesucht, Schriftsteller zu sein, weißt du. Nicht einmal die Bücher, die ich geschrieben habe. Sie haben *mich* ausgesucht.«

»Meine Mutter würde sagen, da habe deine Anima gewirkt.«

»Ich habe Ruth einmal kennengelernt. Sie ist wunderbar.«

»Ja«, sagte Tom.

»Sie hat dich und deine Brüder zu solchen Männern gemacht, wie sie selbst einen hätte heiraten sollen, nicht wahr?«

Adam ging den Dingen immer noch zu sehr auf den Grund.

»Wirst du mir etwas versprechen?«

»Das kommt darauf an.«

»Heirate nur, wenn du sicher bist, daß du die Frau mehr liebst als Ruth.«

»Ich wußte nicht, daß mein Liebesleben dich so sehr interessiert«, sagte Tom verlegen.

»Nein? Jede Dichtung beschäftigt sich in Wirklichkeit mit der Liebe, ich also auch.«

»Vielleicht ziehe ich deshalb die Musik vor.«

»Das ist dasselbe. Ich rede nicht von romantischer Liebe. Es ist Eros, der gegen Thanatos ins Feld zieht, die Lebenskraft gegen den Todeswunsch. Der Kerl, den Mary so sehr geliebt hat, war ein schrecklicher Thanatosser.«

»Ja«, sagte Tom. Er verstand nicht, worüber Adam räsonnierte, sah ihn aber voller Zuneigung an.

»Du solltest Mary keinen Vorwurf machen, weißt du. Falsch war, daß sie es überhaupt getan hat«, sagte Adam, dessen Gedanken wanderten.

»Freunde sollten sich gegenseitig helfen«, sagte Tom.

»Sie hat das einzige getan, was ein denkender Mensch in ihrer Position tun konnte, nämlich genau das darüber zu sagen, was sie über ein Buch von jemandem geschrieben hätte, den sie nicht kannte. Ivo ist der Schuldige. Er hätte jemand anderes aussuchen oder es auf sich beruhen lassen sollen.«

Adam wurde in einen anderen Flügel des Krankenhauses verlegt. Es war der einzige Teil des Hauses, wo es den Patienten erlaubt war zu rauchen und wo es besonderes Essen gab. An den Wänden hingen Poster, auf denen stand: »BIST DU HIV POSITIV? HAST DU EIN PROBLEM?« Sie ließen in Mary jedesmal den Wunsch aufkommen, einen Filzstift aus der Tasche zu holen und etwas Böses hinzukritzeln.

Dann kam der Zeitpunkt, als es ihm gut genug ging, um nach Hause zu gehen.

»Du siehst immer noch aus wie der Tod.«

»Aber offensichtlich sterbe ich noch nicht.«

»Adam, du kannst nicht allein in der Wohnung leben. Du *mußt* es deiner Mutter sagen. Du solltest zu ihr ziehen.«

»Dann sterbe ich lieber.«

»Was ist, wenn du wieder einen Zusammenbruch hast? Es ist hoffnungslos. Adam, es gibt Organisationen, zum Beispiel Lighthouse …«

»Nein. Nein. Ich will nicht, daß mir irgendein blöder Kerl erzählt, ich solle mir die Tofu-Skulpturen in Derek Jarmans Garten ansehen«, sagte Adam heftig. »Ich bin Bruder der Drachen und der Eulen Kamerad. Ich muß allein sein. Ich hasse diesen Ort. Ich hasse es, mit anderen im selben Zimmer zu schlafen – vor allem mit anderen Kranken. Ich will nach Hause.«

Also kehrte er zurück in seine Wohnung. Mary half ihm die Treppe hinauf. Sie brauchten dazu eine Stunde, und als sie oben ankamen, stellte sie fest, daß Telephon und Gas abgestellt worden waren.

»Findest du es etwa kalt hier?« fragte Adam mit der stolzen Selbstkasteiung der Engländer, die sie nie verstehen würde. »Dann hättest du mal in meiner Schule sein sollen. Wenn man morgens seinen Schwamm auf den Boden fallen ließ, zersprang er.«

Sie bezahlte die Rechnungen und tat ihr Bestes, alles wieder in Ordnung zu bringen. So oder so scheint mein Schicksal mit diesem Ort verbunden zu sein, dachte sie. Wenigstens kostete ihre eigene Wohnung keine Miete. Es ist erstaunlich, dachte sie, wie wir beide, echte Arme, in zwei der elegantesten Gegenden Londons leben. Wie lange würde sie es schaffen, beide Wohnungen zu halten? Zwei Schecks standen noch aus, jeder über 700 Pfund, danach nichts mehr. Mary traute sich nicht mehr, an ihr überzogenes Konto zu denken. Journalistisch zu arbeiten und sich gleichzeitig um Adam zu kümmern würde unmöglich sein – vorausgesetzt, daß Ivos Verdruß keine Auswirkungen auf ihre Fähigkeit haben würde, sich ihren Lebensunterhalt zu verdienen.

Es ging nicht nur darum, daß sie Wiedergutmachung leisten wollte. In der häuslichen Plackerei lag ein Glück, das dem Wissen, daß sie ihn verlieren würde, den schlimmsten Stachel nahm. Sie mochte es, für sich selbst und jemand anderen zu kochen, mochte die Regelmäßigkeit bei der Hausarbeit, die Geschäftigkeit, mit der sie auf dem Markt in der Berwick Street wieder Fisch und Gemüse und Pasta kaufte. Adam brauchte Hilfe, um auf die Toilette und wieder zurück zu kommen, in die Badewanne und wieder heraus. Er benutzte Inkontinenzbinden – eigentlich einfache Damenbinden, und sie schafften es, darüber zu lachen. Es ist erstaunlich, dachte Mary, was man für einen anderen Menschen alles aushalten kann. Sie fragte sich, ob es das war, was Tom für seine Patienten empfand, eine subtilere Art von Leidenschaft für die Menschen, oder ob es sich dabei nur um professionelle Neugier handelte. Sie fragte sich, ob sie das, was sie jetzt tat, machte, um Adam zu gefallen – genau wie der Grund, warum sie Kritikerin geworden war, der gewesen war, daß sie Ivo gefallen wollte. Und auch mit Mark hatte sie unverheiratet zusammengelebt, um ihm eine Freude zu machen.

Selbst wenn es so ist, sagte sie zu sich, dann nutzt es wenigstens jemandem, der mir etwas bedeutet. Die Bettücher und die Schlafanzüge mußten jeden Tag gewaschen werden, und diese Stunde im Waschsalon, die sie lesend unter den wirbelnden Zyklopenaugen der Maschinen verbrachte, war von vollkommenem Frieden erfüllt. Nur ihr früheres Training befähigte sie, die wenigen Aufträge pünktlich zu erfüllen, die jetzt noch daherkamen. Sie badete Adam, überwand seine Proteste und ihr eigenes Mitleid angesichts des verwüsteten, geschwärzten Fleisches unter ihren kleinen, starken Händen, und massierte ihn mit Creme. Sie weigerte sich, dabei Handschuhe zu tragen, obwohl sie es bei anderen Gelegenheiten tun mußte. Manchmal kam ihr von Ferne der Gedanke, daß das letzte menschliche Wesen, das sie mit dieser Art Intimität berührt hatte, Mark gewesen war.

»Du bist so dünn«, sagte sie.

Wenn es ihm gut genug ging, saß er im Bett und korrigierte das Manuskript, an dem er vor seinem Zusammenbruch gearbeitet hatte. Mary ging auf, daß er außerordentlich glücklich war.

»Das ist das beste Stück, das Stück, um das es wert ist«, sagte er. »Es ist wie zurückschneiden oder weben oder hämmern.«

Er machte dennoch keine Anstalten, einen Verleger zu finden, und sie wollte ihm ihre Hilfe nicht anbieten.

»Verkaufe meinen Computer«, sagte er.

»Bist du sicher? Vielleicht kannst du – noch –« Sie zögerte und wurde rot.

»Das war nie wirklich ich, wenn du verstehst, was ich meine«, sagte er.

Mary verkaufte ihn über das Anschlagbrett im Slouch Club an einen Freiberufler. Sie tauchte in den Club ein, und es war, als hielte sie den Atem an. Mit dem Geld erstand sie weitere Bettlaken und Säcke mit Kohle in einem Kaufhaus, das frei Haus lieferte, doppelte Vorhänge und zwei elektrische Heizgeräte. Die Wohnung wurde beträchtlich wärmer. Mary putzte sie jeden Tag aus Angst vor einer Infektion, und in einem Ausbruch von Energie strich sie sämtliche Wände und Fenster. Adam beschwerte sich über den Gestank, freute sich dann aber widerwillig über das Ergebnis. Töpfe mit Blumen und Kräutern zierten jetzt den Fenstersims hoch über dem Verkehr, der zwischen Berkeley Square und der Bond Street dahinrumpelte.

»Deine Häuslichkeit hat eine Art Größe«, sagte er.

»Meinst du nicht, daß das immer der Fall ist? Die Mächte der

Ordnung, die sich die Mächte des Chaos unterwerfen«, sagte Mary und schnaufte ein wenig, als sie den prallgefüllten Müllbeutel aus dem Eimer zerrte.

»Ich weiß nicht, ob mir Ordnung so wichtig ist. Das klingt so … anal. Hast du dir je mein Bild angesehen?«

»Ja. Tut mir leid, es gefällt mir immer noch nicht.«

»Es ist der brennende Junge«, sagte Adam. »Emma hat mir gesagt, sie habe jemanden bei lebendigem Leib brennen sehen. Aber er ist auch mein brennender Junge.«

»Was?«

»Elizabeth Bishop.«

Er machte eine Geste. Sie brauchte eine Stunde, um das Gedicht zu finden, denn er hatte keine Regale, sondern nur Bücherstapel.

Mary las:

»Liebe ist – der Junge auf dem brennenden Deck,
ist das Gedicht ›Der Junge auf dem
brennenden Deck‹. Liebe ist – der Sohn,
er sieht zu, stotternd,
wie das flammende Schiff davonzieht.

Liebe ist – der Junge, hartnäckig, das Schiff,
sogar der schwimmende Seemann, der
eine Entschuldigung braucht,
an Deck zu bleiben.
Und Liebe ist – der brennende Junge.«

Sie kochte sämtliche Variationen von Suppen und Eintöpfen, die ihr einfielen und bemerkte kaum, daß sie aufgehört hatte zu trinken, stellte nur fest, daß sie sich besser fühlte, stärker, lebendiger. Wenn Tom anrief oder zu Besuch kam, bemühte sie sich, so kurz angebunden wie möglich zu sein, rannte mit einem Bündel Wäsche auf der Treppe an ihm vorbei und lächelte strahlend. Auch er sah ihr nicht in die Augen.

Natürlich war es nicht einfach, Adam zu pflegen. Mary fand heraus, daß er gern zwei Stunden lang badete und schmollte, wenn das Wasser nicht genau die richtige Temperatur hatte. Er warf ihr vor, sie habe die Begabung, immer genau im falschen Moment hereinzukommen. Sie mietete einen Fernseher, und er wurde geradezu kindisch süchtig nach drei oder vier Serien, vor allem nach *Quantensprung*.

»Als ich anfing, Kritiken zu schreiben, hat Ivo zu mir gesagt, daß Schriftsteller in Wirklichkeit geliebt werden wollen.«

Adam dachte darüber nach. »Diese Vorstellung scheint mir so bar jeden Verständnisses, daß es beinahe bemitleidenswert ist.«

»Aber du wolltest doch sicher auch, daß man deine Bücher wenigstens mag?«

»Natürlich ist es angenehmer, wenn sie gern gelesen werden, statt abgelehnt«, sagte Adam mit seiner alten Gereiztheit. »Aber die Vorstellung, von Leuten geliebt oder auch nur gemocht zu werden, die ich nicht kenne, ist für mich vollkommen grauenhaft. Ich bin nicht blöd im Kopf. Noch nicht.«

»Du scheinst dich ein wenig besser zu fühlen.«

»Ich bin noch nicht bereit zu sterben, falls du das meinst.« Er lächelte sein Grabsteinlächeln. »Noch nicht bereit, ein Abenteuer daraus zu machen. Ich kenne natürlich die Handlung.«

Georgina war mit ihrem Partner – sie bestand darauf, ihn so zu nennen – nach Notting Hill gezogen. Während er ein Stück Weißbrot in der Sahnesauce hin und her schob, die seine zwei Entenscheiben begleitet hatte, dachte Tom, er sehe aus, wie Männer aus dem Verlagswesen üblicherweise aussahen: kahl werdend, großspurig und jämmerlich. Jeder nahm sich eine Handvoll Brot. Es war typisch für die Neunziger, die Leute eher zu einem frühen, denn zu einem richtigen Abendessen einzuladen, und sie dann bis halb zehn warten zu lassen, so daß bis dahin zwei Flaschen schlechter Wein und ein paar Chips schmeckten wie Ambrosia. Der erste Gang hatte aus einer einzelnen neuen, in Speck eingewickelten Kartoffel von der Größe einer Nuß bestanden, die auf ein paar Salatblättern angerichtet war, die aussahen wie Stacheldraht, und der zweite war diese verdammte Ente. Tom nahm an, daß das elegant aussah. Georgina hatte sich, wie sie es ausdrückte, ›vom Essen entliebt‹ wie von ihrem Ehemann und schien jetzt ausschließlich von gegrilltem Gemüse zu leben. Er verfluchte sich selbst, weil er es versäumt hatte, vorher zwei Käsesandwiches zu essen. Das Problem ist, dachte er, daß ich mich an Marys Abendessen gewöhnt habe, und lächelte abwesend einem weiteren hübschen Mädchen zu, das Georgie zum Kennenlernen für ihn aus dem Hut gezaubert hatte. Wenigstens hatte Mary in ihrem seltsamen kleinen Keller ein anständiges Essen serviert.

»Candida hat früher mit Bruce zusammengearbeitet, aber jetzt ist sie Agentin«, sagte Georgina. »Tom ist ein alter Freund von Adam Sands.«

»O ja, der arme Adam. Ich habe seinen ersten Roman veröffentlicht. Es war für uns beide keine glückliche Erfahrung. Meine Güte, ich bin so froh, daß ich von Belgravia weg bin.«

»Ruiniert, seit Max de Monde den Laden übernommen hat«, sagte Bruce.

»Nach allem, was ich weiß, wird die Sache womöglich *ihn* ruinieren. Ich frage mich, wie es ihm geht«, sagte Candida. »Adam, meine ich.«

»Schlecht, fürchte ich«, sagte Tom.

»Hat er eine Grippe? Alle Welt scheint heutzutage das ganze Jahr über die Grippe zu haben.«

»Nein. Lungenentzündung.«

»Mein Gott, das ist wirklich ziemlich ernst, oder nicht?« sagte Candida und riß die braunen Augen auf.

»Ja.«

»Oh. Aber er wird wieder gesund werden, oder?« fragte sie mit dem allseits üblichen kindlichen Glauben an die moderne Medizin. Tom sagte plötzlich wütend: »Nein. In Wirklichkeit liegt er im Sterben.«

»Oh. Das Übliche?«

»Ja.«

»Hast du die Sendung über Derek Jarman gesehen?« fragte Bruce.

»Nein«, sagte Tom. »Immer wenn ich den Fernseher anmache, geht es um meine Arbeit, nur unter besseren Bedingungen und mit mehr Sex.«

Candida hatte ihr Gesicht immer noch in besorgte Falten gelegt. »Willst du damit sagen, er –? Oh, warum hat er mir das nicht gesagt? Er ist also schwul?«

»Nicht offiziell. Doch ja«, antwortete Georgina.

»Wenn ich das nur gewußt hätte«, sagte Candida. »Wir hätten ihn ganz anders vermarkten können, hätten sichergestellt, daß er die richtige Szene trifft und ... Ich hatte immer schon den Verdacht, weißt du.«

»Herzlose Kuh«, murmelte Georgina Tom zu. »Und sie flirtet ein bißchen zuviel mit Bruce. Gut, eine weniger auf meiner Weihnachtskartenliste. Dies ist unser erstes richtiges gemeinsames Abendessen, seit ich Dick verlassen habe«, vertraute sie ihm an, als man sich zum Pfefferminztee nach oben ins Wohnzimmer begab. Der Toilettensitz war wie erwartet aus Kiefernholz, und es gab stapelweise Felix-Bücher seines Vaters und ein Mark-Boxer-Cartoon von Georginas Mutter. Das gedämpfte Jaulen der Eurhythmics dröhnte durch die mit Goldsternen verzierte Wand. Georgina schüttete aus einem antiken Kupferkübel noch mehr rauchlose Kohlen auf den glühenden Rost. In Kennington hatte sie fröhlich und illegal Scheite verbrannt, erinnerte sich Tom.

»O verdammt«, sagte sie, als sie einen schwarzen Kohlenfleck auf dem blassen Seidenteppich bemerkte.

»Du bist schrecklich vornehm geworden, Georgie.«

»Ich bin noch dabei, mich zurechtzufinden. Diese ganze *haute Bohème* kann ziemlich einengend sein.«

»Ah. Wie kommen die Kinder zurecht?«

»Nicht gut«, sagte Georgina, und ihre Ohrringe zitterten. »Sie sind solche kleinen Biester! Weißt du, was Cosmo neulich getan hat? Er sagte: ›Schau, Mami, schau!‹, und ich drehte mich um, und da stand er und hatte seinen Pimmel in Floras Mund. Was zum Teufel tust du in solch einer Situation?«

»Ihm sagen, daß sie ihn abbeißen wird«, sagte Tom fröhlich.

Georgina brach in Gelächter aus. »O Tom, du solltest eigentlich eine Frau sein.«

»Ich nehme das als Kompliment.«

»So ist es gemeint. Ich fand schon immer, daß der Grund, warum Frauen dich anbeten, der ist, daß du in Wirklichkeit eine von uns bist. Ich werde einfach von Schuldgefühlen zerrissen. Aber wirklich, was hätte ich tun sollen? Er ist zu verrückt. Weißt du, was mich wirklich lange von dem Schritt abgehalten hat? Ich konnte den Gedanken nicht ertragen, alle meine Bücher umzuziehen. Ich habe Tonnen von Büchern, und eine Wand in unserem alten Haus mußte sogar verstärkt werden, um sie zu halten. Aber ab einem bestimmten Punkt wurde er einfach überflüssig. Und ich entdeckte eine sehr gute Firma, die –«

»Rechtsanwälte?«

»Nein, Möbelpacker«, sagte Georgina.

»Jede Frau, die ich kenne, scheint zur Zeit aus denselben Gründen unglücklich verheiratet zu sein«, sagte Tom. Wenn Bruce sie nur glücklich macht, dachte er. Hoffentlich.

»Einschließlich Fiona?«

»Ich nehme es an.«

»Tom, vielleicht sollte ich dir das nicht erzählen, aber ich habe ein Gerücht gehört, wonach du und sie *à deux* seid.«

»Stimmt nicht.«

»Wirklich? Sie hatte immer eine Schwäche für dich, das weißt du.«

»Man hat keine Schwäche für jemanden, mit dem man schon im Bett war, Georgie«, sagte Tom. »Ich habe noch nie solchen Unsinn gehört.«

»Aber du hast ihr den Laufpaß gegeben. Das ist im allgemeinen ein mächtiges Aphrodisiakum.«

»Natürlich. Man hat mich zu Forschungszwecken benutzt, wenn ich mich recht erinnere.«

»Hmmm.«

»Schau, Georgie, ich habe keine, ich wiederhole, *keine* Affäre mit Fiona. Wenn du es genau wissen willst, ich finde sie vollkommen abstoßend.«

»Ich hätte gedacht, daß die Versuchung, es Andrew heimzuzahlen, ziemlich unwiderstehlich sein muß.«

»Sie interessiert mich nicht. Sie ist mir absolut gleichgültig. Ich lasse mich nicht mit verheirateten Frauen ein, schon gar nicht, wenn sie mit meinen alten Freunden verheiratet sind. In Wirklichkeit bin ich –«

»Ja?« sagte Georgina ermutigend, aber Tom schwieg.

»Sag mal«, sagte Candida und trat auf ihn zu. »Ist Adam ernsthaft krank?«

»Ja, ernsthaft.«

»O mein Gott. Mal sehen, was ich tun kann. Kann er überhaupt schreiben?«

»Ich weiß es nicht. Er scheint an etwas zu arbeiten.«

»Es ist nur – ich bin wirklich ein Fan von ihm«, sagte Candida. »Man kauft nicht jemanden, wenn man nicht leidenschaftlich an seine Arbeit glaubt«, fügte sie hinzu und hoffte, daß sie Überzeugung ausstrahlte. »Wenn er noch etwas geschrieben hat, würde ich ihm gern als erste ein Angebot machen. Ich werde ihm ein paar Zeilen schreiben.«

Tom schien sie zum ersten Mal wahrzunehmen. »Ich hätte dir nicht erzählen sollen, daß er so krank ist.«

»Mach dir nichts draus«, sagte Candida. »Ich wollte sowieso wieder Kontakt zu ihm aufnehmen, da ich jetzt Agentin geworden bin. Übrigens, du wohnst doch in Camden, oder?«

»Ja«, sagte Tom, und Candida fragte: »Könntest du mich vielleicht mitnehmen?«

348

28.

Bonfire Night

Die ganze Woche über war die Luft vom Pfeifen und Krachen der Knallkörper und Raketen zerrissen worden. Schauerliche Schreie zogen über den Himmel, weil die kurzgeschorenen Jungs überall in Queen's aus Milchflaschen ihre Dämonen entließen. Die Einfallsreicheren unter ihnen bastelten eine Puppe, die den Lehrern der Jungs ob der phantasievollen Nutzung der Materialien gefallen hätte. Es war ein zerbrochener Mop, dessen lange, grauweiße Fäden Haaren täuschend ähnlich sahen, und das Gesicht war ein Knäuel aus Zeitungspapier. Den Stiel – den Körper – wickelten sie in Lumpen. Dieses Ding rollten sie in Billys altem Buggy, den sie im Müll gefunden und mit Draht repariert hatten, durch ganz Camden bis zur Baker Street und schrien: »Einen Penny! Einen Penny!«

Selbstverständlich erwarteten sie das Hundertfache eines Pennys und verliehen bei jeder Gabe unter zehn Pence ihrer Unzufriedenheit Ausdruck. Die Puppe hatte kein Gesicht, doch die Falten und Säume schienen eine Art traurige Unschuld auszudrücken. Grace erschauderte, als sie die Puppe sah, denn sie erinnerte sie an Joy. Den Jungs gelang es, anders als den Bettlern, stets, den Menschen Geld abzunehmen. Es ist seltsam, überlegte Grace, daß die Menschen einer Puppe lieber Geld gaben als einem echten, lebendigen Menschen. Wahrscheinlich, weil der Bettler es womöglich für Alkohol ausgab. Was glaubten sie, wofür die Jungs das Geld ausgaben? Für Milch?

Die Crackdealer waren aus der Wohnsiedlung ausgezogen, und die Heroindealer waren wieder da. Das bedeutete mehr Spritzen, doch insgesamt weniger Gewalt. Manchmal dachte Grace, wenn alle Arbeitslosen süchtig wären, würde das sämtliche Probleme der Regierung lösen – ein bißchen wie Drogen in Gefängnissen, die die Leute ruhig hielten, solange sie in ihre Zellen eingesperrt waren.

Opfer der Banden wurden hauptsächlich die Süchtigen, und gelegentlich verprügelten die Bandenmitglieder sich gegenseitig, weil sie Geld für einen Schuß brauchten. Doch Mütter ließen sie in Ruhe.

»Nimm niemals irgendeine Medizin oder sonst irgend etwas, außer dem, was Mum dir gibt, Billy. Verstanden? Auch wenn sie wie Süßigkeiten aussehen.«

»Warum?«

»Sie sind schlecht. Sie machen dir böse Träume, und sie bringen dich um, tot.«

»Warum denn?«

»Es ist wie mit dem Apfel in *Schneewittchen*.«

»Dem vergifteten?«

»Ja. Den die böse Hexe ihm gibt.«

»Aber das ist nur eine Geschichte«, sagte Billy überzeugt.

»Geschichten sind manchmal wahr. Es gibt Leute, die sehen vielleicht nicht aus wie eine böse Hexe, sind aber eine. Iß nur, was Mum dir gibt. Und Mrs. Crawley.«

Billy schwieg für eine Weile und fragte dann: »Ist die verrückte Maggie eine Hexe?«

»Nein. Sie ist einfach nur verrückt.«

»Sie will mir ein Kätzchen schenken. Ich möchte es gern, ja? Bitte!«

Grace seufzte. Billy sah sie mit seinen riesigen, lohfarbenen Augen bittend an. Er liebte Tiere so sehr!

»Tut mir leid, mein Liebling. Wir können uns keine Katze leisten.«

»Nur eine kleine?«

»Auch Kätzchen wachsen.«

Billy wuchs ebenfalls und entfernte sich von ihr. Grace dachte, daß er allmählich einen Vater brauchte oder zumindest eine weitere Bezugsperson außer ihr. Wenn wir nur hier wegkönnten,

dachte sie und betrachtete die Stickbilder mit dem immer wiederkehrenden Motiv eines Häuschens mit Bäumen und Kühen.

Durch die Wand hörten sie Maggie singen:

»London's burning, London's burning
Fetch the engine, fetch the engine ...«

Draußen hatten einige Jungs eine Mülltonne umgeworfen und
mit Benzin angezündet. Die gezackten, heißen Flammen regten
Maggie auf. Die Kerle saßen da, schlürften Dosenbier, warfen
Bälle hin und her, rauften sich oder starrten einfach auf das, was sie
getan hatten. Der hagere Baum auf dem Grünfleck schien sich
ihnen entgegenzulehnen, die Blätter und die verschrumpelten Kastanien waren bereits zu Boden gefallen.

Was mache ich, wenn Billy sich ihnen anschließt? dachte Grace.
Er brauchte langsam ein männliches Vorbild, und zwar ein anderes, als diese Jungen gehabt hatten. Sie waren noch nicht einmal in
der Pubertät, aber sie fühlten sich schon wie Männer. Grace hörte,
wie ihre Mütter sich die Kehlen aus dem Leib schrien, aber es half
nicht, perlte einfach an ihnen ab. Sie schwänzten die Schule, und
wenn sie nicht gerade kämpften, klauten sie. Es gab eine Bande
mit den weißen Kids und eine mit den Schwarzen und eine Bande
mit den Pakis. Wie zum Teufel konnte sie verhindern, daß Billy
von der einen oder anderen aufgesaugt wurde?

Jetzt war ihre Zeit, das dumpfe Ende des Jahres, wenn die kalte
Luft ihre Sinne schärfte und sich ihr Blut rührte. Man begegnete
ihnen überall in London – sie kamen aus den Sozialsiedlungen, pa-
trouillierten die High Streets auf und ab auf der Suche nach Ärger,
warfen mit Knallfröschen und besoffen sich. Rund um den 5. No-
vember, der *Bonfire Night*, war die Zeit, in der die ganze Freude
und die mürrische Grausamkeit der Stadt losgelassen wurden, in
der das Ende des Jahres und das Ende der Kultur zusammenka-
men, um einen Großbrand auszulösen.

Bis zur Teezeit hatte sich die Aufregung über die ganze Siedlung
ausgebreitet. Die Leute in den oberen Stockwerken, mit Blick auf
den Primrose Hill und nach Hampstead Heath, sahen aus den Fen-

stern. Die Smackdealer feierten sogar eine Party. Man sagte, dort oben gebe es ein großes Aquarium mit Piranhas und Gewehre, deshalb ließ man sie in Ruhe, selbst als ihre Stereoanlage so laut aufgedreht wurde, daß sie das Glas zum Bersten brachte.

Grace und Billy gingen vor Sonnenuntergang los, um sich das Feuerwerk anzusehen, und bis sie auf dem Primrose Hill ankamen, war es Nacht.

»Schau, Mami, schau, ein Pferd!« rief Billy und deutete auf ein großes, beleuchtetes Erkerfenster. Darin stand ein antikes Schaukelpferd.

»Ist es nicht schön?«

»Ich möchte es gern haben. Ja? Bitte!«

»Tut mir leid, Liebling. Pferde sind was für reiche Menschen. Nicht weinen, Liebling. Auf dem Bauernhof können wir uns richtige Pferde ansehen, das weißt du doch.«

Grace fragte sich, ob sie nicht auf eines dieser kleinen Cordpferdchen sparen konnte, die sie im Spielwarenladen auf dem Parkway gesehen hatte. Doch Billy wuchs inzwischen so schnell, daß sie kaum damit nachkam, all die neuen Kleidungsstücke zu kaufen, die er brauchte.

Primrose Hill stieg vor ihnen auf, größer und dunkler, als er bei Tageslicht je schien, erhellt von einem Freudenfeuer, das zwölf Meter in die Luft ragte und Funken versprühte, wann immer eine Brise aufkam. Es wimmelte von Menschen, viele Tausende, die durch die Tore und über die Wege strömten. Manche winkten mit Wunderkerzen, die kurz und heftig zu zischendem Weiß aufblühten, so intensiv, daß sie in der beißenden Luft lange Lichtspuren hinter sich herzogen.

»Schau«, sagte Billy fasziniert. »Sie *schreiben*!«

Er hatte gerade angefangen, das Alphabet zu lernen.

»Lies es«, sagte Grace, doch die Buchstaben verblaßten jedes Mal, bevor ein Wort oder ein Name fertig buchstabiert war, und dann waren die Wunderkerzen nur noch ein dünner, glühender Stempel, nur noch dazu gut, um mit der Glut eine neue anzuzünden.

Wie unheimlich diese Feier war, und doch auch voller heidnisch
guter Laune! Der Verkehr wurde zum Stillstand gezwungen, wenn
Gruppen auf die Straße traten und sie ganz für sich einnahmen, voller Lebensfreude, die das zu Ende gehende Jahr mit sich
brachte. Einige hatten bunte Papierlaternen dabei, die durch Kerzen von innen beleuchtet wurden, andere trugen leuchtende Reifen um den Hals oder den Kopf, so daß es schien, als schwebten sie
im Dunkeln wie flügellose Cherubime. Auf dem Hügel zitterten
unirdische weiße und grüne Punkte, schossen durch die dichtge-
drängte Dunkelheit.

Jedes Kind, das einen Vater hatte, saß hüpfend vor Aufregung
auf seinen Schultern, und wer seine Nachbarn erkannte, tauschte
Begrüßungen aus. Grace und Billy hielten einander an den Händen und suchten sich zwischen den blattlosen Bäumen einen Weg,
wachsam wie Rehe wegen der möglichen Gefahren in dieser privilegierten, fremden Welt. Hin und wieder ließ eine Gruppe Jungs
im Teenageralter ihre eigenen Feuerwerkskörper los, die manchmal in der Menge weiter oben jemanden trafen, doch sie waren
anders als die Jungen in Queen's.

»Du hast keine Angst, oder?«

Billy hielt das Spielzeugpferd in seiner Tasche umklammert.
»Mummy, ich nehme mein Pferd und reite ganz hoch in den Himmel mit ihm, dann kann es alle Farben sein.«

»Welche Farben?«

»Lauter verschiedene Farben. Rot und blau und gelb und grün.
Ich mag Farben, ich mag sie so, ich mag Feuerwerk, ich mag
Feuer!«

»Ich mag es auch«, sagte Grace, auch wenn die Erinnerung, wie
Joy sie als Kind mitgenommen hatte, in ihren Augen brannte. Sie
hob Billy auf ihre Schultern. Seine Beine reichten ihr bis zur Taille.

Über ihnen war der Himmel drückend schwer und düster
und trug die Farbe von Kitt. Die Menge murmelte aufgeregt,
vereinigte sich voller Erwartung, und dann, als die ersten Raketen in die Luft stiegen, schrien alle mit einer Stimme auf:
»OOOOOOOOOOOHHHHHHHH!«

Vier, fünf, sechs riesige Blüten, brennendes Blau und Rot und Violett, dann Gold, Grün, wieder Blau, die Blütenblätter wuchsen kurz, breiteten sich aus, zischten und sprangen zu brennenden Samen auf. Spiralen aus knalligem Weiß, die zischend außer Sicht kreiselten, sich in Baumstämme und Blätter verwandelten, höher als das höchste Gebäude, schrecklich wie der Blitz, sich hierhin und dorthin dehnend. Brennende Bahnen aus außerirdischem Blau und Rot stürzten durcheinander, reiften oder hoben sich unerwartet, um mit einem abschiednehmenden Krachen vor dem Hintergrund des Himmels zu zerplatzen. Kochende Fontänen aus Silber und Gold stiegen aus der Erde. Es war, als sei es den verlorenen Äckern und Quellen und Bäumen von London in dieser einen Nacht gestattet, noch einmal die Welt zu besuchen, wie schöne, aber machtlose Riesen, ehe sie wieder in der harten Erde versanken, wo sie erstickten.

BUMM – KRACH – ZACK – KRACH – BUMM – BUMM – BUMM!

Jedes Tier im Umkreis von Meilen muß sich zu Tode ängstigen, dachte Grace. Der Krach, der von den Gebäuden ringsum zurückgeworfen und verstärkt wurde, brummte in ihrem Kopf, und ihre Schultern schmerzten von Billys Gewicht. Sie setzte ihn ab und begann, ihn wieder zurück in Richtung Tor zu schieben, an Familien und Cliquen vorbei. Bei solchen Gelegenheiten fühlte sie sich immer am einsamsten – wenn sie Menschen sah, die zusammen glücklich waren, Männer, so sanft und nett zu ihren Kindern. Wo fand man solche Männer? Natürlich sahen sie ansonsten ziemlich nutzlos aus, schlaff vor Nettigkeit, wie dieser Doktor bei Mrs. Crawley.

Das Leben war so viel einfacher geworden, seit sie den Job in Kentish Town bekommen hatte! Mrs. Crawley bezahlte 4,50 Pfund pro Stunde, ein Pfund mehr als üblich dafür, daß sie auf Rose und das Haus aufpaßte. Grace konnte sich nicht beklagen, da sich ihr Einkommen plötzlich um 80 Pfund vermehrt hatte, und Mrs. Crawley war dankbar für alles, was sie für sie tat. Sie zahlte jede Woche zehn Pfund auf Billys Sparbuch ein. Inzwischen hatte er schon 200 Pfund, und das gab Grace ein richtig gutes Gefühl.

Noch ein kleines bißchen länger, dachte Grace, und ich brauche keine Arbeitslosenhilfe mehr. Sie hatte noch nie so viel Geld gehabt. Eine neue Bettdecke und Socken, Turnschuhe für Billy, mehr Bücher, sogar ein Schaukelpferd. Das kostete, um ehrlich zu sein, doch sie mußte zugeben, daß es ihren Nerven guttat. Mit eigenem Geld Lebensmittel zu kaufen war ein gutes Gefühl, besser, als im Supermarkt zu klauen. Doch der Gedanke, Fernsehgebühren zu zahlen, würde ihr immer wie ein Witz vorkommen.

Joy hatte nur wenig hinterlassen, was von Nutzen war. Ein paar Kleidungsstücke, auch wenn sie altmodisch waren, ein paar alte Pfannen und Becher, ein paar Bücher und eine Schuhschachtel mit Papieren, Geburtsurkunden und solchen Dingen. Grace war zu müde und zu aufgewühlt, um sie durchzusehen. Sie dachte an früher, an die gemeinsamen Tage, bevor Joy wirklich krank geworden war. Sie war nicht viel älter, als sie mich bekam, als ich, als ich mich für meinen Billy entschied, dachte Grace, gerade mal zwanzig. Sie war so unschuldig, ich wette, sie wußte nicht einmal, wo Babys herkamen. Wo sie selbst herkam. Sie hat mir gesagt, sie sei adoptiert worden, und dann hat sie mir viele Geschichten über sich erzählt, damals, als wir draußen im East End an dem blauen Resopaltisch saßen. Woran hatte sich Joy nur erinnert, daß sie den ganzen Weg nach London Fields gelaufen war? Immerhin hatten Grace und Billy sich nicht mit TBC angesteckt.

Sie schob ihn sanft weiter. Es war ein langer Marsch nach Hause, und sie wollte nicht riskieren, daß er müde wurde. Sein Asthma war viel weniger geworden, seit er Ventolin bekam, doch es war noch ein langer Weg zurück nach Queen's.

»Komm, Liebling«, sagte sie und sagte sich, daß sie aufhören mußte, ihn so zu nennen. Schließlich war er jetzt ein richtiger Junge. Ihm war zum ersten Mal aufgefallen, daß sie morgens schlechten Atem hatte. Die Intimität zwischen ihnen veränderte sich. Er ging jetzt jeden Tag zur Schule. Er hatte sich sehr in eine seiner Lehrerinnen verliebt, und es hieß ständig ›Miss dies‹ und ›Miss das‹. Es brach Grace das Herz. Natürlich wollte sie, daß er unabhängig war, aber sie sehnte sich doch nach der Art, wie er sich an sie geschmiegt hatte. Vielleicht sollte ich noch ein Kind bekommen, dachte sie. Obwohl auch die kleine Rose ein nettes Kind war. Wenn sie abends Babysitterin war, spielte Rose mit Billy, und er war sehr sanft zu ihr.

Sie gingen zu Fuß zurück – an den schönen Häusern vorbei, durch die betonierten Unterführungen, über den beschädigten Gehweg zu ihrem Hochhaus.

Einige Jungen stürzten durch die Schwingtüren, lachten und riefen etwas, rempelten sie an. Billy hielt Grace' Hand sehr fest, aber er drückte sich nicht an sie, wie er das früher getan hätte. Die Knallfrösche krachten und pfiffen und lenkten sie ab. Sie drückte auf den Zeitschalter für das Licht und ging, Billys Hand festhaltend, geradewegs weiter. Sie vermutete, daß der Brandgeruch von draußen kam, bis sie schließlich ihren eigenen Flur erreicht hatte.

Zwischen ihr und ihrer Wohnung brannte ein Feuer.

»O guter Gott! Lauf die Treppe runter, Billy, LAUF!«

Aber er war schließlich doch noch ein kleines Kind und klebte an ihr.

»Billy, das ist gefährlich! Geh runter!«

Sie hörte das Jaulen von Maggies Katzen. »MAGGIE! MAGGIE! KOMM RAUS!« brüllte sie.

Billy weinte, zu Tode erschrocken. Die Hitze auf ihren Gesichtern schien ihnen die Luft aus den Lungen zu saugen. Rauch rollte auf sie zu. Grace nahm ihren Sohn auf den Arm und rannte die Treppe hinunter nach draußen, zu der kleinen umzäunten Grasfläche.

»Bleib da, rühr dich nicht vom Fleck! Es ist gefährlich, verstehst du? Versteck dich hinter dem Geländer!«

»MUMM! MUMMY!«

»Bleib da!« befahl sie, und ihr Sohn klammerte sich schluchzend an das Geländer, über das er nicht klettern konnte.

Grace rannte zur nächsten Telephonzelle. Das Telephon war kaputt. Und das nächste auch. Sie rannte und rannte, bis sie eines fand, das funktionierte, wählte 999 und war wegen der Schmerzen in Herz und Lungen kaum imstande zu sprechen. Ja, sagte die ruhige Stimme, die Feuerwehr würde kommen.

Grace dachte an den Verkehr und an die arme Maggie, die mit ihren Katzen in der Falle saß. Sie rannte zurück zu Billy.

»Billy, mein Süßer, nicht weinen! Die Feuerwehr kommt gleich, aber Mummy muß nachsehen, ob sie Maggie helfen kann. Sie ist zu krank, um allein rauszukommen. Bleib hier!«

Er war nicht mehr zu beruhigen, war hysterisch vor Angst.

Grace machte sich von ihm los und rannte im Dunkeln zurück die Treppen hinauf. Sie konnte recht gut sehen, denn die Flammen erleuchteten ihr Stockwerk.

Ich darf nicht zu nahe hingehen, dachte sie. Billy geht vor, er braucht mich. Doch natürlich konnte sie die arme alte Frau nicht einfach sterben lassen! Maggies Wohnung lag näher an der Treppe als ihre, und Grace zweifelte nicht daran, daß es ihre Wohnung war, die brannte. Grace hatte schon immer geahnt, daß sie eines Tages so etwas versuchen würden. Gott sei Dank waren sie beide nicht dagewesen.

Der Rauch rollte ölig und schwarz auf sie zu. Sie fing an zu husten, und ihre Augen tränten. Dieses Zeug war giftig. Grace ging auf alle viere hinunter und kroch bis zu Maggies Tür.

»Maggie, Maggie, komm raus! Es brennt!«

Sie konnte nicht lauter rufen, außerdem konnte Maggie sie wahrscheinlich wegen der Katzen nicht hören. Grace pochte schwach gegen die Tür und hustete, bis sie glaubte, sich übergeben zu müssen.

Es war nutzlos. Sie mußte zurück zu ihrem Sohn. Die arme alte Maggie war dem Untergang geweiht, wie Joy es gewesen war. Vielleicht hatte sie das Feuer sogar selbst gelegt, doch Grace erinnerte sich an die Jungen, die ihr entgegengekommen waren, und bezweifelte es.

Sie stolperte die Treppe hinunter und nach draußen, wo sie an der frischen Luft beinahe zusammenbrach. Billy hatte aufgehört zu weinen, lutschte am Daumen und spielte mit seinem Pferd, weltvergessen, als hätte er auch sie bereits vergessen. Allmählich sammelten sich Menschen um das Haus und beobachteten dumpf, wie das Glas in der Hitze zerbarst. Wie viele Stockwerke würde das Feuer zerstören?

»Ich bin hier, Liebling«, sagte Grace und nahm Billy in die Arme. Er schmiegte sich mit großen Augen an sie. Sie sah hinauf und stellte fest, daß Maggies Fenster inzwischen geöffnet war. Ihre Nachbarin wurde von hinten beleuchtet, wie jemand im Himmel oder in der Hölle, und sie hielt etwas in ihren Armen.

Grace begriff, daß es eine Katze war, denn als Maggie sprang, glitt sie ihr aus den Armen und landete direkt auf der kleinen Grünfläche. Sie versuchte, ihrem Sohn die Augen zuzuhalten, doch Billy riß sich los. »Halt, Billy, halt!« schrie sie, doch er wandte sich mit leuchtenden Augen zu ihr um.

»Schau, Mummy«, sagte er. »Es ist mein Kätzchen.«

Tom, der dasselbe Feuerwerk von der Krankenhauscafeteria aus beobachtete, sah die blendenden, zentripetalen Explosionen, die sich über die Dächer erhoben, und aß dabei ein angetrocknetes Käsebrötchen. An den Wänden hingen Reproduktionen von Gemälden, unter anderem ein Renoir, der ihn an Mary Quinn erinnerte. Für mich ist es schwieriger geworden, Freunde zu finden, dachte Tom. Ich habe nicht mehr soviel Zeit wie früher.

Ihn schauderte immer noch bei dem Gedanken an Candida Twink – ein nettes Mädchen, aber einfach zu verzweifelt. Nun, das war eine kleine Katastrophe gewesen. Er hatte bei Georgina zuviel getrunken. Er dachte daran, wie schockiert Klaus gewesen war, als er festgestellt hatte, daß die Schränke mit den Opiaten verschlossen waren.

»So soll verhindert werden, daß wir uns Fentanyl spritzen. In den Staaten trinkt keiner, aber alle nehmen Drogen. Hier ist es umgekehrt, aber sie trauen uns nicht.«

Die Musik von Bach aus seinem Walkman beruhigte ihn. Sie erinnerte ihn an ein Gemälde von Escher, in dem ein Fluß zu einem Wasserfall wurde, der irgendwie und unerklärlicherweise wieder zu seinen eigenen Ursprüngen als Fluß zurückkehrte. Solche Paradoxa hatten ihn schon immer fasziniert. Auf den Cornflakespackungen seiner Kindheit war ein Bild abgedruckt gewesen, das eine Cornflakes essende Familie zeigte, deren Cornflakespackung wiederum dieselbe Familie beim Essen derselben Cornflakes zeigte, und das in unendlichen Wiederholungen. Er hatte es nie vergessen.

»Ein Huhn ist lediglich die Vorstellung eines Eis, wie es ein anderes Ei macht«, sagte er zu sich selbst. »Ist das alles? Fehlt mir wirklich nur, daß ich heirate und Kinder habe? Bin ich unglücklich, weil ich Sarah mehr vermisse, als ich dachte?«

Während er die schlaffe Orange schälte, die sein Dessert darstellte, dachte er sorgfältig darüber nach. Diese moralische Trägheit brachte ihn eindeutig nicht weiter. Da Sarah inzwischen dreißig geworden war, wollte sie heiraten, das hatte sie immer sehr deutlich gemacht, auch wenn er ihr stets geantwortet hatte, daß er nicht der richtige Mann dafür sei. Sie hatten sich im Sommer getrennt, doch er mochte sie sehr, und sie ihn auch. Warum sollte er sie nicht heiraten? Sie waren beide Ärzte, und auch wenn das bedeutete, daß sie beide nie besonders wohlhabend sein würden – falls sie nicht tatsächlich privat praktizierte –, würde ihnen wenigstens nie der Gesprächsstoff ausgehen, wie so vielen Ehepaaren. Tom wußte, daß er kein guter Gesprächspartner war. Unter Streß begann er immer noch manchmal zu stottern. Obwohl er inzwischen einen verbindlichen Umgangston hatte, durch den er mit allen zurechtkam, erreichte das nicht sein innerstes Wesen, den Kern, der geschützt werden mußte. Diesen Kern hatte er nur zwei Menschen gezeigt: Andrew Evenlode und Fiona Bamber. Keine der beiden Erfahrungen hatte ihn ermutigt, es noch einmal zu versuchen.

»Hinter deiner Maske als Gentleman bist du wirklich ein Jude, nicht wahr?« So hatte Fiona es ausgedrückt, und obwohl er stolz war auf die Abstammung seiner Mutter, stolz auf ihre Intelligenz, ihr Genie, ihre Liebe für Schönheit und Gerechtigkeit, ihre unenglische Leidenschaft und die Fähigkeit zu ertragen, verstand er, daß sein inneres Wesen ihr unangenehm war, jenseits allen Verstehens fremd. In jenem Moment hatte er gespürt, wie etwas in ihm zerstört wurde, ob es nun der Traum von Assimilation war oder einfach der Wunsch, um seiner selbst willen akzeptiert zu werden.

Doch in die jüdische Hälfte seiner Herkunft paßte er ebensowenig. Wenn er, was in Nordlondon immer wieder geschah, andere Juden traf, reagierten sie immer seltsam. Sie waren zu außergewöhnlich, zu fremd. Für sie war er der kühle Gentleman außer Konkurrenz.

»Also, dann gründe deinen eigenen Stamm«, sagte Josh. Seine Frau war endlich schwanger, und sie wollten in das oberste Stockwerk des Hauses am Belsize Park einziehen, wollten es Ruth abkaufen, so daß die anderen beiden sich eigene Wohnungen kaufen konnten. Darüber waren alle glücklich, Ruth am meisten.

Der Bach kam auf sich selbst zurück, von F nach G, wieder und wieder, Leidenschaft, durch exquisite Klanggeometrie gezügelt. Man kann nicht zweimal in denselben Fluß steigen, bedeutete sie ihm.

Soll ich dann zu Celine gehen? dachte er. Sie war zu seiner Bestürzung immer noch hinter ihm her, rief ihn ungefähr alle sechs Wochen an, um ihn ins Theater einzuladen oder zu einem Abendessen. Alles, was er getan hatte war, daß er vor zwei Jahren einmal mit ihr geschlafen hatte. Was hatte sie zu ihrem Vater gesagt? Es wäre eine Katastrophe, wenn er seinen mächtigsten Förderer und seine mächtigste Referenz gegen sich aufgebracht hätte, insbesondere nach der gerichtlichen Untersuchung. Auch wenn der Leichenbeschauer ihn entlastet hatte, konnte dies seine Chancen auf eine Facharztstelle beeinflussen.

Celine wäre für einen Facharzt die perfekte Frau. Sie war hübsch, witzig und sexy, mit einer Wärme, die vielen englischen Mädchen abging. Und sie war Sterns Tochter. Wenn er schon nicht den Freimaurern beitreten konnte, dann sollte er doch wenigstens für die jüdische Mafia arbeiten. Wenn ich keinen Dienst hätte, hätte ich zu ihrer Party gehen können, dachte er. Alle anderen waren ausgegangen, seine Mutter mit Josh und seiner Frau auf den Primrose Hill, Grub und Alice zu einem anderen Musiker.

Der Gestank nach Krankenhaus-Curry stieg ihm in die Nase. Ich bin einsam, dachte er. Ich habe keine Persönlichkeit, keinen Anker, ich habe alles in die Arbeit hineingelegt, und jetzt läuft die Arbeit ins Leere. Er hatte in dieser Woche mit seinem Vater im French Pub zu Mittag gegessen, und sein Vater war so bedrückt gewesen, daß Tom gefragt hatte: »Hast du dir manchmal gewünscht, du hättest Mum nie verlassen?«

»Nicht manchmal«, sagte Sam düster. »Jeden gottverdammten Tag meines Lebens.«

»Warum fragst du sie nicht, ob sie dich wiederhaben will?«

»Deine Mutter ist eine stolze Frau. Das würde sie nicht tun.«

»Frag sie.«

»Nein. – Wenn du dich entscheidest zu heiraten, dann sollte es für immer sein, Tom. Vermassle es nicht. Sonst stellst du eines Tages fest, daß du deine einzige Chance, auf der Welt glücklich zu sein, weggeworfen hast.«

Könnte ich Celine treu sein? fragte sich Tom und wußte sofort die Antwort.

Sein Piepser ging los.

»Dr. Viner.«

»Tut mir leid, Doktor.«

Das Feuerwerk dauerte immer noch an, als er die Treppe hinaufging, und er versuchte, einen Anschein von Munterkeit aufrechtzuerhalten.

KRRRRACHACHACHAKRACH BUMM! BUMM – BUMM – BUMM – BUMM.

Er durchquerte die Notaufnahme. Dort herrschte ein schlimmeres Chaos als üblich, die Kombination aus Guy-Fawkes-Day und Samstagnacht füllte den Warteraum mit Katastrophen. Eine Station war geschlossen worden, weil das Krankenhausbudget um Millionen überzogen war und die Direktion beschlossen hatte, die Bettenzahl zu kürzen. Notfälle warteten stundenlang unter dem flachen weißen Licht und lagen nicht einmal auf einer Bahre. Es gab die üblichen keuchenden und zitternden Jammergestalten, ein Teenager, dem es einen Finger abgerissen hatte, jammernde Babys, randalierende Betrunkene und ungefähr vier schwarze Schwestern und weißgesichtige Jungärzte, die versuchten, mit all dem fertig zu werden. Tom straffte seine Schultern und ging vorbei. Er würde sich einige dieser Leute ansehen, doch der Meningitis-Fall konnte nicht warten.

Die Patientin war bereits auf der Intensivstation. »Hat ihr jemand Antibiotika gegeben?«

»Der Hausarzt hat Penicillin verabreicht. Die Saison fängt früh an. Das ist schon der zweite Fall.«

Es handelte sich um ein Kind, ein Mädchen, es war bewußtlos und lag sichtlich im Sterben. Meningococtische Sepsis: beinahe immer tödlich. Sie schlossen sie an einen Tropf an, doch die Blutvergiftung breitete sich unter der Haut aus wie Tintenflecken, man konnte dabei zusehen. Die Eltern betrachteten das Gesicht des Mädchens, als würden auch sie bei jedem Atemzug sterben. Die farbigen Wellen ihres Lebens auf dem Monitor hoben und senkten sich, wurden jedes Mal schwächer, und der begleitende Ton brauchte länger und länger.

Vier Stunden lang versuchten Tom, ein Kinderarzt und die einzige Krankenschwester, die auf der Intensivstation auffindbar war, alles. Sein Piepser ging immer wieder los, weil Patienten ankamen und er in den Operationssaal hätte zurückkehren sollen. Draußen zerriß das Feuerwerk immer noch den Himmel, drinnen stiegen und fielen die hellen Farben in eine andere Art von Dunkelheit. Noch mehr Ionotropen, Antibiotika, Steroide, Salze, Sauerstoff. Nichts nutzte.

»Wie lange noch?« fragte die Mutter.

»Sie hat noch ungefähr sechs Stunden. Wenn ihre Nieren versagen, fangen wir mit der Dialyse an, aber es sieht nicht so aus, als würde sie durchkommen. Es tut mir leid«, sagte der Kinderarzt. »Ich muß nach einem anderen Patienten schauen. Ich komme zurück, sobald ich kann.«

»O Gott, o Gott«, sagte die Mutter, halb zu Tom und halb zu irgendeiner höheren Macht, die er in ihren Augen, wie unzureichend auch immer, repräsentierte. »Bitte, bitte, lassen Sie sich etwas einfallen. Es muß doch etwas geben, das Sie noch nicht probiert haben.«

Ein Kind sterben zu sehen war schrecklich, man gewöhnte sich nie daran. Es sollte draußen herumtollen, in der Welt, voller Lebhaftigkeit und Freude. Der Wasserfall von Escher ging ihm ständig durch den Kopf, ein endloser Kreislauf, Schwerkraft und Logik zum Trotz.

Wenn ich in ihrem Körper nur einen magischen Schalter fände, dachte Tom, den Schalter aus dem Gemälde, den Trick, um diesen grausamen Prozeß umzukehren. Und dann, ganz plötzlich, wurde der Escher vor seinem geistigen Auge überlagert von einem Bild des Blutkreislaufs, und er spürte, wie es in seinem Kopf ›Klick‹ machte.

Er wandte sich an die Schwester. »Haben wir – haben wir ein, ein – e – e – oh, verdammt, ein Filtergerät hier?«

»Ja.«

»Schließen Sie sie an. Sofort. Warten Sie nicht, bis die Nieren versagen.«

Tom setzte für die Eltern sein ruhiges, professionelles Gesicht auf. Kein Grund, ihnen seine hoffnungsfrohe Aufregung zu zeigen, falls es schiefging.

»Ich werde etwas ausprobieren. Es gibt vielleicht eine Chance, die Krankheit aus ihrem Blut zu waschen, indem wir es filtern. Es ist ganz einfach, aber vielleicht funktioniert es auch nicht, ich habe noch nie gehört, daß es gemacht wurde. Und seien Sie gewappnet, sie wird wahrscheinlich ihr Bein verlieren.«

Es würde vermutlich nicht funktionieren. Es war Zeit, wieder in den Operationssaal zu gehen. Tom rieb sich die Augen und ging hinunter auf die Neugeborenenstation, die erfüllt war vom dicken, süßlichen Geruch nach reinem Sauerstoff. Drei Neugeborene lagen wie schrumpelige Rüben in Plexiglasbehältern, ihre Elektrokardiogramme und Monitoren im Widerstreit mit den hellen Wandgemälden von Bambi und Pooh, den schwingenden Mobiles und dem hölzernen Schaukelstuhl. Es waren alles Jungen mit einem Leistenbruch, die so schnell wie möglich operiert werden mußten. Tom sah erleichtert, daß man dem einen, der aus einem anderen überfüllten Krankenhaus überwiesen worden war, bereits eine Kanüle gelegt hatte. Es war immer ein Alptraum, bei einem Baby eine Vene finden zu wollen, ihre Hände waren so speckig.

»Nein, Süßer«, sagte eine Krankenschwester mit einer Stimme, die wie Sirup klang, »das ist gut für dich.«

Sie waren alle große, nette Mädchen, deren schwerfälliges, gutmütiges Naturell einen fast zum Wahnsinn trieb, wenn man gelegentlich mit ihnen zu tun hatte.

»Wer möchte ein wundervolles kleines Baby?«

»Ich! Oh, ist es nicht süß?«

Tom füllte für jedes der Babys die Formulare aus und sprach über das Geplapper hinweg mit ihren Eltern. Die Mütter bestanden immer darauf, mit in den Vorraum zu kommen und zuzusehen, wie ihr Baby eingeschläfert wurde, obwohl sie das noch viel nervöser machte. Wenn man sich einmal die Hände gewaschen hatte, mußte man alles vergessen, außer der Anforderung an das Team, und eine arme Frau, die in Ohnmacht fiel, wenn man in den Körper ihres Kindes stach, war das letzte, was man gebrauchen konnte.

Das Baby wurde jämmerlich schreiend hereingerollt. Es hatte seit zwölf Stunden keine Milch mehr bekommen und wurde in der Hitze noch unruhiger.

»Es ist gut, ist ja gut«, sagte die Mutter und streichelte ihren Sohn, weiß vor Entsetzen. Das Baby wand sich und kämpfte, glitschig wie ein Fisch.

»Lassen Sie ihn los, Ihre Anspannung überträgt sich auf ihn«, sagte Tom scharf und versuchte, die winzige Kanüle in die Hand des Kindes einzuführen.

Die Mutter riß sich mit großer Anstrengung zusammen.

»Machen Sie sich keine Sorgen, er wird jetzt ein bißchen schlaff und fängt an zu schielen«, sagte er. »So! Träume süß.«

Die Schreie des Kindes wurden zu pfeifenden Vogellauten. Tom führte den Schlauch in die Luftröhre des Kindes. Der Sauerstoffgehalt seines Blutes fiel alarmierend, stieg jedoch an, als die Unterbrechung überbrückt war und das Beatmungsgerät die Arbeit übernahm. Alle entspannten sich.

»Sie sehen ihn in zwanzig Minuten wieder«, sagte Tom und bedeutete seinem Assistenten, daß er die Mutter hinausbringen sollte. Sie würde dann wahrscheinlich kollabieren, so wie die anderen auch.

Sie rollten die Trage weiter in den Operationssaal, wo der Bauch des Babys mit orangefarbenem Jod bepinselt und dann aufgeschnitten wurde. Zehn Minuten später war es vorbei, und der erste Patient wurde in den Aufwachraum gerollt. Ein weiteres Baby kam herein. Es ist wie in einer Fabrik am Fließband, dachte Tom und nahm einen Schluck Kaffee. Doch er wußte, daß diese verzweifelte Frau vor Erleichterung wie geläutert war. Vielleicht sollte er tatsächlich Sarah heiraten, sie verstand, welchen Höhenflug ihm so etwas verschaffte.

Schließlich warf er einen kurzen Blick auf eine letzte Feuerwerksrakete vor dem trüben Himmel, ein Komet, der wundersam aufging. Dann ging sein Piepser, und man teilte ihm mit, der Meningitis-Fall reagiere auf die Behandlung.

BUMM! machten die Feuerwerksraketen in ganz London. BUMM! BUMM-KRACH-KRACH-KRACH-BUMM!

Sarah Meager und Klaus Dreisler ignorierten die Sternenexplosionen über den Dächern von Clapham.

»Meinst du, es wird ihm etwas ausmachen?« fragte Klaus.

»Nein«, erwiderte Sarah lächelnd.

29.

Betrug

Als Max de Monde Mark erzählt hatte, seine Tochter sei im Besitz eines Treuhandvermögens in Höhe von einer Million Pfund, hatte er die Wahrheit gesagt. Es gab diesen Treuhandfonds. Er war für sie eingerichtet worden, als sie noch ein Teenager gewesen war, in einer Zeit, als sein Vermögen seinen schwindelerregenden Anstieg begonnen hatte. Amelia hatte für finanzielle Angelegenheiten schon immer ein etwas nebulöses Verständnis gehabt, doch sie wußte, daß – so unbequem ihr Leben seit ihrer Heirat auch geworden war – ihre vergleichsweise Armut nicht lange dauern würde. Auch Mark wußte das, und sein Ton wurde sanfter, wenn er sich daran erinnerte.

Beinahe mit Fiona in flagranti ertappt worden zu sein, hatte ihm einen Schrecken eingejagt. Doch er sehnte sich nach wie vor nach ihr. Ein wenig glich es dem, was er mit Amelia erlebt hatte, als er noch mit Mary zusammengewesen war, doch es war wesentlich intensiver. Er mußte unentwegt an Fiona denken, an ihre erstaunliche Perversität und ihre animalische Unschuld, an ihre Haut. Vielleicht, dachte er, ist irgend etwas an Täuschung und Ehebruch inhärent erotisch. Vielleicht war es auch einfach die Arbeit. Vielleicht auch nicht. Ihr Sex-Appeal war beinahe legendär, doch die Leute sagten auch, sie sei verrückt.

Felix Viner war nie über sie hinweggekommen. Er trank sich zu Tode, und wenn er Fionas ansichtig wurde, blieb er theatralisch stehen und wandte das Gesicht ab. Mark fand das dumm, doch wenn er sie bei der Arbeit über den Flur gehen sah, wollte er sie an die Wand drücken und nehmen, sich zwischen ihren weißen Schenkeln mahlen. Er versuchte es einmal – mit Ausnahme von Drogen versuchte er alles einmal – und holte sich eine schallende Ohrfeige.

»Nimm deine Pfoten weg, oder ich verklage dich wegen sexueller Belästigung«, sagte Fiona, und die Schärfe in ihrer Stimme war nicht zu überhören.

»Aber hier ist doch niemand!«

»Was ich privat tue, ist eine Sache. Das hier ist mein Job.«

Am darauffolgenden Montag wartete Mark den ganzen Tag. Sie kam nicht zu ihm nach Hause. Er fragte sich, ob er in Oxford anrufen sollte, und bis zum Abend war er soweit, obwohl er es haßte zu telephonieren. Ihr Anrufbeantworter lief. Es war eine neue und zutiefst unangenehme Erfahrung.

»Wo warst du?« fragte er am nächsten Tag am Telephon.

»Mit meinem Mann zusammen«, sagte sie unschuldig.

»Aber –«

Glücklicherweise gingen Marks Worte im Startgeräusch von Max de Mondes Hubschrauber unter. In letzter Zeit war dieses Dröhnen häufiger zu hören, und das Gefühl der Unterdrückung, das es hervorrief, wurde von der allgemeinen Angst, daß die Zeitung eingehen könnte, noch verdoppelt. Bereits eine ganze Flotte von Fachzeitschriften war von der MDM-Gruppe verkauft worden, denn Max hoffte immer noch auf die Erhebung in den Adelsstand, und der Besitz von *Welche Begonie?* diente nicht gerade dazu, seine Chancen zu erhöhen. Monat um Monat wechselten Starjournalisten, die trotz anderer Angebote und Schöntuerei bisher durchgehalten hatten, zu anderen Blättern. Sämtliche großen Zeitungen reduzierten ihre Preise auf ein Niveau, auf dem sie bei sinkenden Werbeeinnahmen unmöglich überleben konnten, und der *Chronicle* war unter den großen Zeitungen die schwächste.

»Angus scheint einfach nicht zu kapieren, daß die Leute sich schämen, für diese Zeitung zu schreiben oder auch sie zu lesen, wenn das Niveau zu tief sinkt«, sagte Ivo.

Die Kolumnisten begannen in den Medien, den Nachruf auf den *Chronicle* zu verbreiten. Es wurde unzutreffend berichtet, sogar die Kantine sei geschlossen, und zutreffend, daß freiberufliche Journalisten mindestens vier Monate warten mußten, bevor sie die miesen Summen ausbezahlt bekamen, die man ihnen für einen Auftrag zugesagt hatte. Als Weihnachten näher rückte, machte das Gerücht die Runde, daß es diesmal nicht zu der automatischen Gehaltserhöhung kommen würde und daß dieses Jahr niemand einen Bonus erhielte.

»Verdammt, ich habe mit den Fünfhundert für meine Weihnachtsgeschenke gerechnet«, sagte Lulu. »Das ist wirklich unerhört.«

Vor den spuckenden Kaffeeautomaten trafen sich Gruppen verärgerter Journalisten und versuchten, genügend Emotionen für ein Gewerkschaftstreffen aufzubringen.

»Schließlich verbraucht Max jedes Mal, wenn er mit dem verdammten Helikopter fliegt, 5000 Pfund! Warum sollen wir dafür leiden?«

Nur Angus wirkte einigermaßen fröhlich. Er wußte, daß er mindestens 300000 Pfund Entschädigung bekommen würde, falls man ihm den Stuhl vor die Tür setzte: Das stand in seinem Vertrag. Trotzdem fürchtete er die Anschnauzer, die er jede Woche von de Monde zu hören bekam, nachdem er ihm die erste Seite des *Chronicle* gefaxt hatte.

»Warum hat die *Times* diese Geschichte über die Prinzessin und wir nicht?«

»Pures Glück.«

»So etwas gibt es nicht. Man schafft sich selbst sein Glück«, grollte de Monde, und Angus, der diese Binsenweisheit im Laufe seiner Karriere mehrere hundert Mal an andere ausgeteilt hatte, schluckte schwer. Gerade in dieser Woche hatte er seinen führenden investigativen Reporter gegen die Wand gedrückt und ihm ein bißchen zugesetzt – ein wenig Gewalt war seiner Erfahrung nach eine nützliche Methode, an gute Storys heranzukommen. Zu seiner Verwunderung hatte der kleine Feigling jedoch prompt gekündigt und seine Anwälte auf sie gehetzt. Anwälte! Sie waren der Tod jeder Zeitung, gleichgültig, ob sie für oder gegen einen arbeiteten.

Unnötig zu sagen, daß das literarische Bankett in diesem Jahr abgesagt werden mußte. Lediglich dreißig Leute, einschließlich zwei Investoren, wurden zu einem Weihnachtsessen in den Slouch Club eingeladen.

»Schaut an, Ihr Mächte, was ich geleistet habe, und verzweifelt«, murmelte Ivo.

»Du bist zur Zeit so bedrückt«, sagte Lulu, die sich auf die Gästeliste gemogelt hatte, weil einer der Redakteure die Grippe hatte.

»Wer ist das nicht?«

»Kopf hoch. Es wird wieder besser werden. Die Rezession kann nicht ewig dauern. Was runtergeht, muß auch wieder hochkommen.«

»Mit manchen Dingen geht's wie bei der Taillenweite, mein Liebling, mit anderen wie beim Haaransatz. Bei den gegenwärtigen Verlustziffern glaube ich nicht, daß einer von uns in einem Jahr noch hier sein wird«, sagte Ivo.

»Dir macht das nicht allzuviel aus, oder? Schließlich hast du weder Frau noch Familie.«

»Nein«, sagte Ivo. »Das habe ich nicht.«

»Wie geht es dem Kind?« wurde Mark freundlich von einem der Redakteure gefragt. Ivo und Lulu hielten den Atem an, denn es war allgemein bekannt, daß Rose tabu war. »Ein Mädchen, nicht wahr?«

»Ganz gut. Und sie sieht mir tatsächlich erstaunlich ähnlich«, sagte Mark.

Weihnachten war für Mark ein jährlicher Alptraum des schlechten Geschmacks, sogar noch schlimmer als der Frühling mit all seinen vulgären rosafarbenen Blüten und gelben Forsythien. Amelia bestand mit dem Argument auf einem Baum, Rose sei inzwischen alt genug, um ihn wahrzunehmen. Sie war auf alle Fälle alt genug, um von dem Spielzeug und den Kerzen fasziniert zu sein, die sie, da sie inzwischen laufen konnte, unbedingt herunterziehen wollte.

Nach dem Kampf, ihre Blautanne sicher in den handbemalten

Übertopf zu bugsieren, starrten Mark und Amelia einander mit nacktem Haß an.

»Ich habe gesagt, du sollst sie zwischen ein paar Backsteine stellen, du Idiot.«

»Wenn das Wasser noch ein bißchen höher steigt, kriege ich einen Stromschlag. Ist es das, was du willst?«

»Wenn du es schon erwähnst, ja.«

»Gut, dann mach den blöden Baum doch selbst fertig! Rose, wenn du noch *ein einziges Mal* daran ziehst, haue ich dir eine runter. So! Was habe ich gesagt?«

»Aaahhhh!«

»Wie kannst du es wagen? Wie kannst du es *wagen*? Sie versteht das nicht!«

»Warum zum Teufel führen wir dann diese Scharade auf?«

»WILL! WILL! WILL BALL!«

»Weil ich es so will«, sagte Amelia. »Ich möchte, daß wir wenigstens für ein paar Tage so tun, als wären wir eine richtige Familie.«

Mark sah seine Tochter an. Sie sah ihm wirklich erstaunlich ähnlich, und seit sie sprechen konnte, fand er sie auch ein bißchen weniger langweilig. Auf der anderen Seite war seine Frau so ekelhaft, daß ihn schauderte. O Fiona, dachte er.

»Warum so tun als ob?«

»Ja, warum?« sagte Amelia. »Du warst schon immer ein Traumtänzer, statt dich für das wirkliche Leben zu interessieren.«

»Das wirkliche Leben ist jenes, welches wir nicht führen«, sagte Mark in seiner schönsten Robotermanier.

»Ist das ein Zitat? Ich bin sicher, daß es eins ist. Soll ich mich unterlegen fühlen?«

»Es ist von Oscar Wilde.«

»Oh«, sagte Amelia. »Nun, er war Schriftsteller, nicht wahr? Ein Schriftsteller kann so etwas von sich geben, obwohl ich nicht glaube, daß jemand viel wert ist, wenn er das wirklich glaubt. *Du* bist nur ein Lohnschreiber. Such dir ein Leben.«

Amelia fühlte sich inzwischen weniger müde. Rose schlief nachts durch, wenigstens bis um sechs, und Grace konnte jeden

Tag kommen. Sie war absolut wunderbar, und das Haus war jetzt immer tadellos in Ordnung. Sie war bisher nur einmal zu spät gekommen, und Amelia hatte herausgefunden, daß es daran lag, daß ihre Wohnung ausgebrannt war.

»Das ist ja furchtbar! Wo wirst du wohnen?«

»Wir sind in einem Bed-and-Breakfast.«

»Wie ist es da?«

»Ganz schlimm. Außerdem sind all meine Sachen verbrannt, und die von Billy auch.«

Amelia war entsetzt. »Willst du damit sagen, du hast nichts zum Anziehen? Für keinen von euch beiden?«

»Nein. Aber er trauert am meisten um seine Bücher und die Spielzeugpferde.«

»Ich besorge ihm ein paar neue. Ja, sei nicht albern.« Sie betrachtete Graces dünne Gestalt. »Welche Größe hast du?«

Sie gab Grace ein paar alte Kleider, in die sie nicht mehr hineinpaßte, und legte noch ein paar Kaschmirpullover dazu, die Löcher in den Ärmeln hatten, eine Calvin-Klein-Jeans und einen schäbigen alten Rock.

»Das sind gute Sachen, ich kann sie nicht annehmen, sie werden mir nie glauben, daß ich alles verloren habe«, sagte die arme Grace, und sah vor ihrem inneren Auge bereits, wie sie in der Pension ausgeraubt wurde.

»Doch, ich bestehe darauf«, sagte Amelia, vor Menschenliebe glühend. »Und deine ganze Wäsche mußt du auch hier waschen, und hier baden, falls das ein Problem ist. Wenigstens so lange, bis man dir eine neue Wohnung zugewiesen hat.«

»Nun – danke«, sagte Grace gerührt. »Du bist wirklich gut zu mir.«

»Nein«, sagte Amelia, »du bist es, die gut zu *mir* ist.«

Sie hatte inzwischen wieder genügend Energie, um sich die Straße hinauf in ein Sportstudio zu schleppen, wo sie Gott sei Dank wohl kaum jemandem begegnen würde, mit dem sie gesellschaftlich verkehrte. Es wurde von lauter riesigen, knochigen Männern besucht, die aussahen wie Winterpastinaken, doch es

gab eine Reihe Trainingsfahrräder und Stepper und einen Zirkel-
trainer.

Amelia begann grimmig mit dem Training. Die eleganten Stu-
dios, in die sie früher gegangen war, konnte sie sich nicht leisten,
auch keinen Privattrainer, und Tennis stand gar nicht zur Diskussion. Jeden Tag hob sie Gewichte und trat in die Pedale und
schwitzte, und währenddessen purzelte ihr Gewicht und ihre Wut
wuchs.

Warum lasse ich mir von Mark diesen ganzen Mist gefallen?
fragte sie sich immer wieder, während sie den roten Punkt beob-
achtete, der auf dem computerisierten Zirkel herumflitzte. Die
Bäume verloren ihre Blätter, und die kalte, dumpfe Winterluft
schärfte Amelias Gedanken. Warum habe ich Angst vor ihm,
fragte sie sich, denn inzwischen erkannte sie, daß es sich bei dem
Gefühl, das er so heftig in ihr weckte, um Angst handelte, nicht um
Verlangen. Stimmte es, wie Mary behauptet hatte, daß er mit
Fiona schlief? Sie steppte ein paar Minuten lang und wendete in
Gedanken die kurzen Gespräche, die sie mit beiden Frauen gehabt
hatte, hin und her. Würde es sie sehr treffen, falls es stimmte?
Nein, mußte sie zugeben. Der Gedanke, daß der Vater ihres Kin-
des untreu war, war unangenehm, doch was sie selbst anging, nun,
in Gedanken war sie es nicht weniger.

Die Erkenntnis, daß sie sich in Tom verliebt hatte, hatte alles um
sie herum in ein hartes, scharfes Licht getaucht. Genau wie es in
ihrem Leben ein Loch in der Form von Rose gegeben hatte, von
dem sie nichts gewußt hatte, ehe ihr Kind geboren wurde, fand sie
jetzt heraus, daß es eines gab in der Form von Tom – ziemlich genau so wie die Plastikgegenstände, die ihre Tochter gerade gern
durch verschiedene Schlitze steckte, fand Amelia. Doch es war ein
Loch, das bisher noch nicht gefüllt worden war.

Sie wurde von einem eifersüchtigen Verlangen verzehrt wie
von einem kleinen Feuer. Konnte es wohl stimmen, daß Fiona
eine Affäre mit *ihm* hatte? Das schien sehr viel wahrscheinlicher
als der Gedanke, daß sie eine mit Mark hatte. Inzwischen wäre sie
froh, wenn sie Mark loswerden könnte – und das wäre der per-

fekte Grund. Sie konnte ihn hinauswerfen, solange Rose noch klein war, das Haus behalten, ihn sogar soweit bringen, daß er die Hälfte seines Gehalts als Unterhalt zahlte, wenn sie sich scheiden ließ. Er war eben nur der Beschäler gewesen, wie Grace gesagt hatte.

Amelia erinnerte sich an Marks Voraussage, daß sie sich in Tom verlieben würde, wenn er einzöge. Warum hatte sie früher nicht gesehen, wie attraktiv er war? Es war nicht nur seine Schönheit, es war die Art, mit der er einen ansah, eine Art in Gedanken verlorenes Zwinkern. Sie stellte sich in allen Einzelheiten vor, wie er sich an ihrer Haut anfühlen würde. Sie hatte so heftige Träume, daß sie davon aufwachte.

Wie ließ man einen Mann wissen, daß man eigentlich frei war? Sie nahm an, daß er sie mochte, doch die alte Gewißheit, daß jeder Mann, ob heterosexuell oder nicht, von ihr angetan war, gehörte zu einem anderen Leben. Außerdem wollte sie nicht, daß Tom Viner nur von ihr angetan war. Sie wollte, daß er für sie dasselbe empfand wie sie für ihn. Sosehr sie Rose vergötterte, ihr Kind konnte nicht das einzige in ihrem Leben sein. Meine Lebensgeister regen sich wieder, dachte Amelia, während sie auf dem Fahrrad, das nirgendwohin fuhr, wild in die Pedale trat, unsichtbare Hügel erklomm und nichtexistente Rennbahnen umrundete. Sie legte sich mit Rose auf den Knien auf den Teppich und machte Situps, zehn, zwanzig, dreißig, fünfzig am Tag. Sie nahm Stellungen ein, die ihr bislang nur vom Geschlechtsverkehr vertraut gewesen waren, beugte und streckte sich. Doch obwohl der Gummibauch ein bißchen weniger wurde, sah sie im Spiegel immer noch die deprimierte Frau mittleren Alters.

Ich muß mir die Haare wieder machen lassen, dachte sie, und sobald es ging, quetschte sie sich in ihren größten Hosenanzug, auch wenn der Reißverschluß sich nur halb schließen ließ, und fuhr nach Mayfair, um sich neu vergolden zu lassen.

»Seit ich ein Kind bekommen habe, sind meine Haare ein bißchen dünner geworden«, sagte sie entschuldigend zu dem Friseur.

»Die einzige Chance, daß es wieder ordentlich nachwächst, besteht, wenn wir es ziemlich kurz schneiden«, sagte er, und Amelia willigte seufzend ein. Schnipp, schnipp, schnipp – und ihre einshampoonierten Zotteln fielen zu Boden wie nasses Fell. Das würde mindestens 80 Pfund kosten, und Amelia hatte keine Ahnung, ob ihre Kreditkarte dies mitmachen würde oder nicht. Bedrückt blätterte sie in *Harpers* und in der *Vogue* und stellte fest, daß die Models in diesem Jahr dünner waren denn je. Eine Frau konnte nicht reich und nicht dünn genug sein, hatte jemand gesagt. Hatte sie wirklich je Größe acht bis zehn getragen? Und sie war mit Sicherheit nicht mehr reich. Ihr ganzes Einkommen aus ihrem Treuhandvermögen, jeder Penny davon, schien für Grace und den Metzger draufzugehen. Doch auch wenn sie sich die Kleider, die sie sah, noch hätte leisten können, zweifelte sie daran, ob sie noch hineinpassen würde. Warum entwarfen die Designer keine Sachen für Frauen mit Größe sechzehn? Hatte nicht angeblich die Hälfte der weiblichen Bevölkerung diese Größe? Oh, wenn sie nur jetzt an diese eine Million Pfund herankäme, statt noch einmal sechs Monate darauf warten zu müssen!

Am Ende, geschoren und gesträhnt, reichte sie der Empfangsdame ihre Visakarte und lauschte dem zögernden Klappern der Maschine, während diese ihr Kreditvolumen abfragte. Sie quietschte und spuckte und dröhnte laut, derweil Amelia wartete und röter und röter wurde, überzeugt, auf dem Bildschirm müsse eine Nachricht aufblitzen, daß sie festgenommen werden sollte, weil sie ihre Kreditgrenze überschritt.

»Es tut mir leid, Mrs. Crawley, so lange dauert es normalerweise nicht. Ich versuche es noch einmal«, sagte die Empfangsdame. Und nur Amelias Stolz verhinderte, daß sie auf die Knie fiel und gestand, daß sie kein Geld hatte, gar keins, daß sie trotz ihres Schmucks eine echte Schwindlerin war.

»Entschuldigen Sie, ich –«

Die Maschine gab einen durchdringenden Ton von sich und spuckte einen Zettel aus, auf dem sie unterschreiben sollte.

Amelia kehrte schlecht gelaunt nach Hause zurück.

»Ich halte das nicht aus, ich halte es nicht aus, so arm zu sein! Es bringt mich einfach um! Wir kaufen keine neuen Kleider, wir fahren nicht in Urlaub, wir fahren nur ein Auto und leben in einem armseligen Haus, aber sogar wenn ich zum erstenmal nach Monaten zum Friseur gehe, kann ich mir das nicht leisten.«

»Warum bittest du nicht Max, daß er dir ein bißchen mehr von deinem Treuhandvermögen überläßt?«

»Das habe ich bereits getan. Ich hinterlasse eine Nachricht nach der anderen bei seiner Sekretärin, bei seiner Philippinin, sogar bei Mummy. Er antwortet nicht.«

»Nun, dann sind wir pleite.«

»Wie ist das möglich, bei dem, was mein Vater dir bezahlt?« fragte sie. »Das kann nicht sein. Du mußt für etwas Geld ausgeben, wovon du mir nichts erzählst. Die Hypothekenzinsen für deine schrecklich kleine Wohnung sind gedeckt – also muß es dafür einen Grund geben.«

»Das Leben in der Mittelschicht kostet eben soviel«, sagte Mark. »Sogar wenn wir irgendwohin zögen, wo es wirklich grausig und kinderfreundlich ist wie in Muswell Hill.«

»Muswell Hill! Lauter rote Backsteinhäuser! Ich würde sterben.«

»Du könntest dein Konto überziehen«, sagte Mark. »Die Bank weiß, daß eine Million hereinkommt – einen Vorteil muß ein Coutts-Scheckbuch ja haben.«

»Ja, das ginge wahrscheinlich.«

Doch bei Coutts benahmen sie sich schrecklich. Sie bestanden darauf, jemanden vorbeizuschicken, um ihr Haus schätzen zu lassen, und es war offensichtlich, daß dieser Mensch von Kentish Town noch nicht einmal gehört hatte und es kaum abwarten konnte, sich den dortigen Staub von seinem Samtkragen zu schütteln.

»Selbstverständlich werden wir umziehen, sobald mein Treuhandvermögen Ende dieses Jahres frei wird«, sagte Amelia in ihrem besten Gesellschaftston.

»Selbstverständlich«, stimmte der Schätzer zu. »Aber bis dahin sieht es so aus, als müßten Sie die Fundamente verstärken, damit das Haus wieder soviel wert ist wie damals, als Sie es gekauft haben.«

»Oh, wir haben alles machen lassen, als wir vor zwei Jahren eingezogen sind«, sagte Amelia selbstbewußt.

»Hmm. Unglücklicherweise sieht es so aus, als hätten sie nicht genug getan. Sehen Sie diese Risse?«

Ein weiterer Monat verstrich. Sie lebten von der Miete, die Tom an sie bezahlte, diese Tatsache war nicht zu leugnen.

Amelia rief ihren Anwalt an. »Schauen Sie, Jim«, sagte sie. »In sechs Monaten bekomme ich das ganze Geld aus meinem Treuhandvermögen. Gibt es keine Möglichkeit, daß Sie uns schon jetzt etwas davon zukommen lassen könnten? Es ist mir egal, wenn ich ein paar tausend Pfund an Zinsen verliere, wir sind wirklich verzweifelt. Daddy ist der Treuhänder, aber er redet einfach nicht mit mir.«

»Ich werde sehen, was ich tun kann.«

Ein weiterer Monat verstrich, und Amelia glaubte schon, er habe es vergessen, als er wieder anrief. Ivo war zu Besuch, trank ihren Whisky und amüsierte sie. Sie nahm das Gespräch im selben Moment entgegen, als sich der Anrufbeantworter einschaltete.

»Amelia?«

»Ja?«

Ihr Sprüchlein murmelte im Hintergrund.

»Rufe ich in einem ungünstigen Moment an?«

»Eigentlich ja«, sagte sie mit dem Gedanken an Ivo. »Warten Sie, ich gehe ans andere Telephon.«

Ihr Anrufbeantworter piepste durchdringend.

»Hallo, Jim. So ist es besser.«

»Amelia, ich muß Ihnen eine Frage stellen.«

»Fragen Sie.«

»Sonst hat niemand Zugang zu diesem Treuhandvermögen, oder? Es gibt keine anderen Treuhänder?«

»Nein, nur Daddy.« Amelias Herz schlug plötzlich so schnell, daß es sich anfühlte wie ein kleiner Vogel in einem noch kleineren

Käfig. »Das müßten Sie doch wissen. McKenna und Carter haben es eingerichtet.«

Der Anwalt seufzte. »Ich fürchte, ich habe schlechte Nachrichten für Sie. Der Fonds ist ausgetrocknet.«

»*Ausgetrocknet?*«

»Ja. Außer ein-, zweitausend Pfund ist nichts drin. Ich konnte es zuerst selbst nicht glauben.«

»Sie meinen, mein Vater –«

Eine lange, vielsagende Pause entstand. Amelia setzte sich hin.

»Er hat es in eine seiner anderen Gesellschaften reinvestiert. Das ist mehr oder weniger legal, fürchte ich, denn er war der einzige Treuhänder.«

»Nun, dann holen Sie es dort wieder raus!«

»Das kann ich nicht. Ich habe versucht, es ausfindig zu machen, doch die Gesellschaften sind auf undurchsichtige Weise miteinander verbunden. Sie haben alle ähnliche Namen, Max de Monde General, Max de Monde Publishing, MDM Holdings, es ist ein Rattennest. Gott weiß, wie er den Überblick behält.«

»Daddy sagte, er sei der einzige, dem ich trauen könne«, sagte Amelia ausdruckslos.

»Ich habe einen Brief an ihn aufgesetzt, doch soweit ich höre, ist die Chance, das Geld zurückzubekommen, nicht sehr groß.«

»Wie konnte er mir das antun?«

»Er ist ziemlich verzweifelt.«

»Wir auch. Passen Sie auf, sagen Sie es noch niemandem. Schreiben Sie ihm, und teilen Sie ihm mit, daß ich ihn wegen des Fonds sehen muß. Oh, und – Jim?«

»Ja?«

»Könnten Sie uns die restlichen Zweitausend jetzt geben?«

Amelia hörte, wie die Haustür ins Schloß fiel. Rose fing an zu weinen.

»Grace! *Grace!*«

»Ich komme!«

»Entschuldigen Sie, Jim.«

»Ich tue mein möglichstes«, sagte er und legte auf.

Amelia lief nach unten, doch Ivo war gegangen. Sie war zu durcheinander, um deswegen etwas anderes zu empfinden als Erleichterung. Erst Tage später fiel ihr auf, daß das Band aus ihrem Anrufbeantworter, das vermutlich die ganze Unterhaltung aufgezeichnet hatte, ebenfalls verschwunden war.

30.

Glück

P robier noch einen Löffel voll, mein Lieber, nur einen.«
»Nein.«

»Bitte!«

»Kann nicht.«

Als Adam schwächer wurde, entwickelte er sich wieder zu einer
Art Kleinkind. Soor ließ seine Zähne wackeln und entzündete
Zahnfleisch und Kehle. Krebsartige Geschwülste machten ihm das
Schlucken schwer. Sein Atem roch eklig, wie Schwefel, denn wenn
sie versuchte, ihm die Zähne zu putzen, blutete sofort das Zahnfleisch. Es wurde unmöglich, ihn dazu zu bewegen, etwas anderes
zu essen außer Eis und zerdrückten Bananen. Haägen-Dazs war
das Beste, darin waren sie sich einig, doch wenn Mary die Werbung mit den schönen, ineinander verschlungenen Paaren sah, die
sich gegenseitig fütterten, spürte sie wieder, wie der Draht in ihr
Herz schnitt.

Jeden Tag hatte Adams Körper neue Wunden, nicht nur große,
harte, purpurfarbene Knoten und rote Flecken, sondern Aus-
schläge mit vielen Pusteln, die platzten und verkrusteten.

»Ich komme mir vor wie der Mann in *Die Fliege*«, sagte er.

Er war kaum wiederzuerkennen, so ausgemergelt, bärtig und
hager war er. Sein Appetit schwand dahin. Von den regelmäßigen, quälenden Besuchen im Krankenhaus wußten sie, daß
die Darmtumoren sich vermehrten und es immer schwieriger machten, Nahrung zu verdauen. Eine MacMillan-Kranken-
schwester kam nun einmal wöchentlich, und Mary erfuhr, daß es
sich bei seinen Bläschen um Gürtelrose handelte, die mit Acyl-
clovir behandelt werden konnte. Für das andere konnte man
nichts tun außer einer wiederholten Chemotherapie, und da

diese oft nichts bewirkte außer verstärkter Übelkeit, weigerte sich Adam, sich ihr auszusetzen.

Seine frühere Geduld wandelte sich immer öfter in Zornausbrüche, die er häufig an Mary ausließ.

»Ich versuche nur, dir zu helfen.«

»Ich habe dich nicht darum gebeten«, schnappte er.

»O Adam. Es gibt sonst niemanden.«

»Du hast nur auf diese Rolle gewartet, nicht wahr? Weißt du, was dein wirkliches Problem mit Mark war? Er hat sich selbst aus Romanen erfunden, und du hast versucht, ihn zu lesen wie ein Buch.«

»Stimmt«, sagte sie, wie von einem Blitz getroffen. Es war die Literaturbesessenheit in ihrer Affäre, nach der sie sich gesehnt hatte, die endlosen, obsessiven Diskussionen über das, was sie gelesen hatten. »Du hast recht. Genau das war der Grund, weshalb ich ihn so attraktiv gefunden habe.«

»Das einzige Problem ist«, sagte er mit kindlicher Grausamkeit, »daß du so eine beschissene Leserin bist.«

Mary hatte Angst davor, krank zu werden, denn das hätte bedeutet, daß niemand ihm bei seinem täglichen Sterben beistehen würde. Schon mit einer simplen Erkältung hätte sie ihn töten können. Wieder und wieder drängte sie ihn, seiner Mutter Bescheid zu sagen, doch nachdem sie am Telephon einmal einer von Mrs. Sands Tiraden gelauscht hatte, verstand sie, warum er sie einfach ausschließen wollte. Schließlich hatte Mary auch nicht gewollt, daß ihre Mutter von ihrem Selbstmordversuch erfuhr, und Adam hatte diesen Wunsch respektiert.

Er hörte auf zu schreiben, doch sie wußte nicht, ob er fertig war oder ob er seine letzten Energiereserven verbraucht hatte. Langsam und schmerzlich wurde seine innere Distanz durch Bitterkeit ersetzt.

»Kennst du den medizinischen Ausdruck für Soor? Candida. Das ist gut, oder?«

»Sie war nicht so schlimm, Adam. Immerhin fand sie deine Arbeit gut genug, um sie zu veröffentlichen.«

»Im Gegensatz zu dir. Du hättest es verhindert, oder?«

Mary seufzte. Dieses Leben schien inzwischen unglaublich weit weg. Wenn sie nach Chelsea fuhr, fand sie auf ihrer Türmatte noch immer Stapel von Einladungen zu Partys und warf sie mitsamt den Katalogen und Büchern, die durch den Briefkastenschlitz gesteckt wurden, sofort weg.

»Verpiß dich, du irische Bäuerin. Ich will mich nicht bewegen. Es muß doch eine weniger anstrengende Art geben, Bettlaken zu wechseln.«

»So hat die Krankenschwester es mir gezeigt. Wenigstens bezahlt der Staat dafür, daß die Wäsche gewaschen wird. Du wirst verhätschelt.«

»Verhätschelt!« sagte er mit einem unterdrückten Schrei. »So nennst du das?«

Sie konnten keine Späße mehr miteinander machen. Seine Ironie schmolz dahin wie unter einer Lötlampe, und seine Schmerzen und seine Müdigkeit nahmen zu. Jede Zelle in seinem Körper schien schreiend zu verfallen. Als die Bauchkrämpfe zurückkehrten, verzehrte ihn fast die Anstrengung, nicht aufzubrüllen. Ich scheiße mich zu Tode, dachte er entsetzt. Sogar die Schmerzmittel und das Penicillinsirup zu schlucken war eine Tortur. Er konnte es nicht mehr ertragen, anders als nur leicht mit dem Schwamm gewaschen zu werden. Ihm in die Augen zu blicken war furchtbar. Mary konnte sich nicht annähernd vorstellen, wie es für ihn sein mußte, und hatte es beinahe lieber, wenn er schwierig war, mehr wie sein früheres, säuerliches Selbst. Wenn er sich entschuldigte, merkte sie, wie ihre Fassung Risse bekam. »Es tut mir leid, ich habe den Hüttenkoller«, sagte er nach einem besonders bösen Ausbruch.

»Ja.«

»Ich denke ständig an all die Orte und Länder, wo ich hätte hingehen sollen, als ich es noch konnte. Ich wünschte, ich wäre mehr gereist. Auch ohne Geld hätte ich es irgendwie hinkriegen sollen. Ich bin froh, daß ich in Sizilien war. Taormina war schön. Ich zehre von so wenigen Erinnerungen, daß sie fast alle aufgebraucht sind.«

»Möchtest du mal raus? Wir könnten in den Green Park gehen.«

»Die Besuche im Krankenhaus bringen mich so schon beinahe um.«

»Ich könnte Tom anrufen, damit er dir die Treppe hinunter-hilft.«

»Nein. Nein!« Er drehte das Gesicht ins Kopfkissen. »Ich möchte nicht, daß er mich so sieht.«

»Ihm würde es nichts ausmachen. Er hat wahrscheinlich schon alles gesehen.«

»Aber *mir* würde es etwas ausmachen«, sagte Adam leidenschaftlich.

Mary dachte an ihn nicht mehr als den Liebhaber, den sie nie hätte haben können, sondern empfand ihn als eine Art Kind, das auf mitleiderregende Weise zerstört worden war, aber immer noch alles brauchte, was sie zu geben hatte. Der Hausarzt ver-schrieb ihm Schmerzmittel und Vitamine, aber es gab so viel mehr, was sie kaufen mußte. Er mußte auf einem Lammfell schlafen, um Wundliegen zu vermeiden, er brauchte Windeln, und die Lebens-mittel waren teuer. Mark hatte oft beobachtet, daß es verkrüppel-ten Männern nie an Frauen fehlte – als wäre das der Beweis für ein düsteres weibliches Bedürfnis, das andere Geschlecht zu dominie-ren. Doch sie wußte jetzt, daß ihr einziges Bedürfnis war, jeman-den lieben zu können, daß das weibliche Bedürfnis, zu geben, so-gar noch stärker war als der verzweifelte Wunsch, etwas zu bekommen. Sie konnte sich zu diesem Zeitpunkt nicht vorstellen, jemals ein Kind zu haben oder einen Ehemann und die Familie, auf die sie gehofft hatte.

An Weihnachten wanderte sie durch die Straßen von Chelsea und Mayfair, schaute in der Dämmerung in die warmen, hell er-leuchteten Wohnzimmer, alle mit glitzerndem Baum und einer Portion Glück, für immer außerhalb von Marys Reichweite. Ihre eigene Familie schien sogar noch weiter entfernt. Mary rief sie an und entschuldigte sich, daß sie es sich schon das zweite Jahr hin-tereinander nicht leisten konnte, nach Irland zu kommen oder teure Geschenke zu kaufen. Sie erstand jedoch für Adam bei

Liberty einen Seidenschal, und er schenkte ihr seine schwarze Lederjacke.

»Du brauchst etwas Neues«, sagte er. »Und ich werde sie nicht mehr tragen.«

Mary wünschte, er hätte seine Sexualität nicht so vollkommen unterdrückt, so daß er jetzt andere, schwule Freunde hätte, statt diese Schlacht so einsam zu schlagen. Sie wünschte, daß er nicht so voller Selbsthaß und Scham wäre. Für ihn wirkte die Krankheit wie ein natürlicher Höhepunkt nach einem Leben des Versteckens und Leidens. Sie überlegte, daß er zu einer anderen Zeit wahrscheinlich geheiratet und Kinder bekommen hätte, ein Doppelleben geführt und damit ganz glücklich gewesen wäre. Mit den erzwungenen Coming-outs schien es heute noch viel schlimmer, homosexuell zu sein.

Er hatte einmal gesagt: »Ich hasse das Wort ›gay‹. Man vermutet dahinter Glück, Frivolität – und das in einer Situation, die alles andere ist, nur das nicht.«

»Weißt du, wie die Edwardianer es nannten? Ernst.«

»Wie in *Die Notwendigkeit, ernst zu sein*?« Adam lachte. »Wie schön für Wilde, seinen Zuhörern etwas vorzumachen. Ja, ›ernst‹ wäre gut; und Leute wie mich sollte man ›tödlich‹ nennen.«

Der Frühling kam, und die Krokusse, die Mary gepflanzt hatte, blühten, sowohl in Adams Wohnung als auch in ihrer eigenen. Sie wünschte sich jetzt, daß sie das Geld gespart hätte. Ihr ganzer Einfallsreichtum reichte nicht aus, um zu verhindern, daß ihre Schulden größer wurden. Sie verkaufte alles, was sich zu Geld machen ließ, von ihren Designerkleidern bis zum Modeschmuck, behielt nur ihren Computer, den Drucker und den Anrufbeantworter, denn sie hoffte immer noch, wieder Aufträge zu bekommen, nachdem das Schlimmste vorbei wäre. Eine oder zwei Zeitungen gaben ihr gelegentlich noch ein Buch zu rezensieren, vor allem, nachdem sie erklärt hatte, warum sie verschwunden war. Der *Chronicle* jedoch nicht. Ivo hatte ihr diese Kränkung offensichtlich nicht verziehen. Doch es waren auch zu viele Gerüchte in Umlauf, daß de Monde kurz vor dem Bankrott stand, als daß Mary aus dieser Quelle Aufträge gewollt hätte, und die Lust an der Jagd hatte sie verloren.

Ihre Stimme wurde leiser und verstummte schließlich. Der verzauberte Bohnenstengel aus Wut wurde Stück um Stück abgeschnitten. Ihre Finger waren rauh von zuviel Hausarbeit, und sie konnte sich nicht vorstellen, daß sie noch einmal über eine Tastatur flitzten. Deshalb verkaufte sie am Ende auch den Computer und den Drucker. Dennoch war es der Todesstoß für all ihre Hoffnungen, als sie von jemandem, der auf ihre Anzeige in *Loot* geantwortet hatte, für beide Teile einen Scheck entgegennahm.

Mary löste ihre Probleme wenigstens vorübergehend, indem sie bei der Bank einen Kredit über 5000 Pfund aufnahm. Wie sie ihn abbezahlen sollte, wußte sie nicht, denn sie war zu beschäftigt, um die aufwendige Prozedur, sich arbeitslos zu melden, auch nur zu beginnen. Angeblich gab es alle Arten von Hilfen, die sie hätte anfordern können, von Essen auf Rädern bis zu etwas, das sich Beihilfe zur Invalidenfürsorge nannte, doch da Malcolm es immer versäumt hatte, Adams Versicherungsbeiträge zu bezahlen, war es jetzt zunehmend schwierig zu beweisen, daß sie Anspruch darauf hatten. Adam konnte einfach nicht stundenlang allein gelassen werden, damit Mary all dies telephonisch oder persönlich klärte. Sie füllte Formulare vom Sozialamt aus und verschickte sie mit einem Brief von seinem Hausarzt und hoffte einfach auf das Beste.

Malcolm war einer der wenigen Besucher, die Adam hereinließ, und Mary brauchte ihn nur anzusehen, um zu erkennen, daß er nur aus Mitleid kam.

»Ich fürchte solche Szenen einfach«, sagte er bei einer Tasse Tee mit einem vertraulichen Unterton zu Mary. »Ich gehe zur Zeit jeden Monat auf eine Beerdigung. Alle, die ich kenne, sind tot oder liegen im Sterben. Die Krankheit wird zur Obsession, auch wenn man selbst nicht positiv getestet worden ist, ich klopfe auf Holz. Ich habe Angst, Carlos könnte sich anstecken, er ist so ein schlimmer Junge und so schön. Die anderen können ihm einfach nicht widerstehen. Doch wenn Carlos gehen müßte, ich glaube, dann würde ich auch sterben. Er ist die große Liebe meines Lebens, weißt du. Es ist schrecklich, wenn einem das solche Angst einjagt.«

»Ja«, sagte Mary, »das verstehe ich.«

Auch Georgina kam zu Besuch, in einer Wolke aus Klatsch und Wohlgeruch. Sie brachte einen riesigen, in Zellophan gehüllten und mit einer großen Schleife verzierten Strauß aus Hyazinthen und Narzissen mit, der, so dachte Mary wütend, wahrscheinlich die Heizkosten eines Monats gedeckt hätte.

»Haben wir uns nicht schon einmal gesehen?« sagte sie verwirrt zu Mary, und Mary, die einmal so neugierig auf diese gutaussehende, furchterregende Frau gewesen war, erwiderte: »Bei Adams Buchparty vielleicht.«

»Mein Lieber, wie entsetzlich! Was ist nur mit deinem Gesicht passiert?« sagte Georgina, als sie das Schlafzimmer betrat. Mary hätte sie am liebsten geschlagen, doch Adam schien diese Frage seltsamerweise aufzuheitern. Was er braucht, stellte Mary fest, ist, daß die Sache normal erscheint, wie etwas, das vorbeigeht.

»Hat Tom dir erzählt, daß die Evenlodes sich scheiden lassen? Fiona hat schon eine ganze Weile etwas mit diesem Kerl vom *Chronicle*, du weißt schon, der so überstürzt Amelia geheiratet hat, und Andrew wollte Fiona sowieso verlassen. Die große Frage ist jetzt, was wird Amelia tun? Weißt du, sie war praktisch seit ihrer Heirat im selbstgewählten Exil, obwohl mir jemand gesagt hat, sie habe sehr zugenommen. Wenigstens hat Andrew keine Kinder.«

Mary ließ sich beim Teekochen Zeit, während Adam etwas Unverständliches murmelte. Also hatten Ivo und ich beim ersten Mal recht, dachte sie.

»Hat sich übrigens Candida Twink gemeldet? Nein? Sie ist jetzt Agentin und hat gehört, daß du noch einen Roman geschrieben hast. Sie ist ganz wild darauf, ihn zu lesen.«

»Nur über meine Leiche«, sagte Adam.

»Nun, das wird wahrscheinlich bald der Fall sein, oder?« sagte Georgina. »So oder so, Tatsache ist doch, daß du ihn nicht in der Absicht geschrieben hast, ihn nicht zu veröffentlichen, oder? Das tut niemand, das kannst du mir nicht erzählen, sogar dann nicht,

wenn man im Gegensatz zu mir nicht wegen des Geldes Geschwätz verfaßt. Was hast du wegen deiner Manuskripte beschlossen? Vielleicht sind sie etwas wert.«

»Unwahrscheinlich. Sehr unwahrscheinlich.«

»Vielleicht doch, man kann nie wissen. Amerikaner sind ganz
wild auf solche Dinge. Hast du dein Testament gemacht?«

Mary konnte es nicht mehr ertragen. Sie sagte: »Wenn du
mich bitte entschuldigst, Adam, ich gehe ein bißchen raus.« Dabei
fühlte sie sich wie eine Bedienstete.

Sie fuhr mit dem Gedanken nach Chelsea, die Zeit für die sechs
Stunden Reinemachen zu nutzen, die Phoebe zustanden. In letzter
Zeit hatte sie diese in eine Stunde hier und eine Stunde da aufge-
teilt, weil sie morgens zu Adam gehen mußte, um nachzusehen,
ob er die Nacht überlebt hatte. Das war für beide Frauen unbefrie-
digend, und als Mary gerade die Treppe zu ihrem Raum hinuntergehen wollte, machte Phoebe die Tür auf und sagte: »Oh, hallo,
kommen Sie auf ein Tässchen herauf.« Es war keine Bitte.

»Schauen Sie, meine Liebe«, begann Phoebe und sog an ihrer
Cheroot. »Ich sage es ungern, aber unser Arrangement funktioniert nicht richtig, oder?«

»Es tut mir leid«, sagte Mary. »Ich habe mich in den letzten Monaten um einen kranken Freund gekümmert.«

»Ah«, sagte Phoebe. »Nun, vielleicht könnten Sie bei ihm einziehen. Das würde alle Probleme lösen. Sehen Sie, ich bin inzwischen ein bißchen zu wackelig auf den Beinen, um nicht selbst
Hilfe zu brauchen. Ich hatte an eine Art Haushälterin gedacht,
wissen Sie? Und dieser Keller, nun, er ist nicht ganz so unbewohnbar, wie ich ursprünglich dachte.«

»Tatsächlich«, sagte Mary trocken und dachte an all die Stunden,
die sie gebraucht hatte, um ihn bewohnbar zu machen.

»Ich könnte wahrscheinlich eine kleine Kroatin finden, wie ich
höre, sind sie sehr anstellig«, sagte Phoebe, deren purpurfarbener
Turban zur Seite rutschte. Ihr Schädel war mit weichem, dünnem
Haar bedeckt. Unter dem schwarzen Eyeliner und dem roten Lippenstift war sie wirklich ziemlich alt.

»Passen Sie auf«, sagte Mary, entschlossen, sich nicht herum-schubsen zu lassen. »Ich werde meinen Freund fragen müssen, ob ich bei ihm einziehen kann. Die Wohnung hat nur ein Schlafzim-mer, und er ist wirklich sehr krank. Es wäre natürlich bequemer für mich, wenn ich nicht jeden Tag so weit fahren müßte, und ich verstehe Ihre Kritik wegen des Haushalts. Geben Sie mir noch sechs Wochen. Sie waren immer so nett, und ich verspreche Ihnen, daß ich das Saubermachen nachholen werde.«

»Ja, natürlich«, sagte Phoebe entwaffnet. »Was hat denn Ihr Liebster?«

»Er ist nicht mein Liebster, und könnte es auch nie sein«, sagte Mary und sah ihr fest in die Augen. »Er ist schwul.«

»Ah. Oh«, sagte Phoebe. »Wie traurig. Noch Tee?«

Eines Morgens, als sie den Schlüssel im Schloß umdrehte, hörte sie, wie Adam sagte: »Mary? Bist du's?«

»Ja.«

»Komm rein und mach das Licht an, ja?«

Sie tat, worum er sie gebeten hatte, obwohl das Zimmer bereits von zitronenfarbenem Frühlingslicht erfüllt war. »Besser?«

»Nein.«

»Was ist los?«

»Ich kann nichts sehen. Ich kann nichts mehr sehen, nur ganz verschwommen mit einem Auge. O Mary – jetzt werde ich nicht einmal mehr lesen können.«

Sie schwiegen beide. Dann setzte sich Mary neben ihn, hielt seine Hand und streichelte sie.

»Du verstehst, nicht wahr? Es ist das Ende.«

»Ja«, sagte sie, und das stimmte, denn es war schließlich von An-fang an das gewesen, was sie miteinander verbunden hatte – dieser Phantasiezustand, der existierte, sobald man die Augen über die Zeichen auf einer Seite schweifen ließ. Das war es, was sie vor vie-len Jahren in seinen Laden an der Charing Cross Road geführt hatte, als sie gerade frisch übers Wasser gekommen war, den ersten Lohn aus dem Club in der Tasche, voller Lesehunger und mit dem

Bedürfnis nach eigenen Büchern. Sie hatten geredet und geredet und geredet, über Bücher und Lesen und Schreiben, bis sie Freunde geworden waren.

»Laß mich den Arzt anrufen. Vielleicht gibt es einen Weg, es wieder rückgängig zu machen –«

»Bestimmt nicht.«

»Es gibt Hörbücher –«

»Ich kann nicht mehr weitermachen.«

Tränen flossen Mary über das Gesicht. »Adam, man kann nie wissen. Vielleicht gibt es schon morgen neue Medikamente, irgend etwas. Vielleicht geht es dir wieder besser. Versuch es mit der Chemotherapie, irgend etwas funktioniert vielleicht. Ich hole dir Wasser aus Lourdes, o Gott, gib nicht auf, bitte, mein Lieber, gib nicht auf –«

»Ich sterbe, Mary. Ich möchte nicht blind sterben.«

»Wir sterben alle«, sagte Mary am Rande der Hysterie. »Es ist alles hoffnungslos.«

»Reiß dich zusammen.«

»Reiß *du* dich zusammen!«

»Das tue ich bereits«, sagte Adam. Er machte eine Pause. Jedes Wort kostete solche Anstrengung, in seinem Herzen war ein Schmerz wie von einem Messer. »Paß auf, ich bin beschissener dran, wenn ich zulasse, daß dieses üble Ding mich umbringt. Ich werde es tun. Ich selbst. Hilf mir.« Er war jetzt so schwach, daß es ihn großen Willensaufwand kostete, nur die Hand zu bewegen. »Du hast es doch auch schon getan.«

Mary dachte zurück an die Zeit, als sie versucht hatte, sich das Leben zu nehmen, aus einem Grund, der ihr heute so kleinlich und egozentrisch vorkam, daß sie Toms Verachtung verstand. »Ich werde mit Tom sprechen.«

»Gut.«

Er schloß erschöpft die Augen.

»Das kann ich nicht tun«, sagte Tom.

Sie saßen in einem renovierten Pub in Covent Garden und starrten einander wütend an. Mary hatte ihren ganzen Mut zusammennehmen müssen, um ihn anzurufen, und er hatte diesen entsetzlichen Ort vorgeschlagen, weil er nicht zu weit von dem Krankenhaus entfernt lag, wo er gerade als Vertretung arbeitete. Wieder zurück im Glücksrad, verschickte er Bewerbungsschreiben und rief jeden an, der ihm vielleicht dabei helfen konnte, in den Ärztehimmel aufgenommen zu werden. Die Säulen außen am Pub waren so angemalt, daß sie wie Malachit und Onyx aussahen. Die Sitze drinnen waren aus türkisfarbenem, an der Rückenlehne mit Knöpfen fixiertem Samt, die Tische aus furniertem Mahagoni, die Bar ein ehemaliger Lettner, komplett mit riesigen Wachskerzen. Falsche Kohlen brannten lautlos, und über ihren Köpfen hingen bewegungslos importierte Messingventilatoren. Ein blasses Licht, das rot durch die Bleiglasfenster schien, färbte ihre beiden Gesichter.

»Warum nicht?«

»Ich bin Arzt. Wenn es herauskäme, würde ich suspendiert.«

»Oh, um Himmels willen! Das kann nicht wahr sein«, zischte Mary ihn an. »Wer sollte es herausfinden?«

»Ein Obduzent.«

»Du mußt doch Zugang zu Medikamenten haben, deren Rückstände nicht leicht zu entdecken sind.«

»Meinst du nicht, daß die ständig überprüft werden? Mary, ich kann es nicht!«

»Was meinst du damit, ich kann es nicht? Hast du noch nie eine Abtreibung vorgenommen? Nein?«

Sie sah ihn an, wie er schmollend über seinem Bier saß, und das Licht ließ ihre Zähne rot aufblitzen.

»Abtreibungen sind legal«, sagte Tom. »Euthanasie ist es nicht. Das weißt du.«

»Das Gesetz, das Gesetz. Was ist das Gesetz? Er ist dein Freund, Tom! Er möchte jetzt sterben, solange er noch nicht ganz blind ist und ihm alles, was er ist, genommen wurde. Wie kannst du ein unschuldiges Kind im Bauch seiner Mutter töten, aber nicht jemanden, der sowieso sterben wird – und der sterben *will*?«

»Glaubst du, ich mache diese Eingriffe gern? Glaubst du nicht, daß ich mir diese Fragen ebenfalls stelle? Jeden Tag? Ich – Gesetz ist Gesetz, Mary. Ich kann es nicht brechen.«

»Und du hast mich eine Hure genannt, weil ich getan habe, was Ivo wollte! Du elender Feigling!«

Sie starrten einander an, und jeder versuchte, den anderen mit seinen Willen zu bezwingen.

»Es tut mir leid, ich hätte das über dich und Ivo nicht sagen sollen. Aber ich bin kein Feigling. Ich habe Tausende von Menschen gerettet, mehr, als ich je umgebracht habe, unter Bedingungen, die du dir nicht einmal ansatzweise vorstellen kannst. Beruflich laufen die Dinge nicht gut für mich, und ich kann nicht einfach zwölf Jahre meines Lebens, meine ganze Ausbildung, wegwerfen.«

»Nicht einmal für einen Freund?«

»Nein. Aber ich könnte dir theoretisch sagen, welche Dosis Schmerzmittel tödlich wäre.«

»Tom«, sagte Mary nach einer Pause. »Ich bin nie mit Ivo gegangen, weißt du.«

»Das habe ich auch nie behauptet.«

»Nein, aber du – ich habe das damals geschrieben, um Adam zu helfen. Es war die einzige Rezension, die er bekommen hat. Ich wollte ihn nicht verletzen. Ich werde keine Rezensionen mehr schreiben.«

»Das ist schade. Du konntest das gut.«

»Ich wußte gar nicht, daß du sie gelesen hast.«

»Kritik ist nicht schlecht. Sie ist notwendig.«

»Sie ist korrupt und korrumpierend.«

»Das ist jeder Beruf, wenn er schlecht ausgeübt wird. Doch wenn sie gut gemacht wird, kann sie sogar großartig sein. Schriftsteller können ohne Leser nicht existieren, ohne ebenbürtige Intelligenz und Mitgefühl.«

»Aber Kritiker sind nicht die Leser. Das ist so destruktiv daran.«

»Ich weiß nicht genug über deine Welt, aber ich würde mich wundern, wenn jeder deiner Kollegen Bücher haßte«, sagte Tom sanft.

Sie starrte vor sich hin auf den Tisch. Die Oberfläche war mit

Kreisen bedeckt, die von nassen Gläsern stammten und sich über-
lappten und doch klar zu sehen waren, Lage um Lage erhalten
durch eine dünne Schicht Politur. So viele Leben, dachte sie. Er
wohnt bei Mark, selbstverständlich hat er mit ihm darüber diskutiert.

»Adam sollte seinen Hausarzt um Morphium bitten«, sagte
Tom. »Es muß aber vorsichtig verabreicht werden. Zuviel ist
tödlich.«

»Ja«, sagte Mary.

»Ein mitfühlender Hausarzt ist sehr wichtig«, sagte Tom langsam. »Du könntest auch – ihn fragen?«

»Sie.«

»Adam könnte sie fragen, wie sie dazu steht, für jemanden einen
Totenschein auszustellen, der nach langer Krankheit zu Hause
friedlich gestorben ist.«

Sein Gesicht verschwamm in der roten Düsternis. Voller
Schuldgefühle und traurig sah Mary ihn von unten herauf an. Jetzt
waren sie für immer über den Tod miteinander verbunden.

»Danke.«

31.

Ein Picknick

Der Frühling kam, und es war der schönste, an den Mary sich erinnern konnte. Noch nie waren ihr die Parks so prachtvoll blühend vorgekommen, sogar die verkümmerten Bäume in den Betonkästen entlang der Oxford Street, die so gebrochen und mager zu sein schienen, daß sie kaum mehr waren als Träger für die Weihnachtsbeleuchtung, begannen zu blühen. Die häßlichen Gebäude wurden von einem grünen Schleier verdeckt, und die schönen standen wie Bräute unter Spiralen schwebender, weißer Blütenblätter.

Sogar Adam schien es besserzugehen. Er konnte aufstehen und sich an das Vorderfenster setzen, den Kopf der sanften Sonne zuwenden und sich darüber beschweren, daß es auf Radio Drei viel zuviel Geschwätz gab und nicht genug Musik.

»Was siehst du?«

»So etwas wie einen verschwommenen impressionistischen Fleck. Es ist eigentlich ganz interessant. Dein Haar ist wieder gewachsen, nicht?«

»Ja. Ich habe keine Zeit, es schneiden zu lassen. Es ist aber ziemlich durcheinander.«

»Lang sieht es besser aus. Wenn man eine so hübsche Haarfarbe hat, sollte man sie auch zeigen.«

»Du solltest in den Park mitkommen. Kensington Garden ist voller Tulpen, überall Rosa und Gelb und Karmesinrot und Weiß. Es sieht hübsch aus, wenn man im Bus daran vorbeifährt.«

»Klingt vulgär.«

»Ja, aber das ist es nicht. Außerdem, was ist falsch an einem bißchen Vulgarität?«

»Ich persönlich habe immer den Rosengarten von Königin Mary bevorzugt. Im Hyde Park gibt es zu viele Araber.«

»O Adam!«

»Ach, du weißt schon, was ich meine. Heiße Würstchen und Ghettoblaster.«

»Und mittlerweile Inlineskater. Warum gehen wir nicht in den Rosengarten? Es ist nicht weit. Wir könnten ein Picknick machen.«

Langsam erwärmte sich Adam für die Idee, fing sogar an, sich zu freuen. »Wir könnten Andrew dazubitten und Tom und Georgina.«

»Ich habe Andrew nie kennengelernt.«

»Er ist nett. Du wirst ihn mögen, wirklich. Er wirkt steif, der typische feine englische Pinkel, aber das ist er in Wirklichkeit nicht. Er bringt einen dazu, alle möglichen Dinge auf Bildern und an Gebäuden wahrzunehmen. Mir sind die kleinen gußeisernen Flammen oben auf den alten Verkehrsampeln nie aufgefallen, bevor ich ihn kannte. Er hat sich mit Tom entzweit, als er sich mit Fiona verlobte –«

»Schrecklich, daß ihr alle miteinander Affären hattet. Wie *La Ronde*«, sagte Mary ohne nachzudenken. »Oh, du natürlich nicht –«

»Nun, mit Andrew ein wenig in der Schule. Ich mußte ihn bedienen.«

Sie lachte entsetzt auf. »Du meinst –?«

»Krallen zeigen, Liebling, Krallen zeigen. Wie auch immer, du gehörst auch dazu. Durch Mark.«

»Uuhh.«

»Mary, hör zu, du mußt endlich aufhören, ihn zu hassen. Nicht, weil er sich nicht wie ein Scheißkerl aufgeführt hätte, sondern weil es solch eine nutzlose Verschwendung geistiger Energien ist.«

»Es hat mir das Schreiben beigebracht.«

»Ich glaube, das konntest du schon immer.«

»Vielleicht. Aber nur eine echte Notlage hat es aus mir herausgeholt. Es ist nicht mehr so schlimm wie am Anfang, weißt du – ich meine, ich habe nicht mehr jedesmal, wenn ich seinen Namen sehe oder höre, das Gefühl, ich müßte mich übergeben.

Ich nehme an, nach zwei Jahren gilt das als Fortschritt. Das Problem ist, daß ich mich daran gewöhnt habe. Man kann süchtig werden danach, jemanden zu hassen, genau wie danach, jemanden zu lieben.«

»Du hast Angst davor, was übrigbliebe, wenn du aufhören würdest.«

»Ja, genau so ist es. Im Moment habe ich es wegen dir unter Kontrolle. Es ist beschämend, daß ich im Leben einen Mittelpunkt brauche, aber so ist es. Ich wünschte, ich wäre stark genug, ohne Männer auszukommen, von der Arbeit vollkommen aufgesogen zu werden, ohne je zu bemerken, wie einfältig das ist. Kellnerin zu sein hat mir nichts ausgemacht, solange ich Mark hatte. Natürlich wußte ich mehr oder weniger, daß ich intelligent genug war, etwas anderes zu tun, aber die Geschäftigkeit und die Leute im Club haben mir Spaß gemacht.«

»Du möchtest aber nicht dorthin zurück?«

»Nein.« Sie seufzte. »Nein, das liegt alles hinter mir, wie ein anderes Leben.«

»Na gut. Wenn ich dir zuhöre, habe ich manchmal das Gefühl, den Feminismus habe es nie gegeben.«

»Du vergißt, daß ich nicht wirklich aus der Mittelschicht komme.«

»Trotzdem ist Haß für den Hassenden destruktiv. Er verzehrt sich selbst und dich und nährt sich von diesem Verzehren. Es ist der ganz ursprüngliche Teufelskreis.«

»Man kann Geschehenes nicht ungeschehen machen.«

»Ich weiß, ich weiß. Aber man kann es überwinden, unterordnen, indem man selbst größer wird als dieses Ding, das einem soviel Schmerz bereitet hat. Das wünsche ich mir für dich, Mary – daß du frei wirst. Du mußt größer werden als er, nicht als Kritikerin, sondern in dir selbst.«

Die Zärtlichkeit, mit der er sprach, ließ ihr heiße Tränen in die Augen steigen. Zum erstenmal erkannte sie, wie sehr er sie mochte, daß er sie vielleicht sogar ebenso liebte wie sie ihn.

»O Adam«, sagte Mary, »du beschämst mich so.«

»Tatsächlich?« Über sein häßliches Gesicht huschte ein Lächeln.
»Vielleicht ist das meine Rache.«

»Gut, dann ist sie fein gewählt.«

»Er hat dich nie verdient, Mary. Er ist so ein kleiner, mieser Typ!
Diese Schlangenaugen hätten dich warnen sollen.«

»Er ist besser als Ivo.«

»War das die einzige Alternative? Außerdem kommt mir Ivo,
Speichellecker der er ist, doch um einiges besser vor, als du behauptest.«

»Du überraschst mich.«

»Ich überrasche mich selbst. Das ist der große Vorteil der Krankheit, weißt du. Sie gibt einem viel Zeit, darüber nachzudenken,
wie die Leute wirklich sind. Ivo mag ein Speichellecker und Abschaum sein, aber auf seine Weise ist er eigentlich ein ganz netter
Mann. Er hat mit seinem Verriß nur seine Arbeit getan, denn es
war ein schlechtes Buch. Ja, das war es, Mary, das weiß ich. Es ist
nur schade, daß er es auf eine so persönliche Art getan hat.«

»Aber er ist korrupt.«

»Oh, ich behaupte nicht das Gegenteil. Andererseits hat er nicht
versucht, dich in einen Käfig zu sperren und dir das Herz auszu-
reißen. Er hat auf seine fummelnde Art versucht dir zu helfen, ein
anderer Mensch zu werden.«

»Es war mit Sicherheit fummelnd«, sagte Mary trocken.

»Du solltest heiraten, was auch immer du sonst tust. Es ist dein
natürlicher Zustand, wie die Einsamkeit meiner ist. Du bist gut zu
mir gewesen, Mary, ich möchte dich glücklich sehen.«

»Oh, pssst, rede nicht so. Ich war nicht gut, ich war schrecklich.
Ich habe den einzigen wirklichen Freund verraten, den ich je
hatte. Gibt es etwas Schlimmeres? Was denkst du wohl von mir?«

»Was auch immer du getan hast, es war oberflächlich. Dich um
mich zu kümmern, mich zu pflegen ist es nicht.«

»Adam, wenn ich sterben könnte«, begann Mary und brach in
Tränen aus, »wenn ich sterben könnte, um dich zu retten, würde
ich es tun. Mein Leben ist ohnehin nichts wert. Ich werde nie
irgend etwas von all den Dingen tun, die du tun könntest.«

»Du bist einfach noch jung.«

»Ich fühle mich nicht so. Innerlich bin ich eine alte Schachtel.«

»Das wirst du nicht bleiben. Du wirst wieder jung werden. So sehe ich dich, glücklich und umgeben von Liebe.«

»Das kann ich nicht glauben.«

»Das ist das Dumme am Erwachsensein«, sagte Adam. »Man bringt sich bei, nur an schreckliche Dinge zu glauben. Doch es gibt so vieles, was wunderbar und gut ist. Glück ist ein bißchen wie Schwimmenlernen. Du mußt aufhören, dich zu wehren und zu erschrecken, sondern es einfach geschehen lassen.«

Das schöne Wetter dauerte an, und Mary rief der Reihe nach Adams wenige enge Freunde an und lud sie zu dem Picknick ein. Alle sagten zu und boten in einem Ton schuldbewußter Begeisterung an, etwas zu essen und sogar Champagner mitzubringen. Mary wußte, daß sie alle das Gefühl hatten, sie hätten ihn öfter besuchen sollen. Doch sie wußte auch, daß sie, im Gegensatz zu ihr, alle ein eigenes, geschäftiges Leben führten und daß sie sich davor fürchteten, daß jemand, den sie kannten, so jung starb.

Was mache ich, wenn er stirbt? dachte Mary. Ihre sechs Wochen Aufschub in Chelsea waren beinahe vorüber, und sie hatte kaum mit der mühsamen Suche nach einer anderen Wohnung oder einem Zimmer angefangen. Sie konnte nicht bei Adam einziehen – das würde sie beide wahnsinnig machen. Zweimal hatte sie morgens die *Times* und den *Evening Standard* gekauft, um nach Wohngemeinschaften Ausschau zu halten, aber bereits am Telephon durchzukommen erwies sich als Alptraum. Und wie sollte sie die Miete bezahlen, wo sie bereits auf Kredit lebte?

Der Tag des Picknicks kam. Es klingelte, und Tom kam herauf, um Adam die schmale Treppe hinunterzuhelfen. Als sie an Mabels Wohnung vorbeigingen, sagte Tom: »Sieh mal, hier ist alles zugenagelt.«

»Dann haben sie es geschafft, sie rauszubekommen.«

»Entweder das, oder sie ist gestorben.«

»Es gibt ein Kündigungsschreiben von der Pensionskasse.«

»Davon habe ich noch nie gehört. Womöglich ist sie noch drinnen?«

»Sie hatte Verwandte auf dem Land. Vielleicht ist sie zu ihnen gezogen. Sie war wirklich schon ziemlich alt.«

»Dann bist du der letzte, der noch übrig ist, Adam. Nun, dich können sie nicht hinauswerfen.«

»Nein, ich weiß.« Er lächelte seltsam.

Tom hatte aus dem Krankenhaus einen faltbaren Rollstuhl mitgebracht. Es war eine Erleichterung, als Adam einwilligte, sich hineinzusetzen. Georgina und Andrew erwarteten sie mit Plastiktüten, in denen es einladend klirrte.

»Du kannst doch trinken, Adam, oder?« fragte Georgina betroffen.

»O ja. Ich habe es zumindest vor. Das ist wunderbar. Ich bin in einer Art – duftendem farbigem Nebel. Würde es euch etwas ausmachen – mich ein wenig herumzurollen?«

»Nein, nein, überhaupt nicht«, sagten alle.

Also schoben sie ihn durch die Gegend, manchmal ein wenig verlegen wegen der Blicke, die er wegen seines erbärmlichen Aussehens auf sich zog und von denen ihn sein schwindendes Augenlicht abschirmte.

»Wir hätten das schon früher mal machen sollen«, sagte Georgina.

»Nein«, sagte Adam. »Heute ist der beste Tag dafür. Genau das wollte ich, einen vollkommenen Tag.«

Er lauschte auf den Wasserfall.

»Ich habe diesen Ort und seine Bedeutung immer sehr gemocht. Die Innenstadt von London ist voller Schönheit – und gleichzeitig voll mit solch entsetzlich schlechten Statuen. Hier ist beinahe die genaue Mitte, nicht von der eigentlichen Stadt, aber von unserem gedachten Stadtplan.«

»Bist du je in einem Freilufttheater gewesen?«

»Nein.«

»Wir sollten –« Doch dann erinnerte sich Georgina wieder und verstummte.

»Es ist seltsam, wie Enten einen immer an Menschen erinnern«, sagte Andrew Evenlode leichthin.

»Das tun fast alle Tiere. Im Zoo gibt es ein Kamel, das Tennyson tierisch ähnlich sieht.«

»Auf diese Weise hat mein Vater sich beigebracht, Cartoons zu zeichnen«, sagte Tom. »Ich erinnere mich an einen von einem Mann, der versucht hat, sich mit einem Rhinozeros in den Zähnen herumzustochern.«

Mary, die wie früher eingeschüchtert geschwiegen hatte, lachte.

»Wo sollen wir anhalten, Adam?«

»Nicht im Rosengarten. Näher an dem scheußlichen Brunnen mit dem Triton. Dort ist das Gras schön dicht.«

Sie fanden einen geeigneten Platz und breiteten Decken und Kissen aus. Sie halfen Adam aus dem Rollstuhl und setzten ihn langsam auf den Boden. Es roch nach trocknendem Gras. Von der Stadt war kein Laut zu hören, nur Vögel und das Plätschern des Wassers.

»Was für Köstlichkeiten!« rief Mary, der das Wasser im Munde zusammenlief, als sie die Lebensmittel auspackte. Es gab Lachsfilets im Teigmantel, wilden Reis mit winzigen Nüssen und roten und gelben Paprikastückchen, Kartoffeln in Mayonnaise, Desserts, in denen sich Baiser, Obst, Sahne und Schokolade dergestalt vermischten, daß sie so etwas wie ein Überlagern der Sinne darstellten. Tom öffnete vorsichtig den Champagner, doch im letzten Moment, als er den Kork herausdrehen wollte, schoß er heraus und traf Andrew an der Stirn.

Einen Moment lang herrschte betretenes Schweigen, dann fingen die beiden Männer an zu lachen. Sie lachten und lachten, rollten wie Hunde auf der Decke herum.

»Jungs, Jungs«, sagte Georgina.

»Oh, seid still«, sagte Mary verärgert.

Wie trivial das alles war, diese Sorge, wer nun wen liebte … Sie dachte an das Gedicht, das Adam ihr zu lesen gegeben hatte, seinen zarten Witz und die Trauer darin. So konnte man nicht durchs Leben gehen, brennend vor Liebe, man brauchte eine gewöhnlichere Art der Leidenschaft, wie Brot. Doch wer von uns ist nicht verletzt worden? dachte sie. Andrew und Georgina lebten beide in Scheidung, dann Adam und sie selbst … Nur Tom schien weitgehend unversehrt.

»Willst du nichts essen? Du scheinst von Luft zu leben.«

Adam setzte sich auf. Langsam brachte er mit seiner mageren Hand ein paar Häppchen von jedem Gericht an seinen Mund. Mary beobachtete ihn ängstlich, mütterlich, und fürchtete, daß er anfangen würde zu würgen. Sie wußte, daß jede Art von Essen ihm Übelkeit verursachte. Er aß, und dann sagte er ruhig, als wäre es die normalste Sache der Welt: »Ich habe die hier gesammelt. Aber jemand muß sie für mich zerkrümeln.« Er zog ein Pillenfläschchen aus der Tasche und wandte sich an Tom. »Ich glaube, es sind genug.«

»Adam, das kann doch nicht dein Ernst sein!«

»Hör ihn dir an«, wandte Mary sich an Georgina, und ihre latente Antipathie verwandelte sich plötzlich in Zorn. »Wie kannst du daran zweifeln? Es ist sein Recht!«

»Ich dachte, es ginge dir besser«, sagte Georgina mit herabgezogenen Mundwinkeln wie ein Kind.

»Es wird mir nie mehr bessergehen, Georgie. Nur schlechter.«

»Aber heute hat es dir gefallen, oder nicht? Es kann noch andere gute Tage geben.«

Ein langes Schweigen herrschte. Adam saß geduldig da.

»Er möchte an einem guten Tag gehen, verstehst du das nicht?« sagte Andrew Evenlode.

»Ich bin so müde«, sagte Adam. »Ich möchte einfach sterben, jetzt, solange ich noch ich selbst bin.«

Sie saßen in dem warmen Dunst und tranken. Eine Amsel flog keckernd aus einem Busch.

»Tom?«

»Leben heißt sterben«, sagte Tom. »Mir ist nicht gestattet, dieses Paradox aufzuheben.«

»Aber Adam wird sowieso sterben«, sagte Mary.

»Mary hat recht«, sagte Andrew, und irgendwie wurde es entschieden.

»Ich brauche einen Löffel«, sagte Tom. »Aber du brauchst etwas Stärkeres als Champagner. Brandy, Gin, irgendeinen Schnaps.«

Mary holte ihre kleine Flasche Jameson's heraus. Sie hatte seit Monaten keinen Alkohol mehr angerührt, diese Flasche aber für alle Fälle behalten.

»Reicht das?«

»Ja«, sagte Tom.

Wie schön er war, dieser Tag, die Bäume mit den jungen Blättern und überall Vogelgezwitscher! Die Luft stieg warm und süß von den Straßen und Parkanlagen auf, schimmerte kaum wahrnehmbar, das Knattern eines Hubschraubers klang kaum lauter als eine Biene. Max de Monde, der wie Gott aus dem Himmel die Stadt betrachtete, die ihn aufgenommen und zurückgewiesen hatte. Sie war nicht so grandios wie Paris oder Rom, kein Produkt aus Energie und Inspiration wie New York, auch keine ästhetische Kreation wie Florenz. Ihr Fluß wand sich unter vielen Brücken hindurch, war sowohl funktional als auch phantastisch, ein breiter, glitzernder Streifen mit brackigem braunem Wasser, das mit Ebbe und Flut anstieg oder fiel. Sie konnte trist und erbärmlich aussehen oder von erhabener Eleganz sein. Sie war nach dem Prinzip gewachsen, daß man nur dann Geld geliehen bekam, wenn man beweisen konnte, daß man es nicht brauchte, doch diesen besonderen Umkehrschluß hatte er so lange wie möglich durch seine eigene Form der Bankgeschäfte umgangen.

Ich habe meine Zeit gehabt, dachte er, und die wirbelnden Rotorblätter, die ihn auf so wunderbare Weise in der Schwebe hielten, wie früher sein Wille und seine Lügen, verloren plötzlich ihre Kraft und fielen, fielen, fielen, unaufhaltsam, und die unbezwingbare Nacht prallte auf einen unbewegten Gegenstand, bis er von dem Schatten verschluckt wurde, den er so lange geworfen hatte.

Instinktiv verbreiten Menschen wie Ivo stets schlechte Nachrichten. Doch was tun, wenn die Information seine eigene Zeitung betraf? Ehe er keinen neuen Job gefunden hatte, konnte er natürlich nicht einfach irgend jemandem erzählen, daß Max de Monde so weit gegangen war, das Treuhandvermögen seiner eigenen Tochter zu veruntreuen. Die anderen sollten fressen oder sterben – es war schon seit einiger Zeit klar, daß der *Chronicle* sich jenseits aller vernünftigen Hoffnungen auf Besserung befand. Natürlich hielt man immer Ausschau nach einer besseren Bleibe, doch jetzt schüttelte Ivo seine Trägheit ab und schrieb eine Reihe blendend witziger Artikel. Er schrieb über den Körper in der Dichtung, über die Sucht nach Hundertjahrfeiern, über die Popularität des Detektivromans und die jährlich wiederkehrenden Versuche, Politik in Mode kommen zu lassen. Ivo warf seinen Köder aus. Glücklicherweise hatten die Redakteure, deren Aufmerksamkeit er auf sich ziehen wollte, ein so kurzes Gedächtnis, daß sie nicht innehielten, um sich zu erkundigen, warum er nicht mehr geschrieben hatte. Sie erinnerten sich plötzlich daran, daß Ivo Sponge ein begabter Journalist war, im *Chronicle* verschwendet, und genau das war seine Absicht.

Ivo machte seine Runde im Slouch Club. Er verfügte über diese umwerfende Information, die er dem richtigen Käufer zum Tausch anbieten konnte, eine Neuigkeit, die nicht nur Max de Monde stürzen würde, sondern, viel wichtiger noch, auch Mark. Was er auf dem Anrufbeantworter der Crawleys mitgehört hatte, trug sämtliche Merkmale einer richtig saftigen Story – und er hatte das Band als Beweis. Das würde das Ende der Freundschaft mit Amelia bedeuten, doch sie hatte auf jeden Fall ihren Zweck erfüllt.

Der einzige Mensch, dem sein plötzliches Aufblühen entging, war Mark, wie Ivo mit einer Mischung aus Erleichterung und Verdruß feststellte.

Gegen seinen Willen und sehr zu seiner eigenen Überraschung war Mark vollkommen gefesselt von seiner Tochter. Es ist eine biologische Angelegenheit, dachte er, daß die Natur sie so schuf, daß sie während der verletzlichsten und schwierigsten Zeit ihres Lebens so anziehend waren. Rose ähnelte ihm sehr, und das tröstete ihn über Fionas Abwesenheit in seinem Bett und seinem Leben besser hinweg, als er es je für möglich gehalten hätte. Zu sehen, wie seine eigenen Augen ihn aus Roses makellosem Gesicht ansahen, war außerordentlich anrührend. Doch was wirklich sein Interesse erregte, war ihre Leidenschaft für Bücher.

Geduldig setzte er sie sich auf den Schoß und las ihr zum fünfzigsten Mal *Die Geschichte von Jemima Puddleduck* vor, wobei er mit seiner klanglosen Stimme bewußt zu betonen versuchte, während er über die Semiotik von Beatrix Potter nachdachte. Zum erstenmal seit Ende seines Studiums kaufte er Bücher, staunte über die Welt, die sich vor ihm auftat, über die zarte und dennoch robuste Einbildungskraft, die solche Werke für die ganz Kleinen ersonnen hatte. Zusammen rasten Mark und Rose durch Hairy Maclary, Mog the Cat, die Riesenfamilie und die vielen Bücher der Ahlbergs. Von Patrick Lynch und Errol le Cain illustrierte Märchen entfalteten sich unter ihren erstaunten Blicken. Mark, dessen verkrampftes Denken vollgestopft war mit Tausenden von Büchern und von Büchern über Bücher, war noch nie gezwungen gewesen, sich zu überlegen, was genau einen Drachen ausmachte oder einen Helden oder eine Familie, und er spürte, wie sich etwas Seltsames in ihm regte.

»*Spot the Dog* ist ab jetzt verbannt«, informierte er Amelia.

»Möchtest du lieber, daß sie Proust liest? ›Wo ist die Madeleine, Albertine? Liegt sie auf dem Bett? Ist sie im Schrank? Liegt sie – unter der Korkfliese?‹« Amelia sagte dies mit bissiger Ironie, doch zu ihrer Überraschung gab Mark sein Maschinengewehrgelächter von sich.

»Das war wirklich ein ziemlich guter Witz. Ich wußte nicht, daß du Proust gelesen hast.«

»Nur die ersten beiden Bände«, sagte Amelia, die ihre gewohnheitsmäßigen Lügen, welche Autoren sie gelesen und nicht gelesen hatte, aufgegeben hatte. (Viele Jahre später, als sie einigen von ihnen tatsächlich begegnete und von einem im besonderen hingerissen war, einer, der ihr ihre ganze Geschichte zu erzählen schien, sagte sie zu sich selbst: »Oh, ich hätte ihn nie geheiratet, wenn ich das gewußt hätte!« Doch andererseits – hätte sie Mark nicht geheiratet, hätte sie sich nie solchen Autoren zugewandt.) Sie schenkte ihm einen verächtlichen Blick. »Die über die Liebe. Die meisten Leute lesen nur die.«

»Mir sind die meisten Leute ziemlich egal, dir nicht?«

»Nein, eigentlich nicht«, sagte Amelia und stand auf, weil es an der Tür geklingelt hatte. »Mir sind sie nicht egal.«

32.

Zu spät

Nichts in seinem Leben hatte Max de Monde je so sehr geschmeichelt wie sein Verlassen desselben. Eine ganze Woche nach dem Absturz seines Hubschraubers erschienen in sämtlichen überregionalen Zeitungen Nachrufe, in denen er als moderner Koloß beschrieben wurde, als liebenswerter Tyrann, als schneidiger Unternehmer. Der Grund dafür lag weniger in der archaischen Angst, schlecht von den Toten zu sprechen, als in der moderneren Angst der besitzenden Kräfte, die nicht deutlich machen wollten, daß auch sie sterblich waren und auf tönernen Füßen standen. Andere, geringere Wesen aus der Finanzwelt und den Medien waren gekauft oder zum Schweigen gebracht worden und schämten sich dessen zu sehr, um den Hagiographien de Mondes etwas entgegenzusetzen.

So wurde er gelobt als der Mann, der den *Chronicle* gerettet hatte, und die Erinnerung an seine üppigen Partys stand in den Gedanken vieler, die um ihn trauerten, immer noch an erster Stelle. In der Themse suchte man mit einem Schleppnetz nach dem Flugschreiber seines Hubschraubers, und es wurden Arrangements für ein großes Begräbnis getroffen.

Dann – Amelia hatte gewußt, daß es kommen würde – begannen Informationen über die Straftaten ihres Vaters durchzusickern.

»BANKROTTER TYCOON BESTAHL EIGENE TOCHTER«, hieß es in einer Überschrift, und die Schleusen öffneten sich. Innerhalb eines Tages fielen die Aktien der MDM-Gruppe beinahe so tief wie de Monde selbst. Ganze 300 Millionen Pfund wurden als fehlend ausgewiesen. Alte Geschichten und Spitznamen tauchten wieder auf, und bald war erwiesen: Der Levantiner hatte sich aus dem Leben davongestohlen und seine Angestellten, seine Frau und seine Erben ohne einen Penny zurückgelassen. Von einschränkenden Verleumdungsklagen befreit, wurden die Gerüchte wilder und wilder. Es hieß, daß er dazu benutzt worden war, sowohl Waffen- als auch Drogengeld zu waschen, es gab Geschichten von Orgien und ekelerregenden persönlichen Gewohnheiten, Geschichten von enormen Summen, die er von der Bank bis zum Metzger jedem schuldete. Mrs. de Monde wurde allgemein bemitleidet, denn die Untreue und Tyrannei ihres Ehemanns waren wohlbekannt, und sie war in ihrem Geschmack bescheiden geblieben. Der ganze aufgestaute Haß, den die Menschen für Max empfanden, wurde zu einer Heimsuchung für seine Tochter.

Wie sehr bedauerte Amelia jetzt, je ihr Reisebuch veröffentlicht zu haben! Jedes Interview, das sie gegeben, jede Kolumne, die sie geschrieben hatte, ihre Wahl, was Kleider, Partner, Worte betraf, wurden nun der Lächerlichkeit preisgegeben. Ihre Eitelkeit, ihre Vulgarität, ihre Bosheit, ihre Unaufrichtigkeit, ihr gesellschaftlicher Ehrgeiz – alles wurde kritisiert. Es nutzte nichts, sich dagegen zu verwahren, daß es die Amelia, über die diese Dinge vor langer Zeit geschrieben worden waren, schon lange nicht mehr gab, daß sie selbst in einer von ihrem Vater genährten Illusion gelebt hatte. Die beruflichen und sozialen Ressentiments, vor denen er sie sein ganzes Leben lang beschützt hatte, sammelten sich jetzt und ergossen sich über sie wie schwarzer Regen.

Für Mark war dies der letzte Schlag gegen seine Ehe. Sämtliche Geziertheiten und Affektiertheiten seiner Frau, die ein anderer Charaktertyp besänftigt oder gemildert hätte, waren Gift für ihn, und seine ganze Geringschätzung, die von dem Gedanken an ihr Treuhandvermögen in Schach gehalten worden war, ergoß sich nun über sie.

»Du schmatzt beim Essen wie ein Bauer«, sagte er bei den Mahlzeiten, oder: »Deine Nase ist wirklich groß, nicht wahr? Weißt du übrigens, daß die Nase das einzige ist, was ein Leben lang weiterwächst? Wenn du vierzig bist, wirst du aussehen wie ein Rhinozeros.«

Amelia, in die äußere Dunkelheit der Trauer hinausgeschleudert, verstand kaum, was er sagte, sie wußte nur, daß es sie vernichten sollte. Sie hörte nicht darauf, nahm es nur als eine Art ärgerliches Hintergrundgeräusch. Ihre Liebe zu ihrem Vater und ihr Haß auf ihn waren so sehr viel größer als das jämmerliche Ding, das Mark darstellte, daß seine Ansichten sie kaum interessierten. Sie erinnerte sich an tausend Dinge, die mit Max zu tun hatten – wie sie ihn als Kind so sehr angebetet hatte, daß sie ihm in ihrer Phantasie alles Blut in ihrem Körper für eine Transfusion zur Verfügung gestellt hatte. Sie hatte geträumt, wie sie dalag und blasser und blasser wurde, während er röter und röter anlief, bis er sein großes, röhrendes Lachen lachte und ihren leblosen Körper in seine Arme nahm. Wie er ihr das Fahrradfahren und später das Autofahren beigebracht hatte, wie er ihr gesagt hatte, daß sie schön sei, und wie es ihr immer gelungen war, ihn zu jedem Geschenk zu überreden, sei es auch noch so teuer.

Doch sie erinnerte sich auch an seine Launen, seine Grausamkeit, seine grobe, abwertende Art allen anderen gegenüber. Er hatte sie mit der Peitsche geschlagen, wenn sie ihm nicht gehorchte, und er hatte ihr seinen eigenen Mangel an Respekt vor all denen beigebracht, die moralisch auf dem hohen Roß saßen.

»Jeder Mensch muß scheißen, Melie«, sagte er, »vergiß das nie«, und ließ die Waschlappen, die er an Stelle von Toilettenpapier benutzte, für die Mädchen zum Waschen auf dem Boden liegen, ebenso wie seinen Darminhalt zum Wegspülen.

Er hat mich genauso behandelt wie seine Angestellten, dachte Amelia eines Tages. Solange ich versucht habe, mich von ihm zu befreien, hat er mir alles gegeben, aber sobald ich tatsächlich weg war, war ich ein Nichts, dem er nur seine dunkle, kalte, lichtlose Seite zeigte, und wurde in die Außenbezirke von London verbannt.

Sie brauchte lange, um das zu begreifen, und während sie damit beschäftigt war, las sie unentwegt die Zeitungen und sah sich die Nachrichten an. Es sickerte durch, daß sie noch das geringste Opfer ihres Vaters war – und selbst als solches sahen sie nur wenige.

Was sie in dieser ganzen Zeit rettete, waren Rose, ihre Liebe und ihr Bedürfnis nach Liebe, und Grace.

»Mir ist egal, was in den Zeitungen steht, ich weiß, daß Sie ein guter Mensch sind«, sagte Grace, »und das wissen auch Ihre Nachbarn, und das weiß auch mein Billy. Kinder sind wie Tiere, sie wissen, wenn jemand kein gutes Herz hat.«

Amelia lächelte darüber – denn war sie nicht selbst seit ihrer Kindheit getäuscht worden? –, doch sie wußte es zu schätzen. Billy kam jeden Nachmittag und spielte mit Rose, und das war ein weiterer Rettungsanker.

»Macht sich gut für deine Glaubwürdigkeit in der Öffentlichkeit, wenn so ein kleines Negerlein zur Haustür reinkommt, oder?« bemerkte Mark sarkastisch.

»Rose braucht jeden Freund, der sich bietet, vor allem, da sie wohl kaum einen Bruder oder eine Schwester bekommen wird«, sagte Amelia und schluckte ihre Wut über die Art, wie er Billy beschrieb, hinunter. »Er ist ein lieber Junge, gescheit und vorsichtig, und Rose liebt ihn.«

Graces Bed-and-Breakfast lag ganz in der Nähe. Es hörte sich furchtbar an, wie sie untergebracht war: bis zu zwei Familien zusammengepfercht in einem Raum, überall der Gestank nach Bratfett und Pisse, ungewaschenen Kleidern und Leibern, und die Menschen in beständiger Angst, ausgeraubt zu werden. Grace und Billy hatten Glück: Sie hatten einen schrankgroßen Raum zum Schlafen, Waschen und Kochen für sich, doch sie waren ständig nervös, und Grace war sichtlich müde.

»Der Stadtrat sagt immer, daß wir neue Wohnungen bekommen werden, aber jetzt ist es schon neun Monate her«, sagte Grace. »Ich weiß nicht, was ich machen soll. Was mich wirklich verrückt macht, ist die Tatsache, daß es sie jede Woche 300 Pfund kostet, damit wir dort bleiben können. Wenigstens ist es ein solches Chaos, daß niemand etwas gegen die Katze sagt.«

Sie erzählte Amelia von den Streitereien und dem Geschrei und von der asiatischen Familie von nebenan, die ihre Tochter in einen Schrank sperrte, weil sie sich einer arrangierten Heirat widersetzte. Billy hatte bereits einen hysterischen Anfall bekommen, weil ein älteres Mädchen ihm sein neues Spielzeugpferd weggeschnappt hatte. Das andere behielt er fest in seiner Tasche und holte es nur heraus, wenn er mit Rose spielte.

Amelia hatte keine Ahnung, wie Grace das aushielt, doch sie half ihr auf jede erdenkliche Art, die ihr einfiel. »Ich weiß nicht, wie du es schaffst, die Nerven zu behalten«, sagte sie.

»Nun, ich habe keine andere Wahl, oder?« sagte Grace. Sie wurde immer mehr zur Freundin statt einer Angestellten, und es war ihr fast peinlich, am Ende der Woche Geld entgegenzunehmen.

Was Grace am meisten aus dem Gleichgewicht brachte, war, daß sie bei dem Brand das kleine Photoalbum mit den Photos von Billy als Baby und die Papiere ihrer Mutter verloren hatte.

»Der Rest ist mir egal, das war alles Schrott, aber diese Bilder und das andere, das war meine Geschichte«, sagte sie.

Amelia machte an den Vorderfenstern die Läden zu und verriegelte sie. Ein Dutzend Reporter und Photographen hatte sich auf der Straße und in ihrem Vorgarten versammelt. Sie zertrampelten ihre Blumen und balancierten auf der Mülltonne. Am Tag zuvor hatte sie den Telephonhörer neben den Apparat gelegt, doch auch so war es unmöglich, ein bißchen Ruhe zu finden.

»Verpißt euch, oder ich rufe die Polizei!« hatte sie zu ihnen hinuntergebrüllt, als sie tatsächlich um sechs Uhr morgens anfingen, gegen ihre Haustür zu hämmern. Doch dann war die Polizei gekommen, um sie, Amelia, zu vernehmen. Sie wußte natürlich nichts, und ihre Anwälte konnten das beweisen, doch das vermehrte nur den Streß und das lautstarke Geschrei nach einem Photo von Max' Tochter.

Nur Mark oder Grace durften hinein oder hinaus, und letztere kam inzwischen hinten herum, über die Gartenmauer. Die Nachbarn der Crawleys waren zurückhaltend neugierig. Amelia tat ihnen leid: Schließlich war sie eine Mutter wie sie, übergewichtig, belästigt, farblos. Sie hatten sie erst kennengelernt, als sie schwanger gewesen war, und etliche hatten Kinder im selben Alter wie Rose. Sie stimmten überein, daß Amelia, was immer die Zeitungen auch sagten, nie hochnäsig gewesen war: Amelia hatte ihre zögerlichen Angebote von gebrauchter Kinderbekleidung und gebrauchten Kinderbetten dankbar angenommen und ihnen dafür Blumen, Bücher und Lebensmittel geschenkt. Jetzt halfen sie Amelia auf hundert kleine Arten, zum Beispiel, indem sie Rose zum Mittagessen oder zum Tee einluden oder für Amelia einkauften, und genossen den Skandal außerordentlich.

Mark wollte nichts davon wissen. »Ich kann meine Kolumne nicht schreiben, wenn ich nicht genug schlafe«, sagte er. »Und ich will nicht, daß diese neugierigen Leute sich in unser Leben einmischen.«

»Deine Kolumne wird wahrscheinlich verschwinden, zusammen mit der Zeitung«, sagte Amelia. »Deine Familie jedoch nicht. Kannst du mich nicht ein einziges Mal in unserer Ehe ein bißchen unterstützen?«

Rose fragte mit ihrem klaren Stimmchen: »Warum kommst du immer durch das Fenster und machst *bzzz, bzzz, bzzz*?«

Ein Photograph war auf eine Leiter gestiegen und äugte über den hölzernen Laden in die Finsternis. Amelia sprang vor und riß gerade den Vorhang zu, als er den Blitz auslöste.

Jemand anderes klopfte an die Tür.

»VERSCHWINDE!« schrie sie.

Diesmal war es jedoch ihre Mutter. »Komm schon, Liebling, gib ihnen, was sie wollen, dann werden sie weggehen. Komm, wir bürsten dein Haar und legen ein bißchen Make-up auf. So!«

Amelia, zu müde, um zu protestieren, ließ sich zur Haustür hinausführen und mit ihrer Mutter und ihrer Tochter photographieren. Wie vorausgesagt, verschwanden die Schlimmsten von ihnen danach zufrieden.

»Soll ich uns einen Tee kochen? Wir könnten auch für die Leute draußen welchen machen, oder?«

»Du scheinst es mit großer Gelassenheit aufzunehmen, Mummy.«

»Vor meiner Tür haben sie auch gecampt. Außerdem wußte ich schon immer, daß Max nicht ehrlich war«, sagte Mrs. de Monde.

»Hast du ihm verziehen?«

»Nicht direkt. Aber zumindest war er ehrlich über seine Unehrlichkeit. Das sind nur wenige.« Sie nippte an ihrem Tee.

»Stimmt«, sagte Amelia und dachte mit einer gewissen Bitterkeit an ihre Beziehung zu Mark. »Das ist eine Art Tugend.«

»Wie nimmt Mark es auf?«

»Schlecht. Er ist sehr puritanisch, weißt du, ganz Cambridge. Irgend etwas an diesem flachen Land läßt die Leute zu Zensoren werden, glaube ich. Die Leute aus Oxford sind mehr, nun …«

»Hügelig?«

Sie lächelten beide.

»So wie es aussieht, denke ich, daß wir unsere Beziehung wahrscheinlich für beendet erklären werden.«

»Es tut mir leid, das zu hören.«

»Nun, es war nie eine richtige Ehe. Wir passen eigentlich gar nicht zueinander, weißt du. Wenn es nicht wegen Rose gewesen wäre, hätte es sich wahrscheinlich nach zwei Monaten erledigt gehabt. Oh, ich wünschte, Grace würde kommen!«

Rose langweilte sich und fing an zu nörgeln. »Mummy, Mummy, lies ein Buch!«

Die Türglocke schellte wieder.

»Sie ist elektrisch, oder? Wir stellen sie ab«, sagte Mrs. de Monde knapp. Amelia hatte ihre Mutter noch nie so entschieden erlebt. »Das habe ich auch in Holland Park gemacht. Wo ist dein Werkzeug?«

Sie ging mit einer Zange bewaffnet in den Keller hinunter. »Ich habe elektrische Türklingeln schon immer gehaßt. Schreckliche Dinger.«

»Es ist seltsam«, sagte Amelia. »Das letzte Mal haben Photographen an meinem Hochzeitstag versucht, ein Bild von mir zu bekommen, erinnerst du dich? Er hat damals nicht mit mir gesprochen, er muß gewußt haben, was kommt.«

»Möglich. Aber Max hat immer geglaubt, im letzten Moment würde sich noch eine Lösung finden, wie alle Spieler.«

»Warum hast du ihn geheiratet, Mummy?«

»Du hast meine Familie nicht gekannt«, sagte Anne de Monde, während sie sich die Hände wusch. »Sie betrugen sich alle ziemlich typisch für ihre Zeit und ihre Gesellschaftsschicht – steif, ohne Gefühle, starr vor Konvention und Familienstolz. Und Max, nun, als erstes war er nicht einmal Engländer.«

»Warum bist du nach Beirut gegangen?«

»Oh, Beirut war früher wahnsinnig schick, wie Südfrankreich, nur exotischer. Du kannst dir nicht vorstellen, wie trist es in England nach dem Krieg war, vor allem auf dem Land: keine Farbe, alles rationiert, endlose Steuern, nicht einmal Hausmädchen, mit denen man sich hätte unterhalten können, nur ein riesiges, eisiges, hallendes Gebäude, das wir uns nicht leisten konnten, und alle Möbel unter Hussen versteckt. Ich wollte reisen. Meine Eltern wollten nichts davon wissen, bis – bis ich feststellte, daß ich schwanger war.«

»Du? *Schwanger*?«

»Ja.«

»Unverheiratet?«

»Ja.«

»Das hast du also damit gemeint, als du gesagt hast, das liege in der Familie. Wer war der Vater?«

Mrs. de Monde sagte müde, sehr müde: »Jemand, den ich unmöglich heiraten konnte.«

»Warum? War er schon verheiratet? War er arm?«

»Nein.«

»Hat er dich vergewaltigt?«

»Nein. Nein! Ich betete ihn an. Ich suchte verzweifelt nach Zuneigung, nach Aufmerksamkeit, nach Liebe. Es war nicht sein Fehler. Aber man mußte mich fortschicken, damit ich das Baby bekommen konnte.«

»Willst du damit sagen, daß du es *bekommen hast*?«

»Ja. Ich wurde nach Beirut geschickt. Daddy hat ein paar Fäden gezogen und mir für die Zeit danach einen Job in der Botschaft verschafft. Es gab dort ein Kloster, und die Nonnen halfen Frauen, die in derselben Situation waren wie ich, ihre Kinder zur Adoption zu geben. Es war eine entsetzliche Geburt, und man hat sie mir sofort weggenommen. Es fühlte sich kaum wirklich an, es wurde nie wirklich, bis ich fast zehn Jahre später dich bekam. Damals begann ich zu spüren, daß das, was ich getan hatte, etwas Schreckliches war.«

»Heißt das, daß ich eine Halbschwester habe? – Oh, bitte sei still, Liebling! – Wo? Wie alt ist sie?«

Mrs. de Monde sagte: »Sie wäre jetzt vierundvierzig.«

»Hast du nie versucht, sie zu finden?«

»Ich dachte, es wäre das beste, sie nicht zu suchen. Wegen Max, weißt du. Sie wurde von wunderbaren Leuten adoptiert – Engländern –, ich habe ihr einen Brief hinterlassen, für die Zeit, wenn sie erwachsen wurde. Aber das war vor dem Krieg dort. Das Kloster gibt es schon lange nicht mehr.«

»Wie hieß sie? Oh, da ist Grace, Gott sei Dank.«

»Ich habe sie Joy genannt«, sagte Mrs. de Monde, als der Schlüssel in der Haustür umgedreht wurde.

Nach Adams Beerdigung zog Mary in seine Wohnung. Sie mußte bei Phoebe ausziehen, und es schien logisch, Adams Wohnung zu übernehmen, da sie die letzten neun Monate sowieso schon seine Miete bezahlt hatte. Sie packte alles zusammen, was sie in einem Taxi mitnehmen konnte, genau wie vor langer Zeit vor Marks Wohnung in Brixton. Der Kreis hat sich geschlossen, dachte sie, nur daß ich jetzt noch einsamer bin, da es Adam nicht mehr gibt.

Sie erwartete immer noch, ihn zu sehen, wenn sie vom Wohnzimmer ins Schlafzimmer ging. Sie schlief in seinem Bett, dem Bett, das sie so viele hundert Male gemacht hatte und das sie nie mit ihm geteilt hatte. Er hatte nicht mit ihr gelebt, aber er war mit ihr gestorben, und sie fand, daß darin eine weit größere Intimität lag.

Mary unterhielt sich die ganze Zeit mit ihm, laut und auch in Gedanken. Die Vorstellung, daß sie einmal mit Mark so geredet hatte, nachdem er sie verlassen hatte, war seltsam. Diese Unterhaltungen waren, soweit sie sich erinnern konnte, nie so interessant gewesen. Sie suchte eine Erklärung dafür: Adam hatte durch und durch mit seiner Phantasie gelebt, Mark in einer toten Welt, Adam war Schriftsteller, Mark war Lohnschreiber. Doch der wahre Grund war, daß sie ihn geliebt hatte, mehr, als sie Mark je geliebt hatte.

Sie hatte sogar jetzt noch ein seltsames Gefühl, als sei Adam gar nicht tot, sondern auf geheimnisvolle Weise lebendig – nach dem zermürbenden Theater um den Totenschein und das Begräbnis und nachdem sie Adams Mutter erzählt hatte, daß er an Krebs gestorben sei und ihre schrecklichen Tränen ertragen hatte.

Die Luft schien vor Erwartung zu vibrieren, als hätte er sie gerade etwas gefragt, was sie nicht gehört hatte, und würde auf eine Antwort warten. Das hinderte sie daran, vollständig in Trauer zu versinken, obwohl sie sich sagte, daß es ein Gedankentrick sei, eine Selbsttäuschung.

Eines Tages begann sie damit, seine Papiere zu ordnen. Eigentlich wäre es Mrs. Sands Aufgabe gewesen, doch sie blieb in Norfolk, offensichtlich völlig am Ende. Mary packte ein Bündel Kleider zusammen, um sie ihr zu geben, doch sie glaubte nicht, daß sie damit etwas würde anfangen können, genausowenig wie mit seinen Büchern.

Mit den Papieren sollte es leichter sein. Adam war mehr als schlecht organisiert gewesen, und Mary stieß immer wieder auf letzte Zahlungsaufforderungen für diese oder jene Gas-, Wasseroder Stromrechnung, rot gedruckt und Jahre zurückliegend.

Schließlich fand sie jedoch eine Schuhschachtel voller ungeöffneter Briefe. Die Privatbriefe wollte sie nicht anrühren. Das meiste waren Rechnungen oder Mitteilungen seines Verlages darüber, welcher Betrag von seiner Vorauszahlung noch nicht gedeckt war, doch einer stammte von der Pensionskasse, der das Haus gehörte. Mary öffnete ihn.

Lieber Mr. Sands,
bezugnehmend auf unsere letzte Unterredung kann ich unsere Bereitschaft
bestätigen, Ihnen die Summe von 20000 Pfund auszuzahlen, falls Sie sich

bereit erklären, die Wohnung im obersten Stock an oben genannter Adresse zu räumen. Dabei handelt es sich um unser letztes Angebot. Bitte geben Sie uns eine schriftliche Bestätigung Ihrer Zusage.

Mary stand vor Erstaunen der Mund offen. Zwanzigtausend Pfund! Hätte Adam das nur gewußt! Dann sah sie noch einmal genauer hin. Er *hatte* es gewußt. Der Brief war vier Monate alt, und es wurde ein Telephongespräch darin erwähnt. Was war passiert? War das Angebot noch gültig?

Sie rief die Pensionskasse an. Ja, das Angebot galt noch. Alle möglichen Mitarbeiter hatten die Grippe gehabt, deshalb war man der Sache nicht schneller nachgegangen.

»Wissen Sie, daß Mr. Sands letzten Monat gestorben ist?« sagte Mary.

Diskrete Aufregung. Sie hatten es nicht gewußt.

»Ich habe während des letzten Jahres seine Miete bezahlt – mit Unterbrechungen sogar während der letzten zwei Jahre«, sagte Mary, tief Luft holend, als sie sich an den Scheck erinnerte, den sie ausgestellt hatte, kurz bevor Adam in die Ferien gefahren war. »Ich habe mit ihm in einem eheähnlichen Verhältnis zusammengelebt. Der Mieterschutz gilt auch für mich. Ich bin jedoch vollkommen damit einverstanden, die Wohnung für die angebotene Summe zu räumen.«

Als sie den Hörer auflegte, fühlte sie sich schwach. Wenn sie das nur gewußt hätte, es hätte ihr so viele Sorgen erspart! Sie hätte mit ihm in eine bequeme Mietwohnung ziehen, ihm mehr Eiscreme kaufen, eine Putzfrau engagieren können. Dann kam ihr in den Sinn, daß Adam Ausmaß und Tiefe ihrer Last einfach nicht begriffen hatte. Er war nie häuslich gewesen, hatte sich immer damit abgefunden, entweder wie ein Schwein zu hausen oder von Frauen bedient zu werden. Zudem hatte er nicht gewußt, wie lange seine Krankheit dauern würde. Er hatte dort bleiben wollen, in derselben kleinen Wohnung, wie Montaigne in seinem Turm. Doch dann entdeckte sie, daß er ihr auch etwas hatte hinterlassen wollen:

Er hatte schließlich doch noch ein Testament gemacht. Georgina und der Mann aus der Kunstgalerie im Erdgeschoß waren Zeugen gewesen. Er hatte ihr die Rechte an seinen Romanen, den veröffentlichten und dem unveröffentlichten, hinterlassen. Das Manuskript seines dritten lag in einem Aktenordner unter dem Bett, zusammen mit einem kurzen Brief. Die Handschrift war krakelig, aber deutlich.

Liebe Mary,
wenn Du es für gut genug hältst, schicke dies an Candida. Sonst verbrenne es.
Ich wünschte, ich hätte Dir mehr geben können.
Adam.

»O Adam!« sagte Mary atemlos, gerührt und entsetzt zugleich.

Sie betrachtete den Stoß Papiere in ihrer Hand, machte aber keinen Versuch, darin zu lesen. Das hätte ihre Möglichkeiten überstiegen. Er hatte es während seiner Krankheit geschrieben, und sie stand dem immer noch zu nahe. Sie wollte nicht in seinen letzten Gedanken herumschnüffeln, und sie wollte auch nicht entscheiden, ob sie überleben sollten oder nicht. Doch ebensowenig wollte sie das wenige zerstören, was von ihrem Freund geblieben war.

Schließlich brachte sie den Aktenordner zum Postamt, kaufte einen gepolsterten Umschlag und sandte ihn mit einem Begleitbrief an Candida. Als sie zurückkam, stellte sie fest, daß das Sozialamt endlich ein zurückdatiertes Scheckheft mit einem Gesamtwert von 700 Pfund geschickt hatte.

Der Scheck von der Versicherungsgesellschaft sollte ihr überreicht werden, sobald sie die Schlüssel übergab. Also machte sie sich daran, zu packen und sich eine neue Wohnung zu suchen. Sie fieberte vor Ungeduld, endlich ihre Schulden loszuwerden, obwohl ihre Bank, seit man dort wußte, daß sie ihren Kredit zurückzahlen würde, sie mit Angeboten überhäufte, ihn zu verlängern.

Ich brauche nicht einmal zu mieten, dachte sie. Mit zwanzigtausend Pfund könnte ich eine Anzahlung für eine Wohnung leisten, es endlich zu einem bißchen Sicherheit bringen.

Diese Gedanken hielten die an Adam in Schach. Als sie seine Wohnung verließ, wußte sie, daß die Quälerei aufhören und die wirkliche Trauerarbeit beginnen würde.

Am Tag bevor sie ausziehen mußte, ging sie mit einem Müllsack voller Abfall die Treppe hinunter und fand auf der Türmatte an der Haustür einen Umschlag. Er enthielt auf einer steifen, weißen Karte eine gravierte Einladung. Zuerst dachte sie, die Karte müsse von einem Verlag kommen, doch sie kam von Andrew Evenlode.

»Zu Hause«, hieß es verwirrenderweise, unter Angabe der Adresse in den Cotswolds.

Mary rief Tom an, der einzige Mensch, der ihr einfiel, bei dem es ihr nichts ausmachte, ihre Ignoranz zu zeigen.

»Was bedeutet das genau?«

»Er gibt eine Party. Einen B-, einen Ball. In der Mittsommernacht.«

»Oh. Das klingt«, sie fand, daß es erschreckend klang, »als ob es lustig würde.«

»Wahrscheinlich wird es ziemlich traurig. Die Familie verkauft, wegen Lloyd's. Sie wohnen schon seit Jahrhunderten da, mußt du wissen, und jetzt haben sie ihr ganzes Geld verloren.«

»Nun, sie hatten Glück, daß sie überhaupt einmal etwas besessen haben«, sagte Mary. »Ist es sehenswert?«

»Ja, sehr. Ich kann dich mitnehmen, wenn du willst.«

Sie sagte nach einer Pause: »Ich war noch nie auf einem Ball. Ich werde dort niemanden kennen.«

»Du kennst Andrew und Georgina.«

»Und dich.«

»Ja«, sagte Tom. »Du kennst mich.«

»Wie geht es dir?«

»Gut. Und dir?«

»Mir geht es auch gut. Ich habe eine neue Stelle.«

»Als Facharzt?«

»Ja.«

»Oh! Das freut mich für dich. Mit welchem Trick hast du es geschafft? Oder gab es gar keinen?«

»Nun«, sagte Tom, »ich hatte einfach Glück, weißt du.«

Sie hörte den Stolz und das mangelnde Selbstvertrauen in seiner Stimme. »Ist es ein gutes Krankenhaus?«

»Ja. Ich leite die Intensivstation. Unglücklicherweise ist es wie so viele Krankenhäuser in London von der Schließung bedroht.«

Mary lachte. »Zwei Schritte vor und drei zurück, nicht wahr?«

»Nun, anderen geht es auch nicht besser. Hast du das über Amelias Vater gehört?«

»Ja. Wie geht es ihr?« Mary empfand echtes Mitleid. Es ist seltsam, dachte sie. Sie war dieser Person nur zweimal begegnet, und doch waren ihre Leben auf das engste miteinander verknüpft gewesen. Ich hasse sie nicht mehr, stellte Mary fest. Wenn ich mir vorstelle, wie ihr Leben mit ihm sein muß und wie sie sich wegen ihres Vaters fühlen muß, dann tut sie mir richtig leid.

»Ganz gut«, sagte Tom in seiner üblichen zurückhaltenden Art.

»Wohnst du noch dort?«

»Ich bin ausgezogen. Ich kann mir eine eigene Wohnung leisten, seit ich jetzt ein bißchen mehr Sicherheit habe – wenn man es so nennen will.«

»Wird man dein Krankenhaus wirklich schließen?«

»Ich weiß es nicht. Niemand weiß das. Es gibt eine Menge Proteste. Eigentlich darf es nicht geschlossen werden. Die Leute haben nicht plötzlich keine Herzinfarkte mehr, bloß weil ein Haufen Arschlöcher in der Regierung Geld sparen will.«

»Tom«, sagte Mary, hielt jedoch gleich wieder inne.

»Ja?«

»Tom, ich glaube –« Sie brachte es nicht über sich, es zu sagen und sagte statt dessen förmlich: »Ich würde mich freuen, wenn du mich mitnehmen könntest.«

33.

Der Ball

Mary lebte inzwischen seit zwölf Jahren in England, doch von der Landschaft hatte sie außer auf der Reise von und nach Belfast noch nie etwas gesehen. Sie saß auf der Fahrt in die Cotswolds neben Tom Viner und schämte sich ihres Desinteresses.

»Wie schön es hier ist! Ich hätte nie gedacht, daß England so schön sein kann.«

»Wir haben Glück, daß so gutes Wetter ist.«

Es hatte lange gedauert, bis sie London hinter sich gelassen hatten. Die Schnellstraßenbrücke in Marylebone verlief sich allmählich in unendlichen häßlichen Reihenhäusern, viele davon mit Brettern vernagelt. Wegen des Lärms und der Abgase waren sie sogar für Einwanderer unbewohnbar. Die Sonne stand immer noch ziemlich hoch am Himmel und schien ihnen direkt in die Augen. Tom setzte eine Sonnenbrille auf.

»Du siehst aus wie in einem Film, Ray Bans und dunkler Anzug«, sagte Mary. »Ganz anders als deine üblichen alten Klamotten.«

Tom merkte, daß sein Stottern lauerte. Er sagte trocken: »Ich brauche die Brille, um richtig zu sehen. Im Handschuhf-, vor dir ist noch eine, wenn du möchtest.«

»Die von deiner Freundin?«

»Ich habe keine Freundin.«

Mary ballte die Fäuste und entspannte sie bewußt wieder. »Was ist mit dieser Ärztin?«

»Sie hat sich verlobt und wird einen Freund von mir heiraten. Einen Deutschen. Auch ein Arzt. Sehr netter Kerl.«

»Heiraten alle deine Exfreundinnen deine Freunde?« platzte es aus Mary heraus, ehe sie es verhindern konnte, doch Tom lachte.

»Nur eine oder zwei.«

»Du hattest natürlich Tausende.«

»Hunderttausende«, stimmte er zu.

»Oh!« sagte Mary, denn die Autobahn, die einen kalkigen Hügel durchschnitt, erreichte plötzlich eine Anhöhe, und ganz Oxfordshire lag vor ihnen ausgebreitet, wellte sich in die Ferne. »Jetzt liegt London wirklich hinter uns.«

»Ja, das Gefühl habe ich auch immer, wenn ich diese Straße entlangfahre. Ich war seit Jahren nicht mehr in Lode.«

»Lassen die Evenlodes sich wirklich scheiden?«

»Ja. Fiona ist ausgezogen.«

»Seltsam, nicht wahr, daß die Reichen sich alle scheiden lassen?«

»Sie müssen nicht lange warten. Bis sie heiraten, meine ich.«

»Wie Mark und Amelia.«

»Ja. Aber auch das Gegenteil kann vorkommen. Die Leute warten zu lange, bis alles Prickelnde verschwunden ist.«

»Wie Mark und ich«, sagte Mary. Ihre Hände schwitzten jetzt nicht mehr. Sie strich ihr Kleid glatt. Es war wunderschön mit Silberfäden bestickt. Sie hatte es mit all den rückdatierten Schecks von der Galerie für alte Kostüme und Textilien gekauft. Adam hätte es gebilligt, dachte sie. Er hatte ihr oft gesagt, Luxusgegenstände seien die einzig wirklichen Notwendigkeiten, da sie den Geist nährten.

»Kommen Mark und Amelia auch?«

»Ich nehme es an, aber ich weiß es nicht. Andrew und Amelia sind gut miteinander bekannt, und ich gehe davon aus, daß Mark sich nicht die Chance entgehen lassen wird, an einem solchen Ort herumzuschnüffeln.«

»Nein, das wird er wohl nicht«, bestätigte Mary, amüsiert von der Abneigung in seiner Stimme. Sie war plötzlich nervös. »Wo bist du hingezogen?«

»In deine alte Wohnung bei Phoebe.«

»Dann hat sie also keine nette kleine Kroatin gefunden?«

Sie lachten beide. An den Straßenrändern schimmerten Margeriten, und dahinter erstreckten sich unwahrscheinlich grüne Bäume und Felder in einer goldenen Schale.

»Nein. Noch nicht. Sie ist einsam, die arme Alte. Ich glaube, sie brauchte einfach jemanden, dem sie von ihren Tagen als Muse erzählen konnte. Aber ich werde mir eine Wohnung kaufen. Es wird Zeit, daß ich erwachsen werde.«

»Oh, ist dir das klargeworden?«

»Genau. Wo wohnst du jetzt?«

Mary war mit dem Taxi zum Haus seiner Mutter gekommen. Tom war erleichtert gewesen, als er sie sah, denn er kannte nicht einmal ihre neue Nummer. Seit sie aus Adams Wohnung ausgezogen war, schien es, als sei sie im Mahlstrom von London verschwunden, und er hatte Angst gehabt, daß ihr etwas passiert sein könnte.

»Ich nehme an, ich werde auch eine kaufen.«

»Lode ist der *vollkommenste* Landsitz, den man sich vorstellen kann.«

»Der Garten ist sogar noch besser. Hast du den Marmorsee gesehen?«

»Himmlische Kräutereinfassungen.«

»Oh, und die Linden!«

»Diese gestutzten Bäume!«

»Haben Sie schon diesen Prachtbau gesehen?«

»Es würde mir das Herz brechen, wenn ich hier wegziehen müßte!«

»Es bricht *mein* Herz, daß ich es nie gehabt habe.«

»Es ist so ungerecht! Woher hätten sie wissen sollen, daß sie sich neu versichern mußten? Jeder, der was auf sich hielt, hatte Geld in Lloyd's. Eine ganze Gesellschaftsschicht ist ärmer geworden.«

»Ich frage mich, ob de Monde auch dort investiert hatte?«

»Pssst, da ist Amelia.«

»Ich habe gehört, sie sei aufgegangen wie ein Ballon. Sieht aber aus wie früher.«

»Gott, diese *Vorhänge*! Haben Sie die gesehen? Hektarweise rote Seide. Einfach göttlich, reiner Buñuel.«

»Hallo, Ivo.«

»Amelia, mein Liebling. Was soll ich sagen?«

Amelia trug das Goldkleid aus Knitterstoff, das sie für ihre Buchparty gekauft hatte. Nachdem sie sich im letzten Moment entschlossen hatte, zu diesem Ball nach Lode zu fahren, widerfuhr ihr einer der wenigen glücklichen Momente, als sie feststellte, daß sie wieder in dieses Kleid paßte. Es war immer noch modisch (9000 Pfund gewährleisteten wenigstens das) und paßte hervorragend zur Mittsommernacht.

Selbstverständlich hatte sich ihr Körper darunter verändert. Sie mußte einen Büstenhalter tragen, denn ihr Busen hatte seine Elastizität verloren, und auch ein Mieder, denn ihr Bauch würde nie wieder ganz flach sein.

Die Bräune auf ihrer Haut stammte wirklich aus der Tube, wie sie einmal behauptet hatte: Sie konnte sich keine Ferien leisten und fürchtete sich immer noch, nach draußen zu gehen, sogar in ihren eigenen Garten. Die Photographen waren abgezogen, aber Amelia stellte fest, daß sie eine bohrende Angst davor hatte, ihre Privatsphäre könne jeden Moment von jemandem mit einem Teleobjektiv verletzt werden.

Der Gedanke, daß auch Tom nach Lode kommen würde, war ein machtvoller Köder. Solange er bei ihr im oberen Stockwerk gewohnt hatte, hatte sie sich ziemlich stark gefühlt, als wäre er ihre geheime Rettungsleine – so wie, was die Reporter nicht wußten, es seine Telephonleitung in jener Zeit gewesen war, als sie den Hörer ihres eigenen Telephons den ganzen Tag hatte daneben legen müssen. Als er angekündigt hatte, daß er nach Chelsea ziehen würde, ans andere Ende von London, hatte sie das Gefühl gehabt, ihr würde das Herz brechen.

Ich bin mehr durcheinander, weil er auszieht, als über Daddys Tod, dachte sie manchmal. Ihre Gefühle wechselten von Tag zu Tag. Meist war es Wut auf ihren Vater, und inzwischen ein fortdauernder Groll, daß er sich ihr nicht anvertraut hatte, sie und ihre Mutter in einen Skandal hatte fallen lassen, dem er sich selbst nicht zu stellen wagte. Doch sie war auch voller Trauer darüber, daß er Rose nie kennengelernt hatte, seine Enkelin.

War ich nur eine Marionette, ein Spielzeug für ihn? fragte sie sich. Hat er das Interesse an mir verloren, sobald er mich nicht mehr manipulieren konnte? War das der Grund, warum ich zufällig oder absichtlich schwanger geworden bin? Habe ich mit all den langen Auslandsreisen versucht, mich zu befreien? Oder hat er versucht, mich von sich zu befreien, weil er wußte, was kommen würde?

Mark war vollkommen nutzlos. Er hatte alles getan, um die Reporter gegen sie aufzubringen und die Geschichte noch zu verschlimmern. Und nun, da sie es wollte, wich er nicht von ihrer Seite.

»Also, Ivo«, sagte sie, »du könntest langsam ruhig mal sagen, daß es dir leid tut. Du warst es doch, nicht wahr?«

»Ich kann nichts dafür, daß ich deine Unterhaltung mit deinem Anwalt mitgehört habe.«

»Aber du kannst etwas dafür, daß du das Band aus meinem Anrufbeantworter genommen hast.«

»Ich brauchte einen Beweis. Das Problem mit Max war, daß niemand sich traute, über einen Verdacht zu schreiben, weil er alles in seinem Kopf unter Verschluß hielt. Der Anwalt hätte nie etwas gesagt. Außerdem brauchte ich einen neuen Job bei einer anderen Zeitung. Beides hing – miteinander zusammen.«

»Du bist wirklich Abschaum«, sagte Mark.

»Nicht mehr als du, alter Junge«, sagte Ivo.

»Ihr seid *beide* Abschaum«, sagte Amelia.

Eine kleine Meute begann sich um sie zu sammeln, angezogen von ihrem Streit wie Fische von Blut.

»Ihr beiden seid die berechnendsten, verlogendsten, feigsten Männer, denen ich je begegnet bin«, sagte sie. Die ganze Wut, die sich in den letzten zwei Monaten gegen Ivo und in den letzten drei Jahren gegen Mark in ihr aufgebaut hatte, brach hervor. »Ich habe keine Ahnung, wie ihr es fertigbringt, euch in der Nähe anständiger Leute aufzuhalten.«

»So etwas wie anständige Leute gibt es nicht, mein Liebling«, sagte Ivo. »Es gibt nur Leute, die mit ihrem schlechten Benehmen durchkommen, und Leute wie deinen Vater, die nicht damit durchkommen. Mark zum Beispiel hat den Verriß über dich im *New Statesman* geschrieben.«

»Glaubst du, das interessiert mich jetzt noch?«

»Nun, damals warst du ziemlich wütend darüber.«

Amelia erinnerte sich, daß das stimmte. »Du hast das geschrieben und hast zur gleichen Zeit mit mir geschlafen?«

Mark sagte nichts. Er hätte stolz sein sollen wegen seiner Unbestechlichkeit, doch die Demütigung, vor aller Öffentlichkeit bloßgestellt zu werden, war beinahe mehr, als er ertragen konnte.

Amelia betrachtete die beiden Männer mit geradezu verwundertem Blick. »Nun, wie Tweedledum und Tweedledee in *Alice im Wunderland*«, sagte sie.

Mark zuckte lediglich die Schultern, doch Ivo lachte. Das trifft ungefähr auf die beiden zu, dachte sie, der eine gleichgültig, der andere reuelos.

»Oh, verschwindet, ihr beide, haut bloß ab«, sagte sie wütend.

Nachdem Tom mehrere Stunden lang getanzt hatte, machte er eine Pause. »Du siehst bemerkenswert hübsch aus«, sagte er zu Celine. »Hübscher als sonst, meine ich.«

»Ich bin überrascht, daß du dich daran erinnerst, wie ich sonst aussehe«, sagte sie.

»Schau, Celine, es tut mir leid – ich möchte dich nicht verletzen, aber –«

»Ist das der Grund, warum du nie auf meine Anrufe reagiert hast? O Tom!« Sie lachte. »Es war für uns beide einfach schön damals! Du hast doch nicht geglaubt, daß es mehr bedeutet? Es ist doch schon ewig her.«

»Nein – nein«, sagte Tom, gleichzeitig erleichtert und ein bißchen beleidigt.

Celine sah ihn schelmisch an. »Nein, was ich dir sagen wollte – hör zu, es ist immer noch so etwas wie ein Geheimnis, aber dir können wir ja vertrauen – Andrew und ich werden heiraten, sobald seine Scheidung durchkommt.«

Was für ein kompletter Idiot ich bin, dachte Tom, während er errötend seine Glückwünsche vorbrachte. Natürlich war sie nicht in mich verliebt – und natürlich hat ihr Vater nicht meine Chancen auf eine Beförderung blockiert. Er legte den Kopf in den Nacken und lachte in sich hinein. »Ich freue mich riesig für euch«, sagte er zu den beiden und meinte es auch so. Doch warum war er immer noch rastlos und unzufrieden?

Jetzt saß er auf seiner Lieblingsbank in Lode. Sie stand unter einer Trauerweide und verbarg den Sitzenden in einem runden, grünen Raum aus wispernden Blättern. Kerzen in bunten Glasvasen hingen von Büschen und Sträuchern und verbreiteten ein flackerndes Licht. Dort stand die große Eibe mit der langen Schaukel, auf der Generationen von Andrews Ahnen geschaukelt hatten, da die Schuppentanne, der Garten innerhalb der Mauer, der wilde Garten. Die beschnittenen Bäume, riesigen Schachfiguren ähnlich, der Irrgarten, der Gemüsegarten, der Obstgarten, der Krocketrasen.

Er war ein kleiner englischer Traum, dieser Ort, dieses Idyll, das sich Menschen mit Geld als Fluchtpunkt von London erbaut hatten. Wie lange würde er noch bestehen? fragte sich Tom. Das Dorf hatte sich Bungalow um Bungalow bis beinahe zum vorderen Tor ausgebreitet, und in das Haus wurde mindestens einmal im Jahr eingebrochen. Hinter einer Reihe italienischer Zypressen und einem matschigen Feld stand eine Fabrik, und dahinter verlief die Autobahn, deren schwaches Summen zu hören war, sobald die Band zu spielen aufhörte. Wenn er aus diesem grünen Bauch herausträte, würde er über sich Sterne sehen, wie Menschen sie schon seit Jahrhunderten gesehen hatten, doch am Horizont war ein stumpfer roter Schein zu erkennen, der über England kroch, Straße um Straße, den Himmel verhüllte und auch die Angst der Menschen vor ihrer eigenen Kleinheit.

Hinter sich hörte er die Jazzband spielen. In der Nähe knirschte Kies.

»Ich hatte nicht erwartet, dich hier zu sehen«, sagte Mark Crawley.

»Warum nicht?« fragte Marys Stimme. »Ich kenne Andrew.«

»Das wußte ich nicht.«

Eine lange Pause entstand. Tom, unsichtbar, verlagerte unbehaglich sein Gewicht. Er wollte nicht lauschen. Er stellte fest, daß das einzige Mädchen, mit dem er wirklich tanzen wollte, Mary war. Warum habe ich sie nicht aufgefordert? dachte er.

»Du hast dich verändert, nicht wahr?« sagte Mark.

»Ich habe meine Haare abgeschnitten.«

»Sie sind wieder gewachsen.«

»Ich werde nie wieder darauf sitzen können.«

»Ich meinte nicht *so* verändert.«

»Nein?«

»Woher hast du das Kleid?«

»Das geht dich nichts an.«

»Oh. Geliehen.«

»Es gehört mir.«

»Es muß dir gutgehen. Sind die Diamanten echt?«

Tom hörte die Beleidigung so deutlich wie Mary.

»Nein.«

»Merkwürdig, ich dachte, sie wären echt.« Mark machte eine Pause. »Ich habe oft versucht, den Unterschied zwischen einer schönen und einer hübschen Frau herauszufinden. Bei einer schönen Frau sieht Modeschmuck echt aus.«

»Deine Frau besitzt echten Schmuck«, sagte Mary kalt.

»Ja. Und ist es nicht seltsam? Er sieht immer unecht aus.«

»Versuchst du gerade, dich in irgendeiner Weise zu entschuldigen?«

»Das wäre Zeitverschwendung, oder nicht? Du hattest aber recht damit, als du sagtest, Amelia sei eine Touristin.«

Mary sagte nichts.

»Stell dir nur vor, wir beide wären wieder zusammen«, sagte Mark. »Zwei Löwen, die gemeinsam auf Jagd gehen.«

»Nein.«

»Es hat keinen anderen gegeben, oder?«

»Nein.«

Mary seufzte müde. Tom dachte daran, wie sie im Krankenhaus ausgesehen hatte, und wurde plötzlich von einem so unmäßigen

Zorn erfüllt, daß es ein Gefühl war wie ein Blitzschlag. »Es nutzt nichts, Mark. Ich fühle nichts für dich außer –«

»Du bist einfach nicht mehr gevögelt worden –«

»Verachtung«, sagte Mary.

Eine lange Pause entstand.

»Es gibt jemand anderen, nicht wahr?«

»Nein.«

»Doch, es gibt einen. Ivo?«

»Beleidige mich nicht. Warum kannst du nicht glauben, daß ich gern allein lebe?«

»Weil du nicht zu der Sorte Frauen gehörst. Ich kenne dich, Mary, erinnerst du dich? Ich habe fünf Jahre mit dir zusammengelebt.«

»Ja«, sagte sie. »Und das ist der Beweis, daß du mich *nicht* kennst. Wenn du je auch nur ein Gramm Liebe in dir gehabt hättest, würdest du verstehen, daß das, was du mir angetan hast, genau der Grund ist, weshalb ich mich verändert habe.«

Ein langes Schweigen folgte.

»O nein«, sagte Mark plötzlich. »Es ist doch nicht dieser Arzt, oder? Tom Viner?«

Mary sagte nichts. Toms Ohren glühten.

»Gut«, sagte Mark mit einem wütenden Lachen. »Willkommen im Club. Er hat Amelia so außer sich gebracht, daß sie nahezu einen Orgasmus hatte, wenn er den Schlüssel im Schloß umdrehte. Tom war unser Untermieter, falls du das nicht weißt.«

»Ich weiß.«

»Also«, sagte Mark spöttisch. »Tom Viner, der Mann, der seinen Schwanz nicht bei sich behalten kann? Mit dem Sponge-Jungen wärst du besser bedient.«

»Ich werde daran denken«, bemerkte Mary ruhig.

»Nun«, sagte Mark, »dann wünsche ich dir alles Gute.«

Man hörte das Geräusch sich entfernender Schritte.

Gott sei Dank, dachte Tom, krank vor Verlegenheit. Was für eine häßliche, häßliche Szene! Ich wußte nicht, daß jemand so reden kann, mit solcher Bosheit. Was zum Teufel sahen die Frauen in ihm? Er klopfte mechanisch seine Taschen ab auf der Suche nach Zigaretten.

Der Klang eines Saxophons erhob sich zu einem musikalischen Wiehern, und es beendete eine Nummer. Tom kam unter der Weide hervor und stellte entgeistert fest, daß Mary immer noch da war und aufs Wasser starrte. Ein entsetzter Ausdruck stand in ihrem Gesicht.

»Es tut mir leid, du hättest das nicht hören sollen«, sagte sie und legte beide Hände an die Wangen.

»Was für ein Scheißer.«

»Er muß verrückt sein«, sagte sie. »Und von Grund auf schlecht.«

»Er hatte eine Affäre mit Fiona«, sagte Tom trocken. »Sie übt offenbar eine gewisse Wirkung aus.«

»Ja. Ja, sie ist sehr schön«, sagte Mary zerstreut.

»Nein. Was er gesagt hat, stimmt –«

»Ich weiß, ich weiß, du hast viele Affären –«

»Ich meine, über den Unterschied zwischen Schönheit und Hübschsein. Ich habe das noch nie so gesehen.«

Mary bemerkte nach einer kleinen Pause: »Das ist einer der Gründe, weshalb er so gut schreibt. Er legt den Finger auf den Punkt. Doch alles verwelkt unter seiner Berührung.«

»Du bist nicht verwelkt.«

»Nein? Bin ich das nicht?«

Sie brach in Tränen aus und rannte von ihm weg den Abhang hinauf – wie Aschenputtel, dachte er, als er ihr nachlief. Außer, daß Mary keinen Schuh zurückließ. Und obwohl er sie im ganzen Haus und überall auf dem Gelände suchte, konnte er sie nicht finden.

34.

Der Rosengarten

Alles sah in der Stunde vor der Dämmerung trübselig aus. Die Farbe von Marys Kleid und Haaren wirkte wie ausgewaschen, und die leuchtenden Felder, an denen sie nur ein paar Stunden zuvor vorbeigefahren war, sahen aus wie kalter Haferbrei. Ivo steuerte seinen BMW über die Autobahn zurück nach London, und das Kedgeree von seinem Frühstück fermentierte in zwei Champagnerflaschen.

»Ich brauche deine Hilfe nicht«, sagte Mary.

»Doch.«

»Nein.«

»Du hast schon immer Hilfe gebraucht, und ich bin der einzige Mensch, der dir je geholfen hat.«

»Ich bin dir wirklich dankbar.«

Ivo heulte beinahe auf. »Ich will keine Dankbarkeit!«

Mary sagte: »Ich habe für Adams Wohnung zwanzigtausend Pfund bekommen. Nun, fünfzehn, nachdem ich meine Schulden abbezahlt hatte.«

»Ah ja? Glaubst du, daß du davon wirst leben können?«

»Nein. Aber es reicht. Ich kann eine Anzahlung auf eine Wohnung leisten. Oder ich kann weiterhin eine mieten. Ich habe ein bißchen Freiheit gewonnen, einfach ein bißchen Glück gehabt, und ich werde das Beste daraus machen.«

»Was soll aus dir werden?«

»Warum muß etwas aus mir werden? Warum kann ich nicht einfach *sein*?«

»Ich sage dir, was passieren wird«, begann Ivo wütend. »Du arbeitest eine Weile weiter als Lohnschreiberin, weil du jetzt dazugehörst und weil du noch immer hübsch bist, auch wenn du nie zur Universität gegangen bist und aus dem Nichts kommst. Du besorgst dir eine Wohnung und eine Katze und wirst dir hier und da ein paar hundert Pfund verdienen, indem du über beschissene kleine Romane und beschissene kleine Gedanken dogmatisierst, und dann wirst du eines Tages aufwachen und feststellen, daß niemand dich mehr haben will. Du wirst zu den Hunderten von aufgemotzten Ehemaligen gehören, die im Sumpf des Journalismus herumlungern.«

Mary hörte entsetzt zu.

»Dann wirst du wieder anfangen zu trinken. Nur ein wenig, ab und zu, und dann mehr und mehr, bis du eine betrunkene Hure mittleren Alters bist, die in Lumpen herumschlurft und auf Parkbänken schläft. In London kannst du nur aufsteigen oder abstürzen. Einen Mittelweg gibt es nicht. Schau mich an. Vor zwölf Jahren war ich niemand, genau wie du, und jetzt habe ich einen Dienstwagen, einen BMW mit Airbag. Ich biete dir die Chance, mit mir aufzusteigen, und wenn du sie nicht ergreifst, wirst du bis ganz auf den Grund sinken. Dann gibt es für dich keine Möglichkeit mehr. Gar keine.«

»Ich habe keinen Zweifel, daß manches von dem, was du sagst, zutrifft«, sagte Mary. »Ich weiß, daß ich bald nicht mehr gut aussehen werde, wie das immer der Fall ist, und ich weiß, daß ich nie auf die Universität gegangen bin. Aber ich komme nicht aus dem Nichts. Ich komme aus Belfast. Selbst wenn ich nie dorthin zurückkehren werde, um da zu leben, bin ich so irisch wie am Tag meiner Geburt.«

»Oh, um Himmels willen!« sagte Ivo.

»Und meine Eltern sind nicht *nichts*. Du weißt nichts über sie. Es stimmt, daß sie nicht zur Gesellschaft gehören, na und? Sie sind ehrlich, im Gegensatz zu Amelias wunderbarem Vater, und sie sind auch tapfer. Mein Vater war Bäcker. Er erlitt mit fünfundvierzig einen Herzschlag, nachdem die IRA ihn bedroht hatte, weil er sich geweigert hatte, sich von ihnen erpressen zu lassen. Meine Mutter hat sieben Kinder großgezogen in einem Haus mit nur zwei Zimmern oben und zwei unten, und heute ist sie Sozialarbeiterin in Süd Armagh.«

»Du mußt es schrecklich gefunden haben, sonst wärst du nicht weggegangen. Du gehörst nicht mehr dorthin.«

»Ich fand manches schrecklich«, bestätigte Mary. »Die Art der Geselligkeit dort hat mich gelangweilt, immer nur in den Pub zu gehen und zu sehen, wie die Leute in ihrem Sumpf verharrten. Ich wollte mehr als Kleinlichkeit und Haß und engstirnige Einschränkungen. Ich hatte genug von den Kerlen, die immer versuchten herauszukriegen, ob ich protestantisch war oder katholisch, und genug davon, daß jedesmal, wenn ich in ein Geschäft ging, meine Tasche durchsucht wurde, und genug von den Soldaten, die das Gewehr auf einen richteten. Und ich haßte – hasse die IRA. Nicht nur aufgrund dessen, was sie meinem Vater angetan haben. Sie haben die Bibliothek in die Luft gejagt, sie haben alles mögliche in die Luft gejagt, was die Leute brauchen, sie haben versucht, die Wirtschaft zu ruinieren, sie bringen unschuldige Menschen um, meine beste Freundin aus der Schule. Ich wußte immer, daß ich weggehen würde. Aber das bedeutet nicht, daß ich mich meiner Herkunft schäme.«

»Du warst Kellnerin, bis ich dich in diesem Krankenhausbett aufgelesen habe«, sagte Ivo. »Erinnerst du dich?«

»Ich wollte nicht unbedingt Kellnerin sein, weißt du«, sagte Mary offen. »Es war die einzige Arbeit, die ich finden konnte. Eigentlich wollte ich Journalistin werden.«

»Ha!«

»Oh, nicht deine Art von Journalismus, nicht wie du und Mark. Das wäre mir nie in den Sinn gekommen. Ich habe dir gesagt, daß ich daran glaube – glaubte – glaube, Lesen sei ein Vergnügen. Ich wollte bei einer Frauenzeitschrift arbeiten, wollte die neuesten Kleider und anderen modischen Kram haben. Mit achtzehn strebte ich nicht nach etwas Intellektuellerem. Die Nonnen sagten alle, ich solle studieren, aber ich sehnte mich danach, ins Ausland zu gehen. Ich glaubte, irgend jemand würde sich schon darum reißen, mir Arbeit zu geben, doch man wollte mich nicht einmal sehen. Es hieß immer nur: ›Sie haben keine Erfahrung, kommen Sie in drei Jahren wieder‹, doch wie sollte ich Erfahrung bekommen? Ich hatte nichts, womit ich hätte handeln können, nichts, was mich irgendwie ausgezeichnet hätte. Meine Cousine hatte in Shepherd's Bush eine Wohnung, und ich konnte bei ihr auf dem Sofa schlafen, das hat mich gerettet. Das und daß ich eines Tages in den Club gegangen bin und gefragt habe, ob sie eine Kellnerin brauchen.«

»Aber du wärst weiterhin Kellnerin geblieben, wenn man dich nicht hinausgeworfen hätte.«

»Vielleicht. In gewisser Weise gefielen mir der Glanz, die Leute, die Schlechtigkeit. Und dann war da Mark. Ich wollte, daß er an meiner Stelle Erfolg hatte. Ich war nie besonders ehrgeizig, zumindest nicht, bis du mich zu dieser Party von Amelia mitgenommen hast. Das hat mich verändert.«

»Nein«, sagte Ivo und umklammerte das Steuerrad. »*Ich* habe dich verändert, ich, Ivo. Ich bin dein Pygmalion.«

»Eher mein Mephistopheles«, sagte Mary. »Du fährst übrigens zu nahe am Randstein.«

»Was hat dich so durcheinandergebracht? Daß du Mark wiedergesehen hast?«

»Nein. Nur etwas, das er gesagt hat.«

»Was?«

»Ich bin müde, Ivo.«

Sie erreichten nun wieder die Stadt. Der Himmel färbte sich in einem klaren, kalten Rosa. Des irischen Wetters überdrüssig, hatte Mary gern den Londoner Himmel betrachtet, wo es möglich war, Bäume und Gebäude zu sehen. Es war ein Ausgleich für ihre Einsamkeit gewesen.

»Mary, sei einmal in deinem Leben vernünftig! Du kannst dich nicht ewig in einem irischen Psychodrama treiben lassen und von einer Krise zur nächsten torkeln. Du brauchst jemanden wie mich, der auf dich aufpaßt, aber ich kann es nur tun, wenn du das Spiel mitspielst.«

»Welches Spiel wäre das?«

»Du weißt genau, welches.«

»Oh«, sagte Mary. »Du meinst vögeln.«

»Ja, wenn du es so nennen willst.«

»Nun, darum handelt es sich doch, oder? Der Sponge-Sprung, nur daß es weitergeht.«

Ivo fluchte.

»Ich werde nie mit dir vögeln, Ivo. Nicht nur, weil du ein Snob bist und ein Rassist und immer versuchst, klüger dazustehen als alle anderen. Nicht nur, weil keine Frau bei klarem Verstand sich in dich verlieben könnte, solange du diese dummen Fliegen trägst und dich benimmst wie jemand aus Evelyn Waugh.«

Sie passierten jetzt die Außenbezirke von Little Venice, creme-farbene georgianische Häuser, die ihrem eigenen Spiegelbild im Kanal entgegenträumten, blind gegen die Häßlichkeit ihrer Umgebung.

»Ich kann nicht vögeln, Ivo, ich kann nur Liebe machen, und das könnte ich nicht mit dir, nicht in einer Million Jahren. Dieser Teil von mir ist verschwunden. Er hat mir zuviel Schaden zugefügt. Ich mußte ihn entfernen.«

»Wie gewöhnlich redest du absoluten Unsinn, Mary«, sagte Ivo. »Es sei denn, du versuchst mir zu sagen, deine Möse sei chirurgisch entfernt worden.«

»Nein«, sagte Mary, halb lachend, halb wütend.

»Nun denn«, sagte Ivo, stieg mit dem Fuß auf die Bremse und griff nach ihr, beides mehr oder weniger gleichzeitig.

Noch nie war für Tom Viner etwas so wichtig gewesen, wie jetzt Mary zu finden. Hätte er rational überlegt, hätte er einen Weg gefunden, ihre Spur in der Metropole ausfindig zu machen, doch das einzige, woran er denken konnte, war, daß er weder ihre Telephonnummer kannte noch ihre neue Adresse.

Er rannte in Lode durch das ganze Haus und über das Gelände. Der Mond war untergegangen, und es war dunkel, eine dichte Dunkelheit, wie man sie nur auf dem Land kennt. Manche tanzten noch im Halbschlaf im Zelt, andere hockten zusammengesunken am Frühstückstisch, Dinnerjacketts und Handschuhe mit geräuchertem Schellfisch und Reis beschmiert. Tom sah Leute, denen er seit der Universität nicht mehr begegnet war, aufgeschwemmt oder geschrumpft, aber immer noch gut zu erkennen.

»Oh, Tom«, riefen sie. »Tom Viner!«, aber er winkte nur und rannte weiter. Er sah Candida Twink, deren Gesicht sich gefühlvoll verzerrte, und schwenkte beschämt ab. Über die breite Eichentreppe hinauf in die berühmte Bibliothek, an den Rüstungen vorbei, die alle bald einem anderen Mann gehören würden, hinein und wieder hinaus aus Chintz-Schlafzimmern, wo er früher einmal geschlafen hatte und wo die Leute entweder zu müde oder zu erregt waren, um sein kurzes Eindringen zu bemerken.

»Haben Sie ein Mädchen gesehen, mit dunklen Haaren und einem silbernen Kleid?« fragte er jeden, der bei Bewußtsein zu sein schien. »Es ist dringend!«

Nein, sagten sie alle, das hatten sie nicht.

Er rannte draußen an den Kräutereinfassungen entlang, an bleichen blauen Rittersspornen, die von flackernden Lichtern beleuchtet wurden, und durch den Garten mit den beschnittenen Büschen, der kurz vor der Morgendämmerung träumerisch im Nebel stand. Er rannte an Marmorstatuen und an überwachsenen Lauben vorbei, tauchte zwischen Hecken ein, die so dicht waren, daß die Durchgänge zwischen ihnen kleinen Zimmern glichen. Vor ihm stand plötzlich ein Gartenhäuschen, ganz aus Muscheln gemacht, und darin saß eine Frau in einem schimmernden Kleid.

»Mary?« fragte er, doch dann sah er, daß es Amelia war. »Oh, hallo.«

»Hallo«, sagte Amelia.

»Ich suche überall n-n-n-«

»O Tom«, hauchte Amelia. »Ich bin so froh, liebster Tom, ich wußte, du würdest wollen –«

»Mary«, sagte Tom, und seine Verzweiflung übersprang sein Stottern und Amelias Geplapper.

»*Wer*?«

»Mary Quinn. Hast du sie gesehen? Sie trägt so ein silbernes Ding.«

Plötzlich wurde ihr alles erschreckend klar. Mary war es, die er wollte, Mary, der sie vor langer Zeit den Liebhaber weggenommen hatte.

In diesem Augenblick wurde Amelia klar, daß sie nicht mehr vergessen konnte, was sie gelernt hatte, Dinge, die inzwischen tief in ihr Wesen eingraviert waren. Sie war einfach nicht mehr so selbstsüchtig wie früher, und auch nicht mehr so selbstsicher – und sie hatte Rose.

»Mary ist zusammen mit Ivo gegangen«, sagte sie.

»Mit Ivo? Bist du sicher?«

»Ja.«

»Wann?«

»Vor ungefähr einer Stunde. Er fährt einen dunkelblauen BMW.«

Das war ihr aufgefallen mit dem – zutreffenden – Gedanken, daß das wohl der Preis dafür war, daß er sie verraten hatte.

»O Gott«, sagte Tom und rannte durch die Gärten zurück zu seinem Auto. Er hat sich nicht einmal bedankt, dachte Amelia, während sie ihm nachstarrte.

Tom hatte vorher nie verstanden, was die Attraktivität eines schnellen Autos ausmachte. Er wollte eines, das einigermaßen sicher und zuverlässig fuhr, denn er hatte zu viele Menschen gesehen, die man von der Straße kratzen mußte. Ein Auto war etwas, das einen von einem Ort zum anderen brachte. Ansonsten war es Geldverschwendung, ein notwendiges Übel.

Doch jetzt wünschte er sich den schnellsten Sportwagen der Welt. Wenn es mir nur gelingt, Ivo auf der Autobahn zu überholen, dachte er. Das ist meine einzige Chance.

Er brachte das Auto an seine Grenzen, auf achtzig, fünfundachtzig, neunzig Meilen, bis es vor Anstrengung vibrierte. Der Himmel färbte sich zitronengelb, dann aprikosenfarben, und dann ging die Sonne auf, ein glühender Ball, und die kühle Luft, die durch die Wagenfenster drang, erwärmte sich ein wenig. Der Himmel veränderte sich wie Lackmuspapier langsam zu einem blassen, reinen Blau. Der Tachometer erreichte fünfundneunzig. Tom war von einer wilden Freude erfüllt, sang mit Fats Wallers kräftiger, lachender Stimme, die zu den selbstironischen Worten in Widerspruch stand. Man machte jemandem einen Heiratsantrag, weil der Briefträger es einem geraten hatte oder weil man das Eis brechen wollte oder weil man so tat, als gebe es das Paradies – man tat alles, nur sagte man nicht, was man empfand. Doch es gab einen Punkt, wo man einfach sagen mußte: Glaub mir, Geliebte. Und Tom wußte, daß er es irgendwie fertigbringen mußte, die in jeder Sprache erschreckendsten drei Worte zu sagen: Ich liebe dich.

Er überholte einen Wagen, doch er gehörte nicht Ivo, dann einen Lastwagen und einen Möbelwagen. Wo waren sie? Wo wohnte Ivo? Was machte er mit ihr? Die Schnellstraßenbrücke von Marylebone kam näher, das eine oder andere Auto befand sich darauf, Leute, die an Verkehrsampeln hielten, aber kein BMW. Toms Hochgefühl verebbte. Die Luft war so rein und warm, noch nicht von dem bitteren Hauch aus einer Million Autoauspuffanlagen getrübt – doch das würde schon bald anders sein.

Wie sollte er sie finden? Er dachte an Adam, der ihm das Versprechen abgenommen hatte, keine Frau zu heiraten, die er weniger liebte als seine Mutter. Armer Adam! Tom dachte daran, daß sie den ganzen Nachmittag gewartet hatten, gewartet, bis er gestorben war. Und plötzlich war er sich ganz sicher, so sicher, als hätte er einen Zauberspiegel bekommen, in dem er seinen Herzenswunsch erblickte. Er wußte, wo Mary war.

Die reichverzierten schwarzen und goldenen Tore zum Rosengarten standen offen. Vor Tom schwebte eine Nebelwolke aus dem Brunnen in der frischen, warmen Luft, und rechts und links verströmten Beete voller Rosen einen schwachen, seifigen Duft. Amseln hüpften über das Gras, zerrten gleichgültig und energisch an elastischen Würmern und schäkerten.

Sonst gab es kein Lebenszeichen.

So ein Blödsinn, dachte er, natürlich habe ich mich geirrt. Natürlich ist sie nach Hause oder mit Ivo gegangen, und ich habe es vermasselt, wie ich auch sonst alles vermasselt habe. Er war davon so überzeugt, daß er glaubte zu träumen, als er um die Ecke bog.

Mary saß genau dort, wo sie ihr Picknick abgehalten hatten. Das Silber ihres Kleides wirkte wie endlos fallende Tränen. Sie sah auf.

»Ich dachte mir, daß du hier sein würdest.«

»Ich vermisse ihn so sehr.«

Tom setzte sich unbeholfen neben sie ins Gras.

»Wie kannst du den Gedanken ertragen, daß alle, die du liebst, sterben werden?« fragte sie und sah weg.

»Indem ich an all die Menschen denke, die noch nicht geboren sind und die ich lieben werde.«

»Ist das so? Ist das wirklich der Grund, warum du immerzu weitermachen kannst?«

»Das, und das Wissen, daß ich Kinder haben werde.«

»Du Glücklicher.« Sie senkte den Kopf und sagte: »Ivo hat mir prophezeit, daß ich als Alkoholikerin mit einer Katze enden werde.«

»Das ist unwahrscheinlich. Was ist mit Ivo passiert? Ich dachte, er hätte dich mitgenommen?«

»Er ist k. o.«

»Warum? Durch dich?«

»Nein. Er hat zu plötzlich gebremst – er hat versucht … du weißt schon. Der Airbag ist aufgegangen und hat ihm einen Schlag versetzt. Da bin ich einfach weggegangen.«

Tom fing an zu lachen, und kurz darauf lachte auch Mary.

»Der arme Ivo. Er war so wahnsinnig stolz auf sein Auto! Er hat mir erzählt, er verdiene jetzt ein irrsinnig hohes Gehalt.«

»Ich glaube nicht, daß ich es je so weit bringen werde. Oder zu einem solchen Auto«, sagte Tom, pflückte ein Gänseblümchen und zupfte ungeschickt die Blütenblätter ab.

»Nein, du bist zu ehrlich.«

»Zu langweilig.« Er pflückte noch ein Gänseblümchen.

»Nein, nein, das bist du nicht.«

»Ich wollte, ich könnte reden wie du«, sagte Tom. Mary sah ihn erstaunt an. »Ich mag deine Art zu reden. Ich wollte, ich könnte so f-f-f-«

»Du stotterst?«

»Manchmal. Nur, wenn ich mich nicht bemühe, umzuschalten, andere Wörter zu finden, weißt du?«

Oh, der arme Adam, dachte Mary, und verstand endlich. »Mark haßte meine Art zu reden«, sagte sie. »Das hat er mir gesagt, als wir – nun, bei unserem letzten Gespräch. Außer dem, das du mitgehört hast«, fügte sie hinzu und lief über und über rot an.

»Nun, ich mag deine Art. Ich versuche dir, allerdings sehr schlecht, zu sagen, daß ich dich liebe, Mary. Ich möchte nicht, daß du v-v-verschwindest.«

Der Ausdruck der Erleichterung auf seinem Gesicht, nachdem die Worte heraus waren, brachte sie beinahe zum Lächeln. Sie schüttelte den Kopf. »Du kennst mich nicht. Nicht wirklich.«

»Ich kenne dich wohl. Ich möchte dich heiraten. Ich kenne dich seit Jahren. Adam hat mir von dir erzählt.«

»Er hat dir von *mir* erzählt?«

»Ja«, sagte Tom.

»Er hat mir auch von dir erzählt. Viel sogar –« Sie sah zu Boden und fragte sich, ob Tom je erfahren hatte, wieviel Adam immer erzählt hatte. »Er sagte, du seist unfähig, treu zu sein. Deshalb kann ich dich nicht lieben. Ich kann niemanden lieben, denn wenn ich es täte – ich halte es nicht noch einmal aus, verstehst du?«

»Glaubst du nicht, daß Menschen sich ändern können?« fragte Tom.

»Mark bestreitet das.«

»Findest du nicht, daß es Zeit wird, zu vergessen, was Mark gesagt hat?« fragte er.

»Außerdem gehst du die Sache falsch an. Man erzählt nicht einfach jemandem, daß man ihn liebt und ihn heiraten will, nicht einfach so. Nicht im zwanzigsten Jahrhundert.«

»Warum nicht?«

»Ich kann nicht mit dir schlafen, denn dann würde ich dich lieben, selbst wenn du mich nicht liebtest, und das wäre schrecklich, so schrecklich, daß du es dir nicht einmal ansatzweise vorstellen kannst. Zehnmal schlimmer als letztesmal.«

Sie stand auf, und er nahm sie in die Arme. Sie sagte: »Ich kann nicht – ich kann nicht – geh –«

»Willst du das wirklich?«

Er ließ sie sofort los, und sie sank beinahe ins Gras.

»Ich weiß es nicht – ich will mir selbst eine Meinung bilden, nicht sie für mich gebildet bekommen. Ich war so lange so unglücklich. Ich weiß nicht, ob ich das Gegenteil davon überhaupt erkennen kann –«

»Ich weiß es auch nicht«, sagte Tom. »Fühl mal. Ich zittere auch. Nicht nur du. Doch ich weiß, Mary, daß ich dich liebe und dich gewählt habe und daß auch du wählen kannst.«

35.

Ein Jahr später

An einem Donnerstag abend mitten im Sommer im letzten Jahrzehnt des zwanzigsten Jahrhunderts bahnte sich ein kastenförmiges, schwarzes Taxi mit einer Geschwindigkeit von drei Meilen pro Stunde einen Weg von Camden nach Soho. Die beiden Fahrgäste saßen unbequem auf dem Rücksitz. Überall um sie herum ruckelte und stockte der Verkehr, Autos spuckten unsichtbare Gifte aus, doch auf den Bürgersteigen gingen Menschen, unterhielten sich, schoben ihre Kinder in Kinderwagen vor sich her, die von spitzenbesetzten Schirmen beschattet waren, die stetig auf und ab tanzten. Es war ein warmer Tag, ein strahlender Nachmittag, und im meilenweiten Umkreis war der Himmel mit fedrigen, aufgeplusterten Kumuluswolken bedeckt, die vielleicht – vielleicht aber auch nicht – eine Wetteränderung ankündigten.

Beide Fahrgäste waren angespannt. Sie waren unterwegs zu einer Party, einer großen Party, einer Party, die euphorisch beschrieben und ebenso niedergemacht werden würde als eine der Partys des Jahres, und sie waren beide eingeladen.

»Ich habe keine Ahnung, warum ich auch eine Einladung bekommen habe«, sagte Amelia de Monde, die seit ihrer Scheidung nicht ganz ohne Trotz wieder ihren Mädchennamen benutzte. »Schließlich kannte ich ihn kaum.«

»Ich weiß es auch nicht«, sagte Ivo Sponge. »Ich nehme an, es war Marys Idee. Ihr beide wart wie zwei Eimer in einer Quelle. Ich nehme an, sie möchte, daß du sie an der Oberfläche siehst.«

»Sie ist sehr hoch aufgestiegen, nicht wahr?«

»Ja. Höher, als ich es in jener Welt je geschafft habe. Glücklicherweise ist es nicht mehr meine Welt, sonst wäre ich ziemlich eifersüchtig. Hüterin von Adams Flamme zu werden ist der beste Schachzug, den sie machen konnte. Die Medien berichten unablässig von ihr. Trotzdem glaube ich nicht, daß sie je soviel verdienen wird wie ich. Gott, dieser Verkehr ist eine Pein! Manchmal vermisse ich die Rezession wirklich.«

Ivo war ein anderer Mann geworden. Verschwunden waren die gestreiften Hemden, die Fliegen und die Fettröllchen. Als Fernsehkritiker hatte er seine natürliche Apotheose gefunden. Seine Garderobe bestand jetzt aus amerikanischen Hemden, italienischen Anzügen und, am allerwichtigsten, einer Ray-Ban-Brille, die ihn ziemlich berühmt gemacht hatte. Da gab es diejenigen, die behaupteten, er habe als Folge von zu häufigem Fernsehkonsum seine Sehkraft verloren – doch das war Neid. Er war inzwischen anerkanntermaßen der attraktivste Junggeselle in der Journalismusbranche.

»Oh, hör auf zu brummeln. Schau, was wir für schönes Wetter haben.«

»Absolut trügerisch«, murmelte Ivo. »Ich verstehe nicht, wie du es aushältst, weiter in dieser Gegend zu wohnen.«

»Kentish Town?« sagte Amelia überrascht. »Ich liebe es! Ich weiß, die High Street ist häßlich, aber es gibt Hampstead Heath und zwei Schwimmbäder und einen Fischladen und einen hervorragenden Floristen und einen Schuster und einen Metzger, der ins Haus liefert – all die Dinge, die in Chelsea unbezahlbar geworden sind. Mir gefällt, daß es ein Mittelschichtsghetto ist.«

»Aber was ist mit den Leuten ringsum?«

»Oh, ich mag meine Nachbarn«, sagte Amelia. »Ich habe sie näher kennengelernt, weißt du.«

»Du scheinst ganz modern links geworden zu sein. Tun sie hier etwas ins Wasser?«

Amelia zuckte die Schultern. Sie entdeckte auf der Hauptstraße zwei Mütter, die sie kannte, und lächelte. »Ivo, in Anbetracht deiner Vorgeschichte bin ich ziemlich überrascht, daß du auch eingeladen bist.«

»Selbstverständlich. Jedermann, der einen Namen hat, kommt zu Marys Partys.«

»Aber wieso ich?« fragte Amelia. »Ich war einmal jemand, aber jetzt bin ich niemand, außer die Tochter von jemandem, den jedermann verdammt, der versucht, an den Rändern des Journalismus seinen Lebensunterhalt zusammenzukratzen.«

»Oh, mach dir nichts draus«, sagte Ivo. »Es werden so viele Leute dasein, daß es niemandem auffällt.«

»Ich wäre gar nicht hingegangen, aber – ich bin so neugierig! Ich habe sie bisher nur zweimal getroffen. Wie ist sie?«

»Mary? Mary ist ...« Ivos engelhaftes Gesicht wurde flach. »Nun, du solltest mich das nicht fragen.«

»Ich dachte immer, du seist in *mich* verliebt«, bemerkte Amelia pikiert, als sie plötzlich verstand.

»Oh, *dich* verehre ich, mein Liebling.«

»Ja«, sagte Amelia. »Nur – es ermüdet einen ziemlich, wenn man verehrt wird, weißt du.«

»Das ist die Strafe, wenn man eine schicke Schönheit ist.«

»Nun gut«, sagte Amelia, gerührt, daß er sich immer noch die Mühe machte, ihr zu schmeicheln. »Es ist zu spät, um sich jetzt noch zu ändern.«

»Wir alle haben uns verändert«, sagte Ivo und sah sie über seine dunkle Sonnenbrille hinweg an. »Mary am meisten.«

»Und alles wegen Mark?«

»Nun, zum Teil. Ein einzelner Lohnschreiber kann ein Buch nicht zum Erfolg machen, weißt du, genausowenig, wie er oder sie es zu einem Mißerfolg machen kann.«

Der Erfolg von Adam Sands Roman *Der brennende Junge* hatte jeden überrascht. Es gibt nichts, was das Publikum so sehr liebte wie einen toten Schriftsteller, vor allem einen toten homosexuellen Schriftsteller, insbesondere, wenn er in Chattertonscher Manier in Armut und Vergessenheit gestorben ist, dachte Ivo. Adams Photographie, jene, die ihm so auffallend wenig ähnlich sah, hing jetzt im ganzen Land in jeder Buchhandlung über den Ladentischen. In der Marketingabteilung von Slather & Ridge stellte man erstaunt fest, daß man das Werden eines kommerziellen und literarischen Erfolges in Händen hatte, und ging in wunderbarer Weise auf diese Gelegenheit ein, sogar bis zu Streichhölzern als Werbematerial.

Ivo hatte recht: Ein einzelner Kritiker konnte ein Buch nicht groß rausbringen oder vernichten. Dennoch fiel ihm unangenehm auf – wie es vielleicht auch beabsichtigt war –, daß *Der brennende Junge* ohne den uneingeschränkten Enthusiasmus von Amelias früherem Ehemann und seinem früheren Freund solche Öffentlichkeit vielleicht nicht erreicht hätte. Mark Crawley hatte nicht nur in der *Times* einen außerordentlich langen Artikel geschrieben, warum das Buch brillant war, er hatte sogar in *Snap, Crackle, Pop!* eine Lanze für seine Vorzüge gebrochen. Ivo fragte sich häufig, ob seine Motive dafür ausschließlich reiner Natur waren. Ihm kam in den Sinn, daß Mark vielleicht endlich herausgefunden hatte, daß der Gunstmarkt weitreichendere und subtilere Möglichkeiten der Rache bot als der Angstmarkt. Und die Tatsache, daß sowohl Mary als auch er Adams erste beiden Bücher verrissen hatten, spielte in Marks Parteinahme möglicherweise eine mächtige Rolle. Aus welchem Grund auch immer, ein einzelner einflußreicher Journalist – der Mark, der Tatsache zum Trotz, daß er beim *Chronicle* durch Lulu ersetzt worden war, unzweifelhaft noch immer war – konnte viel tun, um einen Roman ins Blickfeld der Öffentlichkeit zu rücken.

»Findest du es wirklich so gut?« fragte Amelia Ivo. »Ich habe es nicht gelesen, aber ich habe die Hörspielserie in ›Stunde der Frau‹ gehört.«

»Oh, es ist ganz in Ordnung«, sagte Ivo. »Ja, ich nehme an, es ist auf seine Weise sogar ziemlich gut. Mit Sicherheit besser als alles, was er vorher gemacht hat.«

»Aber nicht das Werk eines Genies?«

»Oh, um Himmels willen, wie oft gibt es das schon? In hundert Jahren sind dies vielleicht fünf Bücher. Es zu bewundern ist angesagt, das ist alles. Es entspricht dem Zeitgeist. Vielleicht ist es ein kleiner Klassiker. Mit Sicherheit aber scheint das Buch bei vielen eine Saite angeschlagen zu haben.«

»Es ist so schrecklich traurig! Diese unerwiderte Liebe. Über wen ist es eigentlich?«

»Ich weiß es nicht. Wahrscheinlich über irgendeinen Schwulen, nehme ich an. In Wirklichkeit bin ich Adam nur einmal begegnet und habe ihn gefragt, ob er vor dem Erscheinen seines ersten Romans für den *Chronicle* Rezensionen schreiben will, und der blöde Arsch sagte nein. Das Lustige ist, daß jeder weiß, daß er in Cambridge war, doch außer Mary kannte ihn niemand wirklich gut.«

»Glaubst du, er war in Mary verliebt?«

»Nein. So war ihre Beziehung nicht. Ich glaube allerdings, daß er *ihre* große Liebe war.«

»Ich nehme an, daß es jetzt andere Dinge gibt, über die sie nachdenken muß.«

»Ja«, sagte Ivo, und sie seufzten beide.

Ich habe solches Glück gehabt, dachte Amelia. Ich bin mit einem Dach über dem Kopf aus der ganzen Sache herausgekommen, auch wenn ich jetzt für jeden Penny Sklavenarbeit leisten muß.

»Ich frage mich, wie es Mark gefällt, wieder in Brixton zu leben. Ziemlich deprimierend, stelle ich mir vor. Mir ist ein Kindermädchen allemal lieber als ein Ehemann«, sagte Amelia. »Grace hat mich absolut gerettet. Bevor sie auftauchte, hatte ich nicht einmal ansatzweise eine Ahnung, wie schlecht ich mich seinetwegen fühlte.«

»Ziemlich riskant, sich eine alleinerziehende Mutter ins Haus zu holen, oder nicht? Ihr kleiner Junge ist schwarz, oder? Du weißt, wie sie sind, wenn sie älter werden.«

»Das ist ekelhaft«, sagte Amelia. »Aber ich glaube nicht, daß sie allzulange bleiben werden. Grace besucht die Abendschule, sie möchte Lehrerin werden. Allerdings hoffe ich, daß sie bleiben. Sie ist inzwischen eher eine Schwester als ein Kindermädchen. Für uns beide hat sich alles so gut gefügt! Sie und Billy wohnen oben – du weißt, in Tom Viners alter Wohnung.«

»Ich habe nie verstanden, was an Tom Viner so besonders ist«, sagte Ivo.

»Es gibt viele Dinge, die du nicht verstanden hast, nicht wahr, Ivo?« antwortete Amelia nicht ohne Bosheit. Und Ivo, der zu den Wolken hinaufsah, die sich langsam veränderten, sich übereinandertürmten und zu prachtvollen Formen wuchsen – zu Engeln und Dämonen, Kutschen und Schiffen –, mußte zustimmen, daß dem, alles in allem, tatsächlich so war.

Danksagung

Die Fortschritte bei der Behandlung von Streptokokken-Meningitis, wie in Kapitel 28 beschrieben, verdanken wir Dr. Crispin Best, Facharzt für Anästhesie am Glasgow Royal Hospital for Sick Children, der sie im Januar 1996 veröffentlichte.

Ich möchte folgenden Personen danken: Monica Appleby, Lizzie McGrah, Illona Dixon, Anthony Lane, Lola Bubbosh, Kate Saunders, Philip Weaver, Charlotte Mitchell, Peter Riddell und John de Falbe für ihre Informationen zu verschiedenen nichtmedizinischen Aspekten der Handlung.

Giles Gordon, John Rush, Andrew Franklin, Fanny Blake, David Hooper, Antonia Till, Hazel Orme, Robyn und Adam Sisman, Mark le Fanu, Paul Forty, Katie Owen, Joanna Prior und den Mitarbeitern von Fourth Estate für Anleitung, Geduld und Ermutigung.

Schließlich meinem Mann, meiner Familie, meinen Freunden und Nachbarn für ihre nie versiegende Hilfe, Freundlichkeit und Unterstützung.

SINE QUA NON

Inhalt